国家出版基金项目
NATIONAL PUBLICATION FOUNDATION

中外文学交流史

钱林森　周宁　主编

# 中国－德国卷

卫茂平　陈虹嫣等　著

山东教育出版社

# 目 录

# 总序

## 一

中外文学关系的研究，是中国比较文学学术传统最丰厚的领域，前辈学者开拓性的建树，大多集中在这一领域的研究，如范存忠、钱锺书、方重等之于中英文学关系，吴宓之于中美，梁宗岱之于中法，陈铨之于中德，季羡林之于中印，戈宝权之于中俄文学关系的研究，等等。20 世纪中国比较文学研究前后两个高峰，世纪前半叶的高峰，主要成就就在中外文学关系研究上。20 世纪后半叶，比较文学在新时期复兴，30 多年来推进我国比较文学学科发展的支撑领域，同时也是本学科取得最多实绩的研究领域，依旧在中外文学关系研究。中外文学关系研究所获得的丰硕成果，被学术史家视为真正"体现了'我们自己的比较文学'的特色和成就"[1]，成为我国比较文学复兴发展的一个重要标志[2]。

> 1. 王向远：《中国比较文学研究二十年·前言》，南昌：江西教育出版社，2003 年版。
>
> 2. 王向远教授在其 28 章的大著《中国比较文学研究二十年》中，从第 2 章到第 10 章论述国别文学关系研究，如果加上第 17、18 "中外文艺思潮与中国文学关系"、"中外文学关系史的总体研究" 两章，整整占 11 章，可谓是 "半壁江山"。

学术传统是众多学者不断努力、众多成果不断积累而成的。在中外文学关系研究领域，从 20 世纪 80 年代中期开始，先后已有三套丛书标志其阶段性进展。首先是乐黛云教授主编的比较文学丛书中的《中日古代文学交流史稿》（严绍璗著）、《近代中日文学交流史稿》（王晓平著）、《中印文学关系源流》（郁龙余编）。乐黛云教授和这套丛书的相关作者，既是继承者，又是开拓者。他们继承老一辈学者的研究，同时又开创了新的论题与研究方法。

其次是 20 世纪 90 年代初，北京大学和南京大学联合推出《中国文学在国外》丛书（10 卷集，乐黛云、钱林森主编，花城出版社），扩大了研究论题的覆盖面，在理论与方法上也有所创新。再其后就是经过 20 年积累、在新世纪初期密集出现的三套大型比较文学丛书：《外国作家与中国文化》（10 卷集，钱林森主编，宁夏人民出版社）、《跨文化沟通个案研究》丛书（乐黛云主编，北京出版社）、国别文学文化关系丛书《人文日本新书》（王晓平主编，宁夏人民出版社），这些成果细化深化了该研究领域，在研究范式的探究和方法论革新方面，也取得较大进展。

从某种意义上说，中外文学关系研究带动了整个中国比较文学研究。从"20 世纪中国文学的世界性因素"的讨论，到中外文学关系探究中的"文学发生学"理论的建构；从中外文学关系的哲学审视和跨文化对话中激活中外文化文学精魂的尝试，到比较文学形象学与后殖民主义文化批判……所有这一切探索成果的出现，不仅推动了中国比较文学学科深入发展，反过来对中外文学关系问题的研究，也有了问题视野与理论方法的启示。

## 二

在丰厚的研究基础上，如何进一步推进中外文学交流研究，成为学术史上的一项重要使命。2005 年 7 月初，南京大学比较文学与比较文化研究所与山东教育出版社在南京新纪元大酒店，举行《中外文学交流史》丛书首届编委会暨学术研讨会，正式启动大型丛书《中外文学交流史》的编写工作，以创设一套涵盖中国与欧洲、亚洲、美洲等世界主要国家及地区的文学交流史。

中外文学交流史研究既是一项研究，又是关于此项研究的反思，这是学科自觉的标志。学者应该对自己的研究有清醒的问题意识，明确"研究什么"、"如何研究"和"为何研究"。

20 世纪末以来，国际比较文学研究一直面临着范式转型的问题，不同研究范型的出现与转换的意义在于其背后问题脉络的转变。产生自西方民族国家体系确立时代的比较文学学科，本身就是民族国家意识形态的产物。影响研究的真正命题是确定文学"宗主"，特定文学传统如何影响他人，他人如何从"外国文学"中汲取营养并借鉴经验与技巧；平行研究兴盛于"冷战"时代，试图超越文学关系的外在的、历史的关联，集中探讨不同文学传统的内在的、美学的、共同的意义与价值。"继之而起的新模式没有一个公认的名称，但是和所谓的后殖民批评有着明显的关系，甚至可以把后殖民批评称为比较研究的第三种模式。这种模式从后结构理论吸取了'话语'、'权力'等概念，致力于清算伴随着资本主义扩张的帝国主义和殖民主义，尤其是其文化方面的问题。这种批评的所谓'后'字既有'反对'的意思，也有'在……之后'的意思。""后殖民批评的假设前提是正式的帝国 / 殖民主义时代已然成为历史。在第二次世界大战之后这一点已经成为普遍的共识，当时不同政治阵营能够加之于对方的最严厉的谴责莫过于'帝国主义'了。这种共识是后殖民批评能够立于不败之地的先决条件。"[1]

1.陈燕谷：《比较文学与"新帝国文明"》，载《中国社会科学院院报》，2004年2月24日。

伴随着后殖民主义文化批评在1970年代后期的兴起，西方比较文学界对社会文本的关注似乎开始压倒既往的文学文本。翻译、妇女、生态、少数族裔、性别、电影、新媒体、身份政治、亚文化、"新帝国治下的比较研究"[2]等问题几乎彻底更新了比较文学的格局。比如知

2.陈燕谷指出："现在我们也许有理由提出比较研究的第四种模式，也就是'新帝国治下的比较研究'。……当'帝国'去而复返……自然意味着后殖民批评不再具有不证自明的有效性。今天这种情况正在发生，比较研究必须在新帝国条件下重新界定自己的任务和方向。"陈燕谷：《比较文学与"新帝国文明"》。

名文化翻译学者苏珊·巴斯奈特在1993年出版的专著《比较文学批评导论》（*Comparative Literature: A Critical Introduction*）中就明确指出："后殖民"用最恰当的术语来表达，就是近年来出现的新跨文化批评，而"除此之外，比较文学已无其他名称可以替代"。[3]

3.Susan Bassnett, *Comparative Literature: A Critical Introduction*,Oxford and Cambridge:Blackwell,1993, p.10.

本世纪初，比较文学的学科理论建设工作似乎依然徘徊在突围西方中心主义的方向和路径上。2000年，蜚声北美、亚洲理论界的明星级学者G.C.斯皮瓦克将其在加州大学厄湾分校的"韦勒克文学讲座"系列讲稿结集出版，取了个惊世骇俗的名字《一门学科的死亡》（*Death of A Discipline*），这门学科就是比较文学。其实斯皮瓦克并无意宣布比较文学的终结，而是在指出当前的欧美比较文学的困境，即文学越界交流过程中的不均衡局面，以及该学科依然留存着欧美文化的主导意识并分享了对人文主义主体无从判定的恐惧等问题后，希望促成比较文学的转型，开创一种容纳文化研究的新的比较文学范型，迎接全球化语境的文化挑战。[4]

4.Gayatri C. Spivak, *Death of A Discipline*, New York: Columbia University Press,2003.

然而，我们也要清楚地看到，后殖民主义文化批判试图颠覆比较文学研究的价值体系，却没有超越比较文学的理论前提。因为比较研究尽管关注不同民族、不同国家文学之间的关系，但其理论前提却是，不同民族、国家的文学是以语言为疆界的相互独立、自成系统的主体。而且，比较文学研究总是以本国本民族文学为立场，假设比较研究视野内文学之间的关系是一种自我与他者的关系，只不过影响研究表示顺从与和解，后殖民主义文化批判强调反写与对抗。对于"他性"的肯定，依然没有着落。

坦率地说，中外文学关系研究仍属于传统范型，面临着新问题与新观念的挑战。我们在第三种甚至第四种模式的时代留守在类似于巴斯奈特所谓的"史前恐龙"[5]的第一种模式的研究

5.Susan Bassnett, *Comparative Literature: A Critical Introduction*, p.5.

领域，是需要勇气与毅力的。伴随着国际学术共同体间的密切互动与交流，北美比较文学的越界意识也在20世纪末期旅行到了中国。虽然目前国内比较文学也整合了文化批评的理论方法，跨越了既往单一的文学学科疆界，开掘了许多富于活力和前景的学术领域，但这些年来比较文学领域并不景气：一方面是研究的疆界在扩大也在不断消解，另一方面是不断出现危机警示与

研究者的出走。在这个大背景下，从事我们这套丛书写作的作者大多是一些忠诚的留守者，大家之所以继续这个领域的研究，不是因为盲目保守，而是因为"有所不为"。首先，在前辈学人累积的深厚学术传统上，埋头静心、勤勤恳恳地在"我们自己的比较文学"领地里精心耕作，在喧嚣热闹的当下，这本身就是一种别具意味的学术姿态。同时，在硕果纷呈的比较文学研究领域，中外文学关系问题始终是一个基础但又重要的问题，不断引起关注，不断催生深入研究，又不断呈现最新成果，正如目前已推出的这套丛书所展示的，其研究写作不仅在扎实的根基上，对中外文学交流史的论题领域有所拓展，在理论与方法探索上也通过积极吸收、整合其他领域的成果而有所推进。最后，在中国作为新崛起的世界经济大国的关键历史节点上重新思考中外文学关系问题，直接关涉到中外文学关系研究的学科自觉。这事实上是一个如何在世界文学图景中重新测绘"中国文学"的问题，也即当代中国文学如何在世界中重新创造自己的身份和位置。通过中外文学关系研究，我们可以重新提炼和塑造中国文学、文化的精神感召力、使命感和认同感，在当代世界的共同关注点上，以文学为价值载体去发现不同文化之间交往的可能和协商空间，进而参与全球新的世界观的形成。

## 三

中外文学关系研究，就学科本质属性而言，属实证范畴，从比较文学研究传统内部分类和研究范式来看，归于"影响研究"，所以重"事实"和"材料"的梳理。对中外文学关系史、交流史的整体开发，就是要在占有充分、完整材料的基础上，对双向"交流"、"关系""史"的演变、沿革、发展作总体描述，从而揭示出可资今人借鉴、发展民族文学的历史经验和历史规律，因此它要求拥有可信的第一手思想素材，要求资料的整一性和真实性。

中外文学关系研究的开发、深化和创新，离不开研究理论方法的提升与原理范式的探讨。某种新的研究理念和理论思路，有助于重新理解与发掘新的文学关系史料，而新的阐释角度和策略又能重构与凸显中外文学交流的历史图景，从而将中外文学关系的研究向新的深度开掘。早在新时期我国比较文学举步之时和复兴之初，我国前辈学者季羡林、钱锺书等就卓有识见地强调"清理"中外文学关系的重要性和必要性，把它提到中国比较文学特色建设和拥有比较文学研究"话语权"的高度。[1]30 年来，我国学者在这方面不断努力，在研究的观念与方法上进行了深入的探讨。钱林森教授主持的《外国作家与中国文化》丛书，曾经就中外文学关系研究中的哲学观照和跨文化文学对话的观念与方法进行过有益的尝试与实践。其具体思路主要体现在如下五个方面：

1）依托于人类文明交流互补基点上的中外文化和文学关系课题，从根本上来说，是中外哲学观、价值观交流互补的问题，是某一种形式的精神交流的课题。从这个意义上看，研究中外文化、文学相互影响，说到底，就是研究中外思想、哲学精神相互渗透、影响的问题，必须作哲学层面的审视。2）考察两者接受和影响关系时，必须从原创性材料出发，不但要考察外国作家、外国文学对中国文化精神的追寻，努力捕捉他们提取中国文化（思想）滋养，在其创造中到底呈现怎样的文学景观，还要审察作为这种文学景观"新构体"的外乡作品，又怎样反转过来向中国文学施于新的文化反馈。3）今日中外文学关系史建构，不是往昔文学史的分支研究，而是多元文化共存、东西哲学互渗时代的跨文化比较文学研究重构。比较不是理由，比较中达到对话并且通过对话获得互识、互证、互补的成果，才是中外文学关系研究学理层面的应有之义。4）中外文学和文化关系研究课题，应以对话为方法论基点，应当遵循"平等对话"的原则。对研究者来说，对话不止是具体操作的方法论，也是研究者一种坚定的立场和世界观，一种学术信仰，其研究实践既是研究者与研究对象跨时空跨文化的对话，也是研究者与潜在的读者共时性的对话，通过多层面、多向度的个案考察与双向互动的观照、对话，激活文化精魂，进一步提升和丰富影响研究的层次。5）对话作为方法论基点来考量的意义在于，它对以往"影响研究"、"平行研究"两种模式的超越。这对所有致力于中外文学关系的研究者来说，都是一种富有创意的、富有挑战性的学术探索。

从学术史角度看，同一课题的探讨经常表现为研究不断深化、理路不断明晰的过程。中外文学关系史研究在中国比较文学界已有多年的历史，具有丰厚的学术基础。《中外文学交流史》丛书是在以往研究基础上的又一次推进，具有更高标准的理论追求。钱林森主编在 2005 年编委会上将丛书的学术宗旨具体表述为：

> 丛书立足于世界文学与世界文化的宏观视野，展现中外文学与文化的双向多层次
>
> 交流的历程，在跨文化对话、全球一体化与文化多元化发展的背景中，把握中外文学

1. 20 世纪 80 年代初，钱锺书先生就提出："要发展我们自己的比较文学研究、重要的任务之一就是清理一下中国文学与外国文学的相互关系。"季羡林在《资料工作是影响研究的基础》一文中强调："我们一定先做点扎扎实实的工作，从研究直接影响入手，努力细致地去收集材料，在西方各国之间，在东方各国之间，特别是在东方与西方之间，从民间文学一直到文人学士的个人著作中去搜寻直接影响的证据，爬罗剔抉，刮垢磨光，一定要有根有据，决不能捕风捉影。然后在这个基础上归纳出有规律性的东西。"他明确反对"那些一无基础、二无材料，完全靠着自己的'天才'、'灵感'，率而下笔，大言不惭，说句难听的话，就是自欺欺人的所谓平行发展的研究"。参见王向远：《中国比较文学研究二十年》，第 9 页，南昌：江西教育出版社，2003 年版。

相互碰撞与交融的精神实质：1）外国作家如何接受中国文学，中国文学如何对外国作家产生冲击与影响？具体涉及到外国作家对中国文学的收纳与评说，外国作家眼中的中国形象及其误读、误释，中国文学在外国的流布与影响，外国作家笔下的中国题材与异国情调等等。2）与此相对的是，中国作家如何接受外国文学，对中国作家接纳外来影响时的重整和创造，进行双向的考察和审视。3）在不同文化语境中，展示出中外文学家就相关的思想命题所进行的同步思考及其所作的不同观照，可以结合中外作品参照考析，互识、互证、互补，从而在深层次上探讨出中外文学的各自特质。

4）从外国作家作品在中国文化语境（尤其是 20 世纪）中的传播与接受着眼，试图勾勒出中国读者（包括评论家）眼中的外国形象，探析中国读者借鉴外国文学时，在多大程度上、何种层面上受制于本土文化的制约，以及外国文学在中国文化范式中的改塑和重整。5）论从史出，关注问题意识。在丰富的史料基础上提炼出展示文学交流实质与规律的重要问题，以问题剪裁史料，构建各国别语种文学交流史的阐释框架。

6）丛书撰写应力求反映出国际比较文学界近半个世纪相关研究成果和我国比较文学 20 多年来发展的新成果。

## 四

在已有成果基础上从事中外文学关系史研究，要求我们要有所反思与开辟。这是该丛书从规划到研究，再到写作，整个过程中贯穿的思路。中外文学关系研究，涉及基本概念、史料与研究范型三方面的问题。

首先是基本概念。

中外文学关系，顾名思义，研究的是"关系"，其问题的重心在中国文学的世界性与现代性问题。在此前提下进行细分，所谓中外文学关系的历史叙述，应该在三个层次上展开：1）中国与不同国家、地区、语种文学在历史中的交流，其中包括作家作品与思潮理论的译介、作家阅读与创作的"想象图书馆"、个人与团体的交游互访等具体活动等。2）中外文学相互影响相互创造的双向过程，诸如中国文学接受外国文学并从与外国文学的交流中获得自我构建与自我确认基础，中国文学以民族文学与文学的民族个性贡献并参与不同国家、地区、语种文学创造等。3）存在于中外文学不同国家、地区、语种文学之间的世界文学格局，提出"跨文学空间"的概念，并将世界文学建立在这样一种关系概念上，而不是任何一种国家、地区、语种文学的普世性霸权上。

中外文学关系研究"中外文学"的关系，另一个必须厘清的概念是"中外文学"：1）中外文学关系不仅是研究"之间"的关系，更重要的是研究不同国家、地区、语种文学各自的文学史，比如研究法国文学对中国现代文学的影响，真正的问题在中国现代文学，反之亦然。2）中外文学关系在"中"与"外"二元对立框架内强调双向交流的同时，也不能回避中国立场。首先，中外文学研究表面上看是双向的、中立的，实际上却有不可否认的中国立场甚至可以说是中国中心。因此"中外文学"提出问题的角度与落脚点都应是中国文学。3）中国立场的中外文学关系研究的理论指归在于中国文学的世界性与现代性问题。它包括两个层次的意义：中国在历史上是如何启发、创造外国文学的；外国文学是如何构筑中国文学的世界性与现代性的。

中外文学关系基本概念涉及的最后一个问题是"史"。中外文学关系史属于文学史的范畴，它关系到某种时间、经验与意义的整体性。纯粹编年性地记录曾经发生过的文学交流事件，像文学旅行线路图或文学流水账单之类，还不能够成为文学交流史。中外文学交流史"史"的最基本的要求在于：1）文学交流史必须有一种时间向度的研究观念，以该观念为尺度，或者说是编码原则，确定文学交流史的起点、主要问题、基本规律与某种预设性的方向与价值。2）可能成为中外文学关系史的研究观念的，是中国文学的世界性与现代性问题。中国文学是何时、如何参与、如何接受或影响世界文学的，世界性因素是何时并如何塑造中国文学的。3）中外文学交流史表现为中国文学在中外文学交流中实现世界性与现代性的过程。中国文学的世界化分两个阶段，汉字文化圈内东亚化与近代以来真正的世界化，中国文学的世界化是与中国文学的"现代化"同时出现的。

其次是史料问题。

史料是研究的基础。研究的成败，从某种意义上说，取决于史料的丰富与准确程度。史料是多年研究积累的成果，丰富是量上的要求；史料需要辨伪甄别，尽量收集第一手资料，这是对史料的质上的要求。史料自然越丰富越好，但史料的发现往往是没有止境的，所以史料的丰富与完备是相对的，关键看它是否可以支撑起论述。因此，研究中处理史料的方式，不仅是收集，还有在特定研究观念下剪裁史料、分析史料。

没有史料不行，仅有史料又不够。中外文学关系史研究在国内，已有多年的历史，但大多数研究只停留在史料的收集与叙述上，丛书要在研究上上一个层次，就不能只满足于史料的收集、整理、叙述。中外文学关系的研究与写作应该分为三个层次：第一个层次，掌握资料来源并尽量收集第一手的资料，对资料进行整理、分析、阐释，从中发现一些最基本的"可研究的"问题。第二个层次是编年史式资料复述，其中没有逻辑的起点与终点，发现的最早的资料就是起点，该起点是临时的，随着新资料的发现不断向前推，重点也是临时的，写到哪里就在哪里结束。第三个层次是使文学交流史具有一种"思想的结构"。在史料研究基础上形成不同专题的文学交流史的"观念"，并以此为线索框架设计文学交流史的"叙事"。

最后，中外文学交流研究的第三大问题是研究范型。学术创新的途径，不外乎新史料的发现、新观念与新的研究范型的提出。

研究范型是从基本概念的确立与史料的把握中来的。问题从何处来，研究往何处去。研究模式包括基本概念的确立、史料的收集与阐发、研究方法的选择等内容。任何一项研究，都应该首先清醒地意识到研究模式，说到底，就是应该明确"研究什么"和"如何研究"。研究的基本概念划定了我们研究的范围，而从史料问题开始，我们已经在思考"如何研究"了。

中外文学交流作为一个走向成熟的研究领域，必须自觉到撰写原则或述史立场：首先应该明确"研究什么"。有狭义的文学交流与广义的中外文学交流。狭义的文学交流，仅研究文学与文学的交流，也就是说文学范围内作家作品、思潮流派的交流，更多属于形式研究范畴，诸如英美意象派与中国古典诗词、《雷雨》与《俄狄浦斯王》；广义的文学交流史，则包括文学涉及的广泛的社会文化内容，文本是文学的，但内容与问题远超出文学之外，比如"启蒙作家的中国文化观"。本书的研究范围，无疑属于广义的中外文学交流。所谓中外文化交流表现在文学活动中的种种经验、事实与问题，都在研究之列。

但是，我们不能始终在积极意义上讨论影响研究，或者说在积极意义上使用影响概念，似乎影响与交流总是值得肯定的。实际上，对文学活动中中外文化交流的研究，现有两种范型：一种是肯定影响的积极意义的研究范型，它以启蒙主义与现代民族文学观念作为文学交流史叙事的价值原则，该视野内出现的问题，主要是一种文学传统内作家作品与社团思潮如何译介、传播到另一种文学传统，关注的是不同语种文学可交流性侧面，乐观地期待亲和理解、平等互惠的积极方面，甚至在潜意识中，将民族主义自豪感的确认寄寓在文学世界主义想象中，看中国文学如何影响世界。我们以往的中外文学关系研究，大多是在这个范型内进行的。另一种范型关注影响的负面意义，解构影响中的"霸权"因素。这种范型以后现代主义或后殖民主义观念为价值原则，关注不同文学传统的不可交流性、误读与霸权侧面。怀疑双向与平等交流的乐观假设，比如特定文学传统之间一方对另一方影响越大，反向影响就越小，文学交流往往是动摇文学传统的霸权化过程；揭示不同语种文学接触交流中的"背叛性"因素与反双向性的等级结构，并试图解构其产生的社会文化机制。

中外文学关系研究的开发、深化和创新，离不开研究理论方法的提升与原理范式的研讨。某种新的研究理念和理论思路，有助于重新理解与发掘新的文学关系史料，而新的阐释角度和策略又能重构与凸显中外文学交流的历史图景，从而将中外文学关系的"清理"和研究向新的深度开掘。以往的中外文学交流研究，关注更多的是第一种范型内的问题，对第二种范型内的问题似乎注意不够。丛书希望能够兼顾两种范型内的问题。"平等对话"是一种道德化的学术理想，我们不能为此掩盖历史问题，掩盖中外文学交流上的种种"不平等"现象，应分析其霸权与压制、他者化与自我他者化、自觉与"反写"（Write Back）的潜在结构。

同时，这也让我们警觉到我们的研究范型中可能潜在着的一个矛盾：怎能一边认同所谓"中国立场"或"中国中心"，一边又提倡"世界文学"或"跨文学空间"？二者之间是否存在着某种对立？实际上在中国文学的世界性与现代性问题前提下叙述中外文学交流，中国文学本身就处于某种劣势，针对西方国家所谓影响的"逆差"是明显的。比如说，关于中国文学对西方文学的影响，我们可以以一个专题写成一本书，而西方文学对中国现代文学的影响，则是覆盖性的，几乎可写成整部文学史。我们强调"中国立场"本身就是一种"反写"。另外，文学史述实际上根本不存在一个超越国别民族文学的普世立场。启蒙神话中的"世界文学"或"总体文学"，包含着西方中心主义的霸权。或许提倡"跨文学空间"更合理。我们在"交流"或"关系"这一"公共空间"内讨论问题，假设世界文学是一个多元发展、相互作用的系统进程，形成于跨文化跨语种的"文学之际"的"公共领域"或"公共空间"中。不仅西方文学塑造中国现代文学，中国文学也在某种程度上参与构建塑造西方现代文学。尽管不同国家、民族、地区的文学交流存在着"不平等"的现实，但任何国家、民族、地区的文学都以自身独特的立场参与塑造世界文学，而世界文学不可能成为任何一个国家、民族或语种文学扩张的结果。

我们一直在试图反思、辨析、确立中外文学交流研究的基本概念、方法与理论范型，并在学术史上为本套丛书定位。所谓研究领域的拓展、史料的丰富、问题域的明确、问题研究的深入、中外文学交流整体框架的建构，都将是本套丛书的学术价值所在。我们希望本套丛书的完成，能够推进中国比较文学界中外文学关系研究领域走向成熟。这不仅是个人研究的自我超越问题，也是整个比较文学研究界的自我超越问题。

## 五.

钱林森教授将中外文学交流研究的问题细化为五大类，前文已述。这五大类问题构成中外文学交流史的基本问题域，每一卷的写作，都离不开这五大类基本问题。反思这套丛书的研究与写作，可以使我们对中外文学交流史的研究范型有一个基本的把握。在丛书写作的过程中，钱林森教授不断主持有关中外文学关系史的笔谈，反思中外文学关系研究的基本问题与理论范式，大部分参与丛书写作的学者都从不同角度发表了具有建设性的思考，引起了国内学术界的关注。

其中，王宁教授从国家文化战略的高度理解中外文学关系史研究，认为："探讨中国文化和文学在国外的接受和传播，应该是新世纪中国比较文学学者研究的一个重要课题，通过这一课题的研究，不仅可以从根本上打破中外文学关系研究领域内长期存在的西方中心主义思维定势，使得中国学者的民族自尊心和自豪感大大地提升，而且也有助于中国文化走出去战略的实施。在这方面，比较文学学者应该先行一步。"王宁先生高蹈，叶隽先生务实，追问作为科学范式的文学关系研究的普遍有效性问题，他从三个方面质疑比较文学学科的合法性：一是比较文学的整体学术史意识，二是比较文学的思想史高度，三是比较文学作为一门具体学科的"文史根基"与方寸。葛桂录教授曾对史料问题做过三方面的深入论述：一是文献史料，二是问题域，三是阐释立场。"从比较文学学科的传统研究范式来看，中外文学关系研究属于'影响研究'

范畴，非常关注'事实材料'的获取与阐释。就其学科领域的本质属性来说，它又属于史学范畴。而文献史料的搜集、鉴辨、理解与运用，是一切历史研究的基础性工作。力求广泛而全面地占有史料，尽可能将史料放在它形成和演变的整个历史进程中动态地考察，分辨其主次源流，辨明其价值与真伪，是中外文学关系研究永远的起点和基础。"缺少史料固然不行，仅有史料又十分不够。中外文学关系研究"问题意识"必不可少，问题是研究的先导与指南。葛桂录教授进一步论述："能否在原典文献史料研究基础上，形成由一个个问题构成的有研究价值的不同专题，则成为考量文学关系研究者成熟与否的试金石。在文学关系研究的'问题域'中进而思考中外文学交往史的整体'史述'框架，展现文学交流的历史经验与历史规律，揭示出可资后人借鉴、发展本民族文学的重要路径，又构成中外文学关系研究的基本目标。"

文献史料、问题域、阐释立场是中外文学关系研究的三大要素。文献史料的丰富、问题域的确证、研究领域的拓展、观念思考的深入，最终都要受研究者阐释立场的制约。中外文学关系研究，理论上讲当然应该是双向的、互动的。但如要追寻这种双向交流的精神实质，不可避免地要带有某种主体评价与判断。对中国学者来说，就是展现着中国问题意识的中国文化立场。"中外文学"提出问题的出发点与归宿都指向中国文学。这样看来，中外文学关系研究的理论关注点，在于回答中国文学的世界性与现代性问题。也就是，中国文学（文化）在漫长的东西方交流史上是如何滋养、启迪外国文学的；外国文学是如何激活、构建中国文学的世界性与现代性的。这是我们思考中外文学交流史的重要前提，尤其是要考虑处于中外文学交流进程中的中国文学是如何显示其世界性，构建其现代性的。

# 六

乐黛云先生在致该丛书编委会的信中，提出该丛书作为中外文学关系研究的"第三波"的高标："如果说《中国文学在国外》丛书是第一波，《外国作家与中国文化》是第二波，那么，《中外文学交流史》则应是第三波。作为第三波，我想它的特点首先应体现在'交流'二字上。它不单是以中国文学为核心，研究其在国外的影响，也不只是以外国作家为核心讨论其对中国文化的接受，而是要着眼于'双向阐发'，这不仅要求新的视角，也要求新的方法；特别是总的说来，中国文学对其他文学的影响多集中于古代文学，而外国文学对中国文学的影响却集中于现代文学。如何将二者连缀成'史'实在是一大难点，也是'交流史'能否成功的关键。"

本套丛书承载着中国比较文学百年学术史的重要使命，它的宏愿不仅在描述中国与世界主要国家的文学关系，还在以汉语文学为立场，建构一个"文学想象的世界体系"。中外文学交流史的研究要点在"文学交流"，因此研究的核心问题是"双向阐发"，带着这个问题进入研究，中外文学关系就不是一个简单的译介、传播的问题，中外文学相互认知、相互影响与创造才是问题的关键。严绍璗先生在致主编钱林森的信中，进一步表达了他对本丛书的学术期望，文学交流史研究应该"从一般的'表象事实'的描述深入到'文学事实'内具的各种'本相'的探讨和表达"：

> 我期待本书各卷能够是以事实真相为基础，既充分展现中华文化向世界的传播，又能够实事求是地表述世界各个民族文化对中华文化和中华文明丰富多彩性的积极的影响，把"中外文学关系"正确地表述为中国和世界文化互动的历史性探讨。"文学关系"的研究，习惯上经常把它界定在"传播学"和"接受学"的层面上考量，三十年来比较文学的研究，特别是中国比较文学研究，事实上已经突破了这样一些层面而推进到了"发生学"、"形象学"、"符号学"、"阐释学"和"叙事学"等等的层面中。在这些层面中推进的研究，或许能够更加接近文学关系的事实真相并呈现文学关系的内具生命力的场面。我期待着新撰的《中外文学交流史》各卷，能够从一般的"表象事实"的描述深入到"文学事实"内具的各种"本相"的探讨和表达。

2005 年南京会议之后，丛书的编写工作正式启动，国内著名学者吕同六、李明滨、赵振江、郁龙余、郅溥浩、王晓平等先生慷慨加盟，连同其他各位中青年学者，共同分担《中外文学交流史》丛书的写作。吕同六先生曾主持中意文学交流卷，却在丛书启动不久仙逝，为本丛书留下巨大的遗憾。在丛书编写过程中，有人去了有人来，张西平、刘顺利、梁丽芳、马佳、齐宏伟、杜心源、叶隽先生先后加入本套丛书，并贡献出他们出色的成果。

在整个研究写作过程中，国内外许多同行都给予我们实际的支持与指导，我们受用良多。南京会议之后，编委会又先后在济南、北京、厦门、南京召开过四次编委会，就丛书编写的具体问题进行讨论，得到山东教育出版社的一贯支持。丛书最初计划五年的写作时间，当时觉得已足够宽裕，不料最终竟然用了九年才完成，学术研究之漫长艰辛，由此可见一斑。丛书完成了，各卷与作者如下：

(1)　《中国 - 阿拉伯卷》（郅溥浩、丁淑红、宗笑飞　著）

(2)　《中国 - 北欧卷》（叶隽　著）

(3)　《中国 - 朝韩卷》（刘顺利　著）

(4)　《中国 - 德国卷》（卫茂平、陈虹嫣等　著）

(5)　《中国 - 东南亚卷》（郭惠芬　著）

(6)　《中国 - 俄苏卷》（李明滨、查晓燕　著）

(7)　《中国 - 法国卷》（钱林森　著）

(8)　《中国 - 加拿大卷》（梁丽芳、马佳　主编）

(9)　《中国 - 美国卷》（周宁、朱徽、贺昌盛、周云龙　著）

(10)　《中国 - 葡萄牙卷》（姚风　著）

(11)　《中国 - 日本卷》（王晓平　著）

(12)　《中国 - 希腊、希伯来卷》（齐宏伟、杜心源、杨巧　著）

(13)　《中国 - 西班牙语国家卷》（赵振江、滕威　著）

(14)　《中国 - 意大利卷》（张西平、马西尼　主编）

(15)　《中国 - 印度卷》（郁龙余、刘朝华　著）

(16)　《中国 - 英国卷》（葛桂录　著）

(17)　《中国 - 中东欧卷》（丁超、宋炳辉　著）

本套丛书的意义，就在于调动本学科研究者的共同智慧，对已有成果进行咀嚼和消化，对已有的研究范式、方法、理论和已有的探索、尝试进行重估和反思，进行过滤、选择，去伪存真，以期对中外文学关系本身，进行深入研究和全方位的开发，创造出新的局面。

钱林森、周宁

# 序

所谓文学关系史，理应记载和探讨两国或多国间的文学交流史料。其中包括译介、接受及影响等多种要素。这种研究角度或方法，随着国与国之间文学往来的频率达到一定程度时，就会应运而生。这缘于人类对世间万物寻根究底、追求真相的本性。

就中德文学关系史而言，笔者曾在自己 1992 年完成、1996 年出版的《中国对德国文学影响史述》一书中，对这一课题的研究状况做如下简述：

至今为止，有些新意的研究成果大多来自德文。利奇温著《十八世纪中国与欧洲文化的接触》（1923）是这方面的开山之作。就文学领域而言，此书讨论了歌德与中国文学的关系。三十年代曾有一个小小的高潮，由中国学者陈铨的博士论文《德国文学中的中国纯文学》（1933）[1] 牵头。此书后由作者本人编译为中文，题为《中德文

1. 原文为 Chen Chuan: Die chinesische schöne Literatur im deutschen Schrifttum. Diss. Kiel 1933. 笔者曾在别处将此著书名另译为：《德国文献中的中国纯文学》。

学研究》，由商务印书馆发行。奥里希（Ursula Aurich）女士《中国在十八世纪德国文学中的反映》（1935）居中。后面是查尔纳[2]（Horst von Tscharner）《至古典

2. 他另有中文名字安常尔。

主义德国文学中的中国》（1939）。以上论著，除陈铨一书稍及二十世纪外，其他基本局限于十八、十九世纪德国文学中的中国这一范围。从四十年代一直到七十年代中叶是个空缺。虽有单篇论文问世，但未形成气候。这一局面由舒施特尔女士（Ingrid Schuster）《德国文学中的中国和日本——1890—1925》（1977）一书打破。此书重点探讨了 1890—1925 年间德国文学对中国的接受情况，在材料的发掘方面在同类著述中可说无出其右。此外尚有罗泽（Ernst Rose）的论文集《面向东方》（1981）。此书副标题是《关于歌德晚期著作和十九世纪德国文学中的中国图像》，收有作者数十年间陆续写下的十篇论文。以上是有关本题的史论性专著。此外尚有多部作家专论及不少单篇论文。对此，笔者曾不分轩轾，尽量收齐，时间约截止于 1988 年。

为何 1988 年？有关上及拙著研究资料（主要是德文）的收集，是笔者在德国为另一研究项目收集材料时，所带出的副产品。而此项工作 1988 年完成。其实，恰恰这年，前及舒施特

3. Ingrid Schuster: Vorbilder und Zerrbilder: China und Japan im Spiegel der deutschen Literatur 1773—1890. Frankfurt am Main 1988.

尔女士又出新书，题为《典范与讽刺画——中国和日本在德国文学中的反映 1773—1890》[3] 它在

文献的开拓上，同样出色。

此后迄今，在德国，也在中国，有关本题的研究成果，时有结撰，层见叠出。既有统括全局的总评，也见关注一家的专论。枝叶扶疏，瑕疵互现。研究队伍的壮大、探讨方式的演进，则是不争之事实。

十多年后，面对如此兴盛的新局面，就同一课题，重起炉灶，遵命著书，生怕掉入自家窠臼，不知所以。曾有一宏伟设想，也已成纲要，意图将中德文学关系至今的主要史料，一网打尽。但不得不承认，这非短期能成。最后推倒原先纲目，以旧作为基，续事撰修。但是学如积薪，后来居上。此书前 4 章的不少内容，依靠德语原著，或得到补充，或重新修订。不过，一则由于资料浩瀚，二则也因篇幅所限，就中国对德语文学的影响而言，本书的叙述大约止于 20 世纪上半叶。[1]

1. 其实，就是到 20 世纪上半叶，也有不少德语作家及作品，在此未能顾及。有待来日，弥补缺憾。

按照原先设想，本书第五章起的主题是"德语文学在中国"，既谈德语文学在中国的译介，也论中国作家对德语文学的接受。前者在拙著《德语文学汉译史考辨——晚清和民国时期》（2004）中已有涉及。后者将牵涉十多位中国现代作家。而最终看来，其范围也非此书所能容纳。现以一篇讨论德语文学在《世界文学》杂志中译介的论著为本章内容。《世界文学》是新中国建立后，介绍外国文学历史最长、范围最广的重要刊物。它不仅登载外国文学的译作，也时常报道外国文学在中国的动态，实为包括德语文学在内的外国文学在中国传播和接受的一面镜子。本书这章，可视为对原来"德语文学在中国"这部分内容的替代，也可看作从一个特定角度，讨论新中国建立至今，"德语文学在中国"之传衍的另一种尝试。

本书第六至第九章属于个案研究。它们各自通过一个具有典型意义的例子，或讲述中国文化对德国哲人的影响，或介绍德国文学在中国的接受。第六章谈德国哲学界对辜鸿铭的接受或拒斥。在中国晚清名人中，辜鸿铭的敏锐和机智、率真和怪异，可算独树一帜。撇开以老庄和孔孟等为代表的中国古代哲人，他是对现代德国文人影响最大的中国学者。但至今为止，国内尚无这方面的专论。第七章讨论德国文学在中国的译介或接受。我们以茨威格作为举例对象，是因为这个德语作家在中国的德语文学译介史上，具有超常影响力的缘故。第八和第九章论述德国文坛两位最负盛名的作家，即歌德和席勒，在中国的接受情况。

中德文学关系的研究，近年来逐渐繁盛，成果纷呈，令人瞩目。但仍有诸多问题未解，也时见风尚浮虚。比如德国表现主义作家德布林，曾以中国为背景著长篇小说《王伦三跳》，为中德文学关系史研究之热门话题。仅与此有关的（德语）博士论文，数目近十。但不少文献问题，存至今日。比如，小说所引"乾隆帝"诗的出处，恕笔者孤陋，至今未获考证。

上及中国文学在德国，再谈德语文学在中国，也举一例。德国左翼作家弗里德里希·沃尔夫，曾在新中国建国初年，得到频繁介绍。人民文学出版社 1959 年出版《沃尔夫戏剧集》，上部收其剧本《福劳利德镇》。但译者邹离，身份不详。偶读一本学者回忆录才知，他是与德语文学几无干系的已故中国历史学家赵俪生[1]。20 世纪 30 年代末 40 年代初，他于西安冷摊，购得此剧莫斯科版英译后译出，藏至 50 年代，才得以付梓。类似问题，不胜枚举，说明中德文学关系史中的许多细节，尚不明朗，较完备的文献库，有待建立。

1. 赵俪生、高昭一：《赵俪生高昭一夫妇回忆录》，第 69 页，太原：山西人民出版社，2010 年版。陈玉堂编著《中国近现代人物名号大辞典》（杭州：浙江古籍出版社，1996 年版）收"赵俪生"条目，但未录他有笔名"邹离"。

关于学术研究的方法论，有学者将其归为这样两种基本模式，"一种是发现孤本秘籍的考证之路，一种是在人所共知的基本材料、基本书籍中开掘新宝藏、新思想之路"[2]。鉴于中德文学关系史上众多问题尚待清理，本书倾向于第一种方法，虽然本书处理的某些资料已经不完全属于"孤本秘籍"。倘若不时也会尝试开辟新思路，那不是作者的主要追求。不管怎样，坚持从资料出发进行论述，尽量避免某些语焉不详的时髦概念，是本书各位作者不约而同的立场。读者诸君，自可参究。

2. 刘再复、吴小攀：《走向人生深处》，第 51 页，北京：中信出版社，2011 年版。

值写此序之际，回念最初的"宏伟设想"，心中不免惶然。这非指日可待。但只要我们承其未竟，续修不断，水到渠成，该非梦想。谨借此序，愿与同调共勉。

卫茂平

2011 年元月寒冬于上海，同年夏日改毕。

2012 年夏增补完毕。

# 概述

中德两国相隔万里，历史发展不同，文化形态大异，文学关系始自何时？倘若细究，可以发现一个容易为人忽视的隐秘。撇开欧洲古代文学的源流，即古希腊罗马文学，德国文学发展史一般以 800 年左右见诸于文字的、古高地德语英雄史诗的唯一残存篇《希尔德布兰特之歌》为开端。故事讲日耳曼英雄希尔德布兰特离家征战，30 年后从异乡返回家园，亲儿哈杜布兰特拒绝承认他的父亲身份，而且出言不逊。为了捍卫自己骑士的荣誉，父亲被迫与儿子决斗。这里的"异乡"，其实是曾入侵欧洲大陆的匈奴帝国。由此可见，德国文学起步之初，就与中国有不解之缘。撇开中国与东亚诸国的文学关系史不论，这在世界文学史上应为特例。

本书第一章接着讲德国骑士文学及巴洛克时期文学中的中国形象。骑士文学是德国中世纪文学的一个高峰。其代表作中，中国因素不难寻觅。比如埃申巴赫（Wolfram von Eschenbach，约 1170—1220）的史诗《巴尔齐法尔》，描述骑士们身着绸缎，参加典礼。同时盛装出现的，有被称为丝人（Serer）的中国人。那时，以后风靡欧洲的马可·波罗的"中国游记"尚未问世，但中国人的形象已愈加清晰。

到了 15 世纪，德国诗人汉斯·罗森施普吕特（Hans Rosensplüt，1400—1460）的《葡萄酒赞歌》中，13 世纪末年完成的《马可·波罗游记》的影响开始呈现。诗中，"契丹"（Katai）的可汗，与君士坦丁堡的皇帝和罗马的教皇并列出现，一并被称为世界三大巨富。

在德语文献中，对中国的称呼，经过 12 世纪的"丝人"和 15 世纪的"契丹"，到了 17 世纪巴洛克时期，又有变化。在德国巴洛克文学之父马丁·奥皮茨（Martin Opitz，1597—1639）的一首诗中，战神玛尔斯风尘仆仆来到拥有"瓷器"、"火炮"和"印刷术"的秦尼（Sina）。这是古代印度和波斯对中国的称呼，其词源应该同出于"丝"或"绮"。

在德国巴洛克文学中，这非孤例。在这一时期的代表作《痴儿西木传》中，代表遥远和陌生之符号的中国人不仅继续现身，而且出现了代表中国艺术的中国画像。这透露出，中国绘画作品那时已经为欧洲人收藏。而德国巴洛克后期的代表作家之一哈佩尔（Eberhard W. Happel，1647—1690）在其《世界最值得纪念之事或者所谓的新奇之事》中的叙述，可被视为早期西方殖民主义者掠夺中国典籍的实录，同具历史价值。

哈佩尔还写有小说《亚洲的俄诺干布》，而所谓"俄诺干布"就是顺治皇帝。小说中的他原为突厥斯坦王子，历经磨难，最后成了中国皇帝。小说中甚至出现了著名耶稣会会士、来自德国的汤若望（Jean Adam Schall von Bell，1591—1666）。他身为中国皇帝的忏悔神父，借助明天启三年（1623）出土的著名"大秦景教流行中国碑"，传播基督教教义。

另一位巴洛克时期的著名作家哈格多恩（Christ. W. Hagdorn），也推出与中国有关的小说《埃关——或伟大的蒙古人》，演绎李自成起义，吴三桂引清兵入关，以及明朝末代皇帝崇祯覆灭的故事。

这一时期的代表作家洛恩斯泰因（Daniel Casper von Lohnstein，1635—1683），创作出历史小说《宽宏的统帅阿尔米尼乌斯》（1689—1690）。小说规模庞大，内容繁复，相当精练地介绍了中国文化的特点，换言之，描述了中国儒、道、释三家。

而以上 3 部"中国"小说，不约而同地取材自意大利耶稣会教士卫匡国（Martin Martini，1614—1661）的拉丁语版《鞑靼战纪》（1654），显示出中德文学关系史脱离想象、进入实录之新阶段的特征。

本书第二章开篇介绍德国思想家莱布尼茨（Gottfried Wilhelm Leibniz，1646—1716）。他是欧洲 17、18 世纪最出色的百科全书式的人物之一，也是现代意义上一位具有全球视野的杰出思想巨人。1697 年，作为他研究中国问题的总汇，莱布尼茨编撰出版《中国近事——为了照亮我们这个时代的历史》一书。此书不仅是中德文化关系史上的一座丰碑，也是世界文明交流史中的传世之作。在为此书所写前言中，他大胆提出，希望中国派出传教士赴欧，推广中国的"自然神学"。鉴于当时西方文化越来越强势地侵入中国，以及欧洲人面对中国文化的倨傲之态，此言颇具石破天惊的效果。莱布尼茨的话，常被中国学界引以为豪。但不能忽视另一面：他发表《中国近事》的原意，并非立中国为典范，以帮助欧洲启蒙，而是出于他作为新教教徒使命的考虑。他的目的主要是更好地在中国传播基督教文明。

莱布尼茨的中国热情，似乎感染了他的学生、德国启蒙运动另一代表沃尔夫（Christian Wolff，1679—1754）。其在大学副校长就职仪式上的讲话——《关于中国人道德学的演讲》，也和中国有关。他盛赞孔子，甚至将他与耶稣基督相提并论，惹恼了一些基督教的卫道士，为自己招来丢官之祸。

此例既展示启蒙阶段中国文化在德国风靡一时，也让人看到基督教保守势力依旧强大。文学创作中，不时有人虚拟书信，讥讽现实。此举既能批评时政，也可躲避迫害。德国作家法斯曼（David F. Fassmann，1683—1744）1721 年起匿名发表书信体小说《奉钦命周游世界的中国人》，借助一个周游欧洲的中国人，表达对教会的不满和对世风的讥刺。之后，喜欢舞文弄墨的弗里德里希二世，写下类似作品《中国皇帝的使臣菲希胡发自欧洲的报道》（1760），同样借助中国，批评基督教的宗教审判权，强调人的独立个性。

18 世纪欧洲启蒙运动时期中国热的影响，曾沾溉众多启蒙思想家和作家。本章所及德国启蒙时期的诗人和教育家普费弗尔（Gottlieb Pfeffel，1736—1809），又是一例。他曾发表过数篇与中国有关的诗体"道德故事"。其中的《吉翂》和《母亲与女儿》的汉语文本，将在这里显现。《吉翂》在清代黄小坪的《百孝图记》中题为《吉翂叩阙免父罪》；在清代李之素的《孝经内外传》中，题目就是《吉翂》。《母亲与女儿》是《百孝图记》中《韩伯俞泣笞伤老》的变体；在李之素的《孝经内外传》中，题目就是《韩俞》。作为阿尔萨斯的启蒙作家，普费弗尔反对康德那来自外部的道德律令，即"绝对命令"，提倡顺从人类天性的道德理论。也许他在源自人类繁衍自身的本性中生发出的中国尽孝故事中，不仅看到这种伦理规范对世道民风的教化作用，而且发现它们与自己的道德理论的契合，并将此作为典范介绍。

启蒙作家大多心怀治国济世之思。当时曾有一批社会所谓的"国事小说"问世，而中国要素在其中发挥效用。瑞士德语作家哈勒尔（Albrecht von Haller，1708—1777）的《乌松——一段东方国家的历史》（1771）是其中一例。主人公乌松为蒙古大汗铁木真的儿子，骁勇善战又充满智慧，凭借中国文化的背景，最后成为整个波斯王国的统治者。虽然如此，哈勒尔在进行中西比较时，认为中国人缺乏自由意识。可见，即使在中国热达到高潮的启蒙时期，对一些启蒙作家来说，较之于欧洲文化，中国文化并非完美无瑕。

1773 年，哈勒尔出版他的另一部"国事小说"《阿尔弗雷德——盎格鲁萨克森的国王》，讲阿尔弗雷德这个国王，在征战胜利后，如何在和平时期治理国家。探讨的是东方专制主义在欧洲政体中的可行性。它继承《乌松》中对中国专制主义的关注和批评，既称赞中国皇帝仁德，又批评中国缺少民主。以后到了 19 世纪，黑格尔在多个场合中，批评中国文化缺少个体的自由意识，导致历史停滞不前，其视角与 18 世纪的哈勒尔一般无二。

哈勒尔其实是 18 世纪欧洲一流的生物学家和实验生理学之父。以后，又曾以医生为业。文学创作，似为余事。而维兰德（Christoph Martin Wieland，1733—1813）则是德国启蒙及古典主义文学时代的代表，他的小说《金镜或者谢西安诸位国王》（1772）是更加著名的"国事小说"。在小说前言中，维兰德虚构成书背景。说它原本是一用印度语言写成的谢西安国的故事，后在中国的太祖（Tai-Tsu）时代，由一个不怎么出名的中国作家夏福子（Hiang-Fu-Tsee）将它译成汉语，接着由一神甫从汉语译成拉丁语，最后由现在此书的出版人，即维兰德自己，译成德语。小说大谈帝王的教育问题，其中中国占据要位。中国远古帝王舜、尧都被提及。更出人意料的是，中国元杂剧《赵氏孤儿》中"弃儿救孤"的母题，也插入其中，开启了中国文学在德国的一段流传史。

两年后，甚至有一德国作家，化名弗里德里希斯（Friedrichs），将《赵氏孤儿》的整部剧本，改写成德国的五幕剧《中国人或公正的命运》（1774）。其中，不仅保留了"弃儿救孤"这个中心情节，还延续了中国剧本中"父仇不共戴天"的主题。

以上两部德语文学作品所处理的中国文学母题或题材，均可归溯到法国《中华帝国全志》中所载中国元杂剧《赵氏孤儿》的译文。另一位德国启蒙作家翁策尔（Ludwig August Unzer，1749—1774）为此书所载有关汉武帝和方士李少君的故事所吸引。故事可能出自东晋王嘉撰《拾遗记》，讲汉武帝思念已逝的李夫人。方士李少君雕石成像，置轻纱帐中，宛若李夫人再生，武帝大悦。翁策尔据此创作长篇挽歌《武帝在秦娜墓旁——一首中国趣味的挽歌》，1772 年首次在布伦瑞克出版。诗中充满中国词语，例如"长生药"、"麒麟"、"凤凰"、"太极"、"子时"等。总体说来，在这首长达一百五十多行的诗中，作者使用了二十多个（重复除外）汉语字词的音译，内容从树木鸟兽到成语哲学，意在建立一种真正的中国氛围，给读者提供一首中国式的挽歌。

在德国启蒙时期的中德文学交流史中，翁策尔的"中国"作品稍显"另类"。倘若说，包括前述维兰德在内的德国作家，他们主要关心中国的儒家文化及其代表的道德观念，那么，翁策尔所关注的，是与道家文化密切相关的传奇故事，显示出德国精神界在接受中国文化方面的某种逆转。

本书第三章论述 19 世纪德国文学中的中国。第一节讲中国形象在德国大体上由受褒扬向被贬低的转变过程。启蒙运动时期，一些德国思想家或德语作家，尝试借助理想化的中国形象，重建自身社会文化。他们对中国的传统思想和哲学兴致盎然，并且乐意将中国文学纳入自己的文学创作。这虽为主流，但异议一直存在。比如在普鲁士宫廷作家、荷兰人保吾（Abbé de Pauw）《论埃及和中国哲学》（1773）一书中，又在德国作家维兰德主编的《德国墨丘利》推出的书评里，与中国形象密切相关的要素是荒蛮、强盗、饥荒和专制主义等。进入 19 世纪后，这些异议逐渐占据上风，德国文学中的中国形象，总体上发生褒贬之逆转。

这一趋向，一方面是有些德国作家或思想家在中国问题上矫枉过正的结果，另一方面也和耶稣会士势力在中国的衰落有关。西方宗教史上有名的"礼仪之争"可以对此提供说明。这场"争论"的结果是，18 世纪下半叶，教皇克莱孟十四颁布法令，正式取消耶稣教会。这对中国文化在欧洲或德国的传播和影响，产生负面效应。

这个转向无疑也有经济上的原因。伴随着西方殖民主义的发展，取得经济利益越来越成为国际往来之目的。中国政府和民众对西方殖民主义欺压或掠夺的抵制，在某种程度上触怒了在华的西方势力。一如之前对中国大唱赞歌的文字频繁面世，现在一些偏激地批评中国的书籍文章也接连出版，造成中国形象在欧洲的另一景观。

利希滕贝格 (Georg Christoph Lichtenberg，1742—1799) 的《关于中国人军事禁食学校及其他一些奇闻》，是讥讽中国形象的一部代表作。作品产生的诱因，乃是 1792 年至 1794 年英国马戛尔尼伯爵率团访问中国后，有关成员写下的"中国旅行记"。而利希滕贝格则在自己的作品中，塑造出一个名叫夏普的司膳总管，随同一个外交使团访问中国，随后留下满纸讥讽的中国见闻录。以前欧洲人笔下的中国人贤明能干，堪称典范，现在被暴露为幼稚愚笨，缺乏个性，尤其缺少独立思想的能力，讽刺尖刻而不乏对中国文化传统及民族心理的高度洞察力。

歌德是德国文学的代表人物，同时也是中德文学关系史上绕不过去的重要作家。与人们今天以为歌德非常欣赏中国文化的印象不同，歌德其实具有相当"固执"的西方文化立场。就其自传《诗与真》来看，他早年曾对流行于欧洲的"中国式风格"视同为矫揉造作的"非自然"，并予以拒斥，这与他本人反对洛可可的矫饰风气，提倡质朴的立场是一致的。上提翁策尔长篇挽歌《武帝在秦娜墓旁——一首中国趣味的挽歌》发表后，歌德随即（1773 年）就在《法兰克福学者通报》上予以讥评。1777 年，歌德完成讽刺性喜剧《情感的胜利》，其中描述了一个在德国"庆贺"自己胜利的中英花园，对所谓"中国趣味"的讽刺，豁然在目。而他 1796 年写下的诗歌《罗马的中国人》中，将自己批评的对象，一位浪漫主义作家，比作中国人，再次让人感到他面对中国的批评立场。但是，歌德毕竟是个具有世界眼光的伟大作家，尤其在晚年，他确实曾对遥远的中国文化或文学，发生浓厚兴趣。今天，根据歌德日记中的零星记载，人们大体可确定，歌德曾接触过英译中国一长篇木鱼书曲目《花笺记》、元曲《老生儿》、小说《好逑传》、法译《玉娇梨》，还有收录多篇出自《今古奇观》故事的《中国短篇小说集》。尤其在其秘书爱克曼所录的《歌德谈话录》（1827 年 1 月 31 日）中，他留下了对中国文学（很可能牵涉到《好逑传》）的著名评论。也正是在 1827 年，歌德与中国文学的关系出现突破。他将 4 篇中国诗歌，亲自译成德语，附加上自己的介绍或注解，以《中国作品》为题发表。其中第一篇是《薛瑶英》，第二篇为《梅妃传》，第三篇为《冯小怜》，第四篇叫《开元宫人》。

歌德"翻译"的蓝本，是英人托姆斯《百美新咏》的英译。托姆斯采用的是直译方法，译文大体符合原文。歌德则不同。除了第四首《开元宫人》，大体仅撷取中国故事的某些母题因素，借题发挥，塑造了一个个怨恨绵绵、情意长长的中国女子形象。所以，尽管今天人们常常称其为"翻译"，它们其实只是改编。也在 1827 年，歌德开始创作长诗《中德岁时诗》，两年后完成。仅从篇名上看，此作已是中德文学关系史之重要篇章。组诗中不时出现的中国要素，凸现出歌德进行中德对话的努力。但就思想内容或写作风格而言，它毕竟是歌德的自主创作，更多地表现出德式风格。尤其是诗中由鲜花引出的爱情母题，以及充满爱情咏叹与暗示的内容，与诗题所呈现的自然诗的主题倾向，颇不相符。德国著名日耳曼学家贡多尔夫（Friedrich Gundolf）说，歌德创作此诗是为了试验一下细腻小巧的手段，说中国精神对他来讲一直是陌生的，实为犀利之言。但国内有些评论对歌德与中国这个题目，似有过度诠释的倾向。比如，有叙述中德关系史的文章，引用歌德在《中德岁时诗》中的诗句"视线所窥，永是东方"，解释说，歌德在此表达出对中国的深情厚意。[1] 有鉴于此，似有必要补充说明。就是在晚年对中国兴趣盎然的年代，对歌德来说，中国仅是可以观赏的对象，而非值得仿效的典范。他作于 1822 年的《格言与反省》中的一段话，可以为证。他在提及罗马及希腊文学的研究时说，中国，也包括印度和埃及，只是新奇的事物而已，熟悉它们不错，但对于德国或欧洲人的道德、美学和教育来说，贡献不大。

---

1. 丁建弘：《"视线所窥，永是东方"——中德文化关系》，见周一良主编：《中外文化交流史》，第 97 页，郑州：河南人民出版社，1987 年版。这一解读方法，此后似乎颇受欢迎。新近可见王艳、崔毅编著：《一本书读懂德国史》，第 126 页，北京：金城出版社，2011 年版。

总而言之，歌德的世界眼光是事物的一方面，坚守欧洲立场是事物的另一方面。

德国古典文学时期的另一位大师席勒，与中国也大有关联。更吸引他的，是中国的哲人及其思想。1795 年和 1799 年，他分别完成两首《孔夫子的箴言》。在第一首诗中，他叙述了人类对时间的认识方式及其特点，似乎告诫世人，要顺从生命中的时间顺序。第二首以空间为题，同以时间为题的第一首诗，形成呼应。在中德文学关系的研究中，人们曾试图弄清这两首诗是否确为孔子语录或其变体。虽然席勒在世时，孔子及其学说已在欧洲流传，并对启蒙运动产生影响，但人们始终无法证明，席勒读过《论语》西文译本。研究表明，席勒接触孔子及其学说，大体上通过德译《好逑传》中的附录"中国格言和深刻的道德表述"，其中收有数十条孔子箴言。此书不仅引出席勒这两首孔子诗，其主体小说《好逑传》，更让席勒不能忘怀。完成第二首《孔夫子的箴言》之后不久，席勒甚至表达出改编这部中国小说的想法，并询问出版机会。可惜这个想法最后不了了之。也许，他的中国情结业已旁移他处。1802 年，他完成改编自意大利作家戈齐的剧本《杜兰朵——中国的公主》，翌年上演。既然是个中国故事，席勒在改编中，用各种方式，勉力渲染所谓的中国气氛。为了使剧本演出具有持续魅力，席勒给剧本准备了多个谜语，其中之一与中国的长城有关。

与歌德和席勒同受"中国热"所熏染的魏玛宫廷文人中，还有一位叫塞肯多夫（Karl Siegmund Freiherr von Seckendorff, 1744—1785）。1781 年，他曾在杂志上发表随笔《中国道德家》，介绍孔子学说，为人类教育提供准则。文章分两部分：第一部分介绍中国人礼貌得体，说的是个人的道德修养问题；第二部分讲述中国儒家学说中所含有的生活智慧。随笔为连载形式，结束于"待续"，成为残篇。同年，他转而开始发表小说《命运之轮——一个中国故事》，转向老庄哲学。他以"庄生梦蝶"的故事为出发点，探讨人生哲学问题。小说也以连载方式发表，最后也有"待续"字样，但就此中断。两年后，即 1783 年，塞肯多夫把上述小说改编后，推出单行本，题目改为《命运之轮或庄子的故事》。此书内容与《命运之轮——一个中国故事》相比，其实有重大改变。小说先讲老子的生平和理论。接着讨论西方哲学著名的本体论问题：我是谁？我在哪里？我为何存在？这也是小说第三、四、五章的标题。然后续上庄子的成长或冒险故事。小说同样没有完成，中断于庄子的继续漫游之途。

浪漫主义是德国文学史上的一个非常重要又独具特点的阶段。它更强调个人意志、感情和无意识，倾向怀古遁世，重视童话传奇。浪漫主义作家有足够理由，对以理性主义面貌出现的中国采取批判立场。德国浪漫主义理论家弗里德里希·施莱格尔（Friedrich Schlegel，1772—1829）和奥古斯特·威廉·施莱格尔（August Wilhelm Schlegel，1767—1845）兄弟两人，分别在他们的著述里，或批评中国崇拜理性而缺乏情感与生机，或沿着赫尔德说中国"是一具木乃伊"的足迹，批评中国戏剧的历史，说它停滞不前。不过同时，中国形象在这一阶段里，以从未有过的多姿多彩出现在世人眼前。德国浪漫主义文学名作、沙米索（Adelbert von Chamisso，1781—1838）的小说《彼得·施莱米尔卖影奇遇记》，讲主人公为社会所抛弃后，孤身一人，四处游走，某日发现自己站在耕种整齐的稻田和桑树间，在似梦非梦中，看到中国人。沙米索还创作诗歌《尼怨》，副标题甚至是《德语按中文译》，讲中国的一个妙龄女子被迫出家，孤寂中思凡结缘，偕夫生子后又回到现实，很有"一枕黄粱梦"的味道。就诗歌语言素材所载的文化要素来看，这是一首西方诗歌，其实却是 18 世纪由传教士从中国携往欧洲的中国明清小曲《尼姑思凡》的一个改编。

同期德国文学史上另一位名家海涅（Heinrich Heine，1797—1856），虽然与浪漫主义文学有扯不断的联系，但更是青年德意志文学的代表。他曾在不同的场合评论中国或中国文化。其代表作之一《哈尔茨山游记》（1826）中，虽然不乏优美的自然景色描写，但也有充满讥讽的议论。海涅让一个经过 30 年漫游后返回家乡的老人，对各民族的葬礼风俗发表议论，其中也涉及中国人及其礼俗。海涅笔下的中国人滑稽可笑，葬礼习俗绮靡浮华。同样的讥讽文字几年后继续出现在其讽刺散文《封·施纳贝莱沃普斯基先生回忆录》（1833）中。1833 年海涅完成其批判浪漫主义的名作《论浪漫派》（1833），集中地表达了自己的中国观。论著第三卷第一章，开篇即以形象生动的文字，叙述了中学西渐的过程，并展现了由此产生的德国的中国观。约 10 年后，他创作诗歌《中国皇帝》。诗歌描写一个终日醉酒的中国皇帝，影射的却是当时的普鲁士国王。抨击德国政体，却拿中国说事，这让人看到，对海涅来说，中国不仅在艺术上华靡虚浮，而且政治上落后反动。中国皇帝的形象，从启蒙运动中的圣明君主到现在的独裁暴君，正是在海涅笔下，完成了一百八十度的转变。

前及德国浪漫主义作家沙米索的一位好友埃利森（Adolf Ellissen，1815—1872），1840 年出版题为《茶与水仙》的译诗集。所谓"译"，其实是改译或改编。其中有一首叙事诗，题为

《明笔》，每段 6 行，共有 16 段之长。实际上讲了下面这个故事：一个名叫少公（Scheu-Gung）的中国诗人缺少诗才，从魔鬼那里借得"明笔"一支，写下不朽诗篇。以后魔鬼索回神笔，他的诗越来越糟，但声名不减。因为天才的桂冠，替他挡住任何批评。这其实是中国故事"江淹才尽"或"江郎才尽"的改编。另一位作家汉斯·霍普芬（Hans Hopfen，1835—1904）1886 年发表同名叙事诗。故事依旧，只不过主人公的名字稍有改变。

"江郎才尽"故事在德国的接受史还在继续。1914 年，德国作家汉斯·封·古姆彭贝格（Hans von Gumppenberg，1866—1928）推出三幕喜剧《英笔》（Der Pinsel Yings）。此剧 1917 年在魏玛宫廷剧院首演。那应该也是席勒的"中国公主"喜择夫婿的地方。席勒的《杜兰朵——中国的公主》曾于 1802 年在魏玛的宫廷剧院首演。两部所谓中国作品中的男性主角，或擅长猜谜，或精于吟诗，似在一定程度上体现出欧洲人的中国观。

本书第四章探讨 19 世纪末到 20 世纪初中国文学在德国的影响或接受。第一节谈 1910 年诺贝尔文学奖获得者、德国作家海泽（Paul Heyse，1830—1914）对《诗经》故事和《三国演义》的改编。海泽是德国首位改编中国文学的诺贝尔文学奖获得者。1852 年，他发表叙事诗《兄弟——一个诗体中国故事》，讲卫国王子季和异国公主文姜的故事。季的父亲、国王文公看中文姜，强娶她为妻。季认命。文姜生子后，季把自己的爱移到这个孩子身上。这惹恼文公。他布下圈套，要害儿子。但误入圈套的是季的同父异母兄弟。季为救他，同样受伤。临终前他抱着死者，来见父亲。恶贯满盈的文公，最后难逃命运惩罚。全诗以王后独自离去、国家崩溃的悲剧结尾。作品显然改编自中国《诗经》中有关卫宣公筑新台强占儿媳等有关故事。海泽对中国文学的兴趣，更集中地表现在他 1856 年完成的诗体小说《国王和僧侣》。这次的题材，出自中国古典名著《三国演义》。小说的开头，就采纳《三国演义》第二十九回"小霸王怒斩于吉，碧眼儿坐领江东"中的一首诗。海泽在众多《三国演义》故事中，独选孙策为题，很可能受到法国汉学家巴维在 1845 年到 1851 年间，分卷出版的《三国演义》法译本影响。海泽笔下的孙策，同样才高气傲，不信鬼神，与汉语原作中孙策的故事基本相同。但是，为了适应德国读者的审美趣味，海泽还是让不畏天地的小霸王孙策，戴上信奉上帝的十字架。海泽并不热心政治，但在这部改作中，不难让人看出他对治国理想的向往。

第二节介绍与海泽同时代的另一位德国作家格林（Herman Grimm，1828—1901）。

他本人是德国艺术史家，父亲则是德国著名语言学家、童话编撰者威廉·格林（Wilhelm Grimm）。他1856年发表的《小说集》中，有一篇叙事诗，题名《蛇》，讲一个青年男子骑马回家，途中路遇一个美女，径直向她求婚。尽管姑娘表示拒绝，说自己是蛇，可能会给他带来灾难。但小伙子为其美貌所迷，还是将她带回家，两人成为幸福的一对。一天，家里来了一位生客，识破妻子的真身，对小伙子说，她是蛇，以后会吸干他身上的血。小伙子按陌生人的安排，窥破妻子真身。担心遭难，他狠心将妻子推进面包炉。垂危的妻子怒斥他的背叛。这个凄惨动人的故事，曾引起人们追寻题材来源的兴趣。早在20世纪初年，已有德国学者发现，这个故事源自中国的《白蛇记传》。但与中国原作相比，格林叙事诗在情节及人物塑造方面均有不少变动，体现出中西文化的各自特点。这篇中国"蛇女"的故事，继续发生影响，波及到19世纪另一位德语文学大家、有"瑞士的歌德"之誉的凯勒（Gottfried Keller，1819—1890）。他在1860年也写成一部叙事歌谣，题为《查莫尼克斯的药师》。故事讲药师蒂图斯恋上了迷人的女子罗莎罗勒。但蒂图斯同时又爱上了养蜂姑娘克拉拉。一天夜里，他在梦中泄秘。罗莎罗勒准备报复。她将火棉塞进一条为蒂图斯编织的蛇形围巾，并给他戴上脖子。一天清晨，蒂图斯外出打猎，误把罗莎罗勒当作山羊射入深渊，而猎枪迸出的火星，同时引燃了自己脖子上那条塞满火棉的蛇形围巾。凯勒在其作品中，没有像格林那样点明女主人公的真实面貌，但诗句中多处描写都带有对蛇的暗示。如蛇的罗莎罗勒虽然未遇到镇蛇的对头，但最终还是被误作兽类打死。而作品中"蛇女"母题的采用，极可能受格林以上作品的启发。

第三节涉及到德国19世纪现实主义文学的最杰出代表冯塔纳（Theodor Fontane，1819—1898）。其代表作、长篇小说《艾菲·布里斯特》（1895），初看与中国无关，细究隐含着一个牵涉到中国的巨大秘密。小说讲贵族小姐艾菲，依父母之命，嫁给男爵殷士台顿。年长的丈夫热心功名，年幼的艾菲寂寞之余，受丈夫之友、少校克拉姆巴斯勾引。多年后东窗事发，丈夫在决斗中打死情敌，然后休妻。艾菲众叛亲离，独居异地，身患重病后获准返回娘家，不久去世。故事主线似与中国无关，但牵涉到一个由艾菲新居原主人、一名远洋船长带回德国后殉情而死的中国人。而艾菲在家中发现的一张中国人图片，似乎就是墓地中那个中国人的化身。这使艾菲整日里心神不宁，甚至恳求丈夫搬家，以避鬼魅，但被丈夫以这会影响他的仕途为由而拒绝。以后，这个中国人在小说情节发展的多个转折点出现，犹如一个引导母题，贯穿全书。

到了最后，这个"中国鬼"由可怖变为可亲，其深奥的寓意引起多方关注，成为小说《艾菲·布里斯特》解读中不可绕过的母题。

第四节讨论的对象是德国通俗小说家卡尔·迈（Karl May，1842—1912）。这类作家一般不入纯文学评论家的法眼，卡尔·迈似为例外。对许多在19世纪末20世纪上半叶度过自己青少年时代的德国人来说，卡尔·迈的小说是他们认识世界的重要途径。在他所创作的众多冒险小说中，有多部涉及中国。它们既反映出当时德国文坛的中国形象，同时也对这类形象在德国的继续流传，作用非常。在1880年出版的小说《江路》（Kiang-lu）中，中国被形象地描绘成一条骇人的巨龙，而小说主人公则大着胆子踏上龙体，和他的同伴一起开始在中国的"降龙"的冒险。如果说，《江路》中的德国英雄是踏在龙背上耍尽威风，那么，卡尔·迈的另一部小说《红蓝色的玛土撒拉》（1892）中的主人公，则径直展开了一场"反对龙、蝾螈和中国人"的战斗。他和他的同伴们捕获的一条中国海盗船，船名就叫"海龙"。另一部涉及中国形象的小说是《黑色野马》（1897）。它通过对美国西部修筑铁路的华工的描述，同时揭开19世纪美国历史上贩卖黑奴后的罪恶一页：从中国掠夺廉价劳动力。卡尔·迈晚年作品在政治上曾有一个突变。他开始抛弃自己那为殖民主义扩张和帝国主义侵略推波助澜的做法，转而鼓吹起人类及世界和平。在代表作之一《大地和平》中，他试图对造成这类中国偏见的社会历史背景进行中肯的分析。

第五节介绍德国印象主义文学代表之一道滕代及其"中国"小说。他曾在1905年到1906年间，首次完成了自己世界旅行的夙愿，漫游途中来到中国。1909年发表的小说集《林加姆》，收有两篇与中国有关的小说。一篇根据"广东的一家商店"写成，名叫《未埋葬的父亲》。讲广东一玉石店老板忽然去世，留下5个孝顺的儿子。他们为父亲定制了3个贵重的棺材，但未曾料到，死去的父亲债务缠身，留下的遗产无法支付昂贵的丧葬费。结果是父亲无法落葬。在儿子们一筹莫展之际，被他们瞧不起的妹妹的发愿，感动上天。地震中父亲的尸体被深埋地下。一个弱女子的眼泪和祈祷，其效果强于男人们的所有行动。而根据"上海的一个官员俱乐部"所写成的小说，题为《在官员俱乐部》。故事主人公是上海一名年轻官员，其星象与当政皇帝一模一样。不过，知道这一秘密的只有他本人和他的一位占星家朋友。一天，占星家被街上的喧闹声惊醒：消息传来，皇帝驾崩。而他那与皇帝在同一时间出生的朋友，也骤然去世。两篇所谓的中国小说中，均弥漫着一种异国的宿命情调。作者尝试着从一简单的"中国"图像出发，添上自己关于中国社会、历史、宗教和文化的各种知识，试图营造出具有"中国情调"的异国故事。

第六节所谈，是中国"褒姒故事"在德国文学中的流传。这个中国故事在欧洲的流传史，首先要归溯到上及对歌德与中国的文学关系产生重大影响的英人托姆斯。他的英译《花笺记》中附有对中国《东周列国志》中《幽王烽火戏诸侯》故事的介绍。此书 1824 年由英国东印度公司在澳门印行，受到欧洲学界极大关注。关注者之一竟然是海涅。他早在 1833 年的《论浪漫派》中，就以极富文采的笔触，讲述了这个故事。但他舍去"烽火戏诸侯"，突出"喜听裂帛声"，假借一中国公主的怪诞行为，批评德国浪漫派的怪诞奇异。以后，德国汉学家阿恩特（Karl Arendt，1838—1902）用德语直接从《东周列国志》中翻译了这篇小说，使德国读者有机会完整地认识这个故事。这给阿恩特的学生之一、德国印象主义作家比尔鲍姆（Otto Julius Bierbaum，1865—1910）留下深刻印象，将其改编为长篇小说《鲍家漂亮姑娘》（1899）。小说情节大致沿中国原作轨迹发展。上天发怒，以褒姒为工具惩罚周王朝。褒姒被遗弃后，由红鸟护卫而不死，以后替她守夜的是凤凰，给她哺乳的则是月亮。但这个喝月光长大的女孩眼含杀机，逐步实现自己的使命。在比尔鲍姆的改作中，尤其令人瞩目的是对色情的描绘和强调。中国的《幽王烽火戏诸侯》，虽然讲酒色误国，但宣扬封建正统思想的总倾向，没有给色情描写留下余地。作为情节发展的必要交代，有些情节只是雾里观花似的一笔带过。比尔鲍姆小说的整个风格是诗意的。作家凭借自己有限的中国知识，尝试在作品中营造一种中国氛围。有的易懂，有的费解。但给人印象最深的，大概莫过于小说借助异国故事，渲染色情。这该有其原因。那个时代的不少作家，在性伪善和性压抑的环境中度过自己的青少年时代。为了摆脱并控诉这种非人性的桎梏，他们在作品中呼出享乐主义的原则。也许正是这种对传统的冒犯和对社会的失礼，让小说受到那个时代许多读者的欢迎与承认。中国美女褒姒的故事，也就在德国广泛流传。

褒姒故事的德语文学之旅尚未结束。1914 年，另一位印象主义作家格赖纳（Leo Greiner，1876—1926）改编并出版一部中国小说集，题名《中国之夜》，书中也收有褒姒的故事，取名《龙种的女儿》。格赖纳声称，小说在一个中国人的帮助下重译。其实这只是《幽王烽火戏诸侯》的一个缩写本。

另一位改编这个故事的著名德语作家是黑塞（Hermann Hesse，1877—1962）。他 1929 年发表传奇《幽王的毁灭》。故事讲周幽王为保卫国土，采取两个措施。先同诸侯们立下盟约，一旦有敌来犯，必须赶来保护。后让人在边界建造无数信号台，一直通到每个诸侯国。信号台上安有大鼓。一旦发生敌情，马上报警。妻子褒姒对这个警报系统兴致盎然。建筑师为了讨她喜欢，替她做了一个类似的玩具模型，但是代替大鼓的是小铃。褒姒经常以此作乐。信号台终于落成，演习成功。但是，见过真实演习后，玩具模型再也激不起褒姒的兴致。她百般无聊。经不起她的纠缠，幽王再次令人敲响大鼓，讨她欢心。诸侯们各自率部开向首都。这乐坏了褒姒，愁死了皇帝。他不得不说明，这是一次假警报，由此失信于众。不久，真的发生外敌入侵，震天的鼓声传遍全国，但无人把它当真。最后京城失陷，幽王被杀，褒姒死于非命。

对比之下，黑塞和比尔鲍姆用同一题材，编出不同故事。这种差别主要表现在两位作家不同的出发点上。比尔鲍姆感兴趣的看来是这个中国故事中的异国他乡情调，并试以夸张，尤其是强调色情的手法，达到惊心动魄的效果。而黑塞注意的似乎是故事中透露的一种社会历史现象，即女人参政的后果。所以，中国故事中撕绸裂帛这一重要情节，在他的改编中不复存在。

第七节谈奥地利作家霍夫曼斯塔尔（Hugo von Hofmannstahl，1874—1929）对中国文学及哲学的接受。早于比尔鲍姆《鲍家漂亮姑娘》两年，霍夫曼斯塔尔已对中国皇帝的故事发生兴趣，写下诗歌《中国皇帝说》（1897）。此诗表面上看，只是一个中国皇帝的一段乏味独白。但细读之下，可以感到作者观察中国的一种独特方式。作者从"围墙"入手，因为德语中的"中国围墙"，指的就是中国长城，所以"围墙"似有中国长城的影子。但从上下文来看，"围墙"在诗中更像意指从坊墙到宫墙、城墙等那每一层都四合封闭的中国围墙建筑形式。在诗中，随着这类围墙群组的每一次扩展，便产生了不可逾越的等级和秩序。围墙中心是万人之上的天子，接着是贵族、士兵、平民和异族贱民，因而围墙本身也被赋予一种强调集权与统一、否定平等自由的象征意义。由此，此诗形象化地点明了中国封建社会的一大特点，其批评态度显而易见。同年，霍夫曼斯塔尔还完成了一部"幕间小喜剧"，名为《白扇》。剧本讲一年轻寡妇梦见自己手执白扇，扇枯了死去丈夫坟前的鲜花，扇干了坟上的湿土，惊哭而醒。羞愧惊骇之余，她去丈夫墓前，表示忏悔之意。这时她遇见刚从自己妻子坟前返回的堂兄。两人都是新近丧偶，悲痛未平，但互生爱意。这其实是《今古奇观》20卷《庄子休鼓盆成大道》中"不忠的寡妇"故事的变体。原故事讲庄子一日出游，路见一穿丧服少妇，手持素扇，扇坟不已。庄子行起道法，替妇人扇干了坟冢，但禁不住嗟叹世事无情。霍夫曼斯塔尔还写过一部借鉴中国文学作品的剧本《蜜蜂》（1914），讲一只蜜蜂变成一个年轻漂亮的姑娘，引诱一个已有妻儿的书生。书生几经犹豫，终于抵挡不住诱惑，走进蜂房，纵欲狂欢。妻子目睹丈夫的背叛，痛苦万分。她塞上耳朵，以防孩子的哭声使自己心软，服毒自尽。这时蜂房中的丈夫感到一阵心惊。他回到家中，仆人和孩子都对他视同陌路。书生幡然悔悟，拿起斧子，手持火种，捣毁并烧掉蜂房，后起身赶往妻子墓地。路上，复仇的蜜蜂麇集攻之，复活的妻子使他免受伤害。夫妻双方经历磨难后破镜重圆。这个奇妙故事的题材来自中国《聊斋志异》中的《莲花公主》。同对《庄子休鼓盆成大道》的处理一样，霍夫曼斯塔尔也从中国故事中截取了单个母题，并对原作进行了重大改动。霍夫曼斯塔尔对中国或中国文学及文化的关注，在其作品中还留有不少痕迹。1916 年，柏林的德意志剧院首演他的另一出芭蕾舞剧《绿笛》。剧本讲一个英俊王子吹奏神笛，从妖魔手中解救一位美丽公主。这是一个德国童话中已经用俗了的题材。或许正是为了突破这一窠臼，霍夫曼斯塔尔让剧中人物用上了中国名字，并对布景服装提出有中国特色的要求。就此而言，此剧可视为 18 世纪欧洲的中国热在 20 世纪德国舞台上再现的范例。霍夫曼斯塔尔不仅改编中国文学，而且也在自己的作品中处理中国哲学思想。比如在残篇剧本《塞弥拉弥斯》（1908—1909）中涉及东方哲学思想，在另一未完成剧本《二神》（1917）中演绎老子哲学，并在剧本中多次摘引《老子》语录，反映出那个时代德国文人面对精神危机，在东方的中国寻找出路的努力。

第八节讨论德国表现主义文学大师德布林（Alfred Döblin，1878—1957）及其小说《王伦三跳》（1915）与老庄哲学的关系。小说《王伦三跳》以 18 世纪中国乾隆年代的历史为背景，以中国道家哲学为依据，讨论了"无为"哲学实际操作的可能性，并展现中国社会各阶层的生活画面。主人公王伦生于山东一个渔民家庭，游手好闲，偷盗欺骗。他目睹朋友被害，杀死凶手后逃入深山。在那里，他以"无为"思想，召集游民，组成一个所谓的"无为教"。在他启程去寻求与白莲教取得联系时，无为教中分裂出一个"破瓜王国"。这个无为教的支派最终在清军的血腥镇压下逃到扬州。王伦归来后不愿看到他们死于屠刀之下，亲自在水中下药，毒死"破瓜王国"的成员。经过一段平静的生活之后，被清军对无为教的残酷镇压所激怒，又在朋友的劝说和对同伴责任感的促使下，王伦返回无为教，率领教徒加入反清复明的起义行列，最后兵败临清城，自焚身亡。《王伦三跳》是德语文学史上为数不多的真正基于中国历史写成的一部小说。小说以一段道家语录开篇，而全书的关键词是老子的"无为"。德布林在小说中频繁引用佛道语录、阴阳理论。小说作者的着眼点，一是演绎自己所理解的道家无为思想；二是用自己掌握的中国知识，展现一幅较真实的中国社会图景。由此，中国的风水术、鬼神信仰乃至巫术等社会迷信活动，无不出现。为了在小说中塑造出比较真实的中国氛围，德布林用了不少对德国读者来说费解的汉语音译，比如"鬼王"和"阎罗王"。此外，他还翻译使用一些中国成语，比如有"一只青蛙吞不下一只仙鹤"和"龙和凤宣告幸福"。这显然分别是汉语"癞蛤蟆想吃天鹅肉"和"龙凤呈祥"的德译。当然，作为文学家，德布林的兴趣更多地集中在中国文学上。小说中，他或是径直抄取，或是融会贯通，接触到不少中国文学作品。其中有杜甫《秋兴八首》中的诗句，袁枚的《哭阿良》，还有乾隆帝的诗。另外，《庄子·渔夫》中的故事，也出现在他的小说中。根据作者原先的设计，小说《王伦三跳》开头还有一篇相当于中国传统话本小说中"入话"似的故事。但这篇故事被作者从小说中抽出，1921 年才单独发表，取名《赵老苏受袭》。小说开篇的一段景色描写，处理的是《庄子·逍遥游》中"鲲鹏图南"的寓言。《王伦三跳》曾被誉为德国"第一部表现主义长篇小说"，可见它在德语文学史上地位非同一般。小说本身获得巨大成功，德布林就此从一位无名的医生成了一位有名的作家。尤其值得一提的是，至少在德国，众多读者正是通过这部小说，首次了解了中国的古老智慧，即老子的学说。作为犹太人，德布林早在 1933 年国会纵火案的第二天离开德国。流亡期间，他再次接触中国思想。其标志是他 1940 年发表的一本英文书，书名是《孔子的生活思想》，其中收有他自己一篇关于孔子的论文和一些分别来自《大学》《中庸》《论语》《孟子》《孝经》《书经》及《诗经》中的篇章。

　　第九节以德国诗人理查德·德默尔（Richard Dehmel，1863—1920）为重点，介绍德国作家对中国古典诗歌的改编与仿作。19 世纪末 20 世纪初，中国文学对德国的影响，同时也进入德语诗歌。德国自然主义文学代表霍尔茨（Arno Holz，1863—1929）、尤利乌斯·哈特（Julius Hart，1859—1930）等，都曾对改编中国古诗兴致盎然。在印象主义作家中，更有多人爱上并改编了中国古诗。德国诗人德默尔，就曾发表诗歌《中国饮酒歌》（1893），副标题是《根据李太白》。此诗实际上是对被归在李白名下的《悲歌行》的改编。从内容上讲，德默尔紧扣借酒浇愁的主题，甚至原诗中主人有美酒、客人有音乐的对比，以及"琴鸣酒乐两相得"的情境，也在改编中得以再现。以酒入诗，这在德国文学中也早已成为传统，但大多是"葡萄酒赞歌"类的"颂酒诗"，与中国的唐诗，尤其是李白诗中一些以醉酒达到物我两忘境地的"醉酒诗"是大不一样的。相比之下，德默尔的改编，却展现了醉酒这一中国文人的求生及超脱方式。接着《中国饮酒歌》，德默尔还改编了李白的《静夜思》。《静夜思》在德国是被改编次数最多的中国诗歌。上提哈特，也曾发表此诗的德语改编。1906 年，德默尔又发表他的 3 首李白诗的改作：《遥远的琉特》《同盟中第三者》《春醉》。其中第一首出自《悲歌行》，第二首来自《月下独酌》，第三首原作即是《春日醉起言志》。其实，德默尔并不把自己的这些"中国诗"看成纯粹的改编，而视之为本人创作的一部分。他深知中西语言文字间的巨大差异，认为与其勉为其难，不如突破樊篱。特别是他对李白诗中不同母题的重新组合，确是一种大胆创举。把中国诗人李白改造成一个适合德国读者的新人，这是德默尔给自己提出的任务，而在这点上他成功了。德默尔对李白诗的改编，曾在德国文学界一时成为美谈，他一夜之间成了不少人眼中的中国文学专家。

第十节以《今古奇观》和《聊斋志异》的德译为例，介绍中国短篇故事集在德国的译介。法国教士迪哈尔德（Du Halde，1674—1743）自 18 世纪初起，专事收集传教士们发自中国的各种报告、译文，以后编撰出版了洋洋 4 卷的《中华帝国全志》（1735—1737）。该书首次向西方世界全面介绍中国的政治、文化、历史和地理等情况，在中外关系史上享有盛名。书中，还收入法国传教士殷宏绪（D'Entrecolles）译的 3 篇《今古奇观》中的故事。1747 年到 1749 年，《中华帝国全志》德译本在罗斯托克问世，《今古奇观》迈出了它在德语区漫长旅途的第一步。1827 年，法国汉学家雷米扎（Rémusat）主编出版《中国小说集》。此书同时收录《今古奇观》的数篇故事，而德国人闻风而动，这本小说集的德译本，同年就在德国莱比锡出版。1839 年英国人斯洛斯（Sloth）在香港翻译了《王娇鸾百年长恨》，译本触动了德国诗人阿道夫·伯特格尔（Adolf Böttger，1815—1870）的翻译雅兴，以一个扣人心弦的题目《一个少妇的血仇》于 1849 年在莱比锡出版德译本。此后，德国外交家、著名叔本华研究者格里泽巴赫（Eduard Griesebach，1845—1906）借助英译，转译了《庄子休鼓盆成大道》，取名《中国寡妇》，并且写下一篇论文《不忠的寡妇，一部中国小说及其在世界文学中的演变》，附同译文一起发表。此书 1873 年初版于维也纳，以后多次再版，可见它颇受读者欢迎。接着，格里泽巴赫又编译《今古奇观：中国的一千零一夜中的古今小说》。《今古奇观》在反映社会生活方面，同古代阿拉伯名著《一千零一夜》有同工异曲之妙。但是，无论就作品反映生活的广度和深度来说，还是就作品对后世文学的影响而论，《今古奇观》似乎不能同《一千零一夜》相比。格里泽巴赫把《今古奇观》称为中国的《一千零一夜》，无疑是他对中国文学的褒扬。此后，《今古奇观》的德译者队伍不断壮大，其中还不乏汉学家，有格奥尔格·加布伦茨（Georg Gabelentz）、威廉·塔尔（Wilhelm Thal）、法特尔·亨宁豪斯（Father Henninghaus）、莱奥·格莱纳（Leo Greiner）、保尔·屈内尔（Paul Kühnel）、汉斯·鲁德尔斯贝格尔（Hans Rudelsberger）、瓦尔特·冯·施措达（Walter von Strozoda）、洪涛生（Vincenz Hundhausen）、弗兰茨·库恩（Fanz Kuhn）等。关于《今古奇观》在德国的流传，我国学者陈铨在他 1933 年的德语博士论文中说，希望有人能把《今古奇观》里的故事全部译成德文。陈铨写下此话后半个世纪，《今古奇观》的 40 篇故事中，依旧还有 10 多篇没有德译。[1] 而这种情况最终随着瑞士玛奈塞（Manesse）出版社 1984

1. 参见 Gottfried Rösel: Nachwort zu "Altchinesische Erzählungen" -Aus dem "Jin-Gu-Tji-Guan". Manesse Verlag 1984、S.657.

年版的《来自〈今古奇观〉的古代中国小说集》的问世，最终得到改变。此书由选自未有德译（或德译本无从寓目）的 10 多篇《今古奇观》故事组成。这个译本的问世，标志着《今古奇观》在两个多世纪时光的骎骎流逝后，终于被全部译成德语，意味着普通德国读者有了阅读整部《今古奇观》的可能。这无疑是中德文学交流史上应该记录的一件大事。译者勒泽尔（Gottfried Rösel，1898—1992）曾于 20 世纪 20 年代在柏林大学东方语言系学习汉学，以主科汉学，副科满文和蒙古文博士毕业。但他未从事汉学工作。1968 年退休后，勒泽尔移居瑞士的卢加诺，以 70 岁的高龄重起炉灶，温习汉语，从事中国古代小说的翻译和研究。在德译《今古奇观》故事正式发表前，他用近 10 年的时间，将整部《聊斋志异》的 500 篇故事，悉数译成德语，从 1987 年到 1992 年（即他去世的那年），分成 5 卷在瑞士出版。第一卷《与菊花相处》，第二卷《睡梦中的两个生命》，第三卷《拜访仙人》，第四卷《让蝴蝶飞翔》，第五卷《与生者的联系》。勒泽尔博士治学谨严，仅就其为《今古奇观》写的后记和为《聊斋志异》撰写的前言来看，其学养让人肃然起敬。两种译著后各附几十种现有多种欧洲语言的译本目录，为中国文学德译史提供了难得的书目材料。

第十一节介绍克拉邦德与中国文学及哲学的关系。克拉邦德（Klabund，1890—1928）是德语文坛又一名新的中国古典诗歌的崇拜者和介绍人。1915 年他曾出版诗集《紧锣密鼓——中国战争诗》，主要收李白、杜甫等唐代诗人及来自《诗经》的一些反映战乱的诗。书名和选题，明显带有第一次世界大战的背景。次年他又发表了诗集《李太白》。该书是李白诗改编集。同有些生怕遗漏而尽力铺陈的翻译或改编不一样，克拉邦德的翻译重在原诗的意象，并且力求简洁精练。1921 年，克拉邦德还出过另一本中国诗集，书名为《花船——中国译诗》，此书是他介绍改编中国诗的顶峰和终结。克拉邦德尤其对老子哲学情有独钟。他在 1919 年发表诗集《三声》，集中体现了他这方面的见解和体会。此书共分三章，前两章充满对城市文明的批判和对大自然的向往。与老子哲学关系比较密切的是第三章中所谓的"夷、希、微"。它们来自《道德经》第十四章中的一段话："视之不见，名曰夷；听之不闻，名曰希；搏之不得，名曰微。此三者不可致诘，故混而为一。"有德国学者将此归纳为"夷、希、微"，认为这是神圣的三声理论。这也是书名的来源。克拉邦德据此为自己的出发点，用大量篇幅，并在世界哲学思想的背景下，解读中国的哲学理论。而他把中国的老子，置于印度的菩萨和犹太人的耶稣之上，让人回忆起 18 世纪启蒙运动中的德国哲学家沃尔夫。他曾因为把孔子与耶稣相提并论，被剥夺教职和驱逐出境。克拉邦德所处时代氛围，显然已经没有那么严酷。克拉邦德在《三声》中尚未过足"道"瘾，稍后他还改编过《道德经》全书。作为诗人，他尝试在改编中添加了我们无法移译的音韵游戏，受到后人诟病。关于老子，他不仅留下描写老子出生的叙事诗《老子》，还在自己的著作《文学史——从古到今的德国和外国文学》中，在篇幅不到 10 页的"中国"一章里，继续述评。他在那里极其精辟地论述了中国哲学、文字和文学，还逐字引述"庄生梦蝶"的故事。他对中国文学的敬佩欣赏之情，溢于言表，十分感人。

第十二节转向德国表现主义文学的另一位大师，奥地利诗人埃伦施泰因（Albert Ehrenstein，1886—1950）及其与包括《水浒传》在内的中国文学的关系。他曾在 1922 年发表《诗经》一书，其副标题直译为《由孔子编撰的中国诗歌集。一百首改成德语的诗。阿尔贝特·埃伦施泰因按弗里德里希·吕克特》。为了适应德语的习惯，埃伦施泰因对《诗经》中的诗歌做了很大改动。比如他的《诗经》第一首题名，汉译应为《郊游》，对应的汉语原作其实是《国风·溱洧》；第二首题为《雨》，对应的汉语原作该为《国风·风雨》。对比之下，原作和改编之间差别巨大。但他还是努力去保存一些中国要素。比如在《国风·风雨》中有鸡鸣

"喈喈"和"胶胶"的象声词。埃伦施泰因用的是汉语拼音"Ki-ki"和"Kiao, Kiao",而风雨的"潇潇"在他笔下复现为"Siao, Siao"。改作顿时变得情趣盎然。次年,埃伦施泰因又根据现有的德译,改编出版一本《白居易》。在中国唐代诗人中,白居易以反对吟花弄草,提倡批评现实见长。埃伦施泰因的选择当属自然。接着,埃伦施泰因又有《中国控诉》(1924) 一书问世。其副标题颇具德国当时社会历史特征:《三千年革命的中国诗歌的意译》。这本不到50 页、收诗共 26 首的诗集,主干部分是来自其《诗经》的 13 首诗,以及出自其《白居易》的9 首诗。《中国控诉》一书在正文开始前,另有两首引诗。第一首题为《中国人的战歌》,第二首名曰《献给自由》。两诗均未署名。第一首其实是德国作家、德国国歌词作者法勒斯雷本(Hoffmann von Fallersleben, 1798—1874) 的《一个中国人秋天的歌》。《中国控诉》似为埃伦施泰因改编中国诗的一个小结。此后他还转向中国小说,并在 1927 年出版小说《强盗与士兵》,其蓝本是中国的《水浒传》。他对这部中国小说评价甚高。前述海泽以其诗体小说《皇帝与僧侣》,将中国《三国演义》中的故事,织入德语文学;现在,埃伦施泰因又以《强盗与士兵》,将另一部中国名著《水浒传》引入德国,功不可没。特别是因为,在小说发表的 1927年,西方语言中尚无比较完整的《水浒传》译本。许多读者就此初识这部中国小说。但《水浒传》是一部具有中国特色的章回小说,其结构主要是通过人物与人物的衔接出现而展开,而不像西方传统小说那样,由一个主要人物的故事进行串联。这显然给埃伦施泰因的改编造成困难。而他最后找到的办法是,把《水浒传》中多人的故事,缀合到一人身上,而此人就是武松。武松是《水浒传》作者全力塑造的一个人物,其事迹占全书 10 回以上。从景阳冈打虎到斗杀西门庆,从醉打蒋门神到大闹飞云浦,直到血溅鸳鸯楼,无不显示出他性格刚毅、威武不屈的英雄本色。但是,埃伦施泰因把许多别人的故事也归到他名下,在一定程度上造成人物矛盾和不统一的特性,甚至背离原作。他笔下的武松,会吟诵唐诗,也会流泪哭泣,也会求人饶命,最后逃出监狱前,甚至还和母夜叉孙二娘"行云雨之事",已非中国小说中那位打虎英雄的原貌。

　　第十三节探讨托马斯·曼的《魔山》和《绿蒂在魏玛》与中国的关系。在埃伦施泰因出版《中国控诉》的同年,亦即 1924 年,托马斯·曼的代表作之一长篇小说《魔山》出版。小说讲一个名叫汉斯·卡斯托尔普的德国富家子弟,在大学毕业踏上社会前夕,稍感不适,去"魔山"小做休整,顺便探望在那里养病的表兄。不料假日未满,发现自己也身患肺疾,小憩成了长住。

所谓的"魔山",是瑞士一国际山庄疗养院,里面住着来自世界各地的消闲阶层人物。他们或沉湎于声色犬马,或醉心于夸夸其谈。小说主人公在那里迷上了一位漂亮的代表亚洲文化的俄国女子,而这引起一个意大利作家——一个欧洲文化卫道士的不满。在托马斯·曼的笔下,对立双方斗争的实质是"理性"与"非理性"、"健康"与"疾病"之间的冲突。而"非理性"也正是 20 世纪初中西文化碰撞中,人们批评东方,尤其是老庄神秘和虚无的着眼点。小说中充满关于中西文化的评论,不乏精辟见解和思维亮点,同时也表现出德国作家往往醉心于哲学思辨的特征。小说主人公汉斯对肖夏太太的一腔热情并未得到回报。他报名上前线打仗,就在此刻,他来到一交叉路口,但不知道自己该如何择路:"这里有一个路标……是东方还是西方?"这似乎是托马斯·曼小说中,在一大堆欧亚文化评论之后,留给读者的一个象征性的疑问。《魔山》一书,记录下了托马斯·曼对中国文化的关注和评论。而他这方面的兴趣,一直延续到他走上流亡之途。1933 年,迫于法西斯的压力,他离开自己在慕尼黑的住所,据说床头柜上放着的是库恩编译的《红楼梦》。1936 年,他在从维也纳到苏黎士的火车卧铺车厢里,读的则是来自中国的传说《钟馗》。正是在这年 11 月,他开始创作小说《绿蒂在魏玛》。这是以歌德晚年与青年时代热恋过的女友绿蒂重逢为背景的小说,似乎不该和中国有什么关系,实则不然。小说同样给我们留下中德文学关系的话题,比如他借孔子说出"伟大人物是一种公害"这样的话。

第十四节谈属于所谓"内心流亡"作家的勒尔克(Oskar Loerke, 1884—1941)。他在自己早年的诗集《漫游》(1911)中,已显示出对中国文化的兴趣。其中有诗名曰《中国木偶剧》,分上下两篇。19 世纪末到 20 世纪初,正是德国文坛改编中国古代诗歌的兴盛期。勒尔克作为诗人,虽未涉足于此,却也受到沾溉。他在 1926 年某日的日记中,与友人讨论翻译中国诗的可能性。也正是在同年,他在诗集《最后的一天》中,发表题为《无形的负担——在伟大的中国大师白居易的阴影下》的诗歌,流露出对这位中国诗人的景仰和崇拜。对中国古代诗歌更全面的论述,集中表现在他 1925 年论《中国民歌》的文章中。他对《诗经》予以高度评价,而对中国唐诗的鉴赏文字,也颇有见地。纳粹统治期间,诗人未离德国,但也没屈服于暴虐,而是借助隐喻式、具有反法西斯情结和神秘象征手法的作品,表现自己的痛苦和反抗。这时,中国文学也成了他这类创作的一部分,范例之一是他 1936 年发表的随笔《驱鬼者》。文章似可归入比较文学研究,因为它对中国的"钟馗驱鬼"和欧洲的几部作品进行了比较评说。不过,该文的中心乃是中国的钟馗，亦即题目中的"驱鬼者"。借钟馗之名，驱德国之鬼，是文章的命意所在。中国文学也参与了德国作家反法西斯的斗争，仅此也值得我们今天重温这篇随笔。

第十五节介绍两个德国作家与老子的因缘。关于老子，早在前述洛恩斯泰因的历史小说《宽宏的统帅阿尔米尼乌斯》中，已有生动的叙述。进入 20 世纪后，随着德国思想界中老子哲学热的兴起，他再次成为一些作家笔下的文学人物。先看在中国德语界相当陌生的德国作家施泰尔（Hermann Stehr，1864—1940）。他属于德国 19 世纪末 20 世纪初盛行于西里西亚地区的"家乡艺术运动"的代表人物之一，作品中经常笼罩着西里西亚地区的神秘景色。但在基督教和东方神秘主义智慧中寻求一种再生力量的尝试，也使他将目光投向中国的老子，并在 1917 年写下长诗《老子的告别之歌》。第一部分标题是"献给玛格丽特·豪普特曼"，第二部分题为"献给豪普特曼"。从标题就可看出，施泰尔的《老子的告别之歌》是他与另一位文学大家豪普特曼夫妇交往的产物。他曾喜欢上豪普特曼家里一尊古代中国"老子骑鹿"的铜像。正是这尊塑像，构成了以上诗歌写作的契机。诗歌本身则再次演绎了"老子西出函关"的传说，同时勾勒了老子哲学思想。总而言之，施泰尔《老子的告别之歌》是那个时代德国作家"中国热"的又一明证。

另一位德国作家布莱希特（Bertolt Brecht，1898—1956）与中国文化或文学的关系更加密切。他的早期剧作《在密集的城市中》（1921—1923），主人公施林克原名王仁，是个曾在扬子江畔的船工。剧中人物的对话涉及到老子"柔弱胜刚强"的思想。而这个独特的意象，以后在他的多部作品中出现，比如在诗歌《为格林树晨祷》（1921）中，另一首诗《铁》（1953）也讲同一道理。他的教育剧《措施》（1930）描述莫斯科的一个共产党宣传鼓动队在中国的一次秘密活动，其中也掺入老子思想。布莱希特对老子及其学说的关注，最突出地表现在他 1939 年发表的长诗《老子西出关著道德经的传说》中。此诗讲老子西出函关，主要涉及老子柔弱胜刚强的思想。关于老子西出函关的描述，另可见布莱希特 1925 年的散文《礼貌的中国人》。《老子西出关》确切地说完成于 1938 年。这年晚些时候，布莱希特还写下名剧《伽利略传》。两部作品时间上前后相连，内容上也互有沟通。剧中人物伽利略在宗教法庭上悔罪，宣布放弃自己的学说。在伽利略面对宗教法庭的淫威，忍辱含垢、委曲求全中，人们常常看到的是布莱希特为反法西斯战士树立的一个顽强坚忍的榜样，但不易看出，伽利略的选择，事实上很可能是布莱希特解读老子贵柔或以柔克刚思想的一个例子。

　　第十六节讲述捷克德语作家基希（Egon Erwin Kisch，1885—1948）及其《秘密的中国》一书。基希长年居住在德国柏林，作为自由撰稿人为报社和刊物写作。1931 年，他前往苏联，次年经西伯利亚大铁道秘密进入中国，逗留了 3 个月。他以这次在中国的经历为基础，写下十多万字的报告文学集，题为《秘密的中国》。此书第一章"吴淞废墟"即以独特的视角，描写日本侵略军在上海制造"一·二八"事变后的凄惨景象。以下各章，基本围绕外国势力对中国的侵略和造成的危害，以及中国社会自身的落后和人民的苦难这两个主题进行。1955 年，曾在德国重新整理并出版基希这本著作的德国作家乌泽访问中国，惊喜地发现《秘密的中国》成书的另一秘密。他了解到，基希在上海曾与鲁迅会面。基于左翼立场写就的报告文学《秘密的中国》，无疑是中德文学交流史上的一座丰碑。

　　本书第五章的主题是"德语文学在中国"。就题目讲，它既可能涉及德语文学在中国的译介，也可以讨论中国作家对德语文学的接受。本书试以关于《世界文学》中的德语文学的研究，来完成这一题目。《世界文学》是新中国建立后，介绍外国文学历史最长、范围最广的重要刊物。它不仅登载外国文学的译作，也时常报道外国文学在中国的动态，实为包括德语文学在内、外国文学在中国传播和接受的一面镜子。用本章来论述"德语文学在中国"，也可视之为从一个特定角度出发，讨论新中国建立至今"德语文学在中国"之传衍的新尝试。

　　本书第六、七章类似于全书的附录。它们各自通过一个案例，讲述中国文人在德国或相反德国文人在中国的影响。第六章谈德国哲学界对辜鸿铭的接受。在中国晚清名人中，辜鸿铭的敏锐和机智、率真和怪异，可算独树一帜。撇开以老庄和孔孟等为代表的中国古代哲人，他是对现代德国影响最大的中国文人。德国作家艾希（Günter Eich，1907—1972）曾于 1927 年写《欧洲反对中国》。该文劈头就道："几年前出版了中国人 Ku Hung Ming 的一本书，名为《中国对欧洲思想的反抗》。但很久以来，一些坏欧洲人试图把自己和我们变成中国人。为保卫欧洲来反对中国，这难道不重要？"[1] 这个 Ku Hung Ming，其中文原名就是辜鸿铭。他的几

1.Günter Eich: *Gesammelte Werke*.Bd.IV, Frankfurt am Main　1973, S.311.

部英文著作，竭力张扬和捍卫中国文明，反对和抨击西方文化，曾在德国引起巨大反响。本书第六章选辜鸿铭为题，缘由在此。本章首先选取德国作家和哲学家凯瑟琳（Hermann Graf Keyserling，1880—1946）、潘维茨（Rudolf Pannwitz，1881—1969）和莱奥纳德·纳尔逊（Leonard Nelson，1882—1927）为例，讲述这段在中国还相当陌生的辜鸿铭在德国的接受史。这三人中，

凯瑟琳和潘维茨与辜鸿铭曾有面谈，而纳尔逊虽然从未亲见辜鸿铭，但很早就开始关注辜鸿铭，几经坎坷，大约在 1919 年，终于主动和辜鸿铭取得联系。可见辜鸿铭当时在关心东方文化的德国哲人心中的地位。这几位德国哲人，都曾将他们对辜鸿铭其人其书的看法，付诸笔墨。重温这段今天几已被人遗忘的历史、中德关系史上的重要事件，是本书的重要意图之一。斯宾格勒 (Oswald Spengler, 1880—1936) 是德国著名历史学家和历史哲学家，代表作《西方的没落》（1918），书名就有骇人听闻的效果，辅以惊人的断言和独特的文风引起轰动。在德国曾有观点认为，斯宾格勒此书受过辜鸿铭的影响。本章后面一部分内容，对这一观点提出商榷。在中外文学交流史中，我们常会遭遇一些关于中国文化或文学如何影响别人的"新奇"观点。它们往往因为能让国人感到自豪而颇受欢迎，但这类说法实质上经常似是而非，有悖实情。前及歌德"视线所窥，永是东方"，就是一例。此处的讨论，再次表明了我们在梳理中德文学关系史上的求真立场。本章的最后一部分谈德国哲学史著作中的辜鸿铭。许多资料同样都是新的发掘，为我们提供了辜鸿铭在德国之影响的一个概观。

第七章反过来讲德国文学在中国的接受。这同样是个本书无法穷尽的大题目。我们选取关于茨威格小说在中国的译介与研究作为范例。当今中国作家，常被问及这类问题："你最喜欢的外国作家是谁？"主打外国文学译作的中国南北两个出版重镇，曾各自出书，让作家就此作答。上海译文出版社 1997 年版的《作家谈译文》一书，收 37 位作家的 37 篇文章，篇名涉及德语作家两位——卡夫卡和黑塞。北京的外国文学出版社 2003 年推出余中先选编的《寻找另一种声音——我读外国文学》，也收文 37 篇，题目中出现两名德语作家——卡夫卡和荷尔德林。由此看来，卡夫卡为中国作家最爱。出人意外的是，卡夫卡的同胞茨威格，在上提两书中，未获特殊关照，尽管其作品汉译版本的数量，或者他在中国的知名度和影响力，不输给卡夫卡。几年前，中国曾有导演，召集俊男靓女，拍出根据茨威格同名小说改编的电影《一个陌生女人的来信》，惹得影坛文苑一片喧闹，几乎让茨威格在中国家喻户晓，就是一例。卡夫卡作品无此际遇。这是我们为何选取考察茨威格在中国大陆的译介史的出发点。本章依靠茨威格作品在中国译介及研究的原始资料，用实证分析的方法，对译者序跋、期刊评论文章及茨威格研究专著进行一个全面展示，力显茨威格小说在中国译介及研究的概貌。

歌德和席勒是德语文学史中最伟大的两位巨人。本书初稿的审阅人建议本书开辟专章，介绍他们两人在中国的译介情况，应该出于这样的考虑。本书第八章、第九章，分别论述歌德和席勒作品（对后者的介绍重点放在其戏剧作品上）在中国的译介史。

以上为本书的概括。详细内容，可见各章自身。

# 第一章　　冒险的精神与开放的视野
## ——至 17 世纪德国文学中的中国

中国书写文学的起源，保守地说，可上溯到集 305 篇的《诗经》。

置其"史前史"不顾，较完整的成书约在公元前 6 世纪。[1] 德国书

1. 中国科学院文学研究所、中国文学史编写组编写：《中国文学史》，第 20 页，北京：人民文学出版社，

写文学的最早文献，一般认为是英雄史诗《希尔德布兰特之歌》，

1979 年版。

约成于 9 世纪初，仅存残篇 68 行。就此来看，两国文学的发端，

年代相差久远，规模无法相较。[2] 但是，年代的滞后，并非代表着

2. 其实，这种比较有时并不十分妥帖。因为德国文学与欧洲古代文学关系密切，而欧洲古代书面文学的肇始，

水平的落后。后起的德国文学，开始便遇民族文化交流频繁的世

也可以回溯到公元前 6 世纪录下的荷马史诗，其年代和中国的《诗经》一样古老。

界，其后的发展轨迹，似乎由此确定。还是以《希尔德布兰特之歌》

为例，其背景是四五世纪欧洲民族迁徙时代，讲日耳曼英雄希尔

德布兰特离家 30 年后，从匈奴王艾采尔那里返回家园，不为亲儿

哈杜布兰特承认，甚至被骂为"老匈奴"和懦夫。[3] 为了维护自己

3. 参见 Karl Kunze und Heinz Oblander: Grundwissen Deutsche Literatur. Stuttgart 1976, S.2.

骑士的荣誉和尊严，希尔德布兰特被迫接受儿子的生死挑战。而

所谓的匈奴人，是当时聚集在今日蒙古地区的东亚游牧民族，其

历史最早在中国文献中得到记录。东部和北部匈奴人渐与中国汉

族融合，最后约在公元 7 世纪，随着唐朝的建立而逐渐消失；西

部匈奴人则西进欧洲，在胜利和失败犬牙交错的战争中逐渐溃散，

并与当地民族同化。[4] 由此看来，德国文学自其始端，就与中国有

4. 参见德国 dtv Lexikon, München 1995, Hunnen 条目。另参见林幹：《匈奴史》，第 271-273 页，北京：

某种关联。

人民出版社，2010 年版。

## 一、　罗森施普吕特《葡萄酒赞歌》中的巨富可汗

在德语文学史上，《希尔德布兰特之歌》隶属所谓的英雄史诗，其主要特点是歌颂勇士的荣誉观念、忠诚品格和责任意识。经过 10 到 11 世纪推崇苦行的宗教文学，到了 12 世纪下半叶，这一文学传统在骑士文学中复得振兴。其代表作之一是埃申巴赫（Wolfram von Eschenbach，约 1170—1220）的《巴尔齐法尔》（约 1200）。史诗讲王子巴尔齐法尔的父亲是个骁勇的骑士，不幸战死沙场。母亲悲痛欲绝，一心要让儿子免遭其父厄运，便带他远离尘世，隐居密林，并严禁仆人向他透露任何关于骑士的信息。但人算不如天算。年事稍长，他在森林中邂逅几名路过的骑士，抵挡不住诱惑，跟随而去。母亲伤心过度，气绝身亡。而他历经冒险，终于领悟，引人走向上帝的，不是骑士伟绩，而是谦恭、负疚感和激情。他最后成为光荣的圣杯守护者，进入集尘世之事功和宗教之虔诚为一体的和谐境地。史诗第十三章，叙述骑士们身着绸缎，盛装参加典礼。以丝人（Serer）为名的中国人，在此语境中出现。而一位名叫萨兰特（Sarant）的大师，因为发明一种精美的丝绸编织法，声名卓著。[1]

细查历史可以发现，国家之相识，时常缘物而起，而非始自文字交流。中国文化在欧洲传播的开始，很大程度上归功于丝绸和瓷器。这里仅是一例。

1. 古希腊文"sir"意即"丝"。德语 Serer 即"丝人"。参见 Wolfram von Eschenbach: Parzival. Aus dem Mittelhochdeutschen übertragen und herausgegeben von Wolfgang Spiewok, Weltbild, Leipzig 2003, S.402.

中国形象在欧洲的进一步具体化，主要由马可·波罗促成。马可·波罗 1271 年取道中东一直来到中国，1295 年返回意大利，于 1298 年 9 月至 1299 年 7 月在监狱中对一个法国囚犯进行口述，由后者用古代法语录下他的中国游记。游记不久就有意大利语、拉丁语和德语译本，但均为手抄，流布不广。1477 年德国纽仑堡的所谓"古滕堡版"中古德语译本，其实是马可·波罗游记的第一个正式印本。[2] 这是又一个中德文化交流的事例。而马可·波罗对中国的称呼，则是契丹（Katai，一译震旦）。德国 15 世纪诗人汉斯·罗森施普吕特（Hans Rosensplüt，1400—1460）的《葡萄酒赞歌》，就以这个名字称呼中国：

2. 参见 Horst von Tscharner: China in der deutschen Dichtung bis zur Klassik. Verlag von Ernst Reinhardt in München 1939, S.9. 首个印刷本出现在德国，应该不是偶然。德国人古滕堡，于 1444 至 1448 年才在欧洲发明活字印刷术。在此之前，欧洲的书籍依靠人的抄写。

> 上帝赐福予你，名贵的酒药！／你使我健康强壮，／因为你是一个健康的 Syropel。／君士坦丁堡的皇帝，／契丹（Kathey）国伟大的可汗和／教皇约翰，这三位巨富，／连他们用钱都买不来你的价值，／难道我还会指责你吗？[3]

3. 引自 Horst von Tscharner: China in der deutschen Dichtung bis zur Klassik. Verlag von Ernst Reinhardt, München 1939, S.10. 译文参见夏瑞春编，陈爱政等译：《德国思想家论中国》，第 262 页，南京：江苏人民出版社，1989 年版。

此诗产生于欧洲文艺复兴时期。复兴欧洲古代文化的渴望中，夹杂着对东方文明古国的憧憬。罗森施普吕特虽然不一定已意识到"契丹"和"丝人"之间的关系，[1] 但这篇德语诗作，

1. 法国人威廉·鲁布鲁乞（William of Rubruck）写于 13 世纪中叶的《东游记》，已经提到："其次，是大契丹（Grand Cathay），我相信，那里的居民在古代常被称为塞里斯（Seres）。"参见道森编，吕浦译，周良霄注：《出使蒙古记》，第 161 页，北京：中国社会科学出版社，1983 年版。

把中国的可汗、君士坦丁堡的皇帝和罗马的教皇并称为世上三大巨富，在体现这一"远方渴望"的同时，承继了以"丝人"或"塞里斯"之名出现在欧洲文人笔下富裕中国的形象。

## 二、 奥皮茨笔下漫游中国的战神

在德语文献中，对中国的称呼，经过 12 世纪的"丝"和 15 世纪的"契丹"，到了 17 世纪巴洛克时期，又有变化。本书以文学为题，依然举文学作品为例。诗人和文学理论家马丁·奥皮茨（Martin Opitz, 1597—1639）曾写有长诗《歌颂上帝的战争》（1628）。诗中的战神玛尔斯（Mars）穿城越乡，跨江渡海，征服世界，甚至来到中国：

> 你将我们引向何方？我们刚绕过 / 好望角；夺得富有的切法卢人 / 的货物；寻找了马达加斯加的水果 / 它那昂贵的檀香木 / 和象牙；/ 发现了果阿；占领了马六甲 / 离苏门达拉不远；再继续向前来到 / 秦尼（Sina）富饶的海岸 / 它出产瓷器，/ 拥有火炮 / 也印刷书籍。[2]

2. Martin Opitz: *Gesammelte Werke*. Bd. IV. Hrsg. von George Schulz-Behrend, Stuttgart 1989, S.160-161.

此诗表现出欧洲殖民主义海外扩张的开拓精神，罗列出不少新的地理名称。秦尼（Sina）是古代印度和波斯对中国的称呼，应同塞里斯一样，同出于"丝"或"绮"。但与此相连的是瓷器、火炮和印刷术。中国的物质文化在欧洲人眼中愈加具体，形象趋于完整。马丁·奥皮茨享有德国巴洛克文学之父的盛誉，其作品中的中国元素，对中德文学关系来说，显然具有碑碣式意义。

## 三、 "痴儿"的中国奇遇

德国巴洛克文学创作的集大成者当属格里美豪森（Hans Jacob Christoffel von Grimmelshausen，约 1621—1676）。他的代表作《痴儿西木传》（1668）既开创了德国流浪汉小说的先河，又拓展了巴洛克文学广阔的世界画面，主人公的"流浪"足迹，虽然未及中国大陆，但多次提到中国或中国人。比如小说主人公到达瑞士，心生感慨："与其他德语国家相比，这里使我感到十分陌生，我仿佛置身于巴西或者中国。"[1] 第五卷第十五章，西木来到一湖王

1. [德] 格里美尔斯豪森著，李淑、潘再平译：《痴儿西木传》，第 357 页，北京：外国文学出版社，1984 年版。

领地，与陌生人相遇："他们都穿着各自的地方服装，他们酷像中国人或非洲人、穴居人或新地岛上的居民、鞑靼人或墨西哥人、西伯利亚的蒙古人或摩鹿加的印度尼西亚人，甚至还像居住在北极和南极的人，这真是一种罕见的景象。"[2]

2. [德] 格里美尔斯豪森著，李淑、潘再平译：《痴儿西木传》，第 512 页，北京：外国文学出版社，1984 年版。

显然，中国或中国人在此仅是代表遥远和陌生的符号。小说对中国的具体评判，出现在以下段落中：

> 有一次我和一位高贵的老爷到一处古代文物和艺术陈列室去，里面都是漂亮的珍品。在所有油画中我最喜欢的是一幅头戴荆冠的基督受难像。旁边挂着一幅中国纸图，画上端坐着几个中国人的偶像，有的画得像魔鬼。艺术陈列室主人问我，在他的陈列室里我最喜欢的是哪一件作品。我指着那幅头戴荆冠的基督像，他却说我错了，这幅中国画才是稀罕之作，因此更加珍贵，就是用十幅头戴荆冠的基督像他也不愿换下这幅中国画。我答道："老爷，你心里想的，也像你嘴上说的一样吗？"他说道："当然。"我说："那么，难道你心里的上帝，也就是你嘴上坦白承认的这张肖像上的这一个吗？这个是最珍贵的吗？""你这个幻想家！"他说道，"我是珍贵它的稀罕啊！"我答道："难道还有什么比天主的儿子为我们受苦，就像这幅画上表现出来的那样更为稀罕、更为珍贵的吗？"[3]

3. [德] 格里美尔斯豪森著，李淑、潘再平译：《痴儿西木传》，第 85 页，北京：外国文学出版社，1984 年版。

这段文字清晰显示，在德国文学 17 世纪的巴洛克时期，中国绘画作品已为欧洲知识界关注，并进入收藏系列。但其有别于西方传统的艺术特点和所代表的异族文化，曾引发争议，甚至被极端地贬为"上帝"的对立面"魔鬼"。以上引文中取基督圣像、舍中国画像的事例，不仅折

射出外来审美特征与本土审美习惯之间的冲突，更是透露了异教文化进入基督教文化圈时，所受到的抵御。《痴儿西木传》仅在经意与不经意之间，旁涉中国或中国文化。但它所表现出的对中国或中国文化既倾慕又排斥的特征，在德国文学对中国的接受史上，具有典型意义。以后的种种表现，均为这一态势的变体而已。

## 四、 耶稣会教士的《鞑靼战纪》与几部德意志的"中国小说"

中西文化交流史上的第一块丰碑，当属马可·波罗的中国游记。其书 1477 年德译本在纽伦堡出版时，书名为《高贵的骑士和旅行家马可·波罗》，构成德国人了解中国知识的基础。16 世纪中叶后，有关中国的报道，更是通过耶稣会教士之笔，源源不断地公诸于世，既满足了欧洲人的远方憧憬，也为众多文学家提供了创作素材。意大利耶稣会教士卫匡国（Martin Martini，1614—1661）的拉丁语版《鞑靼战纪》（1654）就是其中一例。书中记述了 1644 年清兵入关后的一段中国历史，既描述了清兵的残暴，也记录了明王室的懦弱，成为当时几部德国"中国小说"的故事主线。瑞士学者安常尔在其《至古典主义德国文学中的中国》[1] 中，介
1.Horst von Tscharner: *China in der deutschen Dichtung bis zur Klassik*. Verlag von Ernst Reinhardt, München 1939.
绍了多部凭借此书而成的德语小说。

首先是哈格多恩（Christ. W. Hagdorn）的小说《埃关——或伟大的蒙古人》（1670）。他并不隐讳自己作品基于历史文献的事实，在小说前言中，他自问为何不续写历史，而是杜撰小说，答案是，中国故事的规模、进程和情状如此不同寻常，以至于旁人难以理解，所以，与其复述历史，不如虚构小说更有说服力。

此书的主线是李自成起义，吴三桂引清兵入关，以及明朝末代皇帝崇祯的覆灭。但在哈格多恩笔下，李自成出身王族，是明朝王宫的卫士，最后成为反叛者；吴三桂是勇敢的骑士。小说真正的主角即是书名人物埃关，竟是《鞑靼战纪》中记述的海盗郑兰龙的化身，但在这里成了一名高贵的骑士。所以，小说中的中国人名，仅是表现异国风情的符号，而非重现中国历史的手段。作者在此演绎的是异国情调背景下勇士的冒险和艳遇，具有独特的巴洛克游侠骑士小

说风格。小说以历史描述作为故事开始的铺垫：

> 这个强盛伟大的中华帝国，世界上没有一个国家能在武力的财富上望其项背。在
> 大明统治下，与其他不同帝王们相比，多年来一直英雄辈出。人民生活在平和宁静中。
> 不过，大明盛世最后终于在执政的崇祯皇帝手中开始摇摇欲坠，最后在瞬间垮台。也
> 就是说，鞑靼人完全控制了它，并在短短几年中夺取了一切地方要塞，引起整个世界
> 的巨大震惊。[1]

1.Horst von Tscharner: *China in der deutschen Dichtung bis zur Klassik*. Verlag von Ernst Reinhardt, München 1939, S.27.

以上引文，既承袭了自古以来欧洲关于富有的中国的意象，又清晰点出中国明亡清兴的一段历史。而故事主要内容，是一场关系繁杂的多角恋爱。

主人公埃关在一次战争中偶得一幅美女图像，心生爱意。屡建战功后，他认识了画中人——异国公主萨福蒂斯芙，两人相爱。但画像同时落到皇帝手里，他也对画中少女念念不忘。埃关先被作为"长城卫士"派往边关，后被派往四川，替皇帝向那里的公主阿菲尔德求婚。原来，同样钟情于萨福蒂斯芙的鞑靼王子崇德，为了转移目标，告诉皇帝，画中人就是阿菲尔德。而在四川，埃关非但任务没有完成，自己反而被"中国的亚马孙"女王——阿菲尔德的母亲爱上。更加添乱的是，萨福蒂斯芙的追求者中，还有出身王族的明将李自成。至此，哈格多恩在这部"中国"小说中，已让四男爱上一女。这还没完。一天，埃关、崇德和李自成为他们共同的心上人拼死争斗时，另一名同爱此女的骑士施展诡计，劫走萨福蒂斯芙，可谓鹬蚌相争，渔翁得利。以后，李自成率部谋反，逼死崇祯，又被崇德和吴三桂率领军队赶出京城。而埃关历经磨难，帮助皇帝崇德征服整个中国，终于找到萨福蒂斯芙。正在他们准备成婚之际，同样暗恋萨福蒂斯芙的摄政王阿马汪加（在《鞑靼战纪》中是帮助顺治皇帝治理国家的皇叔）率领部下，设计劫走新娘。埃关奋力击败仇敌，但萨福蒂斯芙几天不见，判若两人，与他绝情。埃关痛不欲生，返回家乡蒙古。以后，埃关获知真情，原来萨福蒂斯芙是受另一位暗恋埃关的女子的挑唆，以为埃关爱心旁移，才拒绝埃关，嫁给阿马汪加。婚后她获知真相，派遣信使，告诉埃关实情，并约他见面。远在蒙古的埃关赶到北京，与萨福蒂斯芙见面。复苏的旧情炽热无比，但宫廷的礼俗始终让他们保持克制。埃关有机会杀死对他的到来毫不知情的阿马汪加，但骑士的荣誉感阻止他施行暗杀行动。萨福蒂斯芙恢复理智，要求埃关把她忘记，随夫离去。埃关悲痛欲绝，只有一个念头，杀死阿马汪加，夺回萨福蒂斯芙。但他旅途不顺，未能如愿。故事就此中断。

　　小说人物纠葛不清，情节旁枝蔓生，其中虽有中国历史人物出现，但其事迹与历史本身无多大关系；虽掺入一些包括学习汉字、研习书法等中国因素，但最后表现出的依旧是德国骑士的理想形态：勇猛无畏，荣誉至上。小说让男女之爱作为事件动因，左右历史进程，浸透着德国骑士文学的某些特点，显露出德国巴洛克文学的些许特征。

　　哈佩尔（Eberhard W. Happel，1647—1690）是德国巴洛克后期的代表作家之一。其作品融历史与传奇于一炉。他曾编有奇闻逸事集《世界最值得纪念之事或者所谓的新奇之事》（1663—1691），非常典型地表现出巴洛克文学远方憧憬、追新求异的特征。其中不乏与中国有关的篇章。

　　有一文题为《中国的杂耍艺人》，兴趣盎然地转述梅尔顿（Eduard Melton）对中国魔术杂技的记录，说："在中国人中间，有许多魔术师、占卜者、预言家，技艺娴熟的滑稽演员或者杂耍艺人。他们到处流浪，似冒生命危险，为自己谋生。"文章转述梅尔顿 1676 年 12 月在雅加达（Batavia）的亲历。那是些让人不可思议的表演，其中包括"利剑穿身""顶竿""叠罗汉""爬杆""高空拆人""抛刀""蹬缸"等节目。他随后的断言是，中国人"比所有人更聪明"。文章最后引述"绳穿眼鼻"的表演，今日读来，也令人毛骨悚然："……他也见到一个中国杂耍艺人，把一个线团或一个小线球的一头线塞入眼睛，通过鼻子穿出，然后他抓住线之两端，来回扯动，直到泪流双眼。"[1]

1.Eberhard W. Happel: Größte Denkwürdigkeiten der Welt oder sogenannte Relationes Curiosae. Hrsg. von Uwe Hübner und Jürgen Westphal, Rütten & Loening, Berlin o.J. S.77.

　　书中另有一文《不同寻常的忠诚》，讲约公元前 878 年中国的一段历史。暴君李（Li）为了巩固自己的统治，滥施淫威，甚至禁止人们开口。全国上下一片静默。最后触犯众怒，引火烧身。民众起义中，他的大臣赵春牺牲亲儿，救下太子。暴乱平息，15 年后太子成人，赵春还扶助他登上王位。这似为"赵氏孤儿"故事的变体。

　　此书还收一文《外国图书馆》，开篇如下："大家不该以为，除了欧洲人，余者均为蛮子。在犹太人、穆斯林和异教徒中，甚至有一些聪明和博学的人，有漂亮的图书馆。而在中国，艺术特别受人重视……"文章在叙述公元前 215 年秦始皇"焚书坑儒"之后，接着介绍："但多年后，在中国，许多人重新关注书籍，而他们早于我们欧洲人许多年之前，已掌握印刷术。"文章随后记载有西人在中国购买古籍，运回欧洲。而这一行动受到阻碍，其原因是中国官员害怕欧洲人"通过阅读他们的书籍，知晓他们中国人的帝国隐秘。他们竭力对所有外国人藏匿这些隐秘"[2]。

2.Eberhard W. Happel: Größte Denkwürdigkeiten der Welt oder sogenannte Relationes Curiosae. Hrsg. von Uwe Hübner und Jürgen Westphal, Rütten & Loening, Berlin o.J. S.172.

　　哈佩尔的"中国"小说名为《亚洲的俄诺干布》（1673），拖有一个冗长无比的副标题《描述中国当今伟大的执政皇帝顺治——一位地地道道的骑士，并简短地介绍他以后及其他亚洲王子的风流韵事、他们的骑士业绩、所有地处亚洲的王国和地区的特性以及它们君主的等级制度和主要功绩》。[1] 所谓的俄诺干布就是顺治皇帝。小说中的他原是突厥斯坦王子，又是驰骋疆场，

1. 参见 Horst von Tscharner: *China in der deutschen Dichtung bis zur Klassik.* Verlag von Ernst Reinhardt, München 1939, S.35. 译文参见夏瑞春编，

从沙俄帝国到蒙古，从波斯王朝到阿拉伯到处漫游的骑士。其父据说曾落入盗马贼之手，后又

陈爱政等译：《德国思想家论中国》，第 264 页，南京：江苏人民出版社，1989 年版。

被叛匪李自成抓住。他起兵进攻中国，但被击败，成了李自成的俘虏。最后鞑靼人赶走李自成，将他救出牢狱。当鞑靼皇位继承人死后，他被推为皇帝。同样作为一部骑士小说，爱情在此也不能缺席。顺治皇帝的心上人叫特蕾干，是他继位前认识的一个姑娘。当上皇帝后，他愿意付出一切代价找到她，最后如愿以偿。不过，他坚持带新娘回北京举行婚礼，因为这个已经信奉基督教的中国皇帝，想请基督教神甫主持他的婚礼，并让新娘也皈依基督教。这时，小说中甚至出现了著名耶稣会会士、来自德国的汤若望（Jean Adam Schall von Bell, 1591—1666）。他身为中国皇帝的忏悔神父，借助明天启三年（1623）在陕西周至县出土的唐代"大秦景教流行中国碑"，向两位新人布道。小说的结尾处，是爱情和基督教欢庆胜利：皇帝从鞑靼人的牡马上抱下新娘。新皇后不久接受洗礼，取名海伦娜。日后生下的王子，取名康斯坦丁，并接受洗礼。[2] 让一个中国皇帝把新娘从马上抱下，无疑是欧洲人的想象，而让一个中国皇后和王子

2. 参见 Horst von Tscharner: *China in der deutschen Dichtung bis zur Klassik.* Verlag von Ernst Reinhardt, München 1939, S.937.

都皈依基督教，是否也出于杜撰？其实不然。根据史载，明永历年间，永历帝嫡母王太后，生母马太后，以及他的妻、儿等都受洗入教。永历四年，即 1650 年，王太后甚至有致罗马教皇诏书一份，4 年后送达罗马。从中可以得知，王太后入基督教后正是取名海伦娜，而永历帝的儿子得名康斯坦丁。[3] 而在《鞑靼战纪》中，卫匡国这样讲述：大太监庞天寿"曾经帮助耶稣

3. 朱龙华：《从"丝绸之路"到马可·波罗》，见周一良主编：《中外文化交流史》，第 291-292 页，郑州：河南人民出版社，1987 年版。

会宣传教义。经过他艰苦的努力许多人信仰了基督教。这些人中间有皇帝的母亲和妻子，还有作为皇位继承人的皇帝的长子。皇太子的教名是康斯坦丁"。皇帝还"允许他的妻子派一个耶稣会修士向海外神长表示敬意，整个欧洲都知道这件事"。[4] 可见，哈佩尔小说中的这个情节

4. ［意］卫匡国：《鞑靼战纪》，见杜文凯编：《清代西人见闻录》，第 41-42 页，北京：中国人民大学出版社，1985 年版。

其来有自，只不过明朝的事儿被弄到了清朝。

让中国人皈依基督教，这是众多耶稣会教士来中国的主要目的和共同理想。巴洛克时期瑞士方济各会教士卡塞尔（Rudolf Gasser）的一部小说，也可为历史见证，书名冗长：《最恳切地向所有无神论者、马基雅维里主义者、危险的罗马语族民族以及那些不明理智地享受现世生活的人提出理性的挑战》（1686—1688）。附加一个更长的副标题：《消遣文学的形式，刀光

剑影的奇特内容，即一部反映葡萄牙绅士菲洛洛果与中国女皇卡拉贝拉之间的真实性历史故事的作品》。书名人物"葡萄牙绅士菲洛洛果"，是中国皇帝与英国公主的儿子。因为父亲不愿公开信奉基督，他被母亲遣往葡萄牙接受教育，并在那里成为一名骑士和冒险家。最后他返回故里，以基督的信念，成功地让自己的一个姐姐——当时统治中国的专制女皇卡拉贝拉，改邪归正，还放弃王位，最终使中国归顺基督。既以中国为故事背景，小说中少不了一些所谓的中国习俗描写，但更重要的是，小说通过肯定中国道德学说中的所谓理性因素，为受欧洲理性主义责难，但就作者看来与中国道德学说并无二致的基督教教义辩护。标题所及，对"无神论者"、"马基雅维里主义者"、"罗马语族民族"及"不明理智地享受现世生活"的人的挑战，明确以宗教"理性"，反对当时在欧洲逐渐兴起的启蒙理性。就此而言，小说在欧洲思想史中有其独特意义。这是另话。但是，卡塞尔笔下的中国是个矛盾体。它一方面具有"理性"，犹如天堂，是葡萄牙国王的避难之地；另一方面又是"一个由于狡诈的警察统治和马基雅维里主义的奸猾而堕落的世界"。[1] 在 17 世纪耶稣会教士对中国褒扬有加的年代，卡塞尔的创作，既显示出 17

1. 参见 Horst von Tscharner: *China in der deutschen Dichtung bis zur Klassik.* Verlag von Ernst Reinhardt, München 1939, S.39.

世纪欧洲知识界对中国的激赏姿态，也再次凸现欧洲知识分子的批判传统。

　　卡塞尔是教士，侍奉上帝是其主要事业，写作是其余事。洛恩斯泰因（Daniel Casper von Lohnstein，1635—1683）则是德国巴洛克时期的代表作家，其历史小说《宽宏的统帅阿尔米尼乌斯》（1689—1690）在中德文学交流史上占有独特位置。阿尔米尼乌斯就是日耳曼英雄赫尔曼。他联合其他日耳曼部族打败罗马军队，获得民族的独立和自由。小说处理德意志民族挣脱罗马统治的题材，在某种意义上描述了野蛮和文化的冲突。但是，罗马人眼中的野蛮人，即日耳曼人，拥有一种更高层次上的伦理道德观，在世界文化史上，具有同等的价值。小说第五章中，作者让受伤的日耳曼英雄蔡诺（Zeno），在病榻上讲述他跟随鞑靼统帅呼韩邪（Huhansien，在小说中是成吉思汗的化身）率领的军队进攻中国的战争。这段故事同样取材于卫匡国的《鞑靼战纪》。但洛恩斯泰因这部小说借古喻今的意图，使他笔下的鞑靼人（Tattern），面对高度文明化的丝人（Serer），犹如日耳曼人之于罗马人，并非野蛮，也不落后，其品格和伦理上的优势，有时还十分明显。[2] 而这在卫匡国的《鞑靼战纪》的不少描述中，比如描述张献忠的残

2. 参见 Elida Maria Szarota: "Einführung". In: Daniel Casper von Lohnstein, *Grossmüthiger Feldherr Aiminias.* Gerog Olms Verlag, Hildesheim-
New York 1973, S.25.

暴以及他被鞑靼人杀死的情节，已经有所表现。

　　小说《宽宏的统帅阿尔米尼乌斯》，由于规模过于庞大，在作者有生之年未能完成，最终

由后人续就，计 18 卷约 3000 多页。作者在表现德意志民族英雄的同时，着力显示自己丰富的世界史知识。其中牵涉中国自然、历史、风俗等方面的描述，资料的丰富性和认识的完整性，以及其中包含的分析和批判精神，已达到一个新的层次。比如作者以为，中国人由于喜爱"人间智慧"而丢失了"战争艺术"，因而在抵御外侮时屡遭败绩；又比如作者在借描写中国皇帝赠送给四川女王的礼物之机，对中国儒、道、释三家的介绍：

> 最令人赞叹的礼物是 12 名俊童，他们是帝国诸侯从各地选出，伺候新女王的。……这 4 个是 4500 年繁荣昌盛的哲人孔子学派的门徒；孔子学说无疑被当作神旨受到尊重。他的学说意在一种造福于人的国家统治，不崇拜偶像，而只视一个神为世界的护卫，并认为无神的灵魂是非永生的。另 4 个童子来自……道家学派。其创始人老子是孔子同时代人，曾在母腹中度过九九八十一年。他也授业，认为人类的本质是贪欲，而灵魂随形体而灭。最后 4 个童子……是佛教的信徒。佛教由聪慧的释迦牟尼建立……他们相信多世，灵魂从一个躯体转入另一个躯体；他们仅致力于精神的完美，他们的本质是内心的平静。由此，丝人总的来说可分为 3 部分：学者治理国家，道家统领肉体，佛教徒管束灵魂。[1]

1.Daniel Casper von Lohnstein: *Grossmüthiger Feldherr Aiminias*. Gerog Olms Verlag, Hildesheim-New York 1973, S.617.

以上引文，扼要点明了中国精神文化领域中鼎足而立的儒、道、释三家，体现出巴洛克时期德国作家中国知识的新水平。

## 五、　小结

德国文学的发展，在 12 世纪下半叶是个高峰，具体为骑士文学的兴盛。其规模和水平，无法同大约同时代的中国宋代文学相提并论。但是，前者面向东方、突破欧洲文化圈的开放姿态，似乎又远超后者。这也决定了，倘若我们今天探究当时的中德文学关系，就不得不发现，那只是一种单向的关系。史诗《巴尔齐法尔》中的中国因素，就是这种关系的一个开端。到了巴洛克时期，追求异国情调的创作态势，与耶稣会教士传回欧洲大陆的中国信息相辅相成，加速了这种关系的发展。其主要表现有二：

一是远方崇拜和追新求异中已有价值评判涉足。这比较清楚地表现在巴洛克文学的代表作《痴儿西木传》中。虽然作品将中国画像贬为"魔鬼"，其中宗教的因素占据主导地位，但是面对中国文明的一种居高临下的姿态，已现端倪。而在哈佩尔的文集《世界最值得纪念之事或者所谓的新奇之事》中，在有关中国的几篇文章里，欧洲殖民主义对中国的掠夺姿态，也隐约可见。比如在上及《外国图书馆》中，讲述中国官员阻碍一西人获取中国典籍。文章的最后一句话是："不过，在亲王的命令被传达给他之前，他已经装载了许多古籍。"[1]

1.Eberhard W. Happel: *Größte Denkwürdigkeiten der Welt oder sogenannte Relationes Curiosae*, Hrsg. von Uwe Hübner und Jürgen Westphal, Rütten & Loening, Berlin o.J. S.172.

二是由于基督教扩张史带来的副产品，即耶稣会教士传回欧洲大陆的中国信息，开始在德国文学中留下痕迹。在此，意大利传教士卫匡国的《鞑靼战纪》作用非常。本章所及哈格多恩的小说《埃关——或伟大的蒙古人》，哈佩尔的小说《亚洲的俄诺干布》，以及洛恩斯泰因的历史小说《宽宏的统帅阿尔米尼乌斯》，无不从中各取所需。但是，基督教的传教立场，尤其在前三部作品中不容忽视。这说明，作家在接受传教士描绘的中国图像时，同时接受了其宗教立场。更何况有的作家，比如上提卡塞尔，本人就是神学家。所以，这些所谓的"中国小说"，就今天看来，翔实地提供了基督教世界征服中国和改造中国的尝试。

在科学地认识中国方面，洛恩斯泰因的小说《宽宏的统帅阿尔米尼乌斯》中的有关篇章，应该说超越了其他几部作品。他所关注的，不仅仅是中国的历史、民俗和风貌等外部特征，还有中国人内在的思维方式或宗教特点。他对中国文化的描述，想象成分相对较少，客观立场豁然醒目。

第二章　　17 和 18 世纪德语文献或文学中的
　　　　　"中国精神" 及中国文学

## 一、　莱布尼茨的《中国近事》与沃尔夫　　《关于中国道德学的演讲》

德国巴洛克文学思想史的背景，乃是欧洲的文艺复兴运动。但这个文学的特征，似乎更加体现在艺术风格的变革上。接踵而至的启蒙运动文学，则以思想文化的革命独树一帜。在讲述这个时期的中德文学关系之前，有必要介绍两位德国思想家。正是他们的中国热情，为这段中德文学关系史作了铺垫。首先是哲学家莱布尼茨（Gottfried Wilhelm Leibniz，1646—1716）。

关于莱布尼茨在中德文化交流史乃至中西文化交流史上的地位，《十八世纪中国与欧洲文化的接触》一书的作者利奇温（Adolf Reichwein，1898-1944）曾这样说，启蒙运动中"第一个认识中国文化对西方发展之巨大作用的，是莱布尼茨"[1]。而莱布尼茨的中国认识，与巴洛克时期德国作家的中国认识大体上有同一源头：来华传播福音的耶稣会士。

莱布尼茨《中国近事》，大象出版社 2005年版汉译封面

耶稣会是天主教的修会之一，1543年创建于巴黎，其在中国的传教活动由意大利人利玛窦1582年入华为开端。一些优秀的耶稣会士，既为了汇报工作也为了维护其献身于上帝事业的形象，不仅向在巴黎和罗马的教会派遣机构寄回信件报告，而且同教会外的许多学者保持密切的书信往来。莱布尼茨即是这类学者中的佼佼者。他在1689年7月19日致法国耶稣会士闵明我（Philippe-Marie Grimaldi，1639—1712）的信中，就中国的科学、技术、

1. ［德］利奇温著，朱杰勤译：《十八世纪中国与欧洲文化的接触》，第69页，北京：商务印书馆，1962年版。

文化等诸方面，提出了著名的 30 个问题，并在罗马亲自倾听收信人的口头回答。[1]1697 年，作

1. 此信译文可见安文铸、关珠、张文珍编译：《莱布尼茨和中国》，第 128-131 页，福州：福建人民出版社，1993 年版。另参见 Jürgen Osterhammel: Die

为他中国问题研究的总汇，莱布尼茨编撰出版《中国近事——为了照亮我们这个时代的历史》。

Entzauberung Asiens. Verlag C.H. Beck, München 1998, S.158—159.

此书以一篇序言开头，下收 6 篇来华传教士关于中国的报告和信件，两年后再版时，另添耶稣

会士白晋所写《康熙皇帝传》，为中德文化关系史上的一部碑碣之作。

　　莱布尼茨自小聪颖好学，20 岁时递交的毕业论文《组合之艺术》，已将一切推理、发现，

归结为诸如数、字、声、色等因素的有序组合，显示出惊人的综合思维能力，以后他在地质学、

数学、哲学和神学等方面都有杰出建树，是 18 世纪欧洲最著名的百科全书式人物之一。《中

国近事》一书，是他参与中西文化交流并推广其中国知识的例证。其前言开篇便道：

　　　　人类最伟大的文明与最高雅的文化今天终于汇集在了我们大陆的两端，即欧洲和

　　　　位于地球另一端的——如同"东方欧洲"的中国（Tschina）。我认为这是命运之神

　　　　独一无二的决定。也许天意注定如此安排，其目的就是当这两个文明程度最高和相隔

　　　　最远的民族携起手来的时候，也会把它们两者之间的所有民族都带入一种更合乎理性

　　　　的生活。[2]

　　2.［德］莱布尼茨著，梅谦立、杨保均译：《中国近事——为了照亮我们这个时代的历史》，第 1 页，郑州：大象出版社，2005 年版。

莱布尼茨具有世界大同的理想，希望东西文明各取所需，互补互助。就他看来，欧洲人"在

思维的深邃和理论学科方面……明显略胜一筹"，而中国人"过着更有道德的公民生活"。[3]

　　3.［德］莱布尼茨：《中国近事——为了照亮我们这个时代的历史》，第 1-2 页，郑州：大象出版社，2005 年版。

随后他以虚拟语气道出以下名言："不管怎样，我觉得鉴于我们目前面对的空前的道德没落状况，

似乎有必要请中国的传教士到欧洲给我们传授如何应用与实践自然神学，就像我们的传教士向

他们教授启示神学一样。"[4]

　　4.［德］莱布尼茨：《中国近事——为了照亮我们这个时代的历史》，第 6 页，郑州：大象出版社，2005 年版。

　　莱布尼茨的话，对中国学界来说，比较入耳。常被援引，不足为怪。但不能忽视另一面：

他发表《中国近事》的原意，并非单纯为了树立中国典范，以助欧洲启蒙，而是出于他作为新

教教徒使命的考虑：

　　　　发表《中国近事》时，我的目的是：将新教教徒动员起来，一起参加收获上帝的

　　　　土地上结出的果实，为的是上帝的荣耀，同时也为了我们自己的荣耀，以便在这个伟

　　　　大辽阔的帝国里，纯洁的宗教（即新教）不再被排斥在外。耶稣会士被允许在中国自

　　　　由传教，只是因为他们传授了科学，而在科学上，新教教徒一点也不比耶稣会士落后，

　　　　我甚至说，比他们强。中国的皇帝（允许耶稣会传教），随之将欧洲的科学请了进去。

我认为，我们可以为宗教以及航海取得更大的好处，如果我们善于利用这位君主的好

意的话。[1]

1. [德] 格尔达·乌特米勒（Gerda Utermöhlen）著，李文潮译：《〈中国近事〉在哈勒虔敬主义范围内引起的反响》，见李文潮、H. 波塞

另外，他在给自己的中国问题主要对话伙伴、耶稣会士闵明我的信中这么说：

尔编：《莱布尼茨与中国——〈中国近事〉发表300周年国际学术讨论会论文集》，第272—273页，北京：科学出版社，2002年版。

我想没有必要提醒您，在传授了我们的科学后，要注意不要使我们的科学彻底失

去自己的优势。我认为您最好还是按照毕达哥拉斯学派的习惯行事为好，亦即在传授

2. 引自 Adrian Hsia(Hg.): *Deutsche Denker über China*. Insel Taschenbuchverlag 1985, S.35. 译文参见维快（Welf H. Schnell）著，

知识时，最好还是让有些东西保持在神秘莫测之昏暗中，以便中国人不将此视为已明

李文潮译：《期望与现实——通过〈中国近事〉观察莱布尼茨的宇宙和谐》，见李文潮、H. 波塞尔编：《莱布尼茨与中国》，第269—270页，

晰之事而加以轻视，不会有一天将欧洲人当作无用之人扫地出门。[2]

北京：科学出版社，2002年版。

很显然，倘若我们注意莱布尼茨的中国热情，同时不能忽略他作为基督徒的功利性考虑；[3]

3. 德国早期著名汉学家佛朗克在其《莱布尼茨和中国》一文中也说："他政治思想中伟大终极目标中的一个，是四处传播基督教文化，将启示的基督教带

如若我们承认他的世界大同思想，同样不能忘记他恪守欧洲、对中国既纳又拒的矛盾心情。有

给所有民族。" Otto Franke: *Leibniz und China*. In: G. W. Leibniz-Vorträge der aus Anlass seines 300 Geburtstages in Hamburg. Hrsg. von der

德国学人，甚至在他的"字里行间"看出"欧洲中心主义"倾向。[4]

Redaktion der Hamburger Akademischen Rundschau, Hamburg 1946, S.99.

莱布尼茨在中德文化交流史中另一争议点，与助他成为现代数学和计算机理论先驱的二位

4. 参见维快（Welf H. Schnell）著，李文潮译：《期望与现实——通过〈中国近事〉观察莱布尼茨的宇宙和谐》，见李文潮、H. 波塞尔编：《莱布尼茨与中国》，

数进位制有关。约在1679年，莱布尼茨写成《二的级数》一文。1701年2月15日，他致函耶

第270页，北京：科学出版社，2002年版。

稣会士白晋，详细介绍他发明的二进制理论，说他的"数字计算法"，可以"为基督教中崇高

的创世理论提供一个新的证明。在我看来，这个发现对中国的哲学家们来说也非常重要，也许

皇帝本人会感兴趣，因为他热爱并且精通关于数字的科学"[5]。白晋于1701年11月4日回信，

5. 丹尼尔·库克、罗思慕：《莱布尼茨、白晋、远古神学及〈易经〉》，见李文潮、H. 波塞尔编：《莱布尼茨与中国》，第113页，北京：科学出版社，2002年版。

附上伏羲六十四卦次序图和方位图，指出莱布尼茨由0到1构成的二进制算术体系，与中国八

卦图之符号原理即《易经》中阳爻与阴爻对应，特别是六十四卦图的数码与莱布尼茨二进制中

的数码一致。莱布尼茨收到此信，已是1703年4月1日，几天后，撰写《二进位算术的阐述——

关于只用0与1兼论其用处及伏羲所用数字的意义》一文，发表在法国《皇家科学院院刊》上，

兴奋地予以承认这一事实，以为自己的研究成果受到古老的中国智慧的证实。不少学者认为，

莱布尼茨的二进制算术体系，与中国的八卦图原理只是相似，而不存在承继关系。理由之一为，

莱布尼茨收到白晋的八卦图是在他"发明"二进制之后。也有人认为，两者之间的确存在影响

关系。理由之一是，比利时耶稣会士柏应理（Philippe Couplet）1687年已在巴黎出版《中国

哲学家孔子》一书，内容包括伏羲六十四卦次序图和方位图的详介。而莱布尼茨本人，至少在

1687年12月之前，读过此书，熟悉伏羲（Fohi）。而在1982年的《莱布尼茨研究》14卷上，

有《莱布尼茨中国图像的来源》一文，考证莱布尼茨1687年12月给友人的一封信，说自己通

过莱因河畔的书商达维德·聪奈尔（David Zunner）获得《中国哲学家孔子》一书，并在信中写道："这本书（《论语》）不是孔子写的，而是由他的弟子们编撰、从他的言论中收集而成的。这个哲学家的文本比我们从希腊哲学家那里获得的文本更加古老，有些地方含有杰出的思想和原理。"[1]

1.David E. Mungello: Die Quellen für das Chinabild Leibnizens. In: Studia Leibnitiana 14 (1982), S.240. 另外，胡阳、李长铎著《莱布尼茨二进制与伏羲八卦图考》（上海：上海人民出版社，2006 年版）第 14—16 页所引莱布尼茨信的拉丁语原文，与此有关。

其实，有关莱布尼茨二进制与中国八卦图之符号原理之间的关系，早在 18 世纪，已备受人们关注。比如，法国耶稣会士巴明多在 1740 年 9 月 20 日致法国科学院院士和皇家科学院常务秘书梅朗的信中就说：

　　我现在尚需要向您讲两句有关二进制数学的问题，或者更应该说是有关莱布尼茨先生对此的运用问题。您声称，您非常感兴趣地想知道，我对于中国的那名立法者（伏羲）与那名德国哲学家之间的所谓契合问题，到底作何感想！先生，我向您坦率地承认，我很难就此向您坦陈我自己的想法。因为针对一种时刻都需要大量猜测的内容，极不容易讲得很正确；同时也由于我当然会受对一位如此伟大人物的崇敬心情所制约。[2]

2. 杜赫德编，耿升译：《耶稣会士中国书简集》IV，第 211 页，郑州：大象出版社，2005 年版。

有鉴于此，有人甚至对莱布尼茨的人格提出质疑。[3] 莱布尼茨的"数字科学"与《易经》符号之间的并行或者承继关系，确为学术界一热门话题。[4]

3. 胡阳、李长铎：《莱布尼茨二进制与伏羲八卦图考》，第 50 页，上海：上海人民出版社，2006 年版。
4. 孙小礼：《莱布尼茨与中国》，第 124 页，北京：首都师范大学出版社，2006 年版。

谈论莱布尼茨的中国热情，无法避开其学生、德国启蒙运动代表之一沃尔夫（Christian Wolff，1679—1754）。1721 年 7 月 12 日，时任哈勒大学数学教授的沃尔夫在晋升副校长的就职仪式上发言。题目出人意料，和遥远的中国有关——《关于中国人道德学的演讲》，再次显示出耶稣会士们笔下的中国所散发出的魅力。与莱布尼茨不同，沃尔夫没与来华耶稣会士们面谈通信，其中国知识主要来源于耶稣会士卫方济和柏应理的著述。[5] 沃尔夫借助中国，阐明他

5. 秦家懿编译：《德国哲学家论中国》，第 54 页，北京：三联书店，1993 年版。

的哲学社会观，推演自己关于自然理性和道德力量之社会作用的理论。他认为，人类幸福根植于一切合乎自然的道德行为。而在这一点上，欧洲可以向中国学习。他说："我以前曾经讲过，中国人的行为包含有一种完完全全的自然权利，而在我们欧洲人的行为中，这种权利看上去只有几分存在，这还是句好话。"[6] 讲话中，沃尔夫高度评价中国的孔子，甚至将他与耶稣基督

6. 夏瑞春编，陈爱政等译：《德国思想家论中国》，第 42 页，南京：江苏人民出版社，1989 年版。

相提并论："如果我们把他（孔子）看作上帝派给我们的一位先知和先生的话，那么中国人崇尚他的程度不亚于犹太人之于摩西，土耳其人之于默罕默德，我们之于耶稣基督。"[7]

7. 夏瑞春编，陈爱政等译：《德国思想家论中国》，第 31 页，南京：江苏人民出版社，1989 年版。

把一位公认的无神论者同基督教上帝置于同等地位，这看来超出了基督徒们接受中国文化

的底线。更何况早有人不满于沃尔夫的无神论倾向，便伺机攻击他。法国启蒙作家伏尔泰曾在其《哲学词典》中，对这一事件有过生动描述。看来这一德国事件，最后成了欧洲事件。兹引如下：

> 哈勒大学数学教授，知名的沃尔夫有一天发表了一篇很好的演说推崇中国哲学；他称赞这个眼耳鼻须和推理都跟我们不同的古老民族；他称赞中国人敬奉一位至高无上的神并且好德；他把这归功于中国皇帝、国老、法官、学士。……在这个大学里有一位名叫朗格的神学教授，他却一个人也吸引不到。这个人在课堂里坐冷板凳很失望，就有理由想要毁坏数学教授。他不免依照他那一类人的习惯，诽谤数学教授不信神……

> 有几位从来没有到过中国的欧洲作家曾经以为北京政府是无神派。沃尔夫既经称赞过北京的哲学家们，所以沃尔夫是无神派。嫉妒和仇恨从来没有做过比这更好的三段论式。朗格的这一论据由一群喽啰和一位保护人来支持，就获得国王的决定，给数学家下了一道两刀论法式的命令，叫他选择或是二十四小时内离开哈勒市，或者被处绞刑。[1]

> 1. [法]伏尔泰著，王燕生译：《哲学词典》，第 328—329 页，北京：商务印书馆，1991 年版。

沃尔夫由于替中国的孔子当了一回卫道士，不仅副校长没有当成，还被当朝国王弗里德里希一世勒令离开哈勒大学，但他并未由此而改弦更张。1726 年，他为这篇演讲添加一篇前言，以《中国的实践哲学》为题发表。前言的结语，不乏对自己遭不公对待的论战意味：

> 如果有人不同意我的见解，我就请他自己去做得更好一些；但倘若有人因愚昧而不能理解其真谛，我将对这种评判当作不动脑筋而予以拒斥。下面的东西，既不是为愚蠢的饶舌之徒而作，也不是为虔诚的信徒而作。我所提倡的孔丘式的真挚，于他们是陌生的。[2]

> 2. 秦家懿编译：《德国哲学家论中国》，第 148 页，北京：三联书店，1993 年版。

1740 年，弗里德里希二世即位，推翻父亲判决，隆重请回沃尔夫，使他声名更震。这也间接肯定了中国文化。

## 二、 周游世界的中国人眼中的中西世界

在欧洲启蒙运动中，理性思想、个性自由得到进一步张扬，但封建保守势力依旧不容小觑。沃尔夫的遭遇便是典型例子。所以，有作家常以虚构之书信体形式，讽刺现实，批评时政。法国作家孟德斯鸠《波斯人的信札》（1721）便是典范。而同年在德国也有作家法斯曼（David F. Fassmann，1683—1744），开始匿名发表他的书信体小说《奉钦命周游世界的中国人》。德国研究者安常尔眼界甚广，在其《至古典主义德国文学中的中国》一书中，发掘出这部小说。主人公是一个叫希罗菲勒的中国人，熟悉多门外语，奉旨造访欧洲，在莱比锡邂逅故友法国人普雷茨后，两人结伴同行。希罗菲勒向朋友介绍他写给中国皇帝的游记。比如："在整个欧洲……把耶稣诞辰作为纪年开始"；有个"男人，叫教皇"；莱比锡的大学生，"他们习惯于称自己为家伙……"[1] 言语中，略含对教会的不敬和对世风的不满。作品也旁涉欧洲殖民主义在中国

1.Horst von Tscharner: China in der deutschen Dichtung bis zur Klassik. Verlag von Ernst Reinhardt, München 1939, S.53.

的竞争及中国人的反应。比如，作者借希罗菲勒之口，解释中国人为何不喜欢葡萄牙人。但此书更多地显示出对介绍中国风土人情、奇闻轶事的兴趣，是作者本人阅读成果的巧妙汇编，同时为中德关系史留下一份宝贵的材料。

几十年之后，弗里德里希二世写下类似作品《中国皇帝的使臣菲希胡发自欧洲的报道》（1760）。法斯曼的小说，出版于孟德斯鸠《波斯人的信札》同一年，艺术价值不菲。但作家人微言轻，作品今日罕见；弗里德里希二世的这部作品，就发表时间和风格特征看，明显是孟德斯鸠《波斯人的信札》的仿作。但他身为国王，亦善笔墨，作品跟着沾光。特别是今日被华裔德国学者夏瑞春收入《德国思想家论中国》一书，让人易得。此书由主人公菲希胡写给中国皇帝的6封信组成，内容涉及到宗教、民俗、中西思维等诸多方面，而重点是弗里德里希二世对教皇及教会的挞伐。比如在第一封信里，已有菲希胡与一神甫如下的对话：

> "怎么，难道我们对所有的灵魂不拥有宗教审判权吗？国王们既然有灵魂，那么……"——"哦"，我喊道，"您的这种想法在北京是行不通的。我们至高无上的帝王也有灵魂，可他们坚信，他们是属于他们自己的，他们只对天有禀报的义务。"——"这正是与教会格格不入的异端邪说"，神甫答道。……对此我不得不反驳。我对他

　　要求每个人与他想法一致感到可笑，因为天在创造我们的时候，就赋予我们每个人各

自不同的容貌，不同的秉性以及看待事物的不同方法。如果要求人们在道德上一致，

那是很难办到的。[1]

1. 夏瑞春编，陈爱政等译：《德国思想家论中国》，第48页，南京：江苏人民出版社，1989年版。

　　在此，弗里德里希二世借中国人之口，驳斥基督教的宗教审判权，强调人的独立个性，仅
此似已体现出他的中国观。而对基督教及教皇本人的抨击，以后愈加激烈，其背景其实是他当
政时所遇的困境。罗马教廷曾在第三次西里西亚战争（1756—1763）中，站在普鲁士的对头法
国和奥地利一边。倘若不是俄国女皇伊丽莎白的继承人彼得三世与他结盟，几乎让他遭遇灭顶
之灾。

　　但必须注意的是，弗里德里希二世虽借中国，鞭挞教皇，但对中国文化并不十分认真。法
国启蒙作家伏尔泰，曾竭力向他推荐中国，以为这能投其所好，但碰了一鼻子灰。在1776年回
复伏尔泰的多封信中，他明确表示，不愿效仿中国。[2] 而他对中国产生的兴趣，显然可以追溯

2. [德] 利奇温著，朱杰勤译：《十八世纪中国与欧洲文化的接触》，第83页，北京：商务印书馆，1962年版。

到18世纪欧洲启蒙运动中国热的影响。众多启蒙思想家、作家既已置身其中，他也不愿作壁上观。
但他并未像莱布尼茨或沃尔夫那样，真的准备向中国文化学些什么。就他的《中国皇帝的使臣
菲希胡发自欧洲的报道》来看，中国首先是他表达自己政治观念、反对教会统治的工具，也许
还是他附庸风雅、炫耀才能的机会。

　　但还得添上一句，同法斯曼一样，他的这部作品同是匿名发表。也许这位独霸一方的普鲁
士国王，对那位雄踞罗马的教皇，还是心存戒意，不敢过于放肆。

## 三、 德国版的《孝经外传》

　　奥里希曾在《中国在18世纪德国文学中的反映》[3] 一书中，发掘出德国启蒙时期的诗人和

3. Ursula Aurich: *China im Spiegel der deutschen Literatur des 18. Jahrhunderts*. Berlin 1935.

教育家普费弗尔（Gottlieb Pfeffel，1736—1809）《寓言和故事》一书中6篇与中国有关的所谓"道
德故事"，以诗体写就。其中一首题为《吉盼》（Kiefuen），译如下：

　　　一官吏犯抢劫罪，／被判死刑，／这只有诸侯可以请求宽恕。／他儿子吉盼，／

跪倒在帝王宝座前／恳求免其父一死，／我知道，

他死有余辜，／但如果陛下要给法律贡献一宗祭

品，／那就用我！我来做刀下之鬼，／饶他一命。

／君主故作严厉，／金口声言: 你的愿望已被准许，

／把他带上刑台。／少年激动地亲吻皇帝之手，

／站立起来。且慢，君主高兴地叫道，／我将你

父亲赏赐给你，把你献给祖国。／他吻了吻少年，

并把自己的项链，／挂在他胸前。他羞愧地抓住

皇帝的长袍。／主上啊，别叫我佩带这珍贵的饰

物，／他说，它会每天让我想起，我的父亲曾经

犯罪。[1]

1.Gottlieb Conrad Pfeffel: Poetische Versuche. zweiter Theil, Tübingen 1802, S.22.

《吉翂》讲一个尽孝少年，愿意代父受过。这确为一

个中国故事。在清代黄小坪的《百孝图记》[2] 中，题为《吉

2. [清] 黄小坪著，陈凤屏增补，卫绍生译评:《百孝图记》，第184—185页，郑州: 河南人民

翂叩阙免父罪》。在清代李之素的《孝经内外传》[3] 中，题

出版社，2007年版。　3. [清] 李之素:《孝经内外传》，卷二，第52页，北京图书馆藏。

目就是《吉翂》，原文与上提《百孝图记》中的文字略有不同，

抄如下:

吉翂，字彦霄，冯翊人。父为原乡令，被吏

所诬，逮诣廷尉。翂时年十五，号泣衢路，祈请

公乡，见者皆为陨涕。其父虽清白，而耻为吏讯，

乃虚自引咎，罪当大辟。翂乃挝登闻鼓，乞代父命。

梁主以其幼，疑人教之，使廷尉讯之。对曰，囚

虽年幼，岂不知死之可畏? 顾诸弟幼，惟囚为长，

不忍见父极刑，所以内断胸臆，上千万乘。此非

细故，奈何受人教耶? 上乃宥其父罪。丹阳王志，

欲于岁首，举充纯孝。翂曰，异哉王尹，何量翂

之薄乎? 父辱子死，斯道固然。若翂有觍面目，

普费弗尔剪影

*当此举是。因父取名，何辱如之。故拒而止。*

两相比照，可见普费弗尔此诗，源于中国故事《吉玢》。只不过诗中馈赠项链、吻手等情节，明显有着为适应德国读者所改编的痕迹。

另有一首题目是《母亲与女儿》（Mutter und Tochter），译如下：

*在中国，人们敬重白发人／棍棒训子的习俗也还流行，／一个八十岁的母亲责打*

*／她不服管教的六十岁的女儿。／孩子泣不成声。／你为何这般悲痛大哭？／母亲问；*

*以前我下手可更狠，／从未见你哭得如此悲伤。／母亲，你说得完全对，／正是如此*

*我痛苦心酸，／她哽咽着道出，唉！我看到，／你已老迈，胳臂如此无力。*[1]

1.Gottlieb Conrad Pfeffel: *Poetische Versuche. achter Theil*, Tübingen 1805, S.76.

这也出自一个中国故事。《百孝图记》中题为《韩伯俞泣笞伤老》。而在《孝经内外传》中的《韩俞》，其文字与《百孝图记》相比，也更简洁："俞字伯俞，梁人，有过，其母笞之，泣。母曰，他日笞汝，未尝泣，今泣何也？对曰，他日得笞，尝痛，今母之力，不能使痛，是以泣。"[2]

2. [清] 李之素：《孝经内外传》，卷二，第 7 页，北京图书馆藏。卫茂平曾在《中国对德国文学影响史述》（上海：上海外语教育出版社，1996 年版）中，首次发现以上两首诗的出处。最初受惠于夏文华编著《忠经·孝经白话精解》（北京：燕山出版社，1991 年版）中的附录"孝经外传"。

《母亲与女儿》产生自《韩俞》，差可无疑，但故事人物稍有改变。如果说，《吉玢》讲事父孝，那么《母亲与女儿》说事母孝。故事有些夸张，但这个因素在汉语原文中就有，并非普费弗尔添油加醋。

如上所及，奥里希女士在其《中国在 18 世纪德国文学中的反映》中，掘发出普费弗尔 6 首"中国诗"或故事。以上是现可考其源流的两首。另外 4 首，出处尚待查明。它们是《贺连》，讲一年轻人用自己尽孝行为感化盗贼的故事；《兄弟——一个中国传说》，讲一对兄弟为赡养病弱的母亲，面对杀人强盗，争相受死，从而让强盗天良发现；《天和上帝》，让中国的"天"和西方的"上帝"对话，批评僧侣和诡辩家玷污基督教教义，扰乱世人心志；《龙》则是 4 行短诗，说中国人臣服于一条庄严的龙，作者显然了解中国"真龙天子"类的说法。其中前两首，《贺连》和《兄弟——一个中国传说》，也是尽孝诗，且均讲忠孝化恶。可以看出，普费弗尔对中国儒家的忠孝节义，印象颇深。作为阿尔萨斯的启蒙作家，他也许看到这种伦理规范对世道民风的教化作用，并将此作为典范介绍。

# 四、 瑞士作家哈勒尔的两部"国事小说"与中国的关系

启蒙作家大多心怀社会，关注天下。他们既要启迪民智，也想劝谏君主，以文学手段推演其治国观念。瑞士德语作家哈勒尔（Albrecht von Haller, 1708—1777）和德国作家维兰德等人在启蒙时代创作了一批所谓的国事小说，而中国往往在其中作用非常。奥里希在其《中国在 18 世纪德国文学中的反映》（1935）中，介绍了上述两人此类创作。安常尔在其《至古典主义德国文学中的中国》（1939）中，对此作了进一步展开。

哈勒尔

先说哈勒尔的《乌松———一段东方国家的历史》(1771)，奥里希指出小说的历史背景，是佩得罗・比扎罗(Pedro Bizarro) 的伟大著作《波斯历史》。[1] 蒙古大汗铁木真十分注意对儿子乌松的培养。他收留流亡的中国人。其中"有个来自这个民族，即孔子民族的智者。他既熟悉孔子学说，也将其牢记在心。他被选出，培育少年君主的性情。乌松勤奋吸纳这些符合雅致高尚之情趣的学说"，甚至还读了一部分《书经》[2]。14 岁时，乌松偕父，参加与中国的战争，被俘后成为中国亲王李王（Liwang）的花匠。一天，他救起喂金鱼时不慎落水的李王的女儿里奥苏阿（Liosua）。作为酬谢，乌松只要求李王当他的老师，进一步学习中国文化。乌松与里奥苏阿之间日久生情。李王甚感不安，认为"蛇的儿子"不配追求"龙的女儿"[3]，将他送走。乌松四处游历，心智成熟，凭借自身的骑士勇气和习得的中国

1. 参见 Ursula Aurich: China im Spiegel der deutschen Literatur des 18. Jahrhunderts. Berlin 1935, S.128.

2. Albrecht von Haller: Usong——Eine morgenländische Geschichte. Bern 1771, S.10—11.

3. Albrecht von Haller: Usong——Eine morgenländische Geschichte. Bern 1771, S.28—29.

哈勒尔《乌松》德文版封面

智慧，最后成为整个波斯王朝的统治者。这时他向里奥苏阿求婚，获准。妻子从中国将陶瓷、纺织和养蚕术带到波斯。乌松不仅把从李王那里学来的中国制度文化和农耕技术等付诸实践，还引入从欧洲学来的治国术及科学技术。整个国家井井有条，万民欢庆。他知道建国容易，治国艰难。勤政之余，他秉承先父教诲，教育后代。高龄时皈依基督教。

　　故事赋予教育在培养君主中的重要意义，秉承的无疑是启蒙思想。借助中国完成这个理念，也显示出启蒙作家部分的中国观。但另一方面，作者又十分清楚欧洲人中国立场的其他方面，并予以表述。比如第一章，乌松的威尼斯朋友策诺这样对他说：“我们的一个同胞（马可·波罗）向我们讲述了契丹的伟大和智慧，但总体说来欧洲人认为，惟独自己才是文明的。”[1]

1.Albrecht von Haller: *Usong——Eine morgenländische Geschichte*. Bern 1771. S.44.

　　欧洲人的文明“优势”在哪里？或者说，中国人的“劣势”在哪里？对此小说有多series描述。主要是，中国人缺乏自由意识。比如，“在中国儿子被掌握在父亲的手里”，因而没有自由[2]。相反在欧洲，

2.Albrecht von Haller: *Usong——Eine morgenländische Geschichte*. Bern 1771. S.50.

乌松“再也见不到在中国互相表露出奴性的臣服；鞭子不是法律的权杖”[3]。而从体制上讲，在“专

3.Albrecht von Haller: *Usong——Eine morgenländische Geschichte*. Bern 1771. S.48.

制主义的中国，一种共和的概念，尚未产生”[4]，而这种自由观念的缺乏，甚至带来技术文化方

4.Albrecht von Haller: *Usong——Eine morgenländische Geschichte*. Bern 1771. S.46.

面的落后。比如在威尼斯，乌松“惊讶地看到，在很短时间内懂得火枪的欧洲人，却比中国人更好地懂得使用它们。而这个优势，策诺告诉他的朋友，是自由的结果，是追求荣誉的结果”[5]。

5.Albrecht von Haller: *Usong——Eine morgenländische Geschichte*. Bern 1771. S.456—457.

　　由此可见，即使在中国热达到高潮的启蒙时期，在耶稣会士们的报道源源不断地进入欧洲知识分子的视野之时，较之于欧洲文明，中国文明始终处于低等层次。

　　此书借助中国，阐扬欧洲启蒙思想，进行中西文化、哲学、制度和社会等多方面的比较，其中呈现出的西方中国观，延续至今，读来令人感触颇深。而小说对中国儒教、基督教和伊斯兰教之综合的倡导，又与莱布尼茨的世界大同思想极为相似。

　　两年之后哈勒尔出版他的另一部“国事小说”《阿尔弗雷德——盎格鲁萨克森的国王》（1773），讲阿尔弗雷德这个国王，在征战胜利后，如何在和平时期治理国家。小说有一段前言，交代小说的目的和资料来源等，开篇即说：

　　　　沉默得太久了没说，在写《乌松》的时候，我的目的是进行探讨，一个专制主义的政府是否能够获得容忍，倘若君主将这样一种平衡引入国家机构的不同部门，由此无人会轻易受到强制，而通向王座之真理的入口始终保持敞开。[6]

6.Albrecht von Haller: *Alfred——König der Angel-sachsen*. Göttingen und Bern 1773. Vorrede.

哈勒尔在此不仅透露出《乌松》一书的意图，其实也透露出作为续篇的《阿尔弗雷德》的

主题：东方专制主义的欧洲政体中的可行性。

　　启蒙运动时期，国家政体的选择，曾是不少启蒙作家的话题。经济制度中对市场经济的强调，社会政治领域对个性自由的张扬，其结果往往是政府权力的削弱。有关中国报道中传递出的所谓东方专制主义，就成了问题解决的一种方案。哈勒尔这两部小说均为范例。阿尔弗雷德的朋友阿蒙德这样向他介绍中国：

哈勒尔《阿尔弗雷德》德文版封面

　　　　丝人无与伦比地是各文明民族中最古老的民族。当希腊人还从事狩猎和依靠大自然为游手好闲者让其自生自长的橡树生活时，丝人中已有智者、法律制订人和富有创造力的艺术。契丹是秩序的所在地，皇帝是全民的父亲。他以家长管教子女的洞察力统治百万人口，并受到他们对自己犹如对父母的爱戴和永久的服从。[1]

1. Albrecht von Haller: Alfred——König der Angel-sachsen. Göttingen und Bern 1773. S.109.

但是，从未见过这样一个民族的阿尔弗雷德不无疑虑：

　　　　一个这样的民族，他坚定地说，一定是懦弱的，只有对于荣誉的柔情能够克服对于生命的爱，而这样的情感只有在贵族身上活生生地存在。对他们来说，最细微的软弱让人无法忍受，生命将成为负担，倘若他们得缺少荣誉地生活。[2]

2. Albrecht von Haller: Alfred——König der Angel-sachsen. Göttingen und Bern 1773. S.111.

所谓荣誉（die Ehre），在自从英雄史诗或骑士文学以来的德语文学中，一直是人的生命要素，与个体自由和尊严密切相关。但在中国文化中，人们看到的只是对于君主或强者的臣服。这有违欧洲的个体观念。所以，就哈勒尔看来，违背个体自由的东方专制主义不值得人们效仿。同时，由于体制不同和传统别样，这种东方专制主义在欧洲既行不通，也无法照搬："没必要将专制主义统治搬到欧洲：因为由于议会代表、各级议会和其他手段，这种统治会被削弱，而这在东方国家是不可能的。"[1]

1.Albrecht von Haller: *Alfred——König der Angel-sachsen*. Göttingen und Bern 1773, Vorrede.

与《乌松》相比，《阿尔弗雷德》结构有些杂乱，受到的评价不高[2]，但在中德文学关系史上，

2. 参见 Ursula Aurich: *China im Spiegel der deutschen Literatur des 18. Jahrhunderts*. Berlin 1935, S.127.

同样是一部具有历史意义的小说。它继承《乌松》中对中国专制主义的关注和批评，既称赞中国皇帝仁德、中国民众顺服，又批评中国缺少民主，奴性泛滥。到了19世纪，黑格尔在其《历史哲学讲演录》，包括其他的几部著作中，批评中国文化缺少个体内在的自由意识，因而整个社会停滞不前时，其视角与哈勒尔其实如出一辙。

与前面的普费弗尔不一样，哈勒尔其实是18世纪欧洲一流的生物学家和实验生理学之父。但在1729年，21岁的他已经以叙事诗《阿尔卑斯山》一鸣惊人。以后，他又以医生为业。国事小说的创作，既显示出他的文学才能，也表露出他的政治社会理想，有他的小说《阿尔弗雷德》扉页上的祝词为证，译文如下："但愿您的儿孙后代，如同智慧和勇敢的阿尔弗雷德，最终在光辉灿烂的千年之后，稳坐不列颠王座，如同乔治三世，是自己臣民的幸福，高风亮节，是所有君主的榜样！"[3]

3.Albrecht von Haller: *Alfred——König der Angel-sachsen*. Göttingen und Bern 1773, Vorrede.

## 五、　维兰德的《金镜》及中国的教育典范

严格地说，哈勒尔是自然科学家，客串文学，成绩骄人。而维兰德（Christoph Martin Wieland，1733—1813）则是德国启蒙及古典主义文学时代的代表。他的小说《金镜或者谢西安诸位国王》（1772）是更加著名的"国事小说"。它同样以"献词"开头：

*最尊贵的天子！*

*陛下最热切的愿望是您的人民的幸福。您不懈努力的唯一目标，那是您探讨的伟*

4.Christoph Martin Wieland: *Der goldene Spiegel oder die Könige von Scheschian.Eine wahre Geschichte aus dem Scheschianischen*

*大对象：您法令的内容，您开始和实施的所有值得赞叹之事业的灵魂，以及让您远离*

übersetzt. Leipzig 1794. In: Christoph Martin Wieland, *Sämtliche Werke II*. Bd. 7, S.XIX. Hrsg. von der Hamburger Stiftung zur

*一切罪恶的东西；而这让您遵循其他世界伟人的榜样可以这么做，——但不这么做。*[4]

Förderung von Wissenschaft und Kultur, Hamburg 1984, S.XIII.

可见，小说《金镜》与哈勒尔的"国事小说"一样，怀有明确的、劝谏君主的社会政治功能。

　　小说前言中，维兰德虚构成书背景，说它原本是一用印度语言写成的谢西安国的故事，后在中国的太祖（Tai-Tsu）时代，由一个不怎么出名的中国作家夏福子（Hiang-Fu-Tsee）将它译成汉语，接着由 I.G.A.D.G.I. 神甫从汉语译成"非常平庸的"拉丁语，最后由现在此书的出版人，即维兰德自己，译成"人们在 1772 年时习惯使用的出色的德语"[1]。维兰德在此偏偏以译者出现，可能事出

有因。他在 1762—1767 年间，曾译出 22 部莎士比亚剧本，对包括歌德和席勒等在内的一大批德国作家，产生巨大影响，同时也为他带来莫大声誉。

Abb. 5: Das Titelblatt des ›Goldnen Spiegels‹ von Christoph Martin Wieland. (Kapitel I)

维兰德《金镜》德文版封面

　　1.Christoph Martin Wieland: *Der goldene Spiegel oder die Könige von Scheschian.Eine wahre Geschichte aus dem Scheschianischen übersetzt.* Leipzig 1794. In: Christoph Martin Wieland, *Sämtliche Werke II.* Bd. 7, S.XIX. Hrsg. von der Hamburger Stiftung zur Förderung von Wissenschaft und Kultur. Einleitung, S.30—32.

　　小说开始前，有一段类似于中国话本小说中入话的故事交代，讲苏丹沙赫·里阿尔和他的后继者，接连堕落毁灭。这时，沙赫·吉伯尔即位，让自己的宠妾即与《天方夜谭》中讲故事女子同名的山鲁佐德和哲学家达尼西门，讲谢西安国的故事。长篇对话即构成小说的形式。其中中国占据要位。书中重点谈论教育，而且是帝王的教育问题。这还是启蒙运动重视教育之传统的体现。达尼西门在小说里介绍中国帝王的成长过程：

　　　　中国最最杰出的国王舜是在草棚下成长的，达尼西门回答。这个道德高尚的舜（一个中国作家说），为何不能成为最出色的一个帝王？他的起点就预定把他培养成人，这是关键。在自小就被教育成未来之君主的人中间，有几个能以此夸耀！[2]

　　2.Christoph Martin Wieland: *Der goldene Spiegel oder die Könige von Scheschian.Eine wahre Geschichte aus dem Scheschianischen übersetzt.* Leipzig 1794. In: Christoph Martin Wieland, *Sämtliche Werke II.* Bd. 7, S.XIX. Hrsg. von der Hamburger Stiftung zur Förderung von Wissenschaft und Kultur, zweiter Theil, S.105—106.

　　而小说中谢西安国的仁主梯方，就和舜一样，在远离城市喧嚣的环境中长大：

他被发配到一个由质朴无华、勤劳温厚的人组成的小社会中。在远离尘世纷扰的

自然怀抱中，在一个荒蛮之地，在丝毫没意识到自己与众不同的情况下，度过自己生

命中最初的30年。这样一种状况，让他不知不觉地获得了帝王的品质与灵气。[1]

我们知道，1749年，法国弟戎学院悬赏征文，题目是《科学和艺术是否有助于习俗的改善？》。

卢梭撰文于次年获奖。他的主要观点是，以科学艺术为表征的现代文明和进步，导致人类的罪

恶和堕落，并提出著名的"返回自然"的口号[2]。维兰德在此，显然反刍着卢梭的思想。正因

为文明导致堕落，所以，要成为参天大树，必须回到人类的自然本原。而中国古代帝王的故事，

给他提供了例证。

为了更加令人信服，在提到中国远古的帝王舜时，维兰德书中添有脚注：

舜，好皇帝尧的助手和后任。参见迪哈尔德的描述，中华帝国全志，第一部分，

德语译文第一部分263页。此外不能隐瞒的是，关于中国皇帝尧舜的故事，就所有的

迹象来看，与谢西安国王梯方的故事相比，并不符合历史真实。[3]

小说创作和学术著作不同，一般不对词语作注。但此处涉及一般读者陌生的外国历史，就

不得不加以说明，导致虚构与真实相交。其实，关于这部小说有关中国的资料来源，维兰德在

小说开头部分已有说明：关于"鞑靼"（Tatarey）和"中国"（Sina）的信息，说自己主要参

考了《耶稣会士中国书简集》和迪哈尔德的《中华帝国全志》。[4]

维兰德还写诗，中国因素在其诗歌创作中同样留有痕迹。在《帕里斯的判决》中有如下诗句：

争吵使众神在婚礼上扫兴，／请不要去想那些琐碎小事；也不要想易经（Ye-Kin）

中的卦文意味着什么？／不要去想这一小块供养两只半山羊的土地，／是属于汉斯，

还是属于公子耶尔格？[5]

诗歌名称已点明题材内容，讲古希腊牧羊少年帕里斯裁定三位女神谁最美丽的故事。《易

经》通过耶稣会士们的介绍，当时已为不少启蒙作家知悉，但面貌显然尚属神秘。在本诗中，

它显然只是一复杂或有争议问题的象征，但同时透露出维兰德这位德国启蒙运动作家对中国文

化的浓厚兴趣。

---

1.Christoph Martin Wieland: *Der goldene Spiegel oder die Könige von Scheschian.Eine wahre Geschichte aus dem Scheschianischen übersetzt.* Leipzig 1794. In: Christoph Martin Wieland, *Sämtliche Werke II.* Bd. 7, S.XIX. Hrsg. von der Hamburger Stiftung zur Förderung von Wissenschaft und Kultur, zweiter Theil, S.106.

2.[法] 卢梭：《论科学和艺术》，北京：商务印书馆，1960年版。

3.Christoph Martin Wieland: *Der goldene Spiegel oder die Könige von Scheschian.Eine wahre Geschichte aus dem Scheschianischen übersetzt.* Leipzig 1794. In: Christoph Martin Wieland, *Sämtliche Werke II.* Bd. 7, S.XIX. Hrsg. von der Hamburger Stiftung zur Förderung von Wissenschaft und Kultur, zweiter Theil, S.105.

4.Christoph Martin Wieland: *Der goldene Spiegel oder die Könige von Scheschian.Eine wahre Geschichte aus dem Scheschianischen übersetzt.* Leipzig 1794. In: Christoph Martin Wieland, *Sämtliche Werke II.* Bd. 7, S.XIX. Hrsg. von der Hamburger Stiftung zur Förderung von Wissenschaft und Kultur, erster Theil, S.236.

5.Erich Ying-yen Chung: *Chinesisches Gedankengut in Goethes Werk.* Diss. Mainz 1978, S.64.

## 六、《赵氏孤儿》在德国的流传

维兰德的小说《金镜》处理的中国题材，如他自己交代，其重要来源是法国著名圣职者迪哈尔德的《中华帝国全志》。也正是这部《中华帝国全志》中所载的一个中国故事，还给维兰德的小说提供了另一个创作素材。《金镜》第二部第五章，揭开主人公梯方的身世：

> 梯方的叔叔伊斯方蒂阿一登上王座，就清除他所有的兄弟，包括他父亲唯一一个兄弟铁木尔（Temor）留下的孩子。梯方在这些孩子中年纪最小，当时约7岁，处在他父亲特别喜爱的一个老年大臣的监管下。成吉思汗（Dschengis）（人们这么称呼这个大臣）的独生儿子与铁木尔王子同龄；他能救幼年梯方的唯一办法，是将自己的独生儿子出卖给由伊斯方蒂阿派出的杀手。成吉思汗有勇气，为美德作出这么大的牺牲。[1]

1.Christoph Martin Wieland: *Der goldene Spiegel oder die Könige von Scheschian.Eine wahre Geschichte aus dem Scheschianischen* übersetzt. Leipzig 1794. In: Christoph Martin Wieland, *Sämtliche Werke* II. Bd. 7, S.XIX. Hrsg. von der Hamburger Stiftung zur Förderung von Wissenschaft und Kultur, Hamburg 1984, zweiter Theil, S.105.

这无疑是中国元杂剧《赵氏孤儿》故事的变体。其从中国流传到欧洲的途径，也不难发现：维兰德上面提到的迪哈尔德编《中华帝国全志》中，就收此剧翻译。其中那个忠勇感人的"弃儿救孤"题材，不仅让法国耶稣会士马诺瑟（Joseph Prémare）首先将其在众多中国文学作品中选出，又被迪哈尔德收入他介绍中国的书中，也让文学家维兰德"一见钟情"，尝试借用。这也许是中国文学具体影响德国文学的先例。

《赵氏孤儿》或许是最早在欧洲产生普遍影响的中国文学作品。在法国和英国文学中，都有其改编的踪影。奥里希在其《中国在18世纪德国文学中的反映》一书中，发掘出一部今天罕为人知的德语文学改作。1774年，有一德国作家，化名弗里德里希斯，发表剧本《中国人或公正的命运》。剧本采取传统的五幕形式。内容简介如下：第一幕讲大臣韩同（Hantong）与同殿称臣的兰福（Lanfu）不和。正在这时，皇帝降旨，让韩同把女儿莉莉发（Lilifa）嫁给兰福。而韩同的养子坎布尔（Kambul），早已同莉莉发情投意合。韩同要求坎布尔帮他除掉兰福，答应事后让坎布尔和他的女儿结婚。第二幕讲坎布尔呈文诬告兰福，后者准备反击。第三幕讲皇帝听信谗言，派人向兰福宣旨，并送来绳索、匕首和毒药三样东西，令他自杀。兰福饮鸩身亡。第四幕讲坎布尔受良心折磨，这时，他的生父苏伦给他讲了一个奇怪的故事：

苏伦：

你说，你可知道曾经有过一个赵氏 (Tschao) 家族？

坎布尔：我知道——你——你说这为何？

苏伦：

你可知道，韩同的家系结着仇恨？／这两个家族的仇恨无法解开；／韩同之父以前死在赵家手里。／但韩同随即飞黄腾达，依靠幸运，使用手段，／得到了先帝的宠信。／年迈的皇帝驾崩时留下一个儿子，／但这个以后统治帝国的王子，／当时尚在襁褓里。／官踞高位的韩同独霸这个大国，／毁灭赵家是他干的第一件事。／这个恶棍处死了赵和赵家的孩子。／只有一个儿子幸免于难，／父亲去世时尚在母腹，／父亲死后他才出世。／但疯狂的韩同要斩草除根。／啊！这使我这个赵家的忠仆悲伤欲绝。／眼看着这个显赫家族被毁一旦，／我斗胆从疯狂的韩同那里救出孤儿，／从他刀下拐走了孩子。／孩子失踪无影，恶魔暴跳如雷。／他知道孩子会替赵家复仇；命令急速发往城乡部落／血淋淋的打算！让夜色把它遮掩。／如果三天内找不到孩子，／要把摇篮中的孩子斩尽杀绝。

坎布尔：

我这才认识你，啊，多野蛮的行为！

苏伦：

鼓足勇气，你要听一件更恐怖的事情。／听着，如果你未曾见过更悲惨的不幸，／那么同我一起流泪，倘若你还有眼泪。／命令像瘟疫之箭射出，／母亲们震惊，宁愿代替每个婴儿去死。／正在那时，命运给我送来一个儿子，／唉！这是我生命的乐趣和对我许多烦恼的报答。／这个杀人的命令也将夺去我的孩子。／所以我想——你会相信我这个奇怪的举动？／交出自己的儿子代替孤儿。／伪称找到孤儿，我把他送到韩同家中。／我还亲眼目睹，这个恶棍对孩子／手刃三刀，看着他怎样死去。[1]

1. 转引自 Ursula Aurich: *China im Spiegel der deutschen Literatur des 18. Jahrhunderts*. Berlin 1935, S.84—85.

在这个故事中，我们比在维兰德小说中更清晰地看到《赵氏孤儿》的投影。就故事情节来说，改作中没有出现原作中公孙杵臼等旁支人物，但保留了代替屠岸贾的韩同，代替程婴的苏伦以及代替孤儿的坎布尔。不同的是，剧本中添入了美丽的姑娘莉莉发，由此给剧本增加了原作中不曾有的爱情故事。

剧本的匿名作者在剧本前言中坦言，其目的是展现中国"这个国家的特点"，特别是"东方专制主义的习俗"[1]，应该说作者部分地做到了。一是"弃儿救孤"这个中心情节，如同在维

1. 转引自 Ursula Aurich: China im Spiegel der deutschen Literatur des 18. Jahrhunderts. Berlin 1935, S.82.

兰德的作品中一样，在改作中得到保留。二是"父仇不共戴天"的气势，在改作中也得到延续。因为坎布尔知道自己身世后，与赵氏孤儿一样，立誓复仇。此外我们也可看到，早在 18 世纪，在中国文化传入欧洲的初始阶段，对于欧洲知识分子来说，"东方专制主义"已经是中国政体的一个标签，所谓"民主"的匮乏，已是他们关于中国的定见。

## 七、 翁策尔笔下"武帝"的浪漫哭诉

以上《金镜》和《中国人或公正的命运》这两部德语文学作品所采纳的中国文学母题或题材，均可追溯到《中华帝国全志》中所载中国元杂剧《赵氏孤儿》。另一位德国启蒙作家翁策尔（Ludwig August Unzer，1749—1774）则另辟蹊径，看中此书所载有关汉武帝和方士李少君的故事。故事可能出自东晋王嘉撰《拾遗记》，讲汉武帝思念已逝的李夫人。方士李少君雕石成像，置轻纱帐中，宛若李夫人再生。武帝大悦。翁策尔据此创作长篇挽歌《武帝在秦娜墓旁——一首中国趣味的挽歌》，1772 年首次在布伦瑞克出版[2]，次年后又发表在《格廷根诗歌年刊》上。全诗试译如下[3]，顾及作者注解，也有我们点评。

2. 参见 Berger, Willy Richard: China-Bild und China-Mode in Europa der Aufklärung. Köln 1990.S.254.
3. 全诗及作者注解均转译自 Ursula Aurich: China im Spiegel der deutschen Literatur des 18. Jahrhunderts. Berlin 1935, S.165—170.

*我的悲歌不是响在刚（Kang）声中／啊！在轻弱的柔（Jeou）声中，武帝（Vou-ti）寻找失去的平静。／事死犹事生（Se se ju se seng），金科玉律，怀念着你，／我在昏暗的荒野哭我的秦娜。*

诗文起始，连续使用中国字"刚"和"柔"，表示阴阳两极。诗作者注："《易经》中有两个图形字母，'刚'表示强硬，'柔'表示柔弱。"诗人在此以"柔"写歌，符合挽歌中"哭"的情境。同时，不仅使用单个中国字，还引入完整的中文句子"事死犹事生"。诗人注曰："你们要尊敬这些死者就像他们还活着一样。"这恰如其分地表现出武帝对死者不能忘情。诗人接

着描写思念对象的美貌：

> 秦娜有着黄发，／天鹅绒般的胸脯，／秦娜是白日的光芒，晚间的喜悦，／自初
> 谙人世，／我从未见过比她更美的姑娘。／小脚多么灵巧，／哦，目光多么温柔，／
> 诉说着震颤的爱情的欢娱！／她那甜吻带有何种由衷的幸福，／使我心荡神移！

这是欧洲人眼中的中国美人图。中国女子曾以缠脚为美，看来这属于翁策尔中国知识的一部分。黄色头发的描述，可能与他黄种人有黄头发的想象有关。诗歌继续下去：

> 长生药！／诱人的汤药！／长生不老，大胆的企望，／只是我永恒的愿望，否则
> 秦娜不会去世。／李少君（Li chao kiun），／我那开启了的心灵，／不再相信你的
> 天花乱坠！／我愿意长眠而去，／因为秦娜已经离世，／升空遨游——啊，我对她羡
> 慕不已。

这里的长生药，原文写成 Seng yo tschang，即"生药长"。是诗人不懂汉语，弄错语序，还是为了押韵而刻意所为？就原诗韵脚来看，应是后者。

秦娜已去，武帝不再相信长生术，愿随爱人乘风而去。一代英豪，成为痴情公子：

> 从气（Ki）中解脱，罩着永恒的灵（Li）的纱巾，／如同麒麟（Kiliu）或凤凰
> （Fongkoang），／她的灵魂骤然升起；／带着纯净的光芒，／毫无畏惧地向阎王
> （Yen-ouang）报到。／没用黄金贿赂法官，／法官将其从感官世界，／从尘世之地解脱，
> ／灵魂升向天（Tien）的怀抱。

这段诗写秦娜升天。第一行中用了两个中国字，"气"和"灵"，将人的生死转变写成由"气"化"灵"的过程，颇与《庄子·知北游》中的叙述相似。麒麟、凤凰和阎王等词汇的出现，使诗歌的中国色彩更加浓厚。作者在此还对"天"作了注解，说"天是上帝"。中西文化两大不同的概念在此浑然一体。这让人想起耶稣会士利玛窦，他在向明万历帝传教时就这么说："上帝就是你们所指的天，他曾经启示过你们的孔丘、孟轲和许多古昔君王，我们的来到，不是否定你们的圣经贤传，只是提出一些补充而已。"[1] 诗歌接着写灵魂升天：

1. [法]费赖之著，冯承钧译：《入华耶稣会士列传》，转引自顾长声：《传教士与近代中国》，第6页，上海：上海人民出版社，1981年版。

> 你这世界最美的花朵，／为什么过早凋谢？／为什么你柔和的目光／不再出现在
> 我眼前？／只是这病恹的幻觉，／在我悲哀的心灵深处，／替我把它描绘！／我暗自
> 想象着，／你那温柔美丽的种种和谐，／然后却悲痛彻骨流泪哭泣。

这是武帝失去秦娜后的哭诉。他把爱人比作花朵，并以其过早凋谢比喻人的天不永年，最后以"悲痛彻骨"这句所谓的"中国成语"作为结束。

> 如果上帝（Chang-ti）允许，／他会让你去太极（Tai-ki）。／秦娜，你可以把身影／与晨曦结为夫妻；／如果深深的睡意没把你缚住，／或者你这个娇美的贵人，／不像伏羲（Fohi）和道（Tao），／由众神选为帝国的守护神；／啊，那么你就迈步走下那飞旋之天，／和伟大之阳（Yang）的喧嚣；／来到下面这／埋有你纱巾的墓旁。／看，自从武帝送你入土，／他多么憎恨每种欢娱！／我每天给你坟上／供奉鲜花祭品，／并孤独地哭坐在／那椰树丛中，／她曾是我们欢乐的证人。／秦娜，你是否在这树叶丛中，／在我面前出现一次；／穿上你的新装，／让我拥抱一次，／带着热烈的渴望，受你一吻，受你！／让我纵情地靠在你唇上！

在这段诗文中，同样堆砌了不少中国词语，比如"太极"。诗人的解释是："一切事物的本原。"尤其引人注意的是这段诗中"上帝"一词，他没用德语，而用汉语音译。下面注解说："天的同义词。"关于"伏羲"和"道"，他的解释为："中国占统治地位的宗教派系的创始人。"这显然有误。因为伏羲是中国传说中创八卦的皇帝，而道是个哲学概念。接着还有对"阳"的注解："充实世界的物质。"值得关注的是，诗人在此没有同时顾及"太极"之另一端的"阴"。

武帝热切盼望秦娜复活，但渐渐明白，人已一去不返：

> 但我的祈求徒劳无益！／我再也不能，再也不能／重见我的秦娜！／我的歌声不是用刚声唱出，／不，软弱的柔声，／适合我平生的命运。／这里有百种声响，／蜿蜒流过岩谷，／聚成摧枯拉朽的瀑布，／那里有一棵多节的树，／枝桠紧附一柏树。／这里，在这个凄凉的地方，／秦娜，我要怀念你，／献上哀悼之花和赞美之歌。／地下的溪水，／低沉地咆哮在我的身后，／挟着我的悲哀、呻吟和岩石的回声！／诱我诉说自己深深的痛苦！／坐在一棵／被闪电劈开的树桩下，／我毫无畏惧，／陷入／犹如洪水般涌向心田的／永恒的悲哀。

诗人再次使用"刚"和"柔"这对中国词语，指出柔声更适合表达痛苦。但场景从前面的椰子树下转到山野水边、雷劈树下时，悲诉由柔转刚。伴着震天的瀑布、咆哮的溪水，哀鸣渐成悲壮。诗作由此也从听觉效果转入视觉景象：

　　远处半已倾圮的草棚间，／我只见到／希冀、蛮俗和绝望的／忧伤的踪迹。／预兆不祥的鸟儿，／对我唱着亲昵的挽歌；／从洞窟／呼啸出凛冽寒风；／在沙土满地的荒野，／小小的花墓不断扩展；／墓间陪伴我的，／是痛苦和柔情。／荒野间，／一座乌柏和桑树之林欣欣向荣；／它对我的秦娜神圣无比。／我让人用槐树作它的藩篱。／这里，在这个神圣的坟丘（Fang-choui）中，静静长眠着我的秦娜，／挣脱一生烦恼的／尘世之气。／在这环抱静静墓地的／银光闪烁的海岸，／秦娜，在这盛开着菱角（Lien-hao）的地方，／每当子时（Angelpunkt Tse），／地球之灵无形地燃烧，／我就看着那暗暗的高地。／这里，在阴暗的岩洞中，／我白色的孝服，／闪烁在溟蒙的夜里。／直到那新的一天，／最终被我的悲歌唤起。

　　对桑树，诗人的注解是："这是中国人习惯栽种于墓地的树。"接着他舍弃坟丘的德语词，采用汉语音译。"菱角"的拼写似误，但对于德国读者来说，这无足轻重。菱角是一种草本植物，叶子呈花白色，符合诗歌此刻的意境。　"子时"是这段中最后一个汉语词，诗人的解释是"午夜太阳的位置"。武帝孝服在身，悲歌唤起白日，但毫不济事。他只求一死，与爱人彼岸相会：

　　在这静静的谷底，／只愿及早去死，／痛苦把我那颗急切的心，飞矢一般，／速速射向目的地。／巨风吹动我的生命之舟，／在风的嬉戏中飞去，／疾如纱管。／当我不久于人世，／当我行将入墓，／当我的朋友说，／爱情之手摘下／这些给我们欢乐的花朵。／那么，秦娜，我憔悴的遗体，／会安卧你身旁。／西风轻荡，／吹入我们的梦乡。／这样我的离世之灵，／会重新与秦娜结为一体；／在这里我注定悲伤，／那里等待我的是极乐狂喜。／我要以刚之声在那里，／高兴地欢唱胜利，／而这轻弱的柔声，／不再打扰我的安宁！

　　绝望悲叹转入死亡呼唤。因为能与爱人重逢，死亡就是天堂。"刚"和"柔"字的汉语拼音再现，有前后呼应的修辞作用。

　　总体说来，在这首长达 150 多行的诗中，作者使用了 20 多个（重复除外）汉语字词的音译。内容从树木鸟兽到成语哲学，意在建立一种真正的中国氛围，给读者提供一首中国式的挽歌。

　　同一期《格廷根诗歌年刊》，另载翁策尔的诗《周》（Tschou），副标题是《一首中国十四行诗》：

> 你们，你们这些长满棕榈的山岗！／你们没有见到我的仙（Siang）女？／宛如
> 一阵屋中微风，／她没有迈着银色小脚向你们走近？／／她没有倒在椰树影下？／没
> 有响起对周的憧憬之歌？／在她那齐特尔琴的婉转声中／没有蜂鸟的啾鸣？／这里，
> 在这稀疏的橙园中，／我似乎找到了生活的魅力；／啊，你在哪里，年轻的幻影？
> ／／哪些岩穴、哪些石洞，／把你，我所陶醉的心灵偶像，／嫉妒地围入它们那暗暗
> 的魔境？ [1]

1. Ursula Aurich: *China im Spiegel der deutschen Literatur des 18. Jahrhunderts*. Berlin 1935, S.148.

"周"应该是孔子的理想国，恢复周礼曾是他的使命。但在此诗中，成为爱之憧憬的对象。棕榈，椰树，岩穴，石洞，这些似乎都是作者着意置入诗歌的中国因素，因为它们令人想起中国园林。其实，翁策尔本人的确在同年，即 1773 年，还发表过一篇题为《中国园艺论》的文章，对中国园林的建筑要素和美学特征作了精到的描述。可见他的中国情愫，绝非偶尔涉猎者能及上。

在中德文学交流史上，翁策尔的"中国"作品，其意义除了提供中德文学接触交融的一个范例之外，也表现出德国作家对待中国文化的一个转向。倘若说，包括前述维兰德在内的德国作家，他们主要关心中国的儒家文化及其所代表的道德观念，那么，与道家文化密切相关的传奇故事乃至情景交融的恋情倾诉，也开始进入德国文学创作，显示出德国精神界在接受中国文化方面的逆转。而这种变化，又与德国文学从启蒙运动和古典主义文学，转入感伤主义甚至浪漫主义的发展同步。[2]

2. 参见 Berger, Willy Richard: *China-Bild und China-Mode in Europa der Aufklärung*. Köln 1990.S.254.

# 八、 小结

启蒙运动的宗旨是争取思想解放、推动社会进步。启蒙作家所追求的，一是人的理性思维与个体的道德修养，二是国体变革和社会更新。正是在这两方面，耶稣会士们热心介绍的、以孔子学说为基点的中国文化，成为启蒙作家的借鉴。注意力不同，构成了这一时期中国影响的不同特点。莱布尼茨胸怀宽广，力倡中西融会，世界大同。耶稣会士们宣扬的中国皇帝开明形象，尤其使他心驰神往。沃尔夫对中国的推崇大体上也由此生发。在他那篇关于中国哲学的就职演

说中，开篇即是：

> 中国人的智慧自古以来遐迩闻名，中国人治理国家的特殊才智也令人钦佩……
>
> 早在孔子前的漫长岁月里，中国人已经为自己拥有最卓越的法律而自豪了。君主
>
> 以其言行为下人提供完善的准绳供其仿效。[1]

1. 夏瑞春编，陈爱政等译：《德国思想家论中国》，第29页，南京：江苏人民出版社，1989年版。

这种对中国的开明专制主义的赏识，得到哈勒尔及维兰德这两位启蒙作家的继承发扬。他们以自己的相关作品，或探讨这种中国政体的可行性，或进一步发挥，张扬中国的君主教育方式。相比之下，普费弗尔的几首中国尽孝诗，更近于个人的道德培养。中国封建社会大致上以家族形态为基础，而构成家族形态的重要因素是忠孝观念。子女孝顺父母，诸侯孝于天子，"孝"成了维系整个社会的纽带。倘若说"忠"的观念在德国观念史中，并不让人陌生，比如它是骑士文学及日耳曼文化的重要因素，但"孝"乃至于"愚孝"的观念，看来让普费弗尔印象深刻。他是教育家，不厌其烦地在多首诗中渲染同一主题，应该不是涉猎好奇，而是心有所会，怀有借鉴之意。

本节所述法斯曼《奉钦命周游世界的中国人》，似可归入消遣解颐之作，更符合由于远方崇拜而面向东方的传统，而与欧洲启蒙运动无甚关系。与之相反，真正继承自孟德斯鸠《波斯人的信札》以降，以书信为假托，言不便明言之语手法的，是弗里德里希二世《中国皇帝的使臣菲希胡发自欧洲的报道》（1760）。作品以抨击基督教和罗马教皇为鹄的，以理性主义闻名于18世纪欧洲的中国，成了他斥责愚昧和否定神祇的工具。

耶稣会士的天职，是在中国传播基督教文化。既出于对异国风情的激赏，也为了汇报工作，赢得支持，一些教士用西方语言撰书作文，反向传播中国的历史文化。也有中国文学作品顺风搭车，《中华帝国全志》所载元杂剧《赵氏孤儿》就是一例。尽管它在中国文学史上并非一流名著，但似乎是具体影响德国文学创作的先驱。究其原因，可能是这个题材让人感到既熟悉又陌生。尽忠的题材，在德国文学中并不新奇，从英雄史诗到骑士文学，均属中心话题。但是，放弃亲生儿子，救助他人遗孤，情节逾越已有创作模式，对欧洲作家来说，闻所未闻，难以置信。来自中国的《赵氏孤儿》，就这样激发了德国作家的灵感，让他们在各自的作品中，演绎出自己的故事。

翁策尔的长诗《武帝在秦娜墓旁》，题材源于一篇简短的中国传奇。但在德国作家笔下，

情景几经变化，情绪数度转换，诗句所包含的神奇想象和绮思柔情，远超中国原作，在艺术上达到另一境界。而在内容上，诗歌让武帝看破道家法术的情节，似含对中国道家哲学之迷信成分的批评。尤值一提的是，作品突破迄至那时人们大多关注的儒家学说，面向中国的道家文化，打开了中德文学交流史的另一窗口。

第三章　　19 世纪德国文学中的中国

## 一、 中国形象由褒向贬的转变

18 世纪启蒙运动时期，一些思想家和作家，在理想化的中国形象中找到契合，试图以此为鉴，重建自身的社会文化系统。他们不仅对中国的思想哲学表示出浓厚兴趣，而且身体力行，将中国文学纳入自己的文学创作。但也另有学者，对受到耶稣会士美化的中国形象表示质疑。其代表作之一为普鲁士宫廷作家、荷兰人保吾（Abbé de Pauw）1773 年发表的《论埃及和中国哲学》一书。维兰德主编的《德国墨丘利》发表署名弗里德里希·海因里希·雅各比（Friedrich Heinrich Jacobi）的书评。中国形象中占主导地位的因素是：荒漠，野蛮，强盗，饥荒，专制主义。尤对受众人称道的孔子学说，有以下批评：

> 保吾先生说，中国的道德学说，与其说是用于维持道德，不如说是用来建立一种
> 表面的行为方式。它在小事上耗费精力，在大事上无所作为。倘若把这些徒有其表的
> 看法、仪式和习惯与人的最本质的使命混杂一起，就会削弱人的自责心及其所唤起的
> 情感。[1]

1. Horst von Tscharner: *China in der deutschen Dichtung bis zur Klassik*. München: Verlag von Ernst Reinhardt 1939, S.75.

就是德国文学对中国文学的接受，同样引来讥讽。比如上提翁策尔的"中国诗"发表后，歌德亲自在《法兰克福学者通报》上撰文，批评此诗滞于雕饰，说："乌齐先生的作品，是以中国杂碎材料镶砌而成的，适于放在茶盘镜奁之间。"[2] 而同样处理过中国文学题材的维兰德

2. [德] 利奇温著，朱杰勤译：《十八世纪中国与欧洲文化的接触》，第 113 页，北京：商务印书馆，1962 年版。

也说，翁策尔的作品是"中国式的胡闹"和"模仿尝试的怪胎"。[3] 这些虽然都是审美层面上

3. 参见 Horst von Tscharner: *China in der deutschen Dichtung bis zur Klassik*. München: Verlag von Ernst Reinhardt 1939, S.73.

的批评，折射出的其实还有欧洲中国观的逆转。

这一趋向不仅源于部分作家或思想家矫枉过正的反拨，也同起先对中国大唱赞歌的耶稣会士势力的衰竭有关。由利玛窦开创的中西文化大交流的局面，自意大利教士龙华民的继任，开始走下坡路，最后引出西方宗教史上有名的"礼仪之争"，其结果是 1773 年 7 月 21 日，教皇克莱孟十四正式下令取消耶稣教会。这一事件对中国文化在欧洲的传播和中国形象在欧洲的树立产生了负面影响。

这一趋向也有经济上的原因。伴随着资本主义，尤其是西方殖民主义的发展，取得经济利益越来越成为国际交往的主要目的。这无疑会受到被欺压或被掠夺国的抵制。西方势力在中国

碰到的就是这样的情况。商人或政治家，不能在中国为所欲为，不免要发一通火气；也有人对在中国宫廷供职的耶稣会士心存芥蒂，以为他们是自己在中国自由获取利润的绊脚石。一些偏激地批评中国，犹如以前过分地赞扬中国一样的书籍文章接连问世，造成欧洲的另一中国观。

## 二、　利希滕贝格及《关于中国人军事禁食学校及其他一些奇闻》

"也许是最严厉的批评，无论如何在德国文学中最具独创性的反中国作品，出自利希滕贝格笔下。"[1] 利希滕贝格 (Georg Christoph Lichtenberg, 1742—1799) 出身贫寒，幼年失怙，

1. 参见 Berger, Willy Richard: China-Bild und China-Mode in Europa der Aufklärung. Köln 1990.S.127.

意外的事故又使他终生驼背，但他却以惊人的毅力和才干，成为德国第一位实验物理学教授，同时旁涉文学和哲学，写有一系列随笔散文，又是德国 18 世纪一位著名作家和文艺评论家。同那个时代的许多学者文人一样，他也对中国予以很大关注，曾在《格廷根袖珍日历书》杂志撰写过多篇文章介绍中国，比如有《中国人生产珍珠的方式》（1778）、《中国人告别时的恭维》（1779）、《中国人如何制作他们了不起的纸张》（1796）。[2] 这都是些客观的介绍，没有火药味。

2. 参见 Berger, Willy Richard: China-Bild und China-Mode in Europa der Aufklärung. Köln 1990.S.127.

但他 1796 年发表的作品《关于中国人军事禁食学校及其他一些奇闻》就不同了。作品主人公名叫夏普（Sharp），他作为司膳总管，随同一个外交使团去中国，留下自己的见闻，构成这篇"报道"。从利希滕贝格本人的笔记中可以得知，其作品之契机，乃是 1792 年至 1794 年英国马戛尔尼伯爵率团访问中国后，有关成员写下的"中国旅行记"。其中的第一部分 1795 年问世，同年已被译成德语。[3] 这就构成他不同于弗里德里希二世《中国皇帝的使臣菲希胡发自欧洲的

3. 参见 Berger, Willy Richard: China-Bild und China-Mode in Europa der Aufklärung. Köln 1990.S.128.

报道》的视角。前者是一个中国人在欧洲的观察，后者是一个欧洲人在中国的观感。"报道"开篇便充满讥讽之意：

> 每当我沉浸于对世界各民族冥思苦索的时候，我总是推断，在上帝创造的这个地球上，中国人是最贤明、最正直、最理智、最幸福的一个民族。由于经常这么推断，使我终于深信不疑地认为上帝挑选的这个民族早在一万年以前就已经熟识了我们一切所谓奇特的发现，仿佛我亲身去过中国似的。由此可见，他们或许还拥有许许多

多其他方面的知识，而所有这些知识，我们得——真是天晓得——花上毕生精力才能掌握。[1]

1. 夏瑞春编，陈爱政等译：《德国思想家论中国》，第68页，南京：江苏人民出版社，1989年版。

但真实情况呢？以下引文颇能说明问题：

> 然而，在某些方面也还存在着似乎与前面那种推断不大吻合的地方，譬如说，他们至今尚不会修怀表，他们连透视法的最基本的知识还一窍不通，等等，而这些都不过是地地道道的孩子们的把戏。
>
> ……
>
> 他们的脑袋，表里如一，脑壳与思想像是经过加工装配在一起的，到处是这种相互雷同的脑袋瓜儿。我们这些鹰钩鼻子们反复琢磨不定的思想观点，到了他们那里，像是抹了润滑油似的，一下子就滑入了他们那迟钝木讷的肥头胖脑中去了。假使上级命令说，5加5等于13，那么，从长城到广东，人人都认定5加5等于13。
>
> ……
>
> 它[中国哲学]五万年前就已经完全形成。现在，人们从事哲学研究，就像按照配方涂油漆一样。[2]

2. 夏瑞春编，陈爱政等译：《德国思想家论中国》，第69、77页，南京：江苏人民出版社，1989年版。

可见，被誉为贤明能干、堪称典范的中国人，其实幼稚愚笨，缺乏个体性格，亦无独立思想，其社会也就停滞不前。在此，前引"褒辞"中的讥讽面具全部撤下，批评锋芒跃然纸上。这与启蒙作家赫尔德对中国的著名论断如出一辙。他曾在其《关于人类历史哲学的思想》（1787）一书中这样评论中国："这个帝国是一具木乃伊，它周身涂有防腐香料、描画有象形文字，并且以丝绸包裹起来；它体内血液循环已经停止，犹如冬眠的动物一般。"[3]

3. 夏瑞春编，陈爱政等译：《德国思想家论中国》，第89页，南京：江苏人民出版社，1989年版。

那么，利希滕贝格意欲描绘的"中国人的军事禁食学校"究竟如何？

> 你们在这里见到的这些学校与你们那里的不是一码事。这里，传授的是"被动战争"，即如何顽强地忍受战争的本领，而不是教授如何熟练作战技术。……现在，敌人无论从哪里入侵，处处都将遇到一支虽受到侮辱，但善于忍耐的队伍。我敢向你保证，在这些学校，我们已经把学员培养成为遭到敌人抢劫、鞭打和折磨而不哭泣不叫喊，仅仅回忆学校生活的那么一种人。[4]

4. 夏瑞春编，陈爱政等译：《德国思想家论中国》，第73页，南京：江苏人民出版社，1989年版。

就此，启蒙运动中以理性思维、谦和敦厚之形象出现的中国人，完全成了取笑挖苦、

针砭批评的对象。但平心而论，这些描述虽然尖刻，却不
乏对中国文化传统及民族心理的洞察力。

# 三、　歌德对中国文学的接受

歌德（Johann Wolfgang von Goethe，1749—1832）
出生于德国美因河畔的法兰克福。英国东方学者赫德逊（G.
F．Hudson，1903—1974）在其中西文化交流史之名著《欧
洲与中国》（1931）中，讨论那个时代的中国热时说，"其
时富人家中，必有'中国室'，其中各物尽中国物也，苟
无其物，亦不惜仿造"[1]。对于自己受"中国热"吹拂的少

1.[英] 赫德森著，朱杰勤译：《罗可可作风》，见《中外关系史论丛》，第153—154 页，北京：
年时代，歌德在其自传中有所涉及，但对此并无好感。比
海洋出版社，1984 年版。另见 [英] 赫德逊著，王遵仲、李申、张毅译，何兆武校：《欧洲与中
如他回忆童年时代，曾参观一蜡布工场，留下的议论是："在
国》，第 258 页，北京：中华书局，1995 年版。
后一种蜡布上头是由熟练的工匠以毛笔绘画中国的怪诞的

花卉，或自然的花卉、人物，或风景，种种色色无穷无尽

歌德生前最后的画像

的花样，很引起我的兴趣。"[2] 对于歌德在此表现出的美学
2. 刘思慕译：《歌德自传》，第 151 页，北京：人民文学出版社，1983 年版。原译文把
趣味，德国学者利奇温说："值得注意的，是把'中国的
phantastisch 译成"写意的"。现取下引朱杰勤译《十八世纪中国与欧洲文化的接触》中的译文"怪
怪诞的'和'自然的'作为相反对的两事。这与他曾以各
诞的"。
种不同形式提出的大对立是完全符合的，至于他自己赞成

对立的那一面，他的态度始终是很明白的。"[3] 歌德反对矫
3.[德] 利奇温著，朱杰勤译：《十八世纪中国与欧洲文化的接触》，第 112—113 页，北京：商
揉造作，追求自然的审美观，在自传的另一处记载更为明
务印书馆，1962 年版。
确。1766 年，20 岁不到的歌德面对父亲，"对一些有涡形

花纹的镜框加以指摘，对某些中国制的壁衣加以讥评……"[4]
4. 刘思慕译：《歌德自传》，第 364 页，北京：人民文学出版社，1983 年版。
歌德之所以把"中国"与"非自然"等而视之并予以拒斥，

这同当时人们对中国艺术的观念有涉。德国学者、著名汉

学家卫礼贤的解释有助于我们今天的理解：

> 人们在中国所欲得底总是那些奇幻纤巧底东西。中国底裱糊纸、瓷器、家具在纤
>
> 巧时代底陈设品中极使人重视。一概都是文饰底、华丽底、奇异底东西。所以他们即
>
> 以此等东西完全代表中国底文化而与希腊底纯朴相反了。[1]

1. [德] 卫礼贤：《歌德与中国文化》，见蒋锐编译、孙立新译校《东方之光——卫礼贤论中国文化》，第248页，北京：外语教育与研究
出版社，2007年版。

作为德国狂飙运动的旗手，歌德反对洛可可之矫饰风气，提倡质朴风格，这决定了他对当
时流行欧洲的所谓"中国热"的态度。而这种姿态确实也反映在他的评论和创作中。1773年，
翁策尔刚发表他的"中国诗"《武帝在秦娜墓旁》（1773），歌德就在《法兰克福学者通报》
上撰文批评说："乌齐（翁策尔）先生的作品，是以中国杂碎材料镶砌而成的，适于放在茶盘
镜奁之间。[2]

2. [德] 利奇温著，朱杰勤译：《十八世纪中国与欧洲文化的接触》，第113页，北京：商务印书馆，1962年版。

再看歌德1777年的讽刺喜剧《情感的胜利》。该剧第一幕的舞台布景是"以美好趣味装
饰的大厅"，第二幕却是"黄色加彩绘人物、带中国趣味的大厅"。作者以这种对比手法，表
明自己审美上的好恶观。此剧第四幕，描述一个在德国"庆贺"自己胜利的中英花园，对所谓"中
国趣味"的讥讽依然可辨：

> 我正在说，要有一个不须粉饰的完善花园，游玩其间，／岩洞，山丘，丛林，曲径，
>
> 瀑布，／古塔，草墩，假山与土坑。／木樨香郁郁，松柏貌青青，／巴比伦的败柳颓垣，
>
> 山洞绿野的高人牧竖。／僧栖古寺，卧榻苔生。／尖塔，回廊，拱户连环。／渔舍临流，
>
> 凉亭休沐。／中国哥特式的亭榭石山。／中国园亭和石碑，／墓地，尽管无人埋葬，
>
> ／为了整体须有一切。[3]

3. Johann Wolfgang Goethe: *Sämtliche Werke*. Bd.5. Deutscher Klassiker Verlag, Frankfurt am Main 1988, S.71, 80, 96. 诗歌的译

接着看他数年后的说唱《普伦德尔斯威勒村的新事》（1780），其中也有"中国"出现：

文参见 [德] 利奇温著，朱杰勤译：《十八世纪中国与欧洲文化的接触》，第114页，北京：商务印书馆，1962年版。

> 一伙人最近刚来，／已占据了大门，／无法阻挡，／把两个半球钉上三角楣，／
>
> 现在已经打开了广阔天地，／一直占领了戏剧舞台；／于是人人明白，／怎样从伦敦
>
> 去中国。／这样所费不多，／即可迅疾周游世界。[4]

4. Johann Wolfgang Goethe: *Sämtliche Werke*. Bd. 5, Deutscher Klassiker Verlag, Frankfurt am Main 1988, S.267.

诗句中的"伦敦"和"中国"，对应"两个半球"，意指自狂飙突进运动以来，戏剧舞台
上剧烈的地点转换。作品本身讥讽意味浓烈，扯上中国，其立场不言自明。

歌德早年否定的中国观，表现在创作中，至少延续到1796年写下的诗歌《罗马的中国人》。
那是针对浪漫主义作家让·保尔（Jean Paul）的小说《黑斯佩罗斯》中华而不实之风格的批评：

　　在罗马我看到一个中国人，他对古代和／近代的全部建筑都觉得累赘而笨重。／

他叹道："可怜的人们！我希望他们能懂得，／小小的木柱就可以撑住帐篷的顶，／

愿他们养成精细的鉴赏眼力，能欣赏／板条、厚纸板、雕刻以及各样的贴金。"我认

为，从他身上看到空想家的影子，／他把他编织的空想跟他坚实的自然的／永恒的花

毯相比，把真正的、纯粹的健康者／称为病夫，又只把病夫称为健康者。[1]

1. [德] 歌德著、钱春绮译：《歌德诗集》（下），第 172 页，上海：上海译文出版社，1982 年版。

东西方传统建筑，艺术取向极为不同。一方偏于空灵洒脱，一方重在恢弘壮阔。歌德所作

比较，价值判断显豁。一方面把自己所恶之文风同中国建筑艺术归于一处，另一方面把一个批

评对象当作中国人取笑，其对中国之否定的情感倾向，再次呈现。

　　根据歌德日记，他正式接触中国文学，大概始于 1790 年。较集中的是 1813 年前后[2]，但他

2. 参见 Kommentar, Johann Wolfgang Goethe: *Sämtliche Werke*. Bd. 37；Deutscher Klassiker Verlag, Frankfurt am Main 1993, S.813.

在较长时间里，并不怎么看好中国文学。一直到 1824 年，耶拿大学图书馆有意收购一套《汉

学杂志》（Sinica），请歌德提供咨询。1824 年 9 月 22 日，他致信魏玛公爵：

尊敬的陛下，

　　值寄回最仁慈地交付给我的汉学杂志之际，经过仔细观察，我想指出，它涉及到

中国书籍和文学的稀见作品的重要汇集；这件据说是长年来仔细收藏的珍品的数目，

计有 67 卷册，估计 5361 页。

　　所有者安托尼奥·蒙图齐（Antonio Montucci），一切情况表明，他是汉学领域

一名勤奋的同事。他想出售这份杂志，通过随附的四开本书籍，证明自己在这个行业

中拥有受人认可的业绩。

　　但不管别人想承认这套收藏有怎样的价值，尊敬的陛下将很难接受这个提议；中

国文学对于我们的东方语言研究的影响还太弱，尚未达到我们需要这类参考资料的程

度；对于离我们更近的阿拉伯以及印度学，尊敬的陛下，您已有举措，而且并非没有

成果，推进了科泽加滕（Kosegarten）教授的研究工作，也对任何一个后任具有重要

意义。[3]

3. Johann Wolfgang Goethe: *Sämtliche Werke*. Bd. 37, Deutscher Klassiker Verlag, Frankfurt am Main 1993, S.202—203.

魏玛公爵采纳了歌德的建议。这位为了编撰一本新的汉语词典，20 年来徒劳地在欧洲各国

寻求资助的意大利汉学家，终究未能如愿。歌德投下反对票，应是原因之一。

　　今天根据歌德日记中的零星记载，人们大体可确定，歌德曾接触过英译中国一长篇木鱼书

曲目《花笺记》、元曲《老生儿》、小说《好逑传》、法译《玉娇梨》。另有收录多篇出自《今古奇观》故事的《中国短篇小说集》。[1] 其中，除《老生儿》似有宣扬"不孝有三，无后为大"

1. 卫茂平：《中国对德国文学影响史述》，第104—105页，上海：上海外语教育出版社，1996年版。

的中国传统伦理思想，其余3部作品大体上讲才子佳人的恋爱故事。主人公大都郎才女貌，能诗善词，善解人意。这应同歌德创作中的所谓"贵族化"和"女性化"倾向十分合拍。但歌德未留下对这些作品的详尽评说。现能见到的，主要是其秘书爱克曼在其《歌德谈话录》（1827年1月31日）中的一次记录：

> 在他们那里，一切都是可以理解的，平易近人的，没有强烈的情欲和飞腾动荡的诗兴……他们还有一个特点，人和大自然是生活在一起的。你经常听到金鱼在池子里跳跃，鸟儿在枝头歌唱不停，白天总是阳光灿烂，夜晚也总是月白风清。月亮是经常谈到的，只是月亮不改变自然风景，它和太阳一样明亮。房屋内部和中国画一样整洁雅致……故事里穿插着无数的典故，援用起来很像格言，假如说有一个姑娘脚步轻盈，站在一朵花上，花也没有损伤；又说有一个德才兼备的年轻人三十来岁就荣幸地和皇帝谈话；又说一对钟情的男女在长期相识中很贞洁自持，有一次他俩不得不同在一间房里过夜，就谈了一夜的话，谁也不惹谁。还有许多典故都涉及道德和礼仪。正是这种在一切方面保持严格的节制，使得中国维持到几千年之久，而且还会长存下去。[2]

2. [德]爱克曼辑录，朱光潜译：《歌德谈话录》，第112页，北京：人民文学出版社，1982年版。

以上文字的译者朱光潜先生在这段译文后作注："按，可能指《风月好逑传》。"的确如此，以上关于一双男女独处一室、坐怀不乱的情节，应该来自《好逑传》第七回"五夜无欺敢留氅以饮"中的情景。而歌德对中国文学的评判，颇见功力。关于人和自然的关系，关于伦理道德的反映，都点到了这类作品的实处。尤其是引文的结语，从文学转向社会，追寻中国封建社会得以延续千年的原因，值得我们回味。

也正是在1827年，歌德与中国文学的关系出现突破。他将4篇中国文学作品，亲自译成德语，以《中国作品》（*Chinesisches*）为题发表。在未公开发表的关于这篇"中国作品"的引言中，他留下这样的说明："一部小说《玉娇梨》和一篇了不起的诗作《花笺记》，前者由雷米扎（Abel Remusat）译成法语，后者由托姆斯（Peter Perring Thoms）译成英语，让我们有可能，再次更深入和更敏锐地洞察这个被如此严密监视的国家。"[3] 寥寥数语，歌德对中国政体的观念清

3. Johann Wolfgang Goethe: *Sämtliche Werke*. Bd. 12, Deutscher Klassiker Verlag, Frankfurt am Main 1999, S.202—203, 1365—1366.

晰再现。需要说明的是，《花笺记》其实是一长篇木鱼书曲目，讲男女悲欢离合的故事。歌德

注意的，主要是托姆斯英译同时收录的 32 首歌咏女子的中国诗。其中 30 首出自《百美新咏》，1 首来自《璇玑图》，1 首取自《汉书》。歌德 4 首"译诗"，均出自《百美新咏》。

歌德的《中国作品》有一小引：

> 下面的笔记和故事，出自一部文选和传记类的作品，题为《百名美女的诗》，它让我们相信，虽然在这个特别奇特的帝国里有种种限制，人们在那里还是继续生活、爱恋和创作。[1]

1. 以下歌德《中国作品》原文，参见 Johann Wolfgang Goethe: *Sämtliche Werke*. Bd. 12, Deutscher Klassiker Verlag, Frankfurt am Main 1993, S.373—376.

《百美新咏》其实并非"百名美女的诗"，而是吟咏"百名美女的诗"的诗。歌德对于此书的误称，根源是托姆斯的英译，不能怪不懂汉语的他。[2] 置此不论，以上文字显示，对歌德来说，

2. 参见 Siegfried Behrsing: *Goethes "Chinesisches"*. In: *Wissenschaftliche Zeitschrift der Humboldt-Universität*. Jg. 19 (1970), S.245.

中国依旧是个"特别奇特的帝国"，但它还是让人享有"生活、爱恋和创作"的自由。需要注意的是，歌德在此称自己以下的文字为"故事"而非"诗"，这自有道理。因为每首"叙事诗"的前后，都有歌德添加的介绍或注解。"中国诗"的第一首是《薛瑶英》：

> 她貌美能诗，人称慕她为最轻灵的舞女。有一个羡慕她的人，作诗称赞她如下：
>
> 你身伴桃花／轻舞春之地，／如若不遮伞／你俩齐风去。／足踩莲花上／跃舞入彩池，／小脚和柔履／本如莲花似。／其他缠足者／难于静立足，或能飞一笑，／只是难移步。
>
> 关于她穿金色袜子的小脚，相传诗人称美是为金莲，并且说因为她这种长处，使宫里其他的女人，都把脚用布缠小，如果不能同她一样，至少可以同她相像。他们说，这一个习惯，后来风行全国。[3]

3. 此段译文参见陈铨：《中德文学研究》，第 93—94 页，沈阳：辽宁教育出版社，1997 年版。

再看汉语原文：

> 杜阳杂编，元载宠姬薛瑶英，能诗书，善歌舞，仙姿玉质，肌香体轻，虽旋波，摇光，飞燕，绿珠，不能过也。载以金丝帐却尘褥，处之以红绡衣衣之。贾至杨炎雅兴载，善时得见其歌舞，至赠诗云：舞怯珠衣重，笑疑桃脸开，方知汉武帝，虚筑避风台。炎亦作长歌美之，略曰：雪面澹蛾天上女，凤箫鸾翅欲飞去。玉钗翘碧步无尘，楚腰如柳不胜春。[4]

4. ［清］王钵池绘：《百美图谱》，图传五十七，石家庄：河北美术出版社，1995 年（影印）版。

与汉语原文相比可见，歌德的"中国作品"，严格地说不是翻译，而是再创作。他着力描写一个身轻如燕的中国女子，柔如桃花，似乎一阵微风，就能携她而去。桃花、莲花及小脚这

些意象，原作阙如，应该来自歌德读过的其他中国作品。

女子缠脚，这曾是欧洲人初识中国时的一个要点，也在魏玛文学圈内熟为人知。歌德的文学领路人赫尔德曾在他1769年的《感情的雕塑》一文中，在褒扬希腊人的审美趣味时，也提及此事：

> 希腊人的大脚，大足趾和粗腰身对他们来说是一种自然，这种把人体当作人体表现的艺术表明，这是一种美的自然。如果在雕塑艺术中表现我们的小脚和瘦腰身，那会是怎样的形象！在日常生活中我们哪里会觉得这是美的？这是衣物的作用。一只几乎不露的小脚让人浮想联翩；紧紧的腰身让人浮想联翩。这是我们的眼睛对此习以为常的浪漫地装扮的哥特式概念。这只小脚从何而来？因为一种中国哥特式的、宗教的礼仪让衣服直拖到地，必然显示出一些狭小的东西。[1]

1.Ursula Aurich: *China im Spiegel der deutschen Literatur des 18. Jahrhunderts.* Berlin 1935, S.55.

为了褒扬以"自然"为美的古希腊审美观，赫尔德批评中国女子的"小脚"，为"中国哥特式"的非自然的审美现象。而在歌德笔下，中国的"小脚"并非审美批评的对象，似乎仅以符合"身轻如燕"之中国女子特性的异国现象出现。就他为此专门加注来看，这还是他此诗欣赏的要点。

第二篇为《梅妃传》：

> 梅妃，明皇情人，貌美聪慧，少年时便引人注目。自受一新宠排挤后，入迁一特别住所。当纳贡国国王向皇帝献上重礼时，皇帝念及梅妃，把全部东西转送给她。她不受，谢以下诗：
>
> 你送来珠宝给我做装饰！／我已有很久不复照镜子。／自我从你的视野里远离，／我不再知道打扮和装饰。[2]

2. [德]歌德著，钱春绮译：《歌德抒情诗新选》，第359页，上海：上海译文出版社，1989年版。

汉语原文为：

> 梅妃传，妃姓江氏，年九岁能诵二南。语父曰：我虽女子，期以此为志。父奇之，名曰：采频。开元中，选侍明皇，大见宠信。妃善属文，自比谢女。淡妆雅服而姿态明秀，笔不可描画。后，杨太真擅宠，迁妃于上阳宫。上念之，适夷使贡珍珠，上以一斛赐妃，妃不受，以诗答谢曰：桂叶双眉久不描，残妆和泪湿红绡。长门尽日无梳洗，何必珍珠慰寂寥。上命乐府，以新声度之，号，一斛珠。[3]

3. [清]王钵池绘：《百美图谱》，图传二十一，石家庄：河北美术出版社，1995年（影印）版。

此诗汉语原作细致入微地描写了一个被皇帝遗弃的妃子。歌德的诗，似乎更重人物心理活动，舍去一些细节和外形渲染，所谓的中国因素仅在小引中有所体现。但与《薛瑶英》相比，离原作更近。

第三篇为《冯小怜》：

伴帝出征时，她于帝败后被掳，被纳入新主的妻妾中。人们保存了下面这首诗纪念她。

愉快的晚霞／带给我们歌声和欢乐／小怜却使我如此悲伤！／当她边弹边唱时，／一根琴弦崩断，／她却带着高贵的表情继续唱道："不要以为我欢快自由；／我的心是否已经破碎——只要看一下曼陀铃。"

此作汉语原文见下：

北齐记：穆后爱衰，以从婢冯小怜五月五日进之，号曰：续命。慧點，能弹琵琶，工歌舞。后主惑之，立为淑妃，后立为左皇后，同坐席，出并马，愿得生死一处。周师取平阳，帝猎于三堆。晋州告急，帝将还，妃请更杀一回，帝从之。后，周师入邺，获小怜于井中，以赐代王达。弹琵琶，因弦断作诗曰：虽蒙今日宠，犹忆昔日怜。欲知心断绝，应看胶上弦。[1]

1. [清] 王钵池绘：《百美图谱》，图传三十九，石家庄：河北美术出版社，1995 年（影印）版。

比较之下可见，歌德的诗文也写一位美女的不幸命运，但"我们"和"我"的出现，形成听众或读者与故事主人公的对话。与《梅妃传》相同，歌德也放弃了原作中的一些具体描述，直奔故事比喻母题：弹琴弦断，弦断心死。

第四篇叫《开元宫人》：

一宫女。当皇帝军队于寒冬之际在边境平乱时，皇帝派人送去一大批棉军服。其中有一大部分在宫中缝制。一士兵在衣袋里找到下面这首诗：

为了惩罚边境上的叛乱，／你勇敢地战斗，可是夜间／刺骨的严寒妨碍你的休息。／这件战袍，我热心地缝制，／尽管由谁去穿，我并不知道；／我加倍铺上棉絮，又特别周到，／多加上几道针脚，密密地缝，／以便维护一位男子的光荣。／如果我们在今世无法相见，／但愿在天上有结合的良缘。

士兵觉得有必要把诗稿交给军官，这引起轰动。诗稿到了皇帝手中，他立即下令在宫中严格盘查，不管诗作出自谁手，都不许隐瞒。这时一个宫女站出道："是我，罪该万死。"元宗皇帝宽恕了她，并把她嫁给了得诗的士兵；同时他打趣地说："我们还是在这里结成良缘！"对此宫女答道：

"天子做事，无所不能，／让未来成为现实，让他万岁无疆。"[1]

1. [德] 歌德著，钱春绮译：《歌德抒情诗新选》，第360页，上海：上海译文出版社，1989年版。

汉语原文：

本事诗：开元中，颁赐边军，纩衣制自宫中。有军士于袍中得诗曰：沙场征戍客，寒苦为谁眠。战袍经手做，知落阿谁边。蓄意为添线，含情更着棉。今生已过也，愿结后生缘。军士以诗白于帅，帅以上闻。元宗命遍示后宫曰：有作者勿隐，吾不罪汝。一宫女自言万死，元宗怜之，以嫁得诗者曰：我与汝结今生缘。[2]

2. [清] 王钵池绘：《百美图谱》、图传九十一，石家庄：河北美术出版社，1995年（影印）版。

故事讲述了一个在深宫锁院中独守空床的宫女的苦闷与孤独，无奈之极，借衣传书，谁料成就心事。歌德诗文内容，与原作大体无异，但也有自己的发挥，如宫女最后的答谢。

歌德"翻译"所据托姆斯《百美新咏》的英译，采用的是直译方法，译文大体符合原文。歌德则不同。除了第四首《开元宫人》，大体只撷取中国故事的某些母题，借题发挥，塑造了一个个怨恨绵绵、情意长长的中国女子形象。第一篇重薛瑶英的轻柔风姿，第二篇讲梅妃的怨情，第三篇述冯小怜对旧主的依恋，第四篇谈开元宫人对普通婚姻的向往。他舍弃了原作中一些中国式的细节描写，代之以自己其他的中国知识及感受。为了便于德国读者的理解，他还不同程度地为每篇作品分别提供引言或解释。所以，尽管今天人们常常称其为"翻译"，它们其实只是改编。

但是，德语的Übersetzung一词，看来含义远比汉语的对应词"翻译"宽泛得多。也在1827年，歌德开始创作长诗《中德岁时诗》（一译《中德四季晨昏杂咏》），延至1829年完成，计14首，达111行，在德国经典出版社新版《歌德全集》中，同样被列在"翻译"名下。全诗内容大体可作如下划分：第一到第五首写春天，第六到第九首写夏时，第十和第十一首可归入秋景，最后三首为全诗结语，与岁时无关。

一

"请问，我们官吏大人，／倦于勤劳，疲于为政，／别有什么消遣良方，／除了

*趁这阳春烟景，／脱离这北方的帝京，／前往绿洲，前往水滨，／开怀畅饮，抒写词章，／一杯一杯，一行一行？"* [1]

1. 这组诗的汉译，大体引自钱春绮译：《歌德抒情诗选》，北京：人民文学出版社，1981 年版。有个别改动，不再另注。

八行诗实际是个修辞反问，讲以第一人称出现的官吏，从日常琐务中脱身，投入自然怀抱。为了突出诗题，歌德在第一行诗句中就用了一个充满中国色彩的词"官吏"（Mandarinen，一译"满大人"），这是那个时代人们称呼中国官吏的专用名词。而喝酒赋诗，似也是中国士大夫典型的聚会消遣方式。

## 二

*白如百合，洁似蜡烛，／形同繁星，微微躬曲，／镶着红边的倾慕火焰，／从蕊中射出。／／早开的水仙也这样／一排排在园中盛开。／也许那些好人们知详，／她们在列队恭候谁来。*

诗的第一段中，主语似乎隐没，应是第二段中的"水仙"。整段诗歌从花的颜色，过渡到形状描写，而"镶着红边的倾慕火焰"的出现，似已打破前一首诗力图营造的中国式闲适意境。

## 三

*从牧场上走过群羊，／只见一片纯洁的绿野；／可是不久就会变成天堂，／开出万紫千红的花来。／／"希望"在我们眼前散开／一幅轻纱，像雾气一样；／幸福会来把云雾拨开，／让我们遂心，欢庆太阳！*

这首诗从花卉转向绿野，从微观转向宏观。羊群赋予画面勃勃生机，云开雾散后是太阳欢庆胜利。但所谓的"中国因素"，彻底隐退。

## 四

*孔雀叫得难听，但它的叫声／使我想到它的高贵的羽毛，／因此我也不讨厌它的*

鸣叫。／至于印度鹅却不可相提并论，／要禁受它们真不可能：／这种丑禽，叫起来令人难忍。

　　诗人在此比较孔雀和印度鹅，似乎再次提醒读者，注意中国因素。因为根据考证，欧洲园林中的孔雀，18 世纪由中国运达。自 1793 年起，魏玛公国也有了孔雀，在离歌德不远处安了家。[1] 他甚至在伊尔姆河畔的别墅中，即他写下《中德岁时诗》的处所，也能听见孔雀的叫声。

1. 参见 Günther Debon: *Goethes Chinesisch-Deutsches Jahres-und Tageszeiten in sinologischer Sicht.* In: *Europhorion.* 76 (1982), S.39.

比如爱克曼曾在 1824 年 3 月 2 日有如下记录：

　　饭前同歌德一起去他的花园。……在西面和南面可以极目远眺一块宽阔的草地，大约一箭之遥，伊尔姆河静静地蜿蜒而流过……人们感到置身在大自然深深的宁静平和中……但钟楼不时的敲击声和公园高处孔雀的叫唤声，或者兵营中军队的鼓角声把我们从万般孤寂的梦幻中惊醒……[2]

2. Johann Wolfgang Goethe: *Sämtliche Werke.* Bd. 39, Deutscher Klassiker Verlag, Frankfurt am Main 1993, S.101—102.

看来，对于来自中国的孔雀，歌德久存于心，顺理成章地将其编织入自己关于中国的作品。

**五**

　　发射你的喜悦的光华，／对着夕阳的金色光芒，／让你开屏的翠羽金花／对它大胆夸耀地注望。／它窥探繁花似锦的绿野，／在那碧天覆照的园里，／它注望着鹣鹣的一对，／以为看到绝世的佳丽。

　　这也是首孔雀诗，但诗人让孔雀将自我欣赏的目光，先投向大自然，后转向一对情侣。大自然是美丽的，但世间最美的莫过于人间的爱情，这是歌德的人生观。可见，即便在这首以自然为题的组诗中，也贯穿了他这一观念。

**六**

　　不论是夜莺还是杜宇，／都想把春光留下，／可是夏天已钻到各处，／布满蓟草和荨麻。／它也给我把那棵树木，／用簇叶抹上浓荫，／我一向凭它依依瞩目，／窥看绝色的佳人。／如今，彩瓦、窗棂和圆柱，／都被绿荫所掩藏，／在我的视线窥探之处，永远是我的东方。

前五首咏春，此诗开始吟夏。之前聆听孔雀叫唤的"我"再次出现。但是，繁茂的树叶，挡住诗人"窥看绝色的佳人"。情爱母题，再次现身。绿树丛中，"彩瓦、窗棂和圆柱"隐约浮现。这些中国建筑之要素，又一次让人想起诗题。

## 七

　　她比最美的白天还美，／因此，世人该体谅，／我不能够将她忘怀，／至少在郊野地方。／那时，她姗姗来到园里，／对我显露出深情；／我还感觉到，我还记起，／我完全被她占领。

还是夏日的郊野，激活诗人对爱情的回忆。爱情描写，原本就在歌德诗作中占据要位。但把人与人的关系，完全置于大自然的环境中，应是组诗的重要特征。虽然诗题显示的，只是四季更替和日月轮回。

## 八

　　朦胧的暮色从上空降临，／身边的一切已经遥远；／可是却看到太白金星，／美丽的清光最先出现！／雾霭向着天际弥漫，／万物摇晃于无定之中，／一片黑沉沉的阴暗，／掩映在休憩着的湖中。／／这时在东方的天际，／我预感到如火的月光，／鬈发似的袅袅的柳枝，／嬉戏在最贴近的水上。／由于柳影的摇曳晃荡，／月亮的魔光也跟着颤动，／一阵沁人心脾的清凉，／从我眼里钻进心中。

这是首晚景诗。夜晚的到来与夏天的开始一样，呈现出强烈的动态。但暮色初降，星光即来临，一切都显得恍惚不定。诗与画的结合，在此达到高峰。至于所谓的"中国因素"，柳树也许是唯一能考证者。柳树，尤为垂柳，虽非中国独有，但在歌德时代，乃至今天，对许多德国人来说，首先是中国树种。歌德在前引《情感的胜利》一剧中，在批评中国园林艺术时，已经用了"巴比伦的败柳"一词。

# 九

　　　　如今人们才认识蔷薇花苞，／可惜蔷薇季节已经过了；／幸有一朵晚花在枝头怒放，

／孤零零地补偿花国的凄凉。

　　紧接着组诗最长的月光诗，是这首最短的蔷薇诗。晚夏的蔷薇，独自兀立，虽然有些凄凉，

但依旧怒放，似乎寄寓着诗人晚年的情思和志趣。

# 十

　　　　你被大家公认为美丽无双，／直至被称为花国中的女王；公众的见证，无反对之

余地，／无可争辩，多么奇妙之事！／你是这样，不是单纯的虚象，／直观和信仰统

一在你的身上；／可是"探索"却孜孜不倦地探求，／探求规律、根本、情况和原由。

　　这同是蔷薇诗，背景中隐约是爱的赞歌。它在此集"直观与信仰"于一身，由具体变为抽象。

这似乎能让人看出歌德创作的一条准则，即从对具体的美的追求转入对抽象的真的探索，体现

出德意志民族偏于思辨的特征。

# 十一

　　　　"我害怕那骗人的把戏，／讨厌的胡言乱语，／无一留存，一切无常，／你刚见到，

已经消亡；／我陷入这令人担心的，／灰线织成的网罟。"／放心吧！不朽不灭／乃

是永恒的规律，／蔷薇、百合都按它开放。

　　这是第三首蔷薇颂，但以对话形式写成。前 6 行是旁人对诗人在上一首诗中表达之思想的

责难，后 3 行是诗人的回答。"灰线织成的网罟"，让人想起歌德在《浮士德》中写下的名句：

"理论全是灰色。"[1] 而变化中的"不朽不灭"，"乃是永恒的规律"的观念，是中西生命哲

　　　　　　　　　1. [德] 歌德著，钱春绮译：《浮士德》，第 118 页，上海：上海译文出版社，1989 年版。

学的共同结晶。陈铨曾在他的《中德文学研究》中对这首诗有如下评论：

　　　　歌德越是从自身出发写诗，他同中国人性情接触越近，因为他能够从他个人，到

世界全体。如像他第十一首诗，讲宇宙上的万事万物，时时刻刻都在变异，但是在一切变异中又有不变异者在。我们看到世界上所有的东西都风驰云卷地飞去，我们忍不住害怕，但是我们一想变异是宇宙的基本原理，事物可变，宇宙的基本原理不变，那么我们又未尝不可自慰。歌德对于宇宙人生的这一种深刻的认识同中国孔子老子，有许多共鸣的地方。[1]

> 1. 陈铨：《中德文学研究》，第 99 页，沈阳：辽宁教育出版社，1997 年版。

在这首诗中，歌德以争辩方式，讲述人生哲理，体现出安详洒脱、服膺自然之处世姿态，融有中德两种文化共有要素。

## 十二

"往日的梦影俱已消去，／与蔷薇相亲，与树木对语，／代替少女，代替贤人！／这种举动也无足可称。／因此让童仆们来前，／他们站在你的身边，／在绿野里将你我伺候，／捧来画笔、颜料和美酒。"

在此，作者大体完成了前一首诗中启动的与自然的告别，笔锋转向人间社会。前 3 行写诗人的避世之举，不与姑娘结伴却与蔷薇相亲，不同智者交谈却同树木对话。这受到责备，他被要求重新参与社交。画笔、颜料和美酒，明显带有中国道具色彩，直指组诗第一首中的中国氛围。

## 十三

"你要干扰宁静的欢喜？／让我在这里流连把盏；／跟别人一起时可获教益，／但在孤独时才产生灵感。"

这 4 行短诗是对前面的回答。诗人似乎在挥手间就将旁人的责备或劝解挡回，并道出融有老人睿智的人生哲理。

## 十四

*"好吧！在我们临去之前，／你还有什么赠别的良言？"／不要老是憧憬遥远的*

*未来，／于此时此地发挥你的大才。*

这是主客间对话的继续。前两句为客人的临别提问，后两行是诗人的最后应答。脚踏实地而不好高骛远，这是歌德的处世姿态，与中国传统思想相通。所以，陈铨作注"最末一首诗，教人努力当时此地，同孔子实践道德的教训，也很相同"[1]有一定道理。

1. 陈铨：《中德文学研究》，第 99 页，沈阳：辽宁教育出版社，1997 年版。

歌德这篇组诗，仅从篇名上看，已是中德文学关系史之重要篇章。组诗中不时出现的中国要素，凸现出歌德进行中德对话的努力。但就思想内容或主体风格而言，这毕竟是歌德的自主创作，表现更多的是德式风格。

从诗题上看，组诗写四季交替与昼夜变化（事实上没有完成，比如缺少冬景），组成的应是几幅自然图景。歌德开始似乎也着意于此。第一首诗中，疲于朝政的官员退隐自然，取一心平静。但从第二首诗开始，由鲜花引出的爱情母题就步步紧逼，并在第七首诗中达到高潮。甚至在第八首脍炙人口的晚景诗中，诗人感受到的也还是"如火的月光"。这种充满爱情咏叹与暗示的诗作，以中国自然诗的诗美标准衡量，是很难让人接受的。另外，从第十一首诗开始不速之客带来的 4 首对话体诗，不仅在数量上占了组诗中的四分之一强，内容上也逐渐从自然完全转向人生。全诗最终还是回到德国式的"唠叨"或玄思传统。

德国著名日耳曼学家贡多尔夫（Friedrich Gundolf，1880—1931）也正是在这方面看到组诗与中国精神的差异，说歌德创作此诗是：

*为了也用细腻——精确和小巧手段作一尝试，但总体上讲，中国精神对他来说是，*

*而且也必定一直是陌生的。因为对他来说，智慧缺少美丽的肉体，克制缺少激情算什*

*么！只有通过对激情的约束，克制才能成为道德。*[2]

2. Günther Debon: *Goethes Chinesisch-Deutsches Jahres-und Tageszeiten in sinologischer Sicht.* In: *Euphorion.* 76 (1982), S.44.

贡多尔夫目光犀利。在组诗中，虽然不时有中国"饰物"出现，但更清楚可感的，正是那种对爱情的追求和对激情的抑制。由此可以联系歌德改编的几篇所谓的"中国作品"，它们恰恰是中国本土文学史中非属经典的"咏美"诗。当然，那时歌德可接触的中国诗文有限，但毕竟远不止于托姆斯英译的《花笺记》以及其中所附的"咏美"诗。选择本身，表明了歌德的审美旨趣与倾向。

总而言之，歌德还是德国的歌德，并非中国的某位古代诗人。尽管含有中国因素，《中德岁时诗》实为原创特征明显的德国诗。

感谢历史赋予的机遇，德国文学的代表歌德，身处中西文化接触频繁之盛世，为中德文学交流史留下华美篇章。但是，鉴于国内有些评论对"歌德与中国"这个题目的过度诠释，我们还是要做一补充说明。就是在晚年对中国兴趣盎然的年代，对歌德来说，中国仅是可以观赏的对象，而非应该仿效的典范。他作于 1822 年的《格言与反省》中的一段话，可以为证：

> 罗马及希腊文学的研究也许将永远为我们高级教育的基础。……至于中国、印度与埃及的古学，不过是新奇的事物而已，如果我们熟悉它们，自然也不错，但对于我们道德及美学上的教育贡献不大。[1]

1. [德] 利奇温著，朱杰勤译：《十八世纪中国与欧洲文化的接触》，第 124 页，北京：商务印书馆，1962 年版。

而这绝非孤例。在 1827 年 1 月 31 日与爱克曼的谈话中，他也说："我们不应该认为中国人或塞尔维亚人、卡尔德隆或尼伯龙人就可以作为模范。如果需要模范，我们就要经常回到古希腊人那里去找，他们的作品所描绘的总是美好的人。"[2] 可见，歌德目光远大是一面，坚守欧洲立场是另一面。

2. [德] 爱克曼辑录，朱光潜译：《歌德谈话录》，第 113—114 页，北京：人民文学出版社，1982 年版。

## 四、 席勒对中国题材的处理

德国古典文学的另一位巨匠是席勒，其文学生涯始于作为军事学校的一名医学学生，但在与歌德共事的魏玛时期达其顶峰。或许是个人气质的不同，倘若说歌德关注中国文化的要点，在很大程度上是他接触到的几部中国才子佳人作品，以及其中呈现的中国文化、艺术及习俗的特点，那么更喜哲学思辨和历史探究的席勒，其对中国题材的处理，着眼点显然不同。他更感兴趣的，似乎是中国的哲人及其思想。1795 年和 1799 年，他分别完成两首《孔夫子的箴言》。其一为：

> 时间的步伐有三种不同：／姗姗来迟的乃是未来，／急如飞矢的乃是现在，／过

去则永远静止不动。//它在缓步时，任怎样性急，/不能使它的步子加速。/它在飞逝时，恐惧和犹豫/不能阻挡它的去路。/任何懊悔，任何咒语，/不能使静止者移动寸步。/你要做幸福、聪明的人，/走完你的生命的旅程，/要听从迟来者的教诲，/不要做你的行动的傀儡。/别把飞逝者选做朋友，/别把静止者当作对头。[1]

1. [德] 席勒著，钱春绮译：《席勒诗选》，第 28 页，北京：人民文学出版社，1985 年版。

诗人在此叙述了人类时间体验——将来、现在和过去，以及它们各自的特点，告诫世人要顺从生命中的时间顺序。

其二为：

空间的测量有三种不同。/它的长度绵延无穷，/永无间断；它的宽度/辽阔广远，没有尽处；/它的深度深陷无底。//它们给你一种象征：/你要进入完美之境，/须努力向前，永不休息，/孜孜不倦，永不停止；/你要看清世界的全面，/你要向着广处发展；/你要认清事物的本质，/必须向深处挖掘到底。/只有坚持才达到目的，/只有充实才使人清楚，/真理藏在深渊的底部。[2]

2. [德] 席勒著，钱春绮译：《席勒诗选》，第 28 页，北京：人民文学出版社，1985 年版。

此诗以空间为题，呼应以时间为题的第一首诗，形成对仗。与对时间的划分一样，席勒把空间也分为"三种不同"，以数字"三"与第一首诗形成第二层次的呼应。

在中德文学关系的研究中，首先引起人们关注的，是弄清它们是否确为孔子语录或其变体。比如上提歌德四篇"中国作品"，比照后可知，它们是中国几首"咏美诗"的改编。初见席勒这两首诗，人们一般也会究其来源。德国汉学家德博曾在其《席勒和中国精神》[3]一书中，专设"孔

3. Günther Debon: Schiller und chinesischer Geist. Frankfurt am Main: Haag und Herchen 1983.

席勒学生时代剪影

子的两篇箴言"一章，论述此题。他从孔子作为"启蒙运动的保护神"谈起，展示席勒此诗题目之缘起。另外，对于数字"三"的运用，一方面，他在《论语》中举出多个例子，比如"吾日三省吾身"，"益者三友，损者三友"，"益者三乐，损者三乐"，"三愆"，"三戒"，"三畏"。另一方面，他也指出："……就是在我们这里，数字三也拥有郑重和神圣的特点。此外，将来、现在和过去，或者长、宽和高，它们是如此常见的组合，无法归于某个确定的文化圈。"[1]

1.Günther Debon: *Schiller und chinesischer Geist*. Frankfurt am Main: Haag und Herchen 1983, S.87.

其实，黑格尔也曾对这个问题有过论述。他说：

> 印度人在他们的观察意识中认识到凡是真实的与自在自为的就包含三这个范畴，并且理念的总念是在三个环节中得到完成的。这个对于三位一体的高卓的意识，我们在柏拉图和其他人的思想中也再度看到。[2]

2. [德] 黑格尔著，贺麟、王太庆译：《哲学史讲演录》，第一卷，第 142 页，北京：商务印书馆，1959 年版。

尽管如此，文学关系史研究还是对席勒选此诗题，兴致盎然。席勒读过孔子吗？虽然，席勒在世时，孔子及其学说，至迟通过比利时教士柏应理 1687 年在巴黎出版的《中国哲学家孔子》（中文标题《西文四书解》）一书，已在欧洲流传，并对启蒙运动产生影响。但人们始终无法证明，席勒读过《论语》西文译本。

席勒接触孔子及其学说，另有途径。1794 年 7 月，席勒之友穆尔（Christoph Gottlieb von Murr）将自己译自英语的德译《好逑传》（Haoh Kjöh Tschwen）寄给席勒。书中附有"中国格言和深刻的道德表述"一章，其中收有 30 条大体归在孔子名下的箴言。如书中 582 页和 583 页上，确有大多出自《论语》并注明作者为孔子（Confucius）的 9 条箴言，并且涉及数字"三"。而席勒第一首《孔夫子的箴言》，正是完成于 1795 年 12 月，而且沿用了穆尔对孔子西文译名的拼写方式"Confucius"。4 年后，写第二篇《孔夫子的箴言》时，孔子的拼写方式则变为"Konfucius"。[3]

3. 参见 Günther Debon: *Schiller und chinesischer Geist*. Frankfurt am Main: Haag und Herchen 1983, S.89.

穆尔此书附带之作，引出席勒这两首孔子诗，其主体小说《好逑传》，更让他不能忘怀。就在完成第二篇《孔夫子的箴言》之后不久，确切地说在 1800 年 8 月 29 日，席勒写信给出版家、友人翁格尔（J.F.Unger），表达自己改编此书的想法，并询问出版机会：

> 有这么一本中国小说，叫好逑传或好逑的快乐故事，1766 年由穆尔先生在纽伦堡（此处恐席勒记错）从英文转译成德文。您不难想象，译本陈旧，书已被遗忘，但却具有许多优点，是一部杰作，值得让它复活。这一定会为您那本小说杂志增添光彩。

*小说逐字翻译约占小说杂志的 25 到 30 页。但我相信，自己能把作品的精华压缩到 15 页，*

*并通过这种目的明确的缩减给小说以更大吸引力。因为小说叙述有时过于冗长。我本*

*人乐于为此，并已开了一个头。如您认为这部作品能为杂志所用，我乐于为您效劳。……*

*倘蒙复信允诺，小说开头部分即可寄去付印，在年内整部书将到您手中。* [1]

1.Günther Debon：*Schiller und chinesischer Geist.* Frankfurt am Main：Haag und Herchen 1983, S.89.

改编外国文学作品，这在席勒创作生涯中并非孤例。比如就在同年年初，他就曾改编过莎士比亚的《麦克白》，5 月 14 日，在魏玛首演，获得成功。现在他想涉足改编中国小说，但不知为何，他未践言。在翁格尔表示同意之后，他曾于 1801 年 4 月，再次致函翁格尔："中国故事还会寄去，但我不能确定时间。"可惜这是席勒改编《好逑传》的最后消息。

也许，其中国情结业已旁移？ 1801 年 11 月 16 日，他在给友人寇尔纳（Gottfried Körner）的信中写道：

*我们需要一出来自异域的新戏，戈齐的一个童话正合适。我使用五步抑扬格，在*

*情节上未作任何改动，但希望通过诗意方面的润饰，使此剧在演出时有较高的价值。*

*戈齐的剧本在布局上表现了极大的才思，但就诗剧的生命来说，还不够完美。人物就*

*像牵线的傀儡，一种拘谨的生硬贯串着全剧。* [2]

2.Ursula Aurich：*China im Spiegel der deutdschen Literatur des 18. Jahrhunderts.* Berlin 1935, S.140.

席勒信中所提戈齐，是意大利剧作家卡尔洛·戈齐（Carlo Gozzi，1720—1806）。"一个童话"，指他据阿拉伯童话《卡拉夫王子和中国公主的故事》，所作剧本《杜兰朵》。1761 年 1 月，戈齐此剧在威尼斯首演，未受剧坛热议。但凭借其奇崛华丽的色彩，激情澎湃的格调，以后在德国浪漫主义文学中获得追捧。1777 到 1779 年间，维尔特斯（Friedrich A. Werthes）将其译成德语；几乎同时，施密特（J.F.Schmidt）对此进行改编，取名《赫尔曼尼德或谜语——一个古代法兰克童话》（1777）。之后兰姆巴赫（Friedrich Rambach）又将其改编为《三个谜语》（1799）。而德国浪漫主义文学的主将施莱格尔兄弟和霍夫曼（E.T.A.Hoffman）等人，也对它赞赏有加。[3] 席勒这次并未食言。1802 年 12 月，改编自戈齐的剧本《杜兰朵——中国的

3. 吕同六：《戈齐与中国公主杜兰朵》，见［意］卡尔洛·戈齐著，吕晶译，吕同六审定：《杜兰朵》，第 15 页，长春：吉林人民出版社，2004 年版。

公主》完成，翌年上演。故事大体如下：

美丽的中国公主杜兰朵，对络绎不绝的求婚者设以下条件：猜中三个谜语才能如愿，否则丧命。尽管如此，落魄的异国王子卡拉夫前来求婚，并道破谜语。公主虽有心于他，但自觉受辱，不愿履约。王子也出谜语，他姓何名谁。如公主明晨不能猜出，就得践言。公主侍女阿德玛原

为他国落难公主，曾与卡拉夫相识。她诱劝王子与自己私奔，王子谢绝。阿德玛为达自己目的，将王子姓名告诉杜兰朵。但事与愿违，道出王子名字的杜兰朵由于满足了自尊心，接受了王子的求婚。阿德玛羞愤欲绝，王子阻止她自尽。

席勒是如何在改编中贯彻他上引信件中意愿的？戈齐笔下的中国公主专横无理，无人知道她为何厌恶婚姻，对求婚者大开杀戒。也许正是在此，席勒看到"一种拘谨的生硬"，认为"人物就像牵线的傀儡"[1]。席勒让杜兰朵对卡拉夫这样解释："我不是残酷。我只要求自由生活。……

1.Ursula Aurich：*China im Spiegel der deutschen Literatur des 18. Jahrhunderts*. Berlin 1935, S.140.

我看到整个亚西亚，／妇女都受到贱视和奴役。／我要为受苦的同性，／对傲慢的男子报复……"[2]

2. [德] 席勒著，张威廉译：《杜兰朵——中国的公主》，第 46 页，南京：江苏人民出版社，1983 年版。

由此，杜兰朵的行为在现代自由平等或女权主义意义上获得解释，而原剧的童话色彩同时消失。

既然是个中国故事，席勒在改编中，也勉力渲染所谓的中国气氛。比如，戈齐原剧中，人物起誓时呼唤"孔子"，席勒将此换为"天"和"伏羲"，表明他对中国的进一步了解。戈齐剧中祭祀用的牲口数字是一百，席勒将此换为三百："三百条肥牛供了天帝，／三百匹马供了太阳神，／还有三百头猪供了太阴。"联系到上提《孔夫子的箴言》可见，尽管"三"这个数字在中西文化中都具有特殊意义，至少在席勒眼中，它还是具有特殊的中国意味。否则，他不会在自己的"中国"作品中，刻意运用数字"三"。

由三个谜语组成的第二幕是《杜兰朵——中国的公主》一剧的高潮所在。戈齐原剧中的三个谜语是"太阳"、"年岁"和"亚德里亚海的雄狮"。席勒沿用了他的第一个谜语，将后两个分别换成"眼睛"和"犁"。而这后一个谜语，再次显示出席勒赋予这个剧本中国氛围的努力。

杜兰朵问：

"这是什么东西，少数人重视，／可是它用来装饰着最大皇帝的手；／它是用来破坏的，／它和刀剑有近亲关系。／它不教流血，却搞成千疮百痍，／它不抢劫任何人，却搞得富裕，／它征服了整个地球，／把生活搞得安宁和均等。／它建立了最大的帝国，／它建起了最古的城市；／但它从未煽起过战争，／只教信赖它的人民幸运。／外国人，假使你猜不出它，／就离开这个繁荣的国家！"[3]

3. [德] 席勒著，张威廉译：《杜兰朵——中国的公主》，第 55—56 页，南京：江苏人民出版社，1983 年版。

卡拉夫的回答是：

"这个铁器，只受少数人珍视／中华帝王亲自把它握在手里，／为了对一年的第一天表敬意。／这工具，比起刀剑没有罪咎，／用虔诚的辛劳征服环球——／谁从鞯

鞑荒凉的草原，／那里只有猎人在游荡，／还有牧童在放牧牛羊，／走到这繁华的国

境内，／只见四周碧绿的秧田，／百座熙熙攘攘的城市，／享受着和平法律的加惠，

／谁不尊敬这宝贵器械，／给万人创造幸福的——犁？"[1]

1. [德] 席勒著，张威廉译：《杜兰朵——中国的公主》，第57—58页，南京：江苏人民出版社，1983年版。

关于中国皇帝于新年伊始亲自扶犁开耕，在《礼记·月令》中就有记载。而《中华帝国全

志》中对此也有描述：每年春天，中国皇帝起驾下田，与民同耕。他犁开一小块地，受到农夫

们的欢呼歌唱。然后他登高，眺望臣子们在旷野中耕作。[2]这幅君臣同耕、臣民同乐的躬耕图，

2. 参见 Ursula Aurich：*China im Spiegel der deutschen Literatur des 18. Jahrhunderts*. Berlin 1935, S.145—146.

曾使不少启蒙作家陶醉不已。孟德斯鸠称这个"节日"是"奖掖农业的奇妙制度"。伏尔泰就

此感叹道："由于什么厄运使得农业事实上只有在中国受重视？每个欧洲公民都应仔细阅读以

下回忆，尽管它们出自一个传教士之手。"[3]席勒的这个谜语，显然与以上引文一样，都是那

3. Ursula Aurich：*China im Spiegel der deutschen Literatur des 18. Jahrhunderts*. Berlin 1935, S.146.

个时代欧洲"中国热"中，赞赏中国皇帝亲近农业的产物。在那幅由手扶犁把躬耕的皇帝、草

原上的猎人和牧童组成的画面中，似乎也寄托了古典主义追求圣君明主的理想。

为了使剧本演出具有持续魅力，席勒给剧本准备了多个谜语。其中之一与中国的长城有关：

有一座建筑，年代很久远，／它不是庙宇，不是住房；骑马者可以驰骋一百天，

／也无法周游，无法测量。／／多少个世纪飞逝匆匆，／它跟时间和风雨对抗；它在

苍穹下屹然不动，／它高耸云霄，它远抵海洋。／／它不是造来夸耀宇内，它为民造福，

担任守卫；它在世界上无出其右，／但却完成于凡人之手。

其谜底是：

这座古代的坚固的建筑，／它对抗着风雨和世纪，／它伸展得无穷无尽，／保护

万民，它就是长城，／给中国和鞑靼荒漠分界。[4]

4. [德] 席勒著，钱春绮译：《席勒诗选》，第129—130页，北京：人民文学出版社，1984年版。

席勒的"长城诗"，其母题可能也源自穆尔的《好逑传》译本。书中有这么个注释："这

个伟大的工程在世界上毫无疑问是独一无二的。它围住了中国北方边境。著名的秦始皇大约在

公元前220年让人修筑长城，以此来保护中国免受相邻的鞑靼人的侵扰。"[5]

5. Erich Ying-yen Chung：*Chinesisches Gedankengut in Goethes Werk*. Diss. Mainz 1978, S.100.

剧本《杜兰朵——中国的公主》的产生，不仅是中德文学关系史之碑碣，也是席勒创作整

体中的重要事件。《斐耶斯科》（1782）取自意大利历史，《唐·卡洛斯》（1787）关涉西班

牙和尼德兰史，《玛利亚·斯图亚特》（1800）以英国历史为对象，《奥尔良的姑娘》（1801）

以法国历史为对象，《华伦斯坦》（1799）则以德国和中欧的历史为对象，《德米特里乌斯》

（1804）与俄国或广袤的欧亚地区有关。通过《杜兰朵》，
席勒让其作品人物的活动舞台延伸到东方中国，铸成他面
向全球化创作的重要链条。

## 五、 塞肯多夫创作与老庄哲学——兼及 "庄生梦蝶" 在德国的流传

与歌德和席勒同受 "中国热" 所熏染的魏玛宫廷文
人中，还有一位叫塞肯多夫（Karl Siegmund Freiherr
von Seckendorff, 1744—1785）。他以作曲家闻名，也
尝试写作。1781 年 10 月，他在《蒂福尔特》杂志上发表《中
国道德家》一文，介绍孔子学说，为人类教育提供准则。
文章分两课。[1] 第一课首先介绍中国人的礼貌得体，它这

1. 此处参见：*Schriften der Goethe-Gesellschaft* 7. Journal von Tiefurt. Weimar. Verlag der

样开头：

Goethe–Gesellschaft 1892.

> 礼貌向人问好；得体地躬身施礼；不乱礼数
>
> 地让出上座——我的孩子，这一切当然只是礼貌
>
> 之责；但它们在社会生活中异常重要；因为我们
>
> 心怀的这些信念，正是我们对于我们时常与之交
>
> 往之人所表示的尊敬或蔑视的标记。[2]

塞肯多夫剪影

2. 此处参见：*Schriften der Goethe-Gesellschaft* 7. Journal von Tiefurt. Weimar. Verlag der Goethe–Gesellschaft 1892，S.79. 也可参见 Ingrid

做人还得自制自律，心如明镜，不染尘埃。第一课的

Schuster: *China und Japan in der deutschen Literatur 1890—1925*. Francke Verlag Bern und München 1977, S.95.

结束语则是："人类最好的镜子是人自己；所以请你们尽

力让自己保持纯洁和真实：因为纯洁和真实就像白板，每

个污点在上面都能看见。"[3]

3. *Schriften der Goethe-Gesellschaft* 7. Journal von Tiefurt. Weimar. Verlag der Goethe-Gesellschaft 1892, S.81.

倘若说第一课说的是个人的道德修养问题，那么第二

课展开的是同样罩有中国儒家学说外衣的生活智慧。开头是一段呼吁：

> 我的孩子们，别抱怨你们的命运，因为不管命运如何，自然都赋予你们承担的力量。

> 保证生活幸福的不是身外之物，而是身内之物。得到幸福是容易的，困难的是保持幸福。

该如何生活在这个世界上呢？塞肯多夫接着使用了航海的比喻："倘若你们想可靠地得到两者，那么请将世界设想为一片大海，而你们自己犹如众多船夫，以自己的努力驾驭它的浪潮。"在此，需要一些生活的智慧，比如有："让你们聊以自慰；越少引人注目，越能安全航行，因为最富有的财产最能引起强盗的觊觎之心……"[1]

1.Schriften der Goethe-Gesellschaft 7. Journal von Tiefurt. Weimar. Verlag der Goethe-Gesellschaft 1892, S.112.

第二课的结尾是：

> 祝愿这样的人幸福，倘若他保持自己的目标，懂得在心里保持他的无辜；因为无辜之于灵魂犹如健康之于身体：是生命的花朵。其他一切都不值得你们去费力争取；因为你们肯定将幸福地看到，如果你们获取的东西不比你们需要的多，肯定还会保持更安定，倘若你们给出一切你们可以缺少的东西。[2]

2.Schriften der Goethe-Gesellschaft 7. Journal von Tiefurt. Weimar. Verlag der Goethe-Gesellschaft 1892, S.113—114.

显然，这里涉及的不仅仅是所谓的中国智慧，而是包括基督教社会伦理在内的人类处世哲学。

接着第二课应该还有后续，因为文后括号里是"待续"。但塞肯多夫似乎改变了主意。同年，即也在1781年，他在《蒂福尔特》杂志上，开始发表小说《命运之轮——一个中国故事》，转向老庄哲学。早在那时，曾大力追寻中国对歌德影响的德国学人彼德曼（Woldemar Freiherr von Biedermann），已在德国的比较文学杂志《比较文学史和文艺复兴文学》中指出，小说受迪哈尔德《中华帝国全志》中所收《庄子休鼓盆成大道》影响而作。[3]《中华帝国全志》确实

3. 参见 Schriften der Goethe-Gesellschaft 7. Journal von Tiefurt. Weimar. Verlag der Goethe-Gesellschaft 1892, S.372.

收有法国传教士殷宏绪（D'Entrecolles）译的3篇《今古奇观》中的故事，它们是：《庄子休鼓盆成大道》（20卷）、《怀私怨狠仆告主》（29卷）和《吕大郎还金完骨肉》（31卷）。1747年到1749年，《中华帝国详志》德译本也在罗斯托克问世。塞肯多夫完全具有接触这个故事的可能。

不过，庄子这篇故事吸引塞肯多夫的，并非其中的"不忠的寡妇"的题材，而只是"庄生

4. 笔者所见 Schriften der Goethe-Gesellschaft 7. Journal von Tiefurt. Weimar. Verlag der Goethe-Gesellschaft 1892, 印出《命运之轮——个中国故事》

梦蝶"。他以此为出发点，探讨人生哲学问题。故事内容如下[4]：

的前三章。

第一章讲中国山东蒙城哲人庄子，一夜梦为蝴蝶，翩翩起舞，醒时感觉双翅尚在，惊吓中

落床摔伤。次日面见老子，请求释梦。老子点明其身世。庄子前生是蝴蝶，在阳光中飞舞，在月光中栖息，吮吸了最美丽的鲜花粉汁后，濒临死亡时被一只神秘之鸟吞食。蝴蝶形体虽灭，但灵魂尚在，眼下依附在庄子身上。恩师老子最后点拨他：

> 从这个故事中你可以得到关于你热心追求世界智慧的解释。因为世界智慧就是你热切渴望的科学的花朵；你吮吸它们的汁液越多，你知识的翅羽就越丰满，你就获得越多的才能，去踏上新的征程。就会感到内心的需求，去满足自己的渴望。[1]

1.*Schriften der Goethe-Gesellschaft* 7. Journal von Tiefurt. Weimar. Verlag der Goethe-Gesellschaft 1892, S.84.

第二章里，因为庄子又做了同样的梦，再访老子讨教。但老子不能向他过多地泄露其过去和将来的天机，虽然感谢他的信任，但还是说：“恰恰智慧禁止我，向你透露你过去和将来的命运，因为两者都会使你不安。这次请满足于一个忠告，你获得仅有几个字的忠告：忠实于你自己！”老子建议他，就像他生前做蝴蝶时那样，睁大双眼，认识世界，直到自己明白，人世间的一切均为虚无，直到他感受尘世的痛苦，犹如辨识花香一样轻巧，最后犹如一条奔泻大地的河流，无拘无束，仅期待拥有一间平静的草屋。达到这个境界后，他可以回到老师身边。庄子听从师命，出门漫游。他目睹宏伟壮丽、震撼人心的日出景观和美丽宜人的自然风光后，大声呼唤：“老子！老子！你怎么能居住在你那如此破败的草篷里，是什么阻止你来到这里安家，以便每天醒来，能在女王那炽热的身旁温暖你冰冷的胸膛！”[2] 正当他任凭自己发泄充沛的情

2.*Schriften der Goethe-Gesellschaft* 7. Journal von Tiefurt. Weimar. Verlag der Goethe-Gesellschaft 1892, S.96.

感时，被一段长长的、颂扬太阳及大自然之美丽的旁白打断。那是来自一个山洞的声音。

第三章开始，是庄子与这个神秘声音的对话。但此人不愿现身，相反让他离开，并忘记这次邂逅。他想返回老子身边，让他替自己释谜。一天早上庄子昏睡而起，不小心撞伤一个衣冠楚楚的贵人后，被随后赶来的一群人殴打并抓走。

本章后也有“待续”字样，但就此中断。

两年后，即 1783 年，塞肯多夫把上述小说改编后，推出单行本，由德绍和莱比锡的学者出版社出版，另有 1794 年的莱比锡版，题目为《命运之轮或庄子的故事》。内容与《命运之轮——一个中国故事》相比，其实有重大改变。[3]

3. 以下单行本，主要参照 Horst von Tscharner: *China in der deutschen Dichtung bis zur Klassik*. Verlag von Ernst Reinhardt in München 1939，书

小说第一部分题为“老子”。老子是个漫游哲人、科学家和大众教育家，在一世外桃源般

的附录中收入塞肯多夫此书 24 章中的 7 章，明显有同奥里希对话的意图。因为奥里希在自己的书中坦言，她“可惜未能见到原文”（Aurich, S.122.）。同

的僻静之地聚徒而居，传授学业：

时我们也可看见，塞肯多夫此书在 20 世纪 30 年代的德国已不易得。

在中国周朝第二十世皇帝统治下，发生一件奇事。在山东省的山区，出现一个著

*名的人间智者。他在一富饶之地为自己和学生们建造一栋房屋。他名叫老子，用德语*

*说，就是一个年迈的儿童。因为他生下来就满头白发，从幼年起便满腹经纶。*[1]

1.Horst von Tscharner: *China in der deutschen Dichtung bis zur Klassik*. Verlag von Ernst Reinhardt in München 1939, S.106.

小说第二章题为"他的理论"，介绍老子的学说。说其特点是简单明了，但学习的前提是心静如水，犹如待耕的田地，准备接受任何种子。而老子理论的基本题目是：我是谁？我在哪里？我为何存在？这也是小说第三、四、五章的标题。

我是谁？塞肯多夫假借老子之口，将人分为两部分，一是思欲之我，二是行动之我。即一部分为自由的精神，另一部分是非自由的躯体。两者互相斗争，互为依存。

我在哪里？作者让老子把沉入自我的目光投向身边的大千世界，那里存在着同样的结构。植物发芽、雏儿出壳乃至流水穿山，自然就像一个巨大的躯体，里面发生着自由与枷锁、挣脱与束缚的斗争：

> *我的孩子们，所以我们所处的地方，就是一个永不间断斗争的舞台。这是一场间*
> *于生与死、力量与无能、强与弱、欲与能的斗争。你们生存的每一时刻和投向自己的*
> *每一目光，都给你们提供关于这个真理的千百次生动证明。*[2]

2.Horst von Tscharner: *China in der deutschen Dichtung bis zur Klassik*. Verlag von Ernst Reinhardt in München 1939, S.110.

我为何存在？这看来是塞肯多夫笔下老子最重要的问题。但显然这是个他自己也无法具体回答的本体论问题，所以他一开始就声明："请不要指望我会揭开这个答案由你们保存的秘密，应满足于探索你们认为必需的事情。去预感其意图，并安详地听从其引导。"[3]但他同时也给

3.Horst von Tscharner: *China in der deutschen Dichtung bis zur Klassik*. Verlag von Ernst Reinhardt in München 1939, S.110.

出思考这个问题的方向："我为何存在？这个问题同回答前面两个问题联系在一起，因为问题解答的第一步骤就是把你们至今做出的意见用在自然的整体上。"[4]

4.Horst von Tscharner: *China in der deutschen Dichtung bis zur Klassik*. Verlag von Ernst Reinhardt in München 1939, S.110.

这里所谓"至今做出的意见"，即是在回答前面两个问题时，把人与自然分成精神与物质两个部分的二元论。显然，如果说塞肯多夫在"我是谁？"中探讨了人，在"我在哪里？"中探究了自然，那么，在"我为何存在？"中讨论的就是人与自然的关系问题。这是怎样的一种关系呢？

"它（自然）如同一个无法测量的车轮，时间是轴心，永恒是轨道，携带着千百万人的命运，离开他们的实体。它把他们从生命之源中创造出来，又把他们送入生命的海洋。"面对如此巨大的自然力量和法则，人类还能做什么呢？只有顺从自然的力量和法则而已："在你们身上寻

5.Horst von Tscharner: *China in der deutschen Dichtung bis zur Klassik*. Verlag von Ernst Reinhardt in München 1939, S.110.

找这个法则，如此度过生命，不要错过这个法则。"[5]

　　"我为何存在？"这样一个涉及人生终极意义的勇敢提问，最后竟如此低调地结束，似乎是德国浮士德精神与中国老庄哲学的奇妙结合。

　　小说在叙写了上述所谓老子理论后，才续上了庄子的故事。他是一个 19 岁的年轻人，被老子定为自己的接班人。前提当然是，到时候他已足够成熟。

　　庄子用一笔不期而获的钱解救了一队遇难的船员。人们欢呼着把他送到一个僧人那里，他叫杜甫（Tou-fou），他对庄子讲述了自己的身世。他从小懒于学习，但有写作的天赋，由此受到皇帝的赏识，成为宫廷诗人。安禄山（Ngan-lou-chan）之乱后他陷入贫困，并落到鞑靼人手里。叛乱平息后，他返回宫廷。但他失宠后日渐愁闷，最后逃进深山，在一个僧人颓败的草屋里找到栖身之所。不久恩人圆寂，大风卷走草屋，命运又将他送到一个欣赏诗人才干的官吏严周（Yent-chou）那里。后者死后，给杜甫留下大笔财富，让他能够享受行吟诗人的快活日子。庄子眼下见到的，正是这样一个现已既不读书也不写诗，只是为了遣兴才开口讲话的悠闲文人。安常尔附在他书后的小说的第二十三章里，有这么一个情景：庄子悄悄地尾随杜甫，从后门走进一个花园。杜甫来到他平时休息的一个幽静场所，舒服地躺下，半张的嘴里吐出下面的独白：

　　　健康和幸福的女儿！甜蜜的悠闲安逸！我双膝跪拜的唯一女神！请再次接受你忠
　　实的教士，作为你那无可争议的财产！让他身后柔软的草地，成为他的祭坛！——我
　　的目光流连在这柔绿中！甜蜜的花香麻醉我的知觉！微风的细语迷惑我的耳朵！——
　　我的身体，撑在摇晃的双腿上，接近大地——它倒下——听话地躺入你的怀抱。啊！
　　教会它最柔顺的姿势，理顺它那最柔韧的四肢，让没有任何一个肢体，在和睦的姿态
　　里，压迫另一个肢体！通过安静的呼吸，促进血液的自由循环！让每一次脉搏的跳动，
　　是通向瞌睡的一个步骤，赶走那讨厌的、经常使我离开你胸脯的蚊子！然后我会精力
　　充沛地重新睡醒，带着空洞的肚腹，吃下诱人的膳食！——感谢你！——种甜蜜的
　　醉意让我的感官陶醉！——它将我摇晃，摆动——时而这里，时而那里——我升入天
　　堂！——沉向大地！——眼下将我抬起身体——我在漂浮——[1]

　　1. Horst von Tscharner: *China in der deutschen Dichtung bis zur Klassik*. Verlag von Ernst Reinhardt in München 1939, S.113.

面对这样一个诗圣，庄子陷入沉思。这难道会是老师所以为的生活范例吗？显然不是。庄子继续漫游。小说就此中断。

在魏玛宫廷，塞肯多夫是除歌德以外最重要的文人。而且，据说"歌德非常看重塞肯多夫"[1]。

1.Ingrid Schuster: *Vorbild und Zerrbilder: China und Japan im Spiegel der deutschen Literatur 1773—1890*. Verlag Peter Lang, Bern 1988, S.302.

若对他在文学史上进行归类，他该同属德国古典主义文学的重要作家。安常尔也在他的著作中，将他放在"古典主义文学"一章中进行讲述。但以上引文，尤其是"漂浮"（schweben）一词的使用，显露出浪漫主义文学的特征。

德国浪漫主义的纲领制定者之一弗里德里希·施莱格尔，就喜欢使用这个表达方式。而另一位浪漫主义文学大家诺瓦利斯，也曾这么记录道："存在并非其他，根本就是自由之态——是漂浮……所有的实在性从漂浮的这个光点喷涌而出。"[2] "漂浮"这个词，在多个浪漫主义作

2. 参见 Rüdiger Safransky: *Die Romantik-Eine deutsche Affäre*, S.63、80。

家那里，其实就是一种生命的状态。也许，面向东方的创作，自身就具备浪漫的因素。这是另话。

# 六、 浪漫主义、青年德意志及毕德迈耶尔文学中的中国

以上讲述启蒙运动时期中国文学在德国的题目时，具体而言，在介绍翁策尔的"武帝哭诉"时，我们已十分清楚地感到"德国的中国文学"中浓郁的浪漫因素。深究之，似与启蒙运动中以理性主义之典范出现的中国不怎么合拍。所以，更强调个人意志、感情和无意识，倾向怀古遁世，重视童话传奇的浪漫主义作家，有足够的理由，对以理性主义之特征出现的中国，采取批评的立场。不过，面向东方的思潮已经过于强大，即使所谓的中国思想或风格不符合浪漫主义作家的审美趣味，他们也已无法对中国视而不见。恩斯特·罗泽在其《面向东方——关于歌德晚期著作和十九世纪德国文学中的中国形象》[3] 一书中，收有专章"浪漫主义和中国"，其

3.Ernst Rose: *Blick nach Osten-Studien zum Spätwerk Goethes und zum Chinabild in der deutschen Literatur des neunzehnten Jahrhunderts*. Verlag Peter Lang, Bern 1981.

中也涉及德国浪漫主义理论家施莱格尔兄弟的中国观。

弟弟弗里德里希·施莱格尔（Friedrich Schlegel，1772—1829）1828 年的维也纳讲座《历史哲学》，同样绕不开中国，但认为所谓的中国科学，不注意"内在经验、道德生活、精神观念以及神启的崇高源泉"；中国人推行一种"治国的政治偶像崇拜。在中国人心目中，国家的

4.Ernst Rose: *Blick nach Osten-Studien zum Spätwerk Goethes und zum Chinabild in der deutschen Literatur des neunzehnten Jahrhunderts*. Verlag Peter Lang, Bern 1981, S.83.

思想和统治者个人是等同的"。他还认为，中国人完全陷入了"理性主义"和"理智的新的异教徒信仰"。[4] 简而言之，他认为中国文化缺乏情感和生机这种所谓的"崇高源泉"，而躬身

于纯粹的"理性主义"。这样的判断，显然与当时流行的中国形象以及他本人的浪漫主义立场有关。

哥哥奥古斯特·威廉·施莱格尔（August Wilhelm Schlegel，1767—1845），也曾关注过遥远的中国。他在 1808 年的维也纳讲座《论戏剧艺术与文学》中，声称中国戏剧"在各方面来讲都是静止不前的"。这与赫尔德说中国"是一具木乃伊"[1]，以及黑格尔的中国观，基本相通。

在浪漫主义文学中，情感比理智更受重视，自由想象比逻辑思维更受推崇。文学的题材和

1.Ernst Rose: *Blick nach Osten-Studien zum Spätwerk Goethes und zum Chinabild in der deutschen Literatur des neunzehnten Jahrhunderts*. Verlag Peter Lang, Bern 1981, S.82.

形式，正是在这一阶段，以从未有过的丰富多姿出现在世人眼前。作家沙米索（Adelbert von Chamisso，1781—1838）的小说《彼得·施莱米尔卖影奇遇记》，讲主人公生活窘迫，后受金钱诱惑，卖掉与生俱来的影子，由此造成一生的悲剧。为社会所弃后，他孤身一人，四处游走，某日，他"发现自己站在耕种整齐的稻田和桑树间"，在似梦非梦中，遇到中国人：

> 我听见身前有用鼻子发出的奇怪声音。我睁开双眼，见到两个中国人。从他们亚洲人的脸形来看，这不会弄错，尽管我不相信他们的服装。他们用自己的语言，以当地流行的方式同我打招呼。我站起身，倒退两步。[2]

2. ［德］沙米索：《彼得·施莱米尔卖影奇遇记》，见 ［德］C.A. 比格尔著，卫茂平译：《闵希豪森奇游记》，第 208 页，太原：北岳文艺出版社，1998 年版。

主人公首先通过讲话声音或方式认出了中国人，其特征是用鼻子发声。倘若这还不够怪异，其外貌让他受惊而退，中国人显然隶属异类。沙米索是德国浪漫主义文学的杰出代表之一，此作流传甚广。相信这里显露的中国人形象，对那个时代的德国人来说，极具代表性。

罗泽在其上引《面向东方》一书，另有专章"沙米索的《尼怨》"。《尼怨》为一首叙事诗，其知名度远不如上述小说，在此全译如下：

> 我不得不在这土墙里，在这孤寂中／悲叹着把美丽的青春年华虚度。／他们狠心地把我当尼姑禁锢。／将我活生生地塞进我的棺木。／／我做礼拜时有口无心，我的救世主，／无论罪孽多么深重，请你宽恕，／宽恕我，也宽恕那些瞎子和有罪的被骗者，／以你的宽宏大度。／／这面高高的拱墙沉重地向我压下，／墙壁挤入一座狭窄的坟冢；／沉闷的拱墓把我身体控制，／我的思绪，却向自由的空间神驰。／／极度的渴望把我引入光明田地，／那里爱与爱结成欢快的空气；／往日的女友们爱着而又被爱，／尘世中我却得不到半点爱。／／我见到被欢快的孩子围绕的她们及其丈夫，／以及他们平静的家庭幸福，／却被厉声唤回上帝的世界，绝望泪流；／但愿一个女人

应有的命运也能享有。//我不会追求最富有最英俊的男人/只求一个爱我，值得我爱的人。/啊，不要华丽的宫殿，只要简朴的住房，/让他晚上下班休息在我身旁。//我会带着母亲的骄傲，就在这年，/把一个孩子，许是男孩，紧抱胸前；/也许会有痛苦烦恼，/但世间的幸福用高价才可得到。//摇篮边我会忠实地听他遣差，/他怎会不勃勃生长，照料他的是爱。/亲爱的宝贝，你伸出小手咧开嘴笑！/啊，爸爸，看这儿子，真的，他把你要！//我必须马上忍痛割爱，/或许是应该在明年让他断奶；/可怜的儿子，你急切地望我直哭，/我也想哭，我多么残酷。//他长大，爬行，他扶着椅子站立，/离开支撑，独自迈起；/摔倒了，可怜的儿子，不要失去勇气，/妈妈的呵护会让一切重新就绪。/他竟然发出第一声可辨的声响：/妈妈，爸爸！声音在我心田回荡；/语言使他备感欢娱，/有时他竟能造句！//他日长夜长，一匹木马我们为他购置，/骑马挥鞭他像一个勇敢骑士。/哎，你又爬来爬去，顽皮的家伙！/欲气不能，他笑着过来亲我。/不久他到了上学年龄，/必须学读学写，这你会见到，父亲。/尽管顽皮，他会学好，/我们会用甜食向他换回红色纸条。//如果不是每张纸条都是红色，/父亲，他还是个孩子，不要呵斥。/他是我们的荣耀和欢娱，/将会在整个罗马帝国得到赞誉。//宛如流水，时光去疾；/他呀年年往上升级。/他会被送到大学培育，/将会获得最好文凭？也许。//何时探望我们，主啊主？/我看到了他，这个真正的大学生，留着黑胡。/假期已过，再见，必须返回，/下次返家毕业才会。//一封信！信！念，父亲，已经毕业你的儿子，/受到高度嘉奖得到学位博士。/他写道，明天搭乘邮车到家；/妈妈！把最后一瓶酒从地窖往外拿。//我听见邮车号角的响声！/啊不！听见的是唤我唱诗的钟声沉闷；/他们让我当了尼姑把我禁锢，/把我活生生地塞进棺木。//我做礼拜时有口无心，我的救世主/无论罪孽多么深重，请你宽恕，/宽恕我，也宽恕那些瞎子和有罪的被骗者，/以你那宽宏大度。"[1]

1.Chamisso: *Sämtliche Werke in vier Bänden*. Bd. 1, Leipzig o.J. S.69—71.

这首诗德语原文用的是叠韵，具有浓郁的民歌风格。译文试图再现这一特征，可惜未能完全做到。诗歌讲尼姑思凡。一妙龄女子被迫出家，孤寂中思凡结缘，偕夫生子后又回到现实，很有"一枕黄粱梦"的味道。就诗歌语言素材所载的文化要素来看，这是一首西方诗歌。比如诗歌第二段和重复的最后一段中，"救世主"和"瞎子"等显然是圣经人物。中国学者陈铨，早在其 1933 年的博士论文《德国文献中的中国纯文学》中，已经注意到这首诗，不过断言："这一首诗完全是一首欧洲人作的诗。"[1] 但令

1.Chen Chuan: *Die chinesische schöne Literatur im deutschen Schrifttum*. Dissertation, Kiel 1933, S.84. 译文可见陈铨：《中德文学研究》，第 147 页，沈阳：辽宁教育出版社，1997 年版。

人惊异的是，此诗有一副标题《德语按中文译》。一首中国诗，显然不会有上述圣经人物及诸如"罗马帝国"、"宽恕"等极富西方社会及基督教历史文化特征的词汇。人们自然猜测，此诗是对一首中国诗的改编。

在此诗产生的 1833 年，德国东方学家吕克特（Friedrich Rückert，1788—1866）出版德译《诗经》。沙米索著作的一位主编曾猜想，《尼怨》的故事可能来自《诗经》。但《诗经》中没有类似之诗。[2] 罗泽首先揭开谜团。他在 1833 年

2. 参见 Ernst Rose: *Blick nach Osten-Studien zum Spätwerk Goethes und zum Chinabild in der deutschen Literatur des neunzehnten Jahrhunderts*. Verlag Peter Lang, Bern 1981, S.133.

出版的德国杂志《外国》中发现一则短讯，报道法国著名汉学家朱丽安（Stanislas Julien，儒莲）在法国《欧洲文学》上发表一首法译汉诗《尼姑思凡》（Ni-Kou-Sse-Fan）。杂志上同时刊登此诗德译。经过对照，罗泽确定此诗就是沙米索《尼怨》的蓝本。罗泽当时无法知道的只是，朱丽安的译诗应该出自 18 世纪由传教士从中国携往欧洲的中国的明清小曲《尼姑思凡》。[3]

3. 可参见丁敏：《沙米索〈尼怨〉出处考》，载《中国比较文学》，2007 年第 2 期。

同期德国文学史上另一位名家海涅（Heinrich Heine，1797—1856），虽然与浪漫主义文学有扯不断的联系，但更是体现了另一种文学观即青年德意志的代表。他曾有这样的言论："只有三个有教养的文明民族：法国人、中国人和波斯人，我为自己是个波斯人感到骄傲。"[4] 自视

4.Ernst Rose: *Blick nach Osten-Studien zum Spätwerk Goethes und zum Chinabild in der deutschen Literatur des neunzehnten Jahrhunderts*. Verlag Peter Lang, Bern 1981, S.103.

为一个已成为历史之民族的一分子，这似乎体现出他与现代社会拉开距离的独立性。而在他其他著述中，中国更是

海涅画像

他批评时政的工具。其代表作之一《哈尔茨山游记》（1826），其中虽然不乏优美的自然景色描写，但也有讥讽的议论。海涅让一个经过 30 年漫游后返回家乡的老人，对各民族的葬礼风俗发表议论。其中有：

> 我不想对异乡的坟墓说什么坏话。土耳其人埋葬死者比我们要漂亮得多，他们的墓地简直是花园，他们坐在白色的裹着缠头的墓碑上，在柏树的树阴下抚弄他们严肃的胡须，用长长的土耳其烟斗安安静静地吸着土耳其烟草。而中国人的葬礼真正是一种喜庆，他们围着死者长眠的地方庄重地跳舞、祈祷、喝茶、拉琴，用各种镀金的纸片、小瓷人、彩色丝条、绢花、彩灯将可爱的坟墓装饰得非常漂亮，一切都很漂亮。[1]

1. 章国峰译：《哈尔茨山游记》，见《海涅全集》，第 5 卷，第 24 页，石家庄：河北教育出版社，2003 年版。

海涅笔下的中国人滑稽可笑，葬礼习俗绮靡浮华。这种中国观与早年的赫尔德及歌德对中国的看法如出一辙。在同一本书中，关于中国人，话题从异国奇闻转向现实记录："话题又转向两个中国人，两年前他们在柏林供人参观，现在在哈勒已被训练成教中国美学的私人讲师。"[2]

2. 章国峰译：《哈尔茨山游记》，见《海涅全集》，第 5 卷，第 47 页，石家庄：河北教育出版社，2003 年版。

据说，1823 年，在柏林大街上，确曾有两个中国人展览自己，参观券每张六枚铜钱。这则"逸闻"虽然引出的是"一个德国人在中国供人参观赚钱"的设想，但海涅不时地以中国人作为他讥讽时政的手段，足见其批评性的中国观。同样的文字几年后继续出现在其讽刺散文《封·施纳贝莱沃普斯基先生回忆录》（1833）中："对于不熟悉汉堡的读者——这样的读者也许在中国和上巴伐利亚才会有——对这些读者我必须说明：汉莫尼亚的儿女们最美好的散步地点，其正式的名字叫贞女小径。"[3] 在讥讽自己国人无知的时候，中国人再次被一并带上。

3. 赵容恒译，见《海涅全集》，第 7 卷，第 15 页，石家庄：河北教育出版社，2003 年版。

同年，海涅完成其批判浪漫主义的名作《论浪漫派》（1833），集中地表达了自己的中国观。论著第三卷第一章，开篇即是这样的文字：

> 你们可知道中国，那飞龙和瓷壶的故国？整个国家就是一座古董陈列室，周围是一道其长无比的城墙，城墙上有成千上万个鞑靼岗哨。可是飞鸟和欧洲学者的思想却飞越过去了，当他们在那里四下张望，饱览一番，然后又返回这里时，给我们讲了关于这个奇异国家和奇异民族的最逗人的事物。那儿大自然的种种现象灿烂刺目、绚丽花饰，有不可思议的巨人一般的花、侏儒一样的树，有雕刻玲珑的假山，有甜香四溢的水果，有毛羽奇异的飞禽；那儿的人，在尖尖的头上蓄着发辫，留着长长的指甲，行弯腰跪拜礼，性格老成早熟，说的是一种孩子气的单音节的语言，无论是大自然还

是人都像是一幅神话般的漫画。人和自然在那里彼此相识，不可能心里不想发笑。但

他们却不会高声大笑，因为他们都极有教养，讲究礼貌；为了憋住不笑，他们就装出

严肃、滑稽的怪相。在那儿既无阴影，也无远景。五彩斑斓的房子上面，层层叠叠地

垒起一大堆屋顶，看起来像是一把打开的雨伞，屋檐上挂着纯金属的铃铛，如若风从

旁吹过，就会发出一阵欢闹的丁当声，甚至连风儿也显得可笑。[1]

1. 孙坤荣译，见《海涅全集》，第 8 卷，第 109—110 页，石家庄：河北教育出版社，2003 年版。

海涅在此形象地叙述了中学西渐的过程，并展现了由此产生的中国观。但这并非他的原意。此段文字，是在为他以下讽刺和攻击浪漫主义作家克莱门斯·布伦塔诺的作品作铺垫。这种以中国形象为例进行的文艺批评，决非偶然。许久以来，中国及中国艺术在一些德国作家或批评家眼中，就是虚夸浮靡的象征，缺乏原始的天然成分。歌德就曾把另一位浪漫主义作家让·保尔作为中国人大加讽刺。海涅看来作如是观。

《论浪漫派》是海涅寓居巴黎期间写就的。也在巴黎，约 10 年后，他转而写诗抨击弗里德里希·威廉四世，并再次以中国形象说事。这次扯上的是中国皇帝，题目就是《中国皇帝》：

我的父亲是个无聊傻瓜，／讲求实际，胆小怕事，／我有我的烧酒喝，／故而我是大皇帝。／／我的烧酒是魔汤！／我发现它在我的心境中：／我的烧酒一下肚，／全中国欣欣向荣。／／于是乎，中央大帝国／变成村中小花园，／我也快长大成人，／我的妻子已经怀孕。／／处处丰盈过剩，病人恢复健康；／我的宫廷世界圣人孔夫子，／也会获得最清晰的思想。／／士兵吃的黑面包，／变成了杏仁蛋糕——不亦乐乎！／我的国家中的流氓，／统统身穿丝绸悠闲散步。／／八旗骑兵，／伤残兵丁，／重获青春活力，／甩动辫子。／／大宝塔将会竣工，／信仰的象征和堡垒，／最后一批犹太人将要在那里／获得黄龙勋章同时受洗礼。／／革命精神烟消云散，／满人显贵在呼喊：／我们不要什么宪法，／要棍棒和皮鞭。／／医神埃斯库拉斯的门徒，／劝我把酒戒掉，／我还是要喝我的烧酒，／为了我的国家的幸福。／／再来一杯烧酒！再来一杯烧酒！

／烧酒味同吗哪！／我的臣民幸福，也有点醉，／他们欢呼和散那！和散那！[2]

2. 胡其鼎译：《新诗集》，见《海涅全集》，第 2 卷，第 306—308 页，石家庄：河北教育出版社，2003 年版。又：此诗倒数第三段中的"我

此诗 1842 年首先发表在《巴黎德国报》上，1844 年最后定稿。诗里充满玄机。那个终日

们不要什么宪法"，在这个译本中缺漏，笔者按德语原诗补上。引诗倒数第三行中的"吗哪"疑误，另有译文"甘露"。见钱春绮译：《海

醉酒的中国皇帝，影射 1840 年 6 月 7 日正式上台的普鲁士国王弗里德里希·威廉四世。诗歌第

涅诗集》，第 493 页，上海：上海译文出版社，1990 年版。

四段中的"圣人孔夫子"，意指 1841 年被威廉四世请到柏林继黑格尔后任教授的谢林。第七

段中的"大宝塔"则暗指著名的科隆大教堂，是落后和反动的象征。国王急于让它早日落成，无疑是用来抵制革命。同段中的"黄龙勋章"影射普鲁士的黑鹰勋章，它曾被授予一些杰出的犹太学者和官员。诗中对中国皇帝即普鲁士国王的反动与落后的抨击，在第八段中达其高潮："我们不要什么宪法，/ 要棍棒和皮鞭。"

海涅对普鲁士政府的痛恨和攻击，在此诗中得到淋漓尽致的表现。但这个政府的首脑竟以一个中国皇帝的面目出现，这让人看到，对海涅来说，中国不仅在艺术上华靡虚浮而且政治上落后反动。中国皇帝的形象，从启蒙运动中的圣明君主到现在的独裁暴君，正是在海涅笔下，完成了一百八十度的转变。

## 七、 埃利森、霍普芬和古姆彭贝格笔下的"江郎才尽"故事

本书讨论的中德文学关系，相当一部分内容牵涉到德国作家的中国观。这是不同国家文学关系史研究无法回避的问题。上文海涅的内容，是集中的体现。但同时，文学内部的交流也在展开。就海涅而言，他也处理过中国"褒姒"的故事。这留待下一章论述。本节涉及的是中国"江郎才尽"的故事。

曾创作《彼得·施莱米尔卖影奇遇记》和《尼怨》的德国浪漫主义作家沙米索，在其文学生涯中，编辑过诗歌年鉴。合作者之一是埃利森（Adolf Ellissen，1815—1872）。他曾在格廷根当过图书管理员，利用职务之便，读过不少包括中国在内的外国文学作品。在此基础上，他于 1840 年出版题为《茶与水仙》的译诗集。所谓"译"，其实是改译或改编。其中有一首叙事诗，题为《明笔》，每段 6 行，共有 16 段之长。全诗这样开头："少公（Scheu-Gung）日夜不停写诗，/ 但批评家们不欣赏，/ 他那些勤勉想出的东西，而且谁阅读或聆听他的小诗，/ 他身体里的胃就倒转，/ 最底下的会翻到上方。"

此诗实际上讲了下面这个故事：

一个名叫少公（Scheu-Gung）的中国诗人缺少诗才，没有读者，绝望之余跑入深山，

与一魔鬼不期而遇。魔鬼几百年来受制于一个飞龙亲王。少公那枯燥无味的诗，竟然使这条恶龙昏昏入睡，他以此从飞龙的嘴里救出了魔鬼。作为报酬，魔鬼借给他一支"明笔"（der Pinsel Mings），用它可以写下不朽诗篇，借期 10 年。在这期间，少公名扬四海，欲罢不能。他乞求魔鬼让他继续占有这支神笔，但魔鬼一言既出，不愿改变。少公的诗越写越糟糕，但声名不减。因为天才诗人的桂冠，足以替他抵挡任何批评的声音。

1886 年，莱比锡书目研究所将埃利森在此书中发表的所谓"中国诗"，单独出版，题名《中国诗歌》。[1] 在本书中，除了《明笔》[2]，另收包括附录在内的 30 首由埃利森改编的"中国诗"。

1. Adolf Ellissen: *Chinesische Gedichte. Metrisch bearbeitet von Adolf Ellissen*, Leipzig. Bibliographisches Institut 1886.

2. 对于此诗，书中有如下注解："《明笔》不是源自中国，而是埃利森的原创，他戏谑性地将它塞进《茶与水仙》（1840 年出版）。"

其出处有待发掘。

罗泽 1933 年的文章《一首所谓中国叙事诗的命运》，使用的埃利森著作，也是 1886 年的这个版本，并转述了这个说法。[3] 而同是 1933 年，中国学者陈铨在其博士论文中，道出此诗的出处。

3. Rose: *Das Schicksal einer angeblich chinesischen Ballade.* In: *Journal of English and Germanic Philology XXXII* (1933), S.392—396.

它不是埃利森的原创作品，而确是一中国故事的改编。[4] 南朝钟嵘《诗品》中有："初淹罢宣城郡，遂宿冶亭，梦一美丈夫，自称郭璞，谓淹曰：'我有笔在卿处多年，可以见还。'

4. Chen Chuan: *Die chinesische schöne Literatur im deutschen Schrifttum*. Dissertation, Kiel 1933, S.51. 译文可见陈铨：《中德文学研究》，第 66 页，沈阳：辽宁教育出版社，1997 年版。

淹探怀中，得五色笔授之。尔后为诗，不复成语，故称'江淹才尽'。"这也就是我们今天成语"江郎才尽"的由来。

相对来说，埃利森的改编具有一定特色。首先，他把一个普通的传奇故事改写成一首具有社会批评意蕴的叙事诗，其锋芒至今不失其锐利。其次，他加入了童话成分，把授笔者改成魔鬼，符合西方文化的定式。最后，他在作品中又添入一个恶势力的代表飞龙。最后的结果是令人瞠目结舌的：只有最具神力的西方勇士才能征服的恶龙，竟然在一名乏味的中国诗人面前束手就范。

本故事在德国的影响力尚有持续。另一位作家汉斯·霍普芬（Hans Hopfen, 1835—1904）1886 年发表同名叙事诗，但主人公的名字稍有改变，叫舍胡公（Sche-Hu-Gung）。就罗泽评论，诗作中被塞入许多从百科全书中得来的中国知识，使诗歌显得累赘和滑稽。比如有对中国茶馆的描述：

街道远处沉闷的嘈杂声，／混入羹匙碰撞，碗碟互击声中，／混入了二十个钟摆

5. 转引自 Ernst Rose: *Blick nach Osten-Studien zum Spätwerk Goethes und zum Chinabild in der deutschen Literatur des neunzehnten*

的敲击声中；／八哥在这里跳丝线，／瓷器小人在这里的四面墙上，／安详地频频点头。

*Jahrhunderts.* Verlag Peter Lang, Bern 1981, S.167.

／在烟斗云下的河畔，／一小群五颜六色的人满意静坐。[5]

霍普芬在讲述这个中国诗人故事的同时，试图再现一幅中国小镇茶馆图。画中既有近景，如茶馆内部的摆设；又有远景，如茶馆附近的河畔。他尝试着在有限的篇幅里，尽可能多地掺入自己的中国知识，例如瓷器、丝绸。[1]

1. 罗泽在其处理这个题目的著作《面向东方》中，明确交代，他写这个题目，来自杂志《阅读》（Die Lese）（1917，I, 58）上的文章《A·埃利森，明笔——一篇德中讽刺作品》。而且明确表明，霍普芬的改作后于埃利森。但陈铨在其同年出版的博士论文中说，"因为伊利生同何浦汾是同时的人，所以我们不知道到底谁抄谁"。（Chen Chuan: Die chinesische schöne Literatur im deutschen Schrifttum. Dissertation, Kiel 1933, S.51. 陈铨：《中德文学研究》，第 66 页，沈阳：辽宁教育出版社 1997 年版。）

"江郎才尽"故事在德国的旅程尚未结束。1914 年，即第一次世界大战爆发的那年，另一位德国作家汉斯·封·古姆彭贝格（Hans von Gumppenberg，1866—1928）推出三幕喜剧《英笔》（Der Pinsel Yings）。梗概如下：

诗人朱甫（Tschu-Fu）[2] 在都城参加殿试。这次考试有特殊的吸引力：被点状元

2. 可能来自杜甫（Thu-Fu）。

（Kwang-yüen）者，可以成为皇帝的乘龙快婿。但朱甫才气不高，读出的诗句成了催眠曲，结果是，皇帝偕同满朝文武，鼾声如雷。朱甫羞愧至极，独自进山。心中不服，他面山再读，山中一条恶龙听了昏昏入睡，他无意中救出龙嘴里的一个魔鬼。作为感谢，魔鬼送给他一支神笔。朱甫急赶回宫，语惊四座，得偿夙愿。他回家后忙着写第二首诗。但全诗未完，魔鬼已到，索回神笔。就连这未完的半首残诗，也受到人们热烈欢呼。在这部作品中，古姆彭贝格还塑造了公主绿兰（Lü-Lan）。但他们俩的婚事结果如何，悬念一直留到最后。不管怎样，剧本对德国文坛的讥讽不难读出。难怪罗泽在介绍这部作品时，直言不讳地指出："在德国文学事业中不难发现类似现象。人们无须费力就可以想到克莱斯特奖，它已失去任何表彰的力量。就是德国的席勒奖也并非总是颁发给配得上者。尽管如此，今天的每个文学奖项让获奖人标上一名崇高作家的称号。"[3]

3. Ernst Rose: Blick nach Osten-Studien zum Spätwerk Goethes und zum Chinabild in der deutschen Literatur des neunzehnten Jahrhunderts. Verlag Peter Lang, Bern 1981, S.168, 169.

《英笔》一剧 1917 年 1 月 10 日在魏玛宫廷剧院首演。那应该也是席勒的"中国公主"喜择夫婿的地方。席勒的《杜兰朵——中国的公主》曾于 1802 年 1 月 31 日在魏玛的宫廷剧院首演。两部所谓中国作品中的两个男子，一个以猜谜取胜，一个以赋诗得宠，似乎也在一个方面表现了欧洲文学中的中国观。

第四章　　中国文学在德国——19 世纪末到 20 世纪初中德文学交流的事实及我们的审视

# 一、 海泽作品中的《诗经》故事和对
　　《三国演义》的改编

1840 年鸦片战争的爆发，是中外关系史上的一件大事。战争虽在中英两国间进行，但英帝国主义打开的中国大门，同样为德国进入中国提供了便利。其结果就是 1861 年普鲁士德国代表关税同盟诸邦同中国签订了第一个贸易协定。遮盖中国的神秘面纱终于揭开，中国作为一个实实在在的贸易伙伴出现在德国面前。同时，德国汉学家也开始摆脱对英法汉学界的依赖，着手接触第一手资料。这促使一大批德国作家得以抛弃居高临下的嘲讽姿态，转而认真对待中国文化。这个转变过程与德国现实主义文学的发展大致同步。它在海泽身上表现尤为显豁。

海泽（Paul Heyse，1830—1914）于 1910 年获诺贝尔文学奖，是首个与中国文学有缘的德国诺贝尔文学奖获得者。1848 年，他 18 岁时，在文坛崭露头角。此后不久，1851 年，21 岁的他，在柏林的文学聚会上朗读了自己的长篇叙事诗《兄弟》。翌年为了纪念父母银婚纪念日，作为单行本发表时题目为《兄弟——一个诗体中国故事》。全诗约 44 段，近 530 行。诗歌以一段美丽的自然描写开头：

流水河畔是桑树花园，／一阵夏日微风吹拂树梢，／藏身枝叶的蟋蟀鸣叫不停。／从国王的宫殿那里，／河水轻柔地拍打着宫殿的台阶，／那里穿过熙熙攘攘的街巷，／传来钟鼓的声声嬉戏，／响起孔雀和血雉的大声叫唤，／昂然而来

海泽

*的四驾马车的嘶鸣／混合着节日欢快的鼎沸人声。／因为卫（Wei）国受人爱戴的王*

*子／将异国的公主带回。*[1]

1.Pau Heyse: *Gesammelte Werke*. zweiter Reihe, Band V, Stuttgart-Berlin-Grunewald, Verlagsanstalt Hermann Klemm A G, 1932, S.236.

诗中的"桑树"和"孔雀"，显然是海泽为了渲染所谓的中国格调而刻意选择的词句。"孔雀"一词，极易让人想起歌德在其《中德岁时诗》中的同样母题。

再看内容。首段诗中，带回未婚妻的卫国王子是季（Ki）。那位异国公主是文姜（Swen-Kjang）。但国王文公（Swen-Kong）看中文姜，强娶她为妻。季俯就命运。文姜生子，季把自己的爱移到她儿子身上。但文公心胸狭窄，不能容忍。他布下圈套，要害儿子。但误入圈套的是季的同父异母兄弟。季为救他，同样受伤。最后他怀抱死者，来见父亲，拔出自己胸中利箭后同样归天。酿下恶果的文公，自己最后也一命呜呼。全诗以王后孤独一人离去、国家彻底崩溃这样悲剧性的结尾收束：

> *几天过去，恐惧的日子。／王后离开空荡荡的房子，／返回她年轻时代的家乡，*
>
> *／身着寡妇的丧服去找父亲。／几星期后从南方／大批的野蛮人进入这个国家，／将*
>
> *富饶的国土付之一炬，／因为已无英雄能吓退他们，／他们便洗劫了富饶的城市和王*
>
> *宫，／将火把扔进国王的宫殿——／辉煌的王宫被摧毁，／而那桑树花园惨遭蹂躏；*
>
> *／只有藏身树叶的蟋蟀／在废墟上唧唧悲鸣。*[2]

2.Pau Heyse: *Gesammelte Werke*. zweiter Reihe, Band V, Stuttgart-Berlin-Grunewald, Verlagsanstalt Hermann Klemm A G, 1932, S.249.

桑树花园和蟋蟀，旧物仍在，但物是人非。凄惨的结局与欢快的开头遥相呼应。

有关此诗的中国来源，德国学者菲舍德尔（Karl Fischoeder）在其 1923 年的博士论文《保尔·海泽的诗体小说》中，就已指出，其题材源自德国汉学家吕克特（Friedrich Rückert）1833 年所译《诗经》。罗泽进一步搜寻补充，在其《青年海泽作品中的中国母题》中，举出原作第十三段中的 3 行诗作为佐证："主人公路上看到凶兆。／红狐狸缓步穿过森林，／黑乌鸦掠入高空。"[3]

3. 参见 Ernst Rose: *Blick nach Osten-Studien zum Spätwerk Goethes und zum Chinabild in der deutschen Literatur des neunzehnten Jahrhunderts*. Verlag Peter Lang, Bern 1981, S.147.

的确在《邶风·北风》中有："莫赤匪狐，莫黑匪乌。惠而好我，携手同车。其虚其邪，既亟只且！"此诗似讲一对恋人，不满虐政，愿在大风大雪中离避而去，路遇红毛狐狸和黑毛乌鸦。《诗经》中紧接《北风》的，是《静女》、《新台》和《二子乘舟》三首。其一讲男女青年幽会，其二讽刺卫宣公筑新台强占儿媳，其三说卫宣公二子争死。内容都和海泽的叙事诗《兄

4. 有关卫宣公的这个故事，详细可见《东周列国志》第十二回"卫宣公筑台纳媳，高渠弥乘间易君"。

弟》有关。[4]

海泽对中国文学的兴趣并未稍现即逝。1856 年，他又完成一部诗体小说《国王和僧侣》，与中国古典名著《三国演义》有关。小说第一段这样开头：

像一只虎，整天／在洞中等候猎物，／像一只鹰，突如其来／从高处扑向猎食，／像一只雄师，张开大口／百兽发抖，不语屈服。／我们的皇帝伟大无比，／他的名声越海过洋，／如烟雾，让敌人窒息，／如芬芳，让朋友舒畅，／翻腾在古老的江边，／如初升的艳日，长久放光。[1]

1.Pau Heyse: *Gesammelte Werke. zweiter Reihe, Band V. Stuttgart-Berlin-Grunewald, Verlagsanstalt Hermann Klemm A G, 1932, S.250.*

再看《三国演义》第二十九回"小霸王怒斩于吉，碧眼儿坐领江东"中的一首诗："独战东南地，／人称小霸王。／运筹如虎踞，／决策似鹰扬。／威震三江靖，／名闻四海香。／临终遗大事，／专意属周郎。"

显然这就是前引海泽那段诗的出处。他不懂汉语，依据的是法译原作。法国汉学家朱丽安 1834 年在自己《赵氏孤儿》的译本中，曾收入《三国演义》的个别篇章。另一位法国汉学家巴维在 1845 年到 1851 年间，分卷出版了他的《三国演义》法译本。尤其在 1851 年第二卷的前言里，特别强调了书中第二十九回"小霸王怒斩于吉，碧眼儿坐领江东"，认为小说这部分对了解中国的民间信仰大有好处。海泽在众多《三国演义》故事中独选孙策为题，很可能受此影响。[2]

2. 参见 Ernst Rose: *Blick nach Osten-Studien zum Spätwerk Goethes und zum Chinabild in der deutschen Literatur des neunzehnten Jahrhunderts. Verlag Peter Lang, Bern 1981, S.149.*

《三国演义》中孙策的故事情节大致如下：他独霸江东后，骄横之心渐生，树敌甚多，一日行猎时被毒箭射伤。理应戒怒静养，但他伤口未愈又思征战。一日见一道士立于当道，而百姓跪拜两旁，焚香示敬。孙策大怒，下令抓他。以张昭为首的随从极力劝阻，无济于事。后经母亲出面，孙策才答应让道士祈雨赎罪。道士祈雨成功，但孙策当众食言，令武士砍下道士头颅，并把尸体吊在广场示众。是夜尸首不翼而飞。以后，孙策为道士鬼魂缠住不放，不得安宁，惊骇中金疮迸裂。他知道死期已到，立下遗嘱后闭目而去，年仅 26 岁。

海泽改作的情节结构与此基本相同，但出场人物大大减少。原作中的道士于吉就以道士（Tao-Tsé）的名字出现。孙策（Sün-Tsé）与他的关系或矛盾就成了小说的主线。

他一觉醒来，身边空无一人，便大声询问出了什么事。得到的回答是：

主公，他们都去了广场，／因为一个道士，一个年迈的僧侣，／来到城市——他们都称他为圣人——／用经他嘴巴祝福过的水，／他治愈重病，能预告未来／并且永葆青春。／全国上下对他赞赏备加，／他们去，亲吻他的衣裳，／那时您，国王，以

*为自己睡着了。* [1]

1.Pau Heyse: *Gesammelte Werke*. zweiter Reihe,Band V,Stuttgart-Berlin-Grunewald,Verlagsanstalt Hermann Klemm A G,1932,S.250.

但孙策不信神，让人将道士叫来，上前质问："快说，你是谁，他呵斥道，／你这个卑鄙地用貌似无邪的诡计／蛊惑我百姓人心的人？" [2] 海泽笔下的主人公与《三国演义》中的孙策一样，

2.Pau Heyse: *Gesammelte Werke*. zweiter Reihe, Band V, Stuttgart-Berlin-Grunewald, Verlagsanstalt Hermann Klemm A G, 1932, S.253

都将道士看作对自己权威的挑战。对他们来说，蛊惑人心就是一种夺取权势的尝试：

> 道士，我认识你及一切／你的同人……／你们全部的谦恭是伪善，／你们的魔法
>
> 是人类的疯狂，／你们的青春永驻是诡计／这些东西在你们的教派中从未死光。／或
>
> 许你们知道通向至静的道路：／但每个走此路的人，／把呼唤真理的清醒声音抑制心
>
> 里／把自身置入自己的谎言。／烂去你伸出的手臂，／因为你把手伸向最大的珠宝，
>
> ／伸向政权，而它比一切财宝更珍贵。／你的长相无法骗我，难道／你的嘴巴就能将

3.Pau Heyse : *Gesammelte Werke*. zweiter Reihe, Band V, Stuttgart-Berlin-Grunewald, Verlagsanstalt Hermann Klemm A G,

> 我欺骗？不！ [3]

1932、S.254—255.

《三国演义》中的孙策才高气傲，不信鬼神。他在海泽笔下基本保留了这个特点，但同时也是上帝忠实的臣民，面对母亲要他"虔诚"的要求，他说："我就愿意这样做，亲爱的妈妈，／服从上帝，蔑视偶像／消灭一切偶像教士。" [4]

4.Pau Heyse: *Gesammelte Werke*. zweiter Reihe, Band V, Stuttgart-Berlin-Grunewald, Verlagsanstalt Hermann Klemm A G, 1932, S.256.

海泽让不畏天地的小霸王孙策，戴上信奉上帝的十字架，体现出他把一个中国故事改编得适合德国读者口味的努力。

《三国演义》中孙策的母亲吴太夫人，虽曾规劝儿子，不杀于吉，但未对国事妄加评论。而海泽笔下的孙母则是个通事明理、深知治国之道的妇人。她一方面要儿子笃信上帝，另一方面也试图让他明白，不能与偶像为敌："服从上帝是智慧的开端，／但嘲弄偶像对人人都危险／尤其对统治者是这样。／人民期待什么？是幸福安康。" [5]

5.Pau Heyse: *Gesammelte Werke*. zweiter Reihe, Band V, Stuttgart-Berlin-Grunewald, Verlagsanstalt Hermann Klemm A G, 1932, S.257.

海泽不是一个热心政治的作家，但在这部改作中，不乏对治国理想的向往。


## 二、 蛇女——一篇中国故事在格林和凯勒作品中的变体

与海泽同时代的另一位德国作家格林（Herman Grimm，1828—1901），文学史著作中常

常没有关于他的记录，但瑞士著名作家凯勒还是将他与海泽相提并论，称赞他们两位作品中"纯洁的语言"和"质朴美丽的画面"[1]。就职业来说，赫尔曼·格林其实是德国艺术史家，是德国

1.Ingrid Schuster：*Die Schlangenfrau：Variationen eines chinesischen Motivs bei Herman Grimm und Gottfried Keller.* In：*Seminar* 18 (1982), S.44.

著名语言学家、童话编撰者威廉·格林（Wilhelm Grimm）的儿子。他1856年发表的《小说集》中，有一篇叙事诗，题名《蛇》，讲了下面这个故事：

一个青年男子骑马回家，夕阳西下十字路旁见到一个美丽的姑娘。他一边向她问好，一边飞奔而过。但旋即掉转马头，再次向她问好。姑娘回答了他的问候。小伙子被姑娘的美貌迷住，径直向她求婚。姑娘表示拒绝。小伙子不甘罢休，抓住姑娘的双手。这时姑娘身上起了一种奇怪的变化，身不由己地随他上马。但姑娘还是连续3次警告年轻人，叫他把她推下马摔死，否则他将永远无法摆脱她。诗中这样写道：

*"年轻人"，她第三次说，／"我是条蛇，不是个姑娘；／我是尤卡（Jukha）；*

*我的眼睛／把你征服，但这是你／迫使我抬起双眼。／你迫使我用双臂／围住你的脖子：*

*正如我现在抱住你。／年轻人，我不会再离开你。／……／我要当你的妻子和你一起生活，*

*／你今生不能再选别人。"——／"不选别人。"年轻人重复连声。*[2]

2.Ingrid Schuster：*Die Schlangenfrau：Variationen eines chinesischen Motivs bei Herman Grimm und Gottfried Keller.* In：*Seminar* 18 (1982), S.45—46.

两人一起回到小伙子的家乡，成为幸福的一对。一天，家里来了一个生客，见到美貌贤惠的妻子，似乎识破她的真身，对小伙子说："你会倒霉的，因为她是尤卡，／你娶了一条蛇。／它每天与你分享床铺，／只要再过7年，／就会把你占有，／吸尽你心中的鲜血！"[3]

3.Ingrid Schuster：*Die Schlangenfrau：Variationen eines chinesischen Motivs bei Herman Grimm und Gottfried Keller.* In：*Seminar* 18 (1982), S.46.

小伙子既未把这个诋毁妻子的人赶走，也没想起妻子早已对他作的坦白，而是让陌生人证实自己的话。按陌生人的安排，他晚上在妻子的饭里多放了盐，并拿走家里所有的饮用水。当晚，他亲眼看到妻子化为蛇形，爬到屋旁小溪饮水。小伙子心生厌恶，担心遭难，他让陌生人替他想出消灾办法。就在妻子烘烤面包时，他狠心将妻子推进炉膛。垂危的妻子怒斥他的背叛："是的，我是一条蛇！／但我已告诉过你！……／你分明早已知道！难道我骗过你？／你当时不是照样要娶我为妻？"悲怆至极的妻子接着又说："如果你不背叛我，／我会在你身边安静度日／成为你心爱的人；／我会变形／在你毫无知觉时变得纯净。"[4]

4.Ingrid Schuster：*Die Schlangenfrau：Variationen eines chinesischen Motivs bei Herman Grimm und Gottfried Keller.* In：*Seminar* 18 (1982), S.47.

小伙子似已鬼魂附体，毫无怜悯之心。就在他把妻子逼回阴暗世界时，他也毁了自己。妻子临死前重复她对他许下的诺言：

*"既然已重被推入深渊，／我要你一同前往。纵然烈火／也不能分开我和同我结*

合的人；／我身负你的灵魂同下，／渴望将折磨人地把你侵袭。／我的形象已在你心

中深深扎根，／将从你的血管中把宁静啜尽。／白天你会为我流泪，／夜晚你会声声

唤我，直到我们／在深深的黑暗中相会。"[1]

1.Ingrid Schuster: *Die Schlangenfrau: Variationen eines chinesischen Motivs bei Herman Grimm und Gottfried Keller*. In: *Seminar* 18 (1982), S.48.

这个凄惨动人的故事，早已引起人们追寻其题材来源的兴趣。1902 年，格鲁贝（Wilhelm Grube）在他的《中国文学史》一书中就指出，这个故事源自中国的《白蛇记传》。[2] 格鲁贝不

2. 参见 Wilhelm Grube: *Geschichte der chinesischen Literatur*. Leipzig 1903, S.439—446. 他在书中作"Poh-shek'i-chuan"。

谙汉语，他凭借的应是法国汉学家朱丽安 1834 年这个中国故事的法译本。而德国的《外国文

学杂志》，其实早在 1833 年，就以《药剂师和蛇》为题，报道过这个中国故事。[3]

3. 参见 Ingrid Schuster: *Die Schlangenfrau: Variationen eines chinesischen Motivs bei Herman Grimm und Gottfried Keller*. In: *Seminar* 18 (1982), S.48.

《白蛇传》属中国四大民间传说之一，应在宋代已相当流行。而明末《警世通言》一书所收的《白娘子永镇雷峰塔》，无论在情节构成和人物塑造上，都达到了相当水平。朱丽安的译本应该源出于此。故事梗概如下：

一条生性好动的白蛇化为一年轻漂亮女子，来到西湖边上，与一年轻英俊的药铺伙计不期而遇。白蛇施展手段，让他爱上自己，并与自己成亲。药铺伙计尽管对妻子的古怪行为心生疑窦，但最终还是爱情占了上风。但最后，白蛇虽无害人之心，还是被一禅师制服，在钵盂下现出原形，被镇塔下。药铺伙计万念俱灰，遁入空门。

对比之下，格林叙事诗中的主要人物都来自中国故事，但情节及人物塑造上有不少变动。先看女主人公。中国故事中的蛇，美丽活泼，虽然幻为人形，但妖气未尽，几次为人看破真身；而格林诗中的蛇，温柔执着，似已脱去妖气，除了被逼无奈的一次，从未现过原形。这是一。中国故事中的蛇对自己的出身一再隐瞒，直到最后；而格林笔下的蛇，早在应允婚事之前已道明出身。这是二。第三点则是，中国白蛇的最终结局，似乎表示了一种"邪不压正"的意思；而格林的蛇精最后则是含冤而死，表达了作者对其丈夫的心胸狭隘及陌生人的无端多事的谴责。

与此相反，就男主人公而言，中国故事中的药铺伙计像是更近人情。他多次为妻子的奇异行为所累，甚至对簿公堂，身陷囹圄，但还是不记前嫌，与妻子相爱如旧。只是和尚的多事破坏了他的幸福。最后剃度为僧，除了心灰意冷之外，似乎也透露出一丝对爱情的专注。

再看格林笔下的男主人公。他初则一往情深，对爱人的坦诚相告充耳不闻，后则不记恩爱，把妻子推入火中。他的感情为何如此大起大落，最后对妻子下这般毒手？这应该与蛇在西方文化中的象征意义有关。

在西方文化中，蛇代表着恶和污秽。圣经中的夏娃就是被蛇引诱后，误食禁果，被赶出伊甸园。与此相连，蛇又是性的象征。在古罗马神话的阿摩耳（爱神）和普绪德（灵魂）的故事中，阿摩耳就以蛇的形态夜访普绪德。《格林童话》中也有相关故事。在《三片蛇叶》里，一少年公主重病而死，后被丈夫用蛇叶救活。但公主以后似被蛇精缠身，先对船夫产生爱情，后又伙同船夫谋害丈夫。赫尔曼·格林笔下的蛇精，虽已隐去了丑陋的外形，即抑制了兽性，显示了人性，但这显然不足以让男主人公战胜那几乎是与生俱来的对蛇的本能的恐惧。

格林这部叙事诗中，象征的手法不仅仅运用在蛇的形象上。根据人们的一般认识，蛇是水生动物。男主人公对妻子的查验也由此开始：让她摄入过多的盐，以激起她对水的渴求。水在这里显然是生命源泉的象征。而那个陌生人的警告，即蛇在 7 年后将吸尽他全身的血，无疑也与此有关。最后，男主人公把妻子推进面包炉，以火治水，也不乏象征的意味。以上这些象征，都具有文化背景的深层含义，这在中国原作中阙如。

这篇中国"蛇女"的故事，继续影响到 19 世纪另一位德语文学大家、有"瑞士的歌德"之誉的凯勒（Gottfried Keller，1819—1890）。他在 1860 年也写成一部叙事歌谣，题为《查莫尼克斯的药师》，当时没有发表。第二个版本发表在他 1883 年的《诗歌集》中。

故事讲查莫尼克斯的药师蒂图斯恋上了迷人的南方女子罗莎罗勒。蒂图斯热衷于打猎，而罗莎罗勒是个疯狂追求享乐的女子。歌谣这样开头：

凯勒

*在查莫尼克斯山谷／生活着一对结合的情侣，／他们非常相爱，／爱又被爱。／／*

*他们称自己为结合者，／因为他们为所欲为，／不去考虑后果，／只是沉溺于激情。*

*／／……／她，漂亮的罗莎罗勒，／出生于遥远的地中海，／为陌生民族，／做服装和*

*手套生意。／／他，英俊潇洒的蒂图斯，／经营一片小药铺，／后面小屋中一个侏儒，*

*／酿造香精研制药粉。／／蒂图斯还是猎手，／所以他喜欢发明，／喜欢侏儒为他准备*

*的／那灵便的火棉。*[1]

1.Gottfried Keller：*Sämtliche Werke in acht Bänden.* Bd.II, Berlin 1958, S.419—420.

但蒂图斯同时又爱上了纯真的养蜂姑娘克拉拉。一天睡梦里，他在罗莎罗勒的枕边泄露了隐秘。罗莎罗勒心生妒情，难以抑制。她谎称自己父亲需要，从蒂图斯那里骗来火棉，塞进一条为蒂图斯编织的蛇形围巾。主人公由爱生恨，最后导致悲剧。一天，蒂图斯在迷雾茫茫的清晨打猎时，误把罗莎罗勒当作山羊射入深渊，而猎枪迸出的火星，同时引燃了自己脖子上那塞满火棉的蛇形围巾。爆炸声中："他双重地走向毁灭，／双倍地走向坟墓；／上空是他流血的心在颤抖，／深处是他的头颅死去！"[2]

2.Gottfried Keller：*Sämtliche Werke in acht Bänden.* Bd.II, Berlin 1958, S.444.

凯勒在其作品中，没有像格林那样点明女主人公的真实面貌，但诗句中多处描写带有对蛇的暗示："她把网眼／织成蛇形，／……／当漂亮的彩巾完工，／她拿出火棉。／／又白又轻又柔软／塞入围巾，／圆圆滚滚细针密缝／像条蟒蛇闪闪发亮。"[3]

3.Gottfried Keller：*Sämtliche Werke in acht Bänden.* Bd.II, Berlin 1958, S.432.

罗莎罗勒知道自己被欺骗后，不动声色，只是等蒂图斯外出时，把蛇巾围上他的脖子：

*罗莎罗勒看到，／知道，死亡之蛇／伺伏在他颈项上，／静候火星。／／她自己就*

*像这条蛇，／以全部的魅力，／以仇恨中复归的爱火／温暖蒂图斯。*[4]

4.Gottfried Keller：*Sämtliche Werke in acht Bänden.* Bd.II, Berlin 1958, S.433.

如蛇的罗莎罗勒虽然没遇到镇蛇的对头，但最终还是被误作兽类打死。这时，对她蛇性的暗示再次出现："这时火蛇先是吱吱作响／然后怒吼一声／飞入空中，在天穹中飞翔的／是可怜的蒂图斯的头颅。"[5]

5.Gottfried Keller：*Sämtliche Werke in acht Bänden.* Bd.II, Berlin 1958, S.444.

关于凯勒这部作品的题材来源，在凯勒作品的注解中，就已有这样的文字：在 1848 年的一份《飞翔报》中，有一份讣告，说有人"无意中把火棉当作一般的棉花塞进耳朵，走进自己那温度过高的办公室时死去，因为火棉爆炸并且将他的脑袋一下炸飞"[6]。

6.Kellers Werke, hg. Max Nußberger, 5.Bd. [Leipzig: Bibliographisches Institut, o.J.] S.245—246. 另参见 Ingrid Schuster：*Die Schlangenfrau：*

倘若这的确与《查莫尼克斯的药师》有关，这仅仅涉及"火棉"母题。而作品中"蛇女"

*Variationen eines chinesischen Motivs bei Herman Grimm und Gottfried Keller.* In：*Seminar* 18 (1982), S.59.

母题的采用，极可能受格林以上作品的启发。前引凯勒对海泽及德国格林的评论，足以表示，凯勒对格林创作的关注。另外，凯勒在柏林逗留期间（1850—1855），似与格林出入同一社交圈。当然，更能说明问题的还是作品本身。

　　凯勒和格林在他们的作品中，都处理了蛇的母题，并分别塑造了与此相关的两个执着追求爱情的女子。与格林相比，凯勒作品中缺少变形的情节，因而他笔下的罗莎罗勒不能算真正的"蛇女"。但诗作中种种暗示和比喻，已使她具备了足够的蛇性。此外，两个女子所爱对象的命运也基本相同。格林笔下的小伙子烧死妻子导致了自己的毁灭，凯勒诗中的男子枪杀爱人后也引爆了自己。他们的结局都是由对方——两位"蛇女"，对他们背叛爱情的报复所规定的。这些题材上的惊人相似，无疑使人有理由对这两部作品做渊源影响上的研究。

　　至于凯勒作品是否与中国的白蛇故事有直接关系，较难断定。但是，中国故事中男主人公的职业，在西文中常被译为"药师"，而凯勒笔下的蒂图斯正是这样一个药师，也许并非偶然。凯勒本人生前对中国文学并不陌生，也有文字为证。舒斯特尔在其关于这个题目的文章中，曾引他在 1854 年 7 月 26 日给友人的一封信。其中有："就是人们一直称之为时新的、诗意的人间痛苦，也不是新的；倘若是美的，这早在中国诗歌中以一切今日的手段完全得到了表达：自然风景的情调，小巧可爱的噱头，如此等等。"[1]

1. 参见 Ingrid Schuster: *Die Schlangenfrau: Variationen eines chinesischen Motivs bei Herman Grimm und Gottfried Keller*. In: Seminar 18 (1982), S.60.

# 三、　冯塔纳《艾菲·布里斯特》中的中国异者

　　德国 19 世纪现实主义文学的最杰出代表冯塔纳（Theodor Fontane, 1819—1898），著作颇丰。其中最负盛名者，应是长篇小说《艾菲·布里斯特》（1895）。小说讲贵族小姐艾菲，遵父母之命，嫁给母亲旧日情人，男爵殷士台顿。丈夫热心功名，艾菲寂寞之余，受丈夫之友少校克拉姆巴斯勾引。多年后东窗事发，殷士台顿决斗中打死情敌，然后休妻。艾菲众叛亲离，独居异地，身患重病后获准返回娘家，不久去世。整个故事似与中国无涉，但细读之下，可发现与中国有关的玄机。

　　小说众多人物中有一个中国人，但是个没有真正露面的中国人。他第一次出现在这样的语

境中：那时，艾菲与丈夫度完蜜月后回家。途中，为了激起新婚妻子对新生活的渴望，殷士台顿不无夸张地介绍自己的家乡凯辛。艾菲兴致盎然，接口应答："我说，这是一个完全崭新的世界。这儿也许可以找到一个黑人，或者一个土耳其人，也许甚至可以找到一个中国人。"[1]

1. 韩世钟译：《艾菲·布里斯特》，第 52 页，上海：上海译文出版社，1980 年版。

她的随意之言，引起丈夫的热情反应：

> 也可以找到一个中国人，你猜得真对呀。我们完全有可能真的找到一个。不过，我们那儿从前有过一个；现在他已经死了，人们把他埋在公墓旁的一小块用栅栏围起来的土地里。[2]

2. 韩世钟译：《艾菲·布里斯特》，第 52—53 页，上海：上海译文出版社，1980 年版。

艾菲万没料到，自己的打趣竟成现实，而且，这是个死人。她心生恐惧："我不想在睡梦中看见一个中国人走到我的床前来。"因为，"什么一个中国人，我认为，这总有点儿叫人害怕"。[3]

3. 韩世钟译：《艾菲·布里斯特》，第 53 页，上海：上海译文出版社，1980 年版。

如果这个中国人随着这次旅行的结束而消失，尚可视为纯属谈资而搁置一旁。但这个早已作古的中国人，却跟着艾菲来到她的新居。这显然属于小说情节的刻意安排了。

艾菲在新居的一间空房里发现："一张椅子的靠背上贴着一张只有半个手指长的图片。图片上有个中国人，蓝上装，黄色灯笼裤，头上戴个平顶帽。"她问："这个中国人贴在这儿干什么？"丈夫解释说，这可能是女仆闹着玩贴的，"这是从一本启蒙读物上剪下来的图片"。[4]

4. 韩世钟译：《艾菲·布里斯特》，第 72 页，上海：上海译文出版社，1980 年版。

这张从尺寸大小到粘贴位置都显得不伦不类的图片，似乎就是墓地中那个中国人的化身，使艾菲整日里心神不宁。她梳妆完后想着他，晚上做梦见到他。[5]年少的艾菲恳求丈夫赶快搬家，

5. 韩世钟译：《艾菲·布里斯特》，第 73、91 页，上海：上海译文出版社，1980 年版。

以避鬼魅。但丈夫以这会影响他的仕途，一口拒绝：

> 我不能让这儿城里的人说长道短，什么县长殷士台顿所以要把房子让掉，是因为他的太太看见贴在椅子靠背上的小个子中国人像鬼魂那样地在她床边磨磨蹭蹭。如果人们这样议论纷纷，那我的名声也就完了，艾菲。[6]

6. 韩世钟译：《艾菲·布里斯特》，第 97 页，上海：上海译文出版社，1980 年版。

一个偶然的机会，使艾菲同丈夫真的路过那个中国人的墓地。她催促丈夫对她讲这个中国人的故事，说："只要我一天不知道底细，尽管你好话连篇，可我总是胡思乱想，不得安宁。请你把实情告诉我。实情不会像胡思乱想那么折腾我。"[7]

7. 韩世钟译：《艾菲·布里斯特》，第 102 页，上海：上海译文出版社，1980 年版。

艾菲的理由不可谓不充足，殷士台顿只好把自己所知和盘托出。原来这个中国人还真的和他们有关，确切地说和他们现在的住房有关。这栋房子原属一个叫托姆森的船长。他年轻时航

行于上海和新加坡之间，退休后来到凯辛，安度晚年。同行中有个年约20的女子，名叫尼娜，还有一个中国仆人。他后来成了船长的朋友。数年后的一个晚上，老船长为尼娜和另一位年轻的船长举行婚礼。新娘当晚失踪。14天后，那个中国人殉情而死。

艾菲听后深为所动，在给父母的信中，详细复述这个故事。此后一段时间，似乎实情真的代替了胡思乱想，她心境渐趋平静。可惜好景不长。一天，她与少校克拉姆巴斯一起出游，再次经过中国人的墓地，引起她心底里这个中国鬼的复活。狡猾的少校说这是殷士台顿为了整治艾菲而故意弄出来的鬼，动摇了艾菲对丈夫的信任。直到最后，艾菲被休，独居柏林，与忠实的女仆罗丝维塔见面时，话题还是"中国人显灵的情景"[1]。

1. 韩世钟译：《艾菲·布里斯特》，第336页，上海：上海译文出版社，1980年版。

总体来说，这个中国人出现在整部小说36章的24章中，犹如一个引导母题，贯穿全书。冯塔纳本人也早在小说发表的当年，在给瑞士诗人维特曼（Joseph Viktor Widmann）的信中这样说：

> 您是第一位注意这栋闹鬼房子和中国人的人，我不懂，怎么可以对此视而不见。
>
> 至少我认为，这个幽灵首先就其本身而言是有趣的。其次，如您所强调的，事情并非
>
> 仅为打趣存在，而是整个故事的转折点。[2]

2. Ulrike Rainer: *Effi Briest und das Motiv des Chinesen: Rolle und Darstellung in Fontanes Roman*. In: *Zeitschrift für deutsche Philologie*, 101(1982), S.546.

冯塔纳在此强调了这个中国人在小说中的作用，但没进一步说明这人物形象的具体含义。这在研究者中引出多方猜测和讨论。有人说，这个中国人是殷士台顿企图控制艾菲的工具[3]；

3. 参见 Peter Utz, *Effi Briest: der Chinese und der Imperialismus: eine Geschichte "im geschichtlichen Kontext"*, In: *Zeitschrift für deutsche Philologie*, 103(1984), S.219.

有人说，这是"对主要情节悲剧性结尾富有命运的预示"[4]；另有人认为，这是"性"或"爱"的象征，因为他作为幽灵第一次出现，是在殷士台顿由于公务在外过夜，而艾菲婚后首次独守

4. 参见 Ulrike Rainer: *Effi Briest und das Motiv des Chinesen: Rolle und Darstellung in Fontanes Roman*. In: *Zeitschrift für deutsche Philologie*, 101(1982), S.548.

空房的夜晚[5]；也有人感到这象征着艾菲本人，因为她最后同这个中国人一样被埋在教区公墓

5. 参见 Ingrid Schuster: *Exotik als Chiffre: Zum Chinesen in "Effi Briest"*. In: *Wirkendes Wort*, 33(1983), S.118.

之外[6]。众说纷纭，莫衷一是。所以有人索性认为，对于这个中国人的合适解读，倾向于没有

6. 参见 Ulrike Rainer: *Effi Briest und das Motiv des Chinesen: Rolle und Darstellung in Fontanes Roman*. In: *Zeitschrift für deutsche Philologie*, 101(1982), S.550.

穷尽。[7]不言而喻，鬼的故事天生寓意含糊，包容力极强，有着丰富的符号和象征意义。文学

7. Peter Demetz: *Formen des Realismus. Theodor Fontane*. München 1964, S.205.

作品中一旦引入鬼的母题，不免会暗含象征、影射、讽喻等各种意味，并引起阐释的困难与歧义。

但任何创作，都受制于一定的历史时代环境。我们在此仅从这个角度出发，看冯塔纳是如何塑造并评价中国人形象的。

对19世纪德国文学中的中国观作一概括可以发现，批评与否定的态度居多。但社会历史发展的扩展与加速，使越来越多的人感受到在遥远的东方中国的存在。也就是说，黑头发、黄

皮肤的中国人越来越多地渗入德国人的意识，成为他们世界知识的重要部分。冯塔纳笔下的中国人，是由一个远洋船长带回德国的，颇具现代文明的意义。

对这个见多识广的老船长来说，中国人大概已不算新奇，但对普通百姓呢？我们回忆一下小说中那个中国人首次被提时的情形。这在上引殷士台顿与艾菲度完蜜月返家途中的对话里，就有描绘。中国人是被与黑人、土耳其人放在一起，作为一种"异者"出现的。这体现了人们对异国情调及新环境的追求。但这位贵族小姐患的是"叶公好龙"的毛病。当她听丈夫说，真有那么一个中国人存在，而且业已作古时，心生怯意，而原因是偏见："作为一个中国人，我认为，这总有点儿叫人害怕。"

但这不是艾菲个人的责任，而源于当时流行的偏见。小说另一情节说明这点。那个被老船长从海外带回家的中国人死后，人们拒绝将他埋在教区墓地。牧师特里佩尔为他打抱不平，却由此遭世人白眼。殷士台顿就对艾菲说："幸而牧师不久就死了，不然的话，恐怕他连牧师的职位也要丢掉。"[1]

1. 韩世钟译：《艾菲·布里斯特》，第104页，上海：上海译文出版社，1980年版。

冯塔纳不仅让艾菲住进了那栋中国人住过的房子，还让女仆有意无意地在椅背，而不是正大光明地在墙上，贴上一张来历不明的中国人画片，让它扰乱艾菲的心境。由人变鬼已是不善，缠住一个新婚少妇更属不端。特别是随后的情节，当艾菲来到柏林，深为自己能够摆脱少校而感到庆幸时，突然得知，女仆约翰娜鬼使神差般地把椅背上的"中国人"放在钱包里，从凯辛带到了柏林。知道"烧了也没用"，她几乎绝望了。还是丈夫道出她的心思："你要罗丝维塔去买一幅圣像也放在钱包里，是不是这样？"[2]

2. 韩世钟译：《艾菲·布里斯特》，第264页，上海：上海译文出版社，1980年版。

以正压邪，以圣像治中国人画像，确是作者独出心裁的安排。叙述至此，一种对中国人的否定立场已十分清楚。这客观地反映了那个时代德国社会及文坛的中国气候。事实上，在那种不敢大胆地爱，没有勇气与情人私奔，而是独自殉情的中国人举动中，不也透露出人们的某种中国观。

但冯塔纳不愧为有社会批判视野的作家。针对这类种族偏见，他在小说中也让牧师特里佩尔说出下面的话："这个中国人是个非常好的人，跟别人一样好。"[3] 而作者对中国乃至对人

3. 韩世钟译：《艾菲·布里斯特》，第104页，上海：上海译文出版社，1980年版。

类其他民族的基本看法，似乎是通过女仆罗丝维塔道出的："中国人也是人嘛，可能他们那儿

4. 韩世钟译：《艾菲·布里斯特》，第220页，上海：上海译文出版社，1980年版。

的一切跟咱们的全一样。"[4]

罗丝维塔是艾菲一朝失足、遭人所弃后唯一对她忠诚不二的仆人和女友。当她们在柏林重逢时，艾菲最后一次提到了那个中国人："你还记得当时中国人显灵的情景吗？那真是幸福的时刻呀。我当时以为是不幸的时刻，因为我那时还不懂得人生的艰辛呀。从这以后，我才认识到了。啊，鬼魂远不是最坏的东西！"[1]

1. 韩世钟译：《艾菲·布里斯特》，第 336 页，上海：上海译文出版社，1980 年版。

艾菲这里所说的时刻，是她尚未认识克拉姆巴斯、还相信鬼魂的时刻。是克拉姆巴斯让她一时不再敬畏鬼神、信服丈夫，成了一个"有罪"的妇人，并由此饱尝人世的艰辛。而这远比幻想的恐怖来得可怕。中国人经过这一番变故后，由陌生骇人而变得可亲可近，最后竟成了一种往日未被理解的幸福的标志。

细读《艾菲·布里斯特》，还会注意到另一与中国有关的母题：中国龙。它最先也出现在殷士台顿对凯辛的介绍中，同样是为了引起艾菲对新家的兴趣。他说："如果早上的太阳特别明亮，那么你在那样的日子里可以看到欧洲各国的旗帜在屋顶上空飘扬，此外，还有美国的星条旗和中国的龙旗。"[2]

2. 韩世钟译：《艾菲·布里斯特》，第 68 页，上海：上海译文出版社，1980 年版。

接着，在艾菲女儿受洗仪式上，一个叫博尔克的老先生，在吹捧了普鲁士后扬言："嗯，我的朋友们，咱们依靠波美尼亚的勃兰登堡，就能镇压和踩烂毒汁四溅的革命巨龙的首级。"[3]

3. 韩世钟译：《艾菲·布里斯特》，第 144 页，上海：上海译文出版社，1980 年版。

书中数页后，殷士台顿与克拉姆巴斯谈到死亡。殷士台顿再次说道："如果您不想在大土耳其那儿或者在中国巨龙的旗帜下干差使，那要喋血沙场会有它的困难。"[4]

4. 韩世钟译：《艾菲·布里斯特》，第 154 页，上海：上海译文出版社，1980 年版。

以上引文中"革命巨龙的首级"，单独看有些费解，但将它与前后两段引文放在一起，其所指就一目了然。它指的还是"中国的龙旗"。

冯塔纳在这里反映了中德关系史上的一个剖面。19 世纪下半叶起，德国迎头赶上英、法等工业大国，同样致力于海外扩张，先在非洲，然后又在亚洲和拉丁美洲建立殖民地。1861 年中德贸易协定签署，1868 年，清政府也向包括德国在内的欧洲诸国派出第一个外交使团。使团专列上扬起了黄底、蓝边、带有一条飞龙的中国国旗，穿越欧洲大陆。正如德国著名英雄史诗《尼伯龙人之歌》中战胜巨龙被视为一种英雄行为，战胜中国这条巨龙，无疑也被德国殖民主义者视为一种天职。冯塔纳的小说完成于 1890 年。那时，还未到德帝国主义侵占胶州湾、镇压义和团及进军北京的时刻，而以上博尔克的话，则预示着这一时代的到来。就此而言，现实主义小说的名篇《艾菲·布里斯特》，不仅真实地反映了当时中德关系史的历史事实，而且简直具有对这一历史发展之预言的意味。这是文学家较之于历史学家的另一长处。

　　当然，博尔克这个老迈之人只能在远离战场的德国本土嘴上威风，真让他荷枪实弹地去中国逞强，恐怕已力不从心。而这点，一位著名通俗小说家，在几部冒险小说中替他做到了。此人名叫卡尔·迈。

# 四、　通俗小说家卡尔·迈的创作与中国的关系

　　卡尔·迈（Karl May，1842—1912）是德国 19 世纪末 20 世纪初的畅销书作家，对那个时代乃至以后几代德国青年，产生过巨大影响。在这方面，至今似乎无人能比。这是德国阅读史上的一个大题目。他的众多冒险小说中，也有几部与中国有关。它们既反映出当时德国文坛的中国形象，同时也对这类形象在德国的继续流传，作用非常。他 1880 年出版的小说《江路》（Kiang-lu）这么开头：

　　　　东方最迷人的国度，巨大的地龙，它把自己齿形尾巴放入深深的世界海洋，一个翅膀击入西伯利亚的冰天雪地，另一个翅膀击入印度洋那瘴气腾腾的热带丛林。它被呼啸的台风刮上海岸，越过咆哮的江河、广阔的湖泊，越过高山、低谷，朝西抬起躯体，又把脑袋伸上崇山峻岭的至高点……我是否敢走近你，用我那野蛮人的双眼承受你敌对的恶意目光？[1]

1.Erwin Koppen: *Karl May und China*. In: *Jahrbuch der Karl-May-Gesellschaft 1986*、S.70. 德国学者科斯齐乌斯克（Bernhard Kosciuszko）在其文章《幻觉或者信息？卡尔·迈作品中的中国》（*Illusion oder Information? China im Werk Karl Mays*, In: *Jahrbuch der Kral-May-Gesellschaft 1988*, S.322—333）中，也以这段话开头。他对比了那个时代西方有关中国的地图，设定某些条件后得出结论，那时中国的版图，看上去确实像一条展翅的巨龙。

中国在这里被形象地描绘成一条骇人的巨龙，而小说主人公亨利－斯图策则大胆踏上龙体，和他的同伴船长图尔奈斯蒂克一起开始了"降龙"的冒险。他们的主要对头，就是小说题名人物江路，一个中国的海盗头目。故事主要情节不脱离冒险小说的一般模式：英雄和强盗的纷争。其中有被俘、脱逃，最后是恶人落入深渊，英雄凯旋而归。其中有个故事情节尤其引人瞩目。这位日耳曼英雄不仅身高体壮，道德高尚，居然还通晓汉语。一次偶然的机会，他解救了一个叫孔尼（Kong-ni）的中国人。后者帮助他参加科举考试。而孔尼的父亲，为了报答他对儿子的救命之恩，不仅帮助他顺利旅行，而且作为考官，在批阅这个德国人的考卷时，大开绿灯。

亨利－斯图策最后竟然儒服挂辫，时而扮作达官贵人，时而扮作强盗头目，在中国大地上左右逢源，通行无阻。

小说中，紧接着前面的引文，又有下面的文字：

地球上最伟大的民族，它自称为中华（Tschung-hoa）。允许我这条微不足道的小虫，停留在这朵花的一个花瓣上，吮吸她纯洁的芬芳？神圣和万能的天子脚下，尘土中跪拜着四万万人民。你能允许我把自己肮脏的脚踏上你地毯的一角？

诗意浓郁的言语中不乏对中国的赞叹。作家真的觉得中国如此美丽，民族如此伟大？请看下面几段小说引文：

我们一起在中国的城市街道上散步，街道大都很脏，臭气弥漫。我们看见狭窄昏暗的小街小巷，里面是看上去让人不怎么舒服的人挤来挤去，还有小竹楼。下面敞开的一层大多用做店铺，后面是几间阴暗的屋子和一道窄小楼梯，直引向上。楼上是稍稍前突的卧室。商店正面全部敞开，人们可以一眼看到里面的家庭生活。

这儿可以看见一个鞋匠在做缎面鞋子，鞋后跟用一种非常牢固的毛毡做成；那儿是一个画匠在画小瓷杯，多层的釉彩要整整一年才会干透。边上是一家钱庄，老板非常精通算盘（Suan-pan），想不被他欺骗得格外小心。

和尚——这就是一个和尚，这说明了一切。他全部的教育就是知道死板的祭奠仪式。我觉得自己先前对他的看法得到了证实。那时他把两个偏神解释为菩萨（Phu-sa）和阿弥陀（O-mi-to）。他竟然不知道自己跪拜的人物究竟姓甚名谁。和尚总的来说是最无知的人……

中国人以狡诈和诡计多端而不是以体力出众而著称；他们喜欢吹牛，但马上就会被精神抖擞和性格刚强所吓倒。

然后我们离开小轮船，让人用小木船把我们渡上岸。马上就有一群密探和其他凶神恶魔扑向我们。一个人向我们大吼大叫，像是要把我们的鼓膜震破；另一个人抓住我们的手臂；第三个人把我们朝着他想要我们去的方向用力一推；第四个人举起一张几乎方米大的纸牌，上面有用巨大的字母写着他不会说的话；第五个人像一条泥鳅般地在这许多胳膊大腿间窜来窜去，递给我们一条哈达（Khata），用这在西藏和蒙古

*流行的礼貌方式让我们成为他的祭品；第六个人举起手臂，张开十指，用他那斜眼、*

*塌鼻子和宽大无牙的嘴巴做着不可思议的鬼脸，让我们通过他的哑剧表演，猜测他想*

*对我们说什么。*[1]

1.Erwin Koppen: *Karl May und China*. In: *Jahrbuch der Karl-May-Gesellschaft 1986*, S.74.

　　归拢这些引文的德国比较文学家科本强调，以上这类文字在小说中不胜枚举，因而不是出自恶意的选择，而是想提供一个躺在自己的文明中伸懒腰的欧洲人的中国印象。中国是历史悠久，广袤无边，但又肮脏落后，尚未开化。中国人只是一群乌合之众。这就是卡尔·迈笔下那个欧洲征服者踏上中国土地后的感受。

　　小说中的中国人不仅肮脏丑陋，而且体质羸弱。所以，不仅小说主人公亨利 - 斯图策及其同伴图尔奈斯蒂克可以对中国人大打出手，甚至一个荷兰女人在这类打斗中也占尽便宜。当这些欧洲英雄们最后一次脱身于江路的监禁后，这个中国强盗头子战战兢兢地问："你们是神还是人？"他得到的回答是："是人，不过是比你更好更聪明的人。"种族主义或殖民主义的优越感在此暴露无疑。

　　如果说，《江路》中的德国英雄踏在龙背上耍尽威风，那么，卡尔·迈的另一部小说《红蓝色的玛土撒拉》（1892）中的主人公德根费尔德，则径直展开了一场"反对龙、蝾螈和中国人"[2]的战斗。他和他的同伴们捕获的一条中国海盗船，船名就叫"海龙"。

2. 引自 Peter Utz, Effi Briest: der Chinese und der Imperialisus: Eine "Geschichte" im geschichtlich Kontext. In: Zeitschrift für deutsche Philologie, 103, 1982, S.223.

　　德根费尔德是个游手好闲的德国大学生。他身家富有、行侠仗义，决定和女房东的儿子一起闯荡中国，一是为了寻找这个年轻人的叔叔；二是帮助一个因太平天国运动流亡到德国的中国茶商叶金李，寻找他的亲属和在中国的财产。小说故事发生在 1874 年，即太平天国失败后10 年。他们从香港进入广州，深入内地，同样经历了被捕、脱逃、除恶扬善、扶贫助弱等过程，最后找到了年轻人有钱的叔叔及叶金李的一个个亲属，挖出了他深埋的财宝。

　　对作品的主角，这些欧洲冒险家来说，中国人虽然不是个个不可信服，但总体特征令人厌恶："在未受教育的中国人低劣的性格中，除了懦弱是残酷。他能把一只鸡活生生地拔去羽毛，入火熏烤……待人他也这样冷酷无情……"中国是个文化古国，这点作者并不否认，但是："这种文化如此老迈，老态龙钟：血管硬化，神经麻木；身体萎缩，灵魂干枯。"[3]

3.Ingrid Schuster: *Vorbild und Zerrbilder: China und Japan im Spiegel der deutschen Literatur 1773—1890*. Verlag Peterlang, Bern 1988, S.57.

　　可以说，卡尔·迈的中国小说大多是那个时代流行偏见的大杂烩，但时而也涉及到某些真实的历史事件，比如上述那位因太平天国运动而流亡德国的中国茶商。另一部涉及现实历史的小说是《黑色野马》（1897），通过对美国西部修筑铁路的华工的描述，揭开 19 世纪美国历史上贩卖黑奴后的罪恶一页：从中国掠夺廉价劳动力。不过，小说中并无对中国苦力的同情或怜悯，有的只是对中国人的贬抑与否定。小说中，不仅对主持正义的白人骑士，而且对白种工人乃至对印第安人来说，华人都是可鄙可恶的，因为他们有着卑鄙、懦弱、偷盗等种种恶习。小说中有这么一个情节：一个科曼契人头领由于背信弃义给白人骑士抓住。作为惩罚，他们给他安上从两个犯偷盗罪的中国人头上剪下的辫子。而对这个科曼契头领来说，没有比接触中国人的头发更加耻辱了。因为在他心目中，中国人的头发是"黄狗的垃圾"[1]。

1. 引自 Erwin Koppen: Karl May und China. In: Jahrbuch der Karl-May-Gesellschaft 1986, S.80.

就此，卡尔·迈作品中对中国人的攻击似已达到顶峰。这种有哗众取宠之嫌的描述或许给他带来了更多的读者，但无疑也给他以后造成了一些麻烦。因为，在此之后，他在政治上有过一个突兀的转变。他开始抛弃自己那为殖民主义扩张和帝国主义侵略推波助澜的做法，转而鼓吹起人类及世界和平。这方面的代表作之一是小说《大地和平》，1901 年被收入《中国——生活和历史的描述，战争和胜利》一书。小说中，他设计了自己建立在爱和宽容之上的人类兄弟和睦思想，并力图补偿自己对中国文字上的不敬。他说："只有不认识我们所赖以生存的精神土壤的人，才会讲'黄种人老态龙钟'。"在小说另一处，他还试图对造成这类中国偏见的社会历史背景进行分析："从童年开始，关于中国人，人们通过国民学校或中等学校所听到的，无非讲中国人奇异乖戾。世界史早就对他们发出可笑的咒骂。"[2]

2.Erwin Koppen: Karl May und China. In: Jahrbuch der Karl-May-Gesellschaft 1986, S.81.

卡尔·迈出生于一纺织工人家庭，当过小学教师，后因一念之差犯偷盗罪后被判入狱。7 年半刑满释放后，或是为了维持生计，或是想重返社会，他呈示才情，开始了异常勤奋的创作活动。他写下 60 多部小说、游记，其笔下的主人公，忽而驰骋于阿拉伯沙漠，忽而游侠于美国西部；或在异邦寻觅宝物，或在他国搭救亲友，光怪陆离，充满异国情调。涉及到上述所谓的中国小说，其中也不乏对中国医学、饮食、货币、佛像、丧葬仪式、艺术门类中包括音乐、木刻等的描述，也有对中国的礼仪、法律、考试制度、地理概况、时间计算、祖先崇拜乃至女人小脚的描写。

他去过包括中国在内的这些国家吗？有人说他曾"去东方国家和美国旅行"[3]，也有人说他"从

3. 参见《德国文学词典》，第 200 页，上海：上海辞书出版社，1991 年版。

未到过德国以外的任何地方去旅行"[4]。对此可能有待进一步考证。但有趣的是，1898 年 10 月，

4. 参见《简明不列颠百科全书》，第 5 卷，第 671 页，北京：中国大百科全书出版社，1986 年版。

据说他曾要求在一地址簿中，在自己名字前补上博士头衔。理由是，他曾长期逗留中国，并且

"取得一个相当于或高于博士学位的头衔"。《卡尔·迈与中国》一文的作者科本先生作注："这显然是对《江路》的一种回忆。众所周知，在这部小说里那个第一人称的叙述者曾通过一次科举考试。"[1]

1.Erwin Koppen：Karl May und China. In：Jahrbuch der Karl-May-Gesellschaft 1986，S.82.

其实，卡尔·迈的中国知识其来有自。另一位德国学者科斯齐乌斯克在其长文《幻觉或者信息？卡尔·迈作品中的中国》中，掘发出两部当时有关中国的书籍。一是法国传教士古伯察的《1844、1845 和 1846 年在鞑靼、西藏与中国旅行记》（1850）（有 1865 年莱比锡德译本）[2]，二

2.Bernhard Kosciuszko：Illusion oder Information? China im Werk Karl Mays. In：Jahrbuch der Kral-May-Gesellschaft 1988，1989.

是德国人威廉·海涅的《受美国政府委派的，1853、1854 和 1855 年在 M.C. 佩里指挥下在艾斯卡德（Escadre）远征号上去日本的环球旅行》（莱比锡 1856 年版）。通过仔细对照，他基本确定了卡尔·迈的所谓中国知识，主要来自在西方殖民主义扩张背景下产生的这两部著作。

# 五、 道滕代的"中国"小说

道滕代

19 世纪末到 20 世纪初，在德国现实主义文学达其高峰的同时，另一文学运动已崭露头角，这是印象主义文学。而中国在这一文学流派中继续发生影响，范例之一是作家道滕代（Max Deuthendey，1867—1918）。他早年协助父亲经营照相馆，后学绘画，1891 年举家迁往大都市柏林。从青年时代起，他就对陌生事物持有浓厚兴趣，并热衷旅游。1892 年，他在慕尼黑接触与佛教有牵连的通神学，1894 年

去弥漫着东西方各种知识的欧洲大都市伦敦，都给他以后的创作思想打下烙印。1896年父亲去世，给他留下一笔遗产，道滕代决定移居墨西哥，和朋友们一起，建立一个艺术家营地。这项事业的尝试次年就付诸实践，但失败于无法克服的异者感觉，1897年末，他重返德国。但对于异国的向往，一直伴随着他以后的生命。尤其在1905年到1906年间，他首次完成了自己世界旅行的夙愿：漫游印度、缅甸、日本和中国。东亚的文化给他留下深刻印象。但他似乎没如常人那样，以日记形式固定自己的所见所闻，而是每到一处，往家里邮寄明信片，理由是："它们用新鲜的印象写下，将来对我的工作很重要。"[1] 此外，他还买了许多"便

1.Ingrid Schuster: China und Japan in der deutschen Literatur 1890—1925. Francke Verlag Bern und München 1977, S.69—70.

宜的小玩意儿，小神像，彩色项链，手帕和木制玩具"，因为，"我如果回家，需要它们帮助进行创作"。[2] 道滕代早年曾习绘画，所以他还借助绘画记录下自己的印象。1906年4月25日，

2.Ingrid Schuster: China und Japan in der deutschen Literatur 1890—1925. Francke Verlag Bern und München 1977, S.70.

他在给妻子的信中说："我在船上旅行时画了3幅画。广东的一家商店，上海的一个满大人俱乐部和长崎一座带樱桃花园的房子。"[3] 也许，就是以上这种印象派诗人的录事方法以及这些画，

3.Ingrid Schuste: China und Japan in der deutschen Literatur 1890—1925. Francke Verlag Bern und München 1977, S.69.

帮助他后来写成3篇小说，1909年发表在他那被称为"早期现代派的实验室"[4] 的小说集《林加姆》

4.Nachwort zu Max Dauthendey: Lingam-Zwölf asiatische Novellen, Surkampf Verlag, Frankfurt am Main 1991, S.120.

中。前两篇与中国有关。

　　根据"广东的一家商店"写成的小说，名叫《未埋葬的父亲》，以广东的一条"玉石街"为背景，讲一辈子生活和工作在这里的玉石店老板海河（Hei-Hee）忽然去世，留下5个孝顺的儿子。他们为父亲定制了3个棺材：一个是银制的，一个是象牙做的，另一个是檀香木的。但他们未曾料想，死去的父亲债务缠身，留下的值钱物品，勉强只能还债，而无法支付这3个昂贵的棺材。结果是父亲无法落葬。大儿子想去日本，买回便宜的玉石回国倒卖；二儿子准备去香港，做鸦片买卖；三儿子要去上海，当外国交易所的交易员；四儿子哭着说，愿意留在家里看守棺材；五儿子也该留下，照顾店铺，变卖存有的玉石，至少挣些钱来维持日常的祭奠仪式。5个人商量停当，都没想到他们唯一的哭成泪人的妹妹。"女孩可以哭泣，男人可得行动"，这是他们轻蔑地对妹妹说的话。绝望中，妹妹拔下头上绿色的玉簪，想以此自尽。玉簪落地摔断。姑娘视之为上天让她活下去的征兆，心想："我无法像哥哥们那样，去埋葬父亲，我的生命也就没有用处。但愿我能让人埋葬父亲，因为哥哥们现在没钱！"发愿刚完，地震开始。飞扬的尘土消散后，她和自己的五个哥哥安然无恙，但父亲的尸体连同那3个棺材已被深埋地下。一个弱女子的眼泪和祈祷，强于男人的所有行动。

而根据"上海的一个官员俱乐部"所写成的小说，题为《在官员俱乐部》。故事主人公名叫雷福彻（Lei-Futsche），是上海最年轻和最受世人尊敬的官员（Mandarin，一译满大人）之一。奇特的是，他与中国皇帝同年、同月、同日和同一时刻出生。也就是说，他的星象与当政皇帝一模一样。不过，关于这点，知情的只有他本人和他的占星家朋友德坡（Te-Po）。他们当然必须保守秘密，否则，当时垂帘执政的太后，会像对待当时年轻的皇帝那样，来对付他们。故事在此显然影射的是一段真实的中国历史。某一天，雷福彻在一个非常特殊的时刻邀请朋友德坡去官员俱乐部聚会。根据观察到的星象，德坡预感不祥，但还是坐着八抬轿子赴约。席间，一个名叫米莱（Mi-Lee）的女歌手唱出一段由雷福彻写下的历史故事：一只蓝鸟飞入御花园，皇帝问太监，今天谁会死。因为蓝鸟掠过池塘，是皇家今天有人要死的征兆。太监将问题传下，经过门卫、花匠、花匠妻子。人人预感不祥，但又无法明言。皇帝试图用手绢驱走蓝鸟，但鸟儿不为所动，唱个不停。当晚太后来到，当着皇帝的面，将其 3 名宠妃投进水里，溺毙。年迈的女歌手知道，一旦她唱出这个故事，有人会遭遇不测。或是歌手，或是某个听众。当夜，占星家被街上的喧闹声惊醒：消息传来，皇帝驾崩。而他那与皇帝同时出生的朋友雷福彻，也同时去世。

两篇所谓的中国小说中，均弥漫着一种异国的宿命情调。作者尝试着从一简单的"中国"图像出发，补充以自己关于中国社会、历史、宗教[1]和文化的各种知识，营造出有着"中国情调"

1. 根据格里泽尔巴赫的解读，《未埋葬的父亲》中女儿愿望的实现，体现了佛教对内在力量的信仰。参见 Margarita Grieselberg: Spiegelungen süd-und ostasiatischer Kultur im erzählerischen Werk Max Dauthendeys. In: Zeitschrift für Kulturaustausch, Heft 3, Jahrgang 19, 1969, S.289.

的异国故事。在《未埋葬的父亲》里，儿子们设想的挣钱方式，应该也是那个时代中国社会发展的如实写照；而《在官员俱乐部》中影射的中国清王朝的那段真实历史，显然表明他从基本事实出发进行创作的立场。道滕代在《未埋葬的父亲》中，已经提到上海的证券交易所。而在《在官员俱乐部》中，更加细致地描绘了上海的街道、住房、官员的生活和礼仪习俗，乃至中国的占星术和祭奠仪式。尤其是雷福彻和德坡见面时，他们在乐声缭绕、鸦片烟味弥漫和茶香四溢的氛围中，互用诗歌唱和的情景，读之令人难忘。那是一个德国作家对一个中国都市的想象，似又未完全脱离现实的土壤。这同样表明了他严肃的创作姿态。

道滕代喜爱旅行，遍游世界的旅行影响并充实了他的创作。可以说，他的生命得益于旅行，但可惜也结束于旅行。继 1905 到 1906 年的东方之旅，1914 年他再次周游世界，恰遇第一次世界大战爆发，回国受阻，1918 年客死爪哇。

## 六、《鲍家漂亮姑娘》和《幽王的毁灭》
### ——比尔鲍姆和黑塞笔下的褒姒故事（兼及海涅）

　　道滕代虽然创作了两篇所谓的"中国小说"，但它们与中国的历史文化有关，而与严格意义上的中国文学无涉。他自己曾在《来自我漫游时代的思想财富》一文中，这样坦言："我从未研究过中国或日本文学。对这些文学我仅知道过去几年里传到我们这里的少量诗作。……我对日文或中文原文一无所知。"[1] 而在德国印象主义文学时期，确有直接受中国文学影响的德

1.Ingrid Schuster: China und Japan in der deutschen Literatur 1890—1925. Francke Verlag Bern und München 1977, S.79. 另参见Margarita

国文学名著。这就是比尔鲍姆（Otto Julius Bierbaum，1865—1910）的小说《鲍家漂亮姑娘》。

Grieselberg: Spiegelungen süd-und ostasiatischer Kultur im erzählerischen Werk Max Dauthendeys. In: Zeitschrift für Kulturaustausch, Heft 3,

　　这个中国故事在欧洲的流传史，可能也首先要追溯到对歌德与中国的文学关系产生重大影

Jahrgang 19, 1969, S.286.

响的英人托姆斯。他的英译《花笺记》附有几十首中国诗，有一首讲中国的褒姒。在附注中托姆斯介绍说：

> 褒姒是国王的一个妃子，喜听衣物撕裂声。有时皇帝为了取悦于她，令人撕碎许
> 多衣料。但褒姒依旧愁眉不展。皇帝用尽办法，未获成功，最后命令一个宫廷官员，
> 向好几个方向点燃烽火。立刻，许多骑兵从各个省份急赶而来。他们以为，反叛者要
> 进攻。到达后他们才明白，自己是一次假警报的牺牲品。他们转身回家。褒姒为此十
> 分开心。这个故事完全符合历史事实。当然，骑兵们非常不快，因为皇帝耍弄了他们。
> 以后，当京城真的面临攻击，他们拒绝再次听从警报召唤。[2]

2.Ernst Rose: Blick nach Osten-Studien zum Spätwerk Goethes und zum Chinabild in der deutschen Literatur des neunzehnten

这里讲的无疑是中国《东周列国志》中《幽王烽火戏诸侯》的故事。托姆斯的英译《花笺

Jahrhunderts. Verlag Peter Lang, Bern 1981, S.174.

记》一书1824年由英国东印度公司在澳门印行。由于当时译成西文的中国文学作品数量甚少，受到欧洲学界极大关注。关注者之一竟然是海涅。他早在1833年的《论浪漫派》中，就已讲述了这个故事。紧接着对中国"五彩斑斓的房子"外表的描述，他写道：

> 在这样一座挂着铃铛的房子里，从前曾住着一位公主，她的金莲比其余的中国女
> 人的小脚还要小，她的秀美的凤眼眨起来，比其他天朝帝国的贵妇更加妩媚温存，她
> 那小巧欢快的芳心里，窝藏着各种难以置信的情趣。她最大的乐趣，乃是把丝织金缕
> 的珍贵绸缎撕得粉碎。在她手指下撕碎绸缎时发出的哗啦声和破裂声，乐得她纵情欢

*呼，狂喜不已。最后，这种癖好耗尽了她的全部财产，她把自己所有的财物都撕碎抛*

*尽，于是根据满朝官员的进谏，把这位公主当作一个不可救药的疯女关进一座圆形的*

*塔中。*[1]

1. 孙坤荣译，见《海涅全集》，第 8 卷，第 109—110 页，石家庄：河北教育出版社，2003 年版。

海涅的叙述极富文采。就他舍去"烽火戏诸侯"，突出"喜听裂帛声"来看，他的本意不在这个中国故事本身，而是假借一中国公主的怪诞行为，批评德国浪漫派的怪诞奇异。

又隔了近半个世纪，德人阿恩特（Karl Arendt, 1838—1902）在《德国东亚自然及民族学协会通报》（1876）中，用德语直接从《东周列国志》中翻译了这个故事，使德国读者有机会完整地认识这个故事。其中之一就是比尔鲍姆。故事梗概如下：

西周末代天子周幽王昏庸奢侈，残害忠良，触怒上天，让一宫女无夫而孕，生一女孩，后被弃河上。一个褒地姒大的妻子将她收养，取名褒姒。她年仅十四，已有花月之容，倾城之貌。大臣褒珦之子洪德，把她买回献给幽王，以赎狱中的父亲。幽王宠之，冷落王后。王太子为之不平，也被放逐。王后思子心切，派一宫女之母，给儿送信，被褒姒抓获，又被幽王剑斩两段。随后，王后被打入冷宫，太子被废为庶人，褒姒被扶为后，其子被立为太子。褒姒篡位正宫，仍愁眉不展。不喜丝弦之乐，却爱裂帛之声。但仍然不启笑口。幽王下令，悬赏能使褒姒一展笑颜者。有人献计，夜举烽火，戏耍诸侯。幽王采纳此计。看着匆匆赶来救驾的诸侯面面相觑，拨转马头，褒姒终于抚掌大笑。不久，犬戎来犯。烽火再举，无人响应。幽王被杀，褒姒被俘受辱后自缢。

《德国东亚自然及民族学协会通报》当年发行于日本横滨，那时现代航空业尚未发展，日本和德国相隔甚远。比尔鲍姆如何会知晓这个故事？

比尔鲍姆出生于西里西亚的格吕恩贝格一个糕点师家庭，从小家境困难，但中学毕业后，并未选择一门与改善实际生活更有关系的专业学习。他先在苏黎士学习俄语，在莱比锡完成兵役后，迁居慕尼黑，作为记者谋生，同时在历史系注册听课。1888 年，他前往柏林，因为有意进入外交界，他进入新成立的东方语言系学习。他最初想学波斯语，"但是帝国，当时在俾斯麦领导下已考虑在中国扩张德国的影响力，也需要中国人，我就这样进入汉语班"[2]。而他的汉

2. Yun-Mu Liu: *Otto Julius Bierbaum und China*. Bonn, Dissertation, 1994, S.12.

语老师，就是曾翻译中国的褒姒故事的阿恩特。他曾是一名德国外交家和汉学家，1867 年来华，先任驻天津领事，后为德国使馆翻译，1887 年辞使馆职，随即在柏林东方语言学院任汉语教师，直到 1902 年去世。不过，比尔鲍姆并未跟随老师完成学业，不久就由于家庭经济所迫，返回慕

尼黑，重新以记者身份谋生，兼及文学创作。但短暂的汉语学习还是在他的文学创作中留下浓重一笔，主要表现就是他1899年完成的长篇小说《鲍家漂亮姑娘》。他为小说所作前言全文如下：

　　　　*鲍家的漂亮姑娘在中国文学一种类型的作品中流传，中国人称这种类型为"野史"。*

*他们将此理解为某种历史小说。较之于通常我们文学中类似的作品类型，在这类作品*

*中，真正历史的东西更为显豁。通过我在柏林东方语言学院的老师阿恩特教授，我认*

*识了上面简要地写有鲍家漂亮姑娘故事的两页纸残篇，而现在，十年以后，通过自己*

*勤奋和愉快的努力，我将这段原本够野的历史，写得比它原来更野。*[1]

1.*Das schöne Mädchen von Pao——Ein chinesischer Roman.* In: Otto Julius Bierbaum, *Gesammelte Werke.* Dritter Band, München

且看他是如何实践自己设想的。

bei Georg Müller, 1921, S.258.

小说开篇讲幽王的父亲宣（Hsüan）王，在街上听到幼童传唱出一首预兆国事变动的歌："月

将升！／日将落！"而这意味着："女人上升，男人下降！"[2] 人们四下追寻，不见始作俑者。

2.*Das schöne Mädchen von Pao——Ein chinesischer Roman.* In: Otto Julius Bierbaum, *Gesammelte Werke.* Dritter Band, München bei Georg

但怪事接连不断：一个前朝君主留下的宫女老王（alte Wang），无夫受孕，产一女婴。宣王大惊，

Müller, 1921, S.263.

令人将其弃入大河。不料女婴受一群红鸟庇护，河水流经褒城时，被一鳏夫救起。一次外出打

猎时宣王受惊，返回后去世。儿子幽（Yu）王继位。他执政开始就不尊旧礼，守丧期间就喝

酒吃肉，太后死后，行为更加荒诞不羁，发动手下大臣，在全国替他寻找美女。一个名叫魏德

金（We-te-king）的宫廷诗人直接来到乡下，在褒地买到一个美貌绝伦的姑娘。这其实就是那

个曾被遗弃在河里的女婴。褒姒受到礼仪训练后被送到皇宫，即刻受宠。皇帝整日与她嬉戏而

不思朝政。她施展计谋，除掉皇后和太子，自己和儿子取而代之。虽然已达权力和富贵的顶峰，

但褒姒变得愁眉不展。昏庸的幽王全国张榜，重金征求让褒姒开启笑口的方法，引得世人趋之

若鹜：机构关门，学校放假。但无论是音乐、戏剧、魔术和笑话，都无法改变事实。就是爱裂

帛之声，也不具持续效力。最后有大臣提出夜举烽火，擂鼓吹号，戏耍诸侯的方法，效果甚佳。

但幽王从此失去信义，无法再号令天下。故事最后，边境蛮族军队来犯，国王和太子孤军奋战

至死，褒姒自尽，周朝灭亡。

　　小说情节大致沿中国原作轨迹发展。上天发怒，以褒姒为工具惩罚周王朝，这一母题得到

强化，但添有魔幻和童话色彩。褒姒由红鸟护卫而不死，以后替她守夜的是凤凰（Fung-Hoan），

3.*Das schöne Mädchen von Pao——Ein chinesischer Roman.* In: Otto Julius Bierbaum, *Gesammelte Werke.* Dritter Band, München bei Georg

给她哺乳的则是月亮："月将升！／日将落-／好好安睡！／好好安睡！／喝月光的姑娘。"[3]

Müller, 1921, S.294.

　　但这个喝月光长大的女孩并不无辜，而是眼含杀机。小说中有人训练她当宫廷淑女，初次

见她，当即惊呼："孩子，你眼睛里黄光闪烁！谁……谁……你是谁！？我害怕。"[1] 而幽王

1.*Das schöne Mädchen von Pao——Ein chinesischer Roman*. In: Otto Julius Bierbaum, *Gesammelte Werke*. Dritter Band, München bei Georg Müller, 1921, S.301.

见她后，不仅神魂颠倒，而且他的宝剑"盘龙"（Pang-lung），再也无法出鞘。但西方"现代化"的痕迹也同样进入故事。比如小说第二十二章题目就是"兴旺的人才联盟"，描写官员和民间中聚集起来的"完全具有革命倾向的青年思想家"，要求古老的中国道德纯洁性，不仅普通民众需要遵守，尤其社会"上层"必须遵守。甚至对皇帝喊出这样的讥讽："不该再说：天下之子，而是：褒姒裙下之子。"[2]

2.*Das schöne Mädchen von Pao——Ein chinesischer Roman*. In: Otto Julius Bierbaum, *Gesammelte Werke*. Dritter Band, München bei Georg Müller, 1921, S.335.

在比尔鲍姆的改作中，尤其令人瞩目的是对色情的描绘和强调。中国的《幽王烽火戏诸侯》，虽然讲酒色误国，但宣扬封建正统思想的总倾向没有给色情描写留下余地。作为情节发展的必要交代，文字也只是雾里观花似的一笔带过。但这部德语改作则不同。幽王之所以要其宫廷诗人魏德金替他寻找美女，是因为他读过诗人的这样一首美女诗：

> 我看着她：这时天空变得晴朗，／由暗转明。／幽暗的森林像一片火海腾起，／
>
> 并燃烧，我周围的一切都在燃烧。／我搂住她的腰肢跳入／火海，里面炽热歌唱。[3]

3.*Das schöne Mädchen von Pao——Ein chinesischer Roman*. In: Otto Julius Bierbaum, *Gesammelte Werke*. Dritter Band, München bei Georg Müller, 1921, S.286.

这显然已不是一般的美女描绘，而是色情表达。明亮的天空、黑暗的森林、燃烧的火海等，给人以强烈的色彩印象，而跳入火海似乎又是纵欲狂欢的象征。

事实上也确实如此。初次见面，幽王被褒姒的美色彻底征服，说话前言不搭后语，最后结巴道："唉，现在我知道，倘若森林燃烧，是怎么回事。我的心在烈火中腾入脑海！我的双眼只见火焰和光芒……过来！过来，姑娘！让我和你独处！和你独处！"[4] 小说告诉我们的是："这样延续整整三个月，在此期间无人见到皇帝……"[5]

4.*Das schöne Mädchen von Pao——Ein chinesischer Roman*. In: Otto Julius Bierbaum, *Gesammelte Werke*. Dritter Band, München bei Georg Müller, 1921, S.307

5.*Das schöne Mädchen von Pao——Ein chinesischer Roman*. In: Otto Julius Bierbaum, *Gesammelte Werke*. Dritter Band, München bei Georg Müller, 1921, S.308.

下面再看诗人把褒姒比作花卉的描述："奇异的花苞自行开放，／花萼的叶子弯曲，／如红色的华盖，／由皇帝的金色镶边。"[6] 紧接着对褒姒形体的描绘，是诗人的警告："但不要让人见到你的裸体，／……否则世界会开始燃烧。"

6.*Das schöne Mädchen von Pao——Ein chinesischer Roman*. In: Otto Julius Bierbaum, *Gesammelte Werke*. Dritter Band, München bei Georg Müller, 1921, S.337.

故事的最后结局确实如此。残暴的蛮族军队冲入王宫，皇帝和太子战死。作为上天的复仇女神，褒姒面对血腥屠杀幸灾乐祸："啊，要是野蛮人来到，我多么高兴！这些长毛蠢货该在玫瑰丛中看见我裸身站立！……我要教会那些跑在前面的野兽怎样跳舞！"[7] 她撕烂自己的衣服，以燃烧着情欲的裸体站上皇帝宝座，又肩荷宝剑走进御花园。她预感到周朝的灭亡，用宝剑震响大钟，吸引残暴的士兵看到她的裸体，激起他们毁灭的兽性。"她愉快地低声哼唱，走

7.*Das schöne Mädchen von Pao——Ein chinesischer Roman*. In: Otto Julius Bierbaum, *Gesammelte Werke*. Dritter Band, München bei Georg Müller, 1921, S.385.

上龙形路。路在夕阳下犹如被鲜血染红，千百条金龙光闪闪的犹如流出一只红色酒杯的黄酒。"[1]

1.*Das schöne Mädchen von Pao*——*Ein chinesischer Roman*. In：Otto Julius Bierbaum, *Gesammelte Werke*. Dritter Band, München bei Georg Müller, 1921, S.390.

冲在最前面的是两个蛮人首领恩江－布尔和阿克－甫跃尔。他们要的不是皇帝的宝座，"只要裸体的女王"[2]。而褒姒则大声引诱："新娘坐在玫瑰丛中。"她挺身站出，"开始扭动腰肢，

2.*Das schöne Mädchen von Pao*——*Ein chinesischer Roman*. In：Otto Julius Bierbaum, *Gesammelte Werke*. Dritter Band, München bei Georg Müller, 1921, S.390.

挥舞手臂，旋转展体，同时轻柔和热烈地笑出"[3]。两位首领为夺"新娘"，互相残杀。结局的场面极为残酷：

3.*Das schöne Mädchen von Pao*——*Ein chinesischer Roman*. In：Otto Julius Bierbaum, *Gesammelte Werke*. Dritter Band, München bei Georg Müller, 1921, S.392.

　　　　阿克—甫跃尔击中对手的脖子，伤口中迸出一股浓稠的血流，受伤者狂叫倒下。

　　　　阿克—甫跃尔大叫一声扑到他身上，用双手撕开伤口。

　　　　呆呆地望着，血从胜利者手中流出。她闭上双眼，咬紧牙关，狂笑一声用双手把

　　剑刺入自己胸膛。

　　　　这时两千个金属翅膀的挥击声响起，一千条金龙跃身而起，两只红色巨鸟飞入玫

　　瑰丛。阿克—甫跃尔放开被击倒者，狂叫着跃入玫瑰丛。鸟儿飞上天空。

　　　　这个被千百根花刺扎伤的野蛮人，在灌木丛中转回身来，扑倒在血泊中。[4]

4.*Das schöne Mädchen von Pao*——*Ein chinesischer Roman*. In：Otto Julius Bierbaum, *Gesammelte Werke*. Dritter Band, München bei Georg Müller, 1921, S.393.

小说的整个风格是诗意的。比尔鲍姆凭借自己有限的中国知识，尝试在作品中营造一种中国氛围。有的易懂，比如他对"四海"加注，说汉语中这意味着"世界"[5]；有的费解，比如他

5.*Das schöne Mädchen von Pao*——*Ein chinesischer Roman*. In：Otto Julius Bierbaum, *Gesammelte Werke*. Dritter Band, München bei Georg Müller, 1921, S.281.

让宫廷官员在皇帝面前"ko-tao"[6]（磕头）。但给人印象最深的，大概莫过于小说借助异国故事，夸张渲染色情。这该有其原因。那个时代的不少作家，在性伪善和性压抑的环境中度过自己的

6.*Das schöne Mädchen von Pao*——*Ein chinesischer Roman*. In：Otto Julius Bierbaum, *Gesammelte Werke*. Dritter Band, München bei Georg Müller, 1921, S.286.

青少年时代。为了摆脱并控诉这种非人性的桎梏，他们在作品中呼出享乐主义的原则。也正是这种对传统的不尊和对社会的失礼，小说受到那个时代许多读者的欢迎与承认。中国美女褒姒的故事，也就在德国广泛流传。

　　褒姒的故事在德语文学中的旅行尚未结束。1914 年，另一位印象主义作家格赖纳（Leo Greiner，1876—1926）改编并出版一部中国小说集，题名《中国之夜》，书中也收有褒姒的故事，取名《龙种的女儿》。格赖纳声称，小说在一个中国人的帮助下重译，其实只是《幽王烽火戏诸侯》的一个缩写本[7]。这个版本对中国文学德译史有一定的价值，对本书的讨论意义不大。

7.参见 Ernst Rose：*Blick nach Osten-Studien zum Spätwerk Goethes und zum Chinabild in der deutschen Literatur des neunzehnten Jahrhunderts*. Verlag Peter Lang, Bern 1981, S.192.

但它又一次启发了另一位著名作家，改编了这个中国故事。

　　这就是黑塞（Hermann Hesse，1877—1962）和他首先于 1929 年发表在《科伦报》上的传奇《幽王的毁灭》。不过幽王已不再是荒淫无耻的昏君，褒姒也不再是上天派来实施惩罚的妖女。黑

塞把这个中国古代的历史故事，改成了一个富有教化意义
的现代故事。这个基调在故事开头已确定："在古老的中
国历史上，这种例子还是非常罕见的：一个国家的君主由
于妻子和爱情的力量而使自己国破家亡。在这个罕见的例
子里，很有名的就有周幽王和他的妻子褒姒。"[1] 故事开始时，

1. [瑞士] 海尔曼·黑塞：《周幽王的故事》，见杨志军译：《黑塞童话选》，第 109 页，北京：中国城市经济社会出版社，1990 年版。

讲周幽王为保卫本国疆土不受侵犯，做了两件事：一是同
忠实的诸侯们立下盟约，一旦有敌来犯，必须赶来保护帝
都；二是让人在边界建造无数信号台，一直通到各诸侯国，
信号台上安有震天大鼓，一旦发生敌情，马上擂鼓报警。
他美丽的妻子褒姒也对这个警报系统兴致盎然。建筑师为
了讨她喜欢，替她做了一个玩具模型，上面有边界、信号
台以及泥捏的守卫，代替大鼓的是小铃。褒姒为此高兴异常，
经常以此作乐。信号台终于全部完成，盛大的演习获得成
功。随着一声鼓响，各路骑兵纷纷赶到帝都。但是，见过
真实演习后，玩具模型再也激不起褒姒的兴致。她百般无
聊。经不起她的缠磨，幽王再次令人敲响大鼓，讨她欢心。
无数骑兵浩浩荡荡向首都开来，乐坏了褒姒，愁死了皇帝。
他不得不向诸侯们说明，这是一次假警报，由此失信于众。
不久，真的发生外敌入侵，震天的鼓声传遍全国，但无人
理睬。最后京城陷入敌手，幽王被杀，褒姒死于非命。

　　黑塞和比尔鲍姆处理同一题材，但编出截然不同的故
事。这种差别不仅表现在上面提到的人物特征的改变以及
烽火变成打鼓等个别母题方面，还表现在两位作家不同的
出发点。比尔鲍姆感兴趣的看来是这个中国故事中的异国
他乡情调，并试以夸张尤其是渲染性感的手法，达到惊心
动魄的效果。而黑塞注意的似乎是故事中透露的一种社会

黑塞

历史现象，即女人参政的后果，其他一切对他来说无足轻重。所以，中国故事中撕绸裂帛这一重要情节，在他的改编中不复存在。

## 七、　霍夫曼斯塔尔对中国文学及哲学的接受

早于比尔鲍姆《鲍家漂亮姑娘》两年，奥地利作家霍夫曼斯塔尔（Hugo von Hofmannsthal，1874—1929）也对中国皇帝的故事发生兴趣，写下诗歌《中国皇帝说》（1897），译引如下：

> 在一切的中心，／住着我，天的儿子。／我的女人，我的林木，／我的动物，我的池塘／组成第一道围墙。／下面躺着我的祖先：／他们身携武器，／头上戴着／合乎礼仪的皇冠，／住在拱墓中。／一直到世界的心脏，／震响着我尊严的庄重脚步。／并排的河流，／从我草坪的斜坡，／从我脚边绿色的小凳，／朝着东南西北各方／悄然流去。／浇灌着广阔的地球／这就是我的园圃。／这里闪亮着我动物黝黑的眼睛，／缤纷的翅膀，／外面闪亮着彩色的城市。／还有黝黑的围墙，／茂密的森林，／许多人的脸膛。／我的贵族们犹如星辰，／住在我周围，／有着我给他们起的名字，／那是根据他们／接近我的时辰而定，／还有我给他们／以及他们成群后代的妻子。／我给这个地球的所有贵族，／创造了眼睛、身体和嘴巴／就像园丁培育自己的花朵。／但在外部围墙之间，／住着我的士兵／我的农民。／新的围墙不断扩展，／那里住着那些臣服的民众，／血统越来越低贱。／最后的围墙伸至海边，／把我的帝国和我围住。[1]

1.Hofmannsthal, *Gesammelte Werke in zehn Bänden, Gedichte, Dramen I*, Frankfurt a.M. 1979, S.50—51.

这首诗看似平淡无奇，因为诗中既无激越诗兴，亦无感人情节，它只是一个中国皇帝一段枯燥乏味的独白。但细读之下，可以感到作者观察中国的一种独特方式。他从建筑入手，全诗的中心词是"围墙"，似有长城的影子，因为德语中的"中国围墙"指的就是中国长城。但从上下文来看，"围墙"在诗中更像意指从坊墙到宫墙、城墙等那每一层都四合封闭的独特的中国围墙建筑形式。仅就城墙来说，历史上的北京就曾有里应外合的三道城墙：中间是宫城，第

二层是皇城，第三层是京城。再往外的长城，只能算是"城外城"了。在眼前这首诗中，随着这类围墙群组的每一次扩展，便产生了不可逾越的等级和秩序。围墙中心是万人之上的天子，接着是贵族、士兵、平民和异族贱民，因而围墙本身也被赋予一种强调集权与统一、否认平等自由的象征意义。

此诗形象化地点明了中国封建社会的一大特点，其批评态度显而易见。足见这位当时才 20 岁出头的青年作家，面对一股新的中国热，具有不随大流的独立精神。

同年，霍夫曼斯塔尔还完成了一部"幕间小喜剧"，名为《白扇》。剧本讲年轻寡妇米兰达晚上梦见自己手执白扇，扇枯了死去丈夫坟前的鲜花，扇干了坟上的湿土，惊哭而醒。羞愧惊骇之余，她第二天即去丈夫墓前，表示忏悔之意。这时她遇见刚从自己妻子坟前返回的堂兄福托尼奥。两人都是新近丧偶，悲痛未平，但互生爱意。

对中国读者来说，这个故事会有似曾相识之感。《今古奇观》第 20 卷《庄子休鼓盆成大道》中，除了我们业已提及的"庄生梦蝶"故事外，还有一个"不忠的寡妇"的故事。它讲庄子一日出游，路见一丧服少妇，手持素扇，扇坟不已。庄子奇怪，妇人答曰：

> 冢中乃妾之拙夫，不幸身亡，埋骨于此。生时与妾相爱，死不能舍。遗言教妾如
> 要改适他人，直待葬事毕后，坟土干了，方才可嫁。妾思新筑之土，如何就得干，因
> 此举扇扇之。

庄子行起道法，替妇人扇干了坟冢，但禁不住嗟叹："早知死后无情义，索把生前恩爱勾。"

《庄子休鼓盆成大道》早先在迪哈尔德的《中华帝国全志》中已有介绍。以后德国学者爱德华·格里泽巴赫在其《不忠的寡妇——一篇中国小说及其穿越世界文学的演变》（1873）中，不仅重新译编了这篇小说，而且对其在世界文学中的流传[1]，作了探讨。但是，这两篇译文，

1.Eduard Grisebach: *Die treulose Witwe–Eine chinesische Novelle und ihre Wanderung durch die Weltliteratur.* Stuttgart 1873.

是否就是霍夫曼斯塔尔创作的范本？答案不是。中德文学关系史家舒斯特尔认为，中介体乃是法国印象主义文学代表之一、诺贝尔文学奖获得者法朗士（Anatole France）的《中国故事》一文。此文讲述了中国"不忠的寡妇的故事"，1889 年 7 月 28 日先是发表在《时报》上，然后在 1891 年收入他的《文艺生活》一书。这个结论是通过对霍夫曼斯塔尔的剧本和法朗士的文章比较后得出的，具有较强的说服力。[2]

2.Ingrid Schuster: *China und Japan in der deutschen Literatur 1890—1925.* Francke Verlag Bern und München 1977, S.132.

至此，有关《白扇》一剧资料来源的讨论可以暂告结束。余下的问题是，这个剧本与中国

原作究竟有哪些异同?

"不忠的寡妇"这一故事的主旨在《庄子休鼓盆成大道》中业已道明,它"不是唆人夫妻不睦,只要人辨出贤愚,参破真假",最后懂得"清心寡欲脱凡尘,快乐风光本分"的道理。而《白扇》一剧显然并不企图复现这一人生智慧,而是致力于揭示理想的愿望世界和实际的现实世界之间的矛盾。为了达到这一目的,作者对原作进行了重大改动,即塑造了一个新近丧妻的鳏夫,让男女主人公面对同一现实,并让"不忠"的罪名由单方承担,变为由双方承担。另外值得注意的是,两部作品有着不同的批评指向。在中国故事中,作者贬斥的是那位素扇扇坟的年轻寡妇。她急于改嫁他人,不念前情。而在霍夫曼斯塔尔的作品中,女主人公虽有梦中扇坟这一下意识的心理活动,但首先不念与前妻相爱的,是男主人公福托尼奥。他刚刚在妻子坟上,在祖母、朋友们面前惺惺作态地表示了对亡妻的深情厚意,但一见到米兰达,马上使出浑身解数挑逗勾引,判若两人。而这点米兰达本人也有所觉察。她对自己的一个女仆说: "你要警惕那些能言善道的男人, / 他们根本不管 / 自己是在引你哭泣还是让你发笑: / 这对他们只是一场游戏, / 我们太笨! "[1] 可见,霍夫曼斯塔尔讽刺的锋芒,更指向男主人公,而不是女主人公。这与中

1.Hofmannsthal: *Gesammelte Werke in zehn Bänden, Gedichte, Dramen I*, Frankfurt a.M. 1979, S.475.

国故事形成鲜明对比,似乎也曲折地反映出文化和历史的不同所造成的两国妇女不同的社会地位和处境。

尽管有着上述从主题到题材的差别,霍夫曼斯塔尔在其《白扇》中,还是传达了某种与庄子相似的虚无主义思想:

> 我知道不多,但已有一些 / 深切体会。不管怎样已认识到, / 生活只是一场皮影戏: / 稍看一眼, / 尚可忍受,向上抓去, / 会弄痛手指。 / 流水上的云影 / 是毫无价值的东西, / 这就是我们所称的生活。荣誉和财富 / 是清晨可笑的梦境, / "占有"是一切无聊语句中 / 最愚蠢的词……[2]

2.Hofmannsthal: *Gesammelte Werke in zehn Bänden, Gedichte, Dramen I*, Frankfurt a.M. 1979, S.455—456.

以上诗句是剧本开头福托尼奥的一段独白,其中心思想和表达方式与庄子哲学相契,即把人生视为梦境,把名利视为浮云。霍夫曼斯塔尔也应该了解这点。因为,《庄子休鼓盆成大道》

3.德语原文为: "Reichwürmer und ehren sind wie ein lustiger traum der fünften nachwache; Beförderung des verdienstes gleich einer

的起首,便是这样两句中国诗: "富贵五更春梦,功名一片浮云。"比如我们所见格里泽巴赫

vorüberschwebenden wolke." Eduard Grisebach: *Die treulose Witwe-Eine chinesische Novelle und ihre Wanderung durch die Weltliteratur*, Stuttgart

的翻译,还相当忠实地给出了汉语原文的意思。[3]

1877, S.9.

霍夫曼斯塔尔还写过一部得益于中国文学的芭蕾舞剧本《蜜蜂》(1914)。剧情如下:

一只蜜蜂变成一个年轻漂亮的姑娘，引诱一个已有妻儿的书生。书生几经犹豫，终于抵挡不住诱惑，走进蜂房，纵欲狂欢。妻子目睹丈夫的背叛，痛苦万分。她塞上耳朵，以防孩子的哭声使自己心软，服毒自尽。这时蜂房中的丈夫感到一阵心惊。他回到家中，仆人和孩子都对他视同陌路。书生幡然悔悟，拿起斧子，手持火种，捣毁并烧掉蜂房，并起身赶向妻子墓地。路上，复仇的蜜蜂麇集攻之，复活的妻子终于使他免受其害。夫妻双方经历了磨难后重新团圆。

这个奇妙故事的题材来自中国《聊斋志异》中的《莲花公主》。故事讲一书生，一日被邀入宫，见到一名叫莲花的公主，返家后思念不已。一日又被邀入宫，得与莲花公主共度洞房花烛之夜。次日刚起，忽有宫女来报，说有一巨蟒来犯，举国不宁。书生携莲花公主回家，公主曰："此大安宅，胜故国多矣。然妾从君来，父母何依？请别筑一舍，当举国相从。"书生为难至极，顿然醒悟，方知是梦，只听蜂鸣枕边。他在友人相劝下，为蜂营巢，引来蜜蜂无数。后追踪其迹，发现邻近旧园圃中有蜂房一座，壁上丈许大蛇一条。

《聊斋志异》在19世纪中叶已有单篇英译，较完整的译本是英人瞿里思1880年的英译《聊斋志异选》。霍夫曼斯塔尔所用，是德译本《中国神怪和爱情故事》，由奥地利犹太宗教学家马丁·布伯1911年根据英译本译出。《莲花公主》的题名，被他转译为《梦》。

同对《庄子休鼓盆成大道》的处理一样，霍夫曼斯塔尔也从这个中国故事中截取了单个母题，如蜜蜂姑娘和蜂女诱书生，并对原作进行了重大改动。《莲花公主》的主干是梦，梦境在故事结尾处揭开，形成梦与现实的强烈对比。而《蜜蜂》一剧，虽然开始即以蜜蜂代人的情节，显示了神话色彩，但其基点应该说还是一种"幻化"的现实。由于剧中添入了妻子、孩儿及仆人等角色，现实气氛更加浓厚。尤其是两部作品不同的结尾引人注目。《莲花公主》中的主人公在梦中经历了"洞房温情，穷极芳腻"的一夜后，虽然明白是梦，但不失怜香惜玉之心，为蜂营巢，怒斩蟒蛇。而《蜜蜂》中的主人公在蜂房中纵欲狂欢后，看到妻子已死，悔之不及。他举火携斧，点燃了筑有蜂巢的大树。由爱到恨的转变如此激烈，令人震惊。对比之下可以发现，《莲花公主》中是人与自然的和谐融洽，《蜜蜂》中是人与自然的对立冲突。

霍夫曼斯塔尔是19世纪末奥地利印象主义文学大师之一，又在20世纪初加入了表现主义和象征主义的行列。《蜜蜂》一剧是20世纪初的作品，明显带有那个时代象征主义的意味。

蜜蜂显然能给人提供联想特征：蜂蜜——香味——甜——蜇人。这些都可以和女人联在一

起，从而成为香甜——情爱——伤害等联想锁链。[1] 蜜蜂的这些象征意义在中国故事中已属现成，

1. 参见 Ingrid Schuster：*China und Japan in der deutschen Literatur 1890—1925*. Francke Verlag Bern und München 1977, S.137.

这对已经形成自己特定文学观的霍夫曼斯塔尔来说，无疑具有莫大吸引力。从他的作品中可以看到，他对蜜蜂的"女人——色情"之象征意义发挥到了极至，比如对男主人公在蜂房纵欲的描绘："令人陶醉的动物般的爱情生活。由他和女伴们分享。舞者轻微惊呼，纵欲宴乐。"[2] 另外，

2. Hofmannsthal：*Gesammelte Werke in zehn Bänden*, *Dramen VI*, Frankfurt a.M. 1979, S.138.

蜜蜂最后为了对负心人进行报复，显出蜇人的本性，象征着被背叛的爱情的反击。这是中国故事所没有的。

霍夫曼斯塔尔对中国或中国文学、文化的关注，在其作品中还留有不少痕迹。1916 年 4 月，柏林的德意志剧院首演他的另一出芭蕾舞剧《绿笛》。舞剧音乐根据莫扎特乐曲改编，给作品添上与莫扎特名剧《魔笛》媲美的色彩。剧本讲一英俊王子吹奏神笛，从妖魔手中解救一美丽公主。这是一个德国童话中已经用俗了的题材。或许正是为了突破这一窠臼，霍夫曼斯塔尔让剧中人物用上了中国名字，并对布景服装提出下列要求："布景和服装根据中国的漆画完全用黑色和金色。"[3] 就此而言，此剧可视为 18 世纪欧洲舞台中国热的再现。

3. Hofmannsthal：*Gesammelte Werke in zehn Bänden*, *Dramen VI*, Frankfurt a.M. 1979, S.23.

1916 年，正是第一次世界大战烽火正浓的年代。作为一个有思想的作家，不可能把自己禁锢在童话王国，而对社会政治不闻不问。时代的风云变幻也在霍夫曼斯塔尔身上留下印记。他在这一年曾写下这样的话："苦难的压抑感。奔向亚洲作为时代特征，同 18 世纪不一样。"[4]"奔

4. Ingrid Schuster：*China und Japan in der deutschen Literatur 1890—1925*. Francke Verlag Bern und München 1977, S.159.

向亚洲"寻找什么？他在 1916 年的《在斯堪的那维亚讲话的记录》中又写道，"寻找一种超越个人和个人以外的规律和道路"，目的是"在可怕的混乱中建立一种秩序"。[5] 这里需要点明的是，

5. Hofmannsthal：*Gesammelte Werke in zehn Bänden*. *Reden und Aufsätze II*. Frankfurt a.M. 1979, S.32, 23.

以上"规律"（Gesetz）和"道路"（Bahn）两词是老子"道"的不同德译方式。而这点霍夫曼斯塔尔十分清楚。他知道，自己探索的"道路、规律、永存，中国人的圣书中称之为道"[6]。

6. Hofmannsthal：*Gesammelte Werke in zehn Bänden*. *Reden und Aufsätze II*. Frankfurt a.M. 1979, S.33.

也就是说，在那个多事之秋，他希望以中国的"道"来整治欧洲的混乱状况。

霍夫曼斯塔尔已在 1905 年脱稿，1908—1909 年间修改完成的残篇剧本《塞弥拉弥斯》中涉及东方哲学思想，写下诸如"他以亚洲那神秘的概念使她喘不过气来"[7] 这样的话。但集中体

7. Hofmannsthal：*Gesammelte Werke in zehn Bänden*. *Dramen III*. Frankfurt a.M. 1979, S.565.

现他对老子哲学追求的是残篇剧本《二神》（1917）。剧中的一个神就是塞弥拉弥斯这个亚述女王，代表主动、有为的原则，是"真正男性的"[8]。另一个神是她的儿子尼恩雅，代表被动、

8. Hofmannsthal：*Gesammelte Werke in zehn Bänden*. *Dramen III*. Frankfurt a.M. 1979, S.568.

无为原则，是"真正女性的"[9]。他们分为阴阳两极，互为依存，互相斗争。这个剧本原来就因

9. Hofmannsthal：*Gesammelte Werke in zehn Bänden*. *Dramen III*. Frankfurt a.M. 1979, S.568.

为富有神话色彩而不易理解，加上东西哲学和宗教的对话，更显扑朔迷离。此剧没有完成，如

若完成，能否演出并为人接受，恐怕是个问题。

霍夫曼斯塔尔在这个剧本中塞入 6 段《老子》语录。其中两段，德文与中文相差太大，不易辨识。另 4 段还原成中文是："爱民治国，能无为乎？""长而不宰，是谓玄德"（《十章》）；"知其雄，守其雌，为天下谿"（《二十八章》）；"战胜以丧礼处之"（《三十一章》）。[1] 可能由

于译文的偏差，霍夫曼斯塔尔看来没有完全理解并正确使用这些老子语录。但这至少表露了他借东方哲学治理欧洲世界的拳拳之心，反映出那个时代德国文人在东方的中国寻找出路的努力。

1.Hofmannsthal: *Gesammelte Werke in zehn Bänden, Dramen III*. Frankfurt a.M. 1979. S.568、581、582.

德布林

# 八、 德布林的《王伦三跳》与老庄哲学及其他

在 20 世纪初第一次世界大战的混乱局势中，面向东方的中国，去获取文学创作的题材，尤其是汲取生命智慧的源泉，曾是一代德国作家相当普遍的倾向。就在上提霍夫曼斯塔尔写下他《二神》一剧的两年之前，表现主义文学大师德布林（Alfred Döblin，1878—1957），已经完成其与中国有莫大关系的长篇名著《王伦三跳》（1915）。

小说以 18 世纪中国乾隆年代的历史为背景，以中国道家哲学为依据，讨论了"无为"哲学实际操作的可能性，并展现了中国社会各阶层的生活画面。

主人公王伦生于山东一个渔民家庭，但倦于打鱼捉虾，

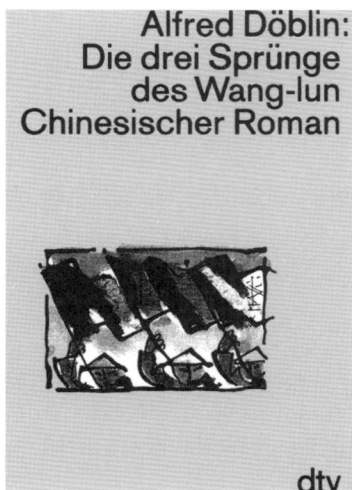

德布林《王伦三跳》德文版封面

耽于偷盗欺骗，后在济南府被一和尚以智收服。一天，他目睹一"警士"打死他的朋友和邻居苏阔，抱打不平，杀死凶手后逃入南孤山。在那里，他认识了佛教徒马诺，在观音像前大彻大悟，认识到不能杀生，"无为"才是生活的真谛，由此完成了人生的第一跳。

他的"无为"思想感召了山中一大批无业游民，他们组成了一个杂糅佛道于一体的无为教，王伦被众人推为首领。为了替自己的兄弟姐妹创造安全的生存条件，他启程去与白莲教取得联系。无为教暂由马诺负责。部分出于对"无为"的不同解释，部分出于权欲和性欲，马诺在无为教里引进所谓的"神圣卖淫"，最后分裂出一个"破瓜帝国"，自己当上了"皇帝"。这个无为教的支派最终在清军的血腥镇压下逃到扬州。王伦归来后不愿看到他们死于屠刀之下，在劝说马诺解散部下避难的努力失败后，他亲自在水中下药，毒死了"破瓜帝国"的成员。由于这次集体屠杀，王伦深深陷入了与"无为"准则的矛盾中。他万念俱灰，离开无为教，以第二跳躲入一个渔村，隐姓埋名，娶妻生子，过起了普通人的生活。

平静的生活最后被清军对无为教的残酷镇压打破。在朋友的劝说和对同伴责任感的促使下，王伦返回无为教，率领教徒加入反清复明的起义行列，最后兵败临清城。他在又一次皈依无为信念后，自焚身亡，以第三跳进入无为的理想境界——西方极乐世界。

《王伦三跳》是德语文学史上为数不多的、真正基于中国历史写成的小说。因为，王伦确为中国的一个历史人物。清代思想家魏源所撰《圣武记》卷八《乾隆临清靖贼记》中，有这样的记载：

乾隆三十九年（1774），兖州府寿张奸民以清水邪教运气治病，教拳勇，往来山东，号召无赖亡命，徒党日众，羡临清之富庶……

二十有三日，舒赫德军抵临清。……音济图既歼北窜千贼于塔湾，迹还兵搜王伦于城中大宅，毁墙入，手禽之。为十余贼所夺，贼登楼纵火死。[1]

1. 魏源：《圣武记》下册，第 373—374 页，北京：中华书局，1984 年版。

从这段史籍可见，德布林笔下的王伦同中国历史上王伦的命运大致相同。他们同是山东一秘密宗教的头领，最后都是兵败临清，死于火焚。《王伦三跳》的题材，无疑源于这段中国历史。当然，德布林不懂汉语，不可能直接从中国史书中取得第一手资料。各种迹象表明，关于王伦起义的事，他大致参考了以下两书：一是普拉特（J.M.Plath）的《满洲史》（1830），二是格鲁茨（J.J.M.de Groots）的《中国宗派主义和宗教迫害》（1904）。而他关于道家哲学的知识，大体上来自德国汉学家卫礼贤（Richard Wilhelm）译《老子》、《庄子》和《列子》等书。

在小说的引子中，德布林就摘引了一段道家语录，还原为汉语是："故行不知所往，处不知所持，食不知所以。天地强阳，气也，又胡可得而有邪？"[1] 紧接着他又写道："我谨在窗后，以这本无力的小说，献给这位智慧老人列子。"[2] 引文确实出自《列子》。这段话是《天瑞篇》中舜问丞"道可得而有乎？"后，丞的答语，意即天地运动乃一气回转，人不应固执自我，而应顺从自然。

1.Alfred Döblin：*Die drei Sprünge des Wang-lun*. München 1970，S.8.

2.Alfred Döblin：*Die drei Sprünge des Wang-lun*. München 1970，S.8.

应该说，德布林以这么一段道家语录作为全书引子，不是随意装点。西方工业发展带来的人类社会的异化，使不少有识之士对这种发展产生了疑问。德布林就是其中的一位。他曾这样说："我们打算借助电力、蒸汽及其他钢铁机器，用几个世纪进行世界工业化，却不考虑后果……我们将在这个时代过后看到，我们都做了些什么。"[3] 正是在这种情况下，德布林对推崇人与自然和谐相处的道家整体性学说，产生了浓厚兴趣。就他看来，这种思想的核心是"无为"。

3.Hae-In Hwang：*Ostasiatische Anschauungen in den deutschen Literatur des 20. Jahrhunderts unter besonderer Berücksichtigung von Alfred Döblin und Hermann Kasack*. Diss. Bonn 1979. S.29.

"无为"这两个字在小说中的地位，首先是由王伦创立的无为教这一名称所确立的。审阅中国宗教史，可以发现，确实有过无为教的存在。那是明清时代白莲教的最大支派，由山东人罗清创立。它以老子无为思想为宗旨，以无极净土为宇宙本身。由于公开对抗朝廷，无为教于明万历四十四年（1616年）被彻底取缔，以后向明朝统治力量较为薄弱的福建一带传播。而王伦实际上创立的不是无为教，而是清水教。德布林在这里显然使用了他创作的自由权利。

小说中的王伦，是在进入南孤山后，首次接触道家哲学。那里，在形形色色的游民中，流传着这样一段话："将欲取天下而为之，吾见其不得已。天下神器，不可为也。为者败之，执者失之。"[4] 这段话出自《老子·二十九章》。它对有为之举提出警告，因为这有违自然之道，非但不会成功，而且必然失败。这种"天道自然"的观点，与德布林上引列子的话，是一致的。

4.Alfred Döblin：*Die drei Sprünge des Wang-lun*. München 1970. S.48.

以上两段引文可视为对全书所作的铺垫。德布林自己对道家哲学的引申和发挥，反映在王伦的一段布道中："我与狂热和无理智的人分道扬镳。……可以让他们死，可以让他们生，他们的命运受制于外。我要听凭生死安排，随意受之，不踌躇，不匆忙。"[5] 王伦的意思是，因为人的命运是外定的，所以一切反抗无济于事，应该生死度外，舍弃有为。德布林借王伦布道说出的这段话，实际由《列子·杨朱篇》中的几个句子演化而来。它们是："可杀可活，制命在外。""既生，则废而任之，究其所欲，以俟于死。将死，则废而任之，究其所之，以放于尽。

5.Alfred Döblin：*Die drei Sprünge des Wang-lun*. München 1970，S.80.

无不废，无不任，何遽迟速于其间乎？"

现在来看德布林小说人物，实际上是怎样理解道家"天道自然"思想并实践其无为信仰的。先谈小说主人公王伦。他刚布道完毕，就违背了自己的无为原则：接受众人拥托，当了无为教的首领，并启程出山，寻求白莲教的庇护。又如，他一方面要求部下"不要扯下树上的果实，而应该等待它们自行落下"[1]，另一方面又要求白莲教必要时对政府施加压力。再如，他要求人

1.Alfred Döblin: *Die drei Sprünge des Wang-lun*. München 1970, S.86.

们逆来顺受，服从命运；自己却佩带宝剑，并一次次陷入暴力。他有过犹豫，小说第二章中，他在济南府被捕入狱，向往着无为："一种幸福，在这里多加忍受，一切忍受到最后。"[2] 但

2.Alfred Döblin: *Die drei Sprünge des Wang-lun*. München 1970, S.163.

他同时又想到："死去毫无意义，不能听之任之。"[3] 小说第四章中，王伦抛妻弃儿，举旗造反。

3.Alfred Döblin: *Die drei Sprünge des Wang-lun*. München 1970, S.163.

即使这时，他还在"无为"和"有为"间摇摆不定：

> 无为虽已被弃，但仍然是他最切身的事。他的返回，一半是由于外力推动，狂风暴雨般的运动把他携带；他时常不知道想干什么。想着不反抗的柔弱，又置身于无休无止，毫无希望的屠杀中。[4]

4.Alfred Döblin: *Die drei Sprünge des Wang-lun*. München 1970, S.430.

再看马诺。他嫌普陀山的佛门净地都过于嘈杂，只身带着一尊千手观音来到荒山僻野，企求平静。与生性暴躁的王伦相比，他应该更具无为的本性。初看确实如此。面对部下受强盗袭击，他禁止人们反抗，甚至开除了几个试图救助同伴的教徒。但在遭到清军的血洗并失去两百多个兄弟姐妹后，他开始怀疑无为原则，不得不认识到："无为"不是导向西方极乐世界，而是引上断头台。于是，他煽动不满的百姓反抗朝廷。自己要以"无为"作为进入天堂的敲门砖，却让别人去"有为"，以帮助实现自己的愿望，显示了他那"无为"的虚假与贪婪。尤其使人惊讶的是，当他建立了"帝国"，当上了"皇帝"后，追求的不是怎样维护自己的生存，而是怎样及早崩溃："死亡多好。为什么不？问题不在于生，而在于准备好去死。举着双臂走向那平静美丽的天堂大门。"[5] 当最后面临清军的血洗镇压，王伦要他解散部下时，他拒绝了，理

5.Alfred Döblin: *Die drei Sprünge des Wang-lun*. München 1970, S.190.

由还是"无为"："让自己漂流，不要游动。无为欢庆胜利。"[6]

6.Alfred Döblin: *Die drei Sprünge des Wang-lun*. München 1970, S.250.

总的说来，"无为"对马诺，一是意味着任人宰割，二是意味着走向死亡。不过，他心怀的与其说是一种狂热的宗教信仰，不如说是一种带有自我折磨性质的极端自私。因为，对他来讲，能让成千上万的人随他同赴黄泉，是作为"皇帝"的成功与胜利。

马诺对"无为"的理解有些不可思议，这尤其表现在他对自己引入"神圣卖淫"的辩解中。

面对王伦的质问，他回答说："现在我重又无欲，我满足了自己，并且必须不断地满足自己。"[1]
1. Alfred Döblin: *Die drei Sprünge des Wang-lun*. München 1970, S.80.
就他看来，"无为"不仅表示不抵抗个人的命运，而且还代表不抑制个人的性欲。这似乎与老
子的"咎莫大于欲得"（《老子·四十六章》）原则背道而驰。由此，马诺不仅玷污了一个宗
教组织的神圣性，而且激怒了以儒家伦理道德作为治国法则的乾隆王朝，导致了无谓的流血死
亡。

引人注目的还有，德布林在书中，用自己所理解的阴阳理论，让马诺为自己的行为提出理
论依据："亲爱的兄弟姐妹们，我们中间必须有和平。……我们要建立阴阳之间的古老和平。……
我们将追寻道的足迹，倾听它的方向。"[2]德布林在此没有直接引用老子，但人们可以看出老子"万
2. Alfred Döblin: *Die drei Sprünge des Wang-lun*. München 1970, S.147—148.
物负阴而抱阳，冲气以为和"（《老子·四十二章》）的思考模式。另外，德布林在小说中，
把哲学上的阴阳理论引入男女关系，可能不是偶然。在白莲教及它的不少支派中，不乏夫妻、
男女共同修持的事例。比如无为教的创始人罗清就娶妻生子[3]，黄天道也讲究夫妻双修，即所
3. 参见濮文起：《中国民间的秘密宗教》，第 44 页，杭州：浙江人民出版社，1991 年版。
谓"一夫一妻，阴阳和合"[4]。这种修行悟道的方法曾引起佛教正统"愚夫愚妇"、"猥亵不良"[5]
4. 参见濮文起：《中国民间的秘密宗教》，第 53 页，杭州：浙江人民出版社，1991 年版。
的咒骂。德布林在小说中让马诺引入所谓"神圣卖淫"的情节，就现有材料来看，与他通过格
5. 参见濮文起：《中国民间的秘密宗教》，第 20 页，杭州：浙江人民出版社，1991 年版。
鲁茨《中国宗派主义和宗教迫害》一书，了解这一事实有关。[6]
6. 参见 Fang-hsiung Dscheng: *Alfred Döblins Roman "Die drei Sprünge des Wang-lun" als Spiegel des Interesses moderner deutscher Autoren an*
德布林对老子或道家哲学的了解，花了相当的功夫。这可通过小说自身得到证明。比如，
*China*. Frankfurt a.M. 1979, S.196.
老子的"无为"思想，常常还和"柔弱胜刚强"有关。德布林看来深得其中三昧，故在小说中
让王伦说："尽管我们如此柔弱，我们也比一切人刚强。相信我，没人能打败我们；我们折弯
每根尖刺。"[7]这段话其实可以是老子话语的意译。《老子·七十八章》中就有："天下莫柔
7. Alfred Döblin: *Die drei Sprünge des Wang-lun*. München 1970, S.81.
弱于水，而攻坚强者莫之能胜。"小说第四章中，德布林还借一位"教师爷"之口说："古语
说，以柔弱对付命运是人的唯一胜利；我们必须在道的前面恢复理智，向它偎依，犹如孩子。"[8]
8. Alfred Döblin: *Die drei Sprünge des Wang-lun*. München 1970, S.389.
这种把赤子的纯真柔和，代表道及无为的做法，在老子的《道德经》中更是屡见不鲜。此不赘引。

德布林在小说中不时地直接引用老子及道家语录。他对老子的熟悉程度，令人敬佩。这透
9. Hae-In Hwang: *Ostasiatische Anschauungen in den deutschen Literatur des 20. Jahrhunderts unter besonderer Berücksichtigung von Alfred Döblin*
露出他个人对其人其说的热爱与崇敬。关于此，他曾这样畅言："老子《道德经》有八十一章，
*und Hermann Kasack*. Diss. Bonn 1979. S.30—31.
其中有些只有四五行。没有任何其他书能与之相比，因为它包容了一切。"[9]他还预言，此书"将
10. Hae-In Hwang: *Ostasiatische Anschauungen in den deutschen Literatur des 20. Jahrhunderts unter besonderer Berücksichtigung von Alfred Döblin*
在以后几十年中被许多欧洲人揣在口袋里"[10]。另外，他在解释《王伦三跳》的写作经过时也说：
*und Hermann Kasack*. Diss. Bonn 1979. S.31.
"当我写一部'中国'小说时，几次去柏林民俗博物馆，读了一大批中国的游记和描写风俗的

书……对我这个连欧洲也不了解的人来说，中国关我什么事，除了老子。"[1] 可见，就是在通

1.Hae-In Hwang: Ostasiatische Anschauungen in den deutschen Literatur des 20. Jahrhunderts unter besonderer Berücksichtigung von Alfred Döblin

过这部小说功成名就，力图与中国保持某种距离以护卫自己精神思想之独立性时，德布林也不

und Hermann Kasack. Diss. Bonn 1979. S.30—31.

愿对老子有所怠慢，足见他对老子的倾心程度。

老子思想在许多地方同孔子针锋相对。德布林对老子的尊崇，似乎也决定了他对孔子的不

敬。在小说《王伦三跳》中，孔子就被斥为"旧秩序的重建者，国家建筑的钢铁中柱"[2]。其信

2.Alfred Döblin: Die drei Sprünge des Wang-lun. München 1970, S.88.

徒从乾隆皇帝到政府官员，或多或少都带有被贬斥的色彩。小说中有一个叫恩戈的皇宫近卫军

军官，他熟读儒家经典，而且武艺出众，似乎是个文武双全的理想人物。但他却好男色，最后

由于所恋男孩的"背叛"而弃职出走，到了南孤山，加入流民行列。可是，这里不是可以"无

功受禄"的地方。马诺要他脱下皮袄，为教徒换取饭食，作为入伙条件。这时，恩戈心头潮涌：

"他沉思不语。孟子的教导对他毫无用处，虽然他还熟读诗经及其注解。这些都未能阻止一个

大眼长腿的男孩将他欺骗，把他嘲弄。"[3]

3.Alfred Döblin: Die drei Sprünge des Wang-lun. München 1970, S.109.

对孔子的集中抨击出现在小说第四章里。德布林让书中的一个青年教徒把孔子怒斥为他们

的敌人："你们知道，谁是我们的死敌？完完全全我们的和你们的？我们的敌人叫什么？叫石头，

树桩，打碎的琉特？叫孔子！"[4]

4.Alfred Döblin: Die drei Sprünge des Wang-lun. München 1970, S.391.

在书中，孔子所代表的儒家正统学说，是国家的学说，是食不果腹、衣不蔽体的穷人所不

能享用的富人学说。所以他让这个年轻人接着又说："谁是孔子，他想干什么？……他教导人

们漱口，梳头，跪拜权贵，有许多好的，许多坏的。对我们穷人来说他早已死去，毫无意义。"[5]

5.Alfred Döblin: Die drei Sprünge des Wang-lun. München 1970, S.391.

德布林在批评孔孟的同时，还捎带上了儒家的科举制度，甚至把中国遭受外侮的事实，也

一起记到孔子账上，其为受压迫者仗义执言的态度十分坚决："在官府中满洲人趾高气扬，他

们在考试中营私舞弊，得到提升。他们在街上推倒我们的大车和轿子，用他们的大脚板踩开大

道。……长鼻子们将毁灭这个国家，孔子罪责难逃。"[6]《王伦三跳》问世于 1915 年，小说作

6.Alfred Döblin: Die drei Sprünge des Wang-lun. München 1970, S.391.

者早于中国本土的"五四运动"多年，似已唤出"打倒孔家店"的口号。一个德国作家的历史

意识或者历史眼光，与中国当时的现实之间，究竟有何互动关系？这值得后人深思。

当然，攻击孔孟，非小说主旨。德布林作品的重点，一是演绎自己所理解的道家无为思想；

二是用自己的中国知识，展现一幅较真实的中国社会图景。以上有段引文，就谈到他为写本书，

频繁造访柏林民俗博物馆的事。由此，中国的风水术、鬼神信仰乃至巫术等社会迷信活动等，

无不出现在他笔下。

比如，小说中的民众起义就与风水迷信有关。一家富豪连遭厄运，把这归于家族坟地受到运河妨碍，要求政府改凿运河。这种愚昧的要求甚至得到皇帝支持。大批人由于运河改道工程而流离失所，失去工作，最后成为"反叛者"。

看风水选宅地乃至墓地，是富人家的特权。平民百姓的迷信活动，大多集中在婚丧礼仪中。小说第一章描写王伦为他死去的朋友苏阔的木制替身送葬的情景：

> 这个小个子笨汉向四方不断作揖，一边挥手跳跃地呼唤鬼王，这个阴间的皇帝，向他推荐新来的灵魂。挤在一起的老少游民此刻都想着七月五日的那个节日。这一天，一条小船载着鬼王顺河而下，他身穿虎皮领黑上衣，腰围虎皮裙，脚套虎皮靴，手持三齿叉……

> 他们四人一起小心地把装有假人的担架抬出，王伦领前……把假人放入一个浅浅的墓穴。小小的纸片燃起，这是给死者的钱；碎衣破布烟气难闻，这是给死者的衣服。[1]

1.Alfred Döblin: *Die drei Sprünge des Wang-lun*. München 1970，S.45—46.

德布林在此尝试复现中国的丧葬礼俗，比如用假人代替肉身，以纸作钱烧化给死者在阴间使用，而且附带地提到了中国民间的鬼节即中元节。其中河船渡鬼的细节似乎同中国鬼节的放河灯有关。不过，中国的中元节是 7 月 15 日，而非 7 月 5 日。

小说对中国葬礼的描述中，还有一个情节值得提及。一个年迈的流浪汉，"把一张红纸放到了假人的嘴上"[2]。这张红纸显然是用来驱鬼辟邪的。这个情节在小说第三章马诺临死前再次

2.Alfred Döblin: *Die drei Sprünge des Wang-lun*. München 1970，S.45.

出现："走在前面的士兵认出了反叛者的头领，把一张红纸放入嘴里驱魔。"[3] 然后他才向濒

3.Alfred Döblin: *Die drei Sprünge des Wang-lun*. München 1970，S.271.

临死亡的马诺发起最后的攻击。

德布林对中国民间迷信活动的介绍，在小说第三章里达到高潮。不得志的王子明，图谋弑父篡位，伙同年轻的巫婆裴，定下计谋。他们先让一玉匠雕刻了一个酷似乾隆帝的玉像，然后装施展法术，把乾隆帝的魂魄吸入玉人中。阴谋最后在乾隆帝垂危时，由于欲壑难填的玉匠的告密而失败。

在中国古代，受万物有灵论的影响，这种神秘幻术的确盛行一时。《红楼梦》二十五回《魇魔法姊弟逢五鬼 红楼梦通灵遇双真》，就讲赵姨娘伙同马道婆，用相似方法加害宝玉和凤姐。

不过，德布林的题材不是源于《红楼梦》，而是上文所提格鲁茨的书。[1]

1. 参见 Hae-In Hwang: Ostasiatische Anschauungen in den deutschen Literatur des 20. Jahrhunderts unter besonderer Berücksichtigung von Alfred Döblin und Hermann Kasack. Diss. Bonn 1979. S.93.

为了在小说中塑造出比较真实的中国氛围，德布林用了不少对德国读者来说费解的汉语音译。比如前述"鬼王"两字，原文中写的是"Kwei Wang"。另一处，他使用"Yen-lo-wang"（即阎罗王）的名字[2]。此外，他还用过一些中国成语。比如小说第二章里有"一只青蛙吞不下一

2. Alfred Döblin: Die drei Sprünge des Wang-lun. München 1970, S.139.

只仙鹤"[3]，这应该来自汉语"癞蛤蟆想吃天鹅肉"。在小说第四章的一处婚礼描写中，出现一

3. Alfred Döblin: Die drei Sprünge des Wang-lun. München 1970, S.160.

条横幅"龙和凤宣告幸福"[4]，这显然是汉语"龙凤呈祥"的德译。

4. Alfred Döblin: Die drei Sprünge des Wang-lun. München 1970, S.445.

当然，德布林不是历史学家，也不是民俗学家，更不是汉学家。作为文学家，他的兴趣更多地集中在中国文学上。小说中，他或是径直抄取，或是融会贯通，接触到不少中国文学作品。以下就此稍作归纳。

小说第二章，马诺和袁有过一段关于中国唐朝诗人的对话。面对马诺的提问，他最近读过哪些美妙的唐诗，袁答道："那是一首杜甫的诗。他是玄宗皇帝手下的一个不幸文官。"[5]接

5. Alfred Döblin: Die drei Sprünge des Wang-lun. München 1970, S.197.

着他念了几句诗："蓬莱宫阙对南山, / 承露金茎霄汉间。/ 西望瑶池降王母, / 东来紫气满函关。"[6]

6. 汉语引自邓魁英、聂石樵选注：《杜甫选集》，第 300 页，上海：上海古籍出版社，1983 年版。

这是杜甫《秋兴八首·其五》中的前四句，大意为"身居巫峡，心望京华"[7]。这个题旨与

7. 汉语引自邓魁英、聂石樵选注：《杜甫选集》，第 296 页，上海：上海古籍出版社，1983 年版。

小说无关。吸引德布林的，看来是此诗德译的几条注释。

德布林引诗，出自上提格鲁贝 1902 年出版的《中国文学史》一书。书中译出上述杜甫诗后，有几条译注。其中对蓬莱的注解是："蓬莱是三个传说中的岛中的一个，由仙人居住。但这里指长安以此命名的皇宫。"对王母的注释为："西王母，是道家神话中的一个人物，她在昆仑山上的西宫统治仙人。"让德布林印象最深的，可能是对函关的解释："当老子在去西方的路上走近函关时，一阵紫气宣告了他的到来。"[8]以上注释都和道家神话有关。德布林选上这几行诗，

8. Wilhelm Grube: Geschichte der chinesischen Literatur. Leipzig 1903, S.289, 290.

其着眼点看来即在于此。

当袁念完杜甫诗后，一个叫梁丽的女子举手大声说："另一首诗是由袁欧才写的：'彩云杳然散，哪待炊黄粱。'"[9]此句出自袁枚的《哭阿良》，是诗人为自己第三个女儿阿良 5 岁

9. Alfred Döblin: Die drei Sprünge des Wang-lun. München 1970, S.198.

夭折所写的悼念诗。德布林上引诗句，明显带有感叹人生短促之意。他的译文同样出自格鲁贝的书。[10]

10. Wilhelm Grube: Geschichte der chinesischen Literatur. Leipzig 1903, S.296.

除了上述两位诗人，德布林还引过一首乾隆帝的诗[11]，出处尚不清楚，只能存疑。

11. Alfred Döblin: Die drei Sprünge des Wang-lun. München 1970, S.291.

德布林在小说中不仅整段整句地摘引中国古诗，而且还常常取其意而易其辞。比如格鲁贝

在其书中译评了晋朝人杨芳[1]，在其《合欢诗五首》中有两句曰："虎啸谷风起，龙跃景云深。"
1. Wilhelm Grube: *Geschichte der chinesischen Literatur*. Leipzig 1903, S.246.
德布林根据格鲁贝的译文，把诗句化入王伦的话中[2]，用以渲染满洲人及鞑靼人入主中原的气势。
2. Alfred Döblin: *Die drei Sprünge des Wang-lun*. München 1970, S.76.

更巧妙的是另两段文字。小说第二章有一处写京城的街头音乐会，其中有："一声啾鸣，然后是和谐断续的和声，犹如细细的金针连成一线，犹如松散的稻粒轻洒落地。"[3] 第三章里
3. Alfred Döblin: *Die drei Sprünge des Wang-lun*. München 1970, S.225.
还有一处写宫廷歌舞："声声切切，遮掩伤心。大弦怒号如潮，小弦沙沙轻语。歌声愈加热烈，像是珠雨落上大理石盘。"[4] 读过白居易诗歌的人不难看出，这两段文字，明显带有《琵琶行》
4. Alfred Döblin: *Die drei Sprünge des Wang-lun*. München 1970, S.345.
的痕迹。那里写道："大弦嘈嘈如急雨，小弦切切如私语。嘈嘈切切错杂弹，大珠小珠落玉盘。"

白居易的诗和前及乾隆帝的诗，均未见载于格鲁贝的《中国文学史》。可见德布林关于中国文学的知识，另有来源。

除了中国诗歌，德布林看来还对庄子寓言下过一番功夫。小说开始后不久，他讲了一个故事，还原为中文是以下文字："人有畏影恶迹者，举足愈数而迹愈多，去愈疾而影不离身，自以为尚迟，疾走不休，绝力而死。不知处阴以休影，处静以息迹……"[5]
5. Alfred Döblin: *Die drei Sprünge des Wang-lun*. München 1970, S.15.
这段寓言出自《庄子·渔夫》，表示人类的"畏影恶迹"是背弃自然的行为。这种笃守虚静、服膺自然，才是"无为"的具体体现，生命智慧的表达。德布林从哪里获得这篇寓言？人们首先会想到卫礼贤 1912 年的《庄子》德译。但是，卫礼贤在自己的译本中，舍去了《杂篇》中包括《渔夫》的六篇未译。其实，德布林的故事，还是源自格鲁贝《中国文学史》一书。[6]
6. Wilhelm Grube: *Geschichte der chinesischen Literatur*. Leipzig 1903, S.161. 另参见 Ingrid Schuster: *Alfred Döblins "Chinesischer Roman"*. In: *Wirkendes Wort*, 20 (1970), S.342.
根据作者原先的设计，小说《王伦三跳》开头还有一篇相当于中国传统话本小说中"入话"似的故事。可能这种安排不符合德国小说的传统结构以及读者的欣赏习惯，再加上别人的劝说[7]，
7. 参见 Fang-hsiung Dscheng: *Alfred Döblins Roman "Die drei Sprünge des Wang-lun" als Spiegel des Interesses moderner deutscher Autoren an China*. Frankfurt a.M. 1979, S.227.
这篇故事被作者从小说中抽出，直到 1921 年才在一文学杂志上单独发表，取名《赵老苏受袭》。小说开篇有一段景色描写："大海身上覆有一个甲壳，有人说，这是大鹏鸟的背；每当大鹏展翅南飞于海，它那鳞鳞身躯，周展数百万里，它那巨大翅膀，能扇朝天之云。"[8]
8. Alfred Döblin: *Der Überfall auf Chao.lao.su*. München 1982, S.22.
德语原文中，"鹏"字以汉语拼音"Pang"的形式出现。德国读者可能会有疑惑，而中国读者大概会报以会心一笑。这里说的应该是《庄子·逍遥游》中"鲲鹏图南"的寓言。原文曰："北冥有鱼，其名为鲲。鲲之大，不知其几千里也；化而为鸟，其名为鹏。鹏之背，不知其几千里也；怒而飞，其翼若垂天之云。是鸟也，海运则将徙于南冥。"
9. Walter Muschg: *Von Trakl zu Brecht, Dichter des Expressionismus*. München 1961, S.72.
《王伦三跳》曾被誉为德国"第一部表现主义长篇小说"[9]，出版后不久，即获冯塔纳文学

奖（1916），可见它在德语文学史上地位非同一般。小说体现了表现主义文学反对传统权威及工业文明，暴露社会疾病及人性丑陋等各方面的特点，而更主要的，也许是塑造了王伦这样一个特殊的"新人"。他力图把宗教与政治、理想与现实在无为的准则下统一起来，实现自己得到拯救的愿望。他的努力是失败的，同表现主义文学的许多主角一样，其结局带有悲剧性色彩。但小说本身获得巨大成功，德布林就此从一位无名的医生成了一位有名的作家。尤其值得一提的是："他展示了老子学说的圣典，许多人通过他第一次受到老子学说的浸润，并把他的小说当作一种宗教启示加以接受。"[1]

1.Walter Muschg: *Von Trakl zu Brecht, Dichter des Expressionismus.* München 1961, S.206.

　　作为法西斯主义的激烈批评者和犹太人，德布林早在1933年国会纵火案的第二天，即离开德国，先去瑞士，后到巴黎，最后移居美国。流亡期间，他再次接触中国思想。不过，这次他研究的，是曾在《王伦三跳》中遭到鞭挞的孔子学说。其标志是他1940年在英语国家发表的一本英文书，书名是《孔子的生活思想》，其中收有他自己一篇关于孔子的论文和一些分别来自《大学》《中庸》《论语》《孟子》《孝经》《书经》及《诗经》中的篇章。有学者归纳，德布林在此书中高扬了社会政治生活中人的尊严问题[2]，这在某种程度上符合孔子

2. 参见 Hae-In Hwang: *Ostasiatische Anschauungen in den deutschen Literatur des 20. Jahrhunderts unter besonderer Berücksichtigung von Alfred*

思想。因为孔子虽然讲尊卑上下，但同时肯定独立人格，即所谓"三军可夺帅也，匹夫不可

*Döblin und Hermann Kasack.* Diss. Bonn 1979. S.36—38.

夺志也"（《论语·子罕》）。这种对独立人格的肯定，看来对饱受纳粹迫害之苦的德布林不无激励。

　　孔子是无神论者，但在他的思想中，天有人格、意志，而人的使命就是按照天命的规定行动，这样才能建立一种世界原则。他说："完善是天的法则，完美是人的法则。"[3] 德布林就这样

3.Döblin, *The living shoughts of Confucius.* 转引自 Fang-hsiung Dscheng: *Alfred Döblins Roman "Die drei Sprünge des Wang-lun" als Spiegel*

完成了从老子的无为哲学到孔子的道德哲学的转变。这似乎与他在流亡期间，从一个激烈的社

*des Interesses moderner deutscher Autoren an China.* Frankfurt a.M. 1979, S.141.

会批评者，成为一个以康德的"头顶星空"和"内心法则"为理想世界观的虔诚基督徒的转变，是同步的。

## 九、 德国作家对中国古典诗歌的改编与仿作——以德默尔为例

19世纪末20世纪初，不仅在德语小说中，中国影响日甚，这种影响同时也进入诗歌领域。德国自然主义文学代表霍尔茨（Arno Holz，1863—1929）、尤利乌斯·哈特（Julius Hart，1859—1930）等，都曾对改编中国古诗兴致盎然。就是在印象主义文学作家中，改编中国古诗同样属于不少作家的喜好。德国诗人理查德·德默尔（Richard Dehmel，1863—1920）在《现代文艺年鉴》（1893）中，发表诗歌《中国饮酒歌》。此诗前两段是：

> 这儿的店主先生——孩子们，店主有酒！／但等会儿，住手，别斟：／我得先给
> 你们唱首悲歌／如果悲来，如果弦鸣。／如果暮色降临，／我的嘴不能唱也不能笑／
> 无人再能知道我的心。／那时再让我们痛饮——／直到绝望灰心。／／店主先生，你
> 有满窖的酒，／我有长长的琉特，／我知道两件趣事，／两件相投的事，／饮酒和弹琴！
> ／那时的一壶酒／比永恒／比千百个银币更有价值！——／直到绝望灰心。[1]

1.Richard Dehmel: *Gesammelte Werke in drei Bänden*. Bd. I, Berlin 1913, S.213—214.

原诗还带有一副标题：《根据李太白》。我们的确可在被归在李白名下的《悲歌行》中找到其汉语原作。其第一段是：

> 悲来乎，／悲来乎。／主人有酒且莫斟，／听我一曲悲来吟。／悲来不吟还不笑，
> ／天下无人知我心。／君有数斗酒，／我有三尺琴。／琴鸣酒乐两相得，／一杯不啻
> 千钧金。

这段诗共十行，德默尔的改作为十八行，几乎多出一倍。从诗中人物来看，原诗的宾主（我与主人）在改作中成了顾客与店主（我与店主先生）。改作中"孩子们"的出现，给诗歌增加了某种戏谑成分。但从内容上讲，德默尔紧扣借酒浇愁的主题。甚至原诗中主人有美酒、客人有音乐的对比，以及"琴鸣酒乐两相得"的情境，也在改编中得以再现。不过，改动也还有。且不说原诗"悲来乎"、"悲来乎"的咏叹在改作中成了"店主先生"、"店主先生"的呼唤，就是"暮色降临"也给改编增加了原诗所没有的时间变化以及随之而来的一种凄苦滋味，并在"绝望"中达到高潮。

以酒入诗，这在德国文学中也早已成为传统，但大多是"葡萄酒赞歌"类的"颂酒诗"，

与中国的唐诗，尤其是李白诗中一些以醉酒达到物我两忘境地的"醉酒诗"是大不一样的。相比之下，德默尔的改编，却展现了醉酒这一中国文人的求生及超脱方式。其诗中"比永恒……更有价值"的说法，似乎肯定了醉酒这一东方诗人的行为方式，超越了西方宗教概念所含之"永恒"境界。

接着《中国饮酒歌》，德默尔次年又在尤利乌斯·哈特主编的《世界文学和一切时代及民族的戏剧史》中，发表李白《静夜思》的改作，直译如下：

> 我床前地板上／是明亮的月光；／我似乎觉得／晨光已经／落上门槛，／我双眼疑惑。／我抬头看去，／看到一轮明月，／在高处闪光。／我低下／低下我的头／思念我的故乡。[1]

1.Ingrid Schuster: *China und Japan in der deutschen Literatur 1890—1925*. Francke Verlag Bern und München 1977, S.92.

为了更好地认识这篇改作，不妨再看一下上提哈特同时发表在自己主编的《世界文学和一切时代及民族的戏剧史》上的改作：

> 在我床前月亮洒下了最明闪亮的光芒。／在那地上闪烁着的是洁白清新的晨光？／我抬头凝视月亮；／我低头思念我的故乡。[2]

2.Ingrid Schuster: *China und Japan in der deutschen Literatur 1890—1925*. Francke Verlag Bern und München 1977, S.92.

相比之下，自然主义作家哈特的改作，从形式到内容，相对来说更加忠实于原文，但尤其是前两行，句式稍显冗长，语言堆砌，语法累赘，给人以拖沓感。而印象主义作家德默尔的改作，虽然把 4 行中国诗改成了 12 行，尚不失为紧凑洗练，原因在于句子短小、明快简洁，给人以节奏感。哈特诗着力于对"床前月亮洒下了最明闪亮的光芒"以及"那地上闪烁着的是洁白清新的晨光"的环境的精确描摹，后者重视"我似乎觉得"、"我双眼疑惑"等主观印象的抒发。同是对李白一首五言诗的改编，不同的文学观赋予了它们不同的艺术风格。中国文学在德国的流传史上的这一现象，值得关注。

到了 1906 年，德默尔又发表他的 3 首李白诗的改作：《遥远的琉特》《同盟中第三者》《春醉》。其中第一首出自《悲歌行》，第二首来自《月下独酌》，第三首原作即是《春日醉起言志》。试译第三首以观全貌：

> 如果生活是梦，如他们所说，／他们那清醒的抱怨又是为何！／我，我整日醉酒，／当我夜里不能再喝，／我就躺上路石去睡！／／早上我非常自觉地醒来；／一只鸟儿在开花的葡萄枝蔓间啾鸣。／我问它，我们身处何时，／它对我说：在葡萄开花的

季节！／这是春天的喜悦的季节／它教鸟儿歌唱和生活，生活！／／我深为所动，我迷乱地直起身子，／沉重的叹息挤迫我的喉咙。／我重又斟满酒杯，／直到夜间，对自己的过错毫不理会。／当我止口休息，我的烦恼同样止息，／我所欲、所能、所应做的一切都止息，／还有周围的世界——啊灵魂也止息。／／谁能用酒驱走愁闷？／谁能一口喝干大海？／人类被打入这生活的迷醉，／渴望和满足在里面互相追逐，／只能跳上小船，／风中飘舞着头发，晃动着小帽／自然力把他提带，／傲然让其成为它专横的祭品！[1]

1.Richard Dehmel: *Gesammelte Werke in drei Bänden.* Bd. I, Berlin 1913, S.215—216.

李白原作如下：

处世若大梦，／胡为劳其生。／所以终日醉，／颓然卧前楹。／觉来眄庭前，／一鸟花间鸣。／借问此何时，／春风语流莺。／感之欲叹息，／对酒还自倾。／浩歌待明月，／曲尽已忘情。

诗的第一、二行已道出全诗中心思想：人生如是大梦，梦醒便是死亡，为何忙忙碌碌？但它不仅表现出人生短促如梦的惋叹，而且通过醉酒、觉醒、再醉的过程，还有为达到精神上超越生死界线，同宇宙合而为一的努力。

从内容上讲，德默尔的改编也对生活之要义提出疑问，但结论似与李白截然相反：他赞许积极入世。他觉得"斟满酒杯"是一种"过错"，人不应该在酒中陶醉，并大声发问："谁能用酒驱走愁闷？／谁能一口喝干大海？"他让诗中的小鸟也唱出"生活，生活！"的字眼，竭力呼唤积极行动。尽管如此，诗的最后一段还是道出作者对生命稍带悲观的形而上学思考，"人类被打入这生活的迷醉，／渴望和满足在里面互相追逐"，结果只能跳上小船，荡然飘去，成为自然的牺牲品。而坐船漂游，乃是李白诗中常见的母题。它本是诗人追求超然无累，天人合一思想的体现。但德默尔反其意而用之，给予这个母题走向毁灭的意蕴。另外值得一提的是，在德默尔诗的最后一段里，前面不断出现的"我"字完全隐没，诗人由此抛开了至此为止的个人体验，而转向人类全体，使全诗悄悄地发生了一次从具体到普遍的转变。这就对完全以抒发个人情感为主的《春日醉起言志》一诗，作了根本上的革新。

事实上，德默尔并不把自己的这些"中国诗"看成纯粹的改编，而视之为本人创作的一部分。在一封给友人弗兰克（Rodolf Frank）的信中，他说：

*我用李太白的那些东西，您可以在汉斯·海尔曼的《中国诗》中读到。众所周知，中国诗句的构造样式根本不能用任何欧洲语言来复现。我当然译得非常自由，比如在《遥远的琉特》和《春醉》中。我把李白不同诗歌中的母题并作一处，同时，意义和感情内容也大大改变。*[1]

1.Ingrid Schuster: *China und Japan in der deutschen Literatur 1890—1925*. Francke Verlag Bern und München 1977, S.93.

看来德默尔深知中西语言文字间的巨大差异，认为与其勉为其难，不如突破樊篱。特别是他对李白诗中不同母题的重新组合，确是一种大胆创举。不久，德默尔在给友人巴普（Julius Bab）的信中又说："李太白的诗我知道的有几十首，不想再多了解了；不能把这个古代中国人改造成新人的人，而这只能通过最独特的理解力的节奏才能成功，他就不该接触他。"[2] 把

2.Ingrid Schuster: *China und Japan in der deutschen Literatur 1890—1925*. Francke Verlag Bern und München 1977, S.94.

中国诗人李白改造成一个适合德国读者的新人，这是德默尔给自己提出的任务。所以，他笔下的李白，不再是一个纯粹的东方出世者，而成了一个西方式肯定现时的入世者。

德默尔对李白诗的成功改编，曾在德国文学界一时成为美谈，他一夜之间成了不少人眼中的中国文学专家，并由此得到了一个按他的名"理查德"（Richard）改成的外号"里子"（Rietzu）。[3]

3.Ingrid Schuster: *China und Japan in der deutschen Literatur 1890—1925*. Francke Verlag Bern und München 1977, S.93.

# 十、　中国短篇故事集在德国的译介
## ——以《今古奇观》和《聊斋志异》为例

16世纪中叶，葡萄牙人首先打开了通向中国的航道后，西方传教士接踵而至。在巴黎，教士杜哈尔德（Du Halde）自18世纪初起，专事收集传教士们发自中国的各种报告、译文，以后发表在他主编的《珍奇而有趣的书简》[4] 中。在此基础上，他从1735年到1737年，编撰出版

4.今译为《耶稣会士中国书简集》，郑州：大象出版社，2001年版（中译本）。

了洋洋4卷的《中华帝国全志》。该书第一次向西方世界全面介绍中国的政治、文化、历史和地理等情况，在中外关系史上享有盛名。书中，还收入法国传教士殷宏绪（D'Entrecolles）译的3篇《今古奇观》中的故事。它们是：《庄子休鼓盆成大道》（20卷[5]）、《怀私怨狠仆告主》（29卷）

5.指汉语原著中的次序。以下均同。

和《吕大郎还金完骨肉》（31卷）。1747年到1749年，《中华帝国全志》德译本在罗斯托克问世，

《今古奇观》迈出了它在德语区漫长旅途的第一步。

在德国，早在 17 世纪下半叶，孔子就被作为"中国哲学家的君主"受到重视。1697 年，莱布尼茨甚至谈道，应该让中国派传教士到西方去，传播中国的"自然神学"[1]。

1. 莱布尼茨：《中国近事·序言》，可参见夏瑞春编，陈爱政等译：《德国思想家论中国》，南京：江苏人民出版社，1989 年版。

3 年后，普鲁士科学院成立，他竟希望北京也能建立这样一个相应的机构，来实现他同中国进行文化思想交流的夙愿。[2] 德译本《中华帝国全志》的出版，正是莱布尼茨等思

2. 参见 Horst von Tscharner: *China in der deutschen Dichtung bis zur Klassik*. München 1939, S.49.

想家倡导下启蒙运动时期"中国热"的具体表现。

但是，此后几十年中，《今古奇观》在德国久无音信。这同德国本土的文化政治有关。启蒙运动后，德国文坛上紧接而来的是狂飙突进运动，尔后又盛行浪漫主义运动。前者力图摆脱理性的枷锁，后者强调情感的奔放和想象的自由，这同中国哲学文化的务实精神迥然异趣。

进入 1827 年，汉学在欧洲，首先在法国成为一门独立的学科。执教于法兰西学院的法国汉学家雷米扎 (Rémusat) 偶得《今古奇观》26 卷《蔡小姐忍辱报仇》的拉丁文译本，将它交给得意门生朱丽安。后者将故事译成法语，发表在 1827 年雷米扎主编的《中国小说集》中。此书同时收录殷宏绪译的另 3 篇《今古奇观》译作，即《庄子休鼓盆成大道》（20 卷）、《怀私怨狠仆告主》（29 卷）和《吕大郎还金完骨肉》（31 卷）。

德国人闻风而动。同年，莱比锡出版这本小说集的德译本。由于那位匿名译者法语水平有限，译文质量未尽人意，后人颇有微词。但如此快速的转译，却透露出德国文坛对中国文学的强烈兴趣。

1839 年英国人斯洛斯 (Sloth) 在香港翻译了《王娇鸾

DIE

**TREULOSE WITWE**

EINE CHINESISCHE NOVELLE

UND

IHRE WANDERUNG DURCH DIE WELTLITERATUR

VON

EDUARD GRISEBACH

*Dritte, umgearbeitete Auflage*

STUTTGART
VERLAG VON A. KRÖNER
1877

格里泽巴赫《不忠的寡妇》德文版封面

百年长恨》（35卷），译本辗转流入德国，触动了诗人阿道夫·伯特格尔（Adolf Böttger, 1815—1870）的翻译雅兴，以一个扣人心弦的题目《一个少妇的血仇》于1849年在莱比锡出版德译本。1852年，他还根据法国巴维（Théodore Pavie）的《灌园叟晚逢仙女》（8卷）法译本，写下长诗《花仙朝圣》。诗人的修养，使他改作的题目也富有诗意。

伯特格尔去世后3年，作家、外交家、著名叔本华研究者格里泽巴赫（Eduard Griesebach 1845—1906）借助伦敦博物馆东方部主任伯奇（Samuel Birch）的英译，转译了《庄子休鼓盆成大道》（20卷），取名《中国寡妇》，并且写下一篇论文《不忠的寡妇，一部中国小说及其在世界文学中的演变》，附同译文一起发表。此书1873年初版于维也纳，以后分别有1877年斯图加特版、1883年莱比锡版、1921年慕尼黑版等。可见，此书那时颇受读者欢迎。

1880年，格里泽巴赫又编译《今古奇观：中国的一千零一夜中的古今小说》，在斯图加特刊行，其中除《庄子休鼓盆成大道》（20卷）外，另收根据斯洛斯译本译的《王娇鸾百年长恨》（35卷）和根据伯奇译本译的《羊角哀舍命全交》（12卷）。

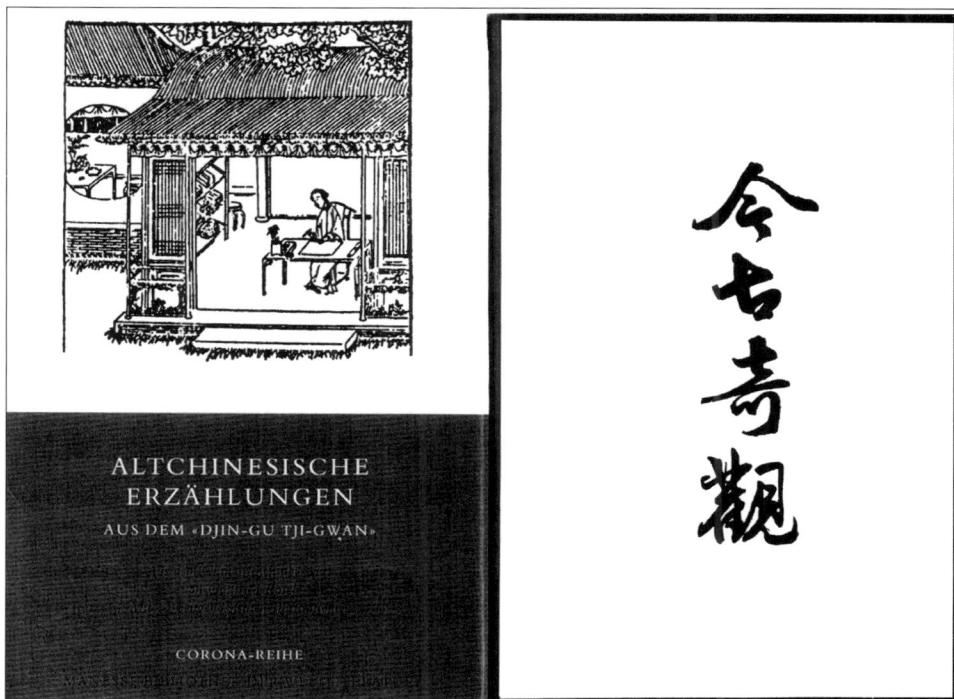

《今古奇观》苏黎世1984年德文版封面及封内页

《今古奇观》真切地模写了我国古代社会市民阶层崛起和地主阶级衰败时的社会矛盾与变化，在反映社会生活方面，同古代阿拉伯名著《一千零一夜》有同工异曲之妙，且两书都是经过多人的辑录整理而最后形成的。但是，无论就作品反映生活的广度和深度来说，还是就作品对后世文学的影响而论，《今古奇观》并不能同《一千零一夜》等量齐观。格里泽巴赫把《今古奇观》称为中国的《一千零一夜》，这是他对中国文学的褒扬。

接着，格里泽巴赫又根据伯奇译本翻译了《杜十娘怒沉百宝箱》（5 卷），根据荷兰人施莱格尔（Schlegel）译本转译了《女秀才移花接木》（34 卷），发表在他莱比锡 1884 年版的《中国小说》中。1886 年，《中国小说》在柏林再版，又增添了根据施莱格尔译本译的《卖油郎独占花魁》（7 卷）、《王娇鸾百年长恨》（35 卷）。

作为外交家，格里泽巴赫在公事之余致力于中国文学的介绍工作，极为难得。倘非具有对中国文化的浓厚兴趣，不至于此。但德国外交部对他的中国热情似乎并不理解。他先后被派往意大利的米兰和拉丁美洲的海地任职。[1]

差不多同时，随着汉学在德国的发展，《今古奇观》中的故事甚至被作为教材，收入汉语语法书。1883 年，格奥尔格·加布伦茨（Georg Gabelentz）在莱比锡出版《中国语法入门》一书，其中就收《金玉奴棒打薄情郎》（32 卷）的德译，附有汉语原文。

1900 年，威廉·塔尔（Wilhelm Thal）编译成《中国小说》，收《看财奴刁买冤家主》（10 卷）、《陈御史巧勘金钗钿》（24 卷）、《怀私怨狠仆告主》（29 卷），在莱比锡出版。但此书今难寻觅。

1902 年，法特尔·亨宁豪斯（Father Henninghaus）译《狠心的丈夫》，即《钱秀才错占凤凰俦》（27 卷），在上海的《远东》第一卷第二分册上发表。

1913 年，格莱纳（Leo Greiner）在柏林编译出版其《中国之夜，小说和故事》，包括"花的童话"和"花痴"两个故事。它们实际上分别是《灌园叟晚逢仙女》（8 卷）中的入话和正文。

所谓入话，乃是中国话本小说的一种特定结构，体裁不一，有诗，也有可以单独成篇的故事。这种结构显然对欧洲人来说是陌生的。格莱纳作了这样的改动，以适合德国读者的欣赏习惯，原因即在于此。这种现象在《今古奇观》的传播过程中，并不鲜见。有德国汉学家这样批评："迄今许多单篇故事的译者大都把引言或入话，有时是整首诗删去了。由此，小说的特色荡然无存，创造出一种欧洲的复述形式。作了这样改动的小说可以发表在任何一份报纸上。"[2]

---

1. 格里泽巴赫编译的另一本《中国小说》有巴塞尔 1945 年版，收《女秀才移花接木》（34 卷）、《羊角哀舍命全交》（12 卷）、《杜十娘怒沉百宝箱》（5 卷）、《转运汉巧遇洞庭红》（9 卷）、《王娇鸾百年长恨》（35 卷）、《庄子休鼓盆成大道》（20 卷）。

2. Gottfried Rösel: Nachwort zu "Altchinesische Erzählungen". Manesse Verlag 1984, S.646.

　　在 18、19 世纪，乃至进入 20 世纪后，德国的中国文学翻译，很多是依靠欧洲其他文字的转译。包括上面的格里泽巴赫和塔尔等人，都不谙汉语。而这些译文得益于法语和英语译本，无疑是因为法国和英国汉学相对比较发达的缘故。

　　但进入 20 世纪后，德国自己的汉学家也已成长。屈内尔（Paul Kühnel）就是其中的一位。他在 1902 年至 1914 年间，译出《今古奇观》中约 13 篇故事，主要发表在以下集子中：一是柏林 1902 年版的《神秘的图画与另外三篇小说》，收有《滕大尹鬼断家私》（3 卷）、《唐解元玩世出奇》（33 卷）、《崔俊臣巧会芙蓉屏》（37 卷）；二是慕尼黑 1914 年版的《违反意愿的丈夫》，收《钱秀才错占凤凰俦》（27 卷）；三是 1914 年慕尼黑版的《珍珠衫》，即《蒋兴哥重会珍珠衫》（23 卷）；四是慕尼黑 1914 年版的《中国小说》，其中有《裴晋公义还原配》（4 卷）、《夸妙术丹客提金》（39 卷）、《李谪仙醉草吓蛮书》（6 卷）、《唐解元玩世出奇》（33 卷）、《俞伯牙摔琴谢知音》（19 卷）、《滕大尹鬼断家私》（3 卷）、《赵县君乔送黄柑子》（38 卷）、《杜十娘怒沉百宝箱》（5 卷），此书 1924 年重印。

　　1914 年是人类历史上不幸的一年，第一次世界大战的爆发，使无数苍生死于非命，但偏偏也是《今古奇观》在德国的译介达到高峰的一年。除了以上屈内尔的译本，1914 年，鲁德尔斯贝格尔（Hans Rudelsberger）编译的《中国小说》，在莱比锡出版，第一部收有《庄子休鼓盆成大道》（20 卷），第二部收《乔太守乱点鸳鸯谱》（28 卷）、《夸妙术丹客提金》（39 卷）、《李谪仙醉草吓蛮书》（6 卷）、《钱秀才错占凤凰俦》（27 卷）、《蔡小姐忍辱报仇》（26 卷）。此书反响应该不错，另有维也纳 1924 年的再版版本。

　　1914 年，著名汉学家卫礼贤编译成《中国童话》，在耶拿出版，收《庄子休鼓盆成大道》（20 卷）、《金玉奴棒打薄情郎》（32 卷）。1917 年重版改名《中国民间童话》。以后，卫礼贤还曾译出《杜十娘怒沉百宝箱》（5 卷），发表在《科学与艺术中国之页》（1925 年 1 月 1 日）。

　　进入 20 年代后，德国文坛还出现了另一位热心介绍《今古奇观》的作家瓦尔特·冯·施措达（Walter von Strozoda）。慕尼黑 1920 年版《卖油郎独占花魁》（7 卷）就出自他手。他的另一部译作《赵公主的黄柑子》，慕尼黑 1922 年版，收《今古奇观》中 5 篇作品，它们是：《卢太学诗酒傲王侯》（15 卷）、《苏小妹三难新郎》（17 卷）、《庄子休鼓盆成大道》（20 卷）、《赵县君乔送黄柑子》（38 卷）、《夸妙术丹客提金》（39 卷）。

　　此外，洪涛生 (Vincenz Hundhausen) 译《卖油郎和妓女》(即《卖油郎独占花魁》(7 卷))，有 1928 年莱比锡版；林秋生译《陈御史巧勘金钗钿》(24 卷)，刊于《中国学》杂志 1929 年第九卷。

　　至 20 世纪上半叶，《今古奇观》德译史上的集大成者应为汉学家库恩 (Fanz Kuhn)。他一人大约译了《今古奇观》中的 17 篇故事，其中约 11 篇已有德译，5 篇已有法译，1 篇已有英译，1 篇 (30 卷) 似乎是第一次翻译[1]。其译本情况大体如下：

1. 参见 Gottfried Rösel: Nachwort zu "Altchinesische Erzählungen". Manesse Verlag 1984, S.657.

　　1926 年，库恩在《科学与艺术中国之页》第一、二卷，发表德译《滕大尹鬼断家私》(3 卷)。又载柏林《东亚杂志》1930 年第 16 期。

　　1928 年，库恩译《蒋兴哥重会珍珠衫》(23 卷) 出版。

　　1935 年，库恩译《杜十娘怒沉百宝箱》(5 卷) 发表在《中国学》第十卷上。

　　1937 年，库恩译《陈御史巧勘金钗钿》(24 卷) 发表在《中国学》第十二卷上。

　　1940 年，库恩编译《十三层塔》在柏林出版，收 6 篇《今古奇观》作品：《陈御史巧勘金钗钿》(24 卷)、《钱秀才错占凤凰俦》(27 卷)、《乔太守乱点鸳鸯谱》(28 卷)、《崔俊臣巧会芙蓉屏》(37 卷)、《唐解元玩世出奇》(33 卷)、《夸妙术丹客提金》(39 卷)。

　　1941 年，库恩编译《中国著名小说》，在莱比锡出版，收《滕大尹鬼断家私》(3 卷)、《金玉奴棒打薄情郎》(32 卷)。

　　1946 年，库恩译《庄子休鼓盆成大道》(20 卷)，在慕尼黑版《各族人民的声音》中发表。

　　1948 年，库恩译《小侦探》，即《十三郎五岁朝天》(36 卷) 在巴登出版。

　　1949 年，库恩编《东方花门》在杜塞尔多夫出版，收《宋金郎团圆破毡笠》(14 卷)、《念亲恩孝女藏儿》(30 卷)、《女秀才移花接木》(34 卷)、《十三郎五岁朝天》(36 卷)。

　　1952 年，库恩译《今古奇观》在苏黎士出版，收《卖油郎独占花魁》(7 卷)、《陈御史巧勘金钗钿》(24 卷)、《乔太守乱点鸳鸯谱》(28 卷)、《唐解元玩世出奇》(33 卷)。

　　1953 年，库恩译《赵县君乔送黄柑子》(38 卷)，载弗莱堡版《黄鹂在西湖畔啼鸣》。

　　关于《今古奇观》在德国的流传，我国学者陈铨在他 1933 年的德文博士论文中这样说："希望有人能把《今古奇观》里的 40 篇故事悉数译成德文，这将是对汉学和民俗学的一大贡献。

2. Chen Chuan: Die chinesische schöne Literatur im deutschen Schrifttum. Kiel 1933, S.401—402.

因为这部集子提供了一幅中国生活的真实画面；此外，这也将丰富世界文学。"[2]

陈铨写下此话后半个世纪，《今古奇观》的 40 篇故事中，依旧还有约 13 篇没有德译。[1]

1. 参见 Gottfried Rösel: Nachwort zu *Altchinesische Erzählungen-Aus dem "Jin-Gu-Tji-Guan"*. Manesse Verlag 1984, S.657.

而这种情况最终随着瑞士玛奈塞（Manesse）出版社 1984 年版的《来自〈今古奇观〉的古代中国小说集》的问世，最终得到改变。此书由选自至此未有德译（或德译本无从寓目）的 13 篇《今古奇观》故事组成。它们是：《三孝廉让产立高名》（1 卷）、《两县令竞义婚孤女》（2 卷）、《转运汉巧遇洞庭红》（9 卷）、《看财奴刁买冤家主》（10 卷）[2]、《吴保安弃

2. 此译根据书目，见载于 1900 年威廉·塔尔出版的《中国小说》，但今日难觅。参见 Gottfried Rösel: Nachwort zu *"Altchinesische Erzählungen"*. Manesse Verlag 1984, S.688.

家赎友》（11 卷）、《沈小霞相会出师表》（13 卷）、《刘元普双生贵子》（18 卷）、《老门生三世报恩》（21 卷）、《钝秀才一朝交泰》（22 卷）、《徐老仆义愤成家》（25 卷）、《怀私怨狠仆告主》（29 卷）[3]、《吕大郎还金完骨肉》（31 卷）、《逞多财白丁横带》（40

3. 此译根据书目，见载于 1900 年威廉·塔尔出版的《中国小说》，但今日难觅。参见 Gottfried Rösel: Nachwort zu *"Altchinesische Erzählungen"*. Manesse Verlag 1984, S.690.

卷）。这个译本的问世，标志着《今古奇观》在两个多世纪时光的骎骎流逝后，终于被全部译成德语，意味着普通德国读者有了阅读整部《今古奇观》的可能。这无疑是中德文学交流史上应该记录的一件大事。

译者勒泽尔（Gottfried Rösel, 1898—1992）究竟是谁？通观现有多本相关著作，未见有任何记载。其实，勒泽尔 1898 年出生于魏玛。父亲是魏玛民族剧院第一小提琴手，祖父、曾祖父均为音乐家。他中学毕业后先学习日耳曼学，然后在著名作家恩斯特（Paul Ernst, 1866—1933）建议下，于 1920—1922/3 年间在柏林大学东方语言系学习汉学。他以主科汉学，副科满文和蒙古文博士毕业，通过口译考试。勒泽尔师从的汉学老师有高延（De Groot, 1854—1921）、海尼士（Erich Haenisch, 1880—1966）、福兰阁（Otto Franke, 1862—1946）、中国老师 Hsüe。他学习汉学毕业后一时找不到工作，之后在米兰一家工具机器公司当记者，以后以此为业，二战期间事迹不详。1943 年，他在柏林的书房遭焚毁，当时人在斯德哥尔摩。战后，1948 至 1950 年曾任米兰一工厂仓库的主管。1958 至 1967 年在米兰的翻译学校当德语教师、教务主任。1968 年退休后，移居妻子的家乡瑞士的卢加诺，以 70 岁的年龄重起炉灶，温习汉语，从事中国古代小说的翻译和研究。在上提德译《今古奇观》故事正式发表前，勒泽尔博士已用近 10 年的时间，将整部《聊斋志异》的 500 篇故事，悉数译成德语。从 1987 年到 1992 年，此书分成 5 卷在瑞士出版。第一卷《与菊花相处》，第二卷《睡梦中的两个生命》，第三卷《拜访仙人》，第四卷《让蝴蝶飞翔》，第五卷是《与生者的联系》。勒泽尔博士治学谨严，浸染着魏玛古典主义的学术风范。仅就其为《今古奇观》写的后记和为《聊斋志异》撰写的前言来看，

译者具有对作家生平事迹和作品时代背景等情况的广博学养。两种译著后各附几十种现有多种
欧洲语言的译本目录，既显示出他丰富的语言知识，也表明了他译作坚实的研究基础。[1]

1. 笔者曾与勒泽尔博士有多年通讯往来。以上有关他生平的信息，来自他本人的叙述。

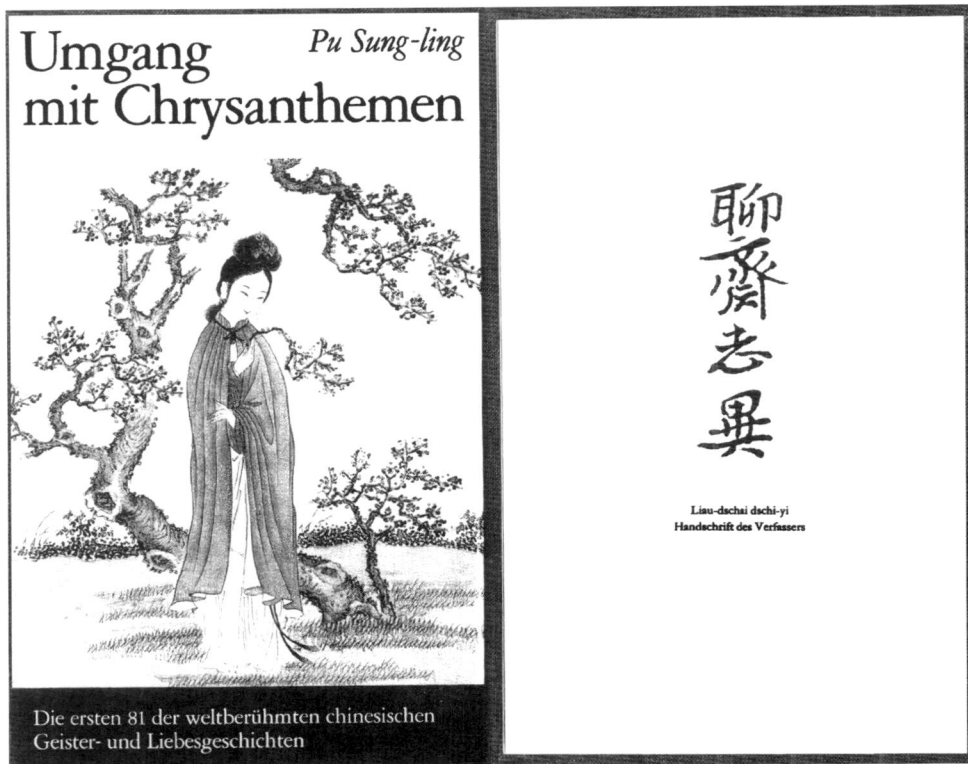

《聊斋志异》苏黎士 1987 年德文版封面及封内页

# 十一、 哲学的渗透——克拉邦德与中国文学及哲学

德国文坛上的唐诗热，约起于 19 世纪末的自然主义文学阶段，经过印象主义，在 20 世纪
初的表现主义文学中极一时之盛，涉及名作家多人。我们在此主要以德默尔举例，无法详论。
到了 1915 年，德语文坛又出现一名新的中国古诗崇拜者和介绍人，他就是克拉邦德（Klabund，
1890—1928）。他这年出版的一本诗集题为《紧锣密鼓——中国战争诗》，主要收李白、杜甫

等唐代诗人及来自《诗经》的一些反映战乱的诗。书名和选题，明显带有第一次世界大战的背景。

克拉邦德在一战爆发时报名入伍，但战争展开后，他即转入和平主义者行列。在这部诗集中，他借中国诗人反对暴力、控诉战争的诗句，表达了一代表现主义作家反战的呼声。

在中国诗人中，克拉邦德最欣赏的是李白，对此曾留有这么一段逸事。那是 1915 年的一个春日，一些德国文人墨客聚会在德国东部的施特恩贝格湖畔。有人回忆："在那个三月的晚上，朋友们夜聚篝火旁，互诵世界文学佳作，当弗兰克念到李白的《磁亭》时，克拉邦德跳起来说，这太妙了。不过不该这样译。明天我就去图书馆。"[1]

1.Fang-hsiung Dscheng：*Alfred Döblins Roman "Die drei Sprünge des Wang-lun" als Spiegel des Interesses moderner deutschen Autoren an China.* Frankfurt a.M. 1979，S.56.

上提《紧锣密鼓》一书，不知是否为他这次造访图书馆的副产品。事实是，他于次年发表了诗集《李太白》。该书是李白诗改编集，其中一首这样写道："云朵衣裳，/ 花和她的脸。/ 飘散着芬芳，/ 可爱的春天。"[2]

2.Fang-hsiung Dscheng：*Alfred Döblins Roman "Die drei Sprünge des Wang-lun" als Spiegel des Interesses moderner deutschen Autoren an China.* Frankfurt a.M. 1979，S.80.

这本来是李白《清平调·其一》中的前两句。原文为："云想衣裳花想容，/ 春风拂槛露华浓。"同有些生怕遗漏而尽力铺陈的翻译或改编不一样，克拉邦德仅抓住原诗中的云、衣、花和春天等意象，舍去了原诗的句型及诗意。这同表现主义文学追求简洁精练有关，也可归于克拉邦德自己对中国古诗的认识。他曾在《紧锣密鼓》一书的后记中谈自己对中国诗的看法：

字一旦写下，就像一朵更加灿烂地展开自己的花。有些文字符号，它们没有声音过渡，魔术般地在中国意识中形成概念。人们只见到一个符号——就会想到：愁苦、贫困、神圣、古怪。把符号游戏般地归在一起，就组成了镶嵌图画：眼睛……水 = 眼泪……对诗人来说有无尽的可能。他写诗的同时，也在思考、画画、造型、歌唱。[3]

3.Fang-hsiung Dscheng：*Alfred Döblins Roman "Die drei Sprünge des Wang-lun" als Spiegel des Interesses moderner deutschen Autoren an China.* Frankfurt a.M. 1979，S.80.

克拉邦德对中国诗的理解，显出一个德国作家的独到之处，道出了中国诗歌的象形、会意等特征。而他在处理中国诗歌的时候，是"有意把自己的译文，弄得那样简练，以求适合中国文字的图画似的、象征式的特性"[4]。

4. 陈铨：《中德文学研究》，第 119 页，沈阳：辽宁教育出版社，1997 年版。

下面再举一例，以示其改编风格："桃花 / 你多么香甜，/ 五彩的慰女，/ 雨仙 / 向你躬身 / 她的泪水 / 把你湿润。"[5] 这里的七行诗句，实际上演化自李白《清平调·其二》中的两行："一枝红艳露凝香，/ 云雨巫山枉断肠。"克拉邦德的改作，把桃花比作给人以慰藉的女子（Trösterin），

5.Fang-hsiung Dscheng：*Alfred Döblins Roman "Die drei Sprünge des Wang-lun" als Spiegel des Interesses moderner deutschen Autoren an China.* Frankfurt a.M. 1979，S.81.

舍去了"云雨巫山"这个难解的典故，代之以雨中仙子滋润花朵这样一个意象。改编虽然失却了原诗特定的旨意和意境，却也匠心独运，词句清新。

在众多唐代诗人中，李白似乎受到那个时代德国诗人的特别钟爱。这既由于他同许多青年作家一样，具有一种狂放不羁、蔑视权威的气质，又由于他的作品与杜甫、白居易等人相比，较少地纠缠于特定的历史背景，更多地反映普遍人性。

1921 年，克拉邦德还出过另一本中国诗集，书名为《花船——中国译诗》。此书被视为他介绍改编中国诗的顶峰和终结。

在这之前的 1918 年 10 月，克拉邦德的妻子由于难产去世，这让他一度悲伤欲绝。他便在《老子》一书中寻找安慰。他在给朋友的一封信中说：

> ……理智显示。但心却不能受它引导，如果智者成了孤儿。道（不是这样，近似这样）说。倘若我不是道的孩子……我早就绝望了。倘若我不知道，灵魂是星星和太阳，不仅仅是视觉的对象，我就不会知道，个体灵魂同整体灵魂一样不朽（《原道》），我早就把子弹射进了自己头颅。[1]

1.Ingrid Schuster: *China und Japan in der deutschen Literatur 1890—1925*. Francke Verlag Bern und München 1977，S.93.

克拉邦德以上提到的老子话语，似为《老子·二十八章》中"常德不离，复归于婴儿"句。他在信中，把他之所以能克服悲伤，归于自己成了道的孩子，懂得了生死同一的道家学说。而集中体现了他对老子学说之见解与体会的，是他 1919 年的"诗的代表作"[2]《三声》一书。

2.Ingrid Schuster: *China und Japan in der deutschen Literatur 1890—1925*. Francke Verlag Bern und München 1977，S.151.

在老子的《道德经》传入欧洲后，人们曾对十四章中的一段话萌发了巨大兴趣。它是："视之不见，名曰'夷'；听之不闻，名曰'希'；搏之不得，名曰'微'。此三者不可致诘，故混而为一。"德国学者温迪施曼（Carl J.H.Windischmann）对此得出以下结论："夷、希、微，原是一种三选（三的统一），它组成了神圣的名称 IHW（夷、希、微）的内容。"[3] 实际上，

3.Ingrid Schuster: *China und Japan in der deutschen Literatur 1890—1925*. Francke Verlag Bern und München 1977，S.152.

老子在原作中并非要创造一个新的专门概念，"夷、希、微"都指感官不能把握的特性。但克拉邦德接过了温迪施曼的说法，并称它为"神圣的三声理论。因为三是一个神圣的数字。是天、地、人，你、我、它"[4]。此外，温迪施曼还认为，声即音乐对中国古代社会作用非常，"是音

4.Ingrid Schuster: *China und Japan in der deutschen Literatur 1890—1925*. Francke Verlag Bern und München 1977，S.152.

乐把天地和人的社会即帝国统一了起来"[5]。这一观点同样影响了克拉邦德。这就是他《三声》

5.Ingrid Schuster: *China und Japan in der deutschen Literatur 1890—1925*. Francke Verlag Bern und München 1977，S.152.

之书中"夷、希、微"那一章题名的来源。

6.舒斯特尔在其著作中，举出"西尔维亚"的一首诗："我诅咒行为，/它毁灭了这个世界，/我要有为：善／成了恶。/我想有为：正确／成了错误。/

诗集《三声》共分三章。一、"西尔维亚或希望"，下分三节："森林人"，"黑神"，"动

诅咒善行者，/他们成了恶行者，/因为行为本身有害无益。"参见 Ingrid Schuster: *China und Japan in der deutschen Literatur 1890—1925*. Francke

物圈"。二、"科利阿或满足——伊蕾娜颂歌"。三、"夷、希、微"，下分三节："我"，"你"，

Verlag Bern und München 1977，S.152.

"它"。前两章充满对城市文明的批判和对大自然的向往，除了极个别诗段[6]，与中国关涉不多。

《三声》中第三章"夷、希、微"里交融着更多老子思想。其中第一节题为"我"，这样开头："戴着黑面具的男人提高嗓音大叫。/ 他被称为无名者和谁都不是。/ 他取消了他自身的行为，不实施一切行为。/ 他不要自己那幽暗脑袋或者他那让人讨厌的荣誉的作用。/ 不要自－爱，而要真实的爱。/ 他笑——无声。/ 他爱——无新娘。/ 他行动——无力。/ 他漫游——不分昼夜。"[1]

1.Klabnd；*Werke in acht Bänden*. Bd. 4, Gedichte, Hrsg.von. Christian von Zimmerman und Ralf Georg Bogner, Elfenbein Verlag, Heidelberg, 2000, S.410.

这里的戴黑面具的人，犹如尼采笔下的扎拉图斯特拉，道出自己的社会见解和人生智慧。不过，那大多是来自老庄哲学的中国智慧，并且为社会底层者和弱者说话："因为我们不愿像那些有权有势者——我们的使命是无助者、无权者、弱者、穷人、残废人和受鞭挞者、被践踏者和被拷打者、受良心折磨者、被矛盾和怀疑的锯子锯开者的使命。"

第二节题为"你"，大体由"诗人"和他"情人"的对话组成。其中用了多个中国诗人的名字，以渲染气氛，比如有 Mong-hao-yen（孟浩然）、Wang-tschang-ling（王昌龄）。尤其是，"道"在这里不仅是自然界这个大世界的法则，而且还是规范人类群体这个小世界的法则。别具新意的有这么一段情话。当姑娘，那个"情人"，满怀深情地说出"我要同你生个孩子"后，"诗人"的回答，是一段赞美"玄牝"这个万物始源的老子语录："谷神不死，/ 是谓玄牝。/ 玄牝之门，/ 是谓天地根。/ 绵绵若存，用之不勤。"[2]

2.Klabnd；*Werke in acht Bänden*. Bd. 4, Gedichte, Hrsg.von. Christian von Zimmerman und Ralf Georg Bogner, Elfenbein Verlag, Heidelberg, 2000, S.423—424.

第三节是"它"，是对前面所谓中国智慧的总结。诗这样开头："夷－希－微：/ 这个神圣的名字或神圣的三声。/ 它被呼唤夷－希－微。/ 夷－希－微：这是耶和华（Je-ho-va）/ 夷－希－微：/ 这是神圣的三位一体：圣父，圣子和圣灵。/ 神人，人神，人也是三位，成了上帝：/ 印度人的菩萨 / 犹太人的耶稣 / 中国人的老子。/ 但老子是他们中的第一位。/ 在老子身上他首次见到：自己。/ 然后才在菩萨身上。/ 然后在基督身上。/ 我直呼其名 / 我以他的三声歌唱他 / 以便他听见我并倾听：/ 我灵魂的意义，我存在的灵魂。"[3]

3.Klabnd；*Werke in acht Bänden*. Bd. 4, Gedichte, Hrsg.von. Christian von Zimmerman und Ralf Georg Bogner, Elfenbein Verlag, Heidelberg, 2000, S.424—425.

试回忆一下 18 世纪启蒙运动中的沃尔夫，他曾因把孔子与耶稣相提并论，而被驱逐。克拉邦德可说是有过之而无不及：他甚至把一个中国哲人置于耶稣之前。不同的是，老子代替了孔子的位置。两个中国哲人在不同时代的德国精神生活中，可谓各得其所，各领风骚。

克拉邦德在《三声》中尚未过足"道"瘾，稍后他还改编过《道德经》全书。改编本建立在汉学家卫礼贤译本的基础上，作为诗人，他尝试在改编中添加了我们无法移译的音韵游戏，受到后人诟病。而关于老子，他还写有描写老子出生的叙事诗《老子》：

　　他被一个穷苦的女佣怀上，／在贫瘠的田野。／一个高大的流浪汉走来，／牵住

她的手掌。／／她眼前发黑，心中发亮。／昏沉沉摆弄着金雀花，／六月的甲虫撞上

她脸膛。／／醒来后四周环望。／月亮眨着眼抚慰她的不幸。／她哭泣着穿过金色的

夜幕／走进她漆黑的闺房。／／怀着选送给她的孩子／含辛茹苦，九年时光。／分娩

期到。生下却是，／一个老者，白发苍苍。／／他脑袋尖尖，双手枯萎，／每当抱他

在怀，万分惊慌。／他的额头似有积云。／说话犹如父亲同她打趣。／／她坐在他身边，

而不是他坐在她身边，／向他贝壳般沙沙作响的耳朵，／诉说自己的大小悲伤。／老

子则微笑地抚摩她。[1]

1.Klabund: *Werke in acht Bänden*. Bd. 4, Gedichte. Hrsg.von. Christian von Zimmerman und Ralf Georg Bogner, Elfenbein
Verlag, Heidelberg, 2000, S.794—795.

　　关于老子的生平，历来蒙有神话的色彩，这正好为作家们留下发挥想象的余地。本书前述

洛恩斯泰因和塞肯多夫等，都曾对老子的出生作过自己的发挥。克拉邦德的描述与他们大同小

异，源自"老子"这两个字的字面含意。别开生面的是他为老子找到一位女仆母亲，写了老子

的出生。同时代的另一位作家布莱希特也曾为老子作诗，不过是写老子的消逝，留待后面细述。

　　关于老子，克拉邦德在其《文学史——从古到今的德国和外国文学》的"中国"一章里，

继续述评，并同时留下十分精辟的中西哲学对比文字：

　　东方的思想，如老子所思，是一种神秘的、魔幻的思想，一种自在之思（ein

Denken an sich）。西方的思想是一种理性的、经验的思想，一种为己之思（ein

Denken um sich），一种为了目的的思想。东方人沉浸于自身，只有在自身中有其意义。

他的世界是一种内在世界。西方人在"自身之外"。他的世界是一种外在世界。东方

人创造世界，西方人定义世界。西方人是科学家，东方人是智者，明白人，圣人，本

质之人，将"其金银首饰藏在寒酸的外衣下"。那些伟大的中国诗人全部受老子影响。

他以其箴言，如同柏拉图和尼采，是伟大的诗人哲学家中的一个。[2]

2.Klabund: *Literaturgeschichte. Die deutsche und die fremde Dichtung von den Anfängen bis zur Gegenwart.* Phaidon-Verlag, Wien
1929, S.96.

　　就在这样一篇不到 10 页的文章里，他极其精辟地论述了中国哲学、文字和文学，还逐字

引述"庄生梦蝶"的故事。而他对中国文学的结论是："中国文学规模如此庞大，犹如中华帝

国的疆界。"敬佩欣赏之情，溢于言表。[3]

3. 克拉邦德有关中国的创作中，还包括剧本《灰阑记》（1925）等。

## 十二、 文学的借鉴——埃伦施泰因与《水浒传》

德国表现主义文学的另一位大师，奥地利诗人埃伦施泰因（Albert Ehrenstein，1886—1950），那时也创作了不少与中国文学有关的作品。对于他的中国兴趣，有人曾这样追忆：

> 他在苏黎士住了一年半；1918 年 9 月到柏林，向往革命，同弗兰茨·普费姆费尔特、汉斯·西门子及卡尔·楚克迈耶尔一起，在《反国社党宣言》上签字。……1919 年初，埃伦施泰因 1914 年以来的文学发展和思想所向往的希望破灭；他对社会民主党同德国国防军的联盟徒然地愤怒万分，他徒劳地指斥对李伯克内西和罗莎·卢森堡那不可饶恕的谋杀……埃伦施泰因"逃往中国"：他致力于改编中国诗歌……[1]

1.Ingrid Schuster: *China und Japan in der deutschen Literatur 1890—1925*. Francke Verlag Bern und München 1977, S.104—105.

埃伦施泰因这次的"逃往中国"，其最初成果是 1922 年发表的《诗经》一书，其副标题直译为：《由孔子编撰的中国诗歌集。一百首改成德语的诗。阿尔贝特·埃伦施泰因按弗里德里希·吕克特》。其实，上面的"改成"，德语原文为"aneignen"，有"占为己有"的意思。为了适应德语的习惯，埃伦施泰因确实对这些中国诗做了很大改动。比如他的《诗经》第一首题名，汉译应为《郊游》，对应的汉语原作其实是《国风·郑风·溱洧》；第二首题为《雨》，对应的汉语原作该为《国风·郑风·风雨》。对比之下，原作和改编之间差别巨大。但他还是努力去保存一些中国要素。比如在《国风·郑风·风雨》中有鸡鸣"喈喈"和"胶胶"的象声词，埃伦施泰因用的是汉语拼音"Ki-ki"和"Kiao，Kiao"，而风雨的"潇潇"在他笔下复现为"Siao，Siao"。[2] 改作顿时变得情趣盎然。埃伦施泰因似乎真的在东方中古的古诗中，找到了自己的一

2. 参见 Albert Ehrenstein: *Werke* Bd.3/I, Chinesische Dichtungen, Hrsg.von. Hanni Mittelmann, 1995 Klaus Boer Verlag, S.14.

片宁静之地。此书的后记这样结束：

> 我努力通过删减、更活泼的节奏、去除干扰意义的附加、改组，在许多情况下通过重新创作，重现由我挑选的一百首原作的某些感觉上的直接性。倘若我的更新和修改成功，我要不时地感谢当时的中国人 Pe-Tai。他原先出自文人世家，以后在一处唐人街从事精神的和务实的营生，他经常陶醉在回忆中，带着咬文嚼字的精确度，向我提供帮助，而这样宝贵的帮助，也来自受人尊敬的喇嘛 Po-Tse，一个特别是汉语文本的专家。我避免接纳仪式性的诗作或者甚至仅为历史的专家和汉学家所理解的诗句，

而这样的诗句需要中国长城之冗长的注解。但愿，留下的和产生的，会使男人和女人、

姑娘和小伙高兴，犹如悠远的歌声，超越尘世地飘然而过的天仙之舞。

埃伦施泰因在此详述了改作原则，及中国学人帮助的背景，由此可见其《诗经》改编的严

肃和认真。而末尾的话，则透露出诗人对自己创作的自信和傲然。尤其值得我们注意的，该是

以上引文中，他"生造"的"中国长城之冗长"（Chinesischemauerlanggenweile）一词。这

几乎是他改编整部《诗经》方法论上的缩影，淋漓尽致地展示出他诗人的才华和激情。几近一

个世纪后的今天读来，依旧感人至深。

次年，埃伦施泰因又根据普费茨迈耶尔（August Pfizmaier）的《中国诗人白居易》一书，

改编出一本《白居易》。在中国唐代诗人中，白居易以反对吟花弄草，提倡批评现实见长。埃

伦施泰因的选择当属自然。在目前能见到的一篇此书预告中，有下列文字：

中国诗歌——译成德语的大多是被粉饰的盖贝尔[1]，或由于选题，或由于中介——

1. 盖贝尔（Emanuel Geibel，1815—1884），德国诗人，其作品以语言高雅、音韵别致闻名。

德语中国诗人的桃花上大多洒有一些香水。但是，阿尔弗雷特·埃伦施泰因的《白居易》

诗歌却没有这种甜味。这本装帧精美的书刚由埃尔恩斯特·罗沃尔特出版社出版。[2]

2.Ingrid Schuster: *China und Japan in der deutschen Literatur 1890—1925*. Francke Verlag Bern und München 1977, S.105.

接着，埃伦施泰因又有《中国控诉》（1924）一书问世。其副标题颇具德国当时社会历史

特征：《三千年革命的中国诗歌的意译》。他在诗集的"前言"中，首先指出，中国数千年历

史中，尤其在《诗经》中，不乏对统治者表示不满和愤怒的诗歌，"但是直到公元800年左右，

才出现了讥讽官员和诸侯的狂妄和奢侈、发出受苦受难和饥肠辘辘的大众的叫喊的男子汉和控

诉者：白居易"[3]。

3.Albert Ehrenstein: *China Klagt-Nachdichtungen revolutionärer chinesischer Lyrik aus drei Jahrtausenden*. Der Malik-Verlag, Berlin 1924, S.5.

这本不到50页，收诗共26首的诗集，主干部分是来自其《诗经》的13首诗，以及出自其

《白居易》的9首诗。来自《诗经》的第一首为《压迫》，直译如下：

大，大，大鼠，／别吃我屋里的黍！／三年来你把我折磨，／三年来你把我啃咬。

／不久甚至要把我吞吃，／让我怔营恍怖。你逼我离去，／到那陌生的乡土。／／大，

大，大鼠，／别把我全部家产吃尽！／三年来我向猫诉苦，／猫却向狗说诉。／三年

来你把我折磨，／把我赶出乡土，／我迁往一块乡土，／那里没有大鼠。[4]

4.Albert Ehrenstein: *China Klagt-Nachdichtungen revolutionärer chinesischer Lyrik aus drei Jahrtausenden*. Der Malik-Verlag, Berlin 1924, S.17.

毫无疑问，这是《诗经》中揭露并反抗统治者残酷剥削的名篇《魏风·硕鼠》一诗的改编。

从改编的诗题就已可见，埃伦施泰因完全清楚中国诗歌中比喻的含义以及对硕鼠——富人以贪

婪暴虐使人民居无定所的控诉。原诗 3 段，计 24 行。改作只有两段，计 16 行，精简了三分之一。但从诗的内容到主题思想，都深得原作精髓。

13 篇《诗经》作品后是两首杜甫诗。一为《皇帝》，二为《征兵者》。它们的原作分别是《兵车行》和《石壕吏》。前者谴责唐玄宗穷兵黩武的开边政策，后者揭露安史之乱中唐朝官吏的横暴，都有指斥战事，悯恤无辜的倾向。

诗集最后 9 首是白居易诗，以《村居苦寒》一诗作尾。试对此诗前半部分的原文及改编作一比较，以窥埃伦施泰因改作之全貌。先看原文：

> 八年十二月，／五日雪纷纷。／竹柏皆冻死，／况彼无衣民！／回观村闾间，／
>
> 十室八九贫。／北风利如剑，／布絮不蔽身。／唯烧蒿棘火，／愁坐夜待晨。

再看改编的直译：

> 我在狭窄的村道间／四周环顾：／草棚十有九颓败，／竹柏冻死，还有无衣／村
>
> 民冻僵空门前。／北风挥舞其利剑，／薄衣轻布不护身。／炉边荆棘稻草火——／穷
>
> 苦村民不足温，／愁夜待昏晨。[1]

1. Albert Ehrenstein: *China Klagt-Nachdichtungen revolutionärer chinesischer Lyrik aus drei Jahrtausenden.* Der Malik-Verlag, Berlin 1924, S.47.

从形式上看，改作与原作均为 10 行，但内容上有不少变动。最引人注目的是，改作开篇一个"我"字跃然而出，统率全诗。它舍弃了原作史传文学写法，即交代时间的第一、二行，而把原作第五、六行"回观村闾间，／十室八九贫"提到前面。最后，"竹柏皆冻死，／况彼无衣民"两句，也成了"我"的观察结果。

就中国传统哲学观来看，人是自然的一部分。艺术的任务往往是将"物""我"融为一体，其最高境界往往是"无我之境"。李白的《静夜思》讲月夜思乡，但通篇没有一个"我"字，可说是这一审美观的范例。但在眼前这篇改作中，"我"字一马当先，十分醒目。诚然，由于汉语同德语之间，从语法到词汇都存在巨大差别，汉语中可省去的主语，特别是"我"字，在德语中往往不能省去。但是，背后隐藏着的不同的美学观，也不容忽视。德国当代东方学家泽尔克曾对这个问题有过精辟的分析：

> 我们……看一下西方艺术，在其中心点站的是人。画中的人又大又清楚，根据形
>
> 体塑造美学复制。再看古代中国的艺术，比如那些占主导地位的没有限制性透视的风
>
> 景画。它们有着神秘和透明的空间关系。在这种空间中，人和由他创造的建筑、庙宇

的图像，常常被描绘得很小，无足轻重，甚至完全被置入无限的辽阔中，被重新置入自然那令人倾倒的稠密中。[1]

1.Dietrich Seckel: *Einführung in die Kunst Ostasiens*. München 1960, S.371.

尤其在德国表现主义文学中，"我"字又有其特殊含义。它是挥臂振呼、改造世界的"新人"的象征。这与埃伦施泰因这篇改作似乎不无关系。

《中国控诉》一书在正文开始前，另有两首引诗。第一首题为《中国人的战歌》，第二首名曰《献给自由》。两诗均未署名。第一首其实是德国作家、德国国歌词作者法勒斯雷本（Hoffmann von Fallersleben，1798—1874）的《一个中国人秋天的歌》（1841）。有现成的中译，录如下：

> 我们没有成熟！／这是千年以来他们对我们／这些可怜的孤儿所唱的歌，／他们借此塞住我们的口，／使人民的希望永远化为乌有，／阻拦我们的革新的要求，／使我们将来永远不能出头。／／我们没有成熟？我们早已成熟，要幸福地生活，／我们的生活应该更加美好，更加快乐。／我们已经成熟，要说出我们的悲伤，／我们已经成熟，要说出我们的愿望，／我们已经成熟，不能再对你们忍受，／我们已经成熟，要拼掉一切争取自由！[2]

2.Albert Ehrenstein: *China Klagt-Nachdichtungen revolutionärer chinesischer Lyrik aus drei Jahrtausenden*. Der Malik-Verlag, Berlin 1924. S.7. 译文引自钱春绮译：《德国诗选》，第 309 页，上海：上海译文出版社，1982 年版。

诗人在此其实是借题发挥，抱怨当时的普鲁士政府对政治改革一拖再拖，而借口是人民没有成熟。不料半个多世纪后，此诗被放入另一位德国作家的集子，而至今还"未被发现"[3]。

3. 由 Hanni Mittelmann 主编的埃伦施泰因作品集（Albert Ehrenstein: *Werke* Bd.3/I, *Chinesische Dichtungen*, 1995 Klaus Boer Verlag）的相关注解中，也没有指出此诗的来源。对于第二首诗，即《献给自由》，此书注解括号里是"匿名，公元前 912 年"。诗中有"Hin-Yün"字样，可能是中国诗，出处待考。

《中国控诉》似为埃伦施泰因改编中国诗的一个小结。此后他还转向中国小说，并在 1927 年出版小说《强盗与士兵》。其蓝本是中国的《水浒传》。他对这部中国小说评价甚高：

> 我们在流传到我们这里的中国小说中，通常读到的是：小脚公主，以及先是炫耀诗才，尔后为同样精通诗歌、但身壮体健的满大人征服的女才子杜兰朵们。这个满大人通常（在他心爱的父亲率领下）把皇帝的军队从困境中解救出来，然后作为奖赏得到对诗的女伴；作为对他孩童般恭敬的奖赏，这个幸福和年轻的重婚者同时又娶一位小表妹，这是他父亲替他做主，替他定的婚，因为她是他一个穷愁潦倒的少年朋友的女儿。……

> 对这种甜食的刺鼻糖衣的厌恶，使我对在较少脱离现实领域的中国史诗的兴趣——摆脱了平庸作品的无聊神化，转入了民间小说领域。在这些作品中，水浒传

（*Chui-Hu-Chuang*）是我最喜欢的。[1]

1.Albert Ehrenstein: *Nachwort zu Räuber und Soldaten. Roman frei nach dem Chinesischen.* Ullstein Bücher, S.185.

而关于成书背景，他自己曾这样说：

> 我要感谢 *Ta Ko An* 这个懂德语的中国作家，是他为我逐字逐句翻译了这本包罗万象，几乎分成 140 篇故事的小说。我试图在保留中国特色的情况下——民俗及重要的礼仪史方面的细节，创作一部上下关联，能为欧洲人所阅读的艺术作品。[2]

2.Albert Ehrenstein: *Nachwort zu Räuber und Soldaten. Roman frei nach dem Chinesischen.* Ullstein Bücher, S.186.

前述海泽以其诗体小说《皇帝与僧侣》，将中国《三国演义》中的故事，织入德语文学，现在，埃伦施泰因又以《强盗与士兵》，将另一部中国名著《水浒传》引入德国，功不可没。特别是因为，在小说发表的 1927 年，西方语言中尚无一部比较完整的《水浒传》译本。许多读者就此初识这部中国小说。但《水浒传》是一部具有中国特色的章回小说，其结构主要是通过人物与人物的衔接出现而展开，而不像西方传统小说那样，由一个主要人物的故事进行串联。这显然给埃伦施泰因的改编造成困难。而他最后找到的办法是，把《水浒传》中多人的故事，缀合到一人身上："我试图通过对事件的彻底删减，并像神话中常见的一样，把许多人的事迹归于并集中到一个英雄主角身上，给作品一种原作所没有的统一。"[3] 而此人就是武松。

3.Albert Ehrenstein: *Nachwort zu Räuber und Soldaten.* Roman frei nach dem Chinesischen. Ullstein Bücher, S.186.

小说第一章的标题是"新年"，叙述武松出身在一个文人家庭，因为家庭穷困，和哥哥武大年轻时就离家独自谋生，家中还留下一个妹妹，名梦兰（Munglan）。其原型似乎是《水浒传》第三十回中出现的、张都监叫来替武松唱曲的养娘玉兰。某一年末，父亲外出借钱无着，自缢树上。

第二章题为"虎"，讲武松打虎，为民除害。武松随后来到舅舅毛（Mao）太公家，与双眼失明的母亲相聚后带她上路。途中寻找饮水时，母亲遇虎受害。武松又连杀四虎，替母亲报仇。打虎英雄在阳谷（Yang Gu）县受到民众热烈欢迎。知县太爷任命他为都头。显然，这里除了《水浒传》第二十三回中"景阳冈武松打虎"的故事外，另把第四十三回中"黑旋风沂岭杀四虎"中李逵丧母杀虎的故事，也加到了武松身上。

第三章是"金莲"，对应原作二十四回"王婆贪贿说风情　郓哥不忿闹茶肆"，讲武松与哥哥武大相会，拒绝潘金莲引诱的故事。

第四章题为"佛牙"，情节大体出自原作四十五回"杨雄醉骂潘巧云　石秀智杀裴如海"，但被和尚裴如海引诱的女人是潘金莲，发现奸情的则是二十一回"虔婆醉打唐牛儿　宋江怒杀阎婆惜"中的唐牛儿。

第五章是"谋杀",故事依旧延续上提第四十五回,但杀和尚及其帮手的人,不再是原作中的石秀,而是西门庆。他随后代替和尚,同潘金莲勾搭成奸。事情被二十四回中的郓哥发现。

第六章题目是"毒药",总体上来自原作第二十五回"王婆计啜西门庆　淫妇药鸩武大郎",讲武大捉奸失败后被害之事。

第七章题目是"卖枣小贩",故事来自原作第十六回"杨志押送金银担　吴用智取生辰纲"。只不过替官府押送财物的不是杨志,而是武松。武松由此走上流亡之路。

第八章为"梦兰"。先讲逃亡中的武松,路遇他以前的老师、打虎将[1]李忠。而这是原作第三回"史大郎夜走华阴县　鲁提辖拳打镇关西"中的故事,李忠实为史进之师。接着说武松遇到一歌女裴秀英及其养父金二。父女俩受当地恶霸郑屠又名镇关西的欺负。武松抱打不平,解救父女俩。而这其实也是原作中鲁智深的故事。不过,裴秀英的原型在原作中叫翠莲。埃伦施泰因的进一步改编是,说她其实是武松的妹妹梦兰。但受通缉的武松,不敢上前认亲。

1. 德语原文为"Raufbold",意即"好打架的人"。

第九章题目是"法庭",对应原作第二十六回"偷骨殖何九叔送丧　供人头武二郎设祭",讲武松找到团头何九叔,又让卖冷酒店的胡正卿当文书,私设法庭,为兄报仇。

第十章为"人肉",先说武松在董超、薛霸押送下,受尽磨难。正在他们要对他下毒手之时,老师李忠出现,把他救下。这其实是原作第八回"林教头刺配沧州道　鲁智深大闹野猪林"的故事。只不过林冲成了武松,鲁智深成了李忠。接着讲武松一行在一人肉馒头店遇险,结识张青和孙二娘。这明显改编自原作第二十七回"母夜叉孟州道卖人肉　武都头十字坡遇张青"。

第十一章是"银圆"。武松还在被押途中,就是庙宇中的和尚,也向他们索要过夜银圆。在一条渡船上,他们遇上打劫的强盗。武松跪倒求命,叫他为"银圆先生"。正在此刻,"及时雨"宋江赶到,救下众人。而那个打劫的强盗原来是浪里白条张顺。这段故事的原型是原作第三十七回"没遮拦追赶及时雨　船火儿夜闹浔阳江"。只不过被劫之人宋江成了武松,解救者混江龙李俊成了宋江,打劫者船火儿张横成了张顺。接着,武松在城里遇到他曾救助的金二及其养女梦兰,而后者现已嫁给一赵员外做妻。故事情节显然出自原作第四回"赵员外重修文殊院　鲁智深大闹五台山"。这时,武松兄妹终于相认,悲喜交加,不能自持。而武松最后的愿望是,在神行太保戴宗的帮助下,找一仇家报仇。他们来到公孙胜处,找罗真人探听仇人的下落。事情不顺，脾气暴躁的武松夜里斧砍罗真人，但次日被这个神仙架起一块手帕，罚回东平府的监狱。这无疑是原作第五十三回"戴宗智取公孙胜 李逵斧劈罗真人"的故事。只是李逵成了武松。故事最后，母夜叉孙二娘出现，乔装打扮进入监狱，带来一套行者的衣物，让武松改扮成一个头陀，逃出监狱。情节来自原作第三十一回"张都监血溅鸳鸯楼 武行者夜走蜈蚣岭"中的有关内容。

武松是《水浒传》作者全力塑造的一个人物，其事迹占全书10回以上。从景阳冈打虎到斗杀西门庆，从醉打蒋门神到大闹飞云浦，直到血溅鸳鸯楼，无不显示出他性格刚毅、威武不屈的英雄本色。但是，就以上内容概括来看，埃伦施泰因把其他多人的故事也归到他名下，必然会造成人物性格矛盾和不统一，尤其会背离原作。他笔下的武松，会吟诵唐诗，也会流泪哭泣，甚至会求人饶命，最后逃出监狱前，甚至还和母夜叉孙二娘"行云雨之事"，已非中国小说中那位打虎英雄的原貌。

# 十三、 思想的探讨
## ——以托马斯·曼《魔山》和《绿蒂在魏玛》为例

托马斯·曼不像埃伦施泰因那样改编过中国文学。他与中国的关系，呈现出另一种完全不同的面貌。于埃伦施泰因出版《中国控诉》的同年，亦即1924年，他的代表作之一长篇小说《魔山》出版。

小说讲一个名叫汉斯·卡斯托尔普的德国富家子弟，在大学毕业踏上社会前夕，稍感不适，去"魔山"小做休整，顺便探望在那里养病的表兄。不料假日未满，发现自己也身患肺疾，小憩成了长住，而且一住就是7年。

所谓的"魔山"，是瑞士一国际山庄疗养院，里面住着来自世界各地的消闲阶层人物。他们或沉湎于声色犬马，或醉心于夸夸其谈，上演着人生歇斯底里的闹剧。这些人物中，不仅有"用火钳把自己的小胡子弯弯地卷向下方，与中国人简直惟妙惟肖"[1]的狂欢者，而且还有一个真

1. [德] 托马斯·曼著、钱鸿嘉译：《魔山》，第447页，上海：上海译文出版社，1991年版。

正的"年轻中国人"。他不懂德语，但会"高声地说一句'very well'的赞语来表达自己喜悦的

心情，甚至拍起手来"[1]。不过，小说主人公与这两位没有纠葛，他迷上了一位漂亮的肖夏太太，

1. [德] 托马斯·曼著，钱鸿嘉译：《魔山》，第 781 页，上海：上海译文出版社，1991 年版。

因为她与他的一个少年朋友，从容貌以举止非常相像。

肖夏太太是一位来自俄国，"有一双鞑靼人细眼睛的富有魅力的女病人"[2]。"她的眼睛，

2. [德] 托马斯·曼著，钱鸿嘉译：《魔山》，第 825 页，上海：上海译文出版社，1991 年版。

不论在大小位置方面，都略带有亚洲人的风采。"[3] 肖夏太太注意到汉斯的痴情，并报以赞许之意，

3. [德] 托马斯·曼著，钱鸿嘉译：《魔山》，第 316 页，上海：上海译文出版社，1991 年版。

更使汉斯神魂颠倒。这引起病友、意大利作家塞塔姆布里尼的不满。他告诫汉斯："哦，您总

爱和东方相比，这也很容易理解。亚洲就在我们的四面八方。不论往何处看，总能见到鞑靼人

4. [德] 托马斯·曼著，钱鸿嘉译：《魔山》，第 447 页，上海：上海译文出版社，1991 年版。

的脸。"[4] 他还说："咱们应当在门廊里为智慧女神树立一个祭坛，以便祛邪。"[5] 塞塔姆布里

5. [德] 托马斯·曼著，钱鸿嘉译：《魔山》，第 331 页，上海：上海译文出版社，1991 年版。

尼俨然是个欧洲文化的卫道士，以及汉斯个人的保护者。作为东方的象征，肖夏太太清楚地表

明自己相应的立场："啊，塞塔姆布里尼，我知道。就是那个意大利人……我不喜欢这个人。

他不近人情。"[6]

6. [德] 托马斯·曼著，钱鸿嘉译：《魔山》，第 791 页，上海：上海译文出版社，1991 年版。

夹在他们中间的汉斯，无视塞塔姆布里尼的冷嘲热讽，明显地倾向于肖夏太太，倾向于"亚

洲"和"情"。他承认说：

> 我深深地爱上了她，这个我从来也不否认——您要懂得，我是晕头转向地迷恋上
>
> 她了。鉴于对她的爱和对塞塔姆布里尼先生的反抗，我屈服于非理性的原理和疾病的
>
> 天才的原理。[7]

7. [德] 托马斯·曼著，钱鸿嘉译：《魔山》，第 869 页，上海：上海译文出版社，1991 年版。

托马斯·曼在此有意无意地道出了对立双方斗争的实质：这是一场"理性"与"非理性"、"健

康"与"疾病"之间的冲突。而"非理性"也正是 20 世纪初中西文化碰撞中，人们批评东方、

尤其是老庄神秘和虚无的着眼点。

理性与非理性是分析东西方文化的总体观念，其中包含着许多具体内容。对此，塞塔姆布

里尼这位西方理性主义的代表，做了详尽分析。书中写道：

> 根据塞塔姆布里尼的观点，世界上有两种原则经常处于抗衡状态。这就是权力和
>
> 正义，暴虐和自由，迷信和智慧，因循守旧的原则和不断变动的原则，也就是进步的
>
> 原则。人们称前者为亚洲人的原则，后者为欧洲人的原则，因为欧洲是反叛、批判和
>
> 实现变革的国土，而东方大陆则体现出清净无为和一成不变的精神。两种力量究竟何

8. [德] 托马斯·曼著，钱鸿嘉译：《魔山》，第 211 页，上海：上海译文出版社，1991 年版。

者得胜，这是毫无疑问的，唯有凭借启迪的力量，才能合乎情理地取得胜利。[8]

塞塔姆布里尼毫不留情地把权力、暴虐、迷信、因循守旧等归于亚洲，又把正义、自由、智慧、进步等归于欧洲，把世界发展的进程视为这两种力量斗争的进程，并预告了"进步原则"即理性的胜利。他还补充道："不过在达到这一目的之前，那种亚洲式的奴颜婢膝、墨守成规的原则必须正中要害地彻底打垮……"[1] 以上观点，当然不无偏颇之处，但对亚洲或中国的批评也颇中要害。其中的"清净无为"，显然指老庄哲学。

1. [德] 托马斯·曼著，钱鸿嘉译：《魔山》，第212页，上海：上海译文出版社，1991年版。

在小说另一处，塞塔姆布里尼重复自己的批评观点，并对老子直呼其名：

哎，不，我可是欧洲人，西方人，而您的程序却纯粹是东方式的。东方人害怕活动。老子有这么一句教导的话：清净无为比天地间任何事都有益。如果世上的人都无所作为，地球上就会呈现一片升平气象，其乐无穷。那时您就得到所谓神交了。[2]

2. [德] 托马斯·曼著，钱鸿嘉译：《魔山》，第529页，上海：上海译文出版社，1991年版。

如果说，在这之前对亚洲与欧洲、东方与西方的比较评说中，中国形象稍嫌模糊的话，那么，这里"东方人"和"老子"的联系，已十分清楚地告诉我们，托马斯·曼书中的亚洲和东方，在很大程度上实指中国。

作者在小说中关于中西文化的评论，大都通过塞塔姆布里尼之口道出。而塞塔姆布里尼的种种意见，又大都出现在他对汉斯的"教导"中。他试图把汉斯从那位"亚洲人"肖夏太太那里争取过来：

小伙子，说话时别学您周围那些人的腔儿吧，而应当使用那些适合您欧洲生活方式的语言！我们四周亚洲人太多了，莫斯科式的蒙古人满眼都是……您应当有自己的主见，发扬您那优于他们的本性，别受他们的影响吧。您是西方的子孙，是超凡入圣的西方的子孙，也是文明的子孙，凡是您在本性和血统方面认为是神圣的东西，您就得牢牢地抱住它，把它看作是神圣不可侵犯的！[3]

3. [德] 托马斯·曼著，钱鸿嘉译：《魔山》，第334页，上海：上海译文出版社，1991年版。

接着，塞塔姆布里尼举例说明欧亚谁优谁劣。事关对时间的态度：

光阴就是其中一例。这种任意浪掷光阴的野蛮行为，乃是亚洲人的风气，疗养院里那些东方的子孙对此泰然置之，不以为意，原因也许就在这里吧。……我们欧洲人哪，我们可办不到。我们时间这么少，我们那高贵而秀丽的大陆上，地盘又那么少，因此我们这两方面都应当严格履行节约……[4]

4. [德] 托马斯·曼著，钱鸿嘉译：《魔山》，第334页，上海：上海译文出版社，1991年版。

托马斯·曼借小说人物之口对"亚洲人"的批评，不无盛凌之气，也不乏思想火花。以上关于欧亚对时空利用的不同态度的比较即是一例。他还说："地方大，时间多——于是他们就会俨然说，他们这个民族有的是时间，什么都可以等待嘛。"[1] 这种从占有空间大小的不同引

1. [德] 托马斯·曼著，钱鸿嘉译：《魔山》，第 334 页，上海：上海译文出版社，1991 年版。

申到对时间利用的差异的思路，引人瞩目。但同时，作品人物的某些批评也夹杂着某些流行的成见。比如："您像一个走入歧途的人，十分苦闷，这点谁看不出来呢？可是您对苦闷的态度也应当是欧洲式的，不要像东方人那样，因为东方人弱不禁风，容易生病……"[2]

2. [德] 托马斯·曼著，钱鸿嘉译：《魔山》，第 335 页，上海：上海译文出版社，1991 年版。

这还是塞塔姆布里尼对汉斯讲的话。再看他的一个辩论对手纳夫塔关于中国的一段话："在中国，对文字崇拜已达到空前绝后、滑稽可笑的程度，认得了四万个汉字就能当上元帅，这种标准肯定能称一个人文主义者的心。"[3]

3. [德] 托马斯·曼著，钱鸿嘉译：《魔山》，第 743 页，上海：上海译文出版社，1991 年版。

尽管对西方文明有着诸多自信自豪，塞塔姆布里尼这个欧洲的代表，并未敢对亚洲掉以轻心。他感慨地说："重心可怕地偏向东方，而西方的要素不但直到今天还无法与之抗衡，而且还有烟消云散之虞……"[4] 这是悲叹自己与肖夏太太争夺汉斯的失败，还是在对当时许多人眼

4. [德] 托马斯·曼著，钱鸿嘉译：《魔山》，第 732 页，上海：上海译文出版社，1991 年版。

中没落的西方文化高唱挽歌？由于小说语言极富象征意义，不易判定。当他以保护人的身份，督促汉斯所代表的德国作出选择时，他又一次使用了相似的语言："在东方和西方之间，他必须作出抉择，他必须最终地、有意识地在各自争夺自己立足点的两个世界之间作出决定。"[5]

5. [德] 托马斯·曼著，钱鸿嘉译：《魔山》，第 733 页，上海：上海译文出版社，1991 年版。

小说主人公汉斯对肖夏太太的一腔热情并未得到回报。他报名上前线打仗。就在此刻，他来到一交叉路口，但不知道自己该如何择路："这里有一个路标……是东方还是西方？"这似乎是托马斯·曼小说中，一大堆欧亚文化评论后留给读者的一个象征性的疑问。

最后需要补充的是，小说中有关欧亚文化的评论，大多出自塞塔姆布里尼之口，而他正是作者本人倾注感情较多的一个人物。托马斯·曼自己曾经说过，塞塔姆布里尼"有时甚至是作者的传声筒，但是，绝对不是作者本人"[6]。由此可见，面对 20 世纪初东方文化的大举进入，

6. 苏联科学院编，福建师范大学外语系译室译：《德国近代文学史》，第 790 页，北京：人民文学出版社，1984 年版。

托马斯·曼采取的似乎是一种抵制和批评的态度。这同歌德早年对中国文化艺术的态度相似。不能说跟随潮流便是随波逐流，没有主见，但不赶浪头确实需要更多的勇气和魄力。话又说回来，《魔山》一书具有现代派文学的虚幻及象征等特点，况且，作者几乎自始至终采用一种讥诮挪揄的口吻。这些因素犹如一层薄雾，把作者本人同小说人物阻隔开。所以，小说人物的评论，并不等同于作家本人之见。这是必须说明的。

《魔山》一书，记录下了托马斯·曼对中国文化的关注和评论。而他这方面的兴趣，一直

延续到他走上流亡之途。1933 年 2 月 11 日，迫于法西斯的压力，他离开自己在慕尼黑的住所，据说床头柜上放着的是库恩编译的《红楼梦》。1936 年 5 月 14 日，他在从维也纳到苏黎士的火车卧铺车厢里，读的则是来自中国传说的《钟馗》。[1] 正是在这年 11 月，他开始创作《绿蒂在魏玛》（1939）。这是以歌德晚年与青年时代热恋过的女友绿蒂重逢为背景的小说，似乎不该和中国有什么关系。实则不然。

1. 参见 Günther Debon: *Thomas Mann und China. Entwurf für einen Beitrag zum "Euro-Sinica-Symposion III" in Heidelberg 19—24. September 1988*, S.4.

小说第八章中，歌德提到了大公国图书馆里一架刻有对各国简短评语的地球仪：

> 关于德国是这样说的："德国人表明，他们是一个与中国人极其相似的民族。"当人们想到德国人喜爱头衔以及他们天性尊崇学术成就时，不但觉得挺有趣，而且说得也确切。当然，有关民族心理的说法总是有它的不足之处，这样的对比也适用于法国人，甚至更合适，他们在文化方面的自我满足以及对官员的严格考试制度，与中国的情况非常相似。此外，他们也和中国人相似，是些民族主义者，虽然他们的民族信念也不是那么极端。的确，孔夫子的同胞有一句格言："伟大人物是一种公害。"[2]

2. 侯浚吉译：《绿蒂在魏玛》，第 365 页，上海：上海译文出版社，1989 年版。

歌德以上的话在听众中引起一阵大笑。这不是由于对中国人和德国人的比较，而是由于他最后"伟大人物是一种公害"这句话。综观歌德一生，他在"伟大人物"庇护下生活优裕，文名远扬。他本人一直对"伟大人物"怀有敬畏感。托马斯·曼当然了解这点。他在小说中让歌德故意讲反话，有揶揄之意。但为何扯上中国，让中国人当"恶人"？正是这样的牵扯，在绿蒂心头激起一阵不舒服的恐惧感：

> 的确，她的脸色变得苍白，她的嘴角痛苦地抽动着，这是她对这哄堂大笑作出的唯一表示。一个幽灵般的幻影飘浮在她的眼前：在有着很多层顶盖、悬着很多小铃的宝塔下面，蹦跳着一些老迈古怪的、聪明得令人讨厌的人，他们拖着辫子，戴着漏斗形的帽子，穿着五颜六色的马甲，先是一只脚跳，然后换另一只脚跳，然后举起干瘪的留着长指甲的食指，用唧唧啾啾的语言叙说着一个透彻的、致命的、可怕的真理。[3]

3. 侯浚吉译：《绿蒂在魏玛》，第 366 页，上海：上海译文出版社，1989 年版。

看来，绿蒂对中国人印象不佳。以后在回家的路上，她这样想着："因为只有好人才懂得尊重伟大的人物。那些中国人在他们的宝塔下面跳跳蹦蹦，唧唧啾啾，真是些蠢人。"[4] 同样，

4. 侯浚吉译：《绿蒂在魏玛》，第 378 页，上海：上海译文出版社，1989 年版。

小说中的歌德在讲了上述话后，也马上收回了他关于中德民族相像的说法：

> 的确，这样的格言对我们地球上盛行的那种智慧来说，不是一个好证据，它供认

*是彻头彻尾地反对个人主义，这就足够把中国人和德国人相似的种种说法一笔勾销。*

*对我们德国人来说，个人是很宝贵的——这很有道理，因为在个人之中我们才是伟大的。*

托马斯·曼在这里借歌德之口，进行中西民族文化比较。他在那句所谓的中国格言中，发现了暗含的反个人主义思想，并由此得出中德两个民族实际上并非相似的结论。

对于习惯追根寻源的研究者来说，一个重要问题尚未解决，即"伟大人物是一种公害"这句"中国格言"出自何处？有研究者考证，它其实来自尼采为其《快乐的知识》所写的一段补遗。托马斯·曼读过这段文字，并作勾画。[1] 尼采这样写道：

*从根本上说，一切文明都深惧"伟大人物"，唯有中国人以谚语"伟大人物是一种公害"对此承认。从根本上讲，一切机构的任务都是，使这种人物尽可能少地产生，*

*尽可能在不利条件下成长，真是奇事！小人物为自己，为小人物操心！[2]*

尼采曾在多种场合重复过诸如伟大人物是罪犯之类的论点，表明他反对英雄崇拜的立场。他认为，一切形式的崇拜都是自我贬值的软弱行为。他提倡个人独立。但在众多中国格言中，似乎找不到相似的话语。孔子是说过："君子有三畏：畏天命，畏大人，畏圣人之言。"（《论语·季氏》）但他提倡的是，面对大千世界，世人该有敬畏之心。这与尼采思想相悖。这显然是一段中国和尼采间尚需明断的官司，与托马斯·曼无涉。且看他引这句"中国格言"的用意。

小说《绿蒂在魏玛》成于托马斯·曼流亡时期。那时，作者从瑞士经英国流亡美国，躲避希特勒法西斯的迫害。从这个背景看，"伟大人物是一种公害"，影射的是希特勒法西斯及其带来的"公害"。托马斯·曼 1939 年 9 月 26 日给儿子戈罗的一封信，可以为此作注：

*害怕的是，德国由此要失去它的"伟大人物"，俾斯麦和弗里德里希，和平将不得不重新建立在一个主要民族的精神迷乱和无家可归上，这是危险和可悲的。但是，一个像德国人那样陷入迷误、如此笨拙地误解政治并最后随同它的"伟大人物"追随希特勒的民族，还能期待其他什么呢？[3]*

这段话证实了我们以上对"伟大人物"含意的推测。与尼采一样，托马斯·曼批判的锋芒看来主要针对大众对"伟大人物"的盲从。对此，他在 1947 年 11 月 26 日给友人的另一封信可资参考：

*"伟大人物是一种公害"，中国人说。德国伟大人物尤其如此。路德难道不是公*

---

[1] 参见 H. Siefken: *Thomas Mann. Goethe- "Ideal der Deutschheit"*. *Wiederholte Spiegelungen 1893—1949*. München: Wilhelm Fink Verlag, 1981, S.31, 89, 240. 以及 Günther Debon: *Thomas Mann und China. Entwurf für einen Beitrag zum "Euro-Sinica-Symposion III" in Heidelberg 19—24.September 1988*, S.12.

[2] Günther Debon: *Thomas Mann und China. Entwurf für einen Beitrag zum "Euro-Sinica-Symposion III" in Heidelberg 19—24.September 1988*, S.12.

[3] Günther Debon: *Thomas Mann und China. Entwurf für einen Beitrag zum "Euro-Sinica-Symposion III" in Heidelberg 19—24.September 1988*, S.16.

*害？歌德难道不是？请您仔细观察他，在他那自然真诚的反道德主义中，有多少尼采的无道德主义！当时，一切是美丽、明朗、古典式的。然后变得荒谬、迷醉、苦难悲伤和罪恶。*[1]

1.Günther Debon: *Thomas Mann und China.* Entwurf für einen Beitrag zum *"Euro-Sinica-Symposion III"* in Heidelberg 19—24.September 1988, S.17.

第二次世界大战后，德国人民痛定思痛，众多知识分子在德国的历史文化中，寻找这场悲剧的渊薮。托马斯·曼有强烈的忧患意识，更不例外。他重新回忆起尼采著作中这句"中国格言"，不仅在希特勒法西斯及其追随者身上，而且还在被极端民族主义所利用的路德、歌德等民族精英那里，搜寻"恶魔"。对他来讲，问题的关键似乎在于对大众的呼吁：不要追随"伟大人物"，以防止产生"公害"。一句所谓的中国格言，就这样被赋予了反法西斯的新意。

## 十四、 故事的借用——勒尔克与"钟馗驱鬼"

纳粹统治期间，托马斯·曼被迫流亡国外，属于"流亡文学"作家。也有一些作家留在国内，采取"消极反抗姿态"，在文学史上属于所谓"内心流亡"作家，其代表人物之一是勒尔克（Oskar Loerke, 1884—1941）。他在其早年诗集《漫游》（1911）中，已显示出对中国文化的兴趣。其中有诗名曰《中国木偶剧》，分上下两篇。第一篇叫"丁香花枝"，其中有：

> *我垂下眼脸——颤动起／文字，不同寻常，／漆器，古铜色航迹灯，／黄杨木雕及丝绸月亮。／／我呆望在五月的一天，／迷惘。太阳穴敲击。／……我曾在昏暗的大厅，／里面塞满彩色的东方。／／胖大的神像使我迷醉，／它们全由镀金的木头做成／有金色的牙齿和肚脐，／神秘地露出懒散的傲气。*[2]

2.Oskar Loerke: *Die Gedichte.* Frankfurt a.M. 1984, S.37.

这看来是对一场木偶剧的回忆。第一至第二段的前两行，原文动词是现在式，写诗人在五月的一天，凝神静思的情景。"文字"、"漆器"、"航迹灯"、"黄杨木雕"和"丝绸月亮"等，这些剧场布置和道具，一一在诗人脑海中浮现。接下去原文中动词变为过去式，正式进入剧情。"胖大的神像"指的应该是中国的罗汉或佛像。这种陌生形象和异国情调，显然使诗人感到惊叹与折服。

19 世纪末到 20 世纪初，正是德国文坛改编中国古代诗歌的兴盛期。勒尔克作为诗人，虽未涉足于此，却也受到沾溉。他在 1926 年 1 月 7 日的日记中，记下如下话："昨天同埃伦施泰因长时间打电话，讨论翻译中国诗的可能性。"[1] 也正是在同年，他在诗集《最后的一天》中，

1.Oskar Loerke: *Tagebücher 1903—1939*. Heidelberg, Darmstadt 1956, S.131.

发表题为《无形的负担——在伟大的中国大师白居易的阴影下》的诗歌，流露出对这位中国诗人的景仰和崇拜。其实，他之前，即在 1923 年，已曾撰文介绍白居易。文中说：

> 因为白居易不仅仅是中国唐代杰出诗人之一，他是通过对世界的观照，改变、毁
>
> 灭并更稳固地重建这个世界的巨大力量……一旦人们认识他，他就不再是一个中国的
>
> 诗人，而完全是一个伟大的诗人。[2]

2.Oskar Loerke: *Die Schriften*. Bd. II, Franfurt a. M. 1958, S.609.

勒尔克虽然以擅长抒情诗立足文坛，但以上对白居易的评价，也使人看到其创作的社会批评倾向。

对中国古代诗歌更全面的论述，集中表现在他 1925 年论《中国民歌》的文章中。涉及到《诗经》，他这样说："在《诗经》中，东方已不再是东方，它成了代表整个人类的地方。"[3] 这

3.Oskar Loerke: *Die Schriften*. Bd. II, Franfurt a. M. 1958, S.609.

表现出他对此书世界性品质的认可。文中还有一段对唐诗的鉴赏文字，颇有见地：

> 中国古典诗歌，尤其是唐代诗歌，不谋求把拥塞心灵的炽热、愤怒和悲伤，完完
>
> 全全、毫不改变地形诸激奋的文字，然后让其在自由的田地中引起反响。相反，它寻
>
> 找各种生存运动中水晶般纯净的，符合计划的和几何学上比较丰富的生活和关系形式，
>
> 它透过由于个性而形成的混浊，一直看到"我"字重新是（或仍然是）世界的地方。
>
> 那里，思想和感情，形体和意志是同一本质。[4]

4.Oskar Loerke: *Die Schriften*. Bd. II, Franfurt a. M. 1958, S. 607.

实在地说，中国唐诗中不乏情感激越、一泻无余的作品，但是，清淡雅致、委曲婉转更是中国古代诗歌的主线。勒尔克以其诗人的灵性感悟到的远不止这些。他还体味出中国古典诗歌的真谛，即以情景交织、物我互渗等手法，达到超以象外、得其环中的目的。这对于他这位倾向于刻意感知宇宙变化的诗人来说，无疑具有莫大启示。

勒尔克还是一位著名社会活动家，曾任普鲁士艺术科学院文学部秘书。法西斯上台后，他被免去职务。纳粹统治期间，他未离德国，但也没屈服于暴虐，而是借助隐喻式反法西斯情节和神秘象征手法的作品，表现自己的痛苦和反抗。这时，中国文学也成了他这类创作的一部分。范例之一是他 1936 年发表在《新展望》杂志上的散文《驱鬼者》。

文章似可归入比较文学研究，因为它对中国的"钟馗驱鬼"、德国格里美豪森的《痴儿西木传》、比利时科斯特的《欧伦斯皮格尔的传说》以及芬兰基维的《七兄弟》进行了比较评说。不过，该文的中心乃是中国的钟馗，亦即题目中的"驱鬼者"。

钟馗是中国民间信仰中的一位神祇。根据《三教源流搜神大全》记载，唐明皇病中梦见钟馗吃鬼，醒后让画家吴道子画出梦中所见钟馗之形，贴在门上，以驱鬼魅。但勒尔克在《驱鬼者》一文中，并不满足于叙述这个中国故事，而是把它与其他 3 部欧洲作品进行比较，同时插进不少自己的议论，透露出他别有深意。在叙述这个中国故事前，他先写道："这本书照亮了整个人类。恶魔就在自己家中，它到处震动、颠倒和毁灭人类世界。"[1] 勒尔克就这样把这个中国

1.Oskar Loerke: *Die Schriften*. Bd. II, Franfurt a. M. 1958, S.615.

民间传说故事升华到世界社会政治高度。接着他讲述钟馗由人变鬼、由鬼变神和抓鬼吃鬼的事迹。在列举了钟馗要捉的小鬼名单后，他感慨万端，落笔写道："我们……明白了，为什么天底下的和平和秩序总是如此困难，并惨遭损害：正是因为在人类法律的网眼中，这么多的小鬼还无法捉到并被绞死。"[2] 联系到当时的法西斯专制，看到勒尔克的借题发挥，富有正义感的读者，

2.Oskar Loerke: *Die Schriften*. Bd. II, Franfurt a. M. 1958, S.616.

想必能够领会到此文的弦外之音。

勒尔克此文的结尾，是两个加破折号的短句："恶魔喘息——雾气聚集。人民写作——雾气消退。"[3] 驱魔的希望由此从神祇转到人类自己。概言之，借钟馗之名，驱德国之鬼，应是

3.Oskar Loerke: *Die Schriften*. Bd. II, Franfurt a. M. 1958, S.641.

他此文的命意所在。


# 十五、　老子的出关——施泰尔与布莱希特


关于老子，早在前述洛恩斯泰因的历史小说《宽宏的统帅阿尔米尼乌斯》（1689—1690）中，已有生动的叙述。进入 20 世纪后，随着德国思想界中老子哲学热的兴起，他再次成为一些作家笔下的文学人物。

先看在中国德语界相当陌生的德国作家施泰尔（Hermann Stehr, 1864—1940）。他属于德国 19 世纪末 20 世纪初，盛行于西里西亚地区的"家乡艺术运动"的代表人物之一，作品中

经常笼罩着西里西亚地区的神秘景色。但在基督教和东方神秘主义智慧中寻求一种再生力量的
尝试，也使他将目光透向中国的老子，并在 1917 年写下长诗《老子的告别之歌》。第一部分
标题是"献给玛格丽特·豪普特曼"：

　　我数月前答应你写首诗，／作为应有的莫大谢意／热情描述那个智者，／那个美
丽画像中骑鹿异人，／讲他如何能／在感受史前世界之孤寂的寻觅中，／仅以思想在
浓密的荒野／轻松指挥那听话的动物。／／也许你已忘记我的允诺，／也许你还记得：
在那流淌的葡萄酒上／什么飘过，又轻快地逝去，／那是脑中溢出的巴克斯 [1] 的雾气。

1.Baccus, 古希腊罗马的酒神。

／可惜酒神很少赠予我他那／彻底的混淆。／酒之醉力也许让我兴奋，但理智／在那
极度辉煌中／从不让我崩溃。／／那时我穿越树丛向前，／清晨在森林中孑孓一身，／
但我得说：那是幸福的，／我想断言，绿草／在荒漠中迸现而喷泉／从乱石堆里射向
晨曦。／哦不，告诉你女友，倘若智者迈步，／就他来说那非最佳时机。／／所以在
我身后的阳光里／旭日之寓意痛苦跋行。／向老子的匆促请求，／刺痛我那敏锐的感
官，／并非由于那许诺的诗歌，／不，因为我总是不断想到一点，／你丈夫，会惦记
这个周身充满彼岸光芒的智者，／这个我如此爱戴的人。／／不过我终于坚定地／抛
却一切犹豫不决／并沉湎于山野碧蓝之晨的奇迹。／"如若他来，好吧，我愿意歌唱"，
我心情平静地说，／若是人们不让他离开荒草乱石，／我就从一切双重苦楚中得到解
脱：／智者留给你们而我无须／用一篇格言诗削弱精神。／／好吧，结果不同，数月来，
／这个中国伟人睁眼张嘴，／沉默迈步，／而我写诗履行诺言。／／是这样：你知道，
当他那无畏的思索如日中天时，／这个世界冥想者离开他的祖国／并给这个边警留下
／他思索的东西作为纪念。／约有千言，如此重要难解，／让我们这些后人，费力琢
磨／这些深意，所获却不比／这数千个命运攸关的问题更多。／／不过，若以知识山
峦的规模衡量／他之所写，仅是简陋的外套。／那是他在大胆的精神翱翔中所得，／
无言携带，安详和快活地／避入原初世界的静谧。／边警默看这躲避一切之人／身后
的树丛摇晃，／直到树叶和藤蔓重又无声悬挂。／／阳光在枝杈中画出圈环，／鸟儿
的啾鸣打破压抑的沉默，／野草缓慢重新长出，／原生态的浓密森林不久矗立。／士
兵晃动脑袋，思绪重新清晰，／想说一句笑话，找回自身，／——此刻他听见消失者

充满激情地／唱起一首歌，歌声震响，／犹如太阳澎湃，一旦白日完全充溢。／／边警对此一窍不通，／但一个善意神灵向我透露天机，／而我将对你耳语，／公布这早已消失者最后途中所唱：／／"眼下，生命，我彻底将你摆脱，／纯净的光芒在我眼前开启。／／为了幸福我与你争论，／但对于我精神那最深切的请求，／你总是仅仅给我各种喧闹。／／一旦你开口说话，／你从不完全敞开／你真实的本质。／答案中总是有着／包藏不露的新谜团。／／不过世界之意义并非统一，／它早在敌意中将自己损耗，／一旦生命真在死亡上撞碎。"

第二部分题为"献给豪普特曼"：

最后在晃动之思的幻形中／意义缤纷散乱；／最后话语之虚假的藤蔓／从尘世那五彩的骚乱中冒出；／永恒随后自己在我身上复活，／而此事据说未在他人心中发生。／／你们这些丰木硕果，请再次婆娑作响／神秘莫测的森林，请飒飒歌唱！／你充满神秘地借助梦幻／赠给我的精神深奥的雏形，／否则于此在之急迫匆忙中，波涛会攫住其灵魂。／／如你眼下游戏阴影和光亮，／如你的水变化不定地流淌，／激情也以不断密集的泡泡纱巾／让我启动幻想，／爱情或者著作和科学就／为了永恒炸开生命的闭锁之链。／／幻想对倾听之人有益，／那些仅伴乐和随乐摇晃的人；／幻想美妙无比，／如若景象能迷惑世人并将其诱入不断的图像虚幻。／不过，若那无尽深渊的无形图像／无时无声地召唤某人，／他就得转身赶往／那形态在其生成之前欣欣向荣、／千变万化之宇宙的扭斗／经过生命旅程之痛苦而困顿的地方。／星辰轮转并如蚊蝇之舞闪烁，／千年时光就是分秒流逝。／／并非因为我憎恶这永恒的逃逸，／我生时就离开这生命的游戏；／不，因为那无穷的渴望催我，／蓦然理解所有生灵。／所以感觉该离我和感官而去，／不可想象者这才得以寻觅。[1]

1.Wilhelm Meridies (Hg.): *Wangener Beiträge zur Stehr-Forschung*. Wangen-Allgäu, München, 1971, S.94—98.

施泰尔《老子的告别之歌》，是他与另一位文学大家豪普特曼夫妇交往的产物。那时他自己住在巴特瓦尔姆布伦，经常穿山越林，徒步拜访豪普特曼在巨人山脉的住家。他看上了豪普特曼拥有的一尊古代中国"老子骑鹿"的铜像，并在晚间的一次喝酒晤谈中，表达了自己的喜爱之情。正是这尊塑像，构成了以上诗歌写作的契机。诗歌本身，则再次演绎了"老子西出函关"的传说，同时勾勒了老子哲学思想。而他对于老庄哲学的认识，得益于马丁·布伯的介绍。

他曾坦言，老子的《道德经》是他生平阅读次数最多的一本书。[1]

1. Wilhelm Meridies (Hg.): *Wangener Beiträge zur Stehr-Forschung*. Wangen-Allgäu, München, 1971, S.98—99.

　　关于此诗，还有一个版本流传的问题。其中第二段诗，1920 年已被收入其诗集《生命之书》。而其中第一段献给豪普特曼夫人的诗，当时并未寄出。直到作者去世后，人们才在其遗物中发现了誊清的手稿。遗物中另有那尊老子骑鹿铜像。这些今天都存于哈贝施维德特（Habelschwerdt）施泰尔档案馆中。总而言之，施泰尔的《老子的告别之歌》，是那个时代德国作家"中国热"的又一明证。

　　就在施泰尔老子诗发表的 1920 年，另一位德国作家布莱希特（Bertolt Brecht，1898—1956）读到了上述德布林的小说《王伦三跳》。[2] 同年 9 月 21 日，他在友人瓦尔绍尔（Frank Warschauer）处做客后，留下这样的记录："他向我介绍了老子。他同我如此相似。这使他惊讶不已。"[3] 这表明，布莱希特青年时代，已感到自己与老子思想的亲和关系。

2. 参见 Yun-Yeop Song: *Bertolt Brecht und die chinesische Philosophie*. Bonn, 1978, S.102.

3. 参见 Yun-Yeop Song: *Bertolt Brecht und die chinesische Philosophie*. Bonn, 1978, S.103.

　　布莱希特早期剧作之一是《在密集的城市中》（1921—1923）。故事发生在芝加哥，主题为现代人的孤独、异化和人际关系的商品化。主人公施林克原名王仁（Wang Yeng），是个曾在扬子江畔的船工。剧中人物有段对话如下：

　　约翰：　自我见到你以来，我只看到软弱，此外什么也没有。走吧，离开我们。

　　他们为什么不该把这家具搬走?

　　加尔加：　我曾读到，弱水能把它连同整个大山卷走。[4]

4. Brecht: *Gesammelte Werke*. Bd.1, Frankfurt am Main, 1967, S.172.

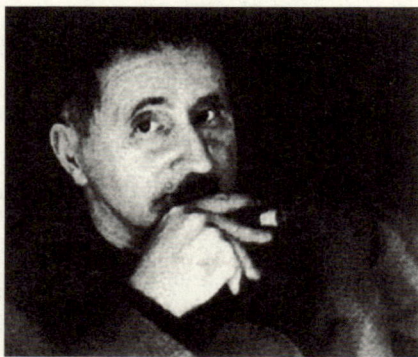

布莱希特

　　布莱希特在此显然涉及到老子"柔弱胜刚强"的思想。而这个独特的意象，以后在他的多部作品中出现，比如在诗歌《为格林树晨祷》（1921）中。诗中之树，刚刚经历了一次风暴袭击。但正因为有柔弱的形体，第二天依旧能"昂首挺胸"："您为生存进行了艰苦卓绝的斗争。

/ 兀鹰也对您表示'关心'；/ 而我却深知：正是因为您顺从，今天早晨您才依旧昂首挺胸。"[1]

1.Brecht: *Gesammelte Werke*. Bd. 8. Frankfurt am Main, 1967, S.187. 此处第三行诗中的"顺从"，原文为 Nachgiebigkeit。阳天译为"顽强坚忍"，

另一首诗《铁》（1953），还是讲同样的道理："在今晚的梦中 / 我见到一次大风暴。/ 它抓

似有违原意。见《布莱希特诗选》，第 7 页，长沙：湖南人民出版社，1987 年版。

入脚手架，/ 扯下铁制支架。/ 但木制支架 / 却曲就留存。"[2]

2.Brecht: *Gesammelte Werke*. Bd. 10.Frankfurt am Main,1967,S.1012.

自 20 世纪 20 年代中叶起，布莱希特接近马克思主义，创作中的政治倾向日益增长，但对老子哲学的热情不见退减。教育剧《措施》（1930）讲莫斯科的一个共产党宣传鼓动队，在中国的一次秘密活动中清除了一个同伴后返回。队员们以演戏的方式，向领导汇报事情经过。剧本除了宣扬共产党的纪律、自我牺牲及服从精神以外，也掺入老子思想，如以下诗句："谁为共产主义战斗 / 必须能战斗又不能战斗 / 能说真理又不说真理 / 提供服务又拒绝服务 / 遵守诺言又不遵守诺言 / 敢冒风险又避免风险 / 能被识破又不被识破。"[3]这里讲事物的对立关系。《老

3.Brecht: *Gesammelte Werke*. Bd. 2, Frankfurt am Main, 1967, S.638.

子·六十八章》中就有："善为士者，不武；善战者，不怒；善胜敌者，不与；善用人者，为之下。"意思是任何事物都有自己的对立面，它们相反相成，互为因果。因此，人们该从对立矛盾中探索事物发展规律。以上来自《措施》剧本的引文，看来同样着眼于此。

老子思想同见于布莱希特的小说创作。小说《反对暴力的措施》中的主人公考伊讷，公开表示自己反对暴力。话音未落，转身看见"暴力"。"暴力"问他，刚才说了什么。他见风使舵，改口道，他赞成暴力。面对他人的质问，他解释说："我没有脊梁骨来让人打断。正是因为我必须比暴力更加长寿。"[4]布莱希特在这里似乎变化着使用老子的另一句话："坚强者死之徒，

4.Brecht: *Gesammelte Werke*. Bd. 12, Frankfurt am Main, 1967, S.375.

柔弱者生之徒。"（《老子·七十六章》）为了进一步替自己辩护，考伊讷给自己的学生还讲了下面的故事：

有个人叫艾格，他会讲"不"字。一天，家里来了一个享有各种特权的国家密探。艾格迫于权势，为他提供食宿，替他驱蚊守夜，但一言不发。7 年时间过去，密探终日吃饱睡足，长成了大胖子后死去。艾格先生将他扔出，清扫卧室，粉刷墙壁，然后长出一口气，说出"不"字。[5]

5.Brecht: *Gesammelte Werke*. Bd.12, Frankfurt am Main, 1967, S.376.

故事中的艾格先生具有判断是非的能力，会讲"不"。但他屈服于蛮横的密探及其所仰仗的国家权威，以便在暴力面前保存自己。其结果也正如老子所说："强大处下，柔弱处上。"（《老子·七十六章》）。

布莱希特对老子及其学说的关注，最突出地表现在他 1939 年的长诗《老子西出关著道德经的传说》中。全诗译引如下：

　　当他年及七旬年老体弱时，／大师向往宁静，／因为国家中善良重衰，／恶毒复振，／他系紧鞋带。／／他收拾起必需品，／不多。但也有这些那些。／比如烟斗，晚上要抽，／还有那本小书，一直要读。／另有估计需要的白面包。／／当他进入山中上路／为山谷高兴又把山谷忘记。／他的牛儿为嫩草高兴，／一边驮着老人，一边大嚼，他感到跑得够疾。／／在山中的第四天，／一税吏挡住他去路，／"有无贵重物品上税？"——"没有。"／赶牛童儿说，"他以前教书。"／就这样作了解释。／／这快活的人儿又问："他搞出了什么名堂？"／小童道："流动的弱水／会逐渐制服坚石。／你知道，强者屈服。"／／他尚未明白，／小童已赶起牛儿，／两人一牛消失在黑松后。／我们的人儿忽然惊起，／大叫："嘿，你！站住！"／／"老头，你的水是怎么回事？"／老人停住："你有兴趣知道？"／这人说："我虽是税务官，／但谁征服谁，这我也感兴趣。／如果你知道，那么快说！／／给我写下！让孩子笔录！这种东西可不能带走。／我们这里有纸有墨，／还有晚餐：我住在那里。／怎么，那是一句格言吗？"／／老者轻蔑地看了看这人：／打补丁的短上衣。没穿鞋。／额上只有一条皱纹。／啊，没有成功会光顾他。／他嘟哝着说："你？"／／对一个礼貌的请求，／毫釐老者已不会拒绝。／他大声说道："提问者，／应该得到回答。"小童也说："天已见凉。"／"那好，稍作停留。"／／智者跨下牛背，／两人写了七天。／税吏送饭（整段时间中／他和走私者一起轻声咒骂）。／大功告成。／／一天清晨，小童交给税吏／八十一篇格言，／谢过一笔小小的旅行捐赠，／他们绕过了那棵松树进入山崖，／你们现在说，还有比这更礼貌？／／但我们不要仅称赞这位智者，／他的名字在书上闪闪发光！／因为智慧必须从智者那里夺下。／所以也要感谢税吏：／他从他那里索取了智慧。[1]

　　　　　　　　　　　1.Brecht: *Gesammelte Werke*. Bd. 9, Frankfurt am Main, 1967, S.660—663.

此诗讲老子西出函关的故事。关于老子思想，布莱希特主要涉及柔弱胜刚强的道理。看来，这应该是他所理解的老子思想的核心。

　　关于老子西出函关的描述，另可见布莱希特 1925 年的散文《礼貌的中国人》。此文不长，试译如下：

　　我们这个时代中鲜为人知的是，一个人为大众作出的贡献，多么需要得到说明。就我所知，礼貌的中国人比任何一个民族尊敬他们的老师更加尊敬他们的伟大哲人老子。这尤其可通过下面的故事得到证明。

　　老子从青年时代起就教导中国人生活的艺术，年迈时离开了这个国家。因为世人的愚蠢愈演愈烈，使哲人度日艰难。面对忍受世人的愚蠢还是起而反之的抉择，他离开了这个国家。在边境上他遇到一个税吏，请他把自己的理论为他——税吏，笔录下来。老子生怕不礼貌，满足了他的愿望。他在一本小书中，为税吏写下自己一生的经验，然后离开了他的出生地。中国人用这个故事说明《道德经》的成书过程。他们至今依此理论生活着。

　　有关老子出关的故事，可见司马迁《史记·老子韩非列传》中的记载："老子脩道德，其学以自隐无名为务。居周久之，见周之衰，乃遂去。至关，关令尹喜曰：'子将隐矣，强为我著书。'于是老子乃著书上下篇，言道德之意五千余言而去，莫知其所终。"

　　这段故事见载于多种《老子》德译，故布莱希特不难找到它。但他不囿于材料，作了适度发挥。以上一诗一文，都强调了老子虚怀若谷的礼貌。虽属艺术加工，倒也符合人物的性格特征。《老子》一书，反对喧嚣人事，追求原初静谧，多有针砭时弊之意。布莱希特以上诗文，也都强调了老子求静的社会政治背景。

　　在《老子西出关著道德经的传说》中，诗人替老子加了一头坐骑，添上一个牛童，给全诗增加了一份野趣。牛童不仅服侍主人的行走起居，而且还替少言寡语的主人当代言人，说出老子思想的关键。值得注意的还有第七段诗中"谁征服谁"的话语。它把自然界的力量对比关系引入社会，不乏深意。

　　布莱希特曾修医学，因此在第一次世界大战中当过战地医院看护。对战争的厌恶和对剥削压迫的反抗，使他早在21岁时就当上奥格斯堡工人和士兵的苏维埃代表，以后又成了坚定的反法西斯战士。他从1933年起流亡国外，也正是由于祖国"善良重衰，恶毒复振"的缘故。《老子西出关著道德经的传说》一诗写于丹麦的流亡途中。他身居异乡，重忆老子"流亡"的身世，想必有同病相怜之感。而老子柔弱胜刚强的思想，也许为他带来胜利之望。因为"流动的弱水/会逐渐制服坚石"句，已经包含了"谁征服谁"的最后答案。

　　《老子西出关著道德经的传说》确切地说完成于1938年5月7日。这年晚些时候，布莱希特还写下名剧《伽利略传》。两部作品时间上前后相连，思想内容上也互有沟通。剧中人物伽利略在宗教法庭上悔罪，宣布放弃自己的学说。事后，作者（在初稿中）让他重复了我们上文所述《反对暴力的措施》中关于艾格先生的故事，为自己的行为辩解，并加上一段引言："我想起一篇小故事。克里特岛哲学家科诺斯（Keunos）由于自由思想受克里特人爱戴。但暴力统治下的某日，家里来了一个密探，他出示了一张由城市统治者开具的证明。"[1]

1.Ernst Schumacher: *Drama und Geschichte Bertolt Brechts "Leben des Galilei " und andere Stücke*. Berlin 1968, S.24.

　　布莱希特以这个寓言故事，清楚道出伽利略和艾格先生面对强暴的共同策略，其基本思想即出自老子的以柔克刚。

　　对于伽利略屈从强暴的行为，剧中另一人物安德烈说："您在敌人面前把真理隐藏起来。在伦理学的范畴，您也超出我们几百年。"[2]而伽利略的回应是："有污点总比两手空空要好些。

2.潘子立译：《伽利略传》，见《布莱希特戏剧选》（下），第 126 页，北京：人民文学出版社，1980 年版。

这话听起来很现实，很像我说的话。新的科学，新的伦理学。"[3]说伽利略的行为体现了一种

3.潘子立译：《伽利略传》，见《布莱希特戏剧选》（下），第 126 页，北京：人民文学出版社，1980 年版。

新的伦理学，无疑指这种伦理原则在西方伦理体系中鲜有所见，未成传统。但这对老子伦理学说来讲，并非罕见。

　　老子伦理学说的特点是贵生脱俗，即以保存生命、超脱世俗为基本原则。为了实现这种原则，他提出了多种处世原则，其中要点之一即为贵柔。《老子·七十六章》就以形象的语言，说明人之所以能生，在于身体柔弱，死后成为僵尸，才归入坚强。草木皆同此理。《老子·七十八章》讲水能攻坚，也由于其性柔弱。《老子·五十二章》则明白地说出"守柔曰强"，即把柔弱提到了美德的高度。

　　在伽利略面对宗教法庭的淫威，忍辱含垢、委曲求全中，人们常常看到的是布莱希特为反法西斯战士树立的一个顽强坚忍的榜样，但不易看出，伽利略的选择，事实上很可能是老子伦理思想在布莱希特作品中的一次变体。

　　在《伽利略传》一剧完成的前后，正是布莱希特对老子哲学十分关注的年代。这不仅可以《老子西出关著道德经的传说》一诗为证，还可通过下面一首大约 1938 年写成的诗《致后世》加以说明：

　　　　*我也很想有智慧。／古书中写着，／什么是智慧：／退出世间的争执／没有恐惧*

　　*地度过短暂的一生／而且不用武力／以德报怨／不去满足，而是忘却愿望／这才是*

　　*智慧。／这一切我都不能：／真的，我生活在阴暗的年代！*[4]

4.Brecht: *Gesammelte Werke*. Bd.9, Frankfurt am Main, 1967, S.723.

　　在西方，人们常说的中国智慧，往往指向老子哲学。以上诗中"智慧的"（weise），可

5.《致后世》，阳天译文中把 weise 译为"慈悲"。见 [德] 布莱希特著，阳天译：《布莱希特诗选》，第 205 页，长沙：湖南人民出版社，1987 年版。

以说就是没有完全点明的"中国智慧"（chinesische Weisheit）。[5]而诗中的"古书"应该暗

指《老子》，这可以从诗中具体内容看出。第四、五行讲"不争之德"（《老子·六十八章》），这一处世原则伽利略也曾身体力行过。剧中人物安德烈对伽利略说："您只不过抽身退出一场毫无希望的政治斗争，以便继续从事真正的科学工作。"[1]第六行讲"不武"，即《老子·六十八章》中"善为士者，不武"。第七行讲不计恩怨，宽以待人，可见《老子·六十三章》中的"报怨以德"。第八行意即无欲知足，与《老子·十九章》中"见素抱朴，少私寡欲"同义。第九行是总结，也是对第一、二行中"智慧"一词的呼应。

1. [德] 布莱希特著，高士彦译：《布莱希特戏剧选》（下），第126页，北京：人民文学出版社，1980年版。

此诗（此处所引部分）德语第一行以虚拟式写成，表示出非现实的愿望。在叙述了智慧的具体内容后，最后两行指出上述智慧实际运用的不可能。虽然诗人把这归于时代的阴鸷，但也透露出诗人对这种智慧可行性的怀疑。回过头来看《伽利略传》。伽利略虽然借助东方式的伦理原则实现了自己的意愿，但他并非无保留地接受了这一贵生贵柔的思想。他自己最后承认："我背叛了我的职业。一个人做出我做过的这种事情，是不能见容于科学家的行列的。"[2]如果我

2. [德] 布莱希特著，高士彦译：《布莱希特戏剧选》（下），第129—130页，北京：人民文学出版社，1980年版。

们以上关于伽利略的忍辱负重与老子哲学影响有关的推论得以成立的话，那么，这段自白无疑显示出，中西思想交锋带给诗人的矛盾与困惑。


## 十六、 现实的观察——基希及其《秘密的中国》


当布莱希特徜徉在"中国智慧"和中国文学[3]中的时候，另一位德语作家亲自跑到中国，

3. 关于布莱希特接受中国哲学和文学的其他事例，可详见卫茂平：《中国对德国文学影响史述》，上海：上海外语教育出版社，1996年版。

体验了20世纪30年代的中国现实政治和社会，留下另一份中德文学交流的实录。他名为基希（Egon Erwin Kisch，1885—1948），生于奥匈帝国统治下的布拉格一犹太布商家庭，以记者身份步入文坛，也有小说创作，曾与卡夫卡过从甚密，同属布拉格德语作家中的佼佼者。但他自1921年起生活在柏林，作为自由撰稿人，为《布拉格日报》等报刊工作，同时开始在欧美各国旅行，成为世所公认的杰出报告文学家和政论家。

1931年，基希接受哈尔科夫大学新闻系的教职，前往苏联，次年即混迹于商人、记者和武器走私犯们的行列，经西伯利亚大铁道，秘密进入中国。他以这次在中国的经历为基础，写下

十多万字的报告文学集，题为《秘密的中国》。

此书第一章"吴淞废墟"[1] 即以独特的视角引人注目。

1. 基希此书的写作，曾迫于时间压力。他曾于 1932 年 10 月 15 日写道："最重要的篇章尚未完成。"1935 年他在前苏联发表报告文学集《在五大洲的冒

它描写的是日本侵略军在上海制造"一·二八"事变后的

险》，其中含有《一列快车嗅到晨风》，记录他坐火车从莫斯科前往中国的旅程。1949 年，德国作家乌泽（Bodo Uhse）在柏林推出《秘密的中国》新版本，

凄惨景象：

将《一列快车嗅到晨风》作为全书首篇收入。参见 Gisela Lüttig, Nachwort, In: Egong Erwin Kisch, *China geheim*. Simon und Magiera Verlag,

> 现在，我们靠在栏杆上，把眼睛或望远镜集

Nördlingen 1986, S.194.

> 中于吴淞。那就是无可置辩的吴淞本身。顶甲板
>
> 上的日本太太和绅士们，在高兴地指点那些掩蔽
>
> 着人的尸体的被毁的房屋，欣赏破坏工作中那奇
>
> 异的佳作。几天以前，这沿海的许多炮台，并不
>
> 是这么无遮无蔽地显露的：它们还有水门汀和混
>
> 凝土的壁障。[2]

2.［捷克］基希著，周立波译：《秘密的中国》，第1页，北京：群众出版社，

基希接着描写了被毁的工厂学校、布满弹坑的田野和

1981 年版。

成堆的尸体，并以下面的句子结束全篇："日本旗子上的

太阳像是一个圆的创伤，从那上面，鲜血向四周流淌。"[3]

3.［捷克］基希著，周立波译：《秘密的中国》，第6页，北京：群众出版社，1981 年版。

可见，基希的第一印象，不是中国的历史文化、自然

地理，也不是城市风貌、民风习俗，而是外国势力的侵略

以及造成的危害。这即是本书的第一主题。《纱厂童工》

同属这个主题。文中，基希先叙述中国童工惨遭摧残的身

体状况，然后借"我们"之口向一个英国公司老板追根究底，

问道："这种小机器特别替中国制造的吗？"回答是：

基 希

> 相反地，儿童机器在兰开郡的纺织区使用了
>
> 几十年，当英国禁止雇用童工的时候，这种机器
>
> 就运到了美国，供英格兰和南方的黑人州使用。
>
> 现在，它们才运到殖民地和中国来的。[4]

4.［捷克］基希著，周立波译：《秘密的中国》，第72页，北京：群众出版社，

这里没有分析，也未作评论，却以发人深省的对话，

1981 年版。

揭露出上海盛行童工的背景。再如《堆栈》一文，作者这

次笔下的对象是上海码头工人：

比廉价的机械还要廉价得多的，是中国人：
他的手是升降机，他的手臂是链条，他的肩是运
输小车，他的腿是铁路——这些机械不需要机械
师，不需要燃料，而且即使这些机械有了什么故障，
也并不花费顾主什么。

混乱代替了规则，武装代替了机械，鸦片代
替了食物，传教士代替了教师，巡捕代替了工会
——这是欧洲给中国的赠与。[1]

1. [捷克] 基希著，周立波译：《秘密的中国》，第 161 页，北京：群众出版社，1981 年版。

同前面的引文对比，这里不再是含蓄的对话，而是形象的比喻；不再是对问题症结的暗示，而是关于问题实质的结论。基希就这样以其熟练的语言技巧和独特的叙述方式，揭开了苦难中国的帷幔。

本书第二大主题是中国社会自身的落后和人民的苦难。它与第一主题相关，又具有一定的独立性。属于这个主题的有《一个罪人的丧礼》《即决审判》和《南京》等篇。第一篇讲本国政府庇护和外国殖民者利用"拆白党"，镇压革命和群众。第二篇论旧中国腐朽的司法制度和堕落的政府官员。第三篇谈刚同日本侵略军作过战的十九路军经过南京进攻苏区。中国当时的政治现状是令人窒息的，基希的笔调也是愤懑沉重的，但他对中国仍抱有很大的同情。在《街道》一文中，他漫步北京，忽而想起了维也纳：

当我们迷失在错杂的狭窄的中国街道中时，
卡尔·马克思谈奥地利是德国的中国的那句话，
就出现在脑海。于是我们真觉得好像是在一个亚
洲的奥地利，在一个中国的维也纳一样。[2]

2. [捷克] 基希著，周立波译：《秘密的中国》，第 176 页，北京：群众出版社，1981 年版。

基希《秘密的中国》东方出版中心
2001 年版汉译封面

　　基希在中国仅呆了 3 个月，但他对中国的了解如此广泛，体察如此细微，使人吃惊、不解。根据当时在上海的德国共产党人和作家鲁特·维尔纳的记载，基希 1932 年 5 月间逗留上海。她说"他是一个既有趣又活泼的人"。不过，当她听说了基希的写作打算后，开始认为他"太轻率"，但随后又改变了看法：

> 　　我非常尊重基希那些书籍，我之所以持有异议，是因为我知道他仅停留三个月，便想写一本关于中国的书。艾格尼斯和我不喜欢他那种在我们看来肤浅的写作态度。有谁会想象在这样短的时间里便可以详细了解这个国家呢？我们丝毫不了解基希那卓越的写作方法。他做了充分的准备，有能力迅速把握本质的东西，从来不做经不住考验的事情。[1]

1. [德] 鲁特·维尔纳著，张黎译：《谍海忆旧》，第 79—80 页，北京：解放军文艺出版社，2000 年版。

　　以上的"艾格尼斯"是指著名美国女作家艾格尼斯·史沫特莱。维尔纳的回忆也同时告诉我们另一事实，即基希在上海与史沫特莱的会面。后者确实于 1929 到 1933 年间逗留上海，并不时地为德国《法兰克福日报》撰稿。她还与宋庆龄、茅盾、鲁迅等人有着密切关系。或许正是通过这样的人际交往，基希更加透彻地了解了中国当时的状况。

　　1955 年，曾在德国重新整理并出版基希这本著作的德国作家乌泽访问中国，惊喜地发现《秘密的中国》成书的另一秘密。他了解到，基希在上海曾与鲁迅会面。[2] 而鲁迅显然对这位声名

2. 参见 Fritz Gruner: *Egon Erwin Kisch und China*. In：A. Hsia und S. Hoefer (Hg.), *Fernöstliche Brückenschläge*, Bern，Berlin und Frankfurt a.M. 1992, S.185.

遐迩的捷克德语报告文学家留下深刻印象。他在 4 年后，即 1936 年写成的《且介亭杂文末编》中这样写道：

> 　　假使"有人"说，高尔基不该早早不做码头脚夫，否则，他的作品更好，吉须（基希）不该早早逃亡外国，如果坐在希忒拉（希特勒）的集中营里，他将来的报告文学当更有希望，倘使有谁去争论，那么，这人一定是低能儿。[3]

3. 鲁迅：《鲁迅全集》，第 6 卷，第 517 页，北京：人民文学出版社，1958 年版。

　　基希 1932 年 8 月返回莫斯科，1933 年 1 月回到居住地柏林，《秘密的中国》随即由艾里希·莱斯（Erich Reiss）出版。此书油墨未干，基希即为刚上台的法西斯关押，这本新书也遭禁止。作者获释后流亡国外，二战结束后返回捷克，不久辞世，未能再访中国。但是，用乌泽的话说，"以此书为镜来看，中国那令人惊讶和让人敬佩的发展，显得非常自然"[4]。这部基于左翼立场

4. Bodo Uhse, Vorbemerkung, In: Egong Erwin Kisch, *China geheim*. Aufbau Verlag, Berlin 1949, S.8.

写就的报告文学，无疑是中德文学交流史上的一座丰碑。

第五章　　德语文学在中国——以《世界文学》
　　　　　（1953—2008）中的德语翻译文学为例

　　《世界文学》是由中华全国文学工作者协会（中国作家协会
的前身）在新中国成立后创办的第一份专门译介外国文学的刊物，
1953 年 7 月创刊，曾用名《译文》，意在纪念鲁迅先生，继承他
20 世纪 30 年代创办《译文》杂志的传统。1959 年，刊物开始发
表由中国学者撰写的评论并更名为《世界文学》。1964 年改由中
国科学院外国文学研究所（今中国社会科学院外国文学研究所）
主办。1966 年改为双月刊，"文革"期间一度停办；1978 年 10 月，
在内部试发行一年后正式对外发行。不管是在文革前的"十七年"
间还是在 1977 年复刊后，《世界文学》都向中国读者推介了一大
批外国作家及作品。本章谨以《世界文学》为切入点，力求展现
德语文学在《世界文学》中的译介状态，并说明其成因和嬗变。
由于《世界文学》几乎与新中国同步发展，不少单行本译著在出
版发行之前会有一些选译的章节在《世界文学》上发表，相关书
评也会在《世界文学》上刊载，有些活动也会得到报道；因此，
通过《世界文学》这个窗口，我们对德语文学在新中国的汉译发
展以及接受轨迹，可获大概了解。

# 一、　《世界文学》的办刊历程及文学翻译概述

## （一）　"文革"前外国文学在《世界文学》[1] 中的整体译介态势

1. 《世界文学》在 1953—1958 年间曾用名《译文》，若不涉及具体刊期，本章一概用《世界文学》进行指称。

　　1949 年新中国成立，建立在马列主义理论基础之上的社会主义政治意识形态得以强化。20 世纪 50 年代初，由于中国在政治、社会和文化生活等各个领域均采取了向苏联看齐的政策，于是《世界文学》中的翻译文学也出现了向俄苏文学"一边倒"的局面。而从 50 年代末期开始，中苏关系开始出现裂缝；1958 年中国理论界更是提出了"两结合"，即革命的现实主义和革命的浪漫主义相结合的创作口号来取代"社会主义现实主义"的诗学形式，标志着中苏文学关系开始冷却。[2] 这在《世界文学》中的直观表现是，俄苏翻译文学数量逐年递减；特别是在 1964 年，

2. 参见陈建华：《论五十年代后期的中苏文学关系》，载《外国文学研究》，1998 年第 2 期，第 15 页。

由于中苏关系彻底破裂，俄苏文学的光环顿时黯然失色。

　　与大量引进和翻译俄苏文学同步进行的，是加强了对东欧社会主义国家和人民民主主义国家的文学的译介，这是因为这些国家"政治上隶属于社会主义阵营，二战后进入新的历史发展阶段。他们的历史命运和在现代世界中的处境与中国颇为相似，多年来深受西方大国的压迫，与西方资本主义国家大都处于一种紧张的冲突关系中。所以，他们的现当代文学的基本主题与新中国文学主题颇为相似，能被有效地阐释到新中国意识形态话语系统内"[3]。可见，翻译这些

3. 方长安：《1949—1966 中国对外文学关系特征》，载《中山大学学报》，2005 年第 5 期，第 45 卷（总 197 期），第 14 页。

国家的文学作品也符合了"文学为政治服务"的目的。在创刊初期，老《译文》的传统得以延续，波兰、匈牙利、保加利亚和罗马尼亚等东欧国家的著名作家如显克微支、裴多菲和伐佐夫等被大量译介过来。但随着 1956 年 10 月"匈牙利事件"的爆发，中国对东欧文学也开始有所排斥，只有为数不多的"革命"的和"进步"的文学在 20 世纪 50 年代末 60 年代初被译介过来。阿尔巴尼亚则是一个例外，其坚定的社会主义立场以及和中国的紧密关系，使得该国文学备受《世界文学》的青睐。

　　在中苏关系恶化，中国对东欧国家也持某种警惕姿态的同时，加强与亚非拉第三世界国家的交往成为了中国外交政策的重头戏。于是，扮演着"亲善大使"[4] 的《世界文学》开始大量

4. 王有贵：《共和国首 30 年外国文学期刊在特别环境下的作用》，载《中华读书报》，2006 年 4 月 5 日。

翻译亚非拉文学作品，以促进中国与这些国家的文化交流和政治关系。1957 年 1 月号的《译文》

推出了"埃及文学特辑"以支持埃及人民的斗争；1958 年
第 9 期和第 10 期均为"亚非国家文学专号"，第 11 期则
设有"现代拉丁美洲诗辑"专栏。1959 年，《世界文学》
开辟了"黑非洲诗选"栏目；1960 年第 7 期和第 8 期的专
号分别是"庆祝朝鲜解放十五周年"、"庆祝越南民主共
和国成立十五周年"和"觉醒的非洲人民"。在被迫休刊
的前一年，亚非拉文学作品已突破百篇。在这一阶段，翻
译亚非拉国家的文学作品扩大了外国文学的译介视域，使
中国读者更广泛地接触到了世界文学。

《世界文学》（1977/1）复刊号封面

与先后"大红大紫"的俄苏文学和亚非拉文学相比，
从欧美等资本主义国家翻译过来的文学作品被边缘化，且
在数量较为有限的欧美文学作品中，又以反映了阶级压迫
以及人民反封建、反资本主义斗争的题材的古典文学作品
为重。这一类的文学作品由于其所具备的"人民性"和"革
命性"而"能被有效地阐释进社会主义意识形态建构的资
源系统内，一定程度地被社会主义意识形态话语所接纳，
成为社会主义反资本主义的有效资源"[1]。同时，译介欧美

1. 方长安：《冷战·民族·文学：新中国"十七年"中外文学关系研究》，第 13 页，北京：中国社会科学出版社，2009 年版。

古典文学也是编辑部为了改变期刊过于片面化，即改变俄
苏文学比重过大的一项重要举措。《译文》在 1954 年 3 月
号的《读者意见和本刊今后的计划》中特别指出："准备
平均以一半左右的篇幅来比较有计划地介绍本世纪以前的
文学作品"，并陆续刊登了如惠特曼、富兰克林、莎士比
亚、狄更斯、巴尔扎克、卢梭、安徒生，以及德语作家席勒、
海涅和凯勒等人的作品。

但是，这一时期的德语翻译文学作品数量相当有限，
特别是在创刊初期，《译文》在 1953—1954 年间只刊载了

3篇汉译德语作品，且均为民主德国的文学，而同期俄苏文学的翻译数量总计为77篇，是德语文学作品的25倍之多。这一方面和德语文学翻译工作者的相对不足有关，另一方面也反映出社会主义阵营内部国别文学的优先次序。20世纪50年代中后期，中国和民主德国的文化交流关系发展势态良好，使得德语翻译文学的数量有所上升。但进入60年代后，德语文学的翻译数量明显下滑，这一方面和中国国内掀起的"大跃进"运动以及在此基础上形成的文化革命潮流有关；另一方面也在一定程度上反映出中苏关系破裂之后，中国和民主德国在外交关系上的疏远。从1961年起，《世界文学》除了刊登了布莱希特的剧本《高加索灰阑记》以及卞之琳撰写的长篇论文《布莱希特戏剧印象记》之后，就没有再刊载任何严格意义上的民主德国的当代文学，而只是选译了一些古典作品和其他德语国家的作品。从文学流派上看，在国家政治意识形态的管理与规范下，德语文学的翻译与主流意识形态保持一致，在20世纪50年代主要译介了原民主德国的社会主义现实主义的文学作品，其次是19世纪的批判现实主义和德国古典主义的作品，对于其他现当代作家，如茨威格和伯尔（Heinrich Böll，1917—1985）等也有所译介，但数量有限，解读模式单一。从题材上看，选译的德语文学作品首先反映了人民在新社会中如何当家做主和投身于社会主义事业的建设；其次，选译的作品揭露了资本主义的腐朽、没落与虚伪以及法西斯主义的残忍、卑鄙和罪恶，歌颂了劳动人民的美好品德以及对封建主义、资本主义和法西斯主义的不懈斗争，也就是能被中国的政治意识形态所接受，与中国社会主义现代精神相一致的作品。

## （二）　"新时期"的《世界文学》及译介状况概述（1977—2008）

1966年开始的"文革"使《世界文学》陷入了"停顿"，十余年间没有发表任何外国文学作品。1977年9月，随着"文革"的结束和拨乱反正的进行，《世界文学》得以"平反"，在试刊一年后正式对普通读者开放。重新起步的《世界文学》在"新时期"伊始，基本延续了20世纪60年代的翻译规范，外国文学的译介依然被纳入国家阶级斗争的话语体系内，其功用依然以服务政治意识形态为第一要务，其从属性的地位没有得到根本性的改变。以《世界文学》1977年内刊第1期为例，该期主要译载了朝鲜、巴勒斯坦、莫桑比克和南非等亚非国家反映当前现实且富有战斗性的小说和诗歌，另外还编发了一组日本无产阶级作家的作品，在古典文学方面则选登了巴尔扎克的两篇小说。特别引人注目的还有由王金陵翻译的苏联鲍·瓦西里耶夫的《这儿的黎明静悄悄》及其评论文章，契合了当时对"为社会帝国主义效劳"的"修正主义文学"的批判之需。尽管是作为反面教材被译介，但是它打破了苏联文学在中国文坛近 20 年的沉寂，在文学翻译史上具有不容忽视的意义。

但是，随着"文革"的结束和学术界"思想解放"运动的开展，《世界文学》也在第一时间引进和译介了一批曾经被视为"颓废"和"没落"的西方现当代文学，如在正式复刊的第一年里，《世界文学》就译介了奥地利作家卡夫卡(Franz Kafka, 1883—1924)的小说《变形记》、美国作家索尔·贝娄的《赛姆勒先生的行星》、英国作家哈·品特的剧本《生日晚会》，以及西·伦茨 (Siegfried Lenz, 1926— )、纳·霍桑和艾·巴·辛格等众多当代作家，拓展了中国读者的视野，使国人知道了在现实主义文学之外还有这样的文学写作方式以及这样的审美可能性。

整个 20 世纪 80 年代，《世界文学》虽然也经历了"清除精神污染"和"反对资产阶级自由化"等运动，但是"介绍和评论当代和现代的外国文学为主"的基本定位没有因为这些思想交锋而发生根本性的变化。依托社科院外文研究所的人才优势以及多渠道的信息来源，《世界文学》在译介欧美现当代文学方面一马当先，引进介绍了荒诞派、黑色幽默、意识流、存在主义、结构主义、新小说派等各种西方文学流派；一批杰出的作家如福克纳、海明威和波特莱尔等在 20 世纪 50 年代末期曾经在《世界文学》上有所译介，但随后就被打入"冷宫"，现在他们得以在《世界文学》上重放光彩；而美国诗人庞德、英国小说家劳伦斯、匈牙利德语文艺理论家卢卡契等更是在新时期内得到了重新评价。还有众多的诺贝尔文学奖得主在尚未获奖之前就已经在《世界文学》上亮相，如前面提及的品特及其剧本《生日晚会》、法国的西蒙及其《农事诗》，以及德国的君特·格拉斯 (Günter Grass, 1927— ) 及其中篇小说《猫与鼠》。

20 世纪 90 年代以来，随着改革开放的继续深化，人们的视野不断得到拓展，思想意识形态与价值取向日趋多元化。就《世界文学》中的翻译文学而言，其多元化的特点也更加明显。这首先体现为译介国家和范围的扩大。除了英、美、法、日等国家外，《世界文学》加大了对北欧、大洋洲、加拿大、以色列和加勒比海地区等以前几乎没有或者译介较少的国家及地区的文学的译介力度，为读者真正呈现出一幅"世界文学"的图景。其次，在整体宽松的文化语境下，政治意识形态得以进一步弱化，译介择取标准进一步放开。这主要表现为：在政治意识形态垄断一切的年代里，文学作品的翻译必须符合社会主义意识形态的规范要求，而西方国家的文学奖项不可避免地带有西方意识形态的烙印，因此它们很难成为一个作家是否被译介的衡量标准。而在新时期，英美等国的文学奖项开始成为人们关注的焦点之一，《世界文学》上的"世界文艺动态"栏目就有不少内容和文学奖项有关。以德语文学为例，《世界文学》对德语文学领域内的最高奖项"毕希纳奖"以及如巴赫曼奖等诸多奖项表现出浓厚的兴趣，通过对这些奖项的跟踪报道，不少新人新作得以在第一时间进入中国文化圈。

　　《世界文学》在选题方面和诸多国外文化机构的合作，则是在新的历史文化语境下的新动向。在这些合作中，就有《世界文学》和歌德学院在 20 世纪 90 年代举办的 8 届德语文学翻译比赛。例如，2009 年度诺贝尔文学奖的获得者赫尔塔·米勒 (Herta Müller，1953—  ) 早在 1992 年就通过这次翻译比赛进入中国。


# 二、 从《世界文学》看中国和德语国家的文化交流关系


## （一）  "冷战"背景下与德语国家的文化交流关系


　　新中国在成立之初便和同年成立的民主德国建立了外交关系。建交之后，由于中国过分强调同苏联的友好互助关系，而民主德国则受到苏联的严格控制，再加上地缘政治的因素，两国之间并没有过多的政治、经济和文化交流。直到 1953 年，两国外交关系才有了实质性的改观。但是到了 20 世纪 50 年代末 60 年代初，随着中苏关系交恶，中国和民主德国的关系也开始降温直至出现明显裂痕。[1]

1. 参见 Messner, Werner/ Feege, Anja (Hrsg.): *Die DDR und China 1949 bis 1990: Politik, Wirtschaft, Kultur, eine Quellensammlung*, Berlin: Akademie Verlag, 1995, S.101—105.

　　就文化交流而言，在两国保持正常外交的前提下，两国的作协之间基本保持着友好的交流关系，不仅在大型纪念活动的框架下互派代表出席参加，而且为了增进了解，互相学习，两国作协还互邀对方进行访问交流。从《世界文学》的相关报道及评论中，我们可以了解到，中国

作协曾派冯至等前往民主德国参加席勒纪念活动，派巴金出席了第四届德国作家代表大会，派张佩芬参加在毕特费尔德召开的作家会议等。当时的民主德国，也屡次组织作家前来中国访问，进行交流或者参加中国的文化活动，像赫尔姆林 (Stefan Hermlin，1915—1997)（当时译为"赫姆林"）、贝特尔逊 (Jan Petersen，1906—1969)、乌塞 (Bodo Uhse，1904—1963)、魏森堡 (Günther Weisenborn，1902—1969)、汉斯·齐布尔卡 (Hanns Cibulka，1920—2004) 和维利·布雷德尔 (Willi Bredel，1902—1964)（当时多译为"勃莱特尔"）等陆续前来中国进行了访问交流。回国之后，他们纷纷以在中国的所见所闻为题材创作了一系列作品，如乌塞在 1954 年访华后发表了《中国日记》，布雷德尔以在延安的访问经历为背景撰写了《枣园里的盛宴》，齐布尔卡在他的诗集《两字集》里收录了 4 篇以中国为主题的诗歌——《山水》《农民》《中国干杯》和《北京之歌》。特别值得一提的是，德语翻译文学在《译文》的发轫之作应归功于赫尔姆林和贝特尔逊 1953 年 9 月的中国之行。[1] 文学交流直接促成了文学翻译活动的发生。

1. 1953 年 9 月，赫尔姆林和贝特尔逊访华，次月，《译文》不仅在"世界文艺动态"栏目内刊登了《赫尔姆林和贝特尔逊与我国作家座谈德国文学界情况》一文，

但是，也可以看出，这样一种文学文化交流行为并不是作家之间纯粹的个人文学交流，而
而且译载了由黄贤俊译的赫尔姆林的诗歌《鸽子的飞翔》。这是 1953 年《译文》中唯一的一篇德语译文，其余皆为德国文坛的一些动态介绍。
是有计划、有组织展开的社会政治行为的一个有机组成部分，其间，"文学经验交流往往与政治意识形态相互倾诉同时进行"[2]。就在赫尔姆林和贝特尔逊与中国作家的这次座谈会上，民主
2. 方长安：《1949—1966 中国对外文学关系特征》，载《中山大学学报》，2005 年第 5 期，第 45 卷（总 197 期），第 13 页。
德国的这两位作家不仅为在场的中方代表勾勒出了民主德国文学在新型社会制度保障下蓬勃发展的概貌，还不失时机地抨击了联邦德国的政治制度以及由此而造成的文学衰落。

在东西方冷战的大背景下，中国同紧随美国的联邦德国及奥地利的关系较为紧张，文化方面的交流也几乎为零。因此这种他者不在场的言说构成了中国和其他德语国家文化交流关系的主调，并且在《世界文学》中得到了渲染。比如从"世界文艺动态"栏目中，我们可以找到不少例证 [3]；而意识形态锋芒毕露的是《世界文学》1960 年第 6 期刊登的文章《帝国主义的土壤，
3. 如 1957 年 6 月号的《西德作家的境遇》、1957 年 7 月号的《西德外交部长侮辱布莱希特》和 1960 年 10 月号的《西德政府迫害进步作家》等。
帝国主义的"花"——充满血腥气的西德军国主义文学》。标题似乎振聋发聩，但今天看来则不免有失偏颇。

当然，在抨击和批判联邦德国政府及其"御用文人"的时候，《世界文学》中也有不少报道显示了对进步作家的认可与肯定。[4] 这些报道一方面揭示了联邦德国政府的反动、凶恶和侵
4. 如 1958 年 7 月号的《西德作家抗议西德政府的原子备战政策》、1961 年 1 月号的《西德 21 位作家拒为政府效力》和 1962 年 12 月号的《东、西德作家抗
略本质，另一方面也是我们"团结一切可以团结的民主人士"的优良传统的发扬光大，显示了
议西德政府排斥进步文化的罪恶政策》等。
中国文艺界对联邦德国进步作家的声援和支持以及建立文学交流关系的美好愿望。虽然数量有

限，《世界文学》对联邦德国和奥地利的现当代文学当时还是有所译介，译介择取的主要参照标准是作品的思想内容能够被阐释进中国的政治意识形态话语系统，其次才是作品的文学性和艺术性，特别是作品是否得到了一些社会主义作家或评论家的肯定。

在西方资本主义国家中，瑞士是最早承认中国的西方国家之一，早在 1950 年 9 月 14 日就与中国正式建交，成为新中国外交工作的重要突破。虽然瑞士不乏优秀的德语作家，但相对于德国和奥地利而言，土生土长的德语作家的数量比较有限，能够进入中国世人眼中的更是少之又少。这时期，只有两位瑞士德语作家，凯勒(Gottfried Keller, 1819—1890)和迪伦马特(Friedrich Dürrenmatt, 1921—1990)（当时译为"杜伦马特"）被翻译过来。

总括而言，在两大阵营对峙的背景下，民主德国由于和中国同属社会主义阵营，政治意识形态趋同，因而较早同中国建立了外交关系，文化交流关系也在一定程度上得到了促进和推动。在文化交流正常开展的前提下，民主德国的当代文学作品和文学讨论得到了较多的关注和翻译；但是一旦外交关系开始僵化，出现裂痕，两国间的文化交流关系便会受到直接影响，从而对文学翻译活动产生负面影响。而联邦德国、奥地利和瑞士由于隶属资本主义阵营，特别是联邦德国采取了全面倒向美国的外交战略，因此中国同这些国家的文化交流不多，对这些国家的文学译介也比较有限，译介范围主要囿于具有革命性的经典文学作品以及较少一些具有强大社会批判功能的现当代文学。

## （二）　富有建设性的与德语国家的文化交流关系

20 世纪 70 年代初，中国分别和联邦德国、奥地利签署了建交公报，至此，中国同所有的德语国家正式建立了外交关系。随着外交关系的建立，中国加强了同这些国家的互访和政治磋商，与此同时，经济、科技和文化方面的交流和合作活动也开始增多，卓有成效的合作与交流对于消除成见、增进了解起到了重要作用。

在 20 世纪五六十年代，《世界文学》中鲜有关于联邦德国文艺活动的正面报道，大多数话语都是"荷枪实弹"的利器，矛头直指联邦德国政府及其"御用文人"。当然，这和西方媒体歪曲报道中国也不无关系。在意识形态层面的相互指责与攻击，构成当时双方媒体报道的一个主要方面。

20 世纪 70 年代末，随着中德两国间文化交流框架协定的签署，两国之间的文化交流关系开始发生了一些根本性的变化。德国现当代作家被大量译介至中国，《世界文学》就是一个缩影。与此同时，70 年代到中国留学的第一批德国留学生开始大量译介中国的现当代作家，茅盾、鲁迅、丁玲、艾青、老舍、巴金、钱钟书、萧红、邹荻帆和刘心武等作家的德文译本在西德（有些也在奥地利）发行，多部现当代小说选、现代剧作选结集出版，相关的研究著作也陆续问世，如 1984 年第 4 期的"世界文艺动态"栏目报道了汉学家鲁特·凯恩女士撰写的研究萧红的专著《自传与文学——中国女作家萧红的三篇著作》在慕尼黑出版发行。除了众多作家被介绍给德国读者外，一系列以中国为主题的文化活动在西德成功举办：1980 年的鲁迅展和《茶馆》演出反响良好，1982 年联邦德国举行中国文学翻译会议期间还展映了中国故事片，到 1984 年西柏林已是第二次举办了德中文化晚会。从 20 世纪 70 年代末到 80 年代中期，"世界文艺动态"栏目大量报道了中国文化在西德的输出及其影响，展现了中德两国在文化交流领域广阔的合作可能性，也在读者心中建构起了一个热爱中国文化、与中国交好的新德国形象。

在 20 世纪五六十年代，中国和民主德国作协之间保持着友好的交流关系，但文化交流大多以参加大会旁听或者和较小范围内的文化界人士座谈等形式展开，其中文学经验交流固然重要，政治立场的相互声援和支持却也不容忽视。到了七八十年代，中国和两个德国的学者与作家互访频繁，访问交流的形式更加多样化，学者和作家之间的私人拜访与交流也日趋正常化。通过《世界文学》，我们可以了解到，1999 年诺贝尔文学奖获得者君特·格拉斯曾在 1979 年 9—10 月间来华访问，在北京大学的一次报告会上，格拉斯谈及了文学的任务和功能、文学创作的方法和技巧，并且还和师生进行了互动，解答了大家的提问。[1] 这篇报道疑是君特·格拉斯在

1. 参见丁方：《西德著名作家京特·格拉斯在北京大学的一次讲演》，载《世界文学》，1980 年第 1 期（总 148 期），第 310—311 页。

中国的第一次介绍，特别是报告加提问的形式也和 70 年代中期马克斯·弗里施（Max Frisch，1911—1991）访华形成了鲜明对照。[2] 1980 年 9 月，联邦德国著名文学史家、文学批评家汉斯·马

2. 参见《中国的日耳曼学以及德国文学在中国的译介》。文中写道，弗里施未来得及和北大德语师生进行交流就被匆匆领着离开了教室。此处引自 Zhang

耶尔（Hans Mayer，1907—2001）应中国社会科学院之邀来中国进行了为期两周的讲学，他在

Yi: *Rezepitonsgeschichte der deutschsprachigen Literatur in China von den Anfängen bis zur Gegenwart.* Bern: Peter Lang, 2007, S.201—202.

北京大学的一次学术报告会上给予了卡夫卡很高的评价，对于中国的卡夫卡热，起到一种推动作用。与此同时，中国的日耳曼学者和作家纷纷前往联邦德国访问深造，那时中国国门刚刚打开，很多德国人对中国的情况不甚了解，对德语文学在中国的研究状况更是知之甚少，而这些学

者和作家就担负起了架桥的作用。《访德杂记》的作者记述了这样一件事：他去参观位于杜塞尔多夫的托马斯·曼藏书楼，主人告知，他收藏了托马斯·曼的很多重要译本，独缺中译本，参观者即托人寄去《布登勃洛克一家》的中译本，补上缺憾，令藏书主人感激不尽。[1] 事情虽小，

1. 参见张玉书：《从波登湖到茵梦湖——访德杂记》，载《世界文学》，1980 年第 5 期（总 152 期），第 300—303 页。

但它折射出了两国学者在促进中德文化交流方面作出的不懈努力，正是这些看似微不足道的点滴贡献铸就了一部恢宏流长的中德文化交流史。

1982 年歌德逝世 150 周年之际，中国学者一行 6 人在冯至先生的带领下参加在海德堡举办的"歌德与中国"国际学术研讨会。会议规模不大，但是与会者来自世界各地，有联邦德国、民主德国、中国、美国、加拿大、奥地利和新西兰等，因此在歌德研究史上也算是一次创举。尤其是对于差异如此巨大的中德两种文化，这无疑是"极有意义的一步"，对于推动中德之间文化交流，特别是社会科学领域的交流也具有重大意义。[2] 同年，两个德国和奥地利的驻华大

2. 鲁人：《"歌德与中国"国际学术讨论会在海德堡举行》，载《世界文学》，1982 年第 6 期（总 165 期），第 300—301 页。

使还参加了在北京举行的歌德纪念会。

总而言之，从 20 世纪 70 年代末 80 年代初开始，中国和德语国家的文化交流关系，尤其是和联邦德国的文化交流关系发展态势良好，成果丰硕，1988 年歌德学院在北京设立分院可视为中德文化交流关系健康平稳发展而结出的最重要的硕果。1989 年北京"天安门事件"后，中国和德语国家的外交关系也骤然降温。虽然文化交流活动并未完全中止，但是毕竟受到政治气候一定的负面影响。不过，刚成立的歌德学院北京分院没有撤离中国，并且继续和《世界文学》编辑部合作，将德语文学翻译比赛持续开展下去。同期，中国的德语文学研究者视野日益开阔，不仅走出国门参加学术交流活动，而且在国内积极搭建对话平台，邀请中外学者进行学术探讨。例如，1997 年分别是伯尔诞辰 80 周年和海涅诞辰 200 周年，为了纪念这两位重要作家，中国方面举办了隆重的纪念活动，北京还成功举办了国际海涅学术讨论会。第二年是布莱希特的百年诞辰，来自中国大陆、香港和德国的布莱希特研究学者聚集北京就布氏的戏剧理论、方法和创作等进行了广泛而深入的讨论。除此之外，中国还举办了一系列德语作家的国际学术研讨会，包括里尔克 (Rainer Maria Rilke，1875—1926)、托马斯·伯恩哈德 (Thomas Bernhard，1931—1989) 和罗伯特·穆齐尔 (Robert Musil，1880—1942) 等，有利于国内德语文学研究整体水平的提升。在上述活动中，歌德学院积极参与介入，通过多种渠道促进德语文化在中国的传播，1994 年还帮助中央实验话剧院将歌德的《浮士德》搬上了中国舞台，这是《浮士德》在

中国的第一次舞台实践，引起了文化界很大的关注。

进入新千年后，中国的改革开放进入到一个新的历史时期，中国和德奥瑞三国在政治、经济、科技等领域的合作关系得到全面发展，文化交流活动也更加丰富、全面，并且显示出一些前所未有的特征。就德语文学而言，不管是知名作家的新作还是新人新作，其译介速度均是此前不能比拟的，而中国和德语文化机构的密切合作更加推进了这一速度。其次，在知名作家和文学新秀之间，年轻一代的德语作家似乎更受青睐，2006 年和 2007 年度德语作家两度组团访华，而访问团的成员基本是新生代作家。[1]就活动形式而言，除了演讲、报告会和研讨会等传统形式外，还有朗诵会、和中国作家对话或者与中国读者互动等活动形式，缤纷多样的活动或将改变德语文学重在哲思而过于沉闷的形象，令更多的中国读者了解并喜爱当代德语文学。

1. 除了在《世界文学》上有相关报道之外，《中华读书报》和《文景》杂志也推出了一系列报道，特别是《文景》2007 年第 9 期（总 38 期）推出了"德国：2007 北京国际图书博览会主宾国"专刊。

综上所述，中国和德语国家的文化交流关系虽然受到外交关系的影响在发展过程中也曾出现过波折，但是总体而言比较健康、平稳，富有成果，大量的德语现当代作家得到了及时译介。在《世界文学》上刊载的一些德语文学作品本身就是文化交流的直接成果，如 1990—1998 年期间在德语文学翻译比赛的框架下，有 8 位在国内尚不为读者所熟悉的德语作家得到了译介。1990 年张佩芬翻译了赫·赫·舒尔茨（Helmut Helmann Schulz，1931—  ）的作品《罗拉曼》，刊载在当年《世界文学》第 2 期上，翻译缘起为译者 1988 年在一次访德行程中获赠此书；2007年第 6 期上的《约·波卜霍夫斯基诗选》是诗人萧开愚应邀参加斯德哥尔摩歌德学院的翻译项目"约翰内斯·波卜霍夫斯基在九种语言中"的部分汉译工作的成果。

## 三、 德语文学在《世界文学》中的译介

### （一）　1953—1966：以现代的社会主义文学为主旋律的德语文学译介

冯至先生在《略谈德国现代文学的介绍》一文中，认为德国文学在历史上经历了 3 个繁盛期——中世纪的诗歌、古典文学时代以及现代的社会主义文学。[2]至于这 3 个时代对于中国当

2. 参见冯至：《略谈德国现代文学的介绍》，载《世界文学》，1959 年 9 月号（总 75 期），第 80 页。

代社会主义文学的借鉴意义，其评价是："第一个时代对我们太遥远了；第二个时代的作品中有不少是属于世界文学宝库的，许多地方值得我们学习；至于第三个时代的、也就是现代的社会主义文学则对我们非常亲切，它和我们之间有共同的问题和共同的命运，因为大家都是向着一个共同的目标奋斗。"[1] 在肯定古典文学的美学意义和积极作用的同时，冯至先生更加强调

1. 参见冯至：《略谈德国现代文学的介绍》，载《世界文学》，1959 年 9 月号（总 75 期），第 80 页。

的是以民主德国的文学创作为主体的现代的社会主义文学和中国新型的人民文学在政治意识形态话语和民族文学诉求两方面的共通之处，即维护社会主义国家的主权及建设社会主义的新文化。因此，现代的社会主义文学在两国交好期间不仅斩获了极高的评价，而且也构成了新中国成立后德语翻译文学的主旋律，占到了该期德语翻译文学的 50% 左右。

在得到译介的作家中，大多数符合了如下条件中的一项或几项：出身无产阶级，曾参加过反法西斯主义以及争取和平、进步、统一和社会主义的斗争，在德国作协中占有举足轻重的地位，荣获过德意志民主共和国国家奖金等荣誉。坚定的阶级立场，经过血与火锤炼的思想觉悟，对政治生活的积极介入，最后再加上国家对他们文学创作和政治活动的肯定，种种因素使得这些作家成为新中国成立后被译介的德语作家中一群"璀璨的星辰"，其耀眼的光芒或多或少地遮蔽了其他德语作家的神采，使之无法完全进入国人的视域。

从题材上看，被译介过来的这部分作品大致可分为以下五大类：一是反映社会主义建设和社会变革以及新制度下人们的思想斗争和思想转变的作品；二是歌颂革命胜利和捍卫和平的作品；三是反法西斯作品和反战作品；四是揭露西方资本主义罪恶的作品；五是歌颂无产阶级革命领袖或其他兄弟国家的社会主义建设的作品。

民主德国在成立之后，大部分作家首先将注意力放在了当前社会主义建设的成绩上。"积极分子、革新者和劳动英雄大批涌现，飞跃发展的社会主义建设事业带来了新的题材和新的问题，工人、农民以及欣欣向荣的一切新事物向作家提出了把他们作为艺术描写对象的正当要求。"[2]《译文》1954 年 11—12 月号刊载了由黄贤俊翻译的弗·沃尔夫（Friedrich Wolf，

2. 张佩芬：《十年来德意志民主共和国的文学》，载《世界文学》，1959 年 10 月号（总 76 期），第 151 页。

1888—1953）创作于 1950 年的六幕喜剧《女村长安娜》，反映了女村长安娜在变化了的社会环境中带领村民建设新生活的坚定决心以及以身作则的不懈努力。此外，由纪琨翻译的尤瑞依·布莱昌（Juri Brězan，1916—2006）的小说《林中一夜》（1955 年 10 月号）、由张威廉翻译的卡坦丽娜·康默尔（Katharina Kammer，1920— ）的《只有这一条路》（1956 年 4 月号）、由

柯青翻译的葛尔哈特·贝恩却 (Gerhard Bengsch, 1928—2004) 的《一套咖啡具》（1960 年 5 月号）以及由高年生翻译的艾尔文·斯特里马特 (Erwin Strittmatter, 1912—1994) 的《新人新事》（1959 年 10 月号）等，也分别从不同的角度勾勒了民主德国的生产和生活，刻画了人们在思想上的矛盾和斗争。但是基于社会主义现实主义创作提出的文学要塑造正面典型人物形象的要求，这些作品多以冲突得到化解、人们思想发生转变从而积极主动地投身于社会主义建设而圆满结束，使得文学创作多少落入了一种"大一统"的模式之中。

除了小说和剧本之外，选译的诗歌当中也不乏歌颂人民当家做主和社会主义建设的内容。但诗人歌唱最多的还是和平。在《译文》上首次出现的德语译作《鸽子的飞翔》就体现了诗人对于和平即将到来的信念："和平像战士一般前进。/ 人不久终会成为胜利者，/ 鸽子的世界就会实现！"[1] 此外，在由廖尚果翻译的贝希尔 (Johannes Robert Becher, 1891—1958) 和魏纳

1. 斯蒂芬·赫姆林著，黄贤俊译：《鸽子的飞翔》，载《译文》，1953 年 10 月号（总 4 期），第 44 页。

特 (Erich Weinert, 1890—1953) 的诗歌以及由冯至翻译的布莱希特的诗歌中，不少作品都以饱满的热情歌颂了民主、和平和统一。在小说中，体现了德国人民渴望两德统一，实现民主与和平的心愿及决心的译作首推由朱葆光翻译的波多·乌塞的《桥》（1955 年 6 月号）。在这部小说中，"桥"是一个隐喻，是德国重新统一的象征，也是德国人民通向民主与和平的桥梁。小说的结尾耐人寻味：生活在继续，河水在翻滚，大桥仍然矗立，预示着人民争取民主和平的又一次胜利，也预示着和平斗争的持久性和艰巨性。

至于反法西斯作品，较为著名的有弗兰茨·费曼 (Franz Fühmann, 1922—1984) 的中篇小说《弟兄们》（高年生译，1959 年 6 月号）。在这篇小说中，作者淋漓尽致地刻画了法西斯党徒阴险无耻地愚弄人民、心狠手毒地滥杀无辜的嘴脸。除此之外，安娜·西格斯 (Anna Seghers, 1900—1983) 的《已故少女们的郊游》（张佩芬译，1957 年 5 月号）以回忆的形式反映了纳粹统治对青春和幸福的摧残，是对纳粹反人道主义的深刻控诉。由张威廉翻译的布雷德尔的短篇小说《沉默的村庄》（1954 年 7 月号）则从另外一个侧面反映了人们在新时期应该和纳粹思想的余毒进行斗争，而不是用沉默来应对过去。

在揭露西方资本主义罪恶方面，斯蒂芬·海姆 (Stefen Heym, 1913—2001) 的《自由经济》（高年生、郭鼎生译，1958 年 3 月号）和哈拉特·霍赛尔 (Harald Hauser, 1912—1994) 的电视剧剧本《白血》（叶逢植译，1959 年 10 - 11 月号）表现得较为突出。《自由经济》可看作

是对美国自由经济和财产私有制的一个反讽，而《白血》更是一个政治倾向非常明晰的剧本，契合了中国反对原子武器的主张，并在最后呼吁："德国不需要原子死亡的军服。德国不需要逃遁到毁灭中去。德国需要的是保卫活人的勇气。维护生命！"[1]

1. 哈拉特·霍赛尔著，叶逢植译：《白血》，载《世界文学》，1959 年 11 月号（总 77 期），第 103 页。

最后，民主德国作家也创作了不少歌颂无产阶级革命领袖或其他兄弟国家的社会主义建设的作品。特别是在中国和民主德国文学交流频繁之际，不少作家以中国为素材创作了一些作品。1959 年，值中华人民共和国成立 10 周年之际，《世界文学》选刊了各国作家创作的歌颂新中国建设的作品，在德语作家方面选译了乌塞的《石景山巡礼》（姚保琮译）和魏森堡的广播剧《扬子江》（杜文堂译）。此二人之前曾来中国进行过访问交流。其他歌颂无产阶级革命领袖和兄弟国家的作品还有艾利希·魏纳特的《苏维埃联邦，敬礼！》（廖尚果译，1956 年 11 月号）、约翰尼斯·贝希尔的《暴风雨——卡尔·马克思》（廖尚果译，1955 年 10 月号）和马克斯·切默林 (Max Zimmering，1909—1973) 的《在列宁面前》（李文天译，1960 年 4 月号）等。

除了翻译这些可以被纳入"社会主义现实主义"创作体系[2]的文学作品外，《世界文学》

2. 民主德国政府在 1952 年正式号召广大作家学习社会主义现实主义的创作方法，次年，中国也将社会主义现实主义确立为过渡时期文艺创作和批评的最高准则。

还介绍了包括席勒、海涅、克莱斯特 (Heinrich von Kleist，1777—1811)、歌德、维尔特 (Georg Weerth，1822—1856) 和莱辛 (G. E. Lessing，1729—1781) 在内的古典文学作家的作品，约占同期德语翻译文学作品的 1/3。这里特别要指出的是前三位文学巨匠——席勒、海涅和克莱斯特，他们分别是世界和平理事会在 1955、1956 和 1961 年评选出的世界文化名人之一。在纪念"世界文化名人"的框架下频仍出现的文学翻译高潮再次证明了政治与文学的"合谋"关系。

先看席勒。为配合 1955 年的名人纪念活动，《译文》从多个方面译介席勒，而所选作品基本围绕一个主题展开，即反抗暴政，追求光明。"席勒作品中所含有的革命反抗的力量，就无限地超过所有他的同代人（连带少年歌德在内）的抗暴思想了。"[3]因此，种种殊荣被赋予

3. [苏] 尼·维尔蒙特著，廖灵珠译：《席勒论》，载《译文》，1955 年 5 月号（总 23 期），第 46—47 页。

了席勒：席勒是"抱着这样的激情用德语号召人们倾覆暴君"的第一位诗人，是对"18 世纪封建分割的德意志的社会秩序予以这样歼灭性的批评"的第一位剧作家，是"真正的'人类的辩

4. [苏] 尼·维尔蒙特著，廖灵珠译：《席勒论》，载《译文》，1955 年 5 月号（总 23 期），第 47 页。

护师'"[4]。正因为如此，席勒在民主德国备受推崇，进而也受到中国学界的重视和颂扬。四年

5. 编者对《依毕库斯的仙鹤》是如此介绍的："它是席勒的名诗之一，我国还没有介绍过。"但是对比《德语文学汉译史考辨：晚清和民国时期》中的有关论述，

之后，又逢席勒诞辰 200 周年纪念，改版后的《世界文学》刊载了一首由叶逢植翻译的《依毕

可以发现，商章孙 1941 年就已译过该诗，当时译为《伊壁古士的鹤鸟》，刊在《文艺月刊》1941 年 8 月号上。参见卫茂平：《德语文学汉译史考辨：晚清和

库斯的仙鹤》，但提出该诗是中国首译之说，应属谬误。[5]

民国时期》，第 144—145 页，上海：上海外语教育出版社，2004 年版。另可参考丁敏博士的博士论文《席勒在中国：1840—2008》，未发表。

1956 年，海涅逝世 100 周年，他被评选为当年的世界十大文化名人之一，因此，《译文》

适时地推出了由诗歌、散文、通信和文论组成的海涅特辑。尽管海涅的创作还只能算作是"抒情的现实主义"[1]，和"社会主义现实主义"的创作还有相当大的差距，但是这并不削弱海涅作

1. [苏] 梅塔洛夫著，缪灵珠译：《海涅论》，载《译文》，1956 年第 2 期（总 32 期），第 130 页。

品的社会批判性："在十九世纪的德国作家中，没有一个人能够这样一贯地，而且以这样卓越的现实主义的技巧，抨击德国贵族和教会的反动势力，揭露他们的极端民族主义的野心，指出他们以复兴半封建条顿民族为幌子，妄想把日耳曼的中世纪和现代'综合'起来。"[2]和马克

2. [苏] 梅塔洛夫著，缪灵珠译：《海涅论》，载《译文》，1956 年第 2 期（总 32 期），第 130 页。

思的结识更被阐释为是诗人个人生活和创作生涯的一个重要突破："尤其是在四十年代初期和马克思结识以后，他对于政治和社会的见解，有了更大的进步，成为革命民主主义的诗人。"[3]

3. 《纪念海涅逝世一百周年》，载《译文》，1956 年第 2 期（总 32 期），第 98 页。

为了弘扬海涅的革命精神，民主德国还设立了海涅文学奖金。这样，得到马克思、苏联文艺界和民主德国政府三重肯定的海涅在中国也具备了广泛流传的基础。

相对于前两位世界文化名人，第三位以世界文化名人的身份进入《世界文学》的克莱斯特却似乎没有那么风光了。也许是因为在此之前他的一些带有现实主义色彩的作品业已出版发行[4]；而他的其他一些作品的浪漫主义色彩又过于浓重，故《世界文学》只选译了作为其"创

4. 如小说选集《马贩子米赫尔·戈哈斯》（商章孙译，上海：新文艺出版社，1957 年版；上海：上海文艺出版社，1961 年版）、独幕喜剧《破瓮记》（白永

作中的一大成就"[5]的几篇短小的轶事。

译、上海：新文艺出版社，1957 年版；上海：上海文艺出版社，1961 年版）和五幕历史剧《赫尔曼战役》（刘德中译，上海：上海文艺出版社，1961 年版）。

歌德和克莱斯特的境遇相似。在歌德逝世 125 周年之际，《译文》1957 年 3 月号选登了歌

参见查明建、谢天振：《中国 20 世纪外国文学翻译史》（上卷），第 679 页，武汉：湖北教育出版社，2007 年版。

德的诗歌和小说节译，却没有太多激情四射的赞颂，也没有苏联文友或马恩为其扬名，因而多

5. 《后记》，载《世界文学》，1961 年第 11 期（总 101 期），第 55 页。

少显得有些落寞。倒是 1959 年和 1963 年选译的《歌德和爱克曼的谈话录》是研究歌德文学创作和文艺观点的重要资料，多少弥补了歌德译介上的不足。此外，《世界文学》在 20 世纪 60 年代增添的"补白"栏目里选登了不少歌德的睿智之言。那时，翻译文学的政治色彩日益浓厚，像歌德这样的大文豪也只能退居"补白"边缘；但另一方面，见微知著，人们还是能从中一窥歌德精神思想的光辉。

另外值得一提的是被恩格斯誉为"第一个也是最重要的一个德国无产阶级诗人"[6]的维尔特。

6. [德] 恩格斯著，张佩芬译：《论乔治·维尔特》，载《译文》，1956 年第 8 期（总 38 期），第 140—141 页。

维尔特在德语文学史上并不占据什么重要位置，对于中国读者也较为陌生，但是民主德国政府对于这位英年早逝的诗人推崇备至，对于其诗歌中表现出的"人民性"和"革命性"赞赏有加，

7. 《译文》1956 年 8 月号上刊登了维尔特的《诗选》（邱崇仁、傅韦译）和《德国商业生活的幽默速写》（摘译，陈铨译）以及恩格斯著、张佩芬译的《论乔治·维

并出版了其作品全集，这自然引起了中国德语界的关注和重视，并随之将其引入中国[7]。

尔特》。"文革"期间，维尔特也是唯一获得进入中国"通行证"的德语作家。参见 Zhang Yushu: *Ein Jahrhundert Rezeption der deutschen Literatur in*

作为（批判）现实主义文学代表作家被译介过来的有高特弗利特·凯勒、托马斯·曼、

*China.* In: *Zeitschrift für Literaturwissenschaft und Linguistik* 127 (2002), S.88.

亨利希·曼 (Heinrich Mann, 1871—1950)、弗兰茨·格利尔巴彻 (Franz Grillparzer, 1791—

1872)、康拉德·斐迪南·梅耶（Conrad Ferdinand Meyer，1825—1898）和特奥多尔·施笃姆（Theodor Storm，1817—1888）。在这 6 位作家当中，除了凯勒和托马斯·曼之外，其余几位皆是在 20 世纪 60 年代才陆续出现在《世界文学》中。该情况说明，当中国和民主德国的外交、文化交流关系开始出现裂痕时，中国翻译界不再将目光投向所谓的德国社会主义现实主义文学，而对于西方现当代文学的排斥，使得他们更多地转向批判现实主义文学，希望从中挖掘出反映底层小人物悲惨命运，表现广大人民美好情感和生活风貌，揭示人民群众的历史推动作用以及揭露封建社会的黑暗野蛮和资本主义社会不合理的题材。《世界文学》中所译载的亨利希·曼的《格利琴》（金尼译，1962 年 1—2 月号）、傅惟慈译的格利尔巴彻的《老乐师》（1962 年 12 月号）、杨武能译的梅耶的《普劳图斯在修女院中》（1963 年 2 月号）和斯笃姆的《一片绿叶》（1964 年 3 月号）皆满足了上述选题要求。亨利希·曼在《格利琴》中成功地描绘了 20 世纪转折期德国小市民阶层空虚无聊、奸诈虚伪的特性；《老乐师》通过一位善良、正直的老人穷困潦倒的一生批判了封建社会对人性的摧残；《普劳图斯在修女院中》虽然还带有"不少消极甚至颓废的因素"，但也塑造了"一个敢于为争取自己的幸福而斗争的纯朴可爱的农村少女形象"；《一片绿叶》突破了缠绵悱恻的爱情羁绊，描写了"祖国美好的土地和乡民的生活，并表现了主人公反抗侵略的决心"。

作品的内容是一方面，另外，作者本人的阶级立场、社会观念和政治态度也是一条重要的衡量标杆。例如，亨利希·曼被赞誉为"坚定的反法西斯和平战士和正直的人道主义者"[1]；其

1.《〈格利琴〉后记》，载《世界文学》，1962 年第 1—2 期（总 103—104 期），第 150 页。

弟托马斯·曼更是因为积极参与政治活动，呼吁自由与民主，反对原子武器的威胁而作为一名"历

2. 凌宣：《关于托马斯·曼和〈布登勃洛克一家〉》，载《世界文学》，1961 年第 5 期（总 95 期），第 111 页。

史判决的宣判者"[2]和"带来光明的未来的信使"[3]备受称赞。因此在托马斯·曼逝世一周年之际，

3.［德］列昂·孚希特万格著，一愚译：《托马斯·曼》，载《译文》，1956 年第 9 期（总 39 期），第 97 页。

《译文》在 1956 年的 9、10 和 11 月号上连续刊载了托马斯·曼的文论《我的时代》（纪琨译）、小说《沉重的时刻》（季羡林译）和《论契诃夫》（纪琨译），9 月号还译载了孚希特万格（Lion Feuchtwanger，1884—1958）的文论《托马斯·曼》，为人们了解托马斯·曼的反法西斯人道主义思想及其文学创作的发展提供了大量资料。另外，由傅惟慈翻译的托马斯·曼的早期长篇小说《布登勃洛克一家》在 1962 年和中国读者见面；而在 1961 年，该书的第 3 部和第 4 部的 1—9 章也早已通过《世界文学》让读者先睹为快了。

另外一位被视作"政治和艺术创作有机结合"的典范是瑞士德语作家凯勒。就凯勒本人的

发展历程来看，1848 年革命失败后，他没有追随当时盛极一时的叔本华哲学思想，而是接受了费尔巴哈的唯物论思想，用 20 世纪五六十年代比较流行的革命性话语来说，就是"和德国反动的文艺思潮划清界限，坚决走现实主义的道路"[1]，因而取得了"当一个作家的权利"[2]，也就取得了进入革命现实主义文学视域的权利。凯勒的创作大多以瑞士的风土人情为背景，善于刻画典型人物和典型事件，对于反面人物不乏冷静而深刻的讽刺，但对于正面人物也加以人文主义的关怀和肯定，文笔朴素明了，以便达到教育和帮助人民的目的。《译文》1955 年 5 月号刊登的《乡村里的罗密欧与朱丽叶》以及《世界文学》1961 年第 8 — 9 期刊登的《三个正直的制梳匠》突出反映了凯勒文学创作的上述特性，译者为田德望。

1. 田德望：《〈三个正直的制梳匠〉译后记》，载《世界文学》，1961 年第 8—9 期（总 98—99 期），第 203 页。
2. [苏] E·布兰第斯著，方土人译：《凯勒论》，载《译文》，1955 年第 6 期（总 24 期），第 208 页。

　　至于得到译介的少量的德语现当代作家，如茨威格和伯尔，这首先是由于他们取得了前苏联的认同和肯定[3]，如果没有苏联的认同和肯定，很难想象他们的作品在当时能够被译介过来。

3. 如茨威格就被高尔基誉为"一个真正的艺术家"（《译文》，1957 年 9 月号），而在由莫蒂廖娃撰写的《西方现实主义作家》（《译文》，1956 年 4 月号）一文中，伯尔也被认为是"极有才能"的，是应该"得到最密切的好的注意的"。

特别是伯尔能够在对西德文学的一片讨伐声中脱颖而出，在某种程度上代表了当时较为普遍的一种文化交流现象：在中国和世界之间，苏联仿佛是一个巨大的信息中转站，来自西方的信息在苏联经过汇总和筛选后继续流入中国。在全面向苏联学习的那段日子里，中国文艺界和外语界也是唯苏联马首是瞻，不仅大量译介了苏联文学，对于苏联文学界和评论界所肯定的其他文学作品，一般也持肯定态度。此外，译文也多从俄语译出，如茨威格的小说《一个女人一生中的二十四小时》（纪琨译，1957 年 9 月号）和《看不见的收藏》（金言译，1963 年第 3 期），伯尔的短篇小说《巴列克家的秤》和《明信片》（肖扬译，1956 年 10 月号）等。上述情况也表明，俄语作为媒介语在当时较为普遍，从俄语转译的情况也基本得到认可。尽管《译文》在1955 年 1 月号的"稿约"中特别注明："非有特殊情形，本刊不采用转译的译稿"，但是大量的德语作品并非从原文译出，而是根据俄语译本（偶也有根据英译本）译出，不仅茨威格和伯尔如此，就是前述的席勒、托马斯·曼的一些作品也有从俄语转译而来的。另外，从选题上看，所译茨威格和伯尔的作品主要反映了资本主义社会中个人命运的多舛和悲惨，前者茨威格"努力不懈地写出许多谴责资本主义社会中道德败坏、生活空虚以及热烈赞美同情、了解、仁爱与宽恕的作品"[4]；后者伯尔则描写了"资本主义德国的'小人物'，这些人物大多是遭受过法西

4. 纪琨：《〈一个女人一生中的二十四小时〉译后记》，载《译文》，1957 年第 9 期（总 51 期），第 45 页。

斯恐怖统治，经历过战争灾害，近年来又在西德历经了辛酸的工人、职员、手艺匠等等。伯尔抨击资本主义社会罪恶的那种激情，他对压迫和不公平现象的憎恨，以及他的作品中所表现的

鲜明的反军国主义倾向，很自然地使得他的作品受到了德国所有进步人民的欢迎"[1]。换言之，

1.《〈标尔短篇小说两篇〉编后记》，载《译文》，1956年第10期（总40期），第28页。

茨威格和伯尔的作品符合了中国当时的历史文化语境所需，可以为政治意识形态对资本主义的话语批判运作服务，成为社会主义批判资本主义的有效资源。

## （二）　1977—1984："十七年经典"的延续与"现代派"的挺进

在作为内部刊物发行的6期《世界文学》里，共有5位德语作家的作品被翻译刊载，他们分别是格奥尔格·维尔特、茨威格、伯尔、托马斯·曼和莱辛。显而易见，在政治上乍暖还寒的20世纪70年代末期，刚刚复苏的外国文学研究领域依然如履薄冰，小心翼翼。为了避免政治风险，他们在翻译对象的选择上采取了比较保守谨慎的态度，即延续20世纪五六十年代的翻译择取规范，将那些得到过中国政治意识形态认同的具有革命性和批判性的作家作品翻译过来。而这5位作家在"文革"前就已在中国文坛获得了极高的认可度，且均在《世界文学》中得到过译介：维尔特是"德国无产阶级第一个和最重要的诗人"；茨威格是一位"真正的艺术家"；"极有才能"的伯尔受到了"进步人民的欢迎"；托马斯·曼被盛赞为"历史判决的宣判者"和"带来光明的未来的信使"；莱辛在20世纪60年代初便被称作是"现实主义者"，当时选译的他的美学著作是《汉堡剧评》，而这一次也不例外，其"现实主义戏剧理论奠基人"[2]

2. 张黎：《〈汉堡剧评〉选译 前言》，载《世界文学》，1978年内刊第3期，第229页。

的身份也为其作品译介奠定了基础。如此看来，这5位作家能够成为首批入选作家，绝非纯属偶然，而是历史文化语境使然。

而在这5人当中，由施升、宁瑛翻译的《维尔特诗选》（1977年总内第2期）拉开德语翻译文学的序幕应该也不是一个偶然的选择。毕竟，其他4人相对于维尔特而言，身上不可避免地带有小资产阶级狭隘思想的烙印，难以逃脱"资产阶级意识形态的牢笼"[3]，而维尔特却由于

3.《〈象棋的故事〉前言》，载《世界文学》，1978年内刊第3期，第119页。

同马克思和恩格斯交往而成长为一名坚定的无产阶级文艺战士，"用尖锐的文笔参加了打击敌人、宣传革命的斗争，刻画了无产阶级政治上的觉醒和资本主义掘墓者的形象"[4]。该期选译的

4.《〈维尔特诗选〉前言》，载《世界文学》，1977年内刊第2期，第160页。

《工业》一诗充分显示了维尔特诗作的革命性：它不仅是一首工业革命的颂歌，更是一曲无产者依靠自身力量打破枷锁取得最后胜利的赞歌——"谁学会锻造锁链和利剑／定能拯救自己，挥剑斩断锁链！／人类的崇高精神所赋予的一切，不是给予个人——而将属于全体！……正是

谁也不能减轻的工作劳苦，凭借自身的力量将一切障碍清除！”[1]如此激情澎湃、铿锵有力的

1. 维尔特著，施升译：《工业》，载《世界文学》，1977 年内刊第 2 期，第 163—164 页。

文字在被阴霾笼罩了十余年之久的大陆上空，无疑就像是一股清新的春风，赋予人以力量和信

念。在艺术风格上，维尔特的诗歌“充分吸取了民间文学的营养，越到后期越大众化”[2]，其明

2.《〈维尔特诗选〉前言》，载《世界文学》，1977 年内刊第 2 期，第 160 页。

白晓畅近乎民歌的诗体形式在《饥饿之歌》中得到了很好的体现。思想性和艺术性二者的密切

结合，使得在德国文学史上并不占据显赫位置的维尔特一马当先，率先掀开了新中国最重要的

外国文学期刊之一——《世界文学》在“新时期”德语翻译文学领域的崭新的一页。

继维尔特之后，《世界文学》又依次在内刊第 3 期、第 4 期和第 6 期上翻译发表了茨威格

的《象棋的故事》（叶芳来译，张玉书校）、伯尔的《结算》（张荣昌译）和托马斯·曼的《马

里奥和魔术师》（胡其鼎译）。就认识功能而言，伯尔的《结算》可能略胜一筹，因为它“揭

示了资本主义社会人与人之间尔虞我诈的关系，暴露了这种社会的弊病”，故而“对我们了解

西德这样的社会是有所帮助的”。[3]同时，对于深受“四人帮”“妖言惑众”毒害的中国社会，

3. 张荣昌：《〈结算〉前言》，载《世界文学》，1977 年内刊第 4 期，第 225 页。

《象棋的故事》和《马里奥和魔术师》给予心灵的震撼及警醒作用则更为突出。此二者一部写

于二战期间，一部完成于 20 世纪 20 年代末，时间相隔十多年，但从作品的思想性来看，都是

在控诉纳粹法西斯对人心灵的折磨及摧残。《象棋的故事》层层铺垫，以追忆的手法讲述了被

盖世太保囚禁在大饭店单人房间里的 B 博士的遭遇：为了保持精神活力，被迫与世隔绝的 B 博

士希望有一本书可供其阅读，然而他的这一并不过分的要求却被盖世太保拒绝了。无奈之中，

他冒着生命危险从一名纳粹党徒的衣袋中偷来一本棋谱，从此背棋谱，记棋局，在真空一般的

世界中和自己对弈。他起初从这种精神活动中获益匪浅，但后来却思想混乱，并险些导致精神

崩溃。茨威格以他细腻独特的描写向世人发出警告，纳粹法西斯这种“文明”的暴力给人的心

灵造成了多么巨大的伤害！而在“四人帮”大搞资产阶级文化专制主义的淫威之下，中国知识界、

文化界不是也几乎割断了一切联系与交流，险些成为了真空地带？而“文化真空”对人的毒害

有多深，中国的文人学者早已亲身领受过，因此这样一部小说能引起包括译者在内的中国读者

的强烈共鸣。另外一部反战小说《马里奥和魔术师》则以 1929 年的某意大利海滨浴场为背景，

表面讲述了魔术师齐波拉靠催眠术愚弄和取悦观众，最后被一个受他侮辱的青年马里奥从被催

眠的状态中醒来后掏枪打死的故事，实则影射了“法西斯主义像使用催眠术似的实行思想控制”，

但是被催眠的人们终究会从丧失意志力的梦境中醒来，正如托马斯·曼所言，这是一个“解放

的结局"，而译者胡其鼎也从中读出了"法西斯的精神统治只能欺骗一时，终究是要崩溃的"[1]

1. 胡其鼎：《〈马里奥和魔术师〉前言》，载《世界文学》，内刊第 6 期，第 4 页。

象征含义。就某种意义而言，"文革"十年，国人也仿佛生活在梦魇中一般，彷徨迷惑，无所适从，但是，漫漫长夜终散去，任何违背理智的思想桎梏终究会被人们认清并打破。

　　1978 年 10 月 15 日，《世界文学》正式恢复出版。如前所述，20 世纪五六十年代的文学翻译规范依然发挥着主导作用，因此那些在五六十年代得到译介的作家理所当然地首先获得了进入中国的通行证。除了上文提到的 5 位作家外，弗里德利希·迪伦马特、海涅、弗希特万格（即前及"孚希特万格"）、安娜·西格斯、斯蒂芬·海姆、歌德和特奥多尔·施笃姆等等也在这一时期先后得到译介。他们之中既有现代社会主义文学的代表，也有当代的革命进步作家，还有 19 世纪革命浪漫主义作家和批判现实主义作家。较之于后几个阶段，19 世纪的作家作品在这一时期得到了较多的重视和翻译，不仅有海涅、歌德和施笃姆这些中国读者早就耳熟能详的大家之作可以让人"温故而知新"，而且还有一些之前没有在《世界文学》上出现过的名字如埃杜阿特·默里克（Eduard Mörike，1804—1875）和阿达尔贝特·施蒂夫特（Adalbert Stifter，1805—1868）作为现实主义作家被译介过来，更有令人耳目一新之感。而且由严宝瑜翻译的默里克的《莫扎特去布拉格的路上》（1981 年第 5 期）以及王荫祺翻译的施蒂夫特的《山中水晶》（1983 年第 4 期）目前在国内似乎尚未有其他复译本，因此就更没有理由不重视他们在《世界文学》中的出场了。

　　在首批获得通行证的德语作家当中，迪伦马特的译介身份引人注意。他是《世界文学》正式复刊后第 1 期重点推介的作家，不仅刊发了由张佩芬直接根据德国莱比锡雷克拉姆出版社1975 年出版的《法官和他的刽子手》单行本译出的这部中篇小说，而且译者还撰写了一篇《作家小传》，重点介绍了他的两部戏剧作品——《老妇还乡》和《物理学家》，以及除了见于本刊之外的另外一部犯罪小说《诺言》，为读者提供了一幅迪伦马特的速画像。从"前言"和"小传"中，我们可以看出，译者的简单评述似乎在有意识地将读者的解读方式引向作品的社会批判层面：《法官和他的刽子手》"以颇有说服力的情节描写说明了'法律面前人人平等'这一

2. 张佩芬：《〈法官和他的刽子手〉前言》，载《世界文学》，1978 年第 1 期（总 140 期），第 117 页。

资产阶级口号的破产"[2]；《诺言》"反映了主持正义反倒成为怪癖行为这样一种令人震惊的

3. 张佩芬：《弗里德利希·杜仑马特》，载《世界文学》，1978 年第 1 期（总 140 期），第 200 页。

社会现象"[3]；《老妇还乡》"暴露了资本主义社会的腐朽本质"[4]。这是在当时的历史文化语

4. 张佩芬：《弗里德利希·杜仑马特》，载《世界文学》，1978 年第 1 期（总 140 期），第 199 页。

境下较为通行的解读方式，即强调作品的社会认识功能和批判功能，如有可能，就将作者纳入

"现实主义"作家的队伍。但是鉴于迪伦马特荒诞而夸张
的写作手法，译者很难给其一个明确的"标签"，尽管如此，
在译者看来，迪伦马特的创作风格主要还是源自于作者直
面人生的创作态度："杜仑马特的荒诞手法，他对不可改
变的世界状况的哄然大笑出自更为深刻的判断，……因为
他总是严肃地对待世界。"[1] 换言之，作品的外在形态是与
1. 张佩芬：《弗里德利希·杜仑马特》，载《世界文学》，1978 年第 1 期（总 140 期），第 200 页。
其内在精神休戚相关的，而作品的内涵正是决定一部作品
价值的重要尺度。

迪伦马特

　　作为"第二次世界大战以来最伟大的德语作家"之一，
迪伦马特的犯罪小说不是传统意义上的"警察抓小偷"的
故事新编，在正义与非正义之间的游走打破了一般读者的
伦理道德模式，因此迪伦马特多少也称得上是"现代派"
作家吧。但是译者无法或者说不愿将其定性为现代派，因
为它根深蒂固的贬义性质并非一时之间就能消解；但译者
也没有给他扣上现实主义作家的帽子，这多少也算是突破
了原有的框架约束。不过鉴于迪伦马特的犯罪小说《抛锚》
早在 16 年前就出现在了《世界文学》上，也就是说，他是
获得了中国政治意识形态认可的德语作家之一，因此这一
次的译介还称不上是具有开创意义的译介行为，它主要还
是在原有的话语系统内运作。

　　突破德语翻译文学之禁忌的作品应属李文俊从英文转
译，由张佩芬根据德文原文加以校订的卡夫卡的《变形记》
（1979 年第 1 期）。它是卡夫卡生前发表的为数不多的作
品之一，也是在改革开放的新形势下首批译介的外国"现
代派"作品之一，标志着外国文学的译介禁区被打开。虽
然外围的可见的"防线"已经有所松动，但是人们长期以

卡夫卡

来练就的批判眼光，习得的思维方式依然在发挥着有效作用，规约着译者对文本的解读和阐释

模式。至于《变形记》为什么如此重要并且值得译介，首先是"因为它尖锐地接触到现代资本

主义社会若干带本质性的问题"[1]，即对我们认识资本主义的社会现实具有范式作用。具体而言，

1. 李文俊：《〈变形记〉译者前言》，载《世界文学》，1979 年第 1 期（总 142 期），第 191 页。

《变形记》揭示了资本主义社会的"异化"现象。在《变形记》中，格里高尔变成大甲虫，就

是资本主义社会现实造成的人的异化的象征。那么，什么是"异化"呢？人们首先联想到的是

马克思主义的"异化"观："在资本主义社会中，'物'，也就是金钱、机器、生产方式，操

纵了'人'，把'人'变成'物'的奴隶，最终也变成了'物'或者说，'非人'。"[2]"异化"

2. 李文俊：《〈变形记〉译者前言》，载《世界文学》，1979 年第 1 期（总 142 期），第 191 页。

被归结为是资本主义社会的产物，这就使得"异化"这一概念本身就不可避免地带上了意识形

态色彩。其次，作品反映了人的灾难感，因为在资本主义社会中，人无法成为主宰自己命运的

主人，只能在无妄之灾的旋涡中拼命挣扎。最后，作品还揭示了人的孤独感，那是资本主义社

会中赤裸裸的金钱关系的内核。归根结底，《变形记》生动形象地表现了资本主义社会中人的"异

化"悲剧；而由翻译家李文俊最先引入的"异化"概念迅速普及，在一段时期内成为国人解读

卡夫卡的钥匙，"译者前言"的导向作用由此也可见一斑。正是由于卡夫卡尖锐、深刻地刻画

了他所生活时代的病征，译者引用英国诗人奥登的评价，将一向被视为"颓废派"的卡夫卡与

在当时中国文坛被奉为西方经典大家的但丁、莎士比亚和歌德等同起来，从而肯定了卡夫卡在

世界文学史上的地位，但是并非没有保留。[3]就作品的社会批判功能而言，译者李文俊又指出，"卡

3. 原文写道："在他与时代的关系这一点上，他是与但丁、莎士比亚、歌德有共同之处的。卡夫卡的精神境界自不可与资本主义上升时期的文化巨人同日而语，

夫卡的世界观是悲观厌世的，他对社会的反映也不是完整、全面的"，即在揭露资本主义社会

这是整个时代的问题。但是他的确接触到了时代危机的症结所在，这一点看来是毋庸置疑的。"李文俊：《〈变形记〉译者前言》，载《世界文学》，1979

黑暗面上存在一定的局限性。至于作品的创作手法，由于《变形记》中所使用的新奇荒诞的写

年第 1 期（总 142 期），第 193 页。

作手法与传统的现实主义手法相背离，李文俊又指出，该作品是一篇"带有病态色彩的"文学

作品；"作者的失败主义哲学、他所处理的令人不快的题材、他的被迫害狂的病态心理以及他

的过于纤细的表现手法，一般地说，不能给读者以通常欣赏艺术作品时应得到的美学上的享受"[4]。

4. 参见李文俊：《〈变形记〉译者前言》，载《世界文学》，1979 年第 1 期（总 142 期），第 192 页。

这样一种既肯定又有所批判的保留姿态，在 20 世纪七八十年代之交引入西方"现代派"

作家时并不少见。究其原因，主要是因为在当时特定的时代语境下，旧有的比较僵化的政治意

识形态和文学观念依然占据统治地位，为了避免责难甚或政治风险，译者不得不有所保留，常

常采取的"翻译合法化"策略是在原有的意义和话语系统内对所译的作品进行阐释和分解。具

体表现为，在内容层面，把"现代派"文学对人之存在的普遍困境的揭示"具体到资本主义的

社会语境中"[1]，突出强调作品"对西方资本主义社会'黑暗、腐朽'的揭露和批判意义，突出

1. 叶立文：《话语、策略与权力——二十世纪七十年代末西方现代主义文艺思潮在中国大陆的传播》，见王兆鹏、尚永亮主编：《文学传播与接受论丛》，第490页，

其现实主义意蕴"[2]；在美学形式层面，则把"现代派文学用种种方法归结、还原为现实主义与

北京：中华书局，2006年版。2. 查明建、谢天振：《中国20世纪外国文学翻译史》（下卷），第768页，武汉：湖北教育出版社，2007年版。

浪漫主义"[3]，而对于那些较难纳入现实主义框架的文学作品，则往往采取"既译介又批判的方式，

3. 严锋：《传播与策略——西方现代派文学在新时期初期的译介》，载《中国比较文学》，1994年第1期，第135页。

以对翻译对象的批判来掩饰自己与主流文学观不相符的具有超前性的审美倾向"[4]。可以说，至

4. 查明建、谢天振：《中国20世纪外国文学翻译史》（下卷），第769页，武汉：湖北教育出版社，2007年版。

20世纪80年代上半期，国内对于所谓西方"现代派"文学的翻译基本采用了上述翻译策略。以《世界文学》为例，"现代派"文学的介绍者——译者或编辑一般会在"前言"或"现代作家小传"中强调作者的"政治正确性"，即他们对于资本主义制度多有不满，对于现存社会也持批判态度，以此划清作者和资产阶级统治阶层的界限；在艺术手法上则强调"现代派"文学作品对现实主义方法的应用或传承。通过上述策略的运用，不仅可以消解"现代派"文学作品中的反意识形态话语，而且还可以为它进一步的广泛传播获取合法性前提。同时，根据所译作品的具体情况，译者还会采用马克思主义的历史唯物主义和辩证唯物主义的观点和方法对其加以批判，在否定作品狭隘性和局限性的同时肯定其对于今日社会的现实意义。

　　除了卡夫卡之外，《世界文学》陆续译介了一批在国内鲜为人知的德语现当代作家，而上述主导思想无时无刻不在发挥着引导与制约作用。同一年里，由倪承恩翻译的西格弗里德·伦茨（当时译为"棱茨"）的短篇小说《灯船》在1979年第5期上发表。关于作者，时任德语文学编辑的叶廷芳认为其文学成就可与伯尔、格拉斯和马丁·瓦尔泽（Martin Walser, 1927—　）相提并论，那么在这些当代西德第一流作家中间，除了伯尔早早被大家认识之外，其余三人之中为什么偏偏是伦茨获得了优先权？这一方面和作者的政治立场以及作品的思想内容有关："棱茨是个具有进步倾向的作家，对资本主义社会现象诸多不满，对纳粹统治下那段黑暗历史更是深恶痛绝，被人看作道德家。……他比较注意作品的思想性和教育作用。……作品主要表现了这几种主题：清算法西斯的罪恶并吸取全民族的历史教训；批判资本主义制度的不合理；进行道德探讨。"另一方面，伦茨的创作手法也更符合当时的审美需求，"他在西德被认为是对传统的现实主义方法保留得最多的作家"[5]。具体到《灯船》，译者认为该作品的现实意义不容小觑：

5. 丁方：《西格弗里德·棱茨》，载《世界文学》，1979年第5期（总146期），第208—209页。

"《灯船》在西德颇有现实意义。……《灯船》像是一声警钟，它警告人们在险恶的国际环境里不能高枕无忧。"[6]言外之意，《灯船》对于中国这样一个刚刚打开国门的发展中国家而言，

6. 倪承恩：《〈灯船〉前言》，载《世界文学》，1979年第5期（总146期），第92页。

也具备一定的警醒意义。

次年，西德作家在《世界文学》上有一次集体"亮相"，共有6位中国读者尚不熟悉的西德当代作家被译介过来。这在《世界文学》中还是第一次。这6位作家包括颇有争议的格拉斯，以及马克斯·冯·德·格林(Max von der Grün, 1926—2005)、瓦·严斯(Walter Jans, 1923— )、玛·路·卡施尼茨(Marie Luise Kaschnitz, 1901—1974)、汉·维·里希特(Hans Werner Richter, 1908—1993)和沃·施努雷(Wolf Dietrich Schnurre, 1920—1989)。他们的个人经历不尽相同，创作手法也各具特色，严格来讲他们大多和中国话语系统内的所谓的现实主义并无直接关联性，但是译者胡其鼎还是首先借沃·施努雷的《事迹》、玛·路·卡施尼茨的《克里斯蒂纳》和马克斯·冯·德·格林的《速记稿》这3篇针砭时弊的作品指出："在当代西德文学创作中，现实主义的线索并未中断。"[1]并且在专辑

内在的顺序排列上，也是将另外3篇难以归入现实主义大军的作品穿插在上述3篇小说之间，似乎希望给读者营造一种依然是现实主义在唱主调的阅读氛围。

1. 胡其鼎：《〈西德短篇小说六篇〉前言》，载《世界文学》，1980年第3期（总150期），第4页。

同年年末，奥地利著名女作家巴赫曼(Ingeborg Bachmann, 1926—1973)的短篇小说《一切》以及赫·艾森莱希(Herbert Eisenreich, 1925—1986)的《家庭之友》分别经赵侠和杨寿国翻译后刊登。《一切》以第一人称"父亲"的口吻讲述了一个西方普通家庭的家庭关系逐步瓦解的故事，涉及婚姻关系、家庭教育、婚外情等诸多社会问题；《家庭之友》则以荒诞的手笔描述了一段"三角关系"。这两则故事展示了传统伦理道德基础的严重动摇，而个人身处其中，任何付出与追寻的努力总是付诸东流，剩下的只有

巴赫曼

焦虑、孤寂、恐惧和厌烦。巴赫曼和艾森莱希对于人性的
揭示是多层次和立体的，绝非文学作品对社会的单纯"反
映"，也许正因为此，编者在前言中没有涉及小说的情节，
只是较宽泛地写道，《一切》"反映了目前一部分西方普
通人的伦理道德观念"，《家庭之友》"勾勒出今天资本
主义社会中几个不同社会地位的人的精神面貌，对于认识
现代资本主义社会的人情世态，不无帮助"。[1] 依然是作品

1.《〈奥地利短篇小说两篇〉前言》，载《世界文学》，1980 年第 6 期（总 153 期），第 31—32 页。

的社会认识功能先行。

　　1982 年，黎齐翻译了瑞士作家马·弗里施的长篇小说
《施蒂勒》中的两个片段《伊西多尔的故事》和《一个名
叫弗罗伦斯的混血女郎》。弗里施曾于 1975 年随西德总理
访华，而格拉斯也曾在 1979 年来华讲学，但是作为重点推
介的作家，《世界文学》还是首选了弗里施，这是因为，
弗里施首先是一位"现实主义者，他的全部作品贯穿着对
传统的资本主义社会制度的怀疑和多种多样的批判"。当然，
由于不可避免的阶级立场的原因，作者李士勋对其"批判"
也进行了批判："弗里施没有能够像布莱希特那样认为人
和世界是可以改变的，那样对未来充满信心，他的作品虽
然发人深思，但也反映了他对现实的悲观失望情绪。"[2]

2. 李士勋：《马克斯·弗里施》，载《世界文学》，1982 年第 4 期（总 163 期），第 60 页。

　　卡内蒂（Elias Canetti, 1905—1994）是 1981 年诺贝尔
文学奖的获得者，他的获奖作品《迷惘》（选译）见于《世
界文学》1983 年第 3 期。较之于现在翻译的神速，当时的
反应可谓迟缓。但是这并不能说明中国当时不重视诺贝尔
文学奖，更主要的原因可能是因为卡内蒂的文风实在难以
被纳入现实主义的范畴。宁瑛在分析了卡内蒂的生平、著
作以及《迷惘》后得出结论，"从卡内蒂的美学思想看，

卡内蒂

从小说表现的物对人、人对人和人对自身的异化的内容看，从他使用的怪诞作为讽刺的艺术手法来看，《迷惘》和现代派文学有着密切的亲缘关系"，但是紧随其后的结语着实让人觉得有点突兀："恩格斯曾经高度评价过资产阶级批判现实主义作家的贡献在于动摇了资本主义制度永世长存的幻想。从这个意义上讲，卡内蒂的《迷惘》也起到了上世纪批判现实主义作品所起过的作用，因此它不失为一部'时代批判小说'。"[1] 也就是说，虽然肯定了作品的"新、奇、怪"特色，但倘若不是因为它的批判功能，《迷惘》恐怕一时还是难以为中国译界所接受。

　　1. 宁瑛：《简论〈迷惘〉》，载《世界文学》，1983 年第 3 期（总 168 期），第 176—177 页。

　　虽然我们在接受方面的"犹抱琵琶半遮面"之态清晰可见，但是"现代派"的作品，还是借助各种阐释方式和传播策略进入了中国读者的视野；尽管对于"现代派"，中国学者各持己见，争论不断，但在一点上仍存在共识，即对于"现代派"，"我们固不必盲目模仿，也不必盲目排斥，应当至少为开阔眼界而加以研究"[2]。这句话颇为中肯地道出了一代译者和研究者的心声。

　　2. 绿原：《〈现代奥地利诗选〉前言》，载《世界文学》，1981 年第 6 期（总 159 期），第 34 页。

经历过"苏联模式"和"文革运动"的文学界和思想界已然充分认识到盲目模仿与盲目排斥的无穷祸害，因此很少有人否定为了"开阔眼界而加以研究"的必要性。在这样的背景下，德语现当代文学在 20 世纪七八十年代之交的《世界文学》上开始得到大量译介。

## （三）　1985—1989：打开德语现当代文学译介的新局面

　　20 世纪 70 年代末 80 年代初，在译介"现代派"作品时，译者往往突出作品的认识功能，或者试图在译本与奉为正统的现实主义传统之间建立某种联系，以维护译介的合法性。这样一种翻译规范在 1985 年以后可能还在或隐或显地发生某种作用，但是其影响已然有限。就《世界文学》中的德语文学而言，其显性作用的影子还留存于 1985 年第 1 期由包智星选译的前民主德国著名女作家克里斯塔·沃尔夫（Christa Wolf，1929—  ）发表于 1983 年的极具影响力和轰动效应的小说《卡珊德拉》及译文后所附的"现当代作家小传"。"小传"简要介绍了作者的生平情况及其重要作品如《莫斯科的故事》《分裂的天空》《追忆克里斯塔·T》《童年的典范》和《茫然无处》等，并由此得出结论，将沃尔夫归为现实主义作家之列："纵观克里斯塔·沃尔夫迄今已发表的全部作品，不难看出她是一位勇于面对现实、正视现实、关心人类前途的严肃的现实主义作家。"[3] 这一盖棺定论式的结语表明，译者当时考量作家作品的主要标尺依然

　　3. 包智星，《克里斯塔·沃尔夫》，载《世界文学》，1985 年第 1 期（总 178 期），第 66 页。

是作品的主题是否贴近现实，反映现实，并自觉地将作品主题与重大社会历史事件和社会问题

联系起来进行解读。基于此，译者在《卡珊德拉》的"前言"中给出了一个颇具现实意义的解

读可能性，将其视为当代"反战"文学的成功范例[1]，却对作家的女性身份以及作品中所反映

1. 包智星：《〈卡珊德拉〉译者前言》，载《世界文学》，1985 年第 1 期（总 178 期），第 24—27 页。另可见张黎：《民主德国当代文学述评》，载《世界文学》，

出来的"女性意识"只字未提，而后者正是东西方学者进行深层挖掘的基本立足点[2]。

1985 年第 1 期（总 178 期），第 262 页。

　　但如此旗帜鲜明地高举现实主义的大旗其实已不构成主流，毕竟社会变化日新月异，人

2. 如王师丹在《克里斯塔·沃尔夫创作中的主体意识》一文中就注意到了作者的女性意识对古希腊传说的颠覆，参见王师丹：《克里斯塔·沃尔夫创作中的

们的思维方式也在悄然发生变化。人们的审美目光回归文学自身，对外国文学作品的新视角、

主体意识》，载《外国文学评论》，1988 年第 4 期，第 75—76 页。在后现代文化视域中，人们更有理由认为《卡珊德拉》是沃尔夫从"女性书写"的视角

新方法和新风格开始有了进一步的思考。译者包智星在"前言"中也提及，小说采用了第一

出发重新解读和改写西方传统经典文本的成功尝试。参见姜小卫：《卡珊德拉：特洛伊的"疯女人"》，载《外国语文》，2009 年 2 月第 25 卷第 1 期，第

人称倒叙的叙述角度并且大量运用了蒙太奇和意识流等写作手法。而张黎在《民主德国当代

54—60 页。

文学述评》一文中，一方面从辩证唯物主义的角度批评《卡珊德拉》的开头过于纷繁复杂，

易给读者造成驳杂沉闷之感；但另一方面也肯定了作者"夹叙夹议"的写作方式打破了传统

小说的模式和路数，因而开创了小说"散文化"的写作方式。"散文化"的写作被另一位民

主德国女作家艾丽莎贝特·韦苏尔斯（Elisabeth Wesuls, 1954—　）也运用得恰到好处。同

年第 2 期，《世界文学》在"二次世界大战题材作品"专辑内刊发了由孙瑜、李士勋翻译的

这位年轻女作家创作的《战后一代人的回忆》。作者没有亲历战争，可以说她是战争的局外人，

但同时她又是上一次战争债务的继承人，不得不时刻反思战争的罪责问题。整篇小说"没有

故事，情节恬淡，没有结构上的矛盾，但有内涵的性格冲突"，因此它究竟归属小说还是散

文类别，作家朱春雨着实费了一番笔墨来加以探讨。最后得出结论，这是"小说写法的散文化"，

其好处在于：

　　　　小说写法的散文化，是种解放，是写意手法的挑战，是新领域的开拓。语言在这

　　里一如恣情挥洒的笔墨，它大体造成某种趋势，并不承担沉重的叙说故事的任务，从

　　而得以滋生出海绵般的弹性，可以含蓄和吸附非表象的感觉中的矛盾，造成一种流动

　　的脉冲。[3]

3. 朱春雨：《听听邻居的歌——读二次世界大战题材作品之断想》，载《世界文学》，1985 年第 2 期（总 179 期），第 177—178 页。

这还是在评点《战后一代人的回忆》，但接下来与传统手法相联系的有感而发则似在批评

中国当代文坛的墨守成规："传统写法会不会因此受到冲击？会的，但不是坏事。冲击之后，

传统写法也要因之变化，以适应发展。……好的遗产继承人是要善于经营的。在新法层出不穷

4. 朱春雨：《听听邻居的歌——读二次世界大战题材作品之断想》，载《世界文学》，1985 年第 2 期（总 179 期），第 178 页。

的今天，传统手法的生命的更新在于吸收，而不在于排斥。"[4]

克·沃尔夫的《卡珊德拉》和艾·韦苏尔斯的《战后一代人的回忆》均于 1983 年在民主德国出版，由于这一时期中国和民主德国的外交关系回暖，文化和文学交流的渠道日益通畅，再加上民主德国的文学创作终于走出了僵化呆板的模式而呈现出五彩斑斓的文学风景，因而继 1983 年第 1 期"德意志民主共和国小说辑"之后，这两位民主德国当代女作家的作品能够被迅速译介过来也就在情理之中了。

同年，德语文学界的一颗巨星陨落：1972 年诺贝尔文学奖的获得者海因里希·伯尔于 1985 年 7 月 16 日猝然去世。伯尔的突然辞世无疑构成了该阶段德语文学译介的一个中心事件。在 1985 年第 6 期的"世界文艺动态"栏目里，宁瑛就以《明镜》周刊的纪念文章为基础，报道了伯尔去世的消息。伯尔的世界声誉——"反法西斯主义、反军国主义的作家，天主教的批评者，小人物的辩护师和等级制度的蔑视者"[1] 为伯尔赢得了各国作家以及德国政要的尊敬，

1. 宁瑛：《〈明镜〉周刊悼念伯尔逝世》，载《世界文学》，1985 年第 6 期（总 183 期），第 308 页。

就连德国总统和总理都致电表示哀悼。中国作协也发唁电称伯尔是"中国作家和读者的好朋友，他将永远活在我们的记忆中"[2]。《世界文学》则选择了一种特殊的纪念方式——

2. 转引自倪承恩：《〈一个竞选助手的内心独白〉前言》，载《世界文学》，1986 年第 1 期（总 184 期），第 6 页。

选译伯尔的遗作《河边风光前的女士们》——来传递对这位如此贴近现实的文学大师的哀思。该小说于 1985 年 8 月 19 日在科隆正式出版，中国读者能在四五个月后与德国读者同步领略其风采，不得不归功于期刊媒体信息量大，反应及时迅捷，特别是《世界文学》依托社科院外文研究所的人才优势以及多渠道的信息来源，在德语文学资源方面享有一定的优势，译介跟进速度因而也较快。不过，此处译者所依据的并不是德语单行本，而是《明镜》周刊

伯尔

1985 年第 36 期选登的该书的第五章，包括标题《一个竞选助手的内心独白》也是根据《明镜》周刊所加的标题翻译而来。

　　包括《一个竞选助手的内心独白》在内，《世界文学》所刊载的伯尔作品首先是他的小说，这可能是因为小说这种文学样式能最好地反映作者的人道主义精神以及他对小人物的深切关怀，而且伯尔自己也曾说过，短篇小说是他的最爱。但除了小说之外，伯尔还写了不少杂文、随笔和广播剧。1986 年，伯尔的《懒惰哲学趣话》经韩耀成翻译后被编选在该年第 4 期的"外国散文专辑"栏目内，从而丰富了伯尔作品的译介。《懒惰哲学趣话》写作于 1963 年，当时德国创造了举世闻名的"经济奇迹"，受之鼓舞，德国人民也激情昂扬地投入了永无止境的个人奋斗中，而游客和渔夫之间的一番对话可谓是对这一生存法则的反思和反拨。继此之后，《世界文学》1989 年第 2 期又刊载了伯尔的两篇关于文学创作的散文——《写作的风险》和《废墟文学之我见》，尤其是后者可被视为"对'废墟文学'的权威解释"[1]，对于中国读者进一步了解德国战后兴起的文学图景有一定的意义。

1. 易文：《〈写作的风险（外一篇）〉前言》，载《世界文学》，1989 年第 2 期（总 203 期），第 261 页。

　　和伯尔一起被誉为战后联邦德国"文坛双璧"的君特·格拉斯终于在 1987 年的《世界文学》上获得了一次比较系统的介绍，从此拉开了国内系统译介格拉斯的序幕。虽然之前《世界文学》也译载了他的一个短篇《左撇子》（胡其鼎译，1980 年第 3 期）和一篇散文《对〈铁皮鼓〉的回顾或作为可疑证人的作者》（节译）（宁瑛译，1986 年第 4 期），但是前者篇幅较短，后者删减较多，且又是和其

格拉斯

他众多作家同台出场，并不能令读者一识"庐山真面目"。随着 1987 年第 6 期"君特·格拉斯作品小辑"的推出，这一局面终于有所改观。"小辑"不仅包括了由蔡鸿君、石沿之翻译的"但泽三部曲"中的第二部《猫与鼠——一部中篇小说》，而且发表了格拉斯本人一些关于文学的看法——《谈文学》和《多疑的对话》以及《君·格拉斯访问记》，既可让读者一睹作品之风采，也为读者了解作家的艺术思想、创作活动及政治见解开启了一扇窗户。另外叶廷芳还撰写了评论文章《试论君·格拉斯的"但泽三部曲"》，是国内较早介绍研究格拉斯作品的成果之一。该篇文章从三部作品的共同主题"对法西斯的清算与民族自审意识的剖析"切入，分析了作品的思想内涵、被"异化"的人物形象以及融怪诞与讽刺为一体的艺术风格。特别值得一提的是，该"小辑"图文并茂，对于作为知名雕刻家和版画家的格拉斯也给予了相当的关注。格拉斯从小喜绘画，并为自己的作品亲手设计书籍封面及插图，他曾经在访华归国之后，用 5 年的时间埋头研究版画并取得了不菲的成绩。当期的《世界文学》在封二和封三上选登了格拉斯的部分作品，并约施乐撰文介绍了画家格拉斯的生平，同时对其作品进行了简单评析。应该说，这期"小辑"内容丰富，视野开阔，虽然对格拉斯的某些政治见解并不完全赞同，但还是比较客观地将其呈现在读者面前（见《君·格拉斯访问记》），真正做到了让读者从中做出自己的判断。[1]

伯尔和格拉斯是联邦德国战后文学的领军人物，尽管两者文风迥异，但是在小说主题的挖掘上却又有着共同的意识。他们以各自独特的视角描述纳粹"第三帝国"时期和二次世界大战的黑暗历史及其后果，又以作家独有的敏锐与批判眼光审视打上"经济奇迹"和"冷战"烙印的社会现实。这是小说对"政治题材"的观照。在德国，小说转向政治题材在 20 世纪 50 年代就已初露端倪，而随着 60 年代中期开始的文学政治化和激进化过程，一种更加直接介入生活、介入政治的文学样式取得了长足发展，这就

1. 参见《读者·译作者·编者》，载《世界文学》，1987 年第 1 期（总 190 期），第 318 页。新中国成立 30 年间的翻译文学往往带有意识形态色彩浓重的导读文字以规约读者的解读方向，包括"文革"结束后至 80 年代中期，这种现象仍屡见不鲜。而在这一期的《读者·译作者·编者》里，编者写道："我刊今年将主要按地区或国别逐渐介绍一些颇多争议，然而较有影响的外国作家。为使读者完整地了解这样的兼为某一文学现象或流派代表的作家，我们同时附之以有关的文学资料、创作谈和评论文章等。读者可以从中做出自己的判断。"这应该说是一个大进步，表明文学解读方式开始向多样化、多元化迈进。

是强调客观真实性的"纪实文学"[1]，其中成就最大的纪实文学家当属君特·瓦尔拉夫 (Günter Wallraff, 1942— )，被称为"联邦德国'第一报告文学作家'"[2]。瓦尔拉夫之所以引起了《世界文学》编辑部的注意，是因为他的长篇报告文学《最底层》在德国产生了前所未有的轰动效应，不仅作品的销售量创下了历史最高水平，而且由作品所引发的社会大讨论也产生了极强的社会影响力。在由宁瑛执笔的《瓦尔拉夫的新作〈最底层〉引起轰动》以及易文撰写的《〈最底层〉前言》中，两者都特别强调的一点是，瓦尔拉夫经常乔装打扮深入生活以获取最直接的经验和第一手的资料，这种"不入虎穴，焉得虎子"的精神与方法显然成了瓦尔拉夫作品极富真实性的担保，也为中国的报告文学作家提供了一种挖掘真实性的方法。另外，二人反复强调了作品的社会轰动效果及其影响力。《最底层》涉及的是当代德国社会日益凸显的"外籍工人"问题，他们在德国从事最脏最累的工作，却依然遭到社会歧视，得不到应有的待遇。因此，该书一出版便犹如一块巨石投入原已不平静的湖水中，激荡起层层涟漪：德国各大政党和团体如工会迅速对此作出反应，联邦和州劳工局也采取了相应的措施。而瓦尔拉夫本人也身体力行，从自己的稿酬收入中拿出 170 万马克设立了"共同生活基金会"，旨在"促进国际性的合作、各种文化的宽容和各国人民之间的理解"[3]。除了作品自身的成功因素之外，中国国内的文化语境对于报告文学的译介也极为有利。20 世纪 70 年代末到整个 80 年代，报告文学进入了高潮迭起并最终作为一种独立文体得到承认的辉煌期，尤其是在 80 年代改革开放的宏观背景下，报告文学创作逐渐从以人物为中

1. 关于该文学体裁的定义，参见李辉主编：《中国新文学大系》(1976—2000·第二十集·纪实文学卷一)，上海：上海文艺出版社，2009 年版。李辉在《序言》中详细探讨了本卷名称的由来，并认为"报告文学"这一概念过于狭隘，难以概括纪实类文学作品的全部，因此建议用"纪实文学"的概念取而代之。关于"纪实文学"，其表述如下："纪实文学，是指借助个人体验方式（亲历、采访等）或使用历史文献（日记、书信、档案、新闻报道等），以非虚构方式反映现实生活或历史中的真实人物与真实事件的文学作品，其中包括报告文学、历史纪实、回忆录、传记等多种文体。"而在德国，这种"非虚构"的文学作品也被称为"纪实文学"，张黎在《民主德国当代文学述评》(《世界文学》，1985 年第 1 期，第 258 页) 一文中曾写道："七十年代以来，无论是在西德还是民主德国散文文学中，都出现了一种轻视文学虚构，追求事件的真实性的倾向。西德称它为'纪实文学'，民主德国虽不这样称呼，方法却颇为相似，都是在设法发挥报告文学的特长。"看来，当时概念的厘定还是相当模糊的。本文较认同李辉对"纪实文学"的定义，而视报告文学为纪实文学的一支。

2. 易文：《〈最底层〉前言》，载《世界文学》，1987 年第 3 期（总 192 期），第 159 页。这里也显示出概念的不统一，或者说反映了文学翻译上的一种策略，即用中国读者普遍认可的一个概念来替换源语中的概念。

3. 晓军：《瓦尔拉夫设立"共同生活基金会"》，载《世界文学》，1987 年第 4 期（总 193 期），第 312 页。

心转向社会"热点"问题，突破了传统的题材框架与写作模式。1988 年更因报告文学作品数量众多而被称为"报告文学年"。报告文学的异军突起不能不引起文学界，包括外国文学研究者的重视。冯至先生就曾说过："在介绍外国文学的同时，不要忘却国内文学的状况和大家关心的问题。'他山之石，可以攻玉'这句《诗经》里的老话对于我们当前介绍外国文学也是适用的。但若使他山之石真能攻玉，我们首先要明确攻玉的对象是什么，如果对象不明，他山之石也难发挥作用。"[1] 就译介数量来看，20 世纪 80 年代中后期《世界文学》中报告文学的翻译作品远

1. 冯至：《衷心的愿望》，载《世界文学》，1983 年第 3 期（总 168 期），第 8 页。

多于其他时期，不能不说是研究了国内文学发展状况的结果；而瓦尔拉夫及其报告文学作品显然为中国的报告文学提供了一块"可以攻玉"的"他山之石"。两年之后，瓦尔拉夫的一部较早期的报告文学作品《头条新闻》再次入选。这也是瓦尔拉夫借助于乔装改扮而完成的一部作品，其中披露了《图片报》的一些内幕交易，而《图片报》可视作是大众传媒的一个缩影。该作品在《世界文学》1989 年第 6 期刊发之际，已定下由国际文化出版公司出版单行本。

在纪实类文学作品中，还有一类文体在"新时期"也出现了一种前所未有的景气风潮，这就是传记文学。新中国成立之后，由于大力提倡、弘扬集体主义，而轻视或者说无视个人价值，因此人物传记创作几乎一片空白。这一状况在"文革"结束之后也迅速得到改观。与之相适应，《世界文学》在选题上也向传记文学倾斜，并在 1986 年第 2 期上推出了"外国传记文学专辑"。这一辑的特色是自传与他传兼备，在国内所见不多，可谓是别具一格。而就文体而言，"主要成就还是传记文学"[2] 的茨威格的诗体特写——《崇高的一刹那》和《奥古斯特·罗丹》（绿

2. 绿原：《〈诗体特写二则〉前言》，载《世界文学》，1986 年第 2 期（总 185 期），第 61 页。

原译）就更是"新鲜"[3] 了。但茨威格的借鉴意义并不止于文体的创新，更多的是他对传主形

3. 刘宾雁：《关于人的书——读〈世界文学〉外国传记文学专辑札记》，载《世界文学》，1986 年第 2 期（总 185 期），第 215 页。

象体察入微的把握和栩栩如生的刻画："茨威格作为传记文学家，并没有把主人公当作不可触犯的上帝，更没有把他们当作可以任意解剖的尸体，而是处处将心比心，设身处地，用自己内心的火光照亮对象的精神奥秘。"[4] 另外，美国当代著名传记作家欧文·斯通（Irving Stone）

4. 绿原：《〈诗体特写二则〉前言》，载《世界文学》，1986 年第 2 期（总 185 期），第 61 页。

的《心灵的激情》也值得一提。这是一本关于弗洛伊德的传记小说。由于弗洛伊德的精神分析学说在新中国成立后属于被批判的对象，因此，他的名字在建国后的 30 年内为众人所避讳，更不要提为这样一个"反面人物"立传了。就这个意义而言，《世界文学》能刊载有关弗洛伊德的传记作品，实乃魄力之举，按照作家刘宾雁的说法，这应该是中国国内首次译介有关弗洛

5. 参见刘宾雁：《关于人的书——读〈世界文学〉外国传记文学专辑札记》，载《世界文学》，1986 年第 2 期（总 185 期），第 214 页。

伊德的传记作品。[5]

综上所述，这一阶段的《世界文学》在做好研究的基础上，紧紧把握住时代的脉搏，在德语文学的翻译中不仅注意到了德语国家文学发展的新动向，而且密切结合了国内文学发展的潮流与趋势，在第一时间将德语文学的新作呈献给中国读者。本阶段内，《世界文学》中的德语翻译文学的重心完全转移到了现当代文学上，除了上述作家作品外，像彼得·汉德克（Peter Handke，1942— ）、希尔德·多敏（Hilde Domin，1909—2006）和伊尔莎·艾兴格（Ilse Aichinger，1921— ）等当代作家的作品也首次出现在《世界文学》上。或许是由于对德语现当代作家作品存在迫切了解和认识的需求，其作品在 20 世纪 80 年代后半期占据绝对优势地位，而德语古典文学则出现了"无人问津"的局面。

## （四） 1990—1998：文学翻译比赛作为一种特殊的译介形式

早在 20 世纪 80 年代初，为了鼓励蓬勃发展的文学创作事业，文学界陆续设立了中短篇小说奖、诗歌奖、报告文学奖和长篇小说奖等等。与之相呼应，一鸣呼吁设立"文学翻译奖"以肯定和鼓励翻译家的劳动。在《文学翻译也应该评奖》的末尾，作者连用四个排比句强调设立文学翻译奖的必要性和重要性：

> 建立文学翻译奖，将会充分注意并鼓励翻译那些在世界文学史上确实占有重要地位、经过历史考验的文学珍品和具有研究和参考价值的各种流派的代表作，特别是那些翻译难度大而销量不一定大的、具有艺术和思想价值的重要作品，从而为文学的翻译明确一个健全的方向和目标，而不去迎合和迁就社会中不健康的、格调低的欣赏趣味。建立文学翻译奖，将会充分鼓励和肯定那些把翻译工作当成一种严肃的事业，肯于花费时间和精力，勤于思索和体会，精益求精，忠实、准确、完美地对待自己的劳动的翻译家们，并为文学的翻译事业树立一个高的标准，同时也有助于抵制和克服那些粗制滥造、不负责任的翻译作风。建立文学翻译奖，将有助于新人的发现和成长，促使更多的人掌握更加熟练的翻译艺术，不断扩大我们的文学翻译队伍。更重要的是，建立翻译奖，将是对文学翻译事业在文艺事业发展中的地位和作用的一种社会的承认和肯定，它将大大地调动广大文学翻译工作者的积极性，为文艺事业、为社会主义精

神文明的建设作出积极的、新的贡献。[1]

1. 一鸣：《文学翻译也应该评奖》，载《世界文学》，1982 年第 3 期（总 162 期），第 318 页。

意义如此之重大，设立"文学翻译奖"真是历史发展之必然。1986 年，中国作协中外文化交流委员会在韩素音女士的资助下设立了"彩虹翻译奖"（现并入鲁迅文学奖中的文学翻译奖），以鼓励优秀外国文学作品的翻译，奖掖中青年翻译家。该文学翻译奖是翻译界的最高荣誉，获此殊荣者虽也有从事德语文学翻译工作的译者，但毕竟凤毛麟角，屈指可数。其实，早在"彩虹翻译奖"设立之前，《译林》杂志曾联手《外国语》杂志在 1983 年举办过英语翻译征文评奖，这是新中国成立后举办的首次外国文学翻译比赛，但是语种仅限于英语。或许是受到此次翻译比赛和"彩虹翻译奖"的启发，几年之后，歌德学院和《世界文学》联手举办德语文学翻译比赛，以进一步激发德语学习者对德语文学的兴趣，发现和培养德语翻译人才，提高德语翻译文学的水平。在此之前，《世界文学》尚未举办过类似活动，所以德语文学翻译比赛的设立既开了《世界文学》的先河，也是德语翻译文学领域的一件大事。

不过，根据搜集的资料来看，这次历时 9 年的德语文学翻译比赛最初并不是作为一个连续性的系列活动进行设计策划的，它最初的构想是举办一届"黑塞作品翻译讲习班"，而参加讲习班的前提条件是参加翻译比赛，译文优秀者方能获得参加讲习班的资格。活动的倡议者和组织者是 1988 年刚刚在北京成立的歌德学院北京分院。歌德学院是世界上最大的文化传播机构之一，成立于 1951 年，在 78 个国家设有 144 所分院。1988 年，歌德学院在北京设立了分院，是第一个经官方批准而进驻中国的国际文化交流机构，其主要任务是促进德语在中国的传播与应用以及中德两国之间在文化领域的交流与合作。自进入中国以来，歌德学院一方面开设难度不同、层次不等的德语语言短训班和德语教师进修班，充分发挥自己在德语教学方面的特色，为提升国内德语教学的总体水平作出贡献；另一方面，歌德学院还积极与国内的文化及学术机构合作，举办展览会、文学作品朗诵会和研讨会等活动，全面介绍德国文化。在过去 20 年内，歌德学院举办或参与了一系列在中德文化交流史上颇具影响力的活动，其中 90 年代的德语文学翻译比赛因其历时较长，活动影响面较大，更是在中德文化交流史上留下了浓重的一笔。

这次翻译比赛暨翻译研讨班是《世界文学》编辑部和歌德学院北京分院的一次大胆的、有意义的尝试。从"编者的话"来看，歌德学院北京分院的第一任院长米歇尔·康 - 阿克曼（Michael Kahn-Ackermann）在其中发挥了重要的推动作用。[2] 他曾在慕尼黑大学学习汉学、社会学和

2. 参见《德国作家赫·黑塞作品专辑》，载《世界文学》，1990 年第 4 期（总 211 期），第 117—119 页。原文是："1989 年 9 月 26 日阿克曼院长向编辑部提出建议……"文中最后写道："最重要的当推阿克曼先生的大力支持，如果没有他的提议和资助，便不可能有这次富于成果的中国—联邦德国文化交流活动。"

民族学，1975 年作为第二批西欧留学生来到北京学习中国近代史，1988 年创建歌德学院北京分院并且担任院长至 1994 年。阿克曼喜爱中国现当代文学，从 80 年代开始从事中国现当代文学的翻译，向德国读者介绍了从老舍到张洁等一大批中国现当代著名作家，其中张洁《沉重的翅膀》的德译本（1985）引起巨大反响，阿克曼本人还因此荣获联邦德国卫礼贤翻译奖。正是作为翻译家的实践让阿克曼充分认识到翻译的重要性以及翻译工作的艰巨性，对翻译也形成了自己独特的看法。他在研讨会开幕致词中指出，虽然译者面对那么多的"正确翻译的不可能性"，但是与之作斗争，努力消除本族与异族、熟悉与陌生之间的界限，加深读者对异族的陌生东西的理解，或者让读者产生"创造性的误读"，那么翻译就是一项有价值的工作。[1] 如果没有这

1. 参见米·康－阿克曼著，徐苹译：《赫·黑塞作品翻译竞赛研讨会开幕词》，载《世界文学》，1990 年第 4 期（总 211 期），第 121 页。

种深刻的体会和认识，在当时那个颇为敏感的时期，身为院长的阿克曼也许就不会将翻译比赛以及文学翻译研讨班提上议事日程并积极筹划准备此项工作的开展。

另外一方面，文学翻译比赛及翻译研讨班可能也是当时歌德学院进行文化交流活动的为数不多的可能性之一。作为当时唯一一家"帝国主义"的文化机构，歌德学院在 1993 年之前主要从事德语语言的培训与教学工作，在平等对话的基础上展开文化交流与合作的空间尚未完全打开。而翻译和语言的联系最直接最密切，人们大可把翻译看作是两种语言之间的文字转换而忽略其文化意义，这样，翻译比赛便可顺理成章地纳入促进语言教学的目标体系而摆脱跨国文化工作与政治之间"割不断，理还乱"的粘连关系。

歌德学院作为此次翻译比赛和翻译研讨会的倡议方与承办方承担了该活动的相关经费，包括获奖者的奖金奖品以及赴京旅费等各项杂费。根据勒弗维尔的理论，如果经济收入的获得在相当程度上不依赖于意识形态的资助，并且不决定译者的社会地位，就会出现多个"赞助人"，各自控制意识形态、经济收入和社会地位等不同的要素。[2] 这是就整个文学大系统而言，对于

2. 参见 Lefevere, André: *Translation, Rewriting and the Manupulation of Literary Fame*. Shanghai: Shanghai Foreign Language Education Press, 2007, S.17.

此次德语文学翻译比赛，我们似乎也可以借用勒弗维尔的理论对它的两个"赞助人"——《世界文学》和歌德学院进行一番考察。毫无疑问，歌德学院是该文学翻译比赛中提供经济来源的一方。作为本次活动的组办方，它的作用是不容忽视的，但是院长阿克曼在开幕致词中却说："对于自己所组织的各项活动之内容一无所知"，并且把歌德学院局限于服务者这样一种角色。如此一副置身事外的样子，让人不免产生几分疑惑，但也可能是当时的历史文化语境使然。1989 年政治风波之后，"文化渗透"、"和平演变"再次成为敏感字眼，歌德学院采取退居其次的

姿态或许能够避免更多的误解和隔阂而使文化交流成为可能。另外，官方意识形态当时能够批准这项活动并保证歌德学院在选题上的建议权，可能也是因为合作方——《世界文学》是在国家意识形态领导下的媒体机构，它对于选题及译文拥有评议权、审核权和裁定权，换言之，它拥有"绝对的领导权"。既然代表官方意识形态，那么《世界文学》作为另一方重要的"赞助人"所关心与重视的首先是文学作品的思想意识，正如出席此次翻译研讨会的《世界文学》主编李文俊先生所指出的那样，这次翻译比赛的意义不只是培养青年一代翻译人才，同样具有重要意义的是选择了黑塞的作品作为译赛原文，因为黑塞不只是一位普通作家，他更是一位提倡东西方文化互相吸收、互相补充的国际人道主义者。[1]

1. 参见《德国作家赫·黑塞作品专辑》，载《世界文学》，1990 年第 4 期（总 211 期），第 118 页。

这些话语所蕴含的意味是深长的。不难看出，《世界文学》依然掌握主导话语权，作家作品的选定符合了当时社会所认定的意识形态标准；同时，歌德学院大量的幕后组织工作及资金上的提供也是不争的事实，它作为德国驻外文化交流机构在官方政治意识形态许可的范围内积极拓展文化交流的领域。两者间的首度合作相当成功，参加比赛的译者达 54 人，经过评委会的审定，共有 10 人作品分获二、三等奖，由于没有完美的译文致使一等奖空缺，获奖者应邀前往北京参加研讨会，优秀译者的译文经修改后刊登在《世界文学》1990 年第 4 期上。

首次合作的愉快促成了后续翻译比赛的开展。《世界文学》1991 年第 2 期上的启事"歌德学院北京分院和本刊编辑部举办海·密勒（即赫·米勒）作品翻译竞赛"预告了德语文学翻译比赛梅开二度。虽然比赛结果在 1991 年 10 月就已揭晓，但是优秀译文直到 1992 年第 1 期才刊发，致使 1991 年《世界文学》出现了德语翻译文学为零的状况，这在《世界文学》55 年的办刊历史上还是第一次。

黑塞和赫·米勒作品翻译竞赛暨研讨会发生的连贯性会使参与者或读者在这两者之间建立起某种关联，但它们在当时都还只是作为单独的文化活动进行建构，直到 1992 年第三届德语文学作品翻译比赛和研讨会如期举行，该活动作为一个大型的系列文化交流活动才真正确立下来。

纵览这八届翻译比赛，前五届翻译比赛是在第一任院长阿克曼的主持下进行的。阿克曼热爱中国当代文学，同时也希望中国的日耳曼学者能更多地了解德国的当代文学，因此除了黑塞之外，所选作家皆为活跃在当代德语文坛上的作家，而且除了博多·施特劳斯（Botho Strauβ，1944— ）曾因获毕希纳文学奖以及捐出奖金设立读书奖而出现在 1989 年第 4 期和 1990

年第 2 期的"世界文艺动态"栏目中外，其余 3 位作家赫尔塔·米勒、乌拉·贝尔凯维奇(Ulla Berkéwicz, 1948— )和莫尼卡·马隆(Monika Maron, 1941— )都是第一次介绍至中国。虽然同是女性视角，同是用德语写作，但是这 3 位女作家的生活道路又有很大的不同，因此其创作主题也不尽相同。米勒出生于罗马尼亚讲德语的少数民族地区，1987 年移民德国，那份难以释怀的乡土情结以及丧失了故乡和保护的"新移民者"的身份深深融入到了她的文学创作中，这表现为她的创作素材和题材始终来源于自己在罗马尼亚的生活。1992 年第 1 期上刊登的两则短篇《乡村纪事》（俞宙明译，李健鸣校）和《地下的梦》（李贻琼译，李健鸣校）就是以罗马尼亚西部巴纳特地区的乡村为背景的佳作，前者带有一定的自传色彩，而后者则在梦幻中呈现出一种冷峻的美感。在冷静不动声色的叙述中抑或在诗意语言的缓缓流淌中，威权统治下人们的愚昧、麻木、落后、孤独、压抑和死亡等主题在不经意间被轻轻触及。正如诺贝尔文学奖评审委员会的关键评语所言："以诗歌的凝练和散文的率真，描写了那些被剥夺者的境遇。"

　　第四届德语文学翻译比赛提出的参赛篇目是乌拉·贝尔凯维奇的短篇小说《嗨，雯蒂》。对于这位当代德国女作家，评委会成员之一、北京大学的马文韬教授坦言："知道得不多，是参加这次翻译比赛的评选工作才知道她的名字，读到她的作品。"[1] 足见翻译比赛在开拓视域

<small>1. 马文韬：《〈亲和力〉的新故事——乌拉·贝尔凯维奇和她的小说〈嗨，雯蒂〉》，载《世界文学》，1994 年第 2 期（总 233 期），第 133 页。</small>

上的前瞻性和重要性。贝尔凯维奇是一位地地道道的德国女作家，曾做过演员，现任苏尔坎普出版社的总经理。1982 年发表处女作并引起德语文学界注意。贝尔凯维奇作品的一个重要主题是描写当代女性对爱情的渴望、追求以及追梦未果时的惆怅与失落。《嗨，雯蒂》就是这样一个看似平凡普通实则耐人寻味的爱情故事。女主人公雯蒂被《亲和力》中奥黛丽炽热的爱情深深吸引，在碰到客座教授爱德华之后，她认为自己找到了真爱，但是现实生活的残酷打破了她的美梦，故事的结局是雯蒂不知去向，下落不明。开放性的结局给读者、译者和研究者提供了诸多的阐释可能性，因而也成为了翻译研讨会争论的核心问题之一。[2]

<small>2. 详情可参见劳人：《语已多，情未了，梦魂欲断苍茫——〈嗨，雯蒂〉讨论纪要》，载《世界文学》，1994 年第 2 期（总 233 期），第 129—131 页。</small>

　　第五届翻译比赛的原文出自女作家莫尼卡·马隆。马隆出生于前东德一个高干家庭，曾在工厂里当过女工，后到大学学习戏剧理论和艺术史，1976 年成为专业作家，1988 年移居汉堡，现居住在柏林。马隆的家庭背景和生活经历无疑为她的创作打上了难以磨灭的烙印，她的第一部长篇小说《飞灰》即以原东德的环境污染问题为素材。《世界文学》1995 年第 3 期刊登的两篇作品——短篇小说《埃米勒与西碧兰》以及长篇选译《斯蒂雷蔡勒六号》——也涉及了一个

全新的题材：20 世纪 80 年代中后期原民主德国的社会生活以及两德统一初期的现实状况，不仅丰富了翻译比赛的选题，而且也丰富了德语翻译文学的主题。

　　第六届德语文学翻译比赛的确可看作是一个"全新的开始"[1]。前几届翻译比赛均选一个作家的作品作为译赛原文，且以小说翻译为主，而第六届翻译比赛却挑选了包括贡特拉姆·维斯波尔 (Guntram Vesper，1941— )、冈特·库纳尔特 (Günther Kunert，1929— )、英·巴赫曼、艾利希·傅立特 (Erich Fried，1921—1988)、内丽·萨克斯 (Nelly Sachs，1891—1970) 和布莱希特等在内的 10 位现当代诗人的诗歌作为译赛原文。第七届翻译比赛挑选了一部儿童文学作品，君·艾希 (Günter Eich，1907—1972) 的《二月二十九日的来历》作为待译作品，这些都大大丰富了翻译比赛的文学样式。第八届翻译比赛则又回归到了小说，尤雷克·贝克尔 (Jurek Becker，1937—1997) 的短篇小说《电梯里的故事》经一位中国教授的推荐，被选定为待译作品。中国学者作为"特邀评委"具有选题建议权，预示着歌德学院北京分院对选题建议权的放弃，似乎也是歌德学院北京分院对文学翻译比赛兴趣下降的一个症候。开展得如火如荼的德语文学翻译比赛[2]就此降下帷幕，不得不令人感到惋惜和遗憾。

1. 转引自劳人：《德国女作家莫·马隆小辑》，载《世界文学》，1995 年第 3 期（总 240 期），第 174 页。歌德学院北京分院第一任院长称他离任后的翻译文学比赛将是"全新的开始"。另见文珂：《第六届德语文学翻译比赛获奖诗选》，载《世界文学》，1996 年第 3 期（总 246 期），第 198 页。原文是："由于歌德学院北京分院领导换届，比赛程序稍有不同，所以也可以说是一个新的开始。"

2. 第八届德语文学翻译比赛的参赛译文达到 85 件，远高于往年水平。

　　但是，由歌德学院北京分院和《世界文学》联袂举办的德语文学翻译比赛毕竟持续了 9 年，称得上是德语文学译介史中的一件大事，其意义也是显而易见的。首先，从宏观层面讲，翻译比赛对于加深中德两国之间的了解，推动中德文化交流作出了积极贡献。其次，就翻译比赛的成果而言，它推动了当代德语文学在中国的翻译、评论和传播。诚然，随着文化交流渠道的通畅和获取信息的便利，像博多·施特劳斯、赫尔塔·米勒、乌拉·贝尔凯维奇和莫尼卡·马隆等在德语文坛上享有盛名的作家迟早会被中国认识，但是如前所述，正是借助此次翻译比赛的东风，这些可能在当时尚未获得世界级声誉的作家得以名正言顺地进入中国翻译文学。他们的译介发端被锁定在 20 世纪 90 年代的某个时刻，而不是在获得像诺贝尔文学奖等世界级大奖之后（如赫尔塔·米勒），令今天的中国译界也多少感到宽慰。再次，翻译比赛发现和培养了青年译者，促进了德语文学翻译事业的发展。翻译比赛引起了德语学习者和翻译爱好者的广泛兴趣，参赛者最多时可达七八十名。有些译者坚持不懈，数次参加翻译比赛，通过比赛的锤炼提升了自己对文学作品的整体把握及翻译水平。这里特别值得一提的是前五届翻译比赛的一个重要组成部分——为期 3 天的翻译研讨会。研讨会邀请德中学者、专家和参加比赛的优秀译者共

同参与，就作家作品和翻译的具体细节问题展开讨论，这
对于年轻译者较全面地认识了解作家以及把握作品的主题
很有帮助，而逐页、逐段、逐句、逐字式地分析点评及讨
论过程更是让译者获益匪浅。讨论中，一个难以避开的问
题就是"怎么译"才算是好译文，即"直译"与"意译"、
"归化"与"异化"之争。这样的论争在文学翻译中普遍
存在，也难以分出胜负高低，孰优孰劣，毕竟"仁者见仁，
智者见智"。但文学翻译比赛为这样颇具建设性的讨论不
仅提供了一个平台，而且还提供了具体实例，这也算是文
学翻译比赛的一个成果吧。[1]

1. 详情参见张佩芬：《"在最遥远、最陌生的地方发现一个故乡"——从两届翻译竞赛想到的文学翻译问题》，载《世界文学》，1992 年第 1 期（总 220 期），第 222—226 页；劳人：《语已多，情未了，梦魂欲断苍茫——〈嗨，雯蒂〉讨论纪要》，载《世界文学》，1994 年第 2 期（总 233 期），第 129—131 页；张佩芬：《"文学家之梦"的延续和新生——五届翻译比赛回溯》，载《世界文学》，1995 年第 3 期（总 240 期），第 188—192 页；马文韬：《写在修改之后》，载《世界文学》，1998 年第 5 期（总 260 期），第 92—93 页。

除了以文学翻译比赛为主线推出作家作品外，这一时
期的德语翻译文学成果丰硕，主要是进一步深入译介具有
国际声誉以及对中国文坛产生巨大影响的德语作家，包括
卡夫卡、布莱希特、里尔克、茨威格、格拉斯、迪伦马特、
卡内蒂和傅立特等。其中，最重要的译介对象之一是马
丁·瓦尔泽。《世界文学》1990 年第 3 期上的"联邦德国
作家马丁·瓦尔泽专辑"是该期的重头戏，选登了"被评
论界公认是他的两部代表性作品"：中篇小说《惊马奔逃》
（郑华汉、李柳明译）和剧本《橡树和安哥拉兔》（艾雯译），
另外还有一组诗歌以及郑华汉和李柳明对瓦尔泽的专访，
主要采访内容针对《惊马奔逃》，但也涉及作家的创作观
以及对文学评论和媒体的看法等。整个专辑占据刊物的一
半以上篇幅，足见《世界文学》对瓦尔泽的重视与推崇。
至此，德国战后文坛最具影响力的 3 位作家——伯尔、格
拉斯和瓦尔泽——在《世界文学》上亮相，前者是在 20 世
纪 80 年代被译介的最多的德语作家之一，而后两位则无疑

瓦尔泽

是 20 世纪末 21 世纪初在中国出版界最炙手可热的当代德语作家了。

　　这一阶段还有一个相当突出的特点是妇女文学的译介成为显学。在前述的德语文学翻译比赛中，女性作家几乎占到了一半。当代德语国家的女性写作业已形成一股不可小觑的力量，其魅力也正在被大众读者所认识与了解。该阶段又正逢第四届世界妇女大会 1995 年在北京召开，并由此掀起了一股女性文学的译介高潮，《世界文学》也为此编选了两辑"世界女作家专辑"（1995 年第 2 期和第 4 期），翻译并刊登了 17 个国家的 23 位女作家的小说、诗歌和散文等作品，其中 3 位德国女作家和 1 位奥地利女作家在该专辑内得到介绍（1995 年第 2 期）。赫尔迦·柯尼希多夫（Helga Königsdorf，1938— ）的短篇小说《博莱罗舞曲》（李健鸣译）以复调的音乐形式描写了男性在恋爱关系中的自私、冷漠和虚伪，反映了 20 世纪六七十年代妇女解放运动中的女性诉求。赫尔迦·舒伯特（Helga Schubert，1940— ）的《我的单身女友》（舒雨译）以白描的手法呈现了一幅单身女性生活的素描图，她们坚强、独立、温柔、大方，完全符合好女人的标准，然而却孑然一身没有家庭。在冷静的描述中，此种现象背后的原因悄然浮现。诗歌《线条像活生生的头发》的作者内丽·萨克斯是 1966 年诺贝尔文学奖的获得者，在《世界文学》上也是第一次出现；弗·梅洛克尔（Friederike Mayröcker，1924— ）（后译作"迈吕克"）的《于是我坐下，凝视这幅图象，回忆》（劳人译）是一篇充满诗情画意的自传性散文，体现了女性特有的细腻缜密的文思。接着，第 3 期上不仅刊载了第五届德语文学翻译比赛的成果——莫·马隆小辑，还有两篇不足两页的小小说出自德语女作家之手：阿·杜瓦内尔（Adelheid Duvanel，1936—1996）的《我的沉默》（马岳译）和赫·玛·诺瓦克（Helga Maria Novak，1935— ）的《滑雪橇》（舒雨译）。第 5 期上刊登的由徐继贵翻译的埃·格里尔（Evelyn Grill，1942— ）的《爱之证明》不无讽刺调侃之意味，对于男性狭隘自私的占有欲和权力欲望进行了嘲弄；同期的《三位 K 女士的故事》的作者海·桑德尔（Helke Sander，1937— ）是妇女解放委员会的发起人之一，其鲜明的政治立场可在这部长篇小说的选译部分窥见一二。上述作品皆出自当代德语女作家之手，体现了现代女性在生活中的憧憬和困扰，渴望和失落。而 20 世纪之前，出于社会、宗教和家庭等原因，女性作家屈指可数，那么由张玉书翻译的 19 世纪女诗人安奈特·封·德罗斯特－许尔斯霍夫（Anette von Droste-Hülshoff，1797—1848）的 3 首诗歌以及由译者撰写的相关评论文章就不能不引人注目了。通过对德罗斯特－许尔斯霍夫这位"德国 19 世纪最伟大的女诗人"的译介，既在某种程度上弥补了一个译介空缺，也可以多少让我们了解一些 19 世纪知性女性的内心世界。综上所述，在这一轮的女性文学的译介中，德语国家的女性作家通过《世界文学》充分展示了其个人才华及群体魅力。以反映女性在社会、家庭和工作生活中的纠结情感为主体的创作题材在女性视角的独特审视和剖析下，给人耳目一新之感。

## （五） 1999—2008：德语文学的"多元景观"

自 20 世纪 90 年代以来，随着社会主义市场经济的目标和方向的确立以及改革开放的进一步深化，中国社会逐渐进入一个比较稳定、平和、开放、宽容和多元的发展时期，人们的精神生活日益丰富，那种在五六十年代甚至延续至 80 年代的诸如"社会主义革命与建设"等的宏大主题已经无法涵盖整个时代的精神走向，各种文化思潮和观念只能反映时代的一部分主题，却不能达到一种共名的状态。这样的文化状态称之为"无名"，即"多种主题并存"的状态。[1]

1. 参见陈思和：《试论 90 年代文学的无名特征及其当代性》，见陈思和：《中国当代文学关键词十讲》，第 187—190 页，上海：复旦大学出版社，2002 年版。

在多元共生的"无名"状态下，外国文学作品的译介逐渐完成从政治需求向文学追求的转变与回归，那种"追求人性的解放和直面复杂的人生"的文学作品更多地得到译者的青睐，同时作品的文学性和审美价值也成为翻译择取的重要标准。文学翻译进一步呈现出开放性和多元化的特点。

具体到《世界文学》中的德语翻译文学，其"多元景观"首先表现为得到译介的德语作家，特别是第一次在《世界文学》上被译介的作家数量之多，远远超出了前几个阶段。据笔者统计，在这 10 年之内，《世界文学》共译载了 60 位德语作家的作品，其中包括歌德、里尔克、茨威格、马·弗里施、克·沃尔夫、格拉斯、保尔·策兰 (Paul Celan，1920—1970)、马丁·瓦尔泽、罗·穆齐尔、托马斯·曼、彼得·汉德克、赫尔塔·米勒、弗·迈吕克和迪伦马特在内的共 14 位德语作家曾经在《世界文学》上被正式翻译介绍（即不包括简讯等栏目），而其余 46 位德语作家则是首次出现在刊物上。庞大的译介阵容得益于两个专辑的推出——1999 年第 5 期的"瑞士当代德语短篇小说专辑"和 2003 年第 5 期的"德语当代短篇小说小辑"。这两个专辑是继 1988 年第 1 期的"奥地利当代短篇小说"专辑后推出的另一个以短篇小说为主打的文学专辑，前者译介了 14 位瑞士当代德语作家的短篇小说，后者则推出了 10 位德国作家和 1 位奥地利作家，体现了编选者对短篇小说在这三个德语国家的发展动态的关注。2006 年，为配合德国新生代作家的访华之行，《世界文学》又推出了 6 位新生代作家的作品，其中除了尤迪特·海尔曼(Judith Hermann，1970— )在 2003 年被译介外，其余作家均为第一次亮相。就译介作家的多样性与丰富性而言，此种类型的专辑无疑贡献最大，因此尽管存在版权等问题，但在拟定选题时还是可以多考虑一下这种专辑形式。

把"瑞士当代德语短篇小说专辑"（1999 年第 5 期）、"德语当代短篇小说小辑"（2003 年第 5 期）和"德国新生代作家作品选"（2006 年第 6 期）3 个专辑说成是当代德语文学，尤其是短篇小说发展的三个"横截面"，应该是一个比较贴切的比喻。它们虽不能一应俱全，面面俱到，但是管中窥豹，这三个专辑对于了解当代德语文学的现状还是具有一定的代表意义的。

"瑞士当代德语短篇小说专辑"的译者之一蔡鸿君为了让读者知晓瑞士当代德语文学的情况，在前言中介绍了瑞士德语文学发展的脉络，并把战后的瑞士德语作家划分成四代：第一代是享有国际声誉的弗里施和迪伦马特；第二代以库尔特·马尔蒂(Kurt Marti，1921— )、于尔克·施泰纳(Jörg Steiner，1930— )、胡戈·罗彻尔(Hugo Loetscher，1929—2009)和马克斯·玻利格尔(Max Bolliger，1929— )等作家为代表，他们立足于社会现实，着重反映个人生活的喜怒哀乐与矛盾冲突；第三代作家包括了汉斯－于尔克·施奈得(Hans-Jörg Schneider，1938— )、维尔纳·施米特里(Werner Schmidli，1939—2005)、弗兰茨·霍勒尔(Franz Höller，1943— )、西尔维诺·布拉特尔(Silvion Blatter，1946— )、于尔克·阿曼(Jürg Amann，1947— )、彼得·魏伯尔(Peter Weibel，1947— )和克里斯托夫·盖泽尔(Christoph Geiser，1949— )等，他们和第四代作家如托马斯·许立曼(Thomas Hürlimann，1950— )、利努斯·莱希林(Linus Reichlin，1957— )在创作主题方面有着较为一致的追求，并逐渐成为瑞士德语文坛的一支中坚力量。该专辑选取了上述 14 位作家（迪伦马特除外）的作品各一篇，呈现了战后四代作家风格各异的创作。

再看"德语当代短篇小说小辑"（2003 年第 5 期）。该专辑的选题缘起于德国在 2000 年首度推出的选集《2000 年度德语最佳短篇小说》，而该选集的出版被视作是当代德语短篇小说创作走向繁荣的一个重要标志。《世界文学》由于版面缘故，一向较重视短篇小说的翻译和刊载，因此对德语短篇小说创作自 20 世纪 90 年代呈现出的旺盛势头表现出了浓厚的兴趣与高度的关注，刊物编委李永平先生还特为该专辑撰写了评论《德国短篇小说的复兴》，分析了德语短篇小说在历史发展过程中的盛衰起伏及相关原因，勾勒了 90 年代以来老中青三代作家同台操笔，异彩纷呈的创作盛况，特别强调了"新生代作家"及女性作家群体对短篇小说复兴的贡献。同期发表的"德语当代短篇小说小辑"的作品选译自德意志出版社出版的《2000 年度德语最佳短篇小说》和《2001 年度德语最佳短篇小说》，除了阿·施塔特勒 (Arnold Stadler, 1954— ) 的《非洲之旅》最初发表于 1999 年之外，其余均为 2000 年和 2001 年的新作品，代表了德语短篇小说的最新成果。在 11 位被译介的作者中，有 8 位是出生于 20 世纪四五十年代的中生代作家，他们在 60 年代末期以后陆续登上文坛，在创作上有了一定的积累，其独具特色的文风渐趋成熟，并以各种文学奖项夯实了其在德语文坛的地位，但是为中国读者了解的却并不多，因此在作家取舍上，"老成持重"的中生代作家比新生代作家获得了更多的席位。

从总体上来看，在 20 世纪末 21 世纪初，具有坚实的创作基础，创作形式多样而内涵丰富的作家得到了较多的译介，而且这也符合了《世界文学》一贯以来的编辑方针和择取标准，即翻译介绍在国际文坛上获得一定认可度和知名度的作家。在作品的选择上，有的是选取其最新作品，体现了跟踪译介的特点；有的则是选取体现其美学思想或创作特色的代表作，具有一定的经典意义。

瑞士德语小说家、剧作家乌尔斯·维德默尔 (Urs Widmer, 1938— ) 自 1968 年发表处女作后，几乎每年都有新作问世，获奖无数。《世界文学》1999 年第 1 期曾报道了维德默尔荣获 1998 年度多德勒奖的消息，并简介了其人其作。2000 年，维德默尔发表小说《母亲的情人》，以亲切而富有张力的语言讲述了母亲质朴无华的爱情，并一举虏获了读者和评论家的心。由于小说篇幅不长，只有 130 页，因此《世界文学》在次年第 4 期上全文发表了由朱刘华翻译的《母亲的情人》。在全球化的时代背景下，编辑和译者捕获信息的速度以及反应速度由此可见一斑。

2000 年度的德国文学大奖——毕希纳奖归属福尔克·布劳恩 (Volker Braun, 1939— )。一年一度的毕希纳奖究竟花落谁家，长期以来是《世界文学》"世界文艺动态"关注的焦点之一，这一次也作了及时报道。继报道之后，《世界文学》2001 年第 6 期还刊载了由宁瑛翻译的布劳恩诗歌 10 首。此处选译的 10 首诗歌出自诗集《九曲桥——简约的日历》（1992），是诗人对两德重新统一、东欧巨变等政治事件进行审视和思考的成果。20 世纪 90 年代，《世界文学》曾译载了莫尼卡·马隆的作品，涉及两德统一这段时间内社会生活的变化，但是用诗歌的形式与语言讲述两德统一给心灵造成的冲击以及理想幻灭之后的悲哀，这似乎还是第一次。2001 年度的毕希纳奖由有着"奥地利文学贵妇人"之称的弗里德里克·迈吕克获得[1]；2004 年，女诗人在其 80 岁生日之际出版《迈吕克诗集》并接受《时代报》的采访，讲述自己的创作道路[2]；

> 1. 安娅：《毕希纳文学奖揭晓》，载《世界文学》，2001 年第 4 期（总 277 期），第 314 页。

> 2. 安娅：《"奥地利文学贵妇人"出版诗集》，载《世界文学》，2005 年第 2 期（总 299 期），第 310 页。

有了这些铺陈之后，迈吕克的诗作在 2005 年第 1 期上和读者见面，似乎也就在情理之中了。

从以上论述中不难看出，文学奖项在翻译择取方面发挥着重要的价值标杆作用，而毕希纳奖作为德语文学领域的最高奖项无疑成了判断作品文学价值的首要标准和衡量作者文学成就的最重要因素之一。比毕希纳奖更加令人期待的是诺贝尔文学奖，在今天这个网络与媒体共谋的时代里，获得诺贝尔文学奖就意味着不仅将获得本国读者，而且将获得全世界读者。在本节考察的这一时期里，共有两位德语作家获得诺贝尔文学奖，一位是君特·格拉斯，20 世纪最后一位诺贝尔文学奖的获得者；另一位当时在"国际上不甚知名"[3]的奥地利女作家埃尔弗蕾德·耶

> 3. 安娅：《奥地利女作家埃尔弗蕾德·耶利内克获 2004 年度诺贝尔文学奖》，载《世界文学》，2004 年第 6 期（总 297 期），第 5 页。

利内克(Elfriede Jelinek, 1946— )则斩获 2004 年度诺贝尔文学奖。令人甚感欣慰的是，君特·格拉斯自 80 年代以来就陆续在《世界文学》上得到译介，而对于这位也曾获奖无数，也曾因获奖而在"世界文艺动态"栏目里得到报道[4]的埃·耶利内克，国内学者还是感到"意外"。在

> 4. 最早或许可追溯到《世界文学》2001 年第 4 期（总 277 期）的世界文艺动态报道《毕希纳文学奖揭晓》，虽然获奖的是弗利德里克·迈吕克，但是文中提到，"迈吕克是获此殊荣的第八位女作家，之前还有克里斯塔·沃尔夫、英格博格·巴赫曼、埃尔弗蕾德·耶林内克等"。耶利内克在 1998 年获毕希纳奖。

颇感意外的同时，还是要做好补救工作，在 2005 年第 2 期上即推出了埃·耶利内克的作品小辑。小辑中作品的选择相当有意思，剧本《娜拉走后怎样或社会支柱》（焦庸鉴译）是她的第一个剧本，而长篇小说《贪婪》（杜新华译）则是其最新作品，体现了其早期和成熟期创作的不同特色。在前言中，焦庸鉴交代了作者的生平、创作情况及创作主题，对收入该小辑的作品也有简单介绍，并有感而发："耶利内克如此复杂，要想真的了解她，了解她的作品，又谈何容易！"另外，耶氏的"重语言不重故事"也造成了很大的"抗读性"甚至"抗译性"。但对于诺贝尔文学奖获得者的推崇，甚至追捧，早在国内出版界形成了一股热潮，一旦某一作家获奖，出版社就会立即购买版权，组织译者，在最短的时间内推出上市。这里所涉及的两部作品已经有出版公司购得版权，而她的其他作品也已有各家出版社组织翻译发行[5]，这可能是造成耶氏作品在《世界文学》上只有这么一次集中翻译的原因。

> 5. 目前，翻译成中文的耶利内克的作品有《钢琴教师》《逐爱的女人》《我们是诱鸟，宝贝！》《美好的时光》《死亡与少女》《米夏埃尔：一部写给幼稚社会的青年读物》《娜拉离开丈夫以后：耶利内克戏剧集》《托特瑙山》《情欲》《贪婪》《啊，荒野》和《魂断阿尔卑斯山》等。

耶利内克让人不得不重新审视奥地利文学。其实在耶利内克之前，一大串不同凡响的名字

早已先声夺人：卡夫卡、里尔克、茨威格和巴赫曼……引领当代德语文学风骚的重要人物则还有彼得·汉德克和托马斯·伯恩哈德。他们的名字对于《世界文学》的读者并不陌生，首次出现在《世界文学》上的时间也大致相同，都是在 20 世纪 80 年代末，先是刊载了汉德克的一则短篇《陌生人之死》（1988 年第 1 期），后是伯恩哈德逝世（1989 年第 3 期），但总体上反响不大，其译介也没有取得实质性的进展。章国峰认为中国读者，特别是专业人士的审美隔阂是造成译介不力的最主要原因。[1] 尽管他自己曾撰文阐述汉德克的语言与文学试验，以推动汉

1. 参见章国峰：《"天堂的大门已经关闭"——彼得·汉德克及其创作》，载《世界文学》，1992 年第 3 期（总 222 期），第 289—290 页。

德克在中国的研究，但是面对汉德克的迷惘与困惑依然没有退去，直到 10 年之后，汉德克向传统文学模式和语言方式发起猛烈攻击的发轫作品《骂观众》才经马文韬翻译后在《世界文学》2002 年第 1 期上发表。这部被汉德克本人命名为"语言剧"的戏剧作品一反传统戏剧的创作原则，淋漓尽致地展现了他对语言所持的激烈的批判态度，是确立他在德语文坛地位的奠基之作。叶廷芳先生也视这部作品为当代德语文学美学转型的标志性事件，德语文学由此汇入了西方"后现代"思潮。[2] 因此，它的翻译对于研究汉德克其人其作的贡献不容忽视。同期还刊载了由马

2. 参见叶廷芳：《当代德语文学的美学转型》，载《世界文学》，2005 年第 2 期（总 299 期），第 288—289 页。

剑翻译的题为《再次献给修昔底德》的散文 11 篇，展示了汉德克大胆奇诡的想象力和非同寻常的语言能力。至于托马斯·伯恩哈德，2000 年在北京召开的托马斯·伯恩哈德的国际学术研讨会大大促进了对其作品的译介，同年，他的《声音模仿者》（选译）见诸《世界文学》，译者马文韬参加了该国际学术研讨会，并发言阐述了伯恩哈德对人生的深刻感悟。相比之下，汉德克的确不如伯恩哈德那么幸运，但如果说"迄今为止只有贝恩哈特（即伯恩哈德）受到我国学界的礼遇"[3]，则不免有失偏颇。

3. 参见叶廷芳：《当代德语文学的美学转型》，载《世界文学》，2005 年第 2 期（总 299 期），第 292 页。

不过，《当代德语文学的美学转型》中提及的另外一位后现代写作的重要人物海纳·米勒（Heiner Müller, 1929—1995）在当时还没有译介过。直到 2007 年，《世界文学》才推出了"海·米勒作品选"，包括了剧本《哈姆雷特机器》（焦洱译，李永平校）、自传《没有战役的战争：在两种专制体制下的生活》的若干章节（张晓静译）、小小说 4 篇、散文 1 篇（马剑译）以及由译者焦洱撰写的评论《〈哈姆雷特机器〉的一种读法》，从多个层面展现了这位颇具"叛逆性"的作家形式复杂多样、内容丰富深刻的创作。特别是以 3 千字左右的篇幅浓缩了大量典故的《哈姆雷特机器》"兼容了现代主义艰深晦涩的特点和后现代主义拼接杂糅的表征，成为现代主义

4. 焦洱：《〈哈姆雷特机器〉题解》，载《世界文学》，2007 年第 2 期（总 311 期），第 87 页。

向后现代主义过渡时期的戏剧艺术的一个活标本和当代戏剧文学当之无愧的经典"[4]。该剧本的

上述特征为它的解读打开了广阔的空间，却也为翻译以及不是在西方文化浸润下成长起来的读者的阅读创造了重重困难。因此，译者在翻译该作品时大量加注，或者提供背景或参照系，便于读者分辨剧中人物与当代的某种对应关系；或者提醒读者注意文本的外在形式及中译文的改写方式，因为外在形式是作者思想最精当的表达，把握住形式，也就把握住了思想的脉络。[1]

> 1. 参见焦洱：《〈哈姆雷特机器〉的一种读法》，载《世界文学》，2007年第2期（总311期），第102页。

但是，出生于20世纪六七十年代的新生代作家们执着地发出自己的声音，他们自觉地引领德语文学的发展潮流，以至于人们不能因为他们年轻而低估其存在价值。和前辈相比，他们不再纠结于历史的重负和罪责问题，拒绝历史和现实的宏大叙事，而更加关注当下的生活，并以敏锐的目光和独特的视角对现实生活进行精细入微的描写，因此他们的作品中少了些思辨与艰涩，而平添了些轻松与时尚，对别国的读者也更具亲和力。[2] 同时，德国对外文化机构积极介入，在国际市场上大力推介这批作家，并对其作品提供资金资助，使得这批新生代作家

> 2. 参见康慨：《德国新生代作家集体亮相北京》，载《中华读书报》，2006年11月1日。

的作品以前所未有的速度进入中国读者的视野。例如，德国新生代作家的首度访华就是由德语文学在线、柏林文学研讨会、歌德学院北京分院与北京德国图书信息中心积极促成的。2006年10月30日，朱丽·泽 (Juli Zeh, 1974— )、英戈·舒尔策 (Ingo Schulze, 1962— )、伊利亚·特罗亚诺夫 (Ilija Trojanow, 1965— ) 和雅克布·海因 (Jacob Hein, 1971— ) 共4位德国新生代作家应上述4家机构的邀请访问北京和上海，朗诵自己的作品并和社科院外文研究所等机构进行座谈[3]，随之，《世界文学》2006年第6期中，"德国新生代作家作品选"出炉。

> 3. 参见《德国新生代作家一行四人来京》，载《世界文学》，2006年第6期（总309期），第187页。

除了刊登上述4位访华作家的作品（皆为长篇小说选译）各一篇之外，还有两位作家入选。一位是通过《世界文学》早已为读者所熟悉的尤迪特·海尔曼，另一位托马斯·黑特彻 (Thomas Hettche, 1964— ) 也是首次露面。德国新生代作家访华在国内出版界本已引起了不小的反响，而《世界文学》的集中译介更是起到推波助澜的作用：像这里选译的雅克布·海因的《延森先生遁世记》[4] 已正式出版，英戈·舒尔策的《简单故事——一部来自德国东部省份的小说》和

> 4. 吴晓樵译：《延森先生遁世记》，北京：新星出版社，2007年版。

伊利亚·特罗亚诺夫的《收集世界的人》正在翻译中或者待版权问题商妥之后也有望翻译成中文出版。

德国新生代作家无疑构成了一道亮丽的风景线，给人耳目一新之感，也是该阶段《世界文学》重点译介的作家群体之一。其中，最为璀璨耀眼的一颗明星当推1970年出生于柏林的尤迪特·海尔曼。尤迪特·海尔曼人生阅历丰富，1998年出版短篇小说集《夏屋，以后……》，得到文学

评论界和媒体的推崇与追捧，更因为仅以一部短篇小说集而获 2001 年度克莱斯特文学奖一度成为文学界的传奇人物。五年之后，第二部短篇小说集《只不过是幽灵罢了》再度在德国畅销书排名榜上名列前茅，引起媒体和评论界的讶异与赞赏。乘着颂扬歌声的翅膀，尤·海尔曼漂洋过海来到中国，获得了中国学者的肯定和认可。《世界文学》的编委李永平称她的小说作品"'质地精纯'，篇篇可诵"，并认为她的短篇小说代表了"近年来德国短篇小说的最高水平，则大致不差"[1]。评价如此之高，也难怪在 21 世纪的《世界文学》上，她是出现频率最高的德语作

1. 李永平：《德国短篇小说的复兴》，载《世界文学》，2003 年第 5 期（总 290 期），第 302 页。

家之一（作品翻译：3 次 4 篇，评论：2，世界文艺动态：1），而且她也可能是迄今为止德语作家中唯一一位只凭借一部作品而在《世界文学》上获得一席之地的作家。不管是选自第一部作品集的《夏屋，以后……》（王滨滨、史节译）和《蓉雅》（德研译，现译作《索尼娅》）（2003 年第 2 期），还是译自第二部作品集的《只不过是幽灵罢了》（戴英杰译、任国强校，2006 年第 3 期）和《露丝（女友）》（李薇译，2006 年第 6 期），它们皆重在描绘现代年轻人在由流行和消费主义至上所导致的精神生活空虚的后现代社会中的不安与困惑，失落与迷茫；他们虽然渴望爱却得不到真爱，或者是被爱着却不知道如何去爱他人，因此总是处于一种若即若离、模糊不定的境地。2008 年第 3 期上还发表了由短篇小说集《夏屋，以后……》的译者任国强撰写的评论文章《一曲疗伤的布鲁斯——读尤迪特·海尔曼小说集〈夏屋，以后……〉》，深入浅出地分析了尤·海尔曼的创作主题和写作特色。曾和尤·海尔曼作为德语新生代作家代表团成员一起来参加北京 2007 年国际书展的瑞士德语作家彼得·施塔姆（Peter Stamm, 1963— ），虽然没有尤·海尔曼风头如此之健，却也因为"模仿美国短篇小说写作的作家"的口碑，即模仿美国短篇小说大师雷蒙德·卡佛而引起《世界文学》的重视。[2] 德语新生代作家，尤其是短

2. 参见焦庸鉴：《瑞士德语作家彼得·施塔姆短篇小说》，载《世界文学》，2006 年第 4 期（总 307 期），第 111 页。

篇小说家深受雷蒙德·卡佛的影响，在李永平撰写的《德国短篇小说的复兴》一文中就已有所阐述，而其中彼得·施塔姆无疑是受其浸润最深的一位。但是社会和文化背景毕竟不同，彼得·施塔姆因而显示出一些截然不同于卡佛的特质[3]，并以此在德语文学圈内确立了自己的地位。刊

3. 参见焦庸鉴：《瑞士德语作家彼得·施塔姆短篇小说》，载《世界文学》，2006 年第 4 期（总 307 期），第 111-112 页。

载于 2004 年第 1 期的两个短篇《薄冰》和《寒塘畔》（丁娜译）选自他的第一部短篇小说集《薄冰》（1999），2006 年第 4 期上又发表了分别由焦洱、安娅和徐畅翻译的 6 个短篇，均选自他的第二部短篇小说集《弃园》（2003）。从数量上来看，彼得·施塔姆也是当代德语作家中译介得较多的作家之一了。

　　除了积极译介当代德语文学的领军人物，《世界文学》在作家作品的译介上还力求反映德语文学的发展与流向，因此诸多 20 世纪上半叶的现代作家也得到了不同程度的译介，如前述的里尔克、茨威格、托马斯·曼和黑塞，还有一些表现主义作家如格·特拉克尔 (Georg Trakl, 1887—1914)、戈·贝恩 (Gottfried Benn, 1886—1956) 和奥·叶林内克 (Oskar Jellinek, 1886—1949) 等等，在一定程度上弥补了表现主义文学在新中国译介不充分的情况。在古典文学的译介方面，《世界文学》在 1999 年歌德诞辰 250 周年之际推出了专辑以作纪念。该专辑以歌德的 17 首十四行体、剧体叙事诗《流浪人》、里尔克撰写的有关《流浪人》的解读文章以及茨威格的评论《论歌德的诗》组成，视角独特，对于现有的歌德译介成果，不啻是一种"锦上添花"。

　　综上所述，在这 10 年内，20 世纪德语文坛的重要人物在《世界文学》中得到了不同程度的译介，且《世界文学》在译介作家作品时也注意到了文学样式的多样化，不仅大量译介了德语小说，尤其是短篇小说，其他文学样式如诗歌、剧本、散文和随笔等也有精彩纷呈的表现。特别是对于那些在中国已经被频繁译介的作家更是积极挖掘新题材和新形式，以丰富现有的译介成果，形成德语翻译文学的"多元景观"。

# 第六章　　辜鸿铭在德国——德国哲学界对他的接受

辜鸿铭是一位曾经享有世界声誉的文化名人，在中西文化交流史上具有特殊意义。他终生批判西方现代文明的物质主义倾向，坚持宣扬儒家传统道德学说对规范社会秩序的价值，得到了部分反思西方传统文化的欧洲知识分子的认同，在一战后期和战后的一段时间里，辜鸿铭在西方世界更是红极一时。总体上，辜鸿铭的影响所及以欧洲为最大，在欧洲又以德国为最，可以说，辜鸿铭与德国的关系是辜鸿铭与西方世界之关系的核心，辜鸿铭本人在感情上也偏爱德国，这些都支持对辜鸿铭与德国的关系这一题目做一次详细的梳理，而这一点迄今为止一直是空白。

梳理辜鸿铭对德国的影响，可从多个角度着手，最基本的有两个：首先，罗马非一日建成，辜鸿铭影响德国也有一个发展的过程，要有史的把握；其次，德国社会各界对辜鸿铭的认识当有差异，还应横向探讨德国各界对他的评价。本文就以德国哲学界人士对辜鸿铭的接受为例具体分析辜鸿铭对德国知识界的影响。

辜鸿铭誉满德国之时，西方多视其为大哲，东方文化的代言人，而辜鸿铭本人确也具有哲学家气质，但要说明一下，哲学家头衔并不是一开始就被戴到辜鸿铭头上的，在早期，辜鸿铭主要被西方视为一位爱国的民族主义者、学者、作家，也有称他为哲学家的，但不多见。随着一战的爆发，辜鸿铭在西方声誉日隆，才越来越多地被视为一个有着深刻洞见的哲学家。那么，德国哲学界是如何看待他们这位中国"同行"的呢？这里先以几位对辜鸿铭有过深入关注的德国哲学家为例。

# 一、 凯瑟琳（Hermann Graf Keyserling，1880—1946)

凯瑟琳伯爵，著名俄裔德国哲学家，出生于爱沙尼亚，俄国十月革命后迁居柏林，与俾斯麦的孙女结婚，晚年隐居奥地利。凯瑟琳伯爵为著名的文化哲学家，曾创办"智慧学院"（Schule der Weisheit）提倡东西文化融合，其文化哲学在 20 世纪 20 年代极受欢迎，代表作《一个哲学家的旅行日记》[1] 是对其 1911 年至 1912 年世界之旅的哲学思考，1919 年发表后在西方世界引起过轰动。

1.*Das Reisetagebuch eines Philosophen.*

凯瑟琳与辜鸿铭曾经有过直接交往。1912 年春，周游世界的凯瑟琳经香港到达广东，三月底又到了青岛。在青岛逗留期间，由卫礼贤牵线，凯瑟琳与避难在那里的部分晚清贵族和官员有过频繁交流，对此，卫礼贤在其著作《中国心灵》[2] 中有过记叙："应他的请求，我安排他接触了一连串的重要人物。其中，有些是高级官员，有些是学者。"

2.*Die Seele Chinas*, 1926.

总的说来，这些前清官员及学者，特别是凯瑟琳伯爵后来在上海亲身拜访过的沈曾植给凯瑟琳留下了极为深刻的印象："这些老年绅士眼光如此恬淡安闲、清楚明晰，而本性又如此朴实宽宏，这给他的印象简直太深了。"[3] 为了帮

3. 卫礼贤著，王宇洁等译：《中国心灵》，第 146 页，北京：国际文化出版公司，1998 年版。

助凯瑟琳深入了解中国的传统文化，卫礼贤还特别向他推荐了辜鸿铭。很快，凯瑟琳与辜鸿铭就开始了深入的思想交流，卫礼贤在《中国心灵》中也曾生动地描述过辜鸿铭与凯瑟琳之间的秉烛夜谈：

　　有时，会突然有人敲门，然后辜鸿铭就走了

辜鸿铭在日本讲学留影

进来，做他当天的夜访。当他还没有用完他要的那份简单的晚餐时，谈话的火焰就好像是闪开的火花一样迸射。在伯爵说话时，辜鸿铭总是迫不及待，等不到轮到他自己。他把中文、英文、法文和德文都混在一起，又说又写。这位东方哲人的心灵和头脑中充满了各种各样的思想和感觉，包括整个世界的历史和神圣的创造计划，以及远东的精神和西方的野蛮掠夺。他把所有的一切都倾泻给伯爵。宴饮终于结束了，曙光透过窗棂照射进来。地上撒落着没踝的碎纸，上面写满了欧洲和中国的格言、各种建议、妙言警句和引语。辜鸿铭起身睡去，吉色林伯爵承认自己确实面对着一个充满活力的中国人。[1]

1. 卫礼贤著，王宇洁等译：《中国心灵》，第 147 页，北京：国际文化出版公司，1998 年版。

不久，凯瑟琳离开青岛前往济南，辜鸿铭顺路陪同，之后又一起去北京。在北京的约两周时间里，凯瑟琳遍游当地的文化名胜，辜鸿铭也几乎全程陪同，带他体验老北京的文化生活。[2]

2. Ute Gahlings: *Hermann Graf Keyserling. Ein Lebensbild*. Darmstadt: Justus von Liebig Verlag 1996, S.86—87.

在这段时间里，凯瑟琳与辜鸿铭之间的意见交换是相当频繁的。在《一个哲学家的旅行日记》的"中国"部分，凯瑟琳就叙述了他在这一时期与辜鸿铭的密切交往："我每天都有不少时间是与辜鸿铭以及他的朋友和追随者们一起度过的。"[3] 在他这本著作中，凯瑟琳着墨最多的中

3. Hermann Keyserling(Graf): *Das Reisetagebuch eines Philosophen*. München und Leipzig: Verlag von Duncker & Humblot 1919, S.399.

国学者就是辜鸿铭。

经过短暂的交往，辜鸿铭给凯瑟琳留下的印象又是怎样的呢？照凯瑟琳自己的说法就是："此人非常睿智，脾气也很火暴，让我有时候不由得想起一个说罗马语的人来。"[4] 极有见地，

4. Hermann Keyserling(Graf): *Das Reisetagebuch eines Philosophen*. München und Leipzig: Verlag von Duncker & Humblot 1919, S.399.

可是脾气也不小，凯瑟琳对辜鸿铭的评语可谓一针见血。

辜鸿铭英文著作《春秋大义》扉页，上有
歌德诗文两句

凯瑟琳认为辜鸿铭"非常睿智"，乃是因为辜鸿铭的一些见解确实打动了他。这里举一个例子。像不少来华考察的西方学者一样，凯瑟琳也在认真观察思考中西民族性格的异同之处，

同时也开始关注中国人对现代西方世界的看法。在对这类问题的思考上，辜鸿铭对西方技术文明和强权逻辑的批评就曾让他陷入深思：

> 中国人的感觉并非不深刻、不丰富，只不过和我们的有所不同而已。如果说他们缺少基督教的博爱精神，但却具有一种联系的感觉（Zusammenhangsgefühl）。这一点并不为我们了解。他们高度发达的敬畏之情取代了我们的同情感。他们虽然有时候表现得冷酷、狡猾和残忍，但总体上还是比我们西方人温顺得多——他们和我们的关系与家畜和食肉动物的关系相比并无多大区别。这个比喻是辜鸿铭做的。我们给他们留下的典型印象就是无情、粗野、残忍。从他们的角度看，这种印象也许是有道理的。[1]

1.Hermann Keyserling(Graf)：*Das Reisetagebuch eines Philosophen*. München und Leipzig：Verlag von Duncker & Humblot 1919，S.390.

显然，凯瑟琳是从西方人的角度观察中国人的，他对中国人性格的描述确实透出了一定的陌生感，不过他对中国人的态度还是比较友好的。凯瑟琳承认，辜鸿铭所谓西方民族是"食肉动物"的论断有合理之处，不过他对辜鸿铭轻视西方精神传统的立场同样也有保留，他接着便举例说："如果我们认为他们的精神生活从多种角度看都需要改进，同样也是有道理的，例如，我们所说的爱，他们并不懂。"凯瑟琳举出的这一反例主要涉及到宗教信仰的问题，确有一定道理，联系到基督教作为西方文化血脉的现实，凯瑟琳做出这一比较并不令人惊讶。事实上，曾有不少西方学者指出中国人的宗教情结不够浓厚，甚至出现过"中国人根本没有宗教信仰"的偏激论断，这关涉到中国人的宗教信仰问题，此处不宜详论，不过无论如何，凯瑟琳这一反证中多少还是流露出了一丝西方文化的优越感。然而，凯瑟琳毕竟是一位具有相当世界视野的著名哲学家，他随后便对自己的观点加以限制："不管怎么说，我们当中又有多少人能够达到这种最高意义上的爱呢？我们以为自己信仰的东西让我们超越了其他民族，但这些信仰大多只不过存在于理念之中而已。"[2]

2.Hermann Keyserling(Graf)：*Das Reisetagebuch eines Philosophen*. München und Leipzig：Verlag von Duncker & Humblot 1919, S.390.

在凯瑟琳心目中，最能体现辜鸿铭的博学和睿智的，应首推他那汪洋恣肆的中西类比论证，从《旅行日记》的具体内容看，这一点给凯瑟琳留下的印象最深。作为一位周游世界的文化哲学家，凯瑟琳每到一个国家都会深入研究当地的文化，并认真思考各民族文化间的关系以及人类文化的前途问题，中西文化关系当然也不例外。在这种情况下，辜鸿铭关于中西文化的一些类比自然引起了他的注意，而且还让他颇感新鲜，有时候，连凯瑟琳自己也会不由自主地受到

辜鸿铭的感染："近段时间以来，我经常与辜鸿铭在一起，

也许是他的这类罕有其匹、不加节制的类比感染了我。"[1]

当然，凯瑟琳也很清楚，类比是不可无限演绎的，因而又

小心翼翼地与辜鸿铭的做法保持着距离。关于这一点可以

举几个例子。

　　置身于中国的儒家文化环境中，凯瑟琳也像辜鸿铭一

样在儒教和基督教之间找到了一些相似之处，但他马上提

醒自己："儒教和新教之间的类比不能走得太远，也许我

在这一点上做得过头了。"[2] 在他看来，两者之间的差异似

乎更为深刻：

1.Hermann Keyserling(Graf): *Das Reisetagebuch eines Philosophen*. München und Leipzig: Verlag von Duncker & Humblot 1919, S.386.

2.Hermann Keyserling(Graf): *Das Reisetagebuch eines Philosophen*. München und Leipzig: Verlag von Duncker & Humblot 1919, S.386.

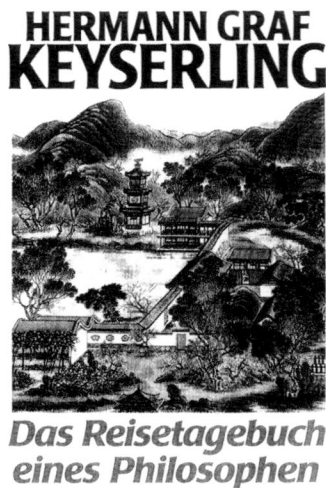

凯瑟琳《一个哲学家的旅行日记》德文版封面

　　　　我还是要说一下儒教和新教之间看起来无从

　　类比的方面。前者缺少激情，而对一个万能的、

　　人格化的上帝的信仰却使新教徒的生活充满了激

　　情。不管儒教徒如何英勇，他们的英勇精神绝不

　　会具有严格的新教徒和穆斯林身上的那种壮观特

　　质。儒教徒身上体现出的至多只是教条主义者的

　　执着，而非甘愿为一种伟大信仰而牺牲的精神。

　　这种区别非常之大，以至于如果今天的新教徒也

　　像中国人一样缺少这种激情，形象将会完全改

　　变……儒教和新教之间的另一个极端区别是，后

　　者缺少艺术特质，它不承认宗教生活和艺术生活

　　之间有任何关系，也不在表现形式和内容之间建

　　立必要的关联。因此，真正的新教徒通常很少具

　　有形式感。儒教徒也许是所有人当中最具此种形

　　式感的人。因此，当不久前一位满洲官员陪我去

　　佛寺时，他对宗教问题的无知简直要让我绝望了；

而当我在他家中与他一起无休无止地茶饮并谈论风格问题时，我再次绝望了。[1]

1.Hermann Keyserling(Graf): *Das Reisetagebuch eines Philosophen*. München und Leipzig: Verlag von Duncker & Humblot 1919, S.386—387.

凯瑟琳此处关于儒教和新教差异的认真思考值得注意，这类思考文字在其《一个哲学家的旅行日记》中还可以找到许多。

再如，为了证明中西文化的对等，辜鸿铭反复强调中西文化发展进程的相似之处：

> 今天，他十分详尽地分析了欧洲人，尤其是汉学家的做法多么不公道，他们只从自己的视角观察中国文化的发展，并未和西方文化进行对比：因为两者其实是按相同模式向前发展的。两者都经历过相似的古代和中世纪，都出现过文艺复兴和启蒙运动、改革运动和反改革运动，历史上都有过希伯来文化和古希腊文化（如马修·阿诺尔德所说）、理性主义和神秘主义交互占据统治地位的情况。是的，这种相似还表现在一些具体的方面……

凯瑟琳承认，辜鸿铭的分析是有一定道理的，但他同时也对此类看法抱有相当程度的怀疑：

> 我对中国的历史不够了解，无法验证他的类比是否有根据。像对他的大多数同胞那样，我对辜鸿铭同样很怀疑，无法赞同他的观点，因为它让人想起了南意大利的唯理智论。不过他的话基本上都是事实：所有历史现象都是人类整体自然形式的特殊表现，都由特殊情况决定。由于历史状况只有少数几种形式，其顺序也似有规律可循，基于所有民族的自然禀赋具有可比性，其发展阶段无疑也有可比性。因此，西欧人和中国人之间绝对可比，他们在本质上属于同一种基本类型，即善于表达的民族，而印度人和俄罗斯人就不在此列。也就是说，历史绝对可以类比。尽管如此，我还是很怀疑这种类比的价值所在。[2]

2.Hermann Keyserling(Graf): *Das Reisetagebuch eines Philosophen*. München und Leipzig: Verlag von Duncker & Humblot 1919, S.399—400.

可以看出，凯瑟琳对辜鸿铭的睿智是颇为欣赏的，但并没有简单地附和他的观点，关于这一点，还可以举一个比较典型的例子，例如，辜鸿铭有抬高孔子而贬低老子的倾向，对此，伯爵持相当的保留态度：

> 此外，辜鸿铭还抓住一切机会找老子的碴儿。他的基本观点是，孔子对道的理解与老子一样深刻，但他并未退出这个世界，而是通过掌握它来展示这个世界的深刻之处。因此，他比老子要伟大得多。如果真如辜鸿铭所说，孔子是这样一个人，有过这样的成就，那他当然更伟大。同一个人既完全生活在深刻之中，又是浮世生活强有力

*的塑造者，这似乎有违自然规律。这两项任务各自都需要一种特殊的心理结构。但据*

*我所知，一个人均匀地兼具这两种特质的情况还从未被证实过。孔子和老子代表着对*

*立的两极，都能通向完美；前者通过表象走向完美，后者通过意义走向完美；前者是*

*有形的，后者是无形的。因此，两者不能用同一种标准来衡量。但在中国人眼中，当*

*然还是孔子更伟大，因为他们整个民族都是极端的实践者，因而没有直接的手段走向*

*深刻。*[1]

1.Hermann Keyserling(Graf)：*Das Reisetagebuch eines Philosophen*. München und Leipzig：Verlag von Duncker & Humblot 1919，S.401.

由于认为孔子重生活实践而轻哲理思考，而孔子学说在根本上决定着中国的国家和社会秩序，凯瑟琳甚至对中国人的社会生活和精神理想是否有深刻的一面都产生了怀疑：

*我和中国人接触得越多，就越能够发现他们的想法是多么平淡无奇。思想对他们*

*来说并不是最根本的：他们的存在本身就是他们深度的体现。因此，作为个人的辜鸿*

*铭也比作为作家和思想家的辜鸿铭重要得多。*[2]

2.Hermann Keyserling(Graf)：*Das Reisetagebuch eines Philosophen*. München und Leipzig：Verlag von Duncker & Humblot 1919，S.401.

这就涉及凯瑟琳对中国传统文化的基本看法。大致说来，中国文化的丰富多彩曾使不少来华的西方人士感到目不暇接，德国著名记者和作家帕凯（Alfons Paquet）就曾说过，中国传统文化的赞美者和反对者都能够轻而易举地在中国找到大量支持自己观点的证据[3]。凯瑟琳对中国

3.Ku Hung Ming：*Chinas Verteidigung gegen europäische Ideen*. Jena：Eugen Diederichs Verlag 1911，S.6—7.

文化的感受同样很复杂。在他《一个哲学家的旅行日记》中，有大量关于中国社会、历史和文化的观察和评论，其中不乏前后似乎矛盾的地方，这里可以举几个例子。凯瑟琳对广州喧闹的商业生活印象不佳，认为它缺少灵魂，然而广州街道建筑的式样和色彩以及极富艺术韵味的夜景给人的感官享受却又让他无比陶醉，甚至流连忘返；凯瑟琳对中国人在艺术和生活中表现出来的精妙细微的形式感赞叹不已，但中国人对外部礼仪和形式的过分关注却又让他极不适应；凯瑟琳对所谓中国人不追问存在之本原、不关注彼岸世界颇有微词，但又表示中国人在传统生活中展示出来的哲理深度丝毫不亚于印度精深的哲学，"他们的生活就是道的直接表现形式"[4]，

4.Keyserling：*Das Reisetagebuch eines Philosophen*. S.352.

如此等等。总体而言,凯瑟琳对中国文化的感受虽然复杂,但对中国文化的评价还是非常之高的,他反复强调中国有着高度发达的文明（hochkultiviert），如果说印度文化及其国民生活的整体状况给凯瑟琳留下的印象并不太好，那么，他对东方文化的某种失望无疑在中国得到了充分的补偿。

参观完北京后，凯瑟琳又前往武汉和上海参观访问，最后由上海离开中国。在离开中国之

前，凯瑟琳于 1912 年 5 月 2 日在上海作了一场题为《论东西方文化问题的内在关系》[1] 的报告，带着他对中国文化的观察与思考阐述了自己对东西文化关系的看法。在这篇报告中，我们可以清晰地看到他与辜鸿铭思想交流的痕迹。

　　报告中，凯瑟琳首先即坦率承认东方世界对西方的批评有一定的合理性："东方最出色的学者对西方文明的批评主要在于它的物质主义特点。你们认为，西方民族过于重视生活的工具，以至于忘了生活本身。这种指责是有道理的。"[2] 显然，凯瑟琳这段话乃是针对辜鸿铭对欧洲现代文明物质主义倾向的批评而言。随后，凯瑟琳对这种现象的成因作了分析。在凯瑟琳看来，欧洲对外部世界不知疲倦的征服与索取和古希腊以来的"唯智主义"传统有密切的关系，确有值得检讨的地方，尽管如此，凯瑟琳还是为欧洲的科学主义传统作了辩护："这种情况当然只是一个过渡阶段。我们绝大部分最出色的学者已经充分认识到了这一危险。"[3] 这句话可以说鲜明地体现了第一次世界大战爆发之前西方知识分子对自身文化的自信，与其战后的表现泾渭分明。当然，凯瑟琳也虚心地承认了东方思想对于西方文化建设的启发意义，表现出了宽广的文化视野："当我们开始清楚地认识到内心世界的客观性时，东方智慧对于我们的意义也就一目了然了"[4]；"我们西方人之所以对古代印度和古代中国特别感兴趣，是因为我们发现自己还在寻找和追求的东西在那里已经达到和实现了（当然和我们已经习惯的道路完全不同）"[5]。

　　在东西文化关系问题上，凯瑟琳伯爵还进一步提出了两个严肃的问题："对于东方已经实现的理想，西方要不要照搬过来？"而"在西方开始'东方化'之时，东方是否还要再继续'西方化'呢？"

　　凯瑟琳给出了自己的思考。对第一个问题，他明确表示，西

1. *Über die innere Beziehung zwischen den Kulturproblemen des Orients und des Okzidents.*

2. Hermann Keyserling (Graf): *Über die innere Beziehung zwischen den Kulturproblemen des Orients und des Okzidents. Eine Botschaft an die Völker des Ostens.* In：*Die Tat.* 1913 (4. Jg.), Jan. Heft 10. S.522.

3. Hermann Keyserling (Graf): *Über die innere Beziehung zwischen den Kulturproblemen des Orients und des Okzidents. Eine Botschaft an die Völker des Ostens.* In：*Die Tat.* 1913 (4. Jg.), Jan. Heft 10. S.522—523.

4. Hermann Keyserling (Graf): *Über die innere Beziehung zwischen den Kulturproblemen des Orients und des Okzidents. Eine Botschaft an die Völker des Ostens.* In：*Die Tat.* 1913 (4. Jg.), Jan. Heft 10. S.526.

5. Hermann Keyserling (Graf): *Über die innere Beziehung zwischen den Kulturproblemen des Orients und des Okzidents. Eine Botschaft an die Völker des Ostens.* In：*Die Tat.* 1913 (4. Jg.), Jan. Heft 10. S.529—530.

方虽然承认东方思想对自身的启发意义，但在面对东方思想时绝对不会奉行盲目的拿来主义：

"我们西方人不会毫不犹豫地吸收、应用东方的智慧。"[1] 理由也很简单：西方毕竟有自己的

1.Hermann Keyserling (Graf): *Über die innere Beziehung zwischen den Kulturproblemen des Orients und des Okzidents. Eine Botschaft an die Völker*

历史和传统，而且"东方世界面临的问题和我们的完全相反"[2]。在这里，凯瑟琳实际上已经提

des Ostens. In: *Die Tat.* 1913 (4. Jg.), Jan. Heft 10. S.531—532.

前拒绝了辜鸿铭后来向欧洲建议的所谓"中国人的精神"。

2.Hermann Keyserling (Graf): *Über die innere Beziehung zwischen den Kulturproblemen des Orients und des Okzidents. Eine Botschaft an die Völker*

对于第二个问题，凯瑟琳把目光投向了中国，认为中国绝不可盲目欧化：

des Ostens. In: *Die Tat.* 1913 (4. Jg.), Jan. Heft 10. S.537.

这个国家有不少人追求极端的变革，还有人想用西方文明代替中国文明。对这些

人，我可以把自己的坚定信念告诉他们（我知道，西方所有严肃的思想家都会赞同这

一信念的）：如果真的朝着这个方向发展，中国的文化将会成为历史。没有人可以过

一种与自己完全不同的生活。西方文化的每个具体形态都是长期历史发展的产物，是

成长起来的，不是思考出来的。其他民族如果全盘照搬我们的整个体系，得到的不是

有机的、有生命力的东西，而是一部压迫人的、毫无生机的机器。一个文明要有价值，

就必须从其有生命力的根茎中萌芽；如果现在的中国认识不到这一点，而挣脱自己的

古老根基，表面上的"进步"将只不过是解体的前兆而已。它会失去自己的古老文化，

却没有一个新的文化取而代之。[3]

3.Hermann Keyserling (Graf): *Über die innere Beziehung zwischen den Kulturproblemen des Orients und des Okzidents. Eine Botschaft an die Völker des Ostens.* In: *Die Tat.* 1913 (4. Jg.), Jan. Heft 10. S.538—539.

基于上面的详细论述，凯瑟琳在报告中反复强调中国在改革中不可放弃自己的传统："我

越来越清楚地认识到：中国需要改革，但不是因为旧的体制不合适了，而是因为古老的精神在

它身上消失了"[4]；"中国的新时代尽管可能更像一个西化的时代，我仍然衷心祝愿它实际上是

4.Keyserling: *Das Reisetagebuch eines Philosophen.* S.381.

在复活自己古老的传统精神。因为这种精神已经消失了，所以今天才要改革，它在重新复活后

将成为现代中国人的灵魂"[5]。这些表述读来更像是辜鸿铭的独白和宣告，凯瑟琳伯爵对待传统

5.Keyserling: *Über die innere Beziehung zwischen den Kulturproblemen des Orients und des Okzidents.* S.539.

价值观的立场与辜鸿铭何其相似！联想到这场报告是凯瑟琳在游历了半个中国并与辜鸿铭有过

深入的思想交流之后作的，辜鸿铭影响的痕迹可谓一目了然。

值得注意的是，凯瑟琳对中西文化关系问题的思考并未就此止步。他的目光开始越过与辜

鸿铭的争论，转向人类文化的未来，转向一种永恒的、更高的存在："我们发现，在丰富多彩

的文化表象后面，有一个统一性作为基础。"[6] 在他看来，这种统一性便是中西文化的共同目

6.Keyserling: *Über die innere Beziehung zwischen den Kulturproblemen des Orients und des Okzidents.* S.531.

标："终有一天，东方和西方不再像迄今那样针锋相对，而是并肩而立，手牵手走向未来"，

"我们已经做到了让差异不再妨碍沟通。我们已经明白，我们所走的路虽然各不相同，但却走

向一个共同的理想和目标"[1]。他还补充说，共同的目标和相异的道路并不矛盾："原则上的统

1.Keyserling: *Über die innere Beziehung zwischen den Kulturproblemen des Orients und des Okzidents.* S.530.

一性和现象上的多样性并不矛盾。没有比为了统一性而取消多样性更糟糕、更愚蠢的事情了。"[2]

2.Keyserling: *Über die innere Beziehung zwischen den Kulturproblemen des Orients und des Okzidents.* S.531—532.

正是基于这种认识，在即将离开中国之时，凯瑟琳虽然承认中国文化给了他不少启发，"那里

给我的教诲我几年都消化不完"，然而他又宣称："中国虽然给了我很多，但并没有改变我；

我几乎和来时的我完全一样"，"这段异乡生活对于我来说似乎并无多大意义"[3]。原因也很简

3.Keyserling: *Das Reisetagebuch eines Philosophen.* S.429.

单，凯瑟琳始终都是一个欧洲人，一位欧洲学者。

总体而言，凯瑟琳对待东西文明问题的基本立场是非常鲜明的：西方人应该深入了解东方

文化，只有这样才能更清楚地认识自己；反过来，东方文明也应借鉴西方现代化的有益经验；

东方与西方，任何一方都不能简单地模仿或照搬另一方的文化，应该在互相学习的基础上加强

合作，从而实现一种更加完美的新文化。在日后著书和频繁作报告的生涯中，凯瑟琳伯爵始

终坚持了这种超越差异、走向融合的文化观。1920 年，他身体力行，在德国小城达姆施塔特

（Darmstadt）建立了著名的智慧学院，定期举办报告会，邀请当时的著名学者如泰戈尔、荣格、

卫礼贤等前来做讲座。凯瑟琳将该学院定位为一个思想交流的平台："智慧学院主要不是传授

技能、知识或信仰，而是通过将精神和心灵重新联系起来的办法促进阐释作为整体的存在。"[4]

4.Ute Gahlings: *Hermann Graf Keyserling. Ein Lebensbild.* S.125.

融合东西文化自然也从属于这个大目标。凯瑟琳将学院的标志定为一个开口的角尺，以此象征

开放与包容。

在这种开放包容的文化视野中，中国文化占了相当分量。到了 20 世纪 20 年代，辜鸿铭非

但没有淡出凯瑟琳的视野，相反，凯瑟琳对他的评价似乎更高了，他把自己当年与辜鸿铭直接

交往时所保持的距离几乎彻底消除，将中国传统文化代言人的桂冠送给了辜鸿铭。当然，此时

的德国正处于一战后的东方文化热中，凯瑟琳此举虽然确实基于他对辜鸿铭的欣赏，但明显也

有外部环境影响的因素。

举个例子。在智慧学院的系列讲座和报告集《走向完美之路》[5]第 2 期中，在评论德国作

5.*Der Weg zur Vollendung.*

家邦泽尔（Waldemar Bonsel，1881—1952）的著作《厄洛斯和四福音书》[6]时，凯瑟琳格外强

6.*Eros und die Evangelien.* 1921.

调中国传统文化对欧洲再生的意义："欧洲越是陷入混乱，研究中国智慧就越重要，中国智慧

就越能得到更好的理解。"与此相联，凯瑟琳充分肯定了辜鸿铭向欧洲阐释中国传统文化的做

法："每个人都不能忽视中国人的著作，它们就是为我们准备的。辜鸿铭的著作是其中最好的。

他最近出版了一本名为《呐喊》的集子，收录了他在战争期间写的一些文章。对于那些认为古代经典太难懂的人来说，这本书可以帮助他们理解中国这个榜样。"[1]

1.Keyserling: *Der Weg zur Vollendung. 2.Heft*, 1921.

也许是为了呼应德国战后声势浩大的文化反思浪潮，凯瑟琳还摘引了辜鸿铭对西方社会的一段批评以期引起人们的注意：

> 下面这句话就非常值得我们牢记："无政府状态有三个阶段或层次。第一阶段指某国无有能力之国君；第二阶段指臣民对君主的统治公然或隐然不信任；第三阶段也是最糟糕的阶段，指举国的臣民不仅不相信君主的统治，而且不再信任王权本身，事实上已完全丧失辨认王权或人类自身价值的能力。我感到，欧洲和美洲正在迅速接近无政府状态的最后最糟糕的阶段……"人们可以略过这段话的君主主义外衣：确实，我们的根本缺陷在于，我们西方人已经非常堕落，连真正的领袖都辨别不出了。这才是问题的关键。

辜鸿铭这段话最早出现在《尊王篇》中，是对西方攻击义和团运动期间的中国已陷入无政府状态的反击。在战后的这场东方文化热中，凯瑟琳重温辜鸿铭这段话显然是在肯定中国传统文化对欧洲文化再生的价值，特别是中国传统的德政理想对西方社会的启发意义，随后的评语可谓体现了凯瑟琳作为一位真正学者的深刻反思态度。

在这场东方文化热中，凯瑟琳还开始为辜鸿铭的历史意义定位：

> 辜鸿铭的意义只能从欧洲的角度来评价，和罗宾德拉纳特·泰戈尔的情形很相似。两位智者都是沟通古老东方和现代西方的使者。他们主要是面向西方的。辜氏作为自己民族的代表无足轻重，中国所有的名流学者都有反对他的理由。相反，他却可以给予我们许多，原因正在于他并非一个纯粹的中国人，他所受的欧式教育似乎也在内心里影响了他。

这段评语中，凯瑟琳格外强调辜鸿铭在精神上与西方文化的关联，除了基于辜鸿铭的欧洲留学经历外，大约也基于不少德国人对辜鸿铭颇有好感这一事实，而凯瑟琳称辜鸿铭为沟通中西文化的使者，确实道出了辜鸿铭在中西文化交流史中的功绩和真正意义所在，这是一位西方学者对辜鸿铭所作的积极而公允的评价。

其实，凯瑟琳对辜鸿铭的这一评价某种程度上也适用于他本人。作为 20 世纪 20 年代欧洲最富魅力的哲学家之一，凯瑟琳生前的足迹遍及世界各地，在他的无数场演讲和报告中，不同文化间的沟通与理解是一个永恒的主题。如果说辜鸿铭是沟通中西文化的使者，凯瑟琳则是沟通世界各民族文化的使者。这一点才是他们思想交流的基础。不过，历史最终赋予了两人不同的命运：凯瑟琳终生不懈地追求超越不同文化的羁绊，辜鸿铭则更多地是在为儒家学说在新时代的生存权而抗争。

## 二、　潘维茨（Rudolf Pannwitz，1881—1969）

潘维茨，德国 20 世纪著名的哲学家和文化史家，发表于 1917 年的《欧洲文化的危机》[1] 是他的代表作。此外，潘维茨还是一位诗人和作家，写过一些诗歌、小说和剧本，但得到的评价都不太高，远不如他的文化哲学思想引人注目。

1.Die Krisis der europäischen Kultur.

《欧洲文化的危机》是一部反思欧洲文化传统的著作，比斯宾格勒的《西方的没落》还早一年出版。该书梳理欧洲的文化史，特别是文艺复兴后的历史，分析了欧洲历史上的文化危机，不乏真知灼见，发表后在德国引起轰动，一举奠定了潘维茨著名文化哲学家的地位。例如，德国著名社会学家和哲学家谢勒（Max Scheler，1874—1928）就曾称赞说，《欧洲文化的危机》一书足以让潘维茨成为狄尔泰（Wilhelm Dilthey，1833—1911）的继承人[1]。在这部著作中，

1.Udo Rukser: Über den Denker Rudolf Pannwitz. Meisenheim am Glan. Verlag Anton Hain 1970, S.1.

潘维茨还强调了东方思想于西方文化再生的意义，详细分析了辜鸿铭的基本思想观点，并给予了极高的评价。

在《欧洲文化的危机》的附录部分，潘维茨将目光完全投向了东方世界。他列举了几部已出版的关于东方文化的著作并作了简评，对世纪之交以来的欧洲知识界愈发关注东方思想的倾向表示了肯定。但是，潘维茨对欧洲翻译东方经典著作的现状却非常不满：

　　我们急需对东方经典著作的完美翻译。孔夫子还根本没有被翻译介绍到我们这里来，中国的东西都没有怎么翻译过来。例如，卫礼贤博士对孔子《论语》和老子著作的翻译糟糕透顶，应给予最严厉的批评。简直难以描述，那些最精致的形象和

*思想是如何被一位牧师和候补文职官员粗鲁、傲慢地搅拌成杂乱无章的德文的。从*

*中文进行翻译，即使是勉强过得去的翻译，一个人也必须具备比斯特凡·格奥尔格*

*本人还要敏锐得多的语感和坚强得多的勇气，这就是标准。*[1]

1.Rudolf Pannwitz: *Die Krisis der europäischen Kultur.* Nürnberg, Verlag Hans Carl 1917, S.228.

潘维茨彻底否定卫礼贤翻译的中国经典，批评语气之强烈令人瞠目，然而从这一段话以及上下文来看，潘维茨并未拿出切实的材料来证明自己的观点，这就使得他对卫礼贤的激烈批评被画上了大大的问号。在最后两句话中，潘维茨还对翻译中国经典提出了严格的要求，其条件近于苛刻，不过，这种苛刻的要求也反证了潘维茨对东方传统思想的景仰，其渴望深入了解东方世界的急切心情也跃然纸上。

对西方翻译中国经典状况的批评只是一个引子，潘维茨接下来便用大量篇幅介绍辜鸿铭及其著作："辜鸿铭现在也用英语发表作品，甚至还从英语译成了德语。辜鸿铭了解欧洲，是中国传统文化忠实的拥护者。指出他分析中国文化和欧洲文化之区别的勇气以及他对这场战争的看法，是附录部分的第二项任务。"[2]潘维茨激烈批评卫礼贤对中国典籍的翻译，对辜鸿铭的

2.Rudolf Pannwitz: *Die Krisis der europäischen Kultur.* Nürnberg, Verlag Hans Carl 1917, S.228.

英语著作以及他翻译的儒家经典却无一字批评之语，反而强调说，对辜鸿铭思想观点的述评是他这部著作附录部分的核心内容，对辜鸿铭的重视和欣赏可见一斑。

从引用的情况看，潘维茨至少阅读过《清流传》和《中国人的精神》，在分析中则以《中国人的精神》为主。对辜鸿铭的基本思想倾向，特别是辜氏对西方文化的批判立场，潘维茨给予了充分肯定："辜鸿铭很可能是唯一对欧洲的这场战争和欧洲本身作出了极有价值的评论的人。他通过压制一方而抬高另一方的方式呼唤一种现实的精神力量——中国文化，在我们这里很受欢迎"[3]；"对于一个关键问题，即欧洲文化的危机这一事实及根本原因，他的看法要比今

3.Rudolf Pannwitz: *Die Krisis der europäischen Kultur.* Nürnberg, Verlag Hans Carl 1917, S.245.

天的欧洲人正确"[4]。潘维茨首先简单追溯了中西之间的交往历史，随后即详细分析了《中国人

4.Rudolf Pannwitz: *Die Krisis der europäischen Kultur.* Nürnberg, Verlag Hans Carl 1917, S.247.

的精神》的基本思想内容，在述评中，潘维茨毫不掩饰自己对辜鸿铭的欣赏。

对于辜鸿铭文化思想的核心部分，即他对西方现代文明物质主义倾向的激烈批评，潘维茨给予了充分肯定。在潘维茨看来，回避批评或简单地拒绝都是不负责任的表现，因而呼吁欧洲人正视辜鸿铭的批评，拿出勇气，躬身自省：

*正因为辜鸿铭唤醒了我们自身的羞耻感，正因为他对我们的触动远胜于我们对他*

*的喜爱，我们才应该面对他而审视自己，才应该在对自己的事业感到不满之前就先努*

力确定一点：我们欧洲人究竟有哪些与东方人不同的生命意识。恰恰在我们觉得辜鸿铭太"简单"、而自己肯定又太"复杂"时，我们才应该尽可能地重视他。[1]

1.Rudolf Pannwitz: *Die Krisis der europäischen Kultur*. Nürnberg, Verlag Hans Carl 1917, S.248.

至于辜鸿铭在中西文化关系问题上的主要观点，即儒家的道德文明大大优越于西方的技术文明，欧洲摆脱战争困境的唯一途径就是采纳中国的"良民宗教"，潘维茨也深表认可：

从总体上看，他证明了我们进行自我批评的必要性，在一些方面也加深了我们对自己的认识。他认为，传统的中国文化比我们的文化更稳固、更完美，这也是有道理的。他推论说，欧洲的社会主义世界观是中国良民宗教的一种漫画形式，只有回到这种良民宗教（历史地看，欧洲的世界观肯定并非来自这里），欧洲才能有出路；欧洲的国家及国家观念尽管有各种意识形态，却是骗人的东西，没有道德基础，因而没有人性根基。这些推论我们今天若要予以批驳，就意味着想使谎言升级为精神错乱。[2]

2.Rudolf Pannwitz: *Die Krisis der europäischen Kultur*. Nürnberg, Verlag Hans Carl 1917, S.253-254.

这段话中，潘维茨对辜鸿铭的批评令人惊讶地几乎照单全收，表述上似乎有些情绪化，但潘维茨呼吁反思自身的勇气还是令人敬佩的。

对辜鸿铭的学识和睿智，潘维茨也很佩服，辜鸿铭对不少具体及原则问题的看法都让他深有同感。例如，辜鸿铭对歌德和孔子给予了毫无保留的赞美，并强调他们各自对欧洲和中国的道德模范意义，潘维茨就打心底里认同：

这位学识渊博、见解深刻的中国人对孔子和歌德的评价即使有片面的地方，但他至少说对了一半，难道欧洲没有与亚洲相同的一面吗？打个比方，孔子本质上就是一个希伯莱人，有着希伯莱人容易激动的性格，受过希腊人最好的理智文化的教育，接受了希腊人最好的理智文化能给予他的一切内容。正如欧洲的民族总有一天会认为，伟大的歌德是欧洲文明所培养出的最完美的人，是真正的欧洲人；同样，中国人也会认为，孔子是中国文化培养出来的最完美的人，是真正的中国人。与伟大的歌德一样，孔子太有学识，太有教养，以至于无法将他归入宗教创始人的行列。[3]

3.Rudolf Pannwitz: *Die Krisis der europäischen Kultur*. Nürnberg, Verlag Hans Carl 1917, S.248.

再如，辜鸿铭喜欢在中西文化之间做横向的对比，曾就中西文化发展进程的相似性做过分析，多次强调欧洲18世纪的启蒙运动和儒家传统思想之间具有某种精神关联，潘维茨对此就甚为赞同：

辜鸿铭就历史问题所做的几乎所有对比对我们来说都极具启发性。我们今天同样面临着老子所处的那种环境。欧洲以伏尔泰、歌德和拿破仑为顶点的最后一次复兴，在国家决策层、高尚的市民理想、美德的审美基础、合乎道德的宗教信仰、开明的专制政体以及人道主义传统等方面与中国是完全一样的。席勒最出色的思想纯粹就是孔子式的。[1]

1.Rudolf Pannwitz: *Die Krisis der europäischen Kultur*. Nürnberg, Verlag Hans Carl 1917, S.254.

在潘维茨眼中，辜鸿铭本人就是一位高尚的道德主义者，然而，现实的情况却是，辜鸿铭对西方现代文明物质主义倾向的激烈批评、对儒家伦理道德思想的激情阐发无论在西方还是在东方都曲高和寡，这引起了他的忧虑："令人担忧的是，中国传统文化的捍卫者辜鸿铭今天是唯一还对文化抱有高尚想法的人：不是物质主义，而是理想主义，物质主义意味着走向堕落……他就是中国的德摩斯梯尼。"[2]忧虑之下，潘维茨挺身而出，起而应和辜鸿铭的"良民宗教"：

2.Rudolf Pannwitz: *Die Krisis der europäischen Kultur*. Nürnberg, Verlag Hans Carl 1917, S.157. 德摩斯梯尼：公元前 384—前 322 年，古希腊雄辩家。

"我们别无选择，只能采纳孔夫子纯粹的道德宗教，以使自己从现实的社会问题中走出来。在这一点上，他完全是有道理的。如果我们现在不做欧洲人，那么，我们最终将成为中国人，无论如何都会有许多欧洲人愿意而且必须成为中国人。"[3]要求欧洲采纳中国的儒家文化，潘维

3.Rudolf Pannwitz: *Die Krisis der europäischen Kultur*. Nürnberg, Verlag Hans Carl 1917, S.248.

茨这段话可谓惊人之语，联想到《中国人的精神》不久前在德国出版，德国知识分子对辜鸿铭向欧洲建言儒家"良民宗教"之举大都持驳斥立场，潘维茨对辜鸿铭建议的公然附和显得特立独行，甚至有些冒天下之大不韪的味道。

就上面的分析来看，潘维茨对辜鸿铭的欣赏几乎到了无以复加的地步，简直就是辜鸿铭的狂热崇拜者。当然，事实并非如此简单。尽管非常赞赏辜鸿铭弘扬儒家传统价值观之举，作为哲学家的潘维茨最终还是不忘指出儒家"良民宗教"的地域性和民族性，欧洲寻求出路离不开自己的传统：

如果我们现在果真抛弃我们的群氓崇拜，让自己有可能成为全面发展的人，然后在我们这里实践孔子的事业（这是毫无疑问的），撕毁我们的自由大宪章（自由），并代之以一个宗教大宪章（忠诚），但这并非像辜鸿铭向我们建议的那样是一件轻而易举的事，并不像我们与自己的政府忠诚地缔结和约那样容易，因为在他看来，我们和中国人是一样的，至少也与东方人相同，然而，我们是欧洲人，只能忠于欧洲最根本的价值观。[4]

4.Rudolf Pannwitz: *Die Krisis der europäischen Kultur*. Nürnberg, Verlag Hans Carl 1917, S.256.

潘维茨的结论就是，欧洲不能简单地照搬儒家思想，只能在借鉴吸收的基础上探索自己的

路，也就是说，他最终还是否定了辜鸿铭的"儒家文化救西论"：

> 一个我们所没有的宇宙观，我们是无法向它看齐的；一个两千五百年来基本与我
> 们毫无关系的宇宙观，特别是一个孤立的道德体系（遗憾的是，这是最终目标！），
> 我们今天还是不能最终接受。我们现在要做的是，真正独立自主地创造自己的宇宙观，
> 并用它的静力学创建自己的伦理体系，即便因此走向毁灭也在所不惜。[1]

1.Rudolf Pannwitz: *Die Krisis der europäischen Kultur*. Nürnberg, Verlag Hans Carl 1917, S.257.

尽管最终承认不可能在欧洲施行儒家的"良民宗教"，潘维茨对辜鸿铭思想立场的赞赏仍
显而易见。归根到底，对辜鸿铭的这种赞赏是由潘维茨对儒家思想的格外推崇决定的。从《欧
洲文化的危机》一书来看，在中国的传统思想中，潘维茨最欣赏的是儒家的伦理道德思想。相
对于老子的玄想和神秘，相对于释迦牟尼对厌世者的感召，潘维茨更欣赏孔子的实践立场，特
别是他的道德教化："孔子最伟大，他让世人变得前所未有的高尚，甚至浑身沾满社会陋习的
人也不例外。"[2] 总体上，潘维茨对孔子的评价远高于他对老子的评价，曾有诸如"孔子是中

2.Rudolf Pannwitz: *Die Krisis der europäischen Kultur*. Nürnberg, Verlag Hans Carl 1917, S.260.

国文化培养出来的最完美的人"，"要全面评价任何一种中国观点，都必须彻底了解孔子的
思想，否则，那些最深刻、最正确的思想在我们看来都会显得平庸、幼稚"[3] 等判语，这与当

3.Rudolf Pannwitz: *Die Krisis der europäischen Kultur*. Nürnberg, Verlag Hans Carl 1917, S.248-249.

时德国乃至整个欧洲知识界出现的老子热似乎有些不合拍。

不过也要说明一下，潘维茨对孔子及儒家传统思想的推崇在当时的德国知识界虽然不占主
流，但也并非完全孤立，对于当时德国国内对中国传统文化的心态，德国著名文化史家赖希魏
因在其著作《中国与欧洲》中就有过中肯的评论：

> 在今天的东方崇拜者心中，老子占据支配地位。但孔子也未彻底失去自己的导师
> 资格，有人更乐意引用他的观点。这些人不太关注时代难题，他们冷静地寻找道路，
> 试图重新在国家生活中推行健康、简易的标准。对这些人来说，老子的玄思或许深刻，
> 却是一种脱离现实的幻想，其无政府主义的本质甚至是与人类现实生活相矛盾的。不
> 能忽视的是，严格的儒教徒辜鸿铭的著作早在战前就已经给我们留下了深刻印象。潘
> 维茨的著作《欧洲文化的危机》尽管主要探讨一些疑难问题，但仍然回到一个无可质
> 疑的榜样：按照稳定、可靠并能促进文化发展的原则建立一种社会秩序，正如孔子在
> 古代中国所建立的那样。[4]

4.Adolf Reichwein: *China und Europa*. Berlin: Oesterheld & Co. Verlag 1923, S.15.

在以传统道德原则重整社会秩序这一点上，辜鸿铭和潘维茨可以说是同道中人，孔子学说

则是他们的共同财富。

更进一步说，潘维茨对辜鸿铭及儒家思想的格外关注也是由他的文化观根本决定了的，而他的文化观又与尼采有着非常密切的联系。潘维茨是尼采的崇拜者，他曾经表示说，是尼采的著作启发了他，为他指明了方向。踏着尼采的足迹，潘维茨将自己定位为一位预言者和尼采的继承者："尼采设计了一种新人，现在则是将其创造出来的时候了，这就是改造人类。"[1] 在《欧

1.Erwin Jäckle: *Verschollene und Vergessene*. Wiesbaden: Franz Steiner Verlag GmbH 1983, S.200.

洲文化的危机》中，潘维茨将整个欧洲的历史看作一部自我意识的悲剧，创造尼采所说的"新人"则是他这本书的真正目的。尼采曾表示，文化的综合 (Kulturensynthese) 是通往"新人"的途径，也是人类的目标。潘维茨继承了尼采的这一思想，宣称自己的目标就是将人类所有"被分隔开的、经常充满敌意的世界"融为一个完整的文化综合体。因此，曾有学者这样评价潘维茨：他追求的是"所有想象中和现实中的人类世界的整体"（Das Integral aller gedachten und gelebten Menschen-Welten）[2]。从这个角度说，潘维茨对东方传统思想和辜鸿铭的关注也是其文化观的

2.Gerhard Schuster (Hrsg.): Hugo von Hofmannsthal, Rudolf Pannwitz. Briefwechsel 1907—1926. Frankfurt a. M.: S. Fischer Verlag 1993, S.679—680.

必然结果。

文化的综合这一理想当然是非常美好的，然而横亘于东西文化之间的巨大差异也是现实的。关于这种差异，潘维茨在《欧洲文化的危机》一书中也多有论述，诸如：

> 对于东方，是永恒的神性；对于我们，是变化的人性。在那里，是永恒的真理；在这里，是不断的创造。在那里，是恒常的宇宙，变化只是表象；在这里，是变化的宇宙，恒常只是表象……[3]

3.Pannwitz: *Die Krisis der europäischen Kultur*. S.257.

"东方与西方，一个是未成的世界，一个是已成的世界；一个代表消极的力量，一个代表积极的力量；一个代表有神的宇宙，一个代表无神的宇宙"等等。然而，问题也随之出现了："究竟哪个更具真理性呢？"[4]

4.Pannwitz: *Die Krisis der europäischen Kultur*. S.259.

潘维茨的分析如下：西方文化虽然给人"更多的自由"，"能创造更多的真理"，但人们的生活已完全"依赖"于这种无限的探索，"为体验一次这种最高的幸福而牺牲了其他的一切，强烈的战争观念每每在我们心中蠢蠢欲动"。[5] 于是，人们开始向东方寻求安慰："在我们优秀的欧洲人英勇抛弃的地方，东方却给我们带来了巨大的安慰。"[6] 潘维茨的立场一目了然，

5.Pannwitz: *Die Krisis der europäischen Kultur*. S.258.

他充分肯定了东方思想于西方精神再生的积极意义，甚至还在东方世界看到了欧洲人的精神

6.Pannwitz: *Die Krisis der europäischen Kultur*. S.258.

故乡："东方生活在我们所知道的唯一存在的宇宙中，却又疏离这个宇宙，而我们则冲进这

个宇宙。不粘滞于宇宙的东方兼具这两种倾向，是我们的源头，因为我们来自巴勒斯坦、印度、中国。"[1]

1.Pannwitz：*Die Krisis der europäischen Kultur*. S.259.

那么欧洲人应该怎么做呢？潘维茨的建议是拿来主义："把东方取得的成果全部拿过来，抛开形而上学（包括我们自己的在内）；走向创造的海洋，船和舵则来自东方，因为这是迄今为止最好的船和舵。"但新问题也出现了："我们怎样才能既向另一个世界取经，又不失去自我呢？"潘维茨的答案是：学习东方，不过"不把东方作为起点，也不作为方向，而是作为永恒人性的滑动着的中点"。这句话读来有些玄奥。潘维茨接着解释道，欧洲必须立足于自古希腊罗马和文艺复兴以来的传统，但又不能因循传统，欧洲的真正任务既非照搬东方，也非沿袭传统，而是"以多种多样的单个不忠为条件"去实现一种"狄厄尼索斯式的忠诚"："目的地就是尼采给我们指出的新宇宙。只有这样，我们欧洲的任务也许才不会成为疯狂。"[2]显然，

2.Pannwitz：*Die Krisis der europäischen Kultur*. S.260—261.

潘维茨所谓的"狄厄尼索斯式的忠诚"就是超越东方与西方的文化综合，因为"伟大与细微就像在佛身上那样并不矛盾，其实是一回事"，"将两者排除、拆开是野蛮的行为，看起来也不会成功"。[3]对于建设这样一种新文化，潘维茨满怀憧憬："我们不是忠于过去，而是忠于未来；

3.Pannwitz：*Die Krisis der europäischen Kultur*. S.249.

不是忠于我们的祖先，而是忠于人类的未来。"[4]

4.Pannwitz：*Die Krisis der europäischen Kultur*. S.257.

从上面的分析可以看出，在世界文化关系及人类文化的根本前途问题上，潘维茨和凯瑟琳的立场是颇为接近的，他们都看到了东西文化之间的差异乃至冲突，也都致力于超越这种差异或冲突。应该说，在东西文化关系问题上，辜鸿铭的批评曾给过他们一定的启发，不过，尽管辜鸿铭也曾抱有中西融合的崇高理想，历史的发展却终究使他走上了彻底批判西方文明、无条件美化儒家文明的不归路，这样，在现实世界里，辜鸿铭最终还是被凯瑟琳和潘维茨所超越。

# 三、　莱奥纳德·纳尔逊（Leonard Nelson，1882—1927）

莱奥纳德·纳尔逊，德国哥廷根大学哲学系非教席教授。早在青年时期，纳尔逊就对康德批判哲学产生了浓厚兴趣，是新康德主义后期心理学派的代表人物，就其基本哲学倾向看，他

既追求哲学思维的严密精确，也强调将哲学认识应用到实践领域，尤其重视从心理学的角度阐释康德哲学。此外，在从事哲学研究的同时，纳尔逊教授还积极投身于政治活动，尤其对德国的青年运动倾注了极大热情。

说到纳尔逊教授，首先需澄清一个误会，这就是辜鸿铭《呐喊》一书的译者身份问题。《呐喊》（书名为拉丁文 Vox Clamantis）是辜鸿铭继《清流传》、《中国人的精神》后在德国出版的第三部论文集，收集了他写于一战期间的部分英文文章，译成德文后 1920 年在德国莱比锡出版。学术界在论及辜鸿铭与西方的关系时，常提到对辜鸿铭极为推崇的德国哥廷根大学哲学教授纳尔逊先生，认为是纳尔逊教授翻译了《呐喊》一书，其实这是一个误会。《呐喊》译者署名为亨利希·纳尔逊，而纳尔逊教授全名为莱奥纳德·纳尔逊，显然，这是两个人。更让人意想不到的是，两人还是父子关系，译者亨利希·纳尔逊是莱奥纳德·纳尔逊教授的父亲。

纳尔逊教授的父亲亨利希·纳尔逊先生是一位非常出色的律师，曾因成绩卓著获聘德国政府法律顾问。亨利希·纳尔逊先生很有文学天赋，还是一位著名的翻译家，他曾将米开朗基罗的诗译为德语，并且颇受好评。亨利希·纳尔逊先生翻译《呐喊》一书的大致情况如下：1919年秋，纳尔逊教授刚从瑞士返回德国便读到了辜鸿铭寄到德国的一些英文文章，产生了将其翻译出版的想法。他随即致信父亲（1919 年 11 月 30 日），请他将这些英文文章译成德语。此后，纳尔逊教授一直关注翻译的进展情况，其间曾多次写信给父亲询问翻译进度并交流意见，直至1920 年《呐喊》出版 [1]。翻译完成后，亨利希·纳尔逊先生还为《呐喊》写了序言。

1.Holger Franke: Leonard Nelson. Ammersbek bei Hamburg: Verlag an der Lottbek 1991, S.165.

纳尔逊很早就开始关注辜鸿铭。与凯瑟琳、卫礼贤、帕凯等人不同，纳尔逊从未与辜鸿铭谋过面。基于对辜鸿铭立场观点的认同，纳尔逊教授在第一次世界大战期间曾多次联系辜鸿铭，均无功而返，大致是在 1919 年，他终于和辜鸿铭取得了联系。在 1919 年 6 月 6 日写给著名哲学家罗素 (Bertrand Russell, 1872—1970) 的一封信中，纳尔逊就曾提到他与辜鸿铭的书信往来，并给予辜氏极高的评价："我已经与辜鸿铭取得了直接的联系。我认为他是我们这个时代最高尚、最睿智的人。" [2] 在纳尔逊和辜鸿铭的关系问题上，纳尔逊在经济上帮助辜氏的事值得一提。

2.Holger Franke: Leonard Nelson. Ammersbek bei Hamburg: Verlag an der Lottbek 1991, S.166

当时留学德国并与纳尔逊有过接触的魏嗣銮先生后来曾在发表于杂志《人间世》上的一篇文章中回忆了事情的经过：1923 年，纳尔逊教授从伦敦《泰晤士报》上读到辜鸿铭陷入经济困境的消息后，便出面组织筹集钱物帮助辜鸿铭摆脱经济困难，由于担心辜鸿铭不愿接受救济，纳尔逊还决定以辜鸿铭著作在德国的版费的名义，将这笔款项寄给辜鸿铭，其关切之情曾令魏嗣銮大为感动。[1]

1. 黄兴涛编：《旷世怪杰》，第 217 页，上海：东方出版中心、1998 年版。

鲜为人知的是，著名科学家爱因斯坦也在这件事情上帮过忙。为了更有效地帮助辜鸿铭，纳尔逊教授还给刚刚获得诺贝尔物理学奖的爱因斯坦写信，并将辜鸿铭的《呐喊》寄给他阅读，希望爱因斯坦能够通过自己的渠道为辜鸿铭提供物质上的帮助。爱因斯坦的答复如下："在读了辜鸿铭先生的《呐喊》之后，我将尽我所能向他提供帮助。"爱因斯坦在回信中还说，他将联系自己在北京洛克菲勒基金会的朋友向辜鸿铭提供帮助。这里说明一下，爱因斯坦与纳尔逊教授 1919 年即已相识，纳尔逊教授当时刚刚创建了"国际青年团"（Der Internationale Jugendbund），支持青年运动的爱因斯坦则是该组织友人顾问委员会的成员，纳尔逊因此称爱因斯坦为"我们事业的忠诚朋友"。爱因斯坦晚年回忆说，他对纳尔逊教授的哲学观点比较模糊，主要是因为纳尔逊教授的政治活动而对他有好感。[2] 尽管两人关系并非十分密切，但政治立场

2. Holger Franke: *Leonard Nelson*. S.166—167.

的接近还是让纳尔逊教授能够通过与爱因斯坦的关系对处于经济困境之中的辜鸿铭施以援手。可惜的是，接济辜鸿铭的详情已不得而知。

当然，这次援助只是一段小小的插曲，更重要的是纳尔逊对辜鸿铭著作及观点的态度。据魏嗣銮回忆，纳尔逊曾向他表示说，他曾反复研读辜氏的《清流传》《中国人的精神》《呐喊》，并认为辜鸿铭是一位思想深邃的伟大哲学家："辜鸿铭的著作，我幸读了几种。据我看来，他的哲学，意义是很深厚的，我很佩服他"，"我读辜鸿铭的书，至今已十几次了，多读一次，即更有所得一次。大凡一本书，倘若它的价值只够得上读一次，则它的价值必够不上读一次"[3]，

3. 黄兴涛编：《旷世怪杰》，第 216—217 页，上海：东方出版中心、1998 年版。

赞赏之情溢于言表。

魏嗣銮先生是在十余年后回忆此事的，纳尔逊与他的谈话细节或有出入，但他关于纳尔逊对辜鸿铭崇拜之笃的说法应该没有疑问。因为在十多年后依然记得这件事情，足见纳尔逊崇拜辜鸿铭之笃给魏嗣銮留下的印象之深，甚至一度让他产生了所谓"人情轻近而贵远"的疑问和感慨。

纳尔逊对辜鸿铭的推重是由衷的，他不仅在自己的著作中经常引用辜鸿铭的观点，还借助他创建的青年组织将辜鸿铭的道德理想付诸政治实践。举几个例子。

1917 年，纳尔逊发表了论文集《通过自信教育革新观念》（*Die Reformation der Gesinnung durch Erziehung zum Selbstvertrauen*. 1917），主要谈道德教育和观念塑造的问题。在该书的扉页上，纳尔逊引用了辜鸿铭《文明与无政府状态》中的一段话作为全书的献题词："欧洲的民族要想避免毁灭，唯一途径就是为一种新的道德文化而奋斗。在这种新的文明之下，受教育者的自由并不意味着他们可以随心所欲，而是可以自由地做正确的事情。农奴或没有教养的人所以不做错事，是因为他害怕世间的皮鞭或警棍以及死后阴间的地狱炼火。而新的文明之中的自由者则是那种既不需皮鞭警棍，也不需地狱炼火来约束的人。他行为端正是因为他喜欢正义；他不做错事，也不是出于卑鄙的动机或胆怯，而是因为他讨厌为恶。在生活品行的所有细则上，他循规蹈矩不是由于外在的权威，而是听从于内在的理性与良心的呼唤。没有统治者他能够生存，可无法无道他则活不下去。因此，中国人把有教养的先生称为君子。"[1]（——辜鸿

1.Leonard Nelson: *Gesammelte Schriften in neuen Bänden*. Bd.8. Hamburg: Felix Meiner Verlag 1971, S.240—241.

铭《中国对欧洲思想的反抗》）纳尔逊这部论文集主要谈道德教育问题，他以辜鸿铭对儒家道德理想的阐发和对未来人类文明的思考为引子，意图非常明显，就是以辜鸿铭的道德文明观为自己的论点作铺垫。

最具代表性的例子是，纳尔逊曾经援引辜鸿铭的道德文明观反击斯宾格勒的道德相对主义立场。斯宾格勒著作《西方的没落》出版后，纳尔逊写了一篇题为《骇人听闻：解析奥斯瓦尔德·斯宾格勒的预言术》（*Spuk, Einweihung in die Wahrsagerkunst Oswald Spenglers*）的评论文章，对斯宾格勒这本书颇多批评。其中很重要的一点是，纳尔逊对斯宾格勒关于道德理想问题的论述极为不满。

斯宾格勒在《西方的没落》中对康德道德哲学的"至善论"是这样评论的："每一种文化都有自己的道德标准，它自始至终都只对这种文化有效。没有一种普遍的人类道德"，"可是，康德在论述道德理想问题时，却声称他的观点对所有时代的所有人类都适用"。从这几句话可以看出，斯宾格勒在道德价值问题上持的是一种鲜明的相对主义的观点。对此，纳尔逊完全不能苟同，他的反驳如下："事实上，康德所说的普遍适用性指的是道德理想问题上的普遍责任，他甚至认为这适用于所有的理性动物"，当然，"也有不理解康德伦理学的人存在（确实有的，甚至在西欧内部就有），但这与它的普适性并不矛盾，康德也从未否认或怀疑过这一点。斯宾格勒没有看到普遍责任和普遍承认之间的区别"。[2]

2.Leonard Nelson: *Gesammelte Schriften in neuen Bänden*. Bd.3. Hamburg: Felix Meiner Verlag 1974, S.534-535.

在反击斯宾格勒道德相对主义立场的同时，纳尔逊也不得不承认，斯宾格勒的观点其实反

映了当时一种普遍的社会心理，即人们对真理绝对性的怀疑："数学和物理成了真理相对性的牺牲品。在其他领域，人们更不相信真理的普遍适用性。顺理成章，伦理学也不得不接受科学的这种命运。"[1] 尽管承认这一现实的存在，在康德道德哲学的普遍意义问题上，纳尔逊仍然

1.Leonard Nelson: *Gesammelte Schriften in neuen Bänden*. Bd.3. Hamburg: Felix Meiner Verlag 1974, S.534.

坚持认为自己绝不孤立，辜鸿铭即是同道：

> 不仅俄罗斯哲学家，当代中国也有一些人对康德学说表示理解，并且恰恰是针对他的伦理学。他们的理解甚至可能比现代西欧人还要深刻。一位当代中国人在评论一本儒教问答手册时，就以康德《实践理性批判》中的一句话为篇首警句，这一事实背后并非没有深刻的原因。（辜鸿铭：《中庸》，上海：别发洋行，1906 年版）

随后，纳尔逊连续引用了辜鸿铭英译《中庸》及《清流传》中对道德及道德标准问题的阐述：

> "关于道德责任感，每一个曾经有过文明的民族，其最优秀的文学作品中都能找到以这种或那种方式所做的阐述。最引人注目的是，在现代欧洲学识最渊博、最伟大的思想家的最近著述中，都能找到与这本写于两千年前的书同样形式和语言的阐述。"（《中庸》前言第 16 页）这就是那位中国当代学者所说的话，用以批驳现代"有教养"的欧洲人的相对主义：对于究竟什么是"道德"和"非道德"这个问题，他们的回答是，这是一个"观点"问题。（《中庸》前言第 3 页）他们"根本不相信有所谓正确和错误的观点这种东西"。[2]

2.《中国牛津运动故事》，见其中"视野的扩展"一章第 18 页。德译本标题：《中国对欧洲思想的反抗》，耶拿：欧根·迪特里希出版社，1911 年版。

在综述完辜鸿铭对欧洲相对主义道德观的激烈抨击后，纳尔逊在评论中站到了辜氏一侧：

> 在这位现代中国人看来，现代西欧人的相对主义才是滑稽可笑的。对于现代和古代的中国人来说，康德用科学方法论证的西欧伦理学，其结论永远都是真理；但对于现代西欧的相对主义者来说，它们却是不可理解的，在他们眼中，这些结论是"绝对存在的表现形式"和标志，只具有滑稽可笑的价值。[3]

3.《中国牛津运动故事》，第 535—537 页。德译本标题：《中国对欧洲思想的反抗》，耶拿：欧根·迪特里希出版社，1911 年版。

这个例子清晰地揭示了纳尔逊和辜鸿铭大致接近的思想旨趣，即对绝对道德价值的坚信不移，由此推论，纳尔逊尊崇辜鸿铭的真正原因也便一目了然。关于这个问题，有必要联系纳尔逊他的新康德主义学派后期代表人物的身份进行分析。

新康德主义是 19 世纪后期至 20 世纪初期在西欧各国，特别是在德国广泛流行的一个提倡复兴康德哲学的流派，关注的焦点主要是认识论（先验逻辑）和伦理学问题（普遍价值）。该

流派的早期代表是利普曼和朗格，后发展为多个学派，主要有马堡学派和弗赖堡学派，各派高举"回到康德去"的旗帜，但都不是简单地复活康德哲学，而是按照时代需要重新解释和改造康德哲学。新康德主义盛行的时代背景是：19 世纪末 20 世纪初，西方社会处于大变革的时代，传统的文化、规范和信仰遭到怀疑，社会发展一度失去了方向感，在这种变化了的历史条件下，新康德主义者重新讨论价值、真理等问题，强调康德道德哲学普遍和永恒的意义，某种意义上是对当时道德相对主义和价值相对主义的一种反拨。

换言之，纳尔逊教授对斯宾格勒相对主义道德观的批评归根结底是两种时代思潮之间的交锋。客观地说，在当时的时代背景下，新康德主义者突出道德的绝对价值，虽然有其空泛的一面，但根本出发点在于重整并巩固人们的道德信念以对抗价值相对主义，这对于当时社会普遍漠视人类行为的道德动机和精神价值的倾向还是有一定的批判作用的。事实上，康德哲学因其普遍主义的立场本身确实具有永恒性的一面：康德《纯粹理性批判》的一个核心任务在于解决知识的普遍必然性的根据问题，这是在为一切知识奠基；其《实践理性批判》论证自由的绝对性和不容置疑的确实性，这是在为社会个体的绝对权利与绝对尊严奠基，同样也是在宣告道德法则的存在及其不容置疑的客观有效性。正是从这个角度说，康德哲学以其纯洁性和理想主义色彩而具有超越时空的普遍意义和永久魅力。

对于坚信"人之初，性本善"，反复强调道德标准、道德本性和道德责任的辜鸿铭来说，以善良意志为基本出发点、以"绝对律令"为最高道德法则的康德道德哲学当然容易让他产生共鸣，因为他们的共同之处在于：在道德伦理领域拒绝相对主义，在生活中对道德抱有敬畏之心。这样，坚信"至善"和崇高、坚持价值绝对主义的纳尔逊便在康德道德哲学中找到了和辜鸿铭思想沟通的交汇点。由此出发，当辜鸿铭反复强调道德责任感的普遍性，即"关于道德责任感，每一个曾经有过文明的民族，其最优秀的文学作品中都能找到以这种或那种方式所做的阐述"[1]时，纳尔逊教授是不可能没有同感的。

1. 辜鸿铭著，黄兴涛等译：《辜鸿铭文集》（下），第 512 页，海口：海南出版社，1996 年版。

纳尔逊对斯宾格勒《西方的没落》一书批评颇多，除了在道德观念这一原则问题上存在根本分歧外，他还对斯宾格勒的不少论证细节提出质疑。例如，纳尔逊对斯宾格勒关于文化分期的论述就颇不以为然，这一次，他仍然以辜鸿铭为例进行反驳：

　　他的理论似乎直接与事实矛盾，这一点马上就能在中国文化身上看出。因为，如果每种文化的生命都是 1000 年（第 20 页和第 158 页），那么中国文化这种现象该如何理解呢？就算我们可以承认，它现在就像"原始森林里一棵枯萎的巨树"，只是在"继续伸展其腐朽的枝桠数百年"（第 154 页），但这仍很费解，因为即使按照斯宾格勒的逻辑，它的"生命力"还是极长久的。它如何能做到这一点呢？斯宾格勒是这样评论中国文化的："可以肯定的是，孔子生活于中国文化成熟了很久之后，已经代表了文明阶段。"（第 387 页）根据这种说法，儒家思想在中国的长期斗争及最终胜利似乎已不再属于中国文化了。不过，为什么中国文化今天就该是一种死亡的文化，还是让人无法理解。这一难题，斯宾格勒至多只能这样解决：那里存在的实际上是一种新文化。但这种解释恰恰并不合适，因为中国的社会生活要想展示其最强大的建设力量，而不是仅仅介绍和模仿欧洲思想，就只能借助中国的古老文化。人们只需以辜鸿铭这样一位杰出的思想家为例就行了，他就在试图让孔子的深刻智慧为当前的精神和政治生活提供丰富的养料。[1]

1.Nelson: *Gesammelte Schriften in neuen Bänden*. Bd.3. S.400.

在这段文字中，纳尔逊再次毫无保留地宣示了自己对辜鸿铭的赞许和对中国儒家传统文化的推崇。

赞赏之下，纳尔逊在自己的报告、文章中频繁引用辜鸿铭的观点。不过，他反复引用辜氏观点佐证自己的立场也曾多次招致部分知识界人士的质疑，例如，纳尔逊以辜鸿铭所谓"群氓崇拜"的说法论证群众和民主问题就引起过不少批评。在作于 1920 年的一个题为《领袖教育》（*Erziehung zum Führer*）的报告中，纳尔逊表现出了一种抬高领袖、贬低群众作用的倾向，并以辜鸿铭的"群氓崇拜教"佐证自己的观点：

这种无计可施的现实，并非仅仅因为多年来接二连三的历史大事不断冲击群众，使他们丧失了活力，神经也被磨碎，还由于他们缺乏相应的精神武器，因而被历史事件征服：他们没有能力解释这些事实。辜鸿铭说，"生活的事实就像埃及斯芬克斯怪兽的谜语，如果解得不对，人和人类就会被吃掉"。[2]

2.Nelson: *Gesammelte Schriften in neuen Bänden*. Bd.8. S.500.

在他另一篇题为《民主与领袖》（*Demokratie und Führerschaft*）的文章中，纳尔逊贬低民众为群氓的语气更加明显，文章同样以辜鸿铭的"群氓崇拜教"佐证：

不过人们必须明白，根据这种观点，用更高形式的法律要求来限制多数人决议的

*责任就没有任何可能性了。这样就等于承认了民主原则与坚持更高的法律要求之间的*

*不可调和性：群众是否已经成熟到可以适用民主原则这一问题就失去了任何意义，该*

*原则的可靠形式似乎就只有辜鸿铭称之为"群氓崇拜教"的东西了。*[1]

1.Nelson：*Gesammelte Schriften in neuen Bänden*. Bd.9. Hamburg：Felix Meiner Verlag 1972, S.396.

在群众与领袖、民主与集中这类问题上，纳尔逊倾向于突出领袖的优先地位而限制群众的

作用，联想到辜鸿铭对"群氓"一以贯之的批评，关于这个问题，纳尔逊在辜鸿铭所谓"群氓

崇拜教"的论述中找到依据也是不难理解的，当然，辜鸿铭所谓的"群氓"和纳尔逊的群众概

念虽有交叉却并非一回事。自然地，纳尔逊这种轻视群众的观点引起了部分媒体的批评。例如，

对其《民主与领袖》一文，《不莱梅人民报》的评论是："纳尔逊拒绝民主，他借用中国智者

辜鸿铭的话，视民主为'群氓崇拜教'而予以丢弃。"[2]《莱比锡人民报》的评论是："这里展

2.Nelson：*Gesammelte Schriften in neuen Bänden*. Bd.9. Hamburg：Felix Meiner Verlag 1972, S.417—418. *Bremer Volkszeitung vom Okt.09.1925*：

示的是对现实社会运动的无动于衷，因为，当纳尔逊与辜鸿铭一起将民主称为'群氓崇拜教'

*Professor Nelson und sein Sektiererglaube*.

时，我们或许只能作出这样的评价……群众绝对没有如此麻木。"[3]从思想渊源看，纳尔逊对

3.Nelson：*Gesammelte Schriften in neuen Bänden*. Bd.9. Hamburg：Felix Meiner Verlag 1972, S.417—418. *Leipziger Volkszeitung vom.*

民主和群众持怀疑态度，主要是受了柏拉图和哲学家弗里斯（Jakob Friedrich Fries, 1773—

*Nev.24.1925*：*Gesellschaftswissenschaft oder Philosophie?*

1843）的影响。众所周知，柏拉图在他的理想国中将国家的统治权完全交给了哲学家，而在康

德批判哲学问题上给了纳尔逊深刻影响的弗里斯也认为群众的义务是"忠诚和信仰"[4]。鉴于纳

4.Franke, Holger：*Leonard Nelson*. S.156.

尔逊的群众观，辜鸿铭关于"君子"、"忠诚"以及"群氓崇拜"的论述自然容易获得纳尔逊

的认同。

基于对民主的怀疑立场，纳尔逊一直坚持领袖原则，并在自己的政治活动中付诸实施。在

纳尔逊的政治活动中，辜鸿铭的影子仍然若隐若现。

纳尔逊一生积极参与政治活动，全力支持学生运动，因而与哥廷根大学校方的关系长期不

睦。在纳尔逊看来，第一次世界大战的爆发无疑宣告了西方现代市民社会的彻底破产，于是，

他将社会变革的希望寄托在了青年人身上，一度全力支持追求自决的"自由德意志青年"（Die

Freideutsche Jugend）。由于对该组织中立的政治立场不满，最终于 1919 年成立了自己的青

年运动组织"国际青年团"（IJB）。"国际青年团"以纳尔逊的理性和正义哲学为指导思想，

在组织上贯彻领袖原则，远期目标则是建立一个"理性的党"（Partei der Vernunft）。到了

20 世纪 20 年代中期，"国际青年团"遇到了严峻的困难，除内部问题外，最主要的是德国社

会民主党人（SPD）对它的敌意愈来愈甚，他们批评"国际青年团"反马克思主义、反民主的

立场和浓厚的领袖崇拜色彩，而"国际青年团"成员在社会民主党青年组织中日渐膨胀的势力更进一步激化了矛盾。1925 年，社会民主党开始全面清除党内的"国际青年团"成员。到 1926 年春，纳尔逊最终不得不宣布"国际青年团"解散。

　　纳尔逊是"国际青年团"的精神领袖，他的理性哲学和追求社会正义的政治理念是该组织的思想基础。值得注意的是，纳尔逊本人对中国传统文化的偏爱也在相当程度上影响了该团的政治生活。在中国的传统思想中，纳尔逊对儒家的理性精神和伦理道德思想情有独钟，坚持奉孔子的"贤人政治"为济世良方，认为"孔子之学尤为鞭辟近里，易于实行"，不仅自己以孔子为导师，在文章著作中频繁引用《论语》，更以孔子学说要求全体成员："其党徒之言行举止，一以《论语》为本，每有讲演，必引孔子格言，以为起落。"[1] 相应地，作为纳尔逊眼中的现代圣哲，辜鸿铭的著作及思想也被推荐给该团成员，以至于"凡属'国际青年团'之人，几无一人不知孔子，更无一人不知辜鸿铭"[2]。

1. 《德人之研究东方文化》，载《亚洲学术杂志》第 4 期，第 15 页。

2. 黄兴涛编：《旷世怪杰》，第 220 页、上海：东方出版中心，1998 年版。

　　1921 年的第 4 期《亚洲学术杂志》上的《德人之研究东方文化》一文曾经报道过德国"国际青年团"的一次代表大会。就这篇报道的内容来看，"国际青年团"对孔子学说的尊崇之笃的确令人动容："该团每次开会往往先读《论语》一节，颇似耶稣徒之念《圣经》"，"即以此次开会而论，会场正面墙上高悬中国五色国旗二方，节以花叶，而德国三色国旗反不与焉"，"至于是日演说，更是屡次提及孔子，对于孔子文化所陶养之中国人，尤引为唯一无二之良友……"[3]

3. 黄兴涛编：《旷世怪杰》，第 221 页，上海：东方出版中心，1998 年版。

这篇报道的作者在与"国际青年团"的成员交谈时还了解到，"纳氏不久将建立政治哲理大学一所，并拟聘请辜氏来德任教。纳氏常谓将使德国青年得有瞻仰东方伟人之机会云云"[4]。关

4. 黄兴涛编：《旷世怪杰》，第 224 页，上海：东方出版中心，1998 年版。

于邀请辜鸿铭赴德弘道一事，是否有过实际的操作已经不得而知。可以肯定的是，辜鸿铭自欧洲留学归来后再未赴欧。不过报道中所谓纳尔逊即将建立的政治哲理大学是实际存在的，只不过译名有所差异，这就是在纳尔逊主持之下成立的"政治哲学研究所"（Die Philosophisch-politische Akademie）。在"国际青年团"成立之初，纳尔逊就已经在计划建立这样一个研究所了，主要目的是为"国际青年团"的政治工作提供理论支持，并出版相关的理论著作。该所1922 年成立，后来还在卡塞尔（Kassel）附近的瓦尔科米勒镇（Walkemühle）建立了一所教育学校。纳尔逊所建立的组织和机构中，位于瓦尔科米勒的这所政治哲学研究所是唯一保留下来的一个，1949 年重组之后主要致力于促进康德批判哲学的研究。

　　总的说来，在对待中国传统文化问题上，纳尔逊和潘维茨立场比较相近，都格外垂青儒家伦理道德思想，都尊孔子为人类历史上最伟大、最深刻的圣哲，与德国当时的老子热相当不合拍。基于对道德绝对价值的信仰，纳尔逊"在辜鸿铭身上看到了一位志同道合者"[1]，无论在理论上

1.Holger Franke: *Leonard Nelson*. S.165.

还是在实践上都对辜氏尊崇有加；与凯瑟琳和潘维茨相比，纳尔逊的特殊之处还在于，他对辜鸿铭的推崇不只是停留在理论上，而是进一步在自己的政治活动中将辜鸿铭的思想立场付诸实践。

## 四、《西方的没落》受了辜鸿铭的影响吗？

　　斯宾格勒（Oswald Spengler，1880—1936），德国著名历史学家和历史哲学家，代表作《西方的没落》（1918）曾以惊人的论断和奇特的文风引起轰动。斯宾格勒自认是历史学家，由于不重史料搜集和史实考证，他受到了不少历史学家的批判，却对一些哲学家、社会学家和文化人类学家产生过较大影响。从影响的角度看，说斯宾格勒是一位文化哲学家似乎也很合适，这就有了与辜鸿铭精神对话的可能性，不过斯宾格勒与辜鸿铭在现实中究竟有无精神联系，这一问题应该认真分析。

　　斯宾格勒《西方的没落》德文版封面从表面上看，《西方的没落》中并未出现辜鸿铭的名字，斯宾格勒的其他几本著作也是如此。斯宾格勒一生非常低调，同外界的联系

Oswald Spengler:
Der Untergang
des Abendlandes
Umrisse einer Morphologie
der Weltgeschichte

dtv

斯宾格勒《西方的没落》德文版封面

并不多，在他有限的报告和书信中同样找不到关于辜鸿铭的评论。斯宾格勒究竟有没有读过辜鸿铭的著作？这已不得而知了，不过这并非问题的关键，读过并不等于受到影响，事实上，在20世纪初的德国，辜鸿铭曾经引起部分知识分子的关注，读过他文章作品的学者应该不少，我们却不能说他们都受了辜鸿铭的影响。

在20世纪90年代的文化研究热中，辜鸿铭与西方精神界的关系问题引起了研究者的格外关注，特别是辜鸿铭对西方现代文明的激烈批判与西方的反现代化思潮之间产生的碰撞，作为欧洲20世纪初文化反思的代表作，斯宾格勒的著作《西方的没落》也映入了人们的眼帘，于是有观点就认为，斯宾格勒及其《西方的没落》也受到了辜鸿铭的影响。实际上，部分缘于外文资料的欠缺，对辜鸿铭与西方精神界的关系这一课题的探讨尚不够深入，一些观点依然缺乏支撑，如斯宾格勒的《西方的没落》受了辜鸿铭影响的看法就值得商榷。

关于这种观点，可以举个例子："虽然这本书中（指《西方的没落》——笔者注）找不到关于辜鸿铭的内容，但此书根本的论断——西方文明已经走到了尽头——却是受辜鸿铭影响的。"[1] 笔者认为这种看法有武断之嫌。综观辜鸿铭的文章著作，他关于东方文明优越的观点

1. 孔庆茂：《辜鸿铭评传》，第197页，南昌：百花洲文艺出版社，1997年版。

虽然萌芽较早，但在中国积贫积弱、饱受西方列强欺凌的现实下，他在相当长的时间内追求的乃是中西文明价值对等——"欧洲作家习惯谈论基督教文明是比远东人民的儒家文明更高级的文明，其实这两种文明的目标无疑是相同的，即保证人们道德的健全和在世界上维持国民秩序"[2]。

2. 辜鸿铭著，黄兴涛等译：《辜鸿铭文集》（上），第177页，海口：海南出版社，1996年版。

他明确宣称西方文明崩溃是在《中国人的精神》的前言中，导火索则是一战的爆发。如果说辜鸿铭启发了斯宾格勒，显然只能是他的《中国人的精神》。问题在于，当《中国人的精神》德文版1916年在德国出版时，斯宾格勒《西方的没落》上卷早已完稿。斯宾格勒在该书序言中表示，他是在世界大战的征兆开始出现的背景下着手构思这本书的："这本书的整理手稿，是三年写作的成果，在世界大战爆发之前，即已完成。"[3] 由此推算，斯宾格勒大约是在1911年开

3. [德] 斯宾格勒著，陈晓林译：《西方的没落》，第4页，哈尔滨：黑龙江教育出版社，1988年版。

始动笔写作的。上卷完成后，却没有出版社愿意出版，直到1918年才在维也纳正式问世。单从时间上看，认为辜鸿铭《中国人的精神》影响了《西方的没落》的假设就不成立，只有出版于1911年的《清流传》德文本才有可能，但《清流传》中并没有西方文明已经走向没落的表述，相反，辜鸿铭在《清流传》中苦苦追求的却是中国传统文化在强势的西方文明步步进逼之下的生存权："我们是只能听任自己古老的文明被扫除净尽呢，还是有什么办法能避免这样一场灾

难？"[1] 由该书德译本书名《中国对欧洲思想的反抗》也可见端倪。

1. 辜鸿铭著，黄兴涛等译：《辜鸿铭文集》（上），第 386 页，海口：海南出版社，1996 年版。。

更重要的是，斯宾格勒所说的"西方的没落"与辜鸿铭所谓的"西方文明的崩溃"根本不是一回事。斯宾格勒的这一结论是以他对文化的有机性和宿命性的认识为基础的。斯宾格勒认为，文化正如人的一生，"每一个文化，都要经过如同个人那样的生命阶段，每一个文化，各有它的孩提、青年、成年和老年时期"[2]；每一种文化都会经历春、夏、秋、冬四个发展期，他

2. 辜鸿铭著，黄兴涛等译：《辜鸿铭文集》（上），第 97 页，海口：海南出版社，1996 年版。

分别称之为前文化时期、文化早期、文化晚期和文明时期，这四个时期又可进一步归纳为前后相连的文化阶段和文明阶段；凡是进入文明阶段的民族都会没落，也就是通常所说的盛极而衰，任何一种文化都逃脱不了必然灭亡的命运："每一个活生生的文化，最后都会达到其内在与外在的完成状态，达到其终结——这便是所有的所谓历史的'没落'的意义。"[3] 西方文化当然

3. 辜鸿铭著，黄兴涛等译：《辜鸿铭文集》（上），第 97 页，海口：海南出版社，1996 年版。

也不例外。在对西方文化做了史的考察之后，斯宾格勒认为西方文化已经走过了文化的创造阶段，正处于因循守旧、物质享受的文明阶段，将迈向无可挽回的没落：西方文化在"19 世纪已越过了文化的境界，而进入了'文明'"[4]。按照斯宾格勒的客观分析，我们必然也能得出"东方的没落"的说法。事实上，在斯宾格勒划分的八大自成体系的伟大文化中，除西方文化之外

4. 辜鸿铭著，黄兴涛等译：《辜鸿铭文集》（上），第 213 页，海口：海南出版社，1996 年版。

的其他七种文化在他看来都已死亡或僵化了，当然，西方文化自身也在劫难逃，但如果他再推论出一部《东方的没落》来，相信辜鸿铭定会第一个跳出来批驳。在辜鸿铭看来，西方文明是"纯粹的机械文明，没有精神的东西"[5]，由于不以道德力约束，虽外表"让人叹为观止"，却

5. 辜鸿铭著，黄兴涛等译：《辜鸿铭文集》（下），第 309 页，海口：海南出版社，1996 年版。

是一种"基础尚不牢固的文明"，甚至并非"真正的文明"[6]，像中国文化这样一种"建立在一

6. 辜鸿铭著，黄兴涛等译：《辜鸿铭文集》（下），第 304-305 页，海口：海南出版社，1996 年版。

个依赖于人的平静的理性基础之上的道德文化"才"更难达到，而一旦实现，就将会永恒持久，不衰不灭"[7]；由于相信人的本性是恶的，心和脑是分离的，西方人在社会生活中只重物质索取，

7. 辜鸿铭著，黄兴涛等译：《辜鸿铭文集》（上），第 177 页，海口：海南出版社，1996 年版。。

不讲道德正义，信奉实利至上原则，必然陷入强权崇拜、群氓崇拜，最终走入无政府主义、军国主义乃至战争的死胡同，第一次世界大战的爆发即是明证，在这种情况下，欧洲的唯一出路就是采纳中国以忠诚为最高原则的儒家"良民宗教"。

可以看出，斯宾格勒"西方的没落"的观点是一种客观的理论分析，其中并不含有任何价值判断，相反，辜鸿铭所谓"西方文明的崩溃"是以他的东方道德文明优越论为前提的，其中蕴涵了他对西方现代文明强烈的不屑，两者之间很难看出因果联系，换言之，此"没落"非彼"没落"，说其中有影响确实勉为其难。进一步说，斯宾格勒和辜鸿铭对"文化"、"文明"

以及东西文化关系问题的认识毫无交集，根本决定了他们对西方文化的批判视角之间没有关联，不具有可比性。

认为斯宾格勒《西方的没落》受到辜鸿铭影响的观点还有一个证据："文化和文明在他那里有明显的划分，这与辜氏持论大抵相近。"[1] 不过，这个证据疑问颇大。确实，"文化"和"文明"是两人著作中的核心概念，但具体含义差异极大。在辜鸿铭的著作中，"文化"和"文明"两个概念都曾出现，但辜鸿铭显然并未加以区分，基本上是当作一个词混同使用的，他在比较中西文化时最常用的则是"文明"概念。这种情况并非偶然，"文化"和"文明"不加区分的现象在晚清至新文化运动以前是比较普遍的。[2] 辜鸿铭持的是一种道德文明观，在他看来，"文明"的真正含义是人的精神状态和道德修养水平，物质和技术成就并不属于文明范畴，尽管在具体论述时侧重点常有游移，但这一核心认识始终未变。

1. 孔庆茂：《辜鸿铭评传》，第198页，南昌：百花洲文艺出版社，1997年版。

2. 黄兴涛：《文化怪杰辜鸿铭》，第153页，北京：中华书局，1995年版。

斯宾格勒则对"文化"和"文明"两个概念作了严格的区分，在使用时是非常慎重的。只有理解了这一点，才能把握《西方的没落》的精神实质。在斯宾格勒看来，"文化"和"文明"是文化发展的两个基本阶段，每一种文化都会经历从"文化"阶段向"文明"阶段的过渡："文明是文化不可避免的最终命运"，"文明，即是文化的结论。文明到来时，已经生成的事物，替代了生成变化的过程，死亡跟随着原来的生命，僵化替代了原来的扩张"[3]。具体说来，"文化"阶段侧重于精神文化的发展，以艺术、宗教和哲学为核心；而"文明"阶段侧重物质文明的发展，以科学和技术为核心。换言之，"文明"是已然定型的事物，死板僵化；"文化"则是生成变化中的事物，充满了活力。一种文化一旦进入"文明"阶段，就意味着已逐渐丧失自己在"文化"阶段的创造力，一味沿袭和继承，却没有创新和变化，因而必然走向没落，正如斯宾格勒在书中所说："文化和文明——前者是一个灵魂的活生生的形体，后者却是灵魂的木乃伊。"[4] 可以看出，斯宾格勒和辜鸿铭各自心目中的"文化"与"文明"含义其实相去甚远。

3. [德]斯宾格勒著，陈晓林译：《西方的没落》，第29页，哈尔滨：黑龙江教育出版社，1988年版。

4. [德]斯宾格勒著，陈晓林译：《西方的没落》，第255页，哈尔滨：黑龙江教育出版社，1988年版。

大体而言，在辜鸿铭看来，西方文化以物质为本，中国文化以道德为本，基于中国重道轻器的传统观念，中国的德性文化自然要优越于西方的物性文化，中西之间当然可以实现优势互补，不过要以东方文化优越为前提，第一次世界大战的爆发更使他明确提出西方文化已经破产的观点，认为欧洲必须全面采纳儒家文化，这便是他轰动一时的"儒家文明救西论"。很显然，在中西文化关系问题上，辜鸿铭的观点带有强烈的功利色彩和明确的价值评判，表现出一种以自我为中心的倾向，即便是他晚年的东西交流互补论也是有条件的，它以东方文明优越为前提，以西方文明走向东方文明为根本方向，对中国来说，则是在坚持儒家道德传统之本的同时，适当吸纳西方现代文明的部分成果并予以超越，主从优劣可谓泾渭分明。

斯宾格勒并未具体论述中西文化关系，他基本是以更广的视野看待文化关系问题的。他划分了八大文化体系。就他的论述来看，每种文化都是一个独立自存的整体，各有自己生长的土壤和独特个性，都要经历相同的发展过程，时间上的先后并不重要，不同文化的人和事完全可以具有相同的意义，因而文化无优劣之分。这样，斯宾格勒就否定了西方文明中心论，同样，他也否定了东方文明中心论，其文化观有鲜明的非中心倾向——"在我的系统中，不承认古典文化或西欧文化，相对于印度、巴比伦、中国、埃及、阿拉伯及墨西哥文化而言，有何特殊的地位"[1]，这无疑与辜鸿铭的观点大异其趣。斯宾格勒还进一步推论，每一种文化的人都只能站

1. [德] 斯宾格勒著，陈晓林译：《西方的没落》，第 14 页，哈尔滨：黑龙江教育出版社，1988 年版。

在自己的文化中看待一切——"每一个文化，都有其自己的方法，来观察与了解自然世界"，"要使一个文化中的人，真的了解另一文化的'自然'观念，还是非常困难的"[2]，这就决定了不同

2. [德] 斯宾格勒著，陈晓林译：《西方的没落》，第 103 页，哈尔滨：黑龙江教育出版社，1988 年版。

文化间的了解和沟通基本是不可能的，文化交流不过是表象，相互隔绝才是本质，文化间拯救与被拯救的关系当然也就无从谈起。此外，在斯宾格勒看来，根本就没有什么世界史，也没有统一的历史发展线索，有的只是一系列互不联系、自成体系的文化统一体——"人类历史根本毫无意义可言，而深度的象征意义，只存在于个别文化的生命历程中"[3]。换言之，笼统地谈论

3. [德] 斯宾格勒著，陈晓林译：《西方的没落》，第 342 页，哈尔滨：黑龙江教育出版社，1988 年版。

世界的历史或人的价值根本没有意义，意义仅仅存在于具体文化的生活进程中，所谓永恒真理、终极理想之类也都是没有意义的话题——"世上没有什么东西是永恒的、普遍的"[4]。显然，斯

4. [德] 斯宾格勒著，陈晓林译：《西方的没落》，第 22 页，哈尔滨：黑龙江教育出版社，1988 年版。

宾格勒持的是一种相对主义的真理观和价值观，这与辜鸿铭对永恒道德价值和道德责任感的推崇截然不同。

可以看出，斯宾格勒和辜鸿铭在文化关系问题上的立场大异其趣。在斯宾格勒看来，文化根本就是自身循环的，宿命是不可抗拒的，因而文化间并不存在谁拯救谁的问题，这和辜鸿铭咬住东西文化孰优孰劣不放松的做法南辕北辙。

在德国第一次世界大战后出现的东方文化热中，斯宾格勒和辜鸿铭的著作共同成为社会各界文化反思的养料，不过也有学者注意到了两人在文化观方面的显著差异：

　　*中国的智者辜鸿铭想保护自己的祖国免遭西方思想的入侵。他在世界大战期间曾*

*提醒人们注意，欧洲面临着没落的危险（《中国人的精神和战争的出路》）。面对西*
*方肤浅的文明和人的机器化倾向，他大力宣扬儒家文化的内在道德价值，认为这是拯*
*救患病的西方世界的良药。他和斯宾格勒都很接近浪漫主义的立场：要灵魂的文化，*
*不要外部的文明；要个人的价值，不要生活的精细化；要权威，不要社会主义和民主……*

但是，"斯宾格勒并未试图改造人类，并未试图改变他们的看法。他认识到，这种抗拒历
史车轮前进的想法是徒劳的。因此，他将新文化无可阻挡的胜利看作解体和没落"，"斯宾格
勒不是一个劝人忏悔的布道者"，"他预言了我们的命运，想让我们认清并顺从这种命运"。[1]
这段评论也是一个很好的注脚。

1.Erich Franz：*Der Untergang des Abendlandes.* In：*Die Hilfe.* Jg.1920. Nr.24. S.363.

比较式研究方法，大约是唯一能把斯宾格勒与辜鸿铭联系起来的理由。比较和类比是辜鸿
铭最擅长的论证手法，特别是他关于中西文化所作的一些类比，虽然牵强之处不少，但也经常
颇有新意，最典型的就是《清流传》，其中有大量关于中西历史、政治及文化人物的比附。同样，
斯宾格勒《西方的没落》也将比较作为一种重要的研究方法，从某种意义上说，《西方的没落》
还是比较文化学的经典之作。这种情况是与斯宾格勒对文化和历史研究的认识分不开的。在斯
宾格勒看来，研究历史首先就是要研究历史上各种不同的文化，人类的历史就是各种文化自生
自灭的舞台，而在具体的研究过程中，一方面要弄清各种文化产生、发展和衰亡的过程，另一
方面要对不同文化的发展轨迹进行比较研究，从而找到它们变化发展的共同规律。可以看出，
比较式的研究方法既是他文化观的逻辑结果，也是他写作该书的必然要求，从中并不必然得出
辜鸿铭曾在比较式研究方法上影响过斯宾格勒的结论。

综合上面的分析，断言斯宾格勒《西方的没落》一书的主旨受了辜鸿铭的影响显然是不太
妥当的。若说斯宾格勒阅读过辜鸿铭的文章或著作，这种可能性还是有的，甚至还有可能作过
有针对性的评论，但如果认为《西方的没落》的核心思想受了辜鸿铭的影响，则是言过其实了。
这种看法似是而非，更多是在斯宾格勒"西方必然走向没落"的理性结论和辜鸿铭所谓"世界
大战证明西方文明已经崩溃"的激情独白之间简单地画等号，难以让人信服。

## 五、 哲学史著作中的辜鸿铭

部分地拜德国第一次世界大战后的东方文化热所赐，在 20 世纪 20 年代，德国哲学界有几部研究中国哲学史的著作问世，其中比较有代表性的有：岑克尔（E. V. Zenker）所著《中国哲学史》（*Geschichte der chinesischen Philosophie*，1926）、哈克曼（Heinrich Hackmann）所著《中国哲学》（*Chinesische Philosophie*，1927）、著名学者福克（Alfred Forke）所著《中国古代哲学史》（*Geschichte der alten chinesischen Philosophie*，1927）。在 1938 年，福克又出版了《中国近代哲学史》（*Geschichte der neueren chinesischen Philosophie*，1938），作为他前部著作的续集。其中，福克所著的中国哲学史现在依然受到研究者重视。

福克的著作稍晚于岑克尔和哈克曼，他对此前出版的这两本著作都不满意，认为它们对中国近现代哲学的重视都不够，这也是他花费大量精力写成《中国近代哲学史》一书的主要原因。福克在其《中国近代哲学史》的序言中是这样评论的：

> 在哈克曼那本还算不错的中国哲学史中，古代部分大约占了 220 页，中世纪部分 90 页，近现代部分 65 页。岑克尔的著作 340 页用于古代，200 页用于中世纪，130 页用于近现代……如果不算王阳明，哈克曼仅用了一页便叙述完了近代的元、明两个朝代，清代则为 2 页；岑克尔用于元、明两代的篇幅为 3 页，清代部分多了些，但他关于圣谕、张之洞、辜鸿铭和胡适的叙述却很少涉及哲学本身，他对康有为和梁启超做了一些介绍，但这一时期的其他哲学家他却并未提到。哈克曼至少还提到了几位哲学家的名字，并做了简要的刻画。[1]

1. Alfred Forke: *Geschichte der neueren chinesischen Philosophie*. Hamburg: Friederichsen, de Gruyter & Co. 1938, S.5.

福克在评论中提到了辜鸿铭，将辜鸿铭与张之洞、康有为、梁启超、胡适等人并列，似乎给了辜鸿铭知名哲学家的头衔。然而，在《中国近代哲学史》的正文中，福克对张之洞、康有为、胡适等人的思想观点都做了详细的评述，对辜鸿铭却一字未提，看起来，辜鸿铭在精研中国哲学的福克眼中似乎并不能算作一位哲学家。

哈克曼的《中国哲学》情况也很相似。在这部著作中，哈克曼对中国近代哲学着墨较少，他只是简略论述了清末民初包括康有为在内的几位哲学家，同样没有提到辜鸿铭。不过，哈克曼本人曾于1911年前来亚洲旅行考察，中国则是其中最重要的一站，在基于这次游历写成的《东方的世界》（*Welt des Ostens*，1912）一书中，哈克曼在评论欧亚关系的现状时特别引用了辜鸿铭的观点，主要依据辜鸿铭已在德国出版的《清流传》，我们从中可以看出他对辜鸿铭思想立场的评价。

哈克曼对当时欧亚之间的关系非常不满，认为双方之间缺乏深入的沟通，欧洲对亚洲在"精神上的了解仍处于一个非常原始的阶段"，亚洲对欧洲的认识同样是"在黑暗中摸索"，相关"资料越来越丰富"，却不过是"各种观点和看法的大杂烩"。在哈克曼看来，主要问题在于，"这类分析大多含有偶然因素。每个人都可以随处拣起一根线任意纺织。人们按自己的方式说明问题，将碎片织成整体。实际知识越是不足，偏见、误解、个人爱憎以及各种倾向，特别是政治倾向的介入就越厉害。人们越过最困难的问题和最复杂的现象的办法便是大胆的概括"[1]。

1.Hackmann Heinrich: *Welt des Ostens*. Berlin: Verlag von Karl Curtius 1912, S.432—433.

为进一步说明问题，哈克曼引用了辜鸿铭《清流传》中关于"立场"的说法，并认为辜鸿铭的评论已开始切中东西关系问题的要害：

> 中国作家辜鸿铭在其著作《中国对欧洲思想的反抗》中（第18页）曾经指出，相互之间实现理解的可能性之所以很小，是因为每个人都有自己的"立场"，不相信有一个普遍正确和错误的"立场"存在。事实上也的确如此。掩盖在"立场"这个词后面的，无非是个人盲目拼凑起来的一堆对当前问题自以为是的看法。

不过，哈克曼接着指出，辜鸿铭虽然看到了问题，但并未对如何解决问题提出自己的看法："但辜鸿铭似乎并未看到，一个巨大的困难在于，我们怎样才能达到真正客观的立场。为了能够相互进行评价，我们急需评价异质文明的正确标准"，而"这种可以让我们区分本质与非本质、让我们透过各种现象清晰地把握本质的正确标准，我们今天根本没有，将来很长的时间里也不会有。亚洲人在观察我们的精神生活时，同样也没有这种标准"。

正确的解决办法是什么呢？哈克曼给出了他的建议：

> 这种标准并不会简单地通过良好的愿望或少数人的正确观点产生，只能通过持续不断地扩展我们的知识而逐步实现，就像结晶的形成过程一样，需要人们数十年、数百年的努力……尽量避免那些一般性的判断，即使是导致这类判断的提问也必须避免，

*除此之外没有更好的主意了。相反，我们要大胆地致力于对具体现象的研究，同时还*

*要不断学习。即使在那些初看起来黑暗、封闭的地方，我们也要努力观察。我们必须*

*训练、扩大自己的吸收能力。[1]*

1.Hackmann Heinrich：*Welt des Ostens*. Berlin：Verlag von Karl Curtius 1912，S.434—435.

可以看出，在东西关系问题上，哈克曼提倡的是深入研究具体事实，反对虚无缥缈的空想和臆测。他本人也在这一观念的指导下身体力行，亲自前来亚洲特别是中国考察，并写下了旅行观感《东方的世界》。值得注意的是，关于东西文化关系，哈克曼对当时的两种现象表示了不满。一是东方对西方物质文明的批评："有观点认为，欧洲虽然在'物质文化'方面是庞然大物，但在'精神文化'方面却落后于亚洲的天才思想。"哈克曼对此的评价是：这类论调"其实太幼稚、太肤浅，不值得转述。实际上，欧洲和亚洲之间的区别更为深刻，不是这类空话所能把握的。贸易和战舰其实并未展示出西方世界的全貌，目前对外部生活水平的狂热追求只是西方生活的一个阶段，很可能只是通往新的、更深刻、更广泛的存在方式的一个过渡阶段而已"。二是针对中西文化之间的简单类比现象。对于这种倾向，哈克曼同样不以为然：

*最近，令人惊奇的对照和类比特别受欢迎，但也特别容易误导人。康德和歌德被*

*拿来与孔子或老子对比，李鸿章和张之洞与俾斯麦和格莱斯顿（Gladstone）比肩，画*

*家米芾或唐寅被比作维斯特勒（Whistler）和阿亨巴赫（Achenbach），如此等等。*

*可以理解，这是在试图给人们对西方的模糊认识增加更多的色彩和轮廓，但形象性的*

*获得是以真实性为代价的。[2]*

2.Hackmann Heinrich：*Welt des Ostens*. Berlin：Verlag von Karl Curtius 1912，S.435—436.

不管哈克曼的回击中有多少西方文化自豪感的因素在起作用，但他显然是作为一个严肃的学者来看待问题的，其回击表述得相当理性，绝少情绪性因素，而且确实很有见地。在他的两点批评中，哈克曼并未直接说明是针对辜鸿铭的，但无论是对西方文明物质主义倾向的激烈批评，还是在中西文化之间进行对比，辜鸿铭在当时的中国学者中无疑都最具有代表性。哈克曼的批评应是有感而发，导火索就是辜鸿铭的《清流传》。从哈克曼的评论来看，他显然认为辜鸿铭的观点不够公允，论证也过于简单，缺乏一个学者应有的科学态度和客观立场，这大约也是他在《中国哲学》一书中未将辜鸿铭归入中国近代哲学家行列的原因之一。

不过，岑克尔在其《中国哲学史》的近代部分却给了辜鸿铭较多的关注。从相关评论看，岑克尔对辜鸿铭的主要著作和思想倾向非常熟悉，他开列的论述孔子思想的参考书目中，辜鸿铭的英译《论语》和卫礼贤的德译《论语》并列其中，而《尊王篇》《清流传》和《中国人的精神》更是他评论辜鸿铭思想观点的主要依据。

岑克尔主要是以儒家学说从清初到民初的命运波折为主线介绍中国近代哲学的，对儒家学说自 19 世纪后期起面临西方思想严峻挑战的现实作了详细介绍，并以张之洞调和儒学理想和欧洲新学之间矛盾的折中立场为典型例证。张之洞应对时代挑战的办法是采取双重道德标准：作为个人的中国人要严守儒教原则，作为一个民族的中国人则须采纳欧洲新学，也即"君子"是个人的榜样，"食肉动物"则是民族的目标。岑克尔对张之洞为传统寻出路的立场深表理解："张之洞和清流党正代表了那些束手无策的儒教徒，他们以最善良的愿望和最出色的才智再次试图找到一条革新之路"；与此相联，岑克尔对辜鸿铭维护儒家传统价值观的言行也给予了格外的关注："辜鸿铭是张之洞的密友和最忠实的信徒，在欧洲也很有名，他为张之洞所作的辩护几乎是最典型、最悲壮的。"[1] 在评论张之洞主张的过程中，岑克尔大段引用了辜鸿铭在《清流传》第七章中对张之洞"中体西用"说的评论。

1.E.V. Zenker: *Geschichte der chinesischen Philosophie*. Bd.I. Reichenberg, Verlag Gebrüder Stiepel GmbH 1926. S.314.

应该说，对于张之洞的"中体西用"说，辜鸿铭是有所不满的，认为这是在放弃儒家的原则，当然，他也承认张之洞是迫不得已。岑克尔也持类似观点，在他看来，儒家学说在历史的发展中已经与中国的政治、社会和精神生活密不可分，因此，张之洞折中立场的美好动机固然可以理解，是否可行却有疑问："与我们一起领略了儒家思想发展历程的读者很容易看出来，将孔子学说降格为纯粹的个人道德，使其与公共福利和国家生活脱钩，就意味着彻底放弃这种学说。"[2]

2.E.V. Zenker: *Geschichte der chinesischen Philosophie*. Bd.I. Reichenberg, Verlag Gebrüder Stiepel GmbH 1926. S.316.

在岑克尔看来，解决传统与现代的冲突是中国学者无可回避的历史使命，辜鸿铭当然也不例外。随后，岑克尔分析了辜鸿铭在这个问题上的基本观点，但他同样也对辜氏主张在现实中国的可行性提出了疑问："辜鸿铭本人在内心深处将儒家思想与他在英国和德国的大学里吸收的西方思想融合了起来。他在儒家学说中看到了'良民宗教'，它在任何情况下都能把'义'和'礼'联系在一起。他同样在《春秋》中发现了完美的、真正的孔子，认为他的基本观念'名分大义'，即关于忠诚和义务的伟大原则，是国家和民族得以维系的唯一途径。这非常好，对我们欧洲人来说甚至还非常动听，然而在中国人眼里，这不过是新儒家的论调；是宗教替代物，而非宗教。这是儒家的实用主义观念，它以对皇帝的忠诚和义务代替了对一个全能上帝的信仰，

3.E.V. Zenker: *Geschichte der chinesischen Philosophie*. Bd.I. Reichenberg, Verlag Gebrüder Stiepel GmbH 1926. S.316.

以对种族不朽的信仰代替了对灵魂不朽的信仰。这并不能驱走风暴。"[3]

　　不过，岑克尔并未否定张之洞和辜鸿铭思想观点的意义，在他看来，无论张之洞的折中、辜鸿铭的保守，还是坚持让儒家学说从神坛上走下来的胡适，都是在为中国的未来寻求出路，因为中国正处于一个何去何从的十字路口："中国正处于这样一个动荡不安、前途迷茫的时代，针锋相对的观念出人意料地迅速相互取代；今天得到了最热烈的掌声，明天便会遭到嘲笑和咒骂。在今天的中国，哲学观念看起来也像政治和社会局势一样动荡不安。除了胡适这样的美式实用主义者外，信奉基督教的冯玉祥将军也在勇士的簇拥下加入了进来，获得了同样热烈的掌声；像辜鸿铭这样儒雅的绅士，中国可能仍有许多；一度激进的梁启超现在则成了佛教徒。"[1]

1.E.V. Zenker: *Geschichte der chinesischen Philosophie*. Bd.I. Reichenberg, Verlag Gebrüder Stiepel GmbH 1926. S.327.

　　最终，岑克尔将中国 20 世纪初的各种思潮归纳为两种文化观念的交锋："中国目前正在激战的两种力量，代表了两种针锋相对的思想观念"，一派代表着"冷漠的实用主义、物质主义和残酷打击异己"，另一派则代表着"自由、人性和社会道德秩序"。在岑克尔看来，胡适是前者的代表，辜鸿铭则属于后者，各有存在的意义，至于中国的未来，却依然是未知的："预言未来中国事物和观念的形态，这是卤莽的举动；要预言那里将如何对待西方的精神价值，同样是卤莽的。"[2]

2.E.V. Zenker: *Geschichte der chinesischen Philosophie*. Bd.I. Reichenberg, Verlag Gebrüder Stiepel GmbH 1926. S.328.

　　岑克尔的《中国哲学史》分上、下两册，近 700 页，清初至民国部分却还不到 30 页，介绍得极为简略，但就在这么短的篇幅里，岑克尔却没有忘记给辜鸿铭一席之地，将他与张之洞、康有为、胡适并列，显见对辜鸿铭的重视。问题在于，岑克尔将主要篇幅都用在了背景介绍上，真正针对哲学思想的分析并不多，而且，岑克尔似乎并未深入研究这一时期的中国哲学，清初的王夫之、顾炎武、黄宗羲，稍后的戴震等重要的思想家他都未提到，至于梁启超，岑克尔只有一句话提及。应该说，岑克尔对辜鸿铭和胡适的格外关注主要还是缘于两人因各自的著作在海外树起的声望，并非是以中国哲学发展的内在理路为着眼点。福克批评岑克尔这本著作过于主观，特别是对近代部分的描述很少涉及哲学本身，显然是不无道理的。

# 六、 小结

基于前面的分析可以看出，在致力于中国哲学研究的德国学者眼中，辜鸿铭似乎并不能进入中国哲学家的行列：哈克曼和福克在其所著中国哲学史中都未给辜鸿铭一席之地，岑克尔在其《中国哲学史》近现代部分中倒是对辜鸿铭的思想观点有过较大篇幅的评述，但正如福克所指出的那样，他的评论基本上并未深入到哲学思想本身。这样看来，辜鸿铭著名哲学家的头衔似乎成了疑问。

然而，另一方面，在第一次世界大战后期以及战后的一段时间里，辜鸿铭被不少西方人视为东方文化的代言人、一位思想深邃的哲学家，在德国尤为明显，这又是一个不容否认的事实。关于这一点，人们可以找到不少佐证。

例如，1924 年再版的《中国人的精神》德文本封三上就专门摘引了《莱茵—威斯特法伦报》上刊登的一则评论文字：

> 辜鸿铭对欧洲和欧洲人的熟悉程度，几乎没有第二个中国人可以比肩。他不是一位政治家，而是一位哲学家。我们对他的认识和评价，首先要有这样一个基本概念……假若我们读过辜鸿铭的著作，就必然会承认，它所涉及到的全部是一些深刻的问题。书中论述了东方同西方所谓的"自由主义"的思想斗争。不过，他所谓的这种思想斗争是高境界的，与时下到处充斥着的那种白种人和黄种人斗争的陈词滥调毫无共同之处。[1]

1. 辜鸿铭著，黄兴涛等译：《辜鸿铭文集》（下），第 154 页，海口：海南出版社，1996 年版。

再如，英国作家毛姆在他那篇著名的访问记中恭敬地称辜鸿铭为哲学家，艾恺也曾依据《中国人的精神》法文本序言指出辜鸿铭的书"是欧洲大学哲学课程所必读"。一个更有说服力的证据是，一些德国哲学家，如凯瑟琳、潘维茨、纳尔逊等人，都认真关注过辜鸿铭，并给予相当正面的评价。无疑，辜鸿铭的思想观点确有值得人们深思的地方。

在德国哲学界，关注辜鸿铭的学者大致可以分为两类：一类以纳尔逊教授为典型，代表德国部分学院派哲学家；另一类则以凯瑟琳和潘维茨为典型，代表当时的一些文化哲学家。两类哲学家关注辜鸿铭的切入点各有侧重。

大体上，对辜鸿铭颇多推崇的德国学院派哲学家大多属于新康德主义一脉，纳尔逊教授便是后期新康德主义的主要代表之一。新康德主义兴起之后，一度雄霸德国大学的哲学讲坛，艾恺所说的辜鸿铭的著作成了大学哲学课程的必读书目，指的主要就是新康德主义哲学。如前所述，新康德主义各派除了从不同角度阐释康德的认识论外，还注重发展康德关于实践理性的学说即伦理学，继续强调道德价值的绝对意义，目的在于对抗当时的真理相对主义和价值虚无主义倾向，最具代表性的是文德尔班的普遍价值理论，其普遍价值实质上就是康德作为最高道德原则的"绝对命令"。总的说来，康德的伦理学具有一种纯洁的理想主义色彩，较多重视原则而忽略效果，主张行为的最高准则是"应当这样"行动，必须按照"良心"行动。在这一点上，反复强调道德责任感之绝对性和永恒性的辜鸿铭无疑容易产生共鸣，这是他反复引用康德墓志铭的根本原因；反过来，辜鸿铭宣扬道德价值绝对性的思想观点得到德国一些新康德主义哲学家的青睐也就不奇怪了。

部分德国学院派哲学家对辜鸿铭的推崇还可以由魏嗣銮先生发表于1934年第12期《人间世》上的一篇回忆散文《辜鸿铭在德国》佐证。魏嗣銮先生20世纪20年代初在德国留学，与纳尔逊教授有过直接交往，曾亲眼见证纳尔逊教授对辜鸿铭的推崇，他回忆纳尔逊教授与辜鸿铭关系的这篇文章也常为辜鸿铭研究者引用。20世纪30年代初，魏嗣銮先生再赴德国，他惊讶地发现，虽然辜鸿铭和纳尔逊教授皆已去世，依然有一些德国哲学教授推崇辜鸿铭。他是这样写的：

　　去年冬月，我复来德，客中遇着一位留学生章用先生。他是学数学及哲学的，成绩极佳。他向我说，现在所从学的两位哲学教授，都很敬仰辜鸿铭。其中一位名 G. Misch，他还只是向学生特别介绍辜鸿铭。至于其余一位名 H. Nohe 的，他的学生若不懂辜鸿铭，他便不准其参加讨论，其折服于辜鸿铭，于此可见了。[1]

> 1. 黄兴涛编：《旷世怪杰》，第218页，上海：东方出版中心，1998年版。

魏嗣銮所说的 G. Misch 教授实有其人，即格奥尔格·米施（Georg Misch，1878—1965）教授，曾继胡塞尔之后执掌哥廷根大学哲学教席。米施教授是狄尔泰的学生，对其生命哲学颇有研究，终生致力于打通狄尔泰的生命哲学、胡塞尔的现象学和海德格尔的存在主义哲学。米施教授向学生推荐阅读辜鸿铭的著作，其中有无他的前同事纳尔逊教授的影响，已不得而知了，单就哲学倾向来看，米施教授是狄尔泰的嫡传弟子，而康德哲学又对狄尔泰有深刻的影响，相应地，他对辜鸿铭抱有好感也是可以理解的。至于文中提到的 H. Nohe 教授则情况不详，但从他推崇辜鸿铭的狂热程度看，丝毫不亚于他曾经的同事纳尔逊教授，应该也属已经没落的新康德主义一脉。

除新康德主义哲学家之外，一些文化哲学家也给了辜鸿铭极高评价。不过，与新康德主义哲学家主要关注辜鸿铭的道德理念不同，文化哲学家们更看重的是辜鸿铭对中西文明关系问题的论述，凯瑟琳和潘维茨就是他们中的代表人物。总体上，辜鸿铭对文明问题的理解是有一些片面的地方，但他对西方近现代文明缺陷的批评、对中西文明异同的比较确实包含着一些真知灼见；他对西方自工业化以来的功利主义和庸俗化倾向的批判，对西方物欲至上和强权逻辑的激烈抨击，在一些具有世界文化视野的学者看来确有警醒作用，这是凯瑟琳从他身上得到启发的主要原因；辜鸿铭对西方文明弊端的批判更激起了部分反思自身文化传统的德国学者的共鸣，如潘维茨就对辜鸿铭表示了极高的敬意。如果说随着新康德主义哲学走向沉寂，辜鸿铭在德国学院派哲学家视野中逐渐消失是必然的，那么，在关注中西文化关系问题的学者眼里，辜鸿铭则已被定格在了中西文化交流的史册上，毕竟，文化交流是无止境的。

在今天，德国知识界在论及辜鸿铭时，仍不忘在中西文化交流这一大背景下肯定他的积极意义。这里举个例子。新书《世界文化哲学》（*Philosophie der Weltkulturen*, 2006）中的"中国哲学"一章，在介绍儒家传统思想在近现代的发展状况时，特别分析了儒家思想在 19 世纪末 20 世纪初在西方思想潮涌而入的背景下面临的严峻挑战及中西文化冲突背景下中国传统知识分子的心灵煎熬和艰难抉择："中国很晚才缓慢地转向西方的科学、技术和民主生活方式，同时，中国也开始接触西方哲学的思维方式，并在迟疑中接受。然而，保守的思想家担心中国文化因此丧失自我，他们仍认为，他们古老的文化至少从道德的角度看远远优于欧洲的文化。"

关于这场中西文化冲突，该书主要以康有为、辜鸿铭为例，并特别强调了辜鸿铭的思想立场：

像其他许多年轻的中国人一样，辜鸿铭在欧洲上过大学，了解欧洲的生活方式。他越来越相信西方的自然科学世界观绝对能与儒家道德哲学和平相处，因为这种哲学对国民共同生活的思考是无与伦比的。中国人的语言主要是从心灵和情感出发，它比基于理性的欧洲语言更为本原。欧洲人片面强调技术理性，因此他们的情感世界一片荒芜。他们片面追求权力和统治地位，因而只生活于存在的表层。他们远远偏离了人类的原始本性，现在需要重新学习心灵的语言。中国的文学也参与了民族性格的塑造，它展示了中国人心灵的深沉、博大和生活方式的淳朴。中国人长期以来像大孩子一样以感情生活，但他们现在必须成长起来，要开发自己的批判理性。中国科学家也要学习数学、物理、化学和技术，人民大众必须接受这些教育。因为只有这样，中国才能赶上欧洲人、美国人和日本人的文化优势。但他还是预言，中国道德哲学的古老价值必须保持，要适应新时代。中国人不能仅仅模仿欧洲人，必须在批判理性和欧洲人所缺少的深情之间寻求平衡，应该同时以成年人的头脑和孩童的心灵生活。科学和宗教可以并行不悖，新文化不一定要废除宗教，但必须能够避免欧洲人进行的许多战争。[1]

1.Grabner-Haider (Hrsg.): *Philosophie der Weltkulturen*. Wiesbaden: Marix Verlag GmbH 2006, S.86—88.

这段对辜鸿铭的述评主要依据《中国人的精神》一书，基本符合事实。从内容上看，该书将辜鸿铭的观点完全放在世纪之交中西文明碰撞的大背景下考察，从而肯定了辜鸿铭思想观点的意义所在。基于这种认识，这段评论略有为辜鸿铭文过饰非的倾向，至少从表面上看，现实中的辜鸿铭要比这段述评的内容偏激不少。

最后再次回到辜鸿铭的哲学家头衔问题，其意义我们或许可以这样理解：从中国哲学自身的发展历程看，辜鸿铭确实难以在中国近代哲学史上占有一席之地，但从他对完美道德的呼吁获得了德国部分新康德主义哲学家的热烈回应这一历史事实看，他又确实在一个价值相对主义盛行的年代向西方展示了儒家传统伦理道德思想富有价值的一面；更重要的是，辜鸿铭对西方现代技术文明弊端的指陈、对东方传统文化心灵魅力的阐发与西方的文化反思浪潮产生了强烈的共振，一定程度上使中西文化冲突有最终超越民族主义情绪羁绊的可能，从而在更高层次上实现中西之间的理解与交流。从这个意义上说，辜鸿铭是否是一个哲学家应该并不重要，辜鸿铭的文化思想给中西文化关系带来的触动和启示才是他的意义所在。

# 第七章　斯·茨威格小说在中国的译介与研究 （1949—2005）[1]

1.因资料收集地域所限，本章所引用史料只指在中国内地发表的文献，不包括港、澳、台地区。

斯蒂芬·茨威格 (Stefan Zweig，1881—1942) 是奥地利现代小说家、传记家、诗人、剧作家和散文家，一生曾创作了各种体裁的众多作品，它们自 1949 年到 2005 年，在中国几乎得到了全面译介和研究。本章拟依傍茨威格作品在中国译介及研究的第一手资料，用实证分析的方法，对译者序跋、期刊评论文章及茨威格研究专著进行一个全面展示，力显茨威格小说在中国译介及研究的概貌。

# 一、 茨威格小说在中国的译介

　　茨威格小说自 1957 年 9 月《译文》在新中国成立后首次刊登其小说《一个女人一生中的二十四小时》，到 2005 年根据其同名小说《一个陌生女人的来信》改编的电影在中国的公映，伴随着中国政治历史变迁及读者心理文化结构的发展，在中国译介史上经历了 1960 年—1966 年的一枝独放，"文革"时期的零译介，1978 年—1991 年的译介复苏期和 1992 年—2005 年的译介火爆期，并呈现出以下不同的特点和态势。

## 1. 1949 年—1977 年：茨威格小说译介的低谷时期

茨威格《巴尔扎克传》海燕书店
1951 年版汉译封面

　　茨威格作品在新中国的译介，以其历史特写集《人类的群星闪耀时》[1] 及传记《巴尔扎克传》[2] 为开端，是建国初期"纪念世界文化名人的活动"[3]，要对文化名人的生平和著作做广泛的介绍之背景的产物。建国后，茨威格小说在中国首次获得译介的，是其中篇《一个女人一生中的二十四小时》。1957 年 9 月，《世界文学》杂志的前身《译文》在"外国小说"栏目中刊登了该部小说，译者纪琨。这也是该部作品在茨威格作品汉译史上的首译。值得一提的是，该部小说译文后附上的《译后记》是建国后首次对茨威格的文学之路、思想政治倾向、创作题材及其"遗言"等进行较为详细介绍的文章。译者运用马克思主义理论，

---

1. [奥] 史推芬·支魏格著，楼适夷译：《历史的刹那间》，上海：上海出版公司，1950 年版。
2. [奥] 司蒂芬·支魏格著，高名凯译：《巴尔扎克传》，海燕书店，1951 年版。
3. 袁可嘉：《欧美文学在中国》，载《世界文学》，1959 年 9 月，第 88 页。

对茨威格以及该部作品进行了时代阐释。他认为，在茨威格的中篇小说里，"他尤其着重于选取资产阶级社会中妇女的不幸遭遇的题材……极为有力地批判了那种社会里生活的虚伪贫乏、女人的不受尊重和对人的优秀品质的残害"。因此，虽然茨威格出身于"资产阶级家庭"，但却能"努力不懈地写出许多在资本主义社会中道德败坏、生活空虚以及热烈赞美同情、了解、仁爱与宽恕的作品，获得了广泛的声誉"。缘于此，茨威格小说才能在众多苏联及英美作品中和中国读者见面。

"文革"前期，即 1960 年—1966 年间，在"百花齐放、百家争鸣"的方针得到了贯彻落实的文化背景下，1963 年《世界文学》第 3 期，同时刊登了两篇茨威格的中篇小说，即《看不见的收藏——战后德国通货膨胀时期的一个小插曲》（金言译）和《家庭女教师》（墨默译，彭芝校）。该次刊登可谓茨威格小说，乃至其作品在该时期，以及"文革"时期所呈现的零译介状态下的一枝独放。编者的一篇短小《后记》，指出了登载茨威格小说的缘由："他的一部分作品，由于揭露了资本主义社会的残酷、虚伪、没落"，因此"仍不失为好作品"。

但这些"不失为好作品"的作品，是出自于"出身于资产阶级家庭"的茨威格之手，因此在"文化大革命"时期，在所谓的"封、资、修"遭到毁灭性打击的背景下，茨威格小说的译介呈现出空白状态。

因此，可以看出，在这两个阶段，即从建国后到改革开放前，茨威格作品的译介主要服务于该时期政治目的的需要。在唯"政治标准"方针下，在只有那些具有批判力量的作品才能出版的大前提下，"轻视政治，更没有根据社会经济发展规律与阶级斗争的现实来认识历史"[1]的茨威格及其小说的译介出现这种情况也是在所难免的。

---

1. 斯·茨威格著，纪琨译：《一个女人一生中的二十四小时》，载《译文》，1957 年第 9 期，第 45 页。

## 2. 1978 年—1991 年：茨威格小说译介的复苏期

1978 年，随着改革开放打开了中国通向世界的大门，在外国文学和外国文化是我们必不可少的参照系的精神的指导下，中国出现了西方学术译介的大潮。在外国文学及文论的译作开始大量出版的前提下，1979 年，《钟山》杂志第 3 期率先刊登王守仁翻译、房敬千校对的茨威格的中篇小说《一个陌生女人的来信》，引起热烈反响。1980 年 7 月，江苏人民出版社应"全国

不少地方的读者来信"，出版了单行本《一个陌生女人的来信》，并将 1957 年发表在《世界文学》

上的《一个女人一生中的二十四小时》"也一并选入，合编成这本小书，献给爱好茨威格作品

的读者"。1982 年，为了配合茨威格逝世 40 周年的纪念活动，外国文学出版社、江苏人民出版社、

山东人民出版社和百花文艺出版社 [1] 分别以单行本和小说集的形式出版茨威格的小说，表示出

中国出版界对这位杰出的传记作家、小说家的悼念和敬意。之后，随着茨威格各种体裁的作品

在中国的译介与出版，茨威格的一些中、短篇小说及两部长篇小说也在该时期得到译介。据统

计，该时期共出版茨威格小说集 7 本，长篇小说单行本 4 本，针对德语学习者的德语注释读物《象

棋的故事》1 本 [2]，期刊译文 3 篇 [3]。这些都为 20 世纪 90 年代以及 21 世纪茨威格作品的火爆译

介做了一个良好的铺垫。

1. 张玉书等译：《斯·茨威格小说选》，北京：外国文学出版社，1982 年版；关耳、望宁译：《永不安宁的心》，南京：江苏人民出版社，1982 年版；沉樱译：《同情的罪》，济南：山东人民出版社，1982 年版；高中甫、韩耀成等译：《茨威格小说集》，天津：百花文艺出版社，1982 年版。

2. 刘丽莉注释，北京：商务印书馆，1983 年版。

3. 按发表时间顺序，它们分别是：S·茨威格著，王守仁译，房敬千校：《一个陌生女人的来信》，载《钟山》，1979 年第 3 期；斯·茨威格著，胤嘉译：《危险的怜悯》，载《名作欣赏》，1982 年第 1 期；斯蒂芬·茨威格著，胡其鼎译：《旧书商门德尔》，载《十月》，1982 年第 4 期。

## 3．1992 年—2005 年：茨威格小说译介的火爆期

1992 年—2005 年是茨威格小说在中国译介的火爆阶段。1992 年 2 月茨威格逝世 50 周年之际，

在奥地利的萨尔兹堡举行了茨威格国际专题研讨会，来自 18 个国家的 120 位学者出席了会议，

极大推动了茨威格作品在全球的出版及研究。在国内，随着改革开放的进一步深入，文学出版

呈现出"丛书路线"的盛行，"中外文学经典的出版炙手可热"，出版的作品另具"性"与"猎

奇"的类型化特征 [4]。此刻，外国文学翻译出现了"一是外国古典文学名著的大量复译；二是

翻译文学出版的丛书化和系列化；三是外国著名作家文集、全集的编辑出版" [5] 的特点。在这

种背景下，茨威格小说的译介也呈现出以下态势：

4. 黄发有：《文学出版与 90 年代小说》，见南京大学中国现代文学研究中心编选：《2002 文学评论》，第 128—131 页，北京：人民文学出版社，2003 年版。

5. 查建明：《序》，见陈思和主编：《2003 年翻译文学》，济南：山东画报出版社，2004 年版。

一是再版和重译。在中外文学经典的出版炙手可热的出版形势下，茨威格小说的译介在该

时期的一个显著的特点就是再版。最为典型的当属茨威格著名的中篇小说《一个女人一生中的

二十四小时》。据统计，自 1957 年该部中篇被纪琨首译以来，曾被多次收录到各种系列丛书中，

在不同的小说集里得到重印，达到 16 次之多，远远超过其他译作。在茨威格作品出版热中，

该部作品曾分别被收录在"二十世纪外国文学丛书"、"世界婚恋小说丛书"、"世界文学名

著"、"世界经典名著"、"世界文学大师小说名作典藏本"、"译林世界文学名著"、"世

界文学文库"、"世界情爱小说精品大系"等丛书中，以满足读者的需要。

20 世纪 90 年代，茨威格在中国大陆已成为读者熟知的作家。为了使茨威格在中国"赢得更多知己"，使读者能"进一步理解其作品，提高审美情趣"，"了解他（茨威格）是如何运用心理分析方法进行创作的，以及他在他的中短篇小说中所表现出的卓越的心理分析才能"，茨威格小说被一再复译，其中最为典型的是他的著名中篇《一个陌生女人的来信》。据统计，到 2005 年，该部小说曾被国内 14 个译者重新翻译，以单行本的形式或以小说集的形式或被收录在茨威格作品全集中，出版发行。而再版更是不胜枚举。比如，译者韩耀成的译文分别以《一个陌生女人的来信》和《巫山云》的书名被收录在茨威格小说集、全集中，重印次数达 13 次之多。

二是丛书化和系列化。在中国"翻译文学的丛书化和系列化"的出版背景下，茨威格小说在 20 世纪 90 年代后译介的另一大特点，是小说被列入系列丛书出版，与中国读者见面，如"世界经典名著"、"世界短篇小说精华"、"世界文学名著·现当代系列"、"世界文学名著百部"、"外国文学名著精品丛书"、"外国文学名家精选书系"、"经典印象译丛"、"永久记忆版世界文学名著文库第 6 辑"等等。这些不胜枚举的系列丛书，彰显了茨威格小说在中国译介出版的火爆。

三是改编。改编是"创造性叛逆"的一种形式。这种"叛逆"一般表现在文学作品的样式、体裁的变化上，但也可是在已有译本的基础上进行改编，对原作进行"二度变形"的创作。茨威格著名中篇小说《一个陌生女人的来信》曾被徐静蕾在已有译作的基础上改编成电影脚本，拍成电影，并于 2005 年 3 月在全国各地公映。电影在故事结构忠实于原文的基础上，把故事发生的时间、地点改在了中国 20 世纪三四十年代的北平，人物、场景、背景音乐等都是中国版的，原作中的许多细节根据剧情需要被改编。影片语言摒弃了原作中如泣如诉的特点，台词被处理得平淡和平静。剧本运用新的文化及美学体系，对原著进行了全新的诠释。该小说的改编使得茨威格在中国获得了更高的知名度和认可度。这同时也是茨威格小说在中国走红的必然结果。

四是情欲小说热。"激情＋情欲"是茨威格中短篇小说中的一个重要主题。"文革"后中国大陆读者审美情趣从一元到多元的嬗变、20 世纪 70 年代末感伤主义及 80 年代"琼瑶热"的盛行，建构了大陆读者的"审美经验的期待视界"。该"期待视界"与茨威格小说的交融，使读者产生了共鸣，促使了茨威格"情欲小说热"在中国的诞生。在中国，茨威格情欲小说的翻译热起始于 20 世纪 70 年代，经历了 80 年代的复苏后，在 90 年代及 21 世纪更是走向高潮。这些作品不仅被收录在小说集里一版再版，也被收录在《斯·茨威格女性小说集》、《茨威格情欲小说》、《茨威格欲望小说》等书中，列入"世界婚恋小说丛书·西欧卷"、"世界文学大师小说名作典藏本"、"世界经典情爱小说文丛"、"经典爱情读本"、"爱藏本"等系列丛书中。以《一个陌生女人的来信》为小说集题名的书，就多达 19 本。有中国学者认为，在茨威格小说中，作者塑造的女性形象，"使他的女性小说在世界林林总总的女性文学中独树一帜，

1. ［奥］斯·茨威格著，高寒编：《斯·茨威格女性小说集》，乌鲁木齐：新疆人民出版社，1995 年版。

具有鲜明的个性。使读者了解茨威格女性小说的特色，以及在文学史上的地位"[1]，"给读者

2. ［奥］斯·茨威格著，高中甫编选：《茨威格情欲小说》，上海：上海文艺出版社，1997 年版。

精神感应"[2]。译介茨威格小说，旨在"送给成长中、恋爱中、迷失中的花季少女"[3]，"让大

3. ［奥］斯蒂芬·茨威格著，张莉莉译：《一个陌生女人的来信》，哈尔滨：哈尔滨出版社，2002 年版。

师的智慧点亮青春岁月"[4]，"把艺术的烛光照进人们情爱的内心世界"[5]。从这类小说的出版

4. ［奥］茨威格著，高中甫编选：《茨威格欲望小说》，上海：百家出版社，2004 年版。

来看，仅 2005 年，就出现了 5 个以《一个陌生女人的来信》为书名的、不同版本的小说集或单

5. ［奥］茨威格著，李政译：《一个陌生女人的来信》，北京：中国社会科学出版社，2004 年版。

行本。1997 年版的《茨威格情欲小说》在 2004 年又以《茨威格欲望小说》为名再次出版。所有这些都反映了该时期作品出版的类型化特征，即"性"与"猎奇"的产物。

　　1992 年到 2005 年，茨威格小说在中国的译介呈现出再版、复译、改编、系列化、丛书化等态势。据不完全统计，该时期，茨威格小说分别以单行本、系列丛书、精选集、文集、全集、合集等形式出版，达 60 多版次，在中国形成茨威格小说热、茨威格情欲小说热。

　　综上所述，新中国成立后到 2005 年，在中国政治形势的影响下，随着读者审美期待视界的嬗变以及国际茨威格研究的进一步推动和发展，茨威格小说在中国的译介伴随着茨威格其他体裁作品的译介，经历了低谷、复苏和译介火爆期，并展示出各个阶段不同的特点，促进了茨威格作品在中国的译介研究。

## 二、 茨威格小说研究

　　茨威格的小说以"心理描写"著称，茨威格以"小说家的文笔构筑精神世界"。这些是茨威格在中国作为小说家所享有的荣誉和头衔。伴随着茨威格小说在中国的译介出版热，茨威格小说的研究在中国也是如火如荼，方兴未艾。据统计，新中国成立后到 2005 年，中国学者共

发表 150 多篇期刊评论文章，出版 3 部茨威格研究专著，再加上各种出版译作中的序跋，尽显中国茨威格小说研究的成绩。这些文献从不同的角度出发阐释了茨威格小说。有人诠释茨威格小说的艺术特色；也有人解析小说中的女性形象；更有人从作品主题思想以及叙事风格等角度出发，对茨威格小说进行多层次、多角度的探究，使得茨威格小说研究在中国呈现出丰富多彩、硕果累累的势态。

在中国，茨威格的小说与传记都有大量译介，而学者们研究最多的是其小说。这是本章着意此题的主要缘由。

虽然茨威格创作的小说"数量并不多"，但因其"构思巧妙，对人物的精神状态刻画得极为细腻，有强烈的艺术魅力和独具的艺术特色"[1] 而备受读者青睐。

1. [奥] 斯特凡・茨威格著，刘微亮、宣树铮、史津海译：《命丧断头台的法国王后》，第 4 页，北京：世界知识出版社，1987 年版。

茨威格的第一部小说《被遗忘的梦》发表于 1900 年 7 月 22 日，小说《出游》发表于 1902 年，但"没有什么特色，只能看作是作者的一次散文创作的练笔"[2]。第一部小说集《艾丽卡・埃瓦尔特之恋》[3] 于 1904 年在柏林出版，是茨威格"在全然不了解现实的情况下写的，用的是从别

2. [奥] 茨威格著，高中甫主编：《茨威格文集小说卷》，第 2 页，西安：陕西人民出版社，1998 年版。

3. 该小说集收有《雪中》《出游》《艾利卡・埃尔德之恋》和《生命的奇迹》。

人那里学来的技巧"[4]，因此没有像该时期创作的诗歌一样引起巨大反响。也正如有学者评论：

4. [奥] 茨威格著，高中甫主编：《茨威格文集・小说卷》，第 2 页，西安：陕西人民出版社，1998 年版。

"他缺少作者自己的风格和艺术上的新意，主要是缺乏对现实生活的理解和熟悉。"[5]

5. [奥] 茨威格著，高中甫主编：《茨威格文集・小说卷》，第 2 页，西安：陕西人民出版社，1998 年版。

在茨威格小说创作中，《初次的经历》《热带癫狂症患者》《情感的迷惘》这 3 部被茨威格称为"链条"小说的小说集，具有显赫的地位。这 3 部小说集分别写"人的儿童期、成年期及多半是人的老年期"，组成了"瑰丽"的集子，"每个集子都以一个主题为中心，每个集子前面，好像序曲似的，都有一首声调铿锵的十四行诗，指出这个集子的素质"[6]。

6. 沉樱：《关于褚威格》，见 [奥] 褚威格著，沉樱译：《同情的罪》，济南：山东人民出版社，1982 年版。

第一部小说集《初次的经历》收录了《夜色朦胧》《家庭女教师》《火烧火燎的秘密》与《夏天的故事》，于 1911 年出版，并附有一个副标题《儿童王国里的四篇故事》。有中国学者认为，"这个集子是茨威格形成自己小说创作风格的一个标志"[7]，并援引德国作家和评论家弗里顿塔尔的评论，称该部小说集里的"小说才使他（茨威格）成为一个小说家"[8]。而诗人 F・TH・索

7. [奥] 茨威格著，高中甫主编：《茨威格文集・小说卷》，第 2 页，西安：陕西人民出版社，1998 年版。

8. [奥] 茨威格著，高中甫主编：《茨威格文集・小说卷》，第 3 页，西安：陕西人民出版社，1998 年版。

克尔的赞赏也被引以为据："自从亨利希・曼的《暴风雨的早晨》以来，还没有一部描写模糊的危险的儿童时代的作品如此强烈地攫住了我。"[9] 因此，和茨威格早期作品如《出游》《艾丽卡・埃瓦尔特之恋》相比，"《初次的经历》确立了茨威格在德语文坛的地位，形成了他在小说创作上独具特色的表现风格，也表达了他艺术上的追求：探索和描绘为情欲所驱使的人的

9. [奥] 茨威格著，高中甫主编：《茨威格文集・小说卷》，第 3 页，西安：陕西人民出版社，1998 年版。

精神世界"[1]。

"链条"小说中的第二部是《热带癫狂症患者》（又译《马来亚狂人》），这部 1922 年在莱比锡岛屿出版社出版的小说集的副标题是《一种情欲的故事集》，收录了《热带癫狂症患者》《奇妙之夜》《一个陌生女人的来信》《芳心迷离》《月光小巷》。作品"展示的是由情欲所控制的成年男女的心态"[2]，标志着茨威格的写作已进入了成熟期。

第三部小说集《情感的迷惘》收有《情感的迷惘》《一个女人一生中的二十四小时》《一颗心的沦亡》，于 1927 年在莱比锡岛屿出版社出版。有学者认为，该部小说集 "曾使茨威格获得世界性的声誉，各国评论家公认它最能代表茨威格的热情风格"[3]。另有评论认为《情感的迷惘》是他"描写人的情感的小说中最为出色的一篇"，并引用高尔基的评语来褒奖该篇小说："在我看来，您的风格在这个作品里几乎达到了我在列夫·托尔斯泰的作品里才见到的那种奇妙的立体感、严肃性和力量。"[4]

茨威格的小说，除了这三部小说集外，还有一些描述战争题材。如前所述，在第一次世界大战期间，茨威格是一位和平主义者。他是位"正直的有正义感和责任感的作家"[5]，写出了"以反对战争，控诉战争为题材的小说，如《日内瓦湖畔的插曲》《桎梏》《看不见的收藏》等"[6]。除了这几篇小说以外，像《月光小巷》《雷波莱拉》《象棋的故事》等，"都是写得比较成功的现实主义作品"[7]，是茨威格在中国作为"德语国家中批判现实主义文学的著名代表作家"[8]的佐证。在作品中，茨威格把他"犀利的目光投向现实"，去揭示"人物在宏观世界中的活动和命运"，使作品有了"强烈的时代气息"。[9]这说明，茨威格后期创作的小说如《旧书商门德尔》《巧识新艺》等，有了和"链条"小说不同的风貌，"主宰人物的不再是情欲和无意

1. [奥] 茨威格著，高中甫主编：《茨威格文集·小说卷》，第 2 页，西安：陕西人民出版社，1998 年版。

2. 高中甫：《序言》，见 [奥] 斯·茨威格著，高中甫编选：《一个陌生女人的来信》，第 7 页，南京：译林出版社，1997 年版。

3. [奥] 斯蒂芬·茨威格著，墨默译：《家庭女教师》，载《世界文学》，1963 年第 3 期，第 95 页。

4. 李清华：《斯蒂芬·茨威格及其创作》，载《当代外国文学》，1982 年第 2 期，第 49 页。

5. [奥] 斯特凡·茨威格著，刘微亮、宣树铮、史津海译：《命丧断头台的法国王后》，第 4 页，北京：世界知识出版社，1987 年版。

6. [奥] 茨威格著，高中甫编译：《象棋的故事》，第 3 页，北京：北京燕山出版社，2000 年版。

7. 李清华：《斯蒂芬·茨威格及其创作》，载《当代外国文学》，1982 年第 2 期，第 48 页。

8. 许桂亭：《斯蒂芬·茨威格小说的风格》，载《天津师院学报》，1981 年第 4 期，第 65 页。

9. [奥] 茨威格著，高中甫主编：《茨威格小说全集》，第 10 页，西安：西安出版社，1995 年版。

识的力量，而是社会"[1]。同时，茨威格又是一位人道主义者，他的中、短篇小说中追求的"关爱人性、追求人道"的主题震撼着每一个读者的心。[2]

　　茨威格的小说闻名遐迩。在创作中，作者抓住"个人生活与命运中的一个个插曲，创作出一篇篇中短篇小说，献给读者"，并以他那"高度纯熟的艺术技巧，真实而丰沛的感情，给中短篇这种体裁增添了光辉，特别是他的中篇小说，达到了十分精美的境地，具有很高的艺术价值"[3]。这几乎是中国评论界对茨威格小说的一致评价。而从读者接受的角度评价茨威格小说的艺术价值，似乎更新颖、更具说服力："茨威格小说的艺术魅力就在于：当你拿起任何一本从头读起，就很难再放下，因为他着实是一位艺术氛围渲染大师，他把读者放在一种特定的氛围雾障中，让你越走越深，越深越迷，情感同小说中的人物融化在一起，无法自拔。"对茨威格的叙事技巧，该文站在读者的立场评论道："他还是一个设置悬念的高手，善于用一个悬念统领全篇，让这个悬念牵着你的手，身不由己地走进书中人物的生活，希望立刻得知他们的命运。"文章还称赞茨威格作品的结构："尤其是那出人意料的结尾，更令人叹服。"[4]当然，引用这些赞词并不能说明茨威格的小说已臻完美的境界。阐释具有无限多样性，有的学者就认为，茨威格"许多人物的心理和行为过多地受到情欲及本能冲动的支配，从而冲淡了社会环境和生活矛盾对人物性格的影响"[5]。另外，还有一些评论批评其小说过多使用"心理描写"，并引用茨威格给高尔基的信中的自我评价做论据："我总责怪自己心理描写得太多，缺乏你们俄国作家具有的那种伟大率真。"[6]

　　茨威格的小说创作以中、短篇为主，而长篇小说较少。茨威格生前只出版了一部长篇小说《永不安宁的心》（1939）[7]，茨威格去世后，整理遗稿中，发现了他另一部长篇小说《变形的陶醉》（又译《富贵梦》、《青云无路》）。茨威格一生"没有写下反映广阔复杂社会生活的长篇"，

1. ［奥］茨威格著，高中甫主编：《茨威格小说全集》，第10页，西安：西安出版社，1995年版。

2. 参见雷庆锐：《关爱人性　追求人道——论茨威格小说创作的主题意识》，载《青海民族学院学报（社会科学版）》，2003年第3期，第103页。

3. 许桂亭：《斯蒂芬·茨威格小说的风格》，载《天津师院学报》，1981年第4期，第66页。

4. ［奥］斯蒂芬·茨威格著，智颖宜等译：《象棋的故事》，第2页，太原：北岳文艺出版社，1999年版。

5. ［奥］斯特凡·茨威格著，刘微亮、宣树铮、史津海译：《命丧断头台的法国王后》，第5页，北京：世界知识出版社，1987年版。

6. 许桂亭：《斯蒂芬·茨威格小说的风格》，载《天津师院学报》，1981年第4期，第69页。

7. 该小说又曾被译为《爱与同情》《同情的罪》《心灵的焦躁》《危险的怜悯》《心灵的焦灼》《焦躁的心》，英文版在伦敦出版，德文版在阿姆斯特丹及斯德哥尔摩出版。

有批评家认为其原因是"在时代的动荡与巨变中，他生活不安定，到处漂泊，受到生活范围与阶级视野的局限"。[1] 另有研究者引用茨威格的自述，解释了茨威格之所以长期以来只写中短篇小说而不写长篇小说是"因为他感到自己才力不济，难以驾驭篇幅浩瀚的长篇小说"[2]。

接着看中国评论家或研究者对茨威格小说中所表达的主题、主人公的刻画、艺术表现手法，尤其是精神分析及心理描写在作品中之运用的评析。

分析中国茨威格研究文献可以看到，茨威格小说中女性主题受到了评者的较多关注。伴随着茨威格"情欲小说热"的出版，中国学界对茨威格小说人物内心激情、情欲的表现进行了多层次的探究。比如有："茨威格的小说以善于描写女性人物形象著称，他妙笔生花地创造了许多丰美多姿、感情奔放而又命薄缘悭的女性。伟大的作家高尔基还把'世界上最了解女人的作家'桂冠送给了茨威格。"[3]

20 世纪 50 年代，茨威格的中篇小说因"选取资产阶级社会中妇女的不幸遭遇的题材，极为有力地批判了那种社会里生活的虚伪贫乏、女人的不受尊重和对人的优良品质的残害"[4] 而被译介到中国。可以说，新中国成立后，茨威格小说被首译的是其女性小说。茨威格把妇女作为小说的主人公，"塑造女性形象，揭示女性心理"[5]，以"罕见的温存"（高尔基语）"描写她们的奇特而又不幸的命运，描绘她们感情上痛苦的经历"[6]。茨威格笔下的女主人公"命运大多奇特，遭遇激情，在爱与被爱的渴望中，身心处于一种不可名状的激情冲动中，虽最终为其所毁，但她们在命运的不公正中，总能保持真诚和道德，如青莲出污泥而不染"[7]，从道义上讲，是"道德的化身"[8]。表现该主题的中短篇小说在中国最有名的，同时也是最火爆的当属《一个陌生女人的来信》《一个女人一生中的二十四小时》等名篇。茨威格在小说中塑造了众多女性形象，"从社会地位来分，有下层社会妇女、上流社

1. 许桂亭：《斯蒂芬·茨威格小说的风格》，载《天津师院学报》，1981 年第 4 期，第 66 页。

2. 张玉书：《序》，见［奥］斯台芬·茨威格著，张玉书译：《爱与同情》，第 3 页，北京：华夏出版社，2000 年版。

3. ［奥］茨威格著，李政译：《一个陌生女子的来信》，北京：中国社会科学出版社，2004 年版。

4. 斯·茨威格著，纪琨译：《一个女人一生中的二十四小时》，载《译文》，1957 年第 9 期，第 46 页。

5. 韩耀成：《编选者序》，见［奥］斯特凡·茨威格著，韩耀成编选：《茨威格精选集》，第 15 页，济南：山东文艺出版社，2000 年版。

6. 许桂亭：《斯蒂芬·茨威格小说的风格》，载《天津师院学报》，1981 年第 4 期，第 66 页。

7. 孙岩梅：《论茨威格笔下女性形象的人道主义激情》，载《周口师范高等专科学校学报》，2000 年第 3 期，第 35 页。

8. 陈志菲：《激情驱遣的道德化身——试析茨威格中短篇小说中的女性形象》，载《广州大学学报》，2003 年第 7 期，第 11 页。

会妇女；从职业来说，有妓女、女佣、家庭主妇、职员等；从命
运结局来分，有幸福的、悲剧的；从心理情感来分，有耽于情欲
的、沉于梦幻的等等"[1]。

　　因此，茨威格塑造的女性形象，"使他的女性小说在世界林
林总总的女性文学中独树一帜，具有鲜明的个性"[2]。

　　评论家或研究者还注意到其作品中透露出的作者同情心、人
性的体现。茨威格小说的主题多关注不幸人物的命运，借以"抒
发了悲切情怀"[3]。有学者认为，茨威格是出于"同情心"去描
写那些"不幸的人的身世和遭遇，谴责这个使人遭到不幸命运的
社会"[4]。因此，茨威格笔下的主人公是"'小人物'、弱者、
妇女以及心灵上受到痛苦煎熬的人"[5]，是"默默地忍受命运鞭
挞的人们，他们不会奋起斗争，甚至往往没有坚强的个性"[6]。
而茨威格的这种"同情心"源于其人道主义思想，来自于其"关
爱人性、追求人道"的创作主题意识。

　　也有学者认为，茨威格小说中的主人公都表现出"对人性
的追求的特点，他们为自己的某一道德行为表示深深的悔恨，
为自己的某一过失损坏了他人而内疚"[7]。在作品中，茨威格以
他那细腻的笔触表现"人性的美好与丑恶，人生的追求与迷惘，
人格的独立与尊严"。这一切皆因茨威格"不忍心看到人的高
尚德行遭到毁灭"，他要"竭力发掘那些被埋没的美好人性，
以挽救沉沦的人们，激发他们追求光明生活的信心，给社会一
点儿亮色"。[8]因此，茨威格的小说体现了"人性的礼赞"的思
想意蕴。有人援引高尔基的评语以力举茨威格"追求幸福的生活，
追求高尚的人性"的思想基调："您小说中的人物所以能打动人，
是因为您使他们比我耳闻目睹的那些活人更加高尚，更有人性。"[9]
同时有学者认为，茨威格以"博爱"、"同情"的人道主义思

1. 杨荣：《茨威格小说研究》，第 247 页，成都：巴蜀书社，2003 年版。

2. 高寒：《前言》，见［奥］斯·茨威格著，高寒编：《斯·茨威格女性小说集》，乌鲁木齐：新疆人民出版社，1995 年版。

3. 许桂亭：《斯蒂芬·茨威格小说的风格》，载《天津师院学报》，1981 年第 4 期，第 66 页。

4. 张玉书：《译者前言》，见［奥］斯台芬·茨威格著，张玉书译：《爱与同情》，第 7 页，杭州：浙江文艺出版社，1983 年版。

5. 韩耀成：《译后记》，见［奥］斯特凡·茨威格著，韩耀成译：《一个陌生女人的来信》，第 2 页，杭州：浙江文艺出版社，2001 年版。

6. 金福：《斯蒂芬·茨威格和〈危险的怜悯〉》，见［奥］斯蒂芬·茨威格著，彭恩华译：《危险的怜悯》，第 5 页，太原：山西人民出版社，1984 年版。

7. 文斌：《人性的礼赞——浅析茨威格小说的思想意蕴》，载《湖南师范大学社会科学学报》，1998 年第 2 期，第 115 页。

8. 雷庆锐：《关爱人性　追求人道——论茨威格小说的创作的主题意识》，载《青海民族学院学报》，2003 年第 3 期，第 103 页。

9. 文斌：《人性的礼赞——浅析茨威格小说的思想意蕴》，载《湖南师范大学社会科学学报》，1998 年第 2 期，第 115 页。

想观在作品中构建了"同情——爱感——人本"的三位一体的主体意识[1]，并指出茨威格的这种"爱感理想带有浓郁的空幻色彩"，从而"削弱了作品应有的现实意义"。

另外，人们也关注到其作品中对少年青春期心理的描写。茨威格作品中另一重要题材是关注"青少年青春期心理，描写少男少女青春前期和青春期的心理"[2]。在茨威格第一部"链条"小说集《初次的经历》中的 4 篇来自"儿童王国里的故事"中，茨威格刻画的主人公都是少男少女。在作品中，茨威格用"青春萌动期儿童视角去观察去描绘为情欲所主宰的成人世界，裸呈了儿童的迷惘、躁动不安的心态"[3]。关于茨威格关注这一题材的深层原因，有译者曾在《茨威格：对人道的孜孜不倦的追求》一文中详细地加以阐述，并剖析了茨威格对青少年"发育成长的关心，对青春期青少年的心理所做的细致入微的研究和真实生动的描绘不啻是对当时资产阶级虚伪的道德和奥地利学校教育的有力批判，是对家庭、学校和社会忽视对青少年进行青春期教育的严肃的控诉"[4]这一思想内涵。茨威格对青少年男女青春期心理的生动描写使他的作品在中国成为"让大师的智慧点亮青春岁月"[5]的青少年读物。

"激情——情欲"是中国评论者所注意的茨威格作品所体现的另一个重要主题。有学者认为，茨威格对这一主题有种"偏爱"，因为他"着力和细腻地表现了被情欲主宰的男女所犯下的'激情之罪'"[6]。也有学者认为，茨威格中短篇小说绝大多数都写到"激情的遭遇"，笔下的主人公"大多是一些抵抗不住命运摆布的人物"，往往受到"激情的煎熬，而且一辈子都在饱尝激情所酿成的苦酒，有的还导致悲剧性的结局"[7]。他举例证明："或写某大饭店的侍者对一位伯爵夫人的一见钟情，竟以殉情来了却自己无法实现的心愿（《森林上空的星星》）；或以干旱和大雨象征两性间的相互渴求，以及少女在梦游中寻求愿望

1. 朱祖林：《斯蒂芬·茨威格的爱感意识与创作主题》，载《外国文学研究》，1998 年第 1 期，第 115 页。

2. 韩耀成：《编选者序》，见 [奥] 斯特凡·茨威格著，韩耀成编选：《茨威格精选集》，第 13 页，济南：山东文艺出版社，2000 年版。

3.《卷首语》，见 [奥] 茨威格著，高中甫主编：《茨威格文集·小说卷》，第 2 页，西安：陕西人民出版社，1998 年版。

4. 韩耀成：《编选者序》，见 [奥] 斯特凡·茨威格著，韩耀成编选：《茨威格精选集》，第 14 页，济南：山东文艺出版社，2000 年版。

5. [奥] 茨威格著，高中甫编选：《茨威格欲望小说》，上海：百家出版社，2004 年版。

6.《卷首语》，见 [奥] 茨威格著，高中甫主编：《茨威格文集·小说卷》，第 14 页，西安：陕西人民出版社，1998 年版。

7. 韩耀成：《编选者序》，见 [奥] 斯特凡·茨威格著，韩耀成编选：《茨威格精选集》，第 17 页，济南：山东文艺出版社，2000 年版。

的达成（《雨润心田》）；或是通过男孩子的眼睛来揭示成人世界的秘密（《灼
人的秘密》）；或写 C 夫人因一时的本能冲动而委身于一个赌徒所造成的
长期精神痛苦（《一个女人一生中的二十四小时》）；或描写一个少女对
一位作家的单方面的炽热的爱，以及这种畸形的爱所造成的苦酒（《一个
陌生女人的来信》）。"[1]

　　从小说的内容来看，茨威格的第二部及第三部小说集《热带癫狂症患
者》与《情感的迷惘》都表现了主人公的激情状态及内心世界。茨威格研
究专家、英国传记作家普拉特在评论《热带癫狂症患者》这部小说集时认为，
小说中"对日常生活表层下面隐藏的激情的描写却令人信服"[2]。中国学者
把这种"令人信服"的"激情"称为"非理性激情"，称这种"非理性的
激情是一种类似热带癫狂症的状态和内心世界的激情"[3]。在小说中，茨威
格把这种"激情——情欲"表现为人的一种自然合理的本能的需求，同时
又描写了这种情欲和理智在心灵中的搏斗，因此，"表面上看，作者所写
的是'欲'对人的控制、主宰，但颂扬的却是这种高于生理本能的'情'"[4]。
茨威格作品中对激情、情欲的描写使他的情欲、欲望小说颇受中国读者的
喜爱，20 世纪 90 年代中后期及进入 21 世纪，中国出版了大量此类题材的
茨威格小说及小说集就是有力证明。

　　茨威格的小说既有描写人情、人性的细腻，又有残酷的战争的表现。
就此，人们还看到战争题材在其作品中的地位。在茨威格的小说中，"有
一些反战小说，着重揭露战争给人民造成的精神创伤"[5]。"尽管茨威格不
是一个时代感很强的作家，但两次大战及此间的历史事件依然不能不在他
的作品中得到反映，即使为数不是很多。"[6]茨威格的反映战争的小说，
数量确实不多。主要有：《看不见的珍藏》，写的是第一次世界大战后德
国经济危机中的一个悲剧；《日内瓦湖畔的插曲》《旧书商门德尔》，控
诉了战争给普通人（世事懵懂的农民、不问世事的书商）带来的灾难；《桎
梏》，写主人公对军事当局由顺从、恐惧到觉醒和反抗的过程，对战争这

1.《前言》，见［奥］斯特凡·茨
威格著，韩耀成译：《一个陌生
女人的来信》，第 2 页，北京：
解放军文艺出版社，1997 年版。

2. 韩耀成：《编者序》，见［奥］
斯特凡·茨威格著，韩耀成编选：
《茨威格精选集》，第 15 页，济
南：山东文艺出版社，2000 年版。

3. 鲍维娜：《论茨威格情欲小说
中的非理性激情》，载《兰州大
学学报》，1998 年第 2 期，第 129 页。

4. 鲍维娜：《论茨威格情欲小说
中的非理性激情》，载《兰州大
学学报》，1998 年第 2 期，第 132 页。

5. 韩耀成：《编者序》，见［奥］
斯特凡·茨威格著，韩耀成编选：
《茨威格精选集》，第 19 页，济
南：山东文艺出版社，2000 年版。

6. 高中甫：《前言》，见［奥］
斯蒂芳·茨威格著，高中甫、韩
耀成等译：《茨威格小说集》，
第 9 页，天津：百花文艺出版社，
1982 年版。

架"巨大的杀人机器"进行了谴责；《象棋的故事》，揭露了法西斯野蛮势力对人精神的摧残；另外，《十字勋章》及《塞德拉克》描写了战争给前方的士兵和后方的百姓带来的只有灾难。[1] 在创作中，茨威格很少"像传统文学那样直接再现战争场面"[2]，而是"追寻战争对人心灵的影响"[3]，在茨威格一生创作的为数不多的小说中，"也只有这几篇有着较为浓烈的时代气息和尖锐的现实意义"[4]。对于表现战争题材的小说的艺术手法，学者认为，茨威格"避免了细腻得繁琐的心理刻画"，比起他那些"以情欲、激情为题材的小说来，令人感到清新"。[5] 因此，反法西斯小说《象棋的故事》被认为是茨威格小说中"最好的作品，较之其他多半以爱情故事为中心的中短篇小说高出一筹。它无疑是茨威格的中短篇小说中思想性与艺术性最高的一篇"[6]，被称为茨威格作品中的一篇杰作。在中国，该部译作被列入"译林世界文学名著·现当代系列"、"世界文学名著百部"、"世界文学名著·世界经典影片特藏版"、"外国文学名著精品丛书"、"永久记忆版世界文学名著文库"、"99 经典文库·外国文学"等系列丛书中，被反复印行，历久不衰。

对主人公生动、鲜明的刻画是小说获得艺术效果的重要表现手段。研究者发现，茨威格小说中的主人公都是"小人物"，都是"一些屈服既定命运的，并在命运圈子里捍卫和维护自己意志和感情的人"[7]，如茨威格自述，"都是一些抵抗不住命运摆布的悲剧人物"[8]。但其作品中的人物却涉及社会各阶层："从

1. 参见韩耀成：《编选者序》，见［奥］斯特凡·茨威格著，韩耀成编选：《茨威格精选集》，第 11 页，济南：山东文艺出版社，2000 年版；高中甫：《前言》，见［奥］斯蒂芳·茨威格著，高中甫、韩耀成等译：《茨威格小说集》，天津：百花文艺出版社，1982 年版；杨荣：《战争与 20 世纪外国文学——兼论茨威格小说对战争的描写》，载《南宁师范高等专科学校学报》，2003 年第 3 期，第 22 页；朱祖林：《追寻战争对人心灵的影响——兼论斯·茨威格的战争观》，载《四川教育学院学报》，1997 年第 4 期，第 50 页。

2. 杨荣：《战争与 20 世纪外国文学——兼论茨威格小说对战争的描写》，载《南宁师范高等专科学校学报》，2003 年第 3 期，第 25 页。

3. 朱祖林：《追寻战争对人心灵的影响——兼论斯·茨威格的战争观》，载《四川教育学院学报》，1997 年第 4 期，第 51 页。

4. 高中甫：《前言》，见［奥］斯蒂芳·茨威格著，高中甫、韩耀成等译：《茨威格小说集》，第 9 页，天津：百花文艺出版社，1982 年版。

5. 高中甫：《前言》，见［奥］斯蒂芳·茨威格著，高中甫、韩耀成等译：《茨威格小说集》，第 9 页，天津：百花文艺出版社，1982 年版。

6. 余匡复：《德国文学史》，第 662 页，上海：上海外语教育出版社，2001 年版。

7.《译本序》，见［奥］斯特凡·茨威格著，韩世钟、黄敬甫译：《一个女人一生中的二十四小时》，第 4 页，广州：花城出版社，1996 年版。

8.［奥］斯蒂芬·茨威格著，舒昌善、孙龙生、刘春华、戴奎生译：《昨日的世界———个欧洲人的回忆》，第 187 页，北京：三联书店，1991 年版。

国王到罪犯，从艺术家到乞丐，从富豪到赤贫，从高贵到卑贱，从政治贵族到社会渣滓，从政治家到好色之徒……各式各样、各不相同的人汇成一个浑然一体的社会。"[1]这些人物的一个显著特征，"那就是几乎都没有名字"[2]。茨威格研究专家普拉特也总结道："连主要人物的名字都不提，有时连姓氏的第一个字母都不给，所以我们对人物的背景一无所知。"[3]其著名中篇小说《一个女人一生中的二十四小时》中的"我"、"C太太"，《象棋的故事》中的"B博士"，《热带癫狂症患者》中的"我"、"医生"、"白人妇女"、"军官"、"男孩"等等，都属这类情况。

有学者认为，在对人物心理进行刻画时，茨威格作品受弗洛伊德心理分析的影响。茨威格作品中的人物，基本上都是"极具个性或某种精神类型的个体心理典型，是'典型环境中的典型人物'"[4]，因此，这些在某种精神潜能驱动下，被偶然事件所触发的人物的命运就是不可"重复或类似"的，因而是"'这一个'中的这一个，且只能有一个，是心理个性的精神类型"[5]。他们"往往是从固有的命运逻辑中莫名其妙地偏离正常的轨道，变得敏感、激动、焦躁，最终总是出现其心灵的质变"[6]。有学者则从"时间契合"的视角[7]，来评析茨威格的人物塑造，认为他是把"人物放在特定的时间流程中，或是一天，或是一年，或是一生"来安排人物命运的转折，演绎人物的"激情澎湃而导致心灵变异"。关于人物外在形象的刻画，有学者认为，茨威格小说中的人物形象显示了"外在精神状态单一性"的特点，他的主人公，大都是以平静、忧郁、冷漠、消沉的面目出现在读者面前，读者仅靠对外在形态的感受，难以全面把握人物的精神面貌。因此，茨威格才大量采用心理描写，多层次地探析人物的心灵世界，使人物形象跃然纸上。[8]

1. 杨荣：《茨威格小说研究》，第244页，成都：巴蜀书社，2003年版。

2. 杨荣：《茨威格小说研究》，第245页，成都：巴蜀书社，2003年版。

3. 韩耀成：《编选者序》，见[奥]斯特凡·茨威格著，韩耀成编选：《茨威格精选集》，第17页，济南：山东文艺出版社，2000年版。

4. 杨荣：《茨威格小说研究》，第245页，成都：巴蜀书社，2003年版；池樱：《穿透社会真实的心理现实主义之剑——浅谈茨威格中短篇小说的"心理现实主义"典型塑造》，载《广西师范学院学报》，2003年第3期、第59页。

5. 杨荣：《茨威格小说研究》，第245页，成都：巴蜀书社，2003年版。

6. 陈志菲：《时间与激情——试论茨威格中短篇小说中人物的变异》，载《五邑大学学报》，2002年第1期，第32页。

7. 陈志菲：《时间与激情——试论茨威格中短篇小说中人物的变异》，载《五邑大学学报》，2002年第1期，第32页。

8. 参见张振忠：《笔涉委曲 意出率真——谈茨威格小说的心理描写》，载《沈阳师范学院学报（社会科学版）》，1985年第4期，第63页。

自 1957 年首次在中国被认为"运用心理描写的细腻手法，刻画出人在感情上的苦痛经历"后，茨威格在精神分析和心理描写方面的成就一直受到肯定。有评论称他"以擅长心理描写的特点而进入世界第一流作家的行列，被公认为艺术大师"[1]，作品"以出色的心理描写著称，被人们称为'心理现实主义大师'"[2]，他甚至被称为"打开了弗洛伊德危险闸门的心灵猎手"[3]。可以毫不夸张地说，运用心理描写手法，揭示人物心灵隐蔽的世界，是茨威格小说最为突出的艺术成就。

"茨威格的小说，几乎都是心理小说。"[4] 关于撰写心理小说的动机，茨威格自谓："我认为，自从我们世界外表上变得越来越单调、生活变得越来越机械的时候起，就应该在灵魂深处发掘绝然相反的东西。"[5] 他还认为，"谜一般的心理的东西对我具有一种困扰力，去探索它们的相互联系，我就感到十分激动"[6]。因而"翻开茨威格小说，我们确实明显地感到弗洛伊德的影响"[7]。"茨威格的中短篇小说可以说是弗洛伊德学说的文学性图解。"[8] 除了极少数学者[9] 认为茨威格的小说与荣格的理论具有相当的一致性外，学界基本一致认可茨威格的作品深受弗洛伊德分析学说的影响。有学者分析茨威格的小说《一个女人一生中的二十四小时》《热带癫狂症患者》《月光小巷》《雷波

1.《译后记》，见王守仁译，房敬千校：《一个陌生女人的来信》，载《钟山》，1979 年第 3 期，第 372 页。

2. 陈竞：《陌生女人·异变心理·悲剧性——谈茨威格开拓的独特心理领域》，载《外国文学研究》，1993 年第 2 期，第 96 页。

3. [奥] 斯台芬·茨威格著，张玉书等译：《永不安宁的心》，北京：华艺出版社，2004 年版。

4. 韩耀成：《编选者序》，见 [奥] 斯特凡·茨威格著，韩耀成编选：《茨威格精选集》，第 15 页，济南：山东文艺出版社，2000 年版。

5. 朱祖林：《斯蒂芬·茨威格笔下的心灵激情》，载《外国文学研究》，1992 年第 1 期，第 14 页。

6. 朱祖林：《斯蒂芬·茨威格的爱感意识与创作主题》，载《外国文学研究》，1998 年第 1 期，第 114 页。

7. 高中甫：《前言》，见 [奥] 斯蒂芳·茨威格著，高中甫、韩耀成等译：《茨威格小说集》，天津：百花文艺出版社，1982 年版。

8.《译者序言》，见 [奥] 斯·茨威格著，智颖宜等译：《象棋的故事》，第 2 页，太原：北岳文艺出版社，1999 年版。

9. 刘伯奎发表在《当代外国文学》1989 年第 3 期的《用强光照亮人物内心的各个角落——茨威格小说特色管窥》一文认为，茨威格的小说并未制囿于弗氏理论，而是和荣格的学说达到了相当的一致性。借用荣格理论来解释茨威格的小说，作品就显示了另外一个面貌。他认为，茨威格笔下的女主人公，多具有较强的"阿尼姆斯"，而男主人公又多具有较强的"阿尼玛"。因此，茨威格的小说以艺术的形式展现了荣格的理论。

莱拉》后，认为弗洛伊德学说对茨威格小说产生了以下影响[1]：

1. 关晓林：《精神分析与茨威格的小说创作》，载《内蒙古大学学报》，1985 年第 3 期，第 83—89 页。本论点观点都摘录自该文，下文中不再一一标注。另，

　　第一，弗洛伊德学说中的"意识和潜意识观点及人格说"对茨威格产生了深刻影响。以上

在雷庆锐撰写的《直逼内心 图解人性——论茨威格小说创作中的精神分析学因素》（载《青海师范大学学报》，2003 年第 3 期），也阐释了弗洛伊德的"力

几部小说的主人公都是"为某种偏执的心理和难以名状的力量所捉弄、驱使，最终毁于激情的

比多"理论、"人格说"中"本我"对人物内心激情的宣泄的创造作用以及通过"释梦"表现人物被压抑在潜意识中的欲望。

专注和令人捉摸不透的狂热"。

　　第二，茨威格小说内容受精神分析的影响。具体表现在：一、泛性论特点；二、"深度心

理学"和目的主义特点；三，神秘主义特点。

　　第三，在对人物的塑造和心理描写的独特风格上，茨威格也受到了精神分析的影响。茨威

格"力求用'心理现实主义'创造出心理上的典型，力求对个体心理的个性发掘和精神分析"。

在创作中，茨威格运用"心理的再现"、"激情的展示"、"偶然事件的选用"这些手段塑造典型。

　　关于精神分析对茨威格创作的影响，有学者撰文评道，茨威格首先"较明显地"受到了弗

洛伊德在治疗精神病人时采用的"自由联想"的方法的影响，在小说中"常常安排特定情景，

让人物倾吐心中的郁结"，如小说《热带癫狂症患者》《一个陌生女人的来信》《永不安宁的心》

的主人公流露出心灵受压抑的根源。其次，茨威格汲取弗洛伊德《梦的解析》中关于"梦是人

的潜意识里的欲望不自觉的流露"的观点，在小说中"描写梦境、铺设通向人们心灵深处的幽径"。

如《永不安宁的心》中霍夫米勒上尉做的三个梦，以及《恐惧》中伊莱娜太太那个压抑的梦[2]。

作者认为"正是凭借这种真实与荒诞出神入化的组合，茨威格揭示了人物幽深的内心世界"。

2. 雷庆锐《直逼内心 图解人性——论茨威格小说创作中的精神分析学因素》（载《青海师范大学学报》，2003 年第 3 期，第 77 页）一文，也表达了这种观点。

最后，"为了使情绪兴奋强度更加高涨，茨威格将心理时间高度压缩，融进一秒钟、一分钟、

一刻钟、瞬间、关键时刻……在这些单位时间量中去表现人物情绪兴奋的持续强度与意识流动

的轨迹"。"自由联想"、"梦境描写"构建了"心理时空"维度，"它们共同深入发掘人物

的心灵空间"，表现"表层意识"、"深层意识"与"潜意识"的多重意识活动，"并随心理

时间的流动而产生位移。对人物心灵空间的展示，使茨威格达到了只有'在列夫·托尔斯泰的

作品里才见到的那种奇妙的立体感'"。

　　不仅如此，茨威格还借助弗洛伊德的精神分析理论，运用心理描写的手法，挖掘人类心灵

的奥秘。"就对象而言，茨威格的心理描写表现了恣肆不拘的心灵激情、沉痛坦诚的忏悔意识

和战神君临下的心灵界域。"[3]通观茨威格的心理描写，他首先注意的是对"心灵激情的观照"。

3. 朱祖林：《斯蒂芬·茨威格笔下的心灵激情》，载《外国文学研究》，1992 年第 1 期，第 10 页。

他"把人物置于激情的把玩之中，既'接近于无限地'表现这一层面的心灵空间，也再现人物

在激情驱使下的遭际；既探寻这种激情之生成，也观照激情的宣泄及其给人带来的心理影响"[1]。

1. 朱祖林：《斯蒂芬·茨威格笔下的心灵激情》，载《外国文学研究》，1992 年第 1 期，第 10 页。

同时，作者还认为，"这是茨威格心理描写的重要构成部分"，旨在"从人道主义角度去晓之以理、审之以情"。

关于弗洛伊德对茨威格创作的影响，茨威格本人也予以认同，说："在我们总是试图进入人的心灵迷宫时，在我们的路上就亮有他（弗洛伊德）的智慧之灯。"[2]

2. 《选本序》，见〔奥〕斯·茨威格著，高中甫编选：《茨威格情欲小说》，第 2 页，上海：上海文艺出版社，1997 年版。

茨威格在心理描写时，深受弗洛伊德的影响已成不争的事实。从艺术表现手法的角度管窥茨威格小说心理描写的特点，也是中国学界普遍关注的研究角度。有人认为，"茨威格小说心理描写最鲜明凸出的特征之一，恰恰就在于茨威格善于抓住那'特定的瞬间'和'最富于孕育性的某一顷刻'，如同画家一般极其敏锐、精细地捕捉人物瞬间之内飘来忽去、稍纵即逝的外部表象或感觉，于人物短暂的举手投足间探幽发微，以简洁凝练的白描笔法巧妙、自然、精确而又含蓄地展露人物的思想感情与微妙的精神世界"[3]。因此，"蕴丰富于瞬间"的心理描写手

3. 胡健生：《捕捉"瞬间存在"，尽显人物精神风采——茨威格小说心理描写艺术管窥》，载《四川教育学院学报》，1999 年第 1 期，第 54 页。

法正是茨威格的小说创作与欧洲其他作家相区别的[4]，是茨威格小说的一个重要修辞手段，具

4. 李伟昉：《蕴丰富于瞬间——茨威格心理描写方法一瞥》，载《河南大学学报》，1995 年第 2 期，第 86 页。

体表现在"有时由作者直接分析，有时人物相互分析，有时人物进行自我分析"[5]。

5. 张燕：《论茨威格中、短篇小说的表现艺术》，载《外国文学研究》，2003 年第 5 期，第 166 页。

可见，茨威格对人物的心理描写有其独到之处。关于茨威格小说中具体人物形象的心理描写，还有一些中国评者认为，茨威格"尤其擅长描绘处于无意识激情中的女性心理"[6]。茨威格

6. 王予霞：《女人·情欲·困惑——斯·茨威格心理小说初探》，载《鹭江大学学报》，1995 年第 3 期，第 42 页。

借助"本我"与"超我"的冲突，"把笔触伸向女性灵魂中最隐秘、最幽微的角落，从她们在无意识冲动和可控意识之间的激烈紧张的对峙中，描绘出一幅幅骚动不安、痛苦绝望、扭曲颤栗的'心灵受难图'"[7]。

7. 王予霞：《女人·情欲·困惑——斯·茨威格心理小说初探》，载《鹭江大学学报》，1995 年第 3 期，第 42 页。

通过上述分析，有学者将茨威格心理描写的方法诠释、归纳为三种："（一）坦白法：即把掩埋在心底的不为人知、不为人测、不为人及的思想、意识、情感，用'我'的口和盘托出，毫不隐瞒。（二）剖析法：对那些意义不能一目了然的行为现象，通过直接分析，作出心理学的解释，从而接近现象的本质。（三）印证法：用有明确意识或意义明了的行为，对下意识活动的层次和内容起显明、证实的作用。"[8]

8. 张振忠：《笔涉委曲 意出率真——谈茨威格小说的心理描写》，载《沈阳师范学院学报（社会科学版）》，1985 年第 4 期，第 65 页。

茨威格为何对"心理描写"情有独钟？有学者从"社会情绪"和"茨威格个人的'形式情绪'"角度出发，来论证茨威格偏爱心理描写的原因。他认为，茨威格生活的"时代环境、社会环境、文学环境、个人遭际、人道主义理想"这些"社会情绪"以及茨威格的"美学理想、个人志趣、

习惯的表达方式及擅长的表现手段等艺术创作的个性"这些"形式情绪"的"交并"[1]，使茨威

1. 张文勇：《社会情绪与形式情绪的交并——兼论茨威格小说心理描写的现实性》，载《外国文学研究》，1991 年第 4 期，第 109 页。

格形成了自己独特的创作手法。

凡事往往具有两面性。精神分析及心理描写对茨威格的创作也产生了消极的影响。有学者认为，"好的一面"和"不好的一面""二者泾渭分明"。文章中所述"不好的一面"也为其他评论者所认可。现摘录如下：

好的一面是：在对个体心理的发掘上，达到了空前的真实，甚至是达到了令人恐怖而不敢正视的真实。这种真实的力量撼动人心，令人叹为观止。坏的一面是：首先，把笔力过分集结在个性心理的描写上，而很少或根本不去提供产生这些心理的社会历史背景，把"人物放在与社会隔绝的环境，割断了他们与时代的联系……就使人物的活动失去了得到合理解释的凭依。尽管茨威格有力地、细致入微地、合乎逻辑地描绘了人物内心活动的发展变化，但深究起来，就令人有如无源之水、无本之木那样的飘浮之感。单纯的心理分析，无助于揭示人物与社会的联系"。其次，如茨威格所言，他缺少"从事重大构思的能力"，因此他回避重大社会题材。题材的范围过于狭窄，就很难也不可能反映生活的广大内容。[2]

2. 关晓林：《精神分析与茨威格的小说创作》，载《内蒙古大学学报》，1985 年第 3 期，第 89 页。

过多的心理描写使作品显得繁琐、冗长，茨威格本人也深知这一点。他在给高尔基的信中曾写道："我专心于心理刻画，虽苦苦工作，却从未找到你笔下那种简洁明晰的形式。"[3]但

3. 许桂亭：《斯蒂芬·茨威格小说的风格》，载《天津师范学院学报》，1981 年第 4 期，第 69 页。

细腻的心理分析这一手法的运用使茨威格作品达到了"令人恐怖而不敢正视的真实。这种真实的力量撼动人心，令人叹为观止"。

设置"悬念"是戏剧、电影、小说常用的技巧。茨威格在其小说中也充分运用了这一技巧，并取得了特有"魔力"的艺术效果。读者在初读茨威格的小说时，几乎都会首先感受到"它像电流一样，只要触及到你身上，就能使你的心脏产生一种强烈的搏击"[4]。这是因为，茨威格"是

4. 李知：《S·茨威格小说的结构性悬念》，载《小说评论》，1994 年第 2 期，第 76 页。

一位设置悬念的高手，善于用一个悬念统领全篇，让这个悬念牵着你的手，身不由己地走进书中人物的生活，希望立刻得知他们的命运"[5]。茨威格设置的悬念不是作为传统的小说艺术技巧

5. 《译者序言》，见 [奥] 斯蒂芬·茨威格著，智颖宜等译：《象棋的故事》，第 2 页，太原：北岳文艺出版社，1999 年版。

的悬念，而是"结构性"的，是"通篇全局式"的悬念。小说一开头，几乎都给读者提出一个"谜"，这个"谜"是"设置在作家所充分展示的人物相互关系情感的复杂纠葛、内心世界的冲突以及人物的最后命运与结局上面。小说的通篇才是'谜底'"。因此，茨威格小说的情节"环

6. 李知：《S·茨威格小说的结构性悬念》，载《小说评论》，1994 年第 2 期，第 76 页。

环相扣，节节纽结，很难松解脱落。任何企图做删节性跳跃性的阅读都是不可能的"[6]。该评析

一语道破了茨威格小说让读者感到"一种紧迫逼促的心理，一种紧张得透不过气来的情绪，一种令人窒息的气势"的"艺术魔力"。

小说是用语言来塑造人物形象，反映社会生活，表达作者思想感情的艺术。小说是语言的艺术，茨威格深明此道。茨威格小说的语言优美，富于音乐性。他在小说《一个女人一生中的二十四小时》中对那双有着"很强烈的雕刻感"的手的刻画，被中国学者感叹地称"不愧为语言大师"[1]。因此，有学者认为，在茨威格"众多的艺术技巧里，别具风格的可谓是对人物体态语言的细致入微的揣度"[2]。茨威格小说摒弃"长篇大段的对话"，"而代之以心理涵量丰富的体态语言"。"通过揣度人物的眼睛、手、面部乃至说话的音量、语调来表现人物的内心世界和情绪变化"，如《旧书商门德尔》《永不安宁的心》中对"眼睛"的描写，《夜色朦胧》《一个女人一生中的二十四小时》中对"手"的"动态风采"的刻画等。总之，体态语言使茨威格在刻画人物心理方面，获得了奇妙的艺术效应，即"可靠性"、"言简意赅的表现力"[3]。

在创作中（尤其是小说），视角往往代表着作家特殊的观察方式与感受方式。在茨威格作品中，有学者认为，茨威格的中、短篇小说主要采用了"全知全能视角"和"次要人物的次知视角"的叙述视角。但在叙述过程中，这两种视角又有种种变异组合，体现了两种不同的视角或两个不同层次的视角在作品中自由转变更叠的表现艺术。[4]"在小说中，一个次知视角常常与另一次知视角配合，构成双重视角，由第一次知视角统摄全篇。"[5]这种结构被王涧称为"外叙述者与内叙述者的设置"[6]，以此构建了"框架式"的小说叙事结构[7]。茨威格的"这类视角组合灵巧，大致有三种类型：一是由'我'来转述他讲述的他自己的故事；二是由'我'来转述他讲述的别人的故事；三是由'我'或'他'转述别人的书信或日记"[8]。具体叙述方式表现在："第一，笔墨言情。书信体、自述体、日记体等倾吐心声、诉说衷情。第二，现身说法。即当事人追溯往事、

1. 陈孝信：《这双雕刻般的手——谈〈一个女人一生中的二十四小时〉中"手"的细节描写》，载《徐州师范学院学报》，1985 年第 1 期，第 128 页。

2. 朱祖林：《斯蒂芬·茨威格笔下的体态语言》，载《名作欣赏》，1997 年第 3 期，第 95 页。

3. 参见朱祖林：《斯蒂芬·茨威格笔下的体态语言》，载《名作欣赏》，1997 年第 3 期，第 96 页。

4. 参见张燕：《论茨威格中、短篇小说的表现艺术》，载《外国文学研究》，2003 年第 5 期，第 162 页。

5. 张燕：《论茨威格中、短篇小说的表现艺术》，载《外国文学研究》，2003 年第 5 期，第 163 页。

6. 参见王涧：《独特的视角 炽热的情怀——试析茨威格小说对人类情感的表现》，载《贵阳师专学报》，1996 年第 3 期，第 55 页。

7. 参见杨荣：《茨威格小说研究》，第 356 页，成都：巴蜀书社，2003 年版。

8. 张燕：《论茨威格中、短篇小说的表现艺术》，载《外国文学研究》，2003 年第 5 期，第 163 页。

亲身忆述，这主要是借助倒叙及插叙的映衬来完成。"[1] 以此，茨威格形成了自己独特的叙述视角，

1. 朱祖林：《斯蒂芬 • 茨威格的叙述视角》，载《武陵学刊》，1997 年第 4 期，第 42 页。

使作品独具魅力。

　　修辞是作者运用各种表现方式，修饰文字词句，使语言表达得准确、鲜明而生动有力的艺术。在茨威格的小说中，茨威格使用的修辞手段主要有夸张变形、象征暗示、内心独白等等，主要体现为："内心独白与心理外化，时空交错与倒叙悬念，心理分析和细节描写。"[2]"心理

2. 张燕：《论茨威格中、短篇小说的表现艺术》，载《外国文学研究》，2003 年第 5 期，第 165 页。

分析和细节描写"前已论及，这里主要探讨中国学者对前两种修辞手段在茨威格小说中的运用之研究。

　　有学者认为，茨威格的作品，常常采用"内心独白"这一艺术手段，借人物之口细腻地传达人物的心灵律动。有时候"内心独白与外化描写"双璧合一，达到了人物心理律动客观化、现实化的艺术效果。如《桎梏》中对主人公费迪南无法摆脱战争束缚的恐惧心理的描写就是一例。另外，"时空交错"也是茨威格惯常采用的修辞手法。他摒弃现代派的无条件地高频率地交错，将时空交错与倒叙、悬念等手法结合，有条件地数次交错，并且有较明显的转换线。评者还指出，对这一手法融合得较好的例子是《一个陌生女人的来信》。[3]

3. 参见张燕：《论茨威格中、短篇小说的表现艺术》，载《外国文学研究》，2003 年第 5 期，第 166 页。

　　茨威格这些修辞手段的运用使其小说获得了独特的艺术效果，在中国成为"照进人们情感的内心世界"的烛光，攫住了读者的心。

　　茨威格的创作基调是心理现实主义的，即"通过真实地再现特定环境特定际遇中特定性格的人的心理活动，冷静客观、细腻贴切地揭示和分析人物内心世界的变化规律，并由此来反映现实批判社会"[4]。对茨威格"心理现实主义"的形成，杨荣从"维也纳文化传统的哺育"、"欧

4. 朱祖林：《斯蒂芬 • 茨威格的叙述视角》，载《武陵学刊》，1997 年第 4 期，第 41 页。

洲现实主义文学的影响"、"人道主义精神的浸润"等方面剖析了其根源，并总结了茨威格心理现实主义风格的主要特征：首先是揭示人物心理的复杂性和层次性。其次是通过心理分析来间接地反映社会现实。同时还兼具了现代文学的一些方法和特征，如意识流等，即都注重对人物心灵做深层次挖掘和细腻刻画，都擅长描写人物意识的多层次性、复杂性，写出人物的下意识、无意识甚至本能冲动与变异心理，揭示出人物心灵深处的隐秘。[5] 因此，"茨威格的心理现实主义，

5. 杨荣：《茨威格小说研究》，第 374—410 页，成都：巴蜀书社，2003 年版。

是传统现实主义和现代主义完美结合的典范，是现实主义心理描写的顶峰"[6]。

6. 杨荣：《茨威格小说研究》，第 414 页，成都：巴蜀书社，2003 年版。

　　在小说中，茨威格运用其独特的艺术表现手法，着力表现人的情感活动。以每篇小说中的一种情感的流波为中心，建构起小说中的人物、情节、环境，并以"热中有冷，炽热与悲凉"

矛盾统一的基调使其小说独具特色，使小说具有令
人情怀激荡的魅力。[1]

## 三、 《一个陌生女人的来信》的
### 接受研究

2005 年 3 月，徐静蕾执导的根据茨威格中篇小
说《一个陌生女人的来信》改编的同名电影的公映，
使该部小说几乎成为中国家喻户晓的名作。

这部小说曾"深深地激动了"高尔基，并使其
发出"由衷地赞赏"："我不知道有哪一位艺术家，
能用这么一种对于女人无限尊重而且体贴入微的态
度来描写女人。"[2] 小说《一个陌生女人的来信》
1922 年发表，收在茨威格小说集《热带癫狂症患者》中。
中国知名作家刘白羽曾称其"真是一部惊人的杰作"[3]。
茨威格生前对该部小说"始终是他最受欢迎的作品
之一"[4] 也颇为自豪："我的中篇小说《马来狂人》
和《一个陌生女人的来信》广为流传，平时只有长
篇小说才能如此。它们被改编成剧本，公开朗诵，
拍成电影[5]。"[6]

小说描写了一位痴情女子不求报偿的、痛苦而
又动人的爱情故事[7]，在译介初期，中国学者注重的
是其思想性及作者的创作态度的研究。他们认为，
该部小说"深刻地批判了金玉其表、败絮其中的资

1. 参见王涧：《独特的视角 炽热的情怀——试析茨威格小说对人类情感的表现》，载《贵阳师专学报（社会科学版）》，1996 年第 3 期，第 54 页。

2. 纪琨：《译后记》，载《译文》，1957 年第 9 期，第 45 页。

3. 刘白羽：《谈艺日记四则·现实主义与现代派》，载《光明日报》，1987 年 2 月 19 日。

4. 李清华：《斯蒂芬·茨威格及其创作》，载《当代外国文学》，1982 年第 2 期，第 48 页。

5. 根据 Klemens Renoldner, Hildemar Holl, Peter Karlhuber: *Stefan Zweig: Bilder Texte Dokumente*，茨威格下列作品曾被拍成电影，有的曾被多次拍摄：《一个陌生女人的来信》（1929 年、1943 年、1948 年）、《热带癫狂症患者》（1927 年、1934 年、1944 年）、《恐惧》（1928 年、1936 年、1954 年、1978 年）、《火烧火燎的秘密》（1923 年、1933 年、1977 年、1988 年）、《海滨之屋》（1924 年）、《穷人的羔羊》（1978 年）、《生活的传说》（1954 年）、《玛丽·安托瓦内特》（1938 年）、《变形的陶醉》（1989 年）、《象棋的故事》（1960 年、1973 年、1981 年）、《永不安宁的心》（1946 年、1980 年）、《看不见的收藏》（1953 年、1972 年）、《情感的迷惘》（1979/80 年）、《一个女人一生中的二十四小时》（1934 年、1944 年、1952 年、1961 年、1965 年、1968 年）、《狐狸》（1947 年、1978 年）、《被偷去的岁月》（1950 年）、《一夜天才》（1927 年）、《亨德尔的复活》（1980 年）。

6. 张玉书：《序》，见斯台芬·茨威格：《一个陌生女人的来信》，第 2 页，北京：华夏出版社，2000 年版。

7. 参见孙岩梅：《茨威格与他笔下的女性形象》，载《周口师专学报》，1995 年第 3 期，第 29 页。

本主义上流社会，控诉了它的虚伪和对女性的纯洁感情与优秀品质的戕害。但作品突出描写的是为热情所驱使的女性的伟大和悲剧，而在鞭笞反面人物丑恶灵魂时，似乎有点儿手下留情，这在某种程度上反映了作者超阶级的人道主义创作态度和唯美主义艺术观的局限”[1]。进入20世纪80年代，对该部小说的研究转向对其艺术成就的多角度阐释。伴随着出版热，中国学者分别从“陌生女人”的人物形象特征、“陌生女人”体现的人道精神、小说体现的唯美主义倾向、小说心理描写的表现艺术、小说中非理性激情主题、小说是茨威格“精神自传”的变异等角度出发，对小说进行了全方位、多层次的诠释。

1. 王守仁：《译后记》，载《钟山》，1979年第3期，第373页。

20世纪80年代初，有学者首先对该小说的艺术结构的显著特点进行了探究，认为该部小说“表现作家独具一格的匠心”：

> *小说正文共分五段，每段都以类似的句子开头（第一段：“我的孩子昨天死了——”；第二段：“我的孩子昨天夜里死了——”；第三段：“我的孩子昨天死了——这也是你的孩子”；第四段：“我们的孩子昨天死了——你从来都没有见过他”；第五段：“我的孩子昨天死了，我们的孩子——”）。这种重复使小说的层次更加分明，使所叙述的内容一步步深入，表达了女人死了儿子而无所依托的悲痛绝望心情。*[2]

2. 李清华：《斯蒂芬·茨威格及其创作》，载《当代外国文学》，1982年第2期，第49页。

从叙述视角来看，小说中茨威格采用“书信体”的叙述方式，“外叙述者与内叙述者”直接设置（寄信人与收信人在信被拆开的同时立刻成为外叙述人与内叙述人）[3]，抓住那“特定的瞬间”和“最富于孕育性的那一刻”，展示人物的思想感情和微妙世界[4]。

3. 参见王涧：《独特的视角 炽热的情怀——试析茨威格小说对人类情感的表现》，载《贵阳师专学报（社会科学版）》，1996年第3期，第55页。

4. 参见胡建生：《捕捉“瞬间存在”，尽显人物精神风采——茨威格小说心理描写艺术管窥》，载《四川教育学院学报》，1999年第1期，第54页；李伟昉：《蕴丰富于瞬间——茨威格心理描写方法一瞥》，载《河南大学学报》，1995年第2期，第87页。

知名作家R读完“陌生女人”的那封吐露心扉、倾诉衷肠而又充满无限哀怨的信后，觉察到了些许感情上的蛛丝马迹，却怎么也想不起来写信者究竟是谁。当他瞧着信中“谁还会在你的生日老给你送白玫瑰”一句话时，方才恍然发现，多少年来还是第一次在自己生日这天花瓶里没有插花。作家R不由得悚然一惊，仿佛觉得有一扇看不见的门突然打开，阴冷的穿堂风从另一个世界吹进自己寂静空廖的房间。他感觉到死亡和不朽的爱情：“百感千愁一时涌上他的心头，他隐约想起那个看不见的女人，她飘浮不定，然而热烈奔放，犹如远方传来的一阵乐声。”这里，作者巧妙地捕捉到作家R在看信的特定瞬间所产生的异样感觉，来展示其内心活动，从而使读者得以窥见其灵魂最幽暗、隐秘的角落，感觉到其灵魂深处最精微的震颤！[5]

5. 胡建生：《捕捉“瞬间存在”，尽显人物精神风采——茨威格小说心理描写艺术管窥》，载《四川教育学院学报》，1999年第1期，第54页。

在人物心理刻画方面，该部小说也有独到之处。茨威格在《一个陌生女人的来信》中独特的心理描写主要表现在纵横交织地展现人物的心理层次，使得人物形象的内心世界更加丰富。具体表现在作者以小说人物的心理统率其行为姿态，使外在活动成为心态的内容，带上了描绘心态的特点。另外心理描写产生的艺术效应，也丰富了人物形象的内心世界。即通过人物复杂、微细的心理变化，塑造了一个神情毕肖的活生生的女主人公形象。虽然"陌生女人"的外在形态是"单一的"，即"那个追求一生，最后凄凄哀哀死去的陌生女人"，但从那些不那么直观、不那么具象的心境叙写中，可以清晰地感受到人物的音容笑貌，看出人物的脸色、眼神、泪光，听到人物的喘息、语调、心律。[1] 因此，作品中"细腻的心理描写，集中代表了茨威格的创作风格"[2]。

在表现人物精神世界方面，茨威格把自己理解的美德赋予在人物形象身上。中国学者认为，"陌生女人""忠贞爱情、自我牺牲、维护人的尊严、渴望仁爱和了解……茨威格将自己所理想的美德，几乎全部赋予了'陌生女子'"[3]。"陌生女人"就是茨威格笔下"最富于人性光彩和人道精神的形象"[4]，是茨威格人道主义思想的集中体现。茨威格"试图以这位理想化的'陌生女人'来唤醒人们的良知，拯救堕落的灵魂，呼唤道义的回归"。因此"小说的最杰出之处，就在于它是一曲对人性至真至诚的深情颂歌"[5]。但也有学者认为，"陌生女人"这种"单相思"式的"爱恋心理"是一种"偏执心理，具有一种异变色彩"。小说中的女主人公是茨威格描写"异变心理"的代表人物之一。因人的"力比多"本能的动力，"陌生女人"把自己的一切情感都倾注到一个不知名的作家身上，而且她暗恋的是一个既不相识又比自己大 12 岁的男子，因此这种特殊的钟情，是超出常情常理的，不正常的。"陌生女人"这种"异变心理"最终使其自食苦果，导致了其一生的悲剧。[6] 还有人认为，这种"真挚、深刻、忘我、痴心到近乎病态的爱"是一种"主宰人行为的非理性的激情"在使然，而"引起读者心悸的也正是这种人物身上的非理性激情。"

1. 参见张振忠：《笔涉委曲 意出率真——谈茨威格小说的心理描写》，载《沈阳师范学院学报（社会科学版）》，1985年第4期，第63页。

2. 申伟：《心灵的发掘者——谈茨威格的中短篇小说》，载《聊城师范学院学报（哲学社会科学版）》，1998年第4期，第104页。

3. 朱祖林：《斯蒂芬·茨威格笔下的心灵激情》，载《外国文学研究》，1992年第1期，第14页。

4. 雷庆锐：《直逼内心 图解人性——论茨威格小说创作中的精神分析学因素》，载《青海师范大学学报》，2003年第3期，第104页。

5. 雷庆锐：《直逼内心 图解人性——论茨威格小说创作中的精神分析学因素》，载《青海师范大学学报》，2003年第3期，第104页。

6. 参见陈竞：《陌生女人·异变心理·悲剧性——谈茨威格开拓的独特心理领域》，载《外国文学研究》，1993年第2期，第96页。

"陌生女人"这种"哪怕我死在床上,假如你呼唤我,我就会立刻获得一种力量站起来,跟着你走"的爱又是一种多么感人至深,令人潜然泪下的感情![1]

1. 参见鲍维娜:《论茨威格情欲小说中的非理性激情》,载《兰州大学学报》,1998 年第 2 期,第 131 页。

2003 年,有一篇文章推陈出新,认为人们长期以来把小说中女主人公"陌生女人"看作是茨威格"笔下最富有诗意的激情形象",把她"作为茨威格人道主义思想的形象体现"的观点只是表面的解读,"并不足以深刻地揭示出隐含在形式层面以下的更为深广的意蕴"。作者认为,茨威格的作品是"某种变异了的'精神自传'"[2]。

2. 参见孙岩梅:《茨威格精神世界的曲折表达——〈一个陌生女人的来信〉再读》,载《周口师范学院学报》,2003 年第 1 期,第 68 页。

其实,早在 1996 年,在《外国文学研究》上的《茨威格的精神乌托邦》一文中,有学者已提出了这种观点。在那里,作家 R 被看作是"陌生女人""心目中的阿尼姆斯,这个美少年和有学问的长者的完美结合,这个过着双重生活的艺术家形象,与其说是'我'不如说是作者自身'着了魔似'的被他深深吸引,作者自恋式陷入一个'镜像世界'不能自拔"[3]。雅克·拉康的"镜像理论",

3. 叶建明:《茨威格的精神乌托邦》,载《外国文学研究》,1996 年第 4 期,第 40 页。

在此得到运用。文章认为,20 世纪的维也纳文化氛围(语言系统)构筑出茨威格的"想象界",个体早期良好的人文教育、优裕的家庭生活条件使想象界染上了强烈的理想色彩,正因为如此,它在恶劣的现实面前往往又是不堪一击的。"想象界"大致对应于自我,它诉诸文学这种"发言行为",企求进入象征界,象征界是为想象提供必需的符号性规范的秩序世界。在文本中,"作家"形象为能指,通过"陌生女人"呈现的顾影自怜式的独白,无法消解潜文本中凸现的象征界的可望而不可即。自始至终反复吟咏"我的孩子昨天死了""这也是你的儿子""你从未见过他",又是对"现实界"的不可理喻之本能的拒绝和恐惧。在小说中,茨威格"以葱茏的诗意,以优美生动的笔触,描绘了陌生女人的爱情"[4],"把深沉的爱,那几乎是痴情的爱、变态的爱,写得那样崇高"[5]。

4. 许桂亭:《斯蒂芬·茨威格小说的风格》,载《天津师院学报》,1981 年第 4 期,第 40 页。
5. 刘白羽:《谈艺日记四则》,载《光明日报》,1987 年 2 月 19 日。

因此,《一个陌生女人的来信》不仅"是茨威格小说中璀璨的明珠,也是世界文学宝库中的珍奇瑰宝",是"几代人都为之风靡"的小说。[6]

6. 张玉书:《序》,见斯台芬·茨威格:《一个陌生女人的来信》,北京:华夏出版社,2000 年版。

茨威格小说在中国的译介与研究,显现出他被读者挖掘和发现的过程,以及其小说之视界与读者之审美经验和期待视界的碰撞与融合。各个阶段所呈现的译介与研究态势,是中国时代文化背景的折射,也是中国翻译文学特点的展示。在中国,直到今天,人们仍旧以极大的热情,继续翻译和介绍茨威格小说。[7]这既表现出茨威格作品魅力不减,也向研究者提出新的课题与

7. 较新的成果有张玉书译:《昨日之旅》,上海:上海译文出版社,2010 年版。

挑战。

第八章　　歌德在中国

歌德作品在中国的传播始于清末洋务运动时期，距今仅有一百多年。其间随着我国国情和文坛风向的变化和起落，终于迎来了现今百花齐放的局面。歌德在中国的接受史共可分为五个阶段：译介初期（1920年以前）、"五四"之后的译介高潮（1920—1937）、抗日战争到新中国成立的余波（1937—1949）、新中国成立到"文革"时期的低迷（1949—1977）以及现代的繁荣期（1977 年—至今）。

# 一、 译介初期（1920 年以前）

歌德

清末，中华大地正处于"国破山河在"的危难之中。不少有识之士先后尝试引入西方的科学技术、思想文化，用以富国强兵。但洋务运动、戊戌变法、辛亥革命皆相继宣告失败。尽管如此，西学东渐之势已起，爱国精英们期求西道以强国体之心不灭。

"果次"（歌德）的大名最早出现在曾任驻德公使李凤苞 1878 年 11 月 29 日的《使德日记》中，但这只是一次无心的偶然事件。[1] 文学史上介绍歌德的第一人应是辜鸿铭。他先后在其英译《论语——引用歌德和其他西方作家举例说明的独特译文》（上海：别发洋行，1898）、英文著作《尊王篇》（上海：别发洋行，1901）和《春秋大义》（北京每日新闻社，1915）中引译歌德等西方作家的他山之石，来注解、支持孔子或自己的中式思想。[2] 在 1910 年铅印出版的《张文襄幕府纪闻》中，辜氏还汉译了德国名哲俄特之《自强不息箴》（即《浮士德》结尾处天使们所唱的一句诗），以此来对应孔子之言[3]。应指出，保守派学者辜鸿铭是宣扬"中学为体，西学为用"的洋务运动的支持者。他译引歌德等西人之言主要是为了证明其"异途同归，中西固无二道"的思想。而本质上他是抗拒西方思想传入的。

第一位汉译歌德作品者当属王国维。他在 1900 年夏天依据英译翻译了德国物理学家海尔模墅尔兹的著作《势力不灭论》，内含《浮士德》摘译。译文如下："夫古代人民之开辟记，皆以为世界始於混沌及暗黑者也。梅斐司讬

[1].1878 年 11 月 29 日，李凤苞在德国参加了美国公使美耶·台勒的葬礼。他由悼词中偶然得知了歌德，便在其日记中简介之，但把重点放在歌德为官的经历上。对此，钱锺书评道："事实上，歌德还是沾了美耶·台勒的光，台勒的去世才给他机会在李凤苞的日记里出现。假如翻译《浮士德》的台勒不也是德国公使而又不在那一年死掉，李凤苞在德国再联下去也未必会讲到歌德。假如歌德光是诗人而不也是个官，只写了'《完舍》书'和'诗赋'，而不曾高居'相'位，荣获'宝星'，李凤苞引了'诔'词之外，也未必会特意再开列他的履历……现任的中国官通过新死的美国官得知上代的德国官，官和官之间是有歌德自己所谓'选亲和势'（Wahlverwandtschaften）的。"参见钱锺书：《汉译第一首英语诗〈人生颂〉及有关二三事》，载《国外文学》，1982 年第 1 期，第 18 页。

2. 参见卫茂平：《德国文学汉译史考辨》，第 3 页，上海：上海外语教育出版社，2004 年版。

3. 辜氏原文为："'唐棣之华，偏其反而。岂不尔思？室是远而。'子曰：'未之思也，夫何远之有？'余谓此章，即道不远人之义。"辜鸿铭曾译德国名哲俄特《自强不息箴》，其文曰："不趋不停，譬如星辰，进德修业，力行近仁。"他同时评论说："卓彼西哲，其名俄特，异途同归，中西一辙。勖哉训辞，自强不息。可见道不远人，中西固无二道也。"《张文襄幕府纪闻》，第 474 页，见黄兴涛等译：《辜鸿铭文集》（上），海口：海南出版社，1996 年版。此处引自卫茂平：《德国文学汉译史考辨》，第 10、11 页，上海：上海外语教育出版社，2004 年版。

翻尔司 Mephistopheles（王国维夹注：德国大诗人哥台 Goethe 之著作 Faust 中所假设之魔鬼之名）

之诗曰：'渺矣吾身，支中之支。原始之夜，厥幹在兹。厥幹伊何，曰闇而藏。一支豁然，发

其耿光。高岩之光，竞於太虚。索其母夜，与其故居。'"[1] 但需指出，王公的翻译亦是无意之举。

1. 王的译文被收入《科学丛书》二集中、于光绪癸卯年二月（约 1902 年三四月）出版。参见周振鹤：《王国维在无意之中最早介绍了歌德名著〈浮士德〉》，

此后，苏玄瑛（曼殊）在其于日本出版的译诗集《潮音》（1911 年）[2]、应时在《德诗汉译》（1914

见《背影是天蓝的：2007 笔会文萃》，第 135—139 页，上海：文汇出版社，2008 年版。

年 1 月）、马和（君武）在《马君武诗稿》（1914 年 6 月）、周瘦鹃在《欧美名家短篇小说》

2. 苏玄瑛（曼殊）以四言文言文格式翻译了歌德《沙恭达纶》一诗。译文："春华瑰丽，亦扬其芬；秋实盈衍，亦蕴其珍。悠悠天隅，恢恢地轮，彼美一人，

（1917 年）中分别对歌德的诗歌、小说进行了汉译。

沙恭达纶。"阿英：《关于歌德作品的初期中译》，载《人民日报》，1957 年 4 月 24 日第 7 版。此处引自《阿英文集》，第 754 页，北京：三联书店，1981 年版。

　　在介绍歌德方面，1903 年上海作新社刊行了赵必振根据日文编本所作的《德意志文豪六

大家列传》，其中就有《可特传》。此文详细介绍了歌德的生平、著作及其对德国文学的影响[3]。

3. 参见阿英：《关于歌德作品的初期中译》，载《人民日报》，1957 年 4 月 24 日第 7 版。此处引自《阿英文集》，第 754 页，北京：三联书店，1981 年版。

1904 年王国维亦在《〈红楼梦〉评论》中提到《法斯特》（今译《浮士德》），并评其精妙

处在于对老博士之苦痛与其解脱之道的描写[4]。盛赞歌德的还有鲁迅、应遥等人，他们称歌德

4. 参见卫茂平：《德国文学汉译史考辨》，第 82—83 页，上海：上海外语教育出版社，2004 年版。

为"日耳曼诗宗"、"德诗宗"（鲁迅语），认为"其为人包罗万象"、"思想广大浩漫"（仲

遥语）[5]。

5. 参见杨武能：《歌德与中国》，第 101、102 页，北京：三联书店，1991 年版。

　　在此阶段，歌德的译名比较混乱。尽管人们对他赞誉有加，但其名仅限于狭小的学者圈内，

且译文皆为文言文。对歌德作品的译介也大多仅凭着个人喜好、兴趣，或只是顺便提及，浅尝

辄止，并无深入的了解和研究。并且，由于通德文人才的稀缺，许多译作是经由英语、日语等

转译而来，有些并不十分准确。而面对当时中国饱受列强压迫欺凌的屈辱形势，爱国知识精英

们译介歌德主要是为了开启民智、洋为中用，以解国势的燃眉之急，因此还谈不上真正从学术

上认识歌德。


## 二、　"五四"之后的译介高潮（1920—1937）


　　"五四"新文化运动大力推介外国的先进文化思想，先后成立的文学研究会和创造社引进

了许多外国文学作品。而经过前一时期的酝酿、准备，又通过郭沫若等人的努力，歌德作品的

译介也在此时达到高潮。

1920 年，上海亚东图书馆出版了田汉、宗白华、郭沫若三人的通信集《三叶集》。在信中，三人对歌德的人生、创作、婚恋及其文学史地位进行了热烈、详尽的探讨，并互勉，要深入全面地研究介绍歌德，打算"先把他所有的一切名著杰作……和盘翻译过来……"[1]《三叶集》的

1. 郭沫若等：《三叶集》，第 75 页，上海：上海亚东图书馆，1920 年版，上海书店 1982 年影印。此处引自卫茂平：《德国文学汉译史考辨》，第 96 页，上海：上海外语教育出版社，2004 年版。

问世宣告了歌德译介高潮的到来。

1922 年，上海泰东书局出版了郭沫若译的《少年维特之烦恼》全译本。由于贴合当时争取个性解放、反抗封建束缚的时代主题，读者反响极其热烈，许多青年人把维特视为知己。当时评论界也对郭译评价甚高，称其译本为"活的文字、活的文学"[2]。此后 15 年间，该书共再版

2. 熊裕芳、黄人影评价说，郭先生翻译的《少年维特之烦恼》"也是令人满意的。可以说是活的文字、活的文学了"。此处参见王慧、孔令翠：《歌德在中国的译介与接受》，载《国外理论动态》，2010 年 10 月期，第 86—90 页。

50 多次，还先后出现黄鲁不（上海：创造社，1928）、傅绍光（上海：世界书局，1931）、罗牧（上海：北新书局，1931）、达观生（上海：世界书局，1932）、陈弢（上海：中学生书局，1934）和钱天佑（上海：启明书局，1936）等人的各种译本。"维特热"也深深影响了当时许地山、黄庐隐（黄英）、王以仁、向培良、郭沫若、蒋光慈、曹雪松、欧阳山、茅盾等一大批作家的文学创作，推动了中国新文学的发展。[3]

3. 随着《维特》的风靡，20 世纪二三十年代的中国文坛涌现出许多构思、主题、基调类似的书信体小说。蔡元培在《三十五年来之中国新文化》中谈到外国文学译作对"五四"时期中国现代文学的影响时便首以《维特》作例。参见高平权编：《蔡元培全集》之第六集（1931—1935），第 90 页，北京：中华书局，1988 年版。

郭译《维特》的成功引起了人们对歌德的极大关注，文坛上正式掀起第一个"歌德热潮"，并在 1932 年歌德百年忌辰之际达到顶峰。截至 1936 年，歌德重要作品或节选的汉译有：小说、散文作品类的《少年维特之烦恼》、《威廉·迈斯特的学习时代》、《诗与真》、爱克曼的《歌德谈话录》、《释勒（席勒）与歌德通信集》；诗歌类如《歌德名诗选》、《中德四季晨昏杂咏》、《赫尔曼和窦绿苔》以及《列那狐》；剧本类有《浮士德》（上、下部）、《史推拉》、《克拉维歌》、《兄妹》、《哀格蒙特》、《塔索》、《铁手骑士葛兹》等。它们先后被郭沫若、周学普、王光祈、成仿吾、陈铨、冯至、张传普（张威廉）、伍光建（君朔）、梁宗岱、张德润、汤元吉、俞敦培、胡仁源、陈天心等人翻译成中文，有的作品还不止一个译本。比如《浮士德》及其片段，便陆续由张闻天（第一部最后一场《监狱》，1922）、莫甦（全译本，1926）、郭沫若（第一部，1928）、张鹤群（第一部中的《夜》）、周学普（全译本，1935）等人译成中文。1934 年，伍蠡甫还在上海新生命书局发表了一部《浮士德》故事梗概。[4]

4. 关于《浮士德》一书在此时的汉译状况，可参见卫茂平：《德国文学汉译史考辨》，第 67—69 页，上海：上海外语教育出版社，2004 年版。

另外，在 1927 年、1929 年、1931 年，戏剧《史推拉》还分别在北平、杭州、太原的舞台上演过。

5. 参见希茨等：《影响中国的十大德国人物》，载《中国图书商报》，2007 年 8 月 28 日。

1933 年太原五月剧社还演出了《克拉维歌》[5]。而 1932 年歌德逝世百周年，上海纪念会场还上演了《葛慈·封·伯利欣根》的片段[6]。

6. 参见杨武能：《歌德与中国》，第 124 页，北京：三联书店，1991 年版。

　　这一时期，不仅有周作人、张传普、刘大杰[1]、余祥森、

1. 周作人在其《欧洲文学史》（上海：商务印书馆，1926 年版）中最早提及歌德。而张传普的《德国文学史大纲》（上海：中华书局，1926 年版）则是中国

孙俍工、唐卢峰、顾凤成等人开始在各自所编的德国（欧洲）

第一部德国文学史。他将勾特（歌德）归为古典主义作家。相较他人，刘大杰的《德国文学概论》（上海：北新书局，1928 年版）以其独特理解和个性的史

文学史、文学家辞典、名人列传中对歌德及其作品进行评述，

观具有很高的学术价值。在其著作中，歌德受到了相当的重视。

还出现了许多研究论文、专著。1922 年是歌德逝世 90 周年。

上海《时事新报》的《学灯》副刊于 3 月 23 日组织了纪念

活动，专门刊登了西缔（郑振铎）的《歌德的死辰纪念》、

愈之（胡愈之）的《从〈浮士德〉中所见的歌德人生观》、

胡嘉的《我对于歌德忌辰的感想》、谢六逸的《哥德纪念

杂感》以及冰心的纪念诗歌《向往》等文。同年八、九月间，

《东方杂志》分 3 期连载了张闻天撰写的长文《哥德的浮

士德》。作者从欧洲文化、精神背景与歌德本人思想、经

历等角度入手，强调浮士德对人生积极、执着的态度，将

其一生理解为一部个人的发展史。[2] 而文末作者的一声叹息

2. 参见卫茂平：《德国文学汉译史考辨》，第 83 页，上海：上海外语教育出版社，2004 年版。

"唉，保守的，苟安的中国人呵！"则隐现了撰文者的用意，

似乎除了学术考量外，还夹杂着对当时国人精神状态的恨

铁不成钢。

歌德原著·郭沫若译

浮士德

敦沫若译《浮士德》
东南出版社 1944 年版汉译封面

　　1932 年歌德百周年忌辰前后，不少报纸、杂志纷纷刊

登文章，开出纪念专号、特刊，一些出版社也相继推出多

部文集、传记，以此表达对一代文豪的尊崇和景仰。其中，

尤以《新时代月刊》《北平晨报学园》《读书杂志》《大公

报文学副刊》《清华周刊》《鞭策周刊》等最为活跃。[3] 有

3. 参见杨武能：《歌德与中国》，第 119 页，北京：三联书店，1991 年版。

趣的是，往往政治倾向不同的报刊，所选文章也不同。比

如纯文学刊物《新时代》，一如其不谈政治，只论文章的

宗旨，登载的如《歌德的生平及其著作》（魏以新）、《科

学家的歌德》（毛一波）等文章都只客观地对歌德其人其

文进行介绍、探讨；而素有"左联外围期刊"之称的《文

艺新闻》则刊登《追忆歌德百年祭》一文，虽以赞颂为主，但也指出应对小资产阶级青年知识分子的"浪漫谛克"情怀予以警惕、清算[1]。

后来，这些数量庞大的文章经过挑选，被收录进各式的文集。比较重要的有陈淡如的《歌德论》（上海：乐华图书公司，1933）、宗白华和周辅成编的《歌德之认识》（南京：中山书局，1933）以及曾觉之译的《高特谈话录》（上海：世界书局，1935）[2]等。尤其是《歌德之认识》，共收论文 21 篇，可分为翻译、研究、介绍三组。翻译部分展示了他国学者对歌德的理解；研究部分主要围绕歌德的思想、著作以及歌德与世界文化、文学的关系；介绍部分则以纪念歌德为主题。这部集子视野开阔、视角多元，不仅汇聚了各学科、专业的重要学者，还收录了外国学者的研究成果，具有一定的学术价值。[3]

在此还想提一提由国立北平图书馆和德国研究会合编的《葛德纪念特刊》（天津《德华日报》，1932）。这本 16 页的册子中德文各占一半，集译文与中德名家、学者的论文于一体，堪称歌德在中国早期译介的重要资料之一。

传记方面的论著有柳无忌的《少年歌德》（上海：北新书局，1930）、黎青主的《哥德》（上海：商务印书馆，1930）、冯至的《歌德传》（1932 年前）[4]、张月超的《歌德评传》（上海：神州国光社，1933）、徐仲年的《歌德小传》（上海：女子书店，1933）、陈西滢译的《少年歌德之创造》（A．Maurios 著，上海：新月书局，1937）等等。

对彼时当红的《维特》一书，郭沫若的理解则颇具代表性，即"主情主义"、"泛神主义"、"对于自然的赞美"、"对于原始生活的景仰"以及"对于小儿的崇拜"。而此译文中"钟情"、

1. 参见卫茂平：《德国文学汉译史考辨》，第 91—92 页，上海：上海外语教育出版社，2004 年版。

2.《高特谈话录》实为 1932 年 5 月在德国法兰克福召开的纪念歌德百年忌辰的一会议文集。

3. 编者将该书分为五个部分：(1) 歌德的人生观与宇宙观（四篇文章）；(2) 歌德的人格与个性（三篇译文、一篇文章）；(3) 歌德的文艺（一篇译文、两篇文章）；(4) 歌德与世界（一篇译文、六篇文章）；(5) 歌德纪念（附录部分）（两篇文章）。

4. 据顾正祥称，未见冯至此书。仅在 1932 年 3 月 22 日《葛德纪念特刊》中郑寿麟撰的《葛德与中国》（第 6 页）、1933 年张月超著的《歌德评传》（附录Ⅲ）见过此书书讯。但均未注明出版地和出版年月。参见顾正祥：《歌德汉译与研究总目》，第 411 页，北京：中央编译出版社，2009 年版。另外，河北教育出版社 1999 年版的《冯至全集》中，也未见此书。但冯至曾译有"俾德曼"编的《歌德年谱》，"译者前言"中有"1932 年 3 月，予客居柏林，适逢歌德逝世百年纪念"的字样。参见《冯至全集》第十一卷，第 345 页，石家庄：河北教育出版社，1999 年版。

"怀春"等关键词也成了当时"维特"乃至歌德研究的主题。"风流多情","爱情是其创作

源泉","维特即是歌德"……这似乎就是那一代人眼中的歌德形象。[1]

1. 参见卫茂平：《德国文学汉译史考辨》，第 75、79—81 页，上海：上海外语教育出版社，2004 年版。

"五四"时期，随着歌德作品尤其是诗歌的大量汉译，文坛上还掀起了多场有关翻译的论争。

参与者甚广，当时几乎大多数翻译主将如郭沫若、成仿吾、梁俊青、孙铭传、郑振铎、徐志摩、

素痴等都发表过见解，有的甚至言辞激烈。[2]

2. 影响较大的主要有三场翻译论争。第一场主要围绕郭译《维特》。译文出版后，批评界舆论也并非一面倒地赞扬。梁俊青便首先站出来"挑刺"，其书评

总的来说，"五四"后的这股歌德热潮席卷面非常之广。究其缘由，主要在于歌德（尤其

引发了轩然大波。这场笔战言辞激烈，以《文学》杂志为战场，持续了 12 期，先后涉及了郭沫若、梁俊青、成仿吾、郑振铎等人。第二场的主战场为《文学

是"狂飙突进"时期青年歌德）的思想契合了当时"五四"学人所追求的张扬自我、个性解放、

旬刊》，郑振铎、万良浚、茅盾、郭沫若等人围绕翻译对象的选择问题打了一场笔仗。不同于前两场的剑拔弩张，第三场笔墨官司比较温和。徐志摩、胡适、

反对封建束缚等要求。但因受限于当时翻译水平、理解能力、风气导向等因素，不少译文显得

朱家骅、成仿吾、李鋈和等人的探讨从汉译追溯到汉译所据的译本选择，各抒己见。关于这些译坛笔战可参见卫茂平：《德国文学汉译史考辨》，第 75—77 页、

比较粗糙，或意译过于随性，或直译过于生硬，有时还有遗漏或删减等。而论述方面，虽不乏

第 86—87 页、第 87—91 页，上海：上海外语教育出版社，2004 年版。

独特的见解，但大多或不够系统深入，或主观性过强，佳作不多。但无论如何前辈学者们的这

些努力对中国的歌德译介作出了很大的贡献。尤值一提的是，1932 年，中国已处多事之秋，内

忧外患夹击。而忧国忧民的仁人志士们还能如此煞费苦心纪念歌德的百周年忌辰，其心可贵。

正如周辅成在《歌德之认识》前言中所说："（这）证明我国人在物质困苦里还没失却对精神

3. 李长之：《歌德之认识》，载《新月》，4 卷 7 号，1933 年 6 月 1 日。此处引自唐金海等：《新文学的里程碑·评论卷》，第 484 页，上海：文汇出版社，

价值的钦慕。"[3]

1997 年版。

# 三、 抗日战争到新中国成立前的余波（1937—1949）

1937 年，日本开始全面侵华，中华民族面临生死存亡的关键时刻。抗敌救国是第一要务。

歌德热在中国开始降温。与前一时期相比，无论译文还是研究论文的数量都减少了。

这一时期的翻译作品大多为重译，如郭沫若译的《赫尔曼与窦绿苔》（重庆：文林出版社，

1942）和《浮士德》第二部（上海：群益出版社，1947）、梁宗岱的《浮士德（选译）》（《时

与潮文艺》，第 5 期，1946.5.15）等。新译部分，有杨丙辰的《亲和力》（长沙：商务印书

馆，1941）、刘盛亚的《少年游》（即《威廉·麦斯特的漫游时代》）（重庆：群益出版社，

1944）以及一些收录在各式合集、杂志中的诗歌、叙事作品，如梁宗岱译的《默罕默德礼赞歌》

（《抗战文艺》，第 6 卷 1 期，1940.3.30）、方闻译的《罗马哀歌》（被收入外国诗歌合集《罗马哀歌》，永安：点滴出版社，1944）、李长之译的《新的巴黎王子的故事》（即《新柏里斯》）和《新的鱼人梅露心的故事》（即《新美露西那》）（收录于《歌德童话》，成都：东方书社，1945）、胡仲持的《带灯的人》（收入《女性和童话》，香港：资源书局，1949.1）等等。还有人把目光投向歌德的书信。1940 年，《中德学誌》第 2 卷分 3 期刊载了张德润译的《释勒与歌德通信选集》中节选的 115 封信件。

值得一提的是，《威廉·迈斯特的学习时代》中《迷娘曲》一诗自歌德译介初期以来便颇受译者喜爱。截至 1949 年，陆续有马君武、郁达夫、郭沫若、黎青主、张传普、梁宗岱、廖晓帆等人译过。它还曾被田汉改编成独幕剧《眉娘》（1928）。"九·一八"事变后，陈鲤庭等人又在此基础上将其改编为宣传抗日的广场剧《放下你的鞭子》，并在各地上演，在国内外都引起极大的轰动，为我国动员抗日和争取国际支持造了势。

研究方面，国难当前，多愁善感的"维特"已很难引起国人的共鸣。仅商章孙在 1943 年的《时与潮文艺》创刊号上发表了《少年维特之烦恼考》一文。作者延续前一时期对歌德"风流多情"的讨论主题，试图从"维特"的经历中探寻歌德的恋爱经历。

而自强不息、努力奋斗的"浮士德"则渐渐得到不少忧国忧民、内心苦闷的知识分子的赏识。1940 年，陈铨在其《浮士德的精神》中将浮士德精神概括为个人式的永不满足、努力奋斗、不顾一切和浪漫主义的激烈感情[1]。简言之，就是一种个人主义的奋斗精神。在文末，他还逐条对比、

1. 参见陈铨：《浮士德的精神》，载温儒敏、丁晓萍：《时代之波——战国策派文化论著辑要》，第 362—367 页，北京：中国广播电视出版社，1995 年版。

批判与之相反的中国传统价值观，指出在当时那种竞争、战乱的时代中，中国人唯有改变态度，向浮士德学习，方有前途。他与前述的张闻天一样，都将浮士德精神解读为对独立的个体生命价值的肯定。

不同于陈铨的借浮士德精神以鼓国人之气，冯至在其 1948 年撰写的《〈浮士德〉里的魔》一文中独辟蹊径，研究了否定性力量——魔鬼梅菲斯特，并得出结论："恶的反动势力对于一

2. 冯至：《〈论歌德〉的回顾、说明和补充》，见《冯至学术论著自选集》，第 379—380 页，北京：北京师范大学出版社，1992 年版。

个孜孜不息的人是一个有力的刺激，使他更积极地努力。"[2]细品之下，他的这个结论也指涉了

3. 据冯至本人后来在其《〈论歌德〉的回顾、说明和补充》中回忆，那时，一方面是爱国志士英勇抗敌，振奋人心；另一方面却时局昏暗腐败，国民党制造分裂，

在当时内忧外患、战乱动荡的年代中他自己的精神状况。[3]

前方还不时有失利消息传来。于是，虚无主义的悲观情绪便开始在一些人中产生。在这种光明与黑暗斗争之时，冯至便诵读《浮士德》，从中汲取力量。他将《浮

还有学者注重浮士德精神的社会意义，将其理解成为人类服务，造福大众。郭沫若就在其《〈浮

士德〉视为一部肯定精神与否定精神的斗争史。最后，终生奋斗的浮士德灵魂得以升天，宣告了代表虚无主义者的魔鬼的失败。

士德〉简论》（《中国作家》，第 1 卷第 1 期，1947.10.1）中将结尾处"开拓疆土"的一幕诠释

为由自我中心主义到人民本位主义的发展[1]。这种"为人类服务"的理想主义阐释，一方面与中国传统文化中重群族、整体，轻个体的思想有关；另一方面，也受到了"五四"时期广泛流传的马列主义新思想的影响。

有关《浮士德》的论文，还有樊澄译的《葛德论自著之浮士德》（长沙：商务印书馆，1940）、李辰东的《〈浮士德〉第二部的雏形》（《文艺月刊》，9 月号，1941.9.16）、岳波的《读〈浮士德〉后记》（《解放日报》，1942.1.7—8）、李长之的《浮士德观念之演变》（见《德国的古典精神》，成都：东方书社，1943）、李辰冬译的《浮士德研究》（Lichtenberg，Henri 著，重庆：商务印书馆，1945）、娄塘的《〈浮士德〉及其中译本》（《文艺知识》，第 1 集之 2，1947）、巴金的《浮士德的路》（《文艺春秋》，8 卷 2 期，1949.3.15）等等。

这一时期还出现了一部国内学者公认的重量级专著——冯至的《歌德论述》（上海：正中书局，1948）。内收其于 1941 年至 1947 年间撰写的 6 篇论文[2]。尽管作者自谦内容不够全面[3]，但相比前人的研究，冯至的选题更细致，论述更严谨。而且他注重文本本身，善于挖掘细节，对老年歌德有了深入的理解。[4]

在 1941 至 1946 年中，冯至还在西南联大开设了"歌德"、"浮士德研究"、"浮士德与苏黎支"三门课程，并应邀做了一系列讲座。

这一时期"歌德热"的消退可以概括为以下原因：客观上，由于时局动荡，国难当头，许多出版社、学人为避战火不得不辗转迁徙，已无力再顾及歌德。主观上，对大多数读者来说，在深重的民族危机前，为情自杀的维特式行为被认为是懦弱的。而《浮士德》一书本身的艰涩难懂，加之当时动荡纷扰的环境，使其也不可能普及。此外，歌德对法国大革命的怀疑甚至反对，对德意志民族解放战争的事不关己、冷静中立的态度，都不再符合当时中华儿女的心境。因此，"歌德热"的退烧也是难免的。

1. 郭沫若：《〈浮士德〉简论》，载《中国作家》，1 卷 1 期，1947 年 10 月 1 日。此处参见卫茂平：《德国文学汉译史考辨》，第 84 页，上海：上海外语教育出版社，2004 年版。

2. 即《歌德与人的教育》《歌德〈维廉·麦斯特的学习时代〉》《〈浮士德〉里的魔》《从〈浮士德〉里的"人造人"略论歌德的自然哲学》《歌德的〈西东合集〉》和《歌德的晚年》。

3. 冯至在《〈论歌德〉的回顾、说明和补充》中称："这几篇关于歌德的文字，不是研究，只是叙述；不是创见，只求没有曲解和误解。它们都是由于某种机会而谈论歌德的一本书、几首诗，或是歌德创造的一个人物，因此也就不能把整个的歌德介绍给读者。"

4. 叶隽认为，冯至的歌德观主要形成于 1940 年代，解放后他只是在此基础上进行增补扩充。而 1948 年出版的《歌德论述》很好地展现了冯至的歌德观的核心内容，即"人中之人"。参见叶隽：《德语文学研究与现代中国》，第 325—330 页，北京：北京大学出版社，2008 年版。

## 四、 新中国成立到“文革”后的低迷（1949—1977）

新中国成立后，我国的外语文学译介有了新的发展。但由于意识形态等原因，歌德在中国的待遇大不如前。尤其是“文革”十年，歌德的译介更是跌落谷底。

建国后 17 年中，大陆出版的歌德译作基本为旧译重版，分别是郭沫若的《少年维特之烦恼》（上海：激流书店，1949；上海：群艺出版社，1949）、《浮士德（上、下卷）》（上海：群益书社，1949；上海：新文艺出版社，1952）、《沫若译诗集》（北京：人民文学出版社，1957）、《赫尔曼和窦绿苔》（上海：新文艺出版社，1952；北京：人民文学出版社，1955），张荫麟的《浮士德》（北京：人民文学出版社，1955）以及零星散落于书刊中的诗歌。新译更少，只有一些短篇、诗歌、节选、语录载于如《世界文学》（1959 年第 7 期）、《德国诗选》（上海：上海文艺出版社，1960）、《西方文论选（上、下卷）》（上海：上海文艺出版社，1963）、《古典文艺理论译丛》（北京：人民文学出版社，1964）等书刊中。评述、研究方面也是文章寥寥，常散见于报刊中。如阿英的《关于歌德作品初期的中译》（《人民日报》，1957.4.24）、商承祖的《歌德的生平和创作道路》（《南京大学学报》，1952 年第 2 期）、董问樵的《从〈浮士德〉看歌德的文艺思想和世界观》（《文汇报》，1961.10.18）、朱光潜的《歌德的美学思想》（《哲学研究》，1963 年第 3 期）等。

在“十年动乱”及其结束短期内，大陆的歌德译介完全空白。不仅出版无路，连闭门研究都要冒很大的风险。红卫兵们四处抄家，许多文稿如梁宗岱的《浮士德》译稿、钱春绮的《浮士德》译稿或被付之一炬，或变为纸浆，平添了许多憾事。[1]

相比大陆，在这将近三十年间，港台地区歌德译介却十分活跃。仅以两部著作为例，当时港台地区出版的《少年维特之烦恼》共有 9 个译本，而《浮士德》有 4 个译本。[2] 研究方面，共出了 3 部辞书、4 部文学史、6 部专著以

1. 参见杨武能：《歌德与中国》，第 131 页，北京：三联书店，1991 年版。

2. 1949 至 1977 年，港台地区《少年维特之烦恼》先后有林千（台北：淡江书局，1956）、东流新（台北：文光图书公司，1956）、启民书局（台北：启民书局，1956）、赖思柳（台南：经纬书局，1956）、林俊千（香港：汇通书店，1963）、李牧华（台北：文化图书公司，1968）、赵家忠（台南：综合月刊，1968）、吕津惠（高雄：大众书局，1969）、颜谨（台南：标准出版社，1971）9 个译本。《浮士德》有艾人（台北：敦煌书局，1967）、吕津惠（《浮士德与魔鬼》第一部）（台北：五洲出版社，1968）、曹开元（台北：五洲出版社，1969）、淦克超（台北：水牛出版社，1970）4 个译本。

及多篇评述、论文。[1]

　　造成这将近三十年歌德译介低潮的原因主要是：刚成立的新中国对欧美等西方阵营的文学持一种审慎和防卫的态度，并一切以社会主义文学话语标准进行选择、评判。到了"文革"十年，译介外国文学更是被批判为"崇洋媚外"、"兜售资本主义、修正主义的货色"的行为。而歌德，一方面由于他"贵族家庭的出身"和"严重的资产阶级思想"，另一方面更由于革命导师恩格斯对其的负面评价[2]，自然是不受时局欢迎，甚至是饱受批判的。而且，那时的研究过于重视作品的社会性、阶级性以及政治思想涵义，常常忽略了作品本身及其文学、艺术性。此外，由于当时实行计划经济，允许出版外国文学作品的只有北京、上海几家出版社，并且出版题目都是事先规定好的。这也大大限制了歌德译介的发展。

# 五、 "文革"后歌德译介的百花齐放
## （1977—至今）

　　"文革"结束后，歌德在中国的境遇大有改善。尤其进入 20 世纪 90 年代后，随着改革开放的深入，中国的歌德译介也进入了百花齐放的繁荣期。因新时期有关歌德译介的书目、论文实在是浩如烟海，此处仅大致总结，择其要说。

　　译作方面，各色旧译、重译、新译迭出，题材、种类丰富多样。据我们统计，自 1977 年至今，海峡两岸暨香港

1. 3 部辞书分别是：吴燕如的《文艺辞典》（台北：复兴书局，1957）、潘寿康的《世界文学名著辞典》（台北：志成出版社，1959）、（香港：东方文学社，1962）（香港版本添入英、美、俄文学部分）。文学史有马斯编的《世界文学史话》（香港：进修出版社，1961）、王杰夫的《德国文学史》（台北：五洲出版社，1964）、宣诚编译的《德国文学史略》（台北："中央"图书出版社，1970）和李映萩编译的《德国文学入门》（台北：志文出版社，1975）。专著类有艾艾的《歌德的恋爱故事》（高雄：艺术书局，1951）、薛迈之的《歌德传记》（台北：经纬书局，1955）、作家与作品丛书编辑部的《歌德》（香港：上海书局有限公司，1960）、宗白华的《哥德研究》（台北：天文书局，1968）、林致平的《歌德生平及其代表作》（台北：五洲出版社，1969）以及翁古的《少年歌德与少年维特》（上海和香港，1971）。评述、论文方面，台湾的《Jen Sheng》、《东方杂志》、《新时代》等杂志分别刊登了沈醒园的《歌德精神》、王家鸿的《哥德与李白比较》、罗锦堂的《歌德与明代小说》等文。而《国魂》杂志更是在 1970 至 1977 年中陆续分了 8 期刊载了白华、痛华的 8 篇文章。

2. 恩格斯对歌德的评价属于先扬后抑。先称其为"最伟大的德国人"、"奥林匹斯山上的宙斯"、"鄙视世界的天才"，然后又批评他是"谨小慎微、事事知足、胸襟狭隘的庸人"。那时，大家只强调负面评价部分，并据此将歌德斥为"资产阶级的代表"、"鄙俗气"、"保守性"、"反对革命"。

出版的有关歌德的译作中，散文小说类约有 275 版，诗歌类（抒情诗、叙事诗）230 版，戏剧类 70 版，书信集 8 部（488 封）。目前看来，《少年维特之烦恼》与《浮士德》仍然遥遥领先，可谓重印、再版、新译不断。此外，还有后起之秀的《歌德谈话录》，自 1978 年至今共计已有 20 余个中文译本。尤其是朱光潜选译的《歌德谈话录》（北京：人民文学出版社，1978），因译者节选精妙、译笔流畅，并附以点评注释，甫一出版便反响热烈。绿原、程代熙等人先后撰文评价推荐。社会上也一度兴起了收集、援引歌德名言的风潮。此书还被教育部选为中学生课外必读书目之一。新时期还译介出版了许多歌德的文艺论文、美学文章以及格言书目等，对我们更全面地了解歌德有很大的帮助。

歌德的诗歌也是当代翻译的一个重点。仅据我们粗略的统计，自 1977 年以来，公开发表其译作的译者就约有 258 人。当中首推译坛"传奇"钱春绮。自 20 世纪 50 年代起，他便弃医从文，甘居陋室，潜心翻译。他虽未出过国门，却精通德、日、英三语，识得法语，在译介歌德方面可谓贡献杰出。1982 年上海译文出版社出版了他的《歌德诗集（上、下册）》，共计 1 060 页。第一版的印数便达 140 000 册。

1999 年适逢歌德诞辰 250 周年，译界出版了 3 部重要译著，分别是：上海译文出版社的《歌德文集（6 卷本）》、北京人民文学出版社的《歌德文集（10 卷本）》以及河北教育出版社的《歌德文集（14 卷本）》。这 3 部文集不同程度地集中收集了歌德主要作品的中译。但令人遗憾的是，时至今日，中国仍未有一部歌德全集。

改革开放以来，歌德研究取得的成果比以往所有阶段的总和都要多，它们大多分布在不计其数的教科书、辞书、传记、文学史、论文集、专著以及报刊中。总的来说，这些专著、论文特点有四：数量多、范围广、视角宽、理解深。当代对歌德的研究不只局限于文艺学方面，还拓宽到了法学[1]、教育学[2]、生物学[3]、物理学[4]、音乐[5]、健康[6]等领域。当然文艺学仍是歌德研究的重心，主要有以下五方面的研究：

1. 歌德作品分析。这些研究的对象主要集中在歌德的诗歌、《浮士德》、《葛兹》、《少年维特之烦恼》、《威廉·迈斯特的学习时代》、《威廉·迈斯特的漫游时代》、《亲和力》、《诗与真》等一些已有中文译本的重要著作上。其中对《浮士德》的研究数量最多。研究方法方面则是各种视角、理论竞相争艳。

1. 如李文：《歌德写到的一段法院史》，载《人民法院报》，2011 年 2 月 25 日第 006 版。
2. 如树人：《歌德童年玩什么》，载《家教博览》，2003 年第 4 期，第 15 页。
3. 如刘宏质：《歌德与植物形态学》，载《生物学通报》，1992 年 12 期，第 23—24 页。
4. 如方在庆：《歌德对牛顿光学理论的拒斥及其文化背景》，载《自然辩证法通讯》，1996 年第 5 期，第 41—46 页。
5. 如不无：《黑色的遗产——诗与音乐的完美结合：诗剧〈浮士德〉里的"狂飙时代"民歌素质》，载《音乐与音响》，1979 年第 68 期，第 72—83 页。
6. 如杨璞娜：《诗人歌德反对吸烟》，载《解放军健康》，1999 年第 4 期，第 25 页。

此处仍以《浮士德》《少年维特之烦恼》两著为例。新时代的《浮士德》研究分别从思想

内容、社会文化意义、政治观点、哲学、美学、叙事学、心理分析、人性论等角度探讨、挖掘

了其多层次的含义。此外，对浮士德与魔鬼这两个形象各家也有不同的看法。[1] 而当代对《少

1. 参见李先兰、代泳：《〈浮士德〉研究述评》，载《外国文学研究》，1993 年 3 期，第 120—126 页。这一时期研究《浮士德》的代表性论著主要有：冯至的《论

年维特之烦恼》一书的研究，也运用了上述多元化的视角、理论。并且，人们还纠正了"五四"

歌德》（两卷本）（上海：上海文艺出版社，1986），上卷是其解放前出版的《歌德论述》，下卷收录其解放后新撰的七篇文章，主要对歌德的一些作品进

时期只将其理解为爱情小说的看法，而注意到了其中反映的有关个人意志的表现与客观现实之

行了分析；董问樵的《浮士德研究》（上海：复旦大学出版社，1987），此书分为上、下篇，上篇是作者对《浮士德》的分析、鉴赏，下篇介绍了西方的研

间的矛盾。维特的自杀行为也不再简单地被视为软弱无能，而被解读成是一种摆脱束缚人的现

究成果；杨武能的《走进歌德》（石家庄：河北教育出版社，1999），此作评析了歌德的多部作品，并将重点放在《浮士德》一书上，以此来理解歌德。

实，实现自由发展的尝试。《少年维特之烦恼》是一部具有悲剧色彩的社会小说。[2]

2. 参见范大灿：《德国文学史（第 2 卷）》，第 243—247 页，南京：译林出版社，2006 年版。

2. 歌德的文艺思想。这方面的论述主要关注歌德对文学创作、哲学、人生等的一些看法。

如程代熙的《歌德谈文艺创作中的几个重要问题——读〈歌德谈话录〉》（《文艺研究》，

1979 年第 3 期）和《歌德谈艺术规律》（《新港》，1980 年第 2 期）、杨思寰的《歌德谈美简论》

（《西北民族学院学报》，1983 年第 3 期）、杨庙平的《歌德文艺思想的二重性》（《韩山师

范学院学报》，1999 年第 1 期）等。

3. 歌德的生平、经历。歌德的传记也是新时代较热门的研究课题。如高中甫的《德国伟大

的诗人——歌德》（北京：北京出版社，1981）、曹让庭和侯浚吉的《溶于诗文的博学之才——

歌德传》（上海：上海世界图书出版公司，1995）、李俊杰的《歌德传》（石家庄：花山文艺

出版社，1998）以及余匡复的《〈浮士德〉——歌德的精神自传》（上海：上海外语教育出版社，

1999）等等。

4. 歌德的接受史。在此领域，以下几家之论颇具特色，可作代表。杨武能在其《歌德与中国》

（北京：三联书店，1991）中从宏观的角度，按时代主题简略总结了 1982 年以前的歌德接受史。

卫茂平在其《德语文学汉译史考辨：晚清和民国时期》（上海：上海外语教育出版社，2004）

中则从细处入手，以史料考辨的方式，选取晚清、民国时代的歌德译介史，进行了全面、详实

的梳理考订。同时，他还客观分析了当时中国政治历史之变故、地域文化等因素对歌德译介的

影响以及此中折射出的当时学者的审美趣味、文学眼光等情况。而叶隽在《德国文学研究与现

代中国》（北京：北京大学出版社，2008）中主要从方法论的角度，以冯至的研究为重点，简

略回顾了 2000 年之前的歌德接受史，并对该领域之后的研究作了一些建议。高中甫的《歌德接

受史 1773—1945》（北京：社会科学文献出版社，1993）则在汉语语境中梳理了 1773—1945 年

间德国的歌德接受史。2011 年，叶隽接过高中甫的火炬，在《东吴学术》（2011 年第 4 期）上发表了《战后六十年的歌德学（1945—2005）——歌德学术史研究》一文，亦叙亦评地续写了德国的歌德接受史。2009 年，中央编译出版社出版了顾正祥耗时七年而成的《歌德汉译与研究总目》（北京：中央编译出版社，2009）。这部四百多页的四开本大书以目录和索引形式几乎详尽了 2008 年以前的歌德在中国的译介成果，为以后歌德研究资料的查阅提供了很大的方便。

　　5. 对歌德的比较文学研究。此领域的研究是多向的，大致有三方面的比较研究：①歌德与文化、文学的关系。专著有杨武能的《歌德与中国》；文章有赵乾龙的《歌德与东方文学》（《外国文学研究》，1979 年第 3 期）、李雪涛和任仲伟的《歌德与中国诗》（《联邦德国研究》，1990 年 2 期）、丁俊的《歌德与阿拉伯伊斯兰文化》（《西北民族学院学报（哲社版）》，2000 年第 3 期）、林笳的《歌德与木鱼书的〈花笺记〉》（《东方丛刊》，2002 年第 4 期）等等。②歌德与学者、作家（尤其是郭沫若）的比较研究。如杨波的《郭沫若与歌德美学思想探寻》（《烟台大学学报（哲社版）》，1995 年第 3 期）、沈有珠的《孟子与歌德"性善论"的异同》（《黔东南民族师范高等专科学校学报》，1996 年第 2 期）、杨青和曹书堂的《歌德与席勒早期创作方法的美学思想比较》（《南都学坛》，2001 年第 1 期）等。③作品的比较。如邬蒂娜的《比较李白与歌德的一首诗》（《联邦德国研究》，1988 年第 4 期）、萧风的《〈离骚〉与〈浮士德〉——中西文学伦理观之比较》（《外语文学研究》，总 1988 年 1—6 合刊）等等。

　　6. 对一些歌德译介者及其译文、论著的评论。这些文章评述研究了歌德译介史中卓有贡献的一些人的成绩，如马君武、郭沫若、宗白华、梁宗岱、李长之、杨丙辰、冯至、陈铨、绿原等人及其作品。

　　此外，分别在 1982 年（歌德逝世 150 周年）、1999 年（歌德诞辰 250 周年）、2009 年（歌德诞辰 260 周年），我国学界还隆重开会纪念，为各家交流研究歌德的心得提供了很好的平台。

　　总的来说，改革开放后，随着思想的解放，中西交流的日趋频繁，中国德语教育体系的日渐完善，我国的歌德译介也呈现出井喷式的发展。相关的译者、论者、出版机构不计其数。且译介者的主体性、学术规范性越来越强，研究视域也越来越开阔。在数代学者的努力下，中国的歌德研究取得了极大的成绩。在此基础上，当今此领域的研究也开始呈现两极化的发展：一方面歌德作品不再局限于知识分子圈中，而成为了老少咸宜的读物；另一方面，作为德语文学研究中的显学，学术界的歌德研究亦日趋全面、精深。随着时代的发展、新思路的出现、新理论的创立、新材料的发掘，中国的歌德研究仍然大有可为。

第九章　　席勒戏剧在中国
　　　　　　——从起始到当下的翻译及研究述评

　　20世纪末，德国"文学教皇"赖希·拉尼茨基独自主编，在岛屿出版社推出系列丛书"德语文学经典"。人们饶有兴趣，看究竟有哪些作家、以何种方式入他法眼。结果是：戏剧类的"经典"共分8卷，涉及作家24人，剧作44部，即每个作家入选作品平均不到2部。其中，以3部剧作入选的有莱辛、克莱斯特、施尼茨勒、布莱希特，有4部剧作入围的是歌德。唯独席勒"鹤立鸡群"，携6部剧本上场。可见，在编者眼中，席勒该坐德语戏剧厅堂的头把交椅。

　　在德国，席勒（1759—1805）是与歌德齐名的文学大家，其作品沉雄浑厚，意蕴深远，充满理想主义色彩。本章主要考察中国的席勒戏剧研究，仅在相关语境中，会稍及席勒研究的其他方面。因为中国的外国文学研究，与汉译关系密切。尤其是早期研究，往往出现在译本的序跋中。所以，本文的考察，将对有关译本予以高度关注。

## 一、 民国时期的译介与研究

中国晚清外交家张德彝在《随使德国记》中，记载他
1890 年 2 月 3 日在柏林看戏，内容是"某甲"被迫箭射亲
儿头上之橘[1]，这也许是中国人对席勒名剧《威廉·退尔》

[1]. 参见钟叔河：《书前书后》，第 201 页，海口：海南出版社，1992 年版。

的首次记录。正是该剧，以后成了席勒第一部汉译剧本，
译者马君武。1915 年，该剧发表在上海中华书局发行的《大
中华杂志》创刊号上，自 1 月 20 日的 1 卷 1 期开始，连载
到 6 月 20 日的 1 卷 6 期。[2] 这份由梁启超主编的杂志，在

[2]. 参见《中国近代文学大系·史料索引集》(1)，第 91 页，上海：上海书店出版社，1996 年版。

创刊号上即以席勒作品开道，非属偶然。同是梁启超主编
的《新小说》早在 1905 年 3 月 14 号，已刊出席勒画像。
这部雄浑刚劲、摧抑豪强的剧作在中国际遇不凡。郑振铎
在他《文学大纲·十八世纪的德国文学》(《小说月报》，
16 卷 12 号，1925 年 12 月 10 日)中称它为席勒最有名的
剧本，并说："当威廉·退尔在射苹果时，或当他们在黎
明的红光中报告胜利的消息时，不知怎样的总使读者感到
一种莫可言论的感动。"他在文中一再突出主人公"被迫
用箭射他自己儿子头上的苹果之事"，让人想起张德彝当
年观看此剧后的记录，足证一个独创性情节的感人魅力。

1925 年，上海中华书局推出《威廉·退尔》的单行本。
马君武在"译言"中交代："吾欲译欧洲戏曲久矣，每未
得闲。今来居瑞士之宁茫湖边，感于其地方之文明，人民
之自由，到处瞻仰威廉·退尔之遗像，为译此曲。此虽戏
曲乎，实可作瑞士开国史读也。予译此书，不知坠过几多
次眼泪。予固虽非擅哭者，不审吾国人读此书，具何种感

# 席 勒 評 傳

《席勒评传》作家出版社 1955 年版
封面

觉耳。"到 1941 年，此译至少重版 4 次，可见影响广泛。

该剧另一中译于 1936 年由上海开明书店出版，译者项子和。他在"译者弁言"中讲述此译缘由。一是他初读此剧德语原文时，"泪为之收，血为之沸，头为之昂，臂为之健"，最后对此剧"爱不释手"。二是"偶以（马君武）译本与原文参照，见其所译简略之处颇多，意或译自节本"。项子和为马君武留德时的同学，或许因此，他才出言谨慎。但对马译的不满，清晰可读。最后他说："席勒与歌德齐名，此等世界文字，精神文字，自由文字，爱国文字，不可无足本之华译，因从以洪[1]之意卒译之。"以"足本"替"节本"，这是项子和本意。

1. 以洪是指陆以洪，项子和的朋友。据此译的译者弁言。

席勒的另一代表作《强盗》，1926 年由杨丙辰译出，上海北新书局以《强盗》和《讨暴虐者》两个书名同时出版。与项子和一样，杨丙辰在"译者自序"中也并提席勒与歌德。不同的是，他还出色地比较了席勒同歌德："葛德的才思是客观的，写实的，趋外的，八方面的伴侠全备的。释勒的才思是主观的，唯心的，趋内的，深不可识，高不可攀的。葛德是富有渊若大海、一望无际的情感的，释勒是富有灿若日月的哲识理想和奋斗向上的精神的。因此葛德就是一个天生的抒情诗人，释勒就是一个天生的戏剧家。而葛德一生最精纯最出色的作品，就是他的抒情诗。释勒一生的最出色杰作却是他的戏剧。"联系到前及项子和的评论，可见国人评论席勒的一大特点，是经常将他与歌德比较。而杨丙辰"释勒一生的最出色杰作却是他的戏剧"之语，更显示出中国学者目光的锐利。或许鲁迅也注意到了这部译作，不管怎样，他主编的《莽原》2 卷 3 期（1927 年 2 月 10 日）上也发表了杨丙辰译、席勒作的《〈强盗〉初版原序》。但钱杏邨的确熟悉此剧。他在其《德国文学漫评》[2]中把此剧与《水浒传》相提并论，又把席勒笔下的"强盗"比作项羽，对"他们（强盗们）的勇敢，毅力，大无畏的精神"，以及"刚毅不屈，对社

2.《小说月报》19 卷 3 号，1928 年 3 月 10 日。

会不妥协"大加赞赏。

此后，席勒另外几部重要剧作也被译成汉语。1932 年，上海商务印书馆出版胡仁源译《瓦轮斯丹》。此剧又由郭沫若重译，题为《华伦斯太》，上海生活书店 1936 年出版。出于"求全的奢望"，郭沫若在跋文《译完了〈华伦斯太〉之后》中，既肯定剧本的艺术性，也指出席勒在人物塑造方面的破绽。涉及的问题有：对"返之自然"口号的误用，主题在性格悲剧和命运悲剧之间的游移及由此带来的人物性格模糊。这体现出译者自身的理论修养及创作观。文章末尾，郭沫若感谢席勒，"替我们中国文艺界介绍了一位西方式的'汉奸'"，有意无意把读

者拉回中国抵御外敌的现实。

席勒《瓦轮斯丹》商务印书馆 1933 年版汉译封面

1932 年，上海安国栋发行叶定善编译的《奥利昂的女郎》。在书前的《席勒尔小传》中，译者也把歌德同席勒互作比较，说：“前者是直感的，天籁的，所谓 naive 底诗人，后者却富于沉雄的气韵，而成其所谓 sentimental 底艺术。”译者甚至把席勒比作“吟望低垂的杜子美”，把歌德视为“兴酣笔落，诗成啸傲的谪仙翁”。想象力虽强，但考虑到中德作家截然不同的文化背景和才质性情，比较稍显牵强。

席勒另一部代表作《阴谋与爱情》1934 年也由上海商务印书馆出版，译者张富岁。此书由胡适题字，书前又有杨丙辰的“杨序”，颇显珍贵。杨丙辰在序言中称赞席勒是个“理智敏捷，念虑深长，想象力极强烈”的人，自 1926 年译《强盗》后，再次显示他对席勒的看重。

20 世纪二三十年代在中国得到译介的另一部席勒剧本是《狄默特纽斯》（片断）。李金发在其 1929 年由上海 ABC 丛书社出版的《德国文学 ABC》中，以《德姆特利阿斯》为名，收入黄似奇译这部“片断”中的片断。

由此可见，在 1915 到 1934 年的约 20 年里，席勒的《威廉·退尔》《强盗》《华伦斯太》《奥利昂的女郎》《阴谋与爱情》等 5 部剧作，得到完整的中译。那些翻译家几乎无例外地同时对这些作品进行评论，是为席勒戏剧研究在中国的开端。

民国时期，1934 年席勒诞辰 175 周年的纪念活动为重大事件。当时的中德学会在京举办“释勒展览”，北大德文组于同年出版《释勒纪念特刊》，其中收有德人阿尔贝特·克斯特的《图兰朵通话——从戈齐到席勒》和英戈·克劳斯的《席勒、中国和戏剧》两篇论文，一是表明中国的席勒研究，不时有借鉴德国学者的特征，二是倡导了对席勒戏剧与中国关系的研究。之后，抗日战争的爆发，给中国的席勒戏剧接受史留下另一值得记录的大事。1938 年，陈白尘、宋之的将席勒的《威廉·退尔》改编成《民族万岁》，借用舞台，宣传抗日。

## 二、　1949—1966 年间的译介与研究

二战结束后，德国分裂为联邦德国（西德）和民主德国（东德）。新中国建立不久就与东德建交。与西德建交，是 1972 年的事。由于意识形态的关系，这个时期人们主要关注当代东德作家的作品。但席勒属于德国古典主义作家，他的作品在某种程度上能够超越意识形态造成的壁垒。1955 年是席勒逝世 150 周年，而世界和平理事会也将席勒选入当年的四大文化名人之列，民主德国甚至将这年命名为"席勒年"。中国的有关政府机构，为此举行纪念活动。而出版界更是闻风而动。在北京，人民文学出版社修订出版郭沫若译《华伦斯坦》（1955）、廖辅叔译《阴谋与爱情》(1955)、钱春绮译《威廉·退尔》（1956）、杨文震和李长之译《强盗》（1956）、张天麟译《奥里昂的姑娘》（1956）；在上海，新文艺出版社推出张威廉译《威廉·退尔》（1955）、叶逢植和韩世钟译《斐哀斯柯》（1957）。其中，除《斐哀斯柯》之外，均为重译。这更凸现出民国时期译者力开先河的功绩。围绕着纪念活动以及因此而集中出版的席勒作品，评论界也热闹非凡。就现有资料看，仅在 1955 年的活动中，各类报刊为纪念席勒逝世 150 周年，登载文章或论文就达 24 篇（其中两篇译自德语）[1]。它们一方面在当时的政

1. 参见丁敏：《席勒在中国：1840—2008》，上海外国语大学博士学位论文（2009 年 5 月），第 167—168 页。

治社会背景下称颂席勒，比如杨宪益在《纪念世界文化遗产的伟大代表》一文中，先介绍席勒的戏剧创作，然后说："今天，当全世界人民正在为反对西德重新军国主义化而斗争，而美帝国主义及其追随者正以巴黎协定阻碍着德国的和平统一的时候，纪念席勒对于德国人民以及全世界人民具有特殊重大的意义，而席勒精神必将成为鼓舞人民争取德国和平统一的道德精神力量。"[2] 而冯至的《"建筑自由庙宇"的伟大诗人——纪念席勒逝世一百五十周年》，

2.《世界知识》，1955 年第 9 期。

其实不涉及席勒的"诗歌"，而是重点介绍其剧作《强盗》，并将它与推翻暴政联系起来，说："现在，在席勒的祖国，已经有一部分地域——德意志民主共和国——在工人阶级政党的领导下，实现了席勒的梦想，永久削除了暴君统治和不合理的社会制度。但是在西德却完全两

样……当年席勒所攻击，所控诉的，不但没有消逝，而且面貌更为狰狞了。"[1] 冯至还援引恩格斯对席勒《强盗》一剧的赞赏，说："席勒写他的'强盗'，是对于一个向全社会公开宣战的、胸怀磊落的青年的赞颂。"另一方面，也有文章，比如黄嘉德的《席勒的创作道路——纪念席勒逝世一百五十周年》认为："席勒的作品是有一定程度的局限性的。"具体而言，是其剧作中"抽象的人道主义说教的倾向"，以及"思想的矛盾"。[2] 后者主要涉及席勒《强盗》和《唐·卡洛斯》中主人公最后的妥协姿态。

1. 《人民日报》，1955 年 5 月 4 日。

2. 《文史哲》，1955 年第 5 期。

　　紧接着是 1959 年，那是席勒 200 周年诞辰。首都文化艺术界千余人集会，纪念这个日子。中国戏剧家协会主席田汉，在会上作了题为《席勒，民主与民族自由的战士》的报告，报告主要内容围绕着席勒的戏剧创作展开。得到论述的有：《强盗》《斐斯科》《阴谋与爱情》《唐·卡洛斯》《华伦斯坦》《玛利·史都瓦特》《奥尔连的姑娘》《墨西拿新嫁娘》《威廉·退尔》《德米特里俄斯》几乎囊括所有席勒的戏剧创作。田汉的评论，继承了建国后中国左翼文评的主要传统。他这么说："唯心主义的美学观曾经一度使诗人减弱了对人民力量的信任和对革命的向往，而依靠所谓'美感教育'。但由于当时日益加深的德国民族危机和诗人热爱祖国、反抗侵略的至情，使他终于脱出了'美的迷宫'，写出像《威廉·退尔》这样不朽的剧本。"[3] 这次集会结束后，中国青年艺术剧院还演出了席勒名剧《阴谋与爱情》。

3. 《戏剧报》，1959 年第 22 期。

　　总而言之，一直到 20 世纪 50 年代末，这一时期的席勒剧作评论，政治背景突出，辩证方法流行，虽然肯定了其创作的"进步"意义，但也对其"唯心主义"倾向啧有烦言。但两次纪念活动过去之后，一直到"文革"结束，席勒作品的译介大体停顿。而席勒之名在我国学术领域，渐行渐远。今天能看到的，一是朱光潜 1963 年的论著《席勒的美学思想》[4]，与席勒戏剧大体无关；

4. 《北京大学学报(哲学社会科学版)》，1963 年第 1 期。另可见《北京大学朱光潜来我校作"德国古典美学"等问题的学术演讲》，载《吉林大学社会科学学报》，1963 年第 3 期。

二是张威廉 1963 年的文章《略谈席勒对中国的了解》[5]，涉及席勒剧本《图兰朵》中的中国因素。

5. 《雨花》，1963 年第 1 期。

两篇文章当时均未引起学界反响。但前者似为 20 世纪 70 年代末起中国的席勒美学研究开了先河；而后者既续接了前及 1934 年《释勒纪念特刊》所载德国学者对席勒与中国文学关系的研讨，同时也为 20 世纪 80 年代后此题获得热议作了铺垫。

## 三、　1978—2010 年间的译介与研究

从"文化大革命"爆发前后的几年，一直到"文化大革命"结束，由于政治环境的制约，席勒
作品在中国的译介与研究，几乎全部停止。就已有资料来看，席勒研究重新展开，是在 1978 到 1979
年间。在这两年中，约有 8 篇关于席勒的文章问世[1]，其中 7 篇讨论马克思和恩格斯提出的"莎士
1. 参见丁敏：《席勒在中国：1840—2008》，上海外国语大学博士学位论文（2009 年 5 月），第 41、172、175 页。
比亚化"和"席勒式"，表现出马恩理论不仅统帅中国政治，而且引导席勒研究。克地、张锡坤的《论
"席勒式"的创作倾向》，可能是此类文章中的首篇。它在以马克思主义理论对席勒创作进行总体
评价后，着重分析席勒的《华伦斯坦》和《威廉·退尔》。就前者来说，作者的结论是"席勒以形
象演绎他的道德理想的观念"；至于后者，虽然歌颂了"争取自由解放的英勇斗争"，但"依然存
在着唯心主义的创作倾向"[2]。
2. 《吉林大学社会科学学报》，1978 年第 1 期，第 53 页。

席勒戏剧研究真正的振兴，是进入 20 世纪 80 年代后。1981 年，上海译文出版社同时推出张威
廉译《唐·卡洛斯》和《威廉·退尔》。后者是 1955 年新文艺出版社版同名译本的重印。前者为新译，
译本前言落款日期是 1964 年 11 月。看来正是此后不久开始的"文化大革命"，推迟了该译本的出
版。此译正文附有不少译注，译序列出的参考书就达 8 部之多，可见翻译本身就是研究成果。接着
在 1983 年，张威廉在江苏人民出版社出版另一新译——《杜兰朵——中国公主》。1985 年，上海译
文出版社推出张玉书、章鹏高译《玛丽亚·斯图亚特》。至此，席勒中译剧本，达到 10 部。

20 世纪 80 年代中国的席勒戏剧研究，是 70 年代末此类研究的继续。就目前统计资料来看，从
3. 其中一篇为译文，宁瑛译：《舒伯特教授谈"席勒式"和"莎士比亚化"》，载《外国文学动态》，1984 年第 12 期。参见丁敏：《席勒在中国：1840—
1980 年到 1988 年，篇名提及席勒和莎士比亚"问题"或"席勒式"的杂志文章约有 9 篇[3]，而专门
2008》，上海外国语大学博士学位论文（2009 年 5 月），第 176—177 页。
评论席勒剧作的杂志文章仅约 7 篇[4]。以应启后、范小青《唐·卡洛斯》[5]为例，此文回顾了马恩给
4. 参见丁敏：《席勒在中国：1840—2008》，上海外国语大学博士学位论文（2009 年 5 月），第 172—173 页。　5. 《江苏师范学院学报》，1982 年第 1 期。
拉萨尔信中关于"席勒式"的话，具体议论《卡》剧三方面的"错误和缺点"：一是主要人物不能
表现当时时代精神的进步思想；二是剧作表现的矛盾冲突显得空洞和概念化；三是表现方法上有抽
象化和单一化倾向。

而在专门评论席勒剧作的 7 篇文章中，有 3 篇谈《阴谋与爱情》，1 篇论《唐·卡洛斯》，1 篇论《玛
丽亚·斯图亚特》，1 篇论《强盗》，1 篇综合性地介绍席勒的悲剧和历史剧。以蓝泰凯《席勒的
6. 《贵州师范大学学报》（社会科学版），1987 年第 4 期。
悲剧〈强盗〉》[6]为例，该文依照杨文震、李长之的译本，参考马恩全集、《外国文学评论选》（长

沙：湖南人民出版社，1982 年版）中梅林关于此剧的评论、《外国文学教学参考资料》（福州：

福建人民出版社，1980 年版）、《西方文论选》（上海：上海译文出版社，1979 年版）中载

亚里斯多德的《诗学》以及孙席珍《外国文学论集》（福州：福建人民出版社，1983 年版）写

成，主要介绍剧本内容，总结其"语言充满反抗激情，生动有力，富于形象性和个性特征"的

成功之处，又指出其结构的"不够连贯"的缺点。概而言之，论文作者看来大多不谙德语，采

用的基本是二手资料，关注重点、论述方法和研究结论，大体延续了 20 世纪 50 年代以来的传统，

几无突破。

　　《阴谋与爱情》在中国获得青睐，展现出与德国席勒戏剧研究重点的不同。试以新近两本

德国的席勒专著为例，其一是萨弗兰斯基著《席勒或者德国理想主义的发明》[1]，其二为韦尔费

　　　　　　　　　　1. Rüdiger Safranski: *Schiller oder die Erfindung des Deutschen Idealismus. Carl Hanser Verlag*, 2004.

尔著《弗里德里希·席勒》[2]。前者讨论了席勒主要剧作，按书后"作品索引"所列页码的次数，

　　　　　　　　　　2. Kurt Wölfel: *Friedrich Schiller. Deutscher Taschenbuch Verlag*, 2004.

按序为《强盗》（37）、《斐耶斯科》（25）、《唐·卡洛斯》（23）、《华伦斯坦》（21）、

《阴谋与爱情》（17）。后者也涉及席勒主要剧作，同按书后"作品索引"所列页码的次数，

按序为《唐·卡洛斯》（19）、《华伦斯坦》（15）、《斐耶斯科》（12）、《强盗》（10）、

《奥里昂的姑娘》（8）、《阴谋与爱情》（7）。可见，在席勒大约 10 部的主要剧作中，《阴

谋与爱情》的被关注度，在上提两部德人著作中基本一致，分别排在第五位和第六位，亦即处

于中间状态。《阴谋与爱情》在中国的席勒研究中受到特别关注，似和另一位德语作家茨威格

在中国风光八面的原因类似，即与被缠绵悱恻的温柔之风吹软了的文坛相关，也同我们那常常

诉诸于情欲的审美倾向有涉。这是另话。

　　新中国席勒研究的一项重要研究成果，是杨武能选编的《席勒与中国》（成都：四川文艺

出版社，1989 年版）。文集上篇为"席勒与中国"，收文 16 篇，全部与中国有关，可归入比

较文学研究。下篇是"席勒论"，收文 15 篇。全书总共 31 篇文章，约 12 篇出自德国学者之手，

其中不乏德国汉学家。其余大多由中国各大学的德语教师或德语文学研究者写成，学术品质达

到崭新水平。文集中，约 15 篇文章，题目已涉及席勒的戏剧创作（其中 1 篇谈两部剧作），

占全部论文总数的 46.5%。可见戏剧创作，仍然是研究者关注席勒的重点。细看 15 篇文章，有

5 篇谈《阴谋与爱情》，3 篇论《威廉·退尔》，各有 2 篇研究《强盗》《奥里昂的姑娘》和《玛

丽亚·斯图亚特》，各有 1 篇涉及《唐·卡洛斯》和《杜兰朵——中国公主》。结果表明，在

中国的席勒戏剧研究中，《阴谋与爱情》依旧占据要位。这 15 篇论席勒戏剧的文章中，至少有 8 篇进行中德文学或文化的比较研究。比如涉及到《强盗》的两篇论文，都将此剧与中国的《水浒传》进行比较，体现出中国席勒研究跨文化的特点 [1]。

1. 但这是阿英 1928 年已做过的事。参见上述钱杏邨：《德国文学漫评》，载《小说月报》19 卷 3 号，1928 年 3 月 10 日。

此部论文集《席勒与中国》，其实是为纪念席勒逝世 180 周年，1985 年在中国重庆举办的一次国际席勒研讨会的成果。之后，席勒研究虽然在场，但受关注的重点大体是其美学论著。中国的席勒戏剧研究，等待着 20 年后又一个大规模的席勒纪念日。

2005 年，中国纪念席勒逝世 200 周年的活动，规模空前。仅在北京，就有 3 个大型纪念活动暨国际学术研讨会。这一年，人民文学出版社隆重推出张玉书选编的 6 卷本《席勒文集》，其中第 2 卷到第 5 卷为戏剧卷。第 2 卷收《强盗》《斐耶斯科的谋叛》和《阴谋与爱情》；第 3 卷收《唐·卡洛斯》和《华伦斯坦》；第 4 卷收《玛丽亚·斯图亚特》《奥尔良的姑娘》和《图兰朵》；第 5 卷收《墨西拿的未婚妻》《威廉·退尔》和《德米特里乌斯》，共计剧本 11 部。其中，《墨西拿的未婚妻》为首译，《德米特里乌斯》的全译也为初印。也就是说，席勒剧本汉译，在此首次整体亮相。尤其值得一提的是，选编者张玉书为每卷所选剧本，均写下资料翔实、

2. 作者与此有关的多篇论文，以后发表在多本杂志上。可参见《同济大学学报》（社会科学版），2005 年第 12 期；《国外文学》，2008 年第 8 期；《北京大学学报》（哲学社会科学版），2008 年第 3 期、9 期等。

脉络清晰的介绍文章，属于中国学者席勒戏剧研究的新近成果 [2]。

另外，张玉书等人担任主编的德语版年刊《文学之路》[3]（2005 年），辟出席勒专栏，收

3. Literaturstrasse, Wuerzburg, K&N 2005.

文 11 篇，题目涉及席勒戏剧作品的有 3 篇，讨论剧作分别是《阴谋与爱情》（论剧本人物语言的中译问题）、《唐·卡洛斯》（讲自由母题）和《玛丽亚·斯图亚特》（谈妇女形象的塑造）。

叶廷芳、王建主编的《歌德和席勒的现实意义》[4]，是 1999 年歌德诞辰 250 周年和 2005 年

4. 叶廷芳、王建主编：《歌德和席勒的现实意义》，北京：中央编译出版社，2006 年版。

席勒逝世 200 周年的纪念文集，收文 19 篇，其中 4 篇以席勒为讨论对象。这 4 篇文章中，2 篇关注席勒美学，各有 1 篇谈席勒对于时代的贡献及与歌德的友谊，均与戏剧无关。

5. 它们分别见载于以下报纸杂志：《文艺报》（2005 年 3 月 24 日）、《文艺报》（2005 年 5 月 24 日，整版）、《文学报》（2005 年 6 月 16 日）、《音乐艺术》（2005 年第 2 期）、《广东外语外贸大学学报》（2005 年 4 月）、《人民日报》（海外版）（2005 年 5 月 16 日）、《人民日报》（文艺评论栏）（2005 年 9 月 22 日）、《人民日报》（国际副刊）（2005 年 11 月 1 日）、《江苏大学学报》（社会科学版）（2005 年 9 月）、《江西社会科学》（2005 年第 7 期）、《同济大学学报》（2005 年 8 月）、《同济大学学报》（2005 年 12 月）、《德国研究》（2005 年第 2 期）、《吉首大学学报》（社会科学版）（2005 年 7 月）、《吉首大学学报》（社会科学版）（2005 年 10 月）、《人民政协报》（2005 年 8 月 8 日）、《文艺研究》（2005 年第 6 期）、《社会科学报》（2005 年 5 月 26 日）和《中华读书报》（2005 年 12 月 21 日）。

其实，在 2005 年，还有众多报刊纷纷登载文章，纪念席勒。按笔者目前统计，至少有 19 篇（版）文章 [5]。就内容看，其中 9 篇（版）属一般对席勒生平与创作的介绍，8 篇的篇名已指向其艺术美学或美育思想，另有 2 篇谈剧本《强盗》（作者为同一人）。除了一些普及性的内容，开始有文章借席勒话题，议论中国当下现实生活。比如 2005 年 10 月出版的《吉首大学学报》（社会科学版），设"纪念席勒逝世两百周年"专版，收《和谐社会与和谐美学》一文。此文倡导以席勒的"和谐美学"，构建我们的"和谐社会"，由此"最大限度地降低社会管理成本"；

并在论述席勒游戏说的时候，举青少年迷恋网络游戏为例，说明实践中要避免"感性至上和快感崇拜"。学术上的席勒研究，似有介入社会管理之倾向。而上海的《文景》（2005 年第 6 期）杂志，封面即是一幅席勒肖像，在"席勒逝世两百周年纪念"的专题下，同时刊文 3 篇，在整个参与纪念的报刊中，其对席勒的关注力尤为突出。文章《我们一直还是野蛮人，原因何在？》，谈《强盗》一剧引发出的自由问题及其在当下的意义；《席勒的美学思想》，介绍其美学思想的原创性贡献；《席勒与"古今之争"》，涉及作家审美思想中的现代性批判问题。以上报刊中的文章，纪念意义比较突出，笼统介绍是其重点，并不专注席勒的戏剧创作。

　　"文革"后至今的席勒戏剧研究，有一部分成果可见两本关于席勒的专著。一是董问樵的《席勒》（上海：复旦大学出版社，1984 年版）。此书上篇为"生平、诗歌、美学观点"，下篇即是"戏剧"，介绍《强盗》等 9 部"完整的名剧"[1]。他的结论是："就剧情内容看：《强

> 1. 董问樵：《席勒》，第 240 页，上海：复旦大学出版社，1984 年版。

盗》可看作是社会悲剧；《斐耶斯科》是诗人自己定名为共和主义的悲剧，实即政治悲剧；《阴谋与爱情》是市民悲剧；《唐·卡洛斯》是政治悲剧；《华伦斯坦》是历史悲剧；《玛丽亚·斯图亚特》是宗教政治悲剧；《奥尔良的姑娘》是诗人定名为浪漫主义的悲剧；《墨西拿的新娘》是仿古的命运悲剧。就时间性质看：《强盗》和《阴谋与爱情》是时代剧……其余七部包括《威廉·退尔》都是历史剧，然而亦寓有借古讽今之意。"[2] 这不失为对席勒戏剧创作的一个简明概括。

> 2. 董问樵：《席勒》，第 240 页，上海：复旦大学出版社，1984 年版。

　　二是叶隽的《史诗气象与自由彷徨——席勒戏剧的思想史意义》（上海：同济大学出版社，2007 年版）[3]。此书以思想史或主题史研究的方法，探讨席勒的戏剧创作：在"个体叛逆与公

> 3. 此书出版前后，作者有多篇相关论文公开发表，包括前及"另有两篇谈剧本《强盗》"。不再一一列举。

正诉求"的题目下谈论《强盗》；以"英雄类别与民族前途"的标题论《斐爱斯科》《唐·卡洛斯》《华伦斯坦》和《威廉·退尔》；借助"市民社会的建构"之标题评说《阴谋与爱情》；在"'重构善恶'与'异邦想象'"的题目下探讨《玛丽亚·斯图亚特》《奥尔良的姑娘》《墨西拿的新娘》和《杜兰朵》。此书全面评论席勒戏剧创作，在研究角度上，呈现新锐之气，实

> 4. 关于席勒研究，另有张玉书的著作《海涅　席勒　茨威格》（北京：北京大学出版社，1987 年版），其中《席勒的历史剧〈玛丽亚·斯图亚特〉》一文，详

为新中国成立以来汉语语境中席勒戏剧研究的重要成果。[4]

> 细介绍剧本的产生背景和人物塑造，并引述梅林和斯太尔夫人，对有人指责此剧并非历史剧进行辩难。

# 四、　结语

综观新中国的席勒研究的重点，最明显的变化是，从新中国成立前的文学创作转向他的美学思想。有数字表明：1949 年前，在百余篇席勒文献（含翻译）中，涉及文学创作的研究有 23 篇，涉及哲学的仅 5 篇；1977—1989 年间，文献总数达 149 篇，其中哲学（美学）类研究论文近一半。而在 20 世纪 70 年代末到 80 年代，人们大多热衷于讨论"席勒式"和"莎士比亚化"，方法雷同，用语相似。进入 90 年代，"席勒式"渐渐退出论坛，但哲学、美学依旧是我国席勒研究的重点。而所用资料，大多来自汉语，视野有限，新见殊乏。根据现有统计，从 1977—1999 年，研究文献的分布大体为：翻译 19%，其他 19%，文学研究 17%，哲学研究 45%。[1] 即使在席勒研究的专

1. 参见丁敏：《席勒在中国：1840—2008》，上海外国语大学博士学位论文（2009 年 5 月），第 52、53 页。

著方面，情况也类似。有关席勒哲学、美学的中文著作，加上 1 部译著，目前至少有 4 种：毛崇杰的《席勒的人本主义美学》（长沙：湖南人民出版社，1987 年版），张玉能的《审美王国探秘——席勒美学思想论稿》（武汉：长江文艺出版社，1993 年版），卢世林的《美与人性的教育——席勒美学思想研究》（北京：人民出版社，2009 年版），L.P. 维塞尔著、毛萍与熊志翔译《活的形象美学——席勒美学与近代哲学》（上海：学林出版社，2000 年版）。而就席勒戏剧创作来讲，严格地说，仅见《史诗气象与自由彷徨——席勒戏剧的思想史意义》1 部。

反观德国的席勒研究，仅在过去的约半个世纪里，个人专著就不下 40 部，其中不乏戏剧研究论著[2]。德国的学术研究，一般以绵密的细节考证和严谨的逻辑演绎见长。例如比纳特《席

2. 参见 Kurt Wölfel：*Friedrich Schiller. Deutscher Taschenbuch Verlag* 2004. S.182—183.

勒在柏林或者一个大城市的繁忙的生活》（2004）[3]，详述席勒与柏林的关系，虽然席勒一生长

3. Michael Bienert：*Schiller in Berlin oder Das rege Leben einer großen Stadt.* Marbach, 2004.

住魏玛等地，仅逝世前一年短访柏林数周。此书材料的挖掘与梳理，细致精到，功力显豁。而哲学家、传记作家萨弗兰斯基同年出版的《席勒或者德国理想主义的发明》[4]，则另辟蹊径，从

4. Rüdiger Safranski：*Schiller oder die Erfindung des Deutschen Idealismus. Carl Hanser Verlag,* 2004. 有中译本，题为《席勒传》，卫茂平译，北京：

思想和哲学史的角度，散论式地重释席勒的创作（主要为剧作）与生平。该书立论新颖，叙述

人民文学出版社，2010 年版。

流畅，同时引起学界、媒体和书市的高度关注，获得巨大社会效应，为德国席勒研究的深入和普及，带来崭新气象。以上两例，都值得我们借鉴。

尽管如此，中国的席勒戏剧研究，还是留下自己的痕迹。尤其是上述叶著，从思想史出发探索其意蕴，已超越普及性介绍的范畴。也有文章不再囿于席勒作品在华的接受史或其作品中

所谓的中国因素，进而探讨其戏剧创作与中国现代文学的关系，比如马焯荣的《田汉的戏剧艺术与席勒》[1]、范劲的《论席勒对郭沫若历史剧的影响》[2]。可以期待，随着席勒主要剧作终于全部被译成汉语，研究人员中熟练掌握外语、尤其是德语者的比例不断扩大，中国的席勒研究，会进入新的盛期。

1.《江汉论坛》，1983 年第 11 期。　　2.《吉首大学学报》（社会科学版），1997 年第 3 期。

# 附录

## 1. 中德文学交流大事记 [1]

1. 本大事记内容主要源于本书，另收编者所汇集的中德文学互译（略及研究）的部分代表性书目。有关中德两国文学关系的其他方面，比如学术会议、作家互访等，由于牵涉面广，此处只能略及而无法囊括。所收材料截止于 2000 年。编者谨盼，它对今后收录内容更完整的"中德文学交流大事记"，有所助益。

约 1200 年，埃申巴赫（Wolfram von Eschenbach）创作史诗《巴尔齐法尔》，描述骑士们身着绸缎，参加典礼。同时盛装出现的，有被称为丝人（Serer）的中国人。

约 1450 年，罗森施普吕特（Hans Rosensplüt）创作诗歌《葡萄酒赞歌》，其中，"契丹"（Katai）的可汗，与君士坦丁堡的皇帝和罗马的教皇并列出现，一并被称为世界三大巨富。

1628 年，奥皮茨（Martin Opitz）创作诗歌《歌颂上帝的战争》，其中战神玛尔斯风尘仆仆，来到拥有"瓷器"、"火炮"和"印刷术"的秦尼（Sina，即中国）。

1654 年，意大利耶稣会教士卫匡国（Martin Martini）的拉丁语版《鞑靼战纪》问世，书中记述 1644 年清兵入关后的一段中国历史。此书既描述了清兵的残暴，也记录了明王室的懦弱，成为以后几部德国的"中国小说"的故事主线。

1668 年，格里美豪森（Hans Jacob Christoffel von Grimmelshausen）的代表作《痴儿西木传》问世。其中，代表遥远和陌生之符号的中国人不仅继续现身，而且出现了代表中国艺术的中国画。这透露出，中国绘画作品那时已被欧洲人收藏。

1670 年，哈格多恩（Christ. W. Hagdorn）的小说《埃关——或伟大的蒙古人》问世，演绎李自成起义，吴三桂引清兵入关，以及明朝末代皇帝崇祯覆灭的故事。

1673 年，哈佩尔（Eberhard W. Happel）完成《亚洲的俄诺干布》，其副标题为：《描述中国当今伟大的执政皇帝顺治——一位地地道道的骑士，并简短地介绍他以后及其他亚洲王子的风流韵事、他们的骑士业绩、所有地处亚洲的王国和地区的特性以及它们君主的等级制度和主要功绩》。小说中甚至出现了著名耶稣会会士、来自德国的汤若望（Jean Adam Schall von Bell）。他身为中国皇帝的忏悔神父，借助明天启三年（1623）出土的著名"大秦景教流行中国碑"，传播基督教教义。

1688 年，瑞士方济各会教士卡塞尔（Rudolf Gasser）完成德语小说，书名为：《最恳切地向所有无神论者、马基雅维里主义者、危险的罗马语族民族以及那些不明理智地享受现世生活的人提出理性的挑战》。本书附有一个更长的副标题:《消遣文学的形式,刀光剑影的奇特内容,即一部反映葡萄牙绅士菲洛洛果与中国女皇卡拉贝拉之间的真实性历史故事的作品》。

1690 年,洛恩斯泰因(Daniel Casper von Lohnstein, 1635—1683)完成历史小说《宽宏的统帅阿尔米尼乌斯》。小说规模庞大,内容繁复,但相当精练地介绍了中国文化的特点,换言之,描述了中国儒、道、释三家。

1691 年,哈佩尔完成作品集《世界最值得纪念之事或者所谓的新奇之事》,其中不乏与中国有关的篇章。比如有:《中国的杂耍艺人》,描绘中国杂技和魔术;《不同寻常的忠诚》,似为中国“赵氏孤儿”故事的变体。

1697 年,德国思想家莱布尼茨(Gottfried Wilhelm Leibniz)编撰出版《中国近事——为了照亮我们这个时代的历史》一书。此书不仅是中德文化关系史上的一座丰碑,也是世界文明交流史中的传世之作。在为此书所写前言中,他大胆提出,希望中国派出传教士赴欧,推广中国的“自然神学”。

1721 年 7 月 12 日,莱布尼茨的学生、德国启蒙运动另一代表沃尔夫(Christian Wolff),在哈勒大学副校长就职仪式上发表以后题为《关于中国人道德学的演讲》的讲话。他盛赞孔子,甚至将他与耶稣基督相提并论,惹恼了一些基督教的卫道士,被迫离职流亡。

1721 年起,法斯曼(David F. Fassmann)匿名发表书信体小说《奉钦命周游世界的中国人》,借助一个周游欧洲的中国人,表达对教会的不满和对世风的讥刺。

1760 年,喜欢舞文弄墨的德国弗里德里希二世,完成作品《中国皇帝的使臣菲希胡发自欧洲的报道》。他借助中国批评基督教的宗教审判权,强调人的独立性。

1766 年,穆尔(Christoph Gottlieb von Murr)根据英语译成德语的小说《好逑传》(即《好逑的愉悦故事》)出版。

1771 年,瑞士德语作家哈勒尔(Albrecht von Haller)的《乌松——一段东方国家的历史》出版。主人公乌松为蒙古大汗铁木真的儿子,骁勇善战又充满智慧,凭借中国文化的背景,最后成为整个波斯王国的统治者。

1772 年,德国启蒙作家翁策尔(Ludwig August Unzer)创作长篇挽歌《武帝在秦娜墓旁——

一首中国趣味的挽歌》，在布伦瑞克出版。诗歌讲汉武帝思念已逝的李夫人，方士李少君雕石成像，置轻纱帐中，宛若李夫人再生。武帝大悦。诗中充满中国词语，例如"长生药"、"麒麟"、"凤凰"、"太极"、"子时"等。总体说来，在这首长达150多行的诗中，作者使用了20多个（重复除外）汉语字词的音译，内容从树木鸟兽到成语哲学，意在建立一种真正的中国氛围，给读者提供一首中国式的挽歌。此书所涉有关汉武帝和方士李少君的故事，可能出自东晋王嘉撰《拾遗记》。

1772年，作家维兰德（Christoph Martin Wieland）完成"国事小说"《金镜或者谢西安诸位国王》。在小说前言中，维兰德虚构成书背景，说它原本是一用印度语言写成的谢西安国的故事，后在中国的太祖(Tai-Tsu)时代，由一个不怎么出名的中国作家夏福子(Hiang-Fu-Tsee)将它译成汉语，接着由一神甫从汉语译成拉丁语，最后由现在此书的出版人即维兰德自己，译成德语。小说大谈帝王的教育问题，其中中国占据要位。中国远古帝王舜、尧都被提及。更出人意料的是，中国元杂剧《赵氏孤儿》中"弃儿救孤"的母题，也插入其中，开启了中国文学在德国的一段流传史。

1773年，哈勒尔出版他的另一部"国事小说"《阿尔弗雷德——盎格鲁萨克森的国王》。小说讲阿尔弗雷德这个国王，在征战胜利后，如何在和平时期治理国家，探讨的是东方专制主义在欧洲政体中的可行性。它继承《乌松》中对中国专制主义的关注和批评，既称赞中国皇帝仁德，又批评中国缺少民主。以后到了19世纪，黑格尔在多个场合中，批评中国文化缺少个体的自由意识，导致历史停滞不前，其视角与18世纪的哈勒尔一般无二。

1774年，一位匿名为弗里德里希斯（Friedrichs）的德国作家，将《赵氏孤儿》的整部剧本，改写成德国的五幕剧《中国人或公正的命运》。其中不仅保留了"弃儿救孤"这个中心情节，还延续了中国剧本中"父仇不共戴天"的主题。

1779年左右起，德国启蒙时期的重要诗人和教育家普费弗尔（Gottlieb Pfeffel）发表数篇与中国有关的诗体"道德故事"。其中有根据《吉翂叩阙免父罪》改编的《吉翂》（1779），根据《韩伯俞泣笞伤老》改编的《母亲与女儿》（1799）等。作为启蒙作家，普费弗尔反对康德那来自外部的道德律令，即"绝对命令"，提倡顺从人类天性的道德理论。也许他在源自人类繁衍自身的本性中生发出的中国尽孝故事中，不仅看到这种伦理规范对世道民风的教化作用，而且发现它们与自己的道德理论的契合，并将此作为典范介绍。普费弗尔与中国的关系可以追溯到更早的时间，比如他早在 1736 年已创作与中国有关的诗歌《毒药》。

1781 年，魏玛宫廷文人塞肯多夫（Karl Siegmund Freiherr von Seckendorff）发表随笔《中国道德家》，介绍孔子学说，为人类教育提供准则。文章分两部分。第一部分介绍中国人礼貌得体，说的是个人的道德修养问题。第二部分讲述中国儒家学说所含的生活智慧。随笔为连载形式，结束于"待续"，成为残篇。

1781 年，塞肯多夫开始发表小说《命运之轮——一个中国故事》，主要以"庄生梦蝶"为出发点，探讨人生哲学问题。

1783 年，塞肯多夫发表小说《命运之轮或庄子的故事》，内容与《命运之轮——一个中国故事》相比，有重大改变。小说先讲老子的生平和理论，讨论西方哲学著名的本体论问题：我是谁？我在哪里？我为何存在？这也是小说第三、四、五章的标题。然后续上庄子的成长或冒险故事。小说同样没有完成，中断于庄子的继续漫游之途。

1795 年，席勒（Friedrich von Schiller）完成诗歌《孔夫子的箴言》（一），叙述了人类对时间的认识方式及其特点，似乎告诫世人，要顺从生命中的时间顺序。

1796 年，利希滕贝格（Georg Christoph Lichtenberg）出版讥讽中国形象的小说《关于中国人军事禁食学校及其他一些奇闻》。作品主人公名叫夏普（Sharp），作为司膳总管，随同一个外交使团去中国，留下自己的见闻，构成这篇"报道"。从作家本人的笔记中可以得知，其创作契机乃是 1792 年至 1794 年英国马戛尔尼伯爵率团访问中国后，有关成员写下的"中国旅行记"。其中的第一部分 1795 年问世，同年已被译成德语。利希滕贝格长年对中国感兴趣，之前已有一些作品发表，比如《中国人生产珍珠的方式》（1778）、《中国人告别时的恭维》（1779）、《中国人如何制作他们了不起的纸张》（1796）。

1796 年，歌德（Johann Wolfgang von Goethe）完成诗歌《罗马的中国人》，将一位浪漫主义作家比作中国人进行批评。

1799 年，席勒完成《孔夫子的箴言》（二），以空间为题，同以时间为题的第一首"孔子诗"形成呼应。在中德文学关系的研究中，人们曾试图弄清，这两首诗是否确为孔子语录或其变体。虽然席勒在世时，孔子及其学说已在欧洲流传，并对启蒙运动产生影响。但人们始终无法证明，席勒读过《论语》西文译本。研究表明，席勒接触孔子及其学说，大体上通过德译《好逑传》中的附录"中国格言和深刻的道德表述"。其中收有数十条孔子箴言。

1802 年，席勒完成改编自意大利作家戈齐的剧本《杜兰朵——中国的公主》，翌年上演。席勒在改编中，用各种方式勉力渲染所谓的中国气氛。为了使剧本演出具有持续魅力，席勒给剧本准备了多个谜语。其中之一与中国的长城有关。

1827 年，歌德通过英人托姆斯《百美新咏》的英译，将 4 篇中国诗歌改编成德语，附加上自己的介绍或注解，以《中国作品》为题发表。其中第一篇是《薛瑶英》，第二篇为《梅妃传》，第三篇为《冯小怜》，第四篇叫《开元宫人》。

1829 年，歌德完成组诗《中德岁时诗》。组诗中不时出现的中国要素，凸现出歌德进行中德对话的努力。但就思想内容或写作风格而言，它毕竟是歌德的自主创作，更多地表现出德式风格。尤其是诗中由鲜花引出的爱情母题，以及充满爱情咏叹与暗示的内容，与诗题所呈现的自然诗的主题倾向，颇不相符。

1833 年，德国浪漫主义文学名家沙米索（Adelbert von Chamisso）发表诗歌《尼怨》，副标题甚至是《德语按中文译》，讲中国的一个妙龄女子被迫出家，孤寂中思凡结缘，偕夫生子后又回到现实。故事很有"一枕黄粱梦"的味道。就诗歌语言素材所载的文化要素来看，这是一首西方诗歌，其实却是 18 世纪由传教士从中国携往欧洲的中国明清小曲《尼姑思凡》的一个改编。

1838 年，吕克特（Friedrich Rückert）译出《诗经》。这是首个较完整的德语译本。以后引出众多重译。

1840 年，埃利森（Adolf Ellissen）出版题为《茶与水仙》的译诗集。所谓"译"，其实是改译或改编。其中有一首叙事诗，题为《明笔》，每段 6 行，共有 16 段之长。实际上讲了下面这个故事：一个名叫少公（Scheu-Gung）的中国诗人缺少诗才，从魔鬼那里借得"明笔"一支，写下不朽诗篇。以后魔鬼索回神笔，他的诗越来越糟，但声名不减。因为天才的桂冠，替他挡住任何批评。这其实是中国故事"江淹才尽"或"江郎才尽"的改编。

1842 年，海涅（Heinrich Heine）创作诗歌《中国皇帝》。诗歌描写一个终日醉酒的中国皇帝，影射的却是当时的普鲁士国王。

1852 年，海泽（Paul Heyse）出版叙事诗《兄弟——一个诗体中国故事》，讲卫国王子季和异国公主文姜的故事。作品显然改编自中国《诗经》中有关卫宣公筑新台强占儿媳等有关故事。海泽后于 1910 年获诺贝尔文学奖。

1852 年，费茨梅尔（August Pfizmaier）的德译"楚辞"《离骚和九歌》出版。

1856 年，海泽发表诗体小说《国王和僧侣》。小说题材出自中国古典名著《三国演义》中有关孙策的故事。格林（Herman Grimm）发表的《小说集》，收叙事诗《蛇》。早在 20 世纪初年，已有德国学者发现，叙事诗《蛇》的故事源自中国的《白蛇记传》。

1860 年，有"瑞士的歌德"之誉的凯勒（Gottfried Keller）写成一部叙事歌谣《查莫尼克斯的药师》，似同样与中国的《白蛇记传》有关。

1873 年，格里泽巴赫（Eduard Griesebach）借助英译，转译了《庄子休鼓盆成大道》，取名《中国寡妇》，并且写下一篇论文《不忠的寡妇，一部中国小说及其在世界文学中的演变》，附同译文一起发表。此书为《今古奇观》在德国流传的一个范例。

1873 年，阿伦特（Ernst Moritz Arndt）著、王韬译《祖国歌》在他自己编译的《普法战纪》一书中发表，由中华商务总局出版。阿伦特的《祖国歌》疑为第一首完整译成汉语的德国诗。

1878 年 11 月 29 日，李凤苞在其《使德日记》中记述了他在德参加美国公使美耶·台勒的葬礼。悼词中，有人提及这位公使曾"笺注果次（歌德）诗集，尤脍炙人口"。

1886 年，霍普芬（Hans Hopfen）发表名为《明笔》的叙事诗。故事与埃利森（Adolf Ellissen）的作品相似，只不过主人公的名字稍有改变。

1893 年，诗人德默尔（Richard Dehmel）根据李白的《悲歌行》，发表诗歌《中国饮酒歌》（1893），副标题是《根据李太白》。这是当时一大批德国作家改编中国诗歌的代表作。

1897 年，奥地利作家霍夫曼斯塔尔（Hugo von Hofmannsthal）发表诗歌《中国皇帝说》；同年，他还发表一部"幕间小喜剧"，名为《白扇》。剧本故事是《今古奇观》20 卷《庄子休鼓盆成大道》中"不忠的寡妇"的变体。

1898 年，上海别发洋行出版辜鸿铭的《论语》英译。此书副标题非同凡响：《引用歌德及其他作家举例说明的独特译文》。书中多处引用歌德乃至海涅的诗文。

1899 年，印象主义作家比尔鲍姆（Otto Julius Bierbaum）将《东周列国志》中《幽王烽火戏诸侯》所含"褒姒故事"改编为长篇小说《鲍家漂亮姑娘》出版。

1903 年 6 月起至 1904 年 1 月，《绣像小说》分 7 次连载瑞士德语作家威斯（Johann Rudolf Wyss）的"冒险小说"《小仙源》（今译《瑞士鲁滨逊漂流记》）。

1903 年，格鲁贝（W.Grube）的德文本《中国文学史》在德国出版。

1904 年，苏德曼（Hermann Sudermann）著、吴梼译《卖国奴》（又译《猫桥》、《猫路》）在当年 8 月至次年 4 月间，分 15 次连载在《绣像小说》第 31 到 48 期上。

1905 年，海尔曼（Hans Heilmann）根据法语完成的德译《中国抒情诗：从公元 1200 年到当代》出版。此书曾是卡夫卡的案头读物。

1906 年，徐卓呆译出另一位瑞士德语作家苏虎克（Heinrich Daniel Zschokke，今译乔克）的小说《大除夕》，由上海《小说林》总编辑部出版。

1907 年，诗人贝特格（Hans Bethge）发表德译中国诗集《中国笛》，产生广泛影响。

1909 年，道滕代（Max Dauthendey）发表小说集《林加姆》，其中收有两篇与中国有关的小说。一篇根据"广东的一家商店"写成，名叫《未埋葬的父亲》。另一篇根据"上海的一个官员俱乐部"所写成的小说，题为《在官员俱乐部》。作者尝试着从自己所获"中国"图像出发，营造出具有"中国情调"的异国故事。

1911 年，卫礼贤（Richard Wilhelm）德译《中国民间童话》在德国出版。

1912 年，格鲁贝（W.Grube）德译《封神演义：诸神变形记，中国历史神话小说》（《封神演义》选译）出版。

1914 年，德国作家古姆彭贝格（Hans von Gumppenberg）推出三幕喜剧《英笔》。此剧 1917 年在魏玛宫廷剧院首演。那应该也是席勒的"中国公主"喜择夫婿的地方。席勒的《杜兰朵——中国的公主》曾于 1802 年在魏玛的宫廷剧院首演。两部所谓中国作品中的男性主角，或擅长猜谜，或精于吟诗，似在一定程度上体现出欧洲人的中国观。

1914 年，格赖纳（Leo Greiner）改编并出版一部中国小说集，题名《中国之夜》，书中也收有褒姒的故事，取名《龙种的女儿》。

1914 年，霍夫曼斯塔尔（Hugo von Hofmannsthal）发表剧本《蜜蜂》，讲一只蜜蜂变成一个年轻漂亮的姑娘，引诱一个已婚的书生。故事的题材来自中国《聊斋志异》中的《莲花公主》。

1914 年元月，应时译《德诗汉译》由浙江印刷公司印刷发行。此书为德汉对照本，依次收有纪善勃赉希（Ludwig Griesebrecht）的《引港者》、好夫（Wilhelm Hauff，今译豪夫）的《骑士朝歌》、莱因聂克（Robert Reinich，今译赖尼克）的《德国人的劝戒》、许洼伯（Gustav Schwab，今译施瓦布）的《暴雷》（今译《雷电》）、戈德（即歌德）的《鬼王》（今译《魔王》）、哈英南（即海涅）的《兵》（今译《近卫兵》）、许洼伯的《骑士与鲍登湖》、夏米莎（Adelbert von Chamisso，今译沙米索）的《长人的玩具》（今译《巨人的玩具》）、翁勒（即席勒）的《担保》（今译《人质》）、乌朗（Ludwig Uhland，今译乌兰德）的《乐师诅咒》以及裴尔格（Gottfried August Bürger，今译毕尔格）的《义士歌》。共计译诗 11 首，诗人 10 位。除施瓦布外，其余人各 1 首。这是首部汉译德国诗集。

1915 年，德布林（Alfred Döblin）发表德国表现主义文学代表作《王伦三跳》。小说以 18 世纪中国乾隆年代的历史为背景，以中国道家哲学为依据，讨论了"无为"哲学实际操作的可能性，并展现中国各社会阶层的生活画面。克拉邦德（Klabund）则出版诗集《紧锣密鼓——中国战争诗》，主要收李白、杜甫等唐代诗人及来自《诗经》的一些反映战乱的诗。

1915 年，上海进步书局出版鲍姆拔黑（Rudolf Baumbach，今译鲍姆巴赫）著、陈牧民译《双婿案》。同年，《大中华杂志》1 卷 1—6 期，连载席勒著、马君武译《威廉·退尔》。

1916 年，克拉邦德出版德译李白诗改编集《李太白》。

1917 年，施泰尔（Hermann Stehr）完成长诗《老子的告别之歌》，演绎了"老子西出函关"的传说，同时勾勒了老子哲学。

1918 年至 1920 年，卫礼贤（Richard Wilhelm）的德译《中国秋诗》《中国春诗》《中国夏诗》《中国冬诗》，在青岛出版发行。

1919 年，克拉邦德出版诗集《三声》，集中体现了他对老子哲学的见解和体会。

1920 年，诗人贝特格（Hans Bethge）出版德译中国诗集《中国桃花》。

1921 年，克拉邦德出版德译中国诗集《花船——中国译诗》。此书是他介绍改编中国诗的顶峰。

1921 年，施托姆（Theodor Storm）著，郭沫若、钱君胥译《茵梦湖》由上海泰东图书局出版。

1922 年，歌德著、郭沫若译《少年维特之烦恼》由上海泰东图书局出版。此后十余年间，此译由不同的出版社重印数十次，并且引出多种重译。其中有黄鲁不（上海：上海创造社，1928 年版）、罗牧（上海：上海北新书局，1931 年版）、傅绍光（上海：上海世界书局，1931 年版）、达观生（上海：上海世界书局，1932 年版）和钱天佑（上海：上海启明书局，1936 年版）的译本，以及陈弢（上海：上海中学生书局，1934 年版）和杨逸声（上海：上海文通图书社，1938 年版）的编译本。另有曹雪松泰东图书局 1928 年版的同名剧本。1922 年，施尼茨勒（Arthur Schnitzler）著、郭绍虞译《阿那托尔》由商务印书馆出版。同年，张闻天在《东方杂志》19 卷 15、17—18 号上连发长文《歌德的浮士德》，文附《浮士德》第一部的最后一场《监狱》。4 年后，亦即 1926 年，上海创造社出版部终于出版郭沫若译《浮士德》第一部。

1922 年，奥地利诗人埃伦施泰因（Albert Ehrenstein）发表《诗经》一书，其副标题直译为《由孔子编撰的中国诗歌集。一百首改成德语的诗。阿尔贝特·埃伦施泰因按弗里德里希·吕克特》。

1923 年，埃伦施泰因改编出版德译中国诗集《白居易》。雷蒙（Claude du Bois - Reymond）出版德译《平鬼传》。此书另有 1936 年版，曾对诗人勒尔克（Oskar Loerke）的创作产生影响。

1923 年，凯泽（Georg Kaiser）著、陈小航译《从早晨到夜半》，在《小说月报》14 卷 1 号刊出。福沟（Friedrich Fouqué，今译富凯）著，徐志摩译《涡堤孩》（今译《温亭娜》）由上海商务印书馆出版。雷兴（即莱辛）著，孟津、王少明译《米纳女民剧》1923 年 11 月 1 日起至次年 3 月 1 日连载于北京的《晨报副刊·文学旬刊》。

1924 年，埃伦施泰因又有《中国控诉》一书问世。其副标题颇具德国当时社会历史特征：《三千年革命的中国诗歌的意译》。诗集收诗 26 首，主干部分是来自其《诗经》的 13 首诗，以及出自其《白居易》的 9 首诗。

1924 年，苏台尔曼（Hermann Sudermann）著、胡仲持译《忧愁夫人》由上海商务印书馆出版。同年，霍普特曼（Gerhart Hauptmann）著、陈家译《织工》由上海商务印书馆出版。

1924 年，中华书局出版《西洋音乐与诗歌》一书。王光祈在书中译出 10 位德国诗人及他们的 12 首诗。诗人及其诗作依次为：歌德的《爱尔王》（即《魔王》），海涅的《我欲乘风去》（《抒情插曲》9）以及《卿似一支花》（《还乡曲》5），伍兰德（即乌兰德）的《酒家女儿》，赖

德匪迟 (Oskar Freiherr von Redwitz) 的《其乐无穷》，柯逎聊时 (Peter von Cornelius) 的《携手偕游明月下》，改白尔 (Emanuel Geibel) 的《为音乐而作》和《孟察那莱河岸旁》，克鲁堤 (Klaus Johann Groth) 的《我犹识归途》，谬里克 (Eduard Friedrich Mörike 今译默里克) 的《维拉时歌》，白也里迟 (Boelitz) 的《马利亚摇篮歌》，夏克 (Adolf Friedrich von Shack) 的《夜乐》。

1925 年，郑振铎译《莱森寓言》由上海商务印书馆出版。此书所收 32 篇莱森寓言，前 30 篇之前已在《小说月报》15 卷 10 号、16 卷 3 号和 4 号（1924 年 10 月至 1925 年 3 月）上发表。开封河南教育局编译处刊行王少明译《格尔木童话集》，收《六个仆人》等 10 篇格林童话。

1926 年，席勒著、杨丙辰译《强盗》由上海北新书局出版。豪布陀曼 (Gerhart Hauptmann) 著、杨丙辰译《火焰》由上海商务印书馆出版。张传普著《德国文学史大纲》由上海中华书局印行。

1926 年，洪涛生 (Vincenz Hundhausen) 出版德译中国诗两部，一是《3 至 11 世纪的中国诗人》，二是《德译中国诗人》。

1927 年，埃伦施泰因 (Albert Ehrenstein) 出版小说《强盗与士兵》。其蓝本是中国的《水浒传》。因为在小说发表的 1927 年，西方语言中尚无比较完整的《水浒传》译本，许多读者就此初识这部中国小说。

1927 年，郭沫若译《德国诗选》由上海创造社出版部出版。

1928 年，托马斯·曼 (Thomas Mann) 著、章明生译《意志的胜利》由上海启智书局出版。同年，剌外格 (Stefan Zweig) 著、杨人梗译《罗曼·罗兰》由上海商务印书馆出版。托马斯·曼于次年即 1929 年获诺贝尔文学奖。

1928 年，齐巴特 (Artur Kibat und Otto Kibat) 德译《金瓶梅》（两卷）在德国出版。

1929 年，黑塞 (Hermann Hesse) 发表传奇《幽王的毁灭》。故事来源于"褒姒故事"。黑塞后于 1946 年获得诺贝尔文学奖。

1929 年，歌德著、胡仁源译《哀格蒙特》由上海商务印书馆出版。海泽 (Paul Heyse) 著、程鹤西译《梦幻与青春》由上海春潮书局出版。嘉米琐 (Adelbert von Chamisso，今译沙米索) 著、鲁彦译《失去影子的人》由上海光华书局出版。雷马克 (Erich Maria Remarque) 著，洪深、马彦祥译《西线无战事》由上海平等书店出版；雷马克著、林疑今译《西部前线平静无事》几乎同时由上海水沫书店出版。

1929 年，福尔克（Alfred Forke）德译《中国格律的唐宋诗》出版。

1930 年，余祥森著《德意志文学》由上海商务印书馆出版，1934 年再版。

1930 年，格莱塞尔（Ernst Glaeser）著、施蛰存译《一九〇二级》由上海东华书局出版。雷恩（Ludwig Renn）著、魏以新译《战争》由上海华通书局出版，写于 1930 年 5 月的《译者前言》交代，此书的翻译曾得到译者的德国老师欧特曼教授"解释疑难，叙述德国军队制度及兵士生活情形"的评价。

1931 年，沃尔夫（Friedrich Wolf）发表以上海一纺织女工为主角的德文小说《泰扬觉醒了》。

1931 年，弗兰克（Leonhard Frank）著、盛明若译《卡尔与安娜》由上海中华书局出版。

1932 年，库恩（Franz Kuhn）发表德译《红楼梦》（两卷，选译），至今已重版 20 多次，影响深远。但此译实际为编译和选译的混合体。德语《红楼梦》全译本进入 21 世纪才出现。

1933 年，捷克德语作家基希（Egon Erwin Kisch），以自己在中国的亲身经历为基础，出版德语报告文学《秘密的中国》。1955 年，曾在德国重新整理并出版基希这本著作的德国作家乌泽访问中国，惊喜地发现《秘密的中国》成书的另一秘密。就他了解，基希在上海曾与鲁迅会面。中国作家陈铨（Chen Chuan）在德国完成博士论文《德国文献中的中国纯文学》。此书中文版取名《中德文学研究》，1936 年由上海商务印书馆出版。

1933 年，席勒著、胡仁源译《瓦轮斯丹》（上、下）由上海商务印书馆出版。席勒著、关德懋译《奥里昂的姑娘》由上海商务印书馆出版。豪布陀曼（Gerhart Hauptmann）著、郭鼎堂译《异端》由上海商务印书馆出版。茨威格（Stefan Zweig）著、章衣萍译《一个妇人的情书》由上海华通书局出版。茨威格情爱小说的中文译介就此正式登场。此后，茨威格在中国成为汉译频率和规模最大的德语作家之一。

1934 年，霭沈都夫（Joseph Freiherr von Eichendorff，今译艾兴多夫）著、绮纹译《荒唐游记》由上海亚东图书馆出版。席勒著、张富岁译、杨丙辰序《阴谋与爱情》由上海商务印书馆出版。魏以新译《格林童话全集》由上海商务印书馆出版，此译本以后多次重版。

1935 年，周学普译《浮士德》全译本由上海商务印书馆出版。席勒著、郭沫若译《华伦斯太》由上海生活书店出版。莱森（Gotthold Ephraim Lessing）著、郑振铎编《莱森寓言》由上海商务印书馆出版。克莱斯特（Heinrich von Kleist）等著、毛秋白选译《德意志短篇小说集》由上海商务印书馆出版。克莱斯特著、毛秋白选译《浑堡王子》由上海中华书局印行。刻勒（Gottfried Keller）著、李且涟译《三个正直的制梳工人》由上海中华书局出版，毛秋白为译本写下一篇精湛的长序，详介作者生平与创作。同年，梵澄（徐诗荃）据英文版本译出《苏鲁支语录》，在鲁迅的极力推荐下，发表在郑振铎主持的《世界文库》8 到 11 辑上。译文 1936年 9 月由上海书店出了单行本，但已非首部完整的汉译。肖赣据英文版本转译的《扎拉图士特拉如是说》1936 年 3 月已由上海商务印书馆出版。

1935 年，卡内蒂（Elias Canetti）出版小说《迷惘》（主人公基恩是一位汉学家）。卡内蒂主要以这部小说于 1981 年获诺贝尔文学奖。奥里希（Ursula Aurich）在德国出版以中德文学关系史为研究对象的专著《18 世纪德国文学镜像中的中国》。

1936 年，"内心流亡"作家勒尔克（Oskar Loerke）发表随笔《驱鬼者》，对中国的"钟馗驱鬼"和欧洲的几部作品进行了比较评说。不过，该文的中心乃是中国的钟馗，亦即题目中的"驱鬼者"。借钟馗之名，驱德国之鬼，是文章的命意所在。

1936 年，黑贝尔（Friedrich Hebbel）著，汤元吉、俞敦培译《悔罪女》由上海商务印书馆出版。林克（Lilo Linke）著、于熙俭译《动乱时代》由上海生活书店出版。同年 12 月 10 日，霍夫曼斯塔尔（Hugo von Hofmannsthal）著、陈占元译《昌多斯爵士的信》在《新诗》3 期中发表。此书为德国文学史上重要理论著述，影响深远。

1937 年，胡启文译《德国短篇小说选》由上海中华书局出版。

1937 年，洪涛生（Vincenz Hundhausen）德译《汤显祖戏剧选》（1—3）在德国出版。

1938 年，里尔克（Rainer Maria Rilke）著、冯至译《给一个青年诗人的十封信》由长沙商务印书馆出版。福克脱凡格（Leon Feuchtwanger，今译福伊希特万格）著、黄立译《忆莫斯科》由上海前卫书店出版。

1938 年，基希（Egon Erwin Kisch）著、周立波译《秘密的中国》由汉口天马书店出版。首章"吴淞废墟"，描述日本侵略者在上海制造"一·二八"事变后的惨景。此书最初的铅板 1937 年曾在上海毁于"八一三"事变日军的炮火中。

1939 年，毛秋白选译《德意志短篇小说集》由上海商务印书馆出版。

1939 年，布莱希特（Bertolt Brecht）发表德语长诗《老子西出关著道德经的传说》。讲老子西出函关，主要涉及老子柔弱胜刚强的思想。安常尔（Horst von Tscharner）在德国发表研究中德文学关系的专著《至古典主义德国文学中的中国》。

1940 年，库恩（Franz Kuhn）译出《三国志，古代中国小说》，为《三国演义》编译本。布莱希特完成故事发生地点在中国四川的剧本《四川一好人》。

1941 年，卡萨克（Hermann Kasack）发表论著《艺术中的中国》。

1941 年，毛秋白等译的德国小说集《俏皮姑娘》由上海启明书局出版。

1944 年，瑞士德语作家弗里施(Max Frisch)发表小说《是或北京之旅》（一译：《彬或北京之旅》）。

1944 年，歌德著、郭沫若译《浮士德》由东南出版社出版。卡罗莎（Hans Carossa）著、姚可昆译《引导和同伴》由桂林开明书店出版。宋慧选译《德意志短篇小说集》由长春开明图书公司出版，其中收有黑塞（Hermann Hesse）的作品。陈铨著《从叔本华到尼采》由在创出版社出版。

1946 年，弗里施(Max Frisch)发表德语剧本《中国长城》。

1946 年，伯奈尔和尼尔斯（Georgette Boner und Maria Nils）译出《猴子的朝圣之旅，一个中国传奇》，实为依据英文本译出的《西游记》片段。

1947 年，歌德著、郭沫若译《浮士德》由群益出版社出版。尼采（Friedrich Nietzsche）著、高寒译《查拉斯图拉如是说》由文通书局出版。正风出版社出版林凡译德语诗歌集《春情曲》。其中除了歌德、席勒和海涅等人的作品外，另收郭欧尔格（Stefan George，今译格奥尔格）和波姆（Jocob Böhme）的诗。郭沫若译《浮士德百三十图》由群益出版社出版。

1949 年，鲍姆（Vicki Baum）著、于绍方译《柏林大饭店》由（北京）五十年代出版社发行。斯威布（Gustav Schwab，今译施瓦布）著、楚图南译《希腊的神话和传说》，由上海书报联合发行所出版。

1951 年，朱白兰（Klara Blum）自传体小说《牛郎织女》在德国出版。此书讲述一生颇具传奇色彩的女作者与在大革命中失踪的中国丈夫的故事。

1951 年，沃尔夫（Friedrich Wolf）著、陈铨译《两人在边境》由自由出版社出版。

1952 年，19 世纪 20 年代曾在北大任教的欧尔克（Waldemar Oehlke）出版德译《中国抒情诗和格言》。

1953 年，勃赖特尔（Willi Bredel）著、张威廉译《五十天》由文化生活出版社出版。

1954 年，乌塞(Bodo Uhse)访华后发表《中国日记》。库恩(Franz Kuhn)德译《儿女英雄传》在德国出版。

1955 年，卡尔默（Joseph Kalmer）译鲁迅文集《路漫漫其修远兮》在德国出版。

1956 年，朱白兰(Klara Blum)编《黄河的精灵》在德国出版，主要收录卫礼贤译的中国故事。

1956 年，席勒著、张天麟译《奥里昂的姑娘》由北京人民文学出版社出版。西格斯（Anna Seghers）著，常风、赵全章、赵荣普译《第七个十字架》由北京作家出版社出版。

1957 年，商章孙等译《海涅散文选》由上海新文艺出版社出版，钱春绮译海涅诗集《罗曼采罗》由上海新文艺出版社出版。

1958 年，海涅著、吴伯萧译《波罗的海》由上海新文艺出版社出版。冯至等编著《德国文学简史》由北京人民文学出版社出版（1959 年修订再版）。张威廉译《布莱德尔小说选集》由作家出版社出版。

1959 年，海涅著、钱春绮译《诗歌集》由上海文艺出版社出版。

1961 年，贝希尔（Johannes Becher）等著、南京大学外文系德语专业 1959 和 1960 级毕业班译的《锤与笔》由上海文艺出版社出版。

1962 年，海姆（Stefan Heym）著，徐汝椿、陈良廷译《十字军》（上、下）由上海文艺出版社出版。

1962 年，杨恩霖和施米特（Gerhard Schmitt）出版《登天之路：儒林外史》。此为《儒林外史》的德语全译本。

1969 年，施瓦茨（Ernst Schwarz）德译《镜中的菊花：中国古典诗歌》在德国出版。

1970 年，恩格勒尔（F.K.Engler）德译《镜花缘》在德国出版。

1973 年，泰特娄（Antony Tatlow）的德语专著《布莱希特的中国诗歌》在德国出版。

1974 年，夏瑞春（Adrian Hsia）的德语专著《赫尔曼·黑塞与中国》在德国出版。

1975 年 10 月到 11 月，著名瑞士德语作家马克斯·弗里施(Max Frisch)随同当时联邦德国总理施密特一行访华。

1976 年，拉萨尔（Ferdinand Lassalle）著、人民文学出版社编辑部（译）的《弗兰茨·冯·济金根》由北京人民文学出版社出版。

1976 年，艾希（Günter Eich）去世后被整理完成的译诗集《来自中国》在德国出版。

1977 年，伯尔（Heinrich Böll）著，孙凤城、孙坤荣译《丧失了名誉的卡塔琳娜·勃罗姆》由北京人民文学出版社出版。

1977 年，舒斯特尔（Ingrid Schuster）在德国出版论著《德国文学中的中国和日本——1890 至 1925》。此书为中德文学关系史研究的重要成果。

1978 年，歌德等著、刘德中译《德国古典中短篇小说选》由上海译文出版社出版。托马斯·曼（Thomas Mann）著、傅惟慈译《布登勃洛克一家》（上、下）由北京人民文学出版社出版。

1979 年 9—10 月，格拉斯（Günter Grass）来华访问，在北京大学和上海外国语大学作报告，谈及了文学的任务和功能、文学创作的方法和技巧，并且还和师生进行了互动，解答了大家的提问。作家 20 年后，即在 1999 年获诺贝尔文学奖。

1979 年，海因里希·曼（Heinrich Mann）著、傅惟慈译《臣仆》由上海译文出版社出版。

1980 年，海因里希·曼著、董问樵译《亨利四世》（上、中、下）由上海译文出版社出版。王安娜（Anna Wang）著，李良健、李希贤译《中国，我的第二故乡》由北京三联书店出版。《伯尔中短篇小说选》由北京外国文学出版社出版。《布莱希特戏剧选》（上、下）由北京人民文学出版社出版。冯塔纳（Theodor Fontane）著、韩世钟译《艾菲·布里斯特》由上海译文出版社出版。凯勒（Gottfried Keller）著、田德望译《绿衣亨利》（上、下）由北京人民文学出版社出版。伦茨（Siegfried Lenz）著、许昌菊译《德语课》由北京外国文学出版社出版。伦茨著，侯浚吉、江南译《面包与运动》由上海译文出版社出版。卡夫卡著、汤永宽译《城堡》由上海译文出版社出版。茨威格（Stefan Zweig）著、王守仁译、房敬千校《一个陌生女人的来信》由江苏人民出版社出版。

1980 年 9 月，前西德著名文学史家、文学批评家迈耶尔（Hans Mayer）应邀来中国进行了为期两周的讲学。他在北京大学的一次学术报告会上给予了卡夫卡很高的评价，对于中国的卡夫卡热有推动作用。

1980 年，埃伯斯坦（Bernd Eberstein）主编德译《中国现代剧作选》在德国出版，收曹禺、田汉、熊佛西、老舍等中国剧作家的剧本。埃伯斯坦还曾主编《二十世纪中国戏剧》，1983 年在德国出版。

1981 年，雷马克著、高长荣译《凯旋门》由天津人民出版社出版。格吕恩（Max von der Grün）著、炎健译、叶逢植校《坎坷人生》由北京外国文学出版社出版。迪伦马特（Friedrich Dürrenmatt）著，叶廷方、黄石雨、张荣昌译《迪伦马特喜剧选》由北京人民文学出版社出版。伯尔著、杨寿国等译《莱尼和他们》由上海译文出版社出版。杨武能编选《德语国家短篇小说选》由北京人民文学出版社出版。歌德著、杨武能译《少年维特的烦恼》由北京人民文学出版社出版。席勒著、张威廉译《唐·卡洛斯》《威廉·退尔》由上海译文出版社出版。

1981 年，罗泽（Ernst Rose）的论文集《面向东方。歌德晚期作品和 19 世纪德国文学中的中国图像研究》在德国出版。

1982 年，中国德语文学研究者多人，在冯至先生带领下参加在德国海德堡举办的"歌德与中国，中国与歌德"国际学术研讨会。这其实是"欧华学会"的首次会议。会议组织者为德国海德堡大学汉学教授德博（Günther Debon）和加拿大华裔德籍教授夏瑞春（Adrian Hsia）。会议规模不大，但对于推动中德文学关系的研究具有重大意义。

1982 年，歌德著、侯浚吉译《少年维特的烦恼》由上海译文出版社出版。凯勒曼（Bernhard Kellermann）著、黄贤俊译《死的舞蹈》由福建人民出版社出版。孚希特万格（Lion Feuchtwanger）著，张荣昌、叶廷方译《假尼禄》由北京外国文学出版社出版。钱春绮译《德国诗选》由上海译文出版社出版。黑塞（Hermann Hesse）著、张佑中译、叶逢植校《在轮下》由上海译文出版社出版。莱辛（Gotthold Ephraim Lessing）著、朱光潜译《拉奥孔或论画与诗的界限》由北京人民文学出版社出版。罗特（Joseph Roth）著、徐晓蓉译、吴永年校《一个犹太人的命运》由江苏人民出版社出版。施托姆（Theodor Storm）著、黄贤俊译《施托姆中短篇小说集》由上海译文出版社出版。施托姆著、王克澄译《白马骑士》（小说集）由江西人民出版社出版。茨威格（Stefan Zweig）著、沉樱译《同情的罪》由山东人民出版社出版。高中甫、韩耀成等译《茨威格小说集》由天津百花文艺出版社出版。

1982 年，布尔克哈特（Erwin Burckhardt）德译《文赋》在德国出版。鲁迅的《阿Q正传》由马汉茂（Helmut Martin）译成德语出版。

1983 年，苏德曼（Hermann Sudermann）著，侯浚吉、侯少雄译《忧愁夫人》由云南人民出版社出版。雷马克著、朱雯译《西线无战事》由北京外国文学出版社出版。黑塞（Hermann Hesse）著、胡其鼎译《彼得·卡门青》由天津百花文艺出版社出版。弗里施（Max Frisch）著、江南译《能干的法贝尔》由北京外国文学出版社出版。伯尔著、钱鸿嘉译《一声不吭》由上海译文出版社出版。贝歇尔（Johannes Becher）著，汪久祥、章鹏高译《告别》由上海译文出版社出版。伯尔著、高年生等译《小丑之见》由上海译文出版社出版。张玉书编选《德语国家中短篇小说选》由北京中国青年出版社出版。海泽（Paul Heyse）著、杨武能译《特雷庇姑娘》（小说集）由漓江出版社出版。瓦尔泽（Martin Walser）著、马仁惠译《菲城婚事》由江西人民出版社出版。

1984 年，汉学家勒泽尔（Gottfried Rösel）在瑞士玛奈塞（Manesse）出版社出版《来自〈今古奇观〉的古代中国小说集》。此书由选自至此未有德译（或德译本无从寓目）的 10 多篇《今古奇观》故事组成。这个译本的问世，标志着《今古奇观》在两个多世纪时光的骎骎流逝后，终于被全部译成德语。

1984 年，伯尔著、余秉南译《小丑汉斯》由湖南人民出版社出版。阿皮茨（Bruno Apitz）著，华宗德、徐晓蓉译，肖声校《赤手斗群狼》由上海译文出版社出版。布莱德尔（Willi Bredel）著、张威廉译《父亲们》《儿子们》《孙子们》三书，由上海译文出版社出版。艾希（Günter Eich）著《艾希广播剧选》由北京外国文学出版社出版。孙昆荣、赵登荣译《基希报告文学选》由外国文学出版社出版。钱春绮译《席勒诗选》由北京人民文学出版社出版。斯威布（Gustav Schwab）著、楚图南译《希腊的神话和传说》由北京人民文学出版社再版。茨威格（Arnold Zweig）著、侯浚吉译《格里沙中士》由上海译文出版社出版。

1985 年，继 1982 年的海德堡会议后，"欧华学会"第二次会议在中国重庆召开，会议题目为"席勒与中国"。杨武能主编的会议论文集《席勒与中国》，1989 年由四川文艺出版社出版。

1985 年，德国汉学家顾彬（Wolfgang Kubin）主编出版论文集《现代中国文学》，收文 20 多篇，全面讨论中国现代文学的各方面。涉及题目有：现代中国文学的起源，五四运动和抗战爆发之间中国文学的特征，新中国关于文学及其目的的自我反思，台湾的乡土文学，美国的华裔作家的创作。专文涉及的中国作家有鲁迅、郭沫若、郁达夫、闻一多、冰心、茅盾、丁玲、沈从文、巴金、萧红、老舍、曹禺、茹志鹃、王蒙、刘宾雁和白先勇等。张洁的小说《沉重的翅膀》（1981年首发于《十月》杂志）由汉学家阿克曼（Michael Kahn-Ackermann）译成德语出版，引起巨大反响，译者因此荣获联邦德国卫礼贤翻译奖。张洁的《方舟》由马（Nelly Ma）译成德语出版。巴金的小说《家》也由莱辛格尔（Florian Reissinger）译成德语发表，顾彬作跋。

1985 年，卡内蒂（Elias Canetti）著，望宁、关耳译《迷惘》由湖南人民出版社出版。1912 年诺贝尔文学奖获得者作家霍普特曼（Gerhard Hauptmann）著、蔡佳辰译《霍普特曼小说选》由北京外国文学出版社出版。孙坤荣等译《卡夫卡短篇小说选》由北京外国文学出版社出版。商章孙、杨武能、袁志英、白永译《克莱斯特戏剧选》由上海译文出版社出版。张佩芬译《迪伦马特小说集》由上海译林出版社出版。

1986 年，海因里希·曼著，关耳、望宁译《垃圾教授》由长江文艺出版社出版。黑塞著，李世隆、刘泽珪译《荒原狼》（小说集）由漓江出版社出版。法拉达（Hans Fallada）著、刁承俊译《小人物，怎么办？》由上海译文出版社出版。

1986 年，东辛、蒙沙因（Charlotte Dunsing und Ylva Monschein）德译《钱锺书小说选》在德国出版。

1987 年，为纪念海涅诞辰 190 周年，北京大学世界文学研究中心举行"国际海涅学术研讨会"。张玉书主编会议论文集《海涅研究——1987 年国际海涅学术讨论会》1988 年由北京大学出版社出版。李文俊、曹庸译《审判——卡夫卡中短篇小说选》由上海译文出版社出版。阳天译《布莱希特诗选》由湖南人民出版社出版。沃尔夫（Christa Wolf）著、刁承俊译《分裂的天空》由重庆出版社出版。

1987 年，格雷诺（Franz Greno）出版鲁迅选集《长城》，收作品 40 篇，为至此较完整的德译鲁迅作品集。王蒙小说集《夜的眼》德译由费森-亨耶斯（Irmtraud Fessen-Henjes）等完成，在德国出版。此书由顾彬作跋，题目是《文化部长老大哥——邂逅王蒙》。

1987—1992 年，勒泽尔（Gottfried　Rösel）将整部《聊斋志异》中的 500 篇故事，悉数译成德语，分成 5 卷在瑞士出版。第一卷《与菊花相处》，第二卷《睡梦中的两个生命》，第三卷《拜访仙人》，第四卷《让蝴蝶飞翔》，第五卷《与生者的联系》。

1988 年，"欧华学会"第三次会议再次回到德国海德堡召开，来自中德等国家的数十人参会。会议期间，"欧华学会"正式完成学会注册（注册地德国海德堡，法人夏瑞春）。本次会议论文集《远东的架桥——论 20 世纪德中文学关系》（书名即为会议论题）由夏瑞春（Adrian Hsia）和霍费尔特（Sigfrid Hoefert）主编，1992 年在德国出版。

1988 年，莫芝宜佳（Monika Motsch）和史仁仲将钱锺书的《围城》译成德语出版。德博（Günther Debon）出版德译《我的房子远离尘嚣。三千年来的中国诗》。舒斯特尔（Ingrid Schuster）又写成《典范与讽刺画：中国和日本在德国文学中的反映——1773 至 1890》一书，在德国出版。此书也是中德文学关系史研究的重要著作。

1988 年，霍夫曼（E.T.A. Hoffmann）著，张威廉、韩世钟译《封·丝蔻黛莉小姐》（译文集）由上海译文出版社出版。海因（Christoph Hein）著、张荣昌译《陌生朋友》由外国文学出版社出版。里尔克（Rainer Maria Rilke）著、杨武能译《里尔克抒情诗选》由四川文艺出版社出版。同年，聚斯金德（Patrick Süβkind）著、金弢译《香水》由中国文联出版公司出版。

1989 年，贡特尔（Karl Gunter）德译《古代中国诗歌》、屈汉斯（Hans Kühner）德译《老残游记》、蒂罗（Thomas Thilo）德译《太平广记》在德国出版。王蒙《说客盈门及其他》由科尔内尔森（Inse Cornelssen）译成德语出版。

1989 年，钱春绮译《黑塞抒情诗选》由天津百花文艺出版社出版。卡内蒂（Elias Canetti）著，陈恕林、宁瑛译《获救之舌》由北京中国工人出版社出版。卡内蒂著，沙儒彬、罗丹霞译《耳证人》由三联书店出版。魏以新译《格林童话全集》由北京人民文学出版社再版。托马斯·曼著、侯浚吉译《绿蒂在魏玛》由上海译文出版社出版。

1990 年，格拉斯（Günter Grass）著、胡其鼎译《铁皮鼓》由上海译文出版社出版。瓦塞曼（Jacob Wassermann）著，马君玉、马英为译《毛里求斯案件》由南京译林出版社出版。

1990 年，贝尔格尔（Willy Richard Berger）出版德文专著《欧洲启蒙时期中的中国图像和中国热》。施米特-格林策尔（Helwig Schimidt-Glinzer）发表德文专著《中国文学史》，探讨自始至今约三千年来的中国文学。

1991 年，格拉斯著，蔡红军、石沿之译《猫与鼠》由漓江出版社出版。卡夫卡著，阳天、艾瑜译《美国》由漓江出版社出版。弗里施著、许昌菊译《逃离》由中国文联出版公司出版。韦尔弗（Franz Werfel）著、申文林译《忏悔荒唐少年时》由漓江出版社出版。

1992 年，余华著《活着》由高立希（Ulrich Kautz）译成德语出版。

1993 年，杜敏（Hilde Domin）著、吴建广译《玫瑰绽开的新生——希尔黛·杜敏诗文选》由上海百家出版社出版。

1994 年，里尔克著、冯至译《给一个青年诗人的十封信》由三联书店出版。艾兴多夫（Joseph von Eichendorff）著、曹乃云译《月夜——艾兴多夫诗选》由上海译文出版社出版。倪诚恩选编《伯尔作品精粹》由河北教育出版社出版。德罗斯特·许尔斯霍夫著，张玉书、章鹏高译《德罗斯特·许尔斯霍夫诗集》由北京大学出版社出版。钱春绮译德国英雄史诗《尼伯龙根之歌》由北京人民文学出版社出版。韦斯（Fritz Weiss）著，韩世钟、马仁惠、曹乃云译《鱼从头臭起》由上海译文出版社出版。

1994 年，顾彬主编、关愚谦副主编的德文版 6 卷本《鲁迅选集》在瑞士出版。此书是德语国家一批学者 15 年精心翻译的成果，其规模和翻译质量代表了欧洲鲁迅翻译和研究的新水平。冯骥才著《高女人和她的矮丈夫》由萨尔茨曼（Hannelore Salzmann）译成德语出版。李锐著《假婚》由格吕德尔和马汉茂（Ines Gründel und Helmut Martin）译成德语出版。莫芝宜佳（Monika Motsch）著《〈管锥编〉与杜甫新解》在德国出版。此书后由马树德译成汉语，1997 年由河北教育出版社出版。

1995 年，高中甫主编《茨威格小说全集》（1—3）由西安出版社出版。

1995 年，顾彬（Wolfgang Kubin）主编中德文学关系论文集《我的图像在你眼中。异国情调和现代性：20 世纪中的德国和中国》在德国出版。

1996 年，卫茂平著《中国对德国文学影响史述》由上海外语教育出版社出版。

1996 年，王印宝、冯令仪译《霍夫曼短篇小说集》由湖南文艺出版社出版。叶水夫、高妙主编《世界中篇小说经典文库》（德国·奥地利卷）由北京九州图书出版社出版。柳鸣九主编，韩耀成编选《世界短篇小说精品文库》（德语国家卷）由福州海峡文艺出版社出版。黄凤祝、袁志英、维克多·伯尔编《伯尔文论》由北京三联书店出版。黄凤祝编著《海因里希·伯尔——一个被切碎了的影像》由北京三联书店出版。马克思（Karl Max）著，陈玢、陈玉刚译《马克思诗歌全集》由辽宁大学出版社出版。1919 年诺贝尔文学奖获得者、瑞士德语作家施皮特勒（Carl Spitteler）著、施岷译《奥林匹斯的春天》由漓江出版社出版。绿原译《里尔克诗选》由北京人民文学出版社出版。臧棣编《里尔克诗选》由北京中国文学出版社出版。

　　1997 年，孚希特万格著，张荣昌、金海民译《成功——一个省三年的历史》由上海译文出版社出版。孙风城选编《德国浪漫主义作品选》由北京人民文学出版社出版。1902 年诺贝尔文学奖获得者、历史学家蒙森（Theodor Mommsen）著，王建、王炳均译《罗马风云》由漓江出版社出版。图霍尔斯基（Kurt Tucholsky）著，蔡红军、任庆莉译《向情人坦白——图霍尔斯基幽默散文》由安徽文艺出版社出版。上海译文出版社出版的《作家谈译文》一书，收 37 位作家的 37 篇文章，篇名涉及德语作家两位——卡夫卡和黑塞。

　　1998 年，黑塞著、张佩芬译《玻璃球游戏》由上海译文出版社出版。莱辛著、张黎译《汉堡剧评》由上海译文出版社出版。特拉克尔（Georg Trakl）著、董继平译《秋天奏鸣曲》由敦煌文艺出版社出版。

　　1998 年，苏童的小说《米》《妻妾成群》由韦伯 - 舍费尔（Peter Weber-Sch-fer）译成德语出版。

　　1999 年，格拉斯著、刁承俊译《狗年月》由漓江出版社出版。赫尔德林（Friedrich Hölderlin）著、戴晖译《赫尔德林文集》由北京商务印书馆出版。燕妮（Zoë Jenny）著、李健鸣译《花粉屋》由上海文艺出版社出版。赵燮生主编《施托姆诗意小说集》（上、下）由安徽文艺出版社出版。特拉文（Bruno Traven）著，张载扬、黄敬甫、常克强译《死人船》由上海译文出版社出版。

　　2000 年，穆齐尔（Robert Musil）著、张荣昌译《没有个性的人》由北京作家出版社出版。格拉斯著、蔡红军译《我的世纪》由上海译文出版社出版。施林克（Bernhard Schlink）著、姚仲珍译、拱玉书校《生死朗读》由南京译林出版社出版。

　　2000 年，余华著《许三关卖血记》由高立希（Ulrich Kautz）译成德语出版。

## 2. 本书撰稿人名单：

卫茂平：序、概述、第一章、第二章、第三章、第四章、第九章、附录、参考文献

陈虹嫣：第五章

方厚升：第六章

张晓青：第七章

黄　艺：第八章

# 参考文献

Ahn，Jin-Tae，Östliche Weisheit—Tiefenpsychologie und Androgynie in deutscher Dichtung，Frankfurt/M 1991.

Anglet，Andreas，Die lyrische Bewegung in Goethes "Chinesisch-Deutschen Jahres-und Tageszeiten"，In：Goethe Jahrbuch，Bd.113（1996），S.179—198.

Aurich，Ursula：China im Spiegel der deutschen Literatur des 18. Jahrhunderts，Berlin 1935.

Balser-Overlaek，Anette，Bertolt Brecht im Spannungsfeld west-Östlicher Gedanken："...kuschn，solang bis du beiβen kannst"，Frankfurt/M 1990.

Bauer，Wolfgang，Goethe und China -Verständnis und Miβverständnis，In：Hans Reis（Hg.），Goethe und die Tradition，Frankfurt/M 1972，S.177—179.

ders. Die Rezeption der chinesischen Literatur in Deutschland und Europa，In：Klaus von See（Hg.），Neues Handbuch der Literaturwissenschaft，Bd.23，Wiesbaden 1984，S. 159—192.

Behm，Christoph，Ein chinesischer Spiegel，In：Die neue Rundschau，23（1912），S.863—868.

Behrsing，Siegfried：Goethes "Chinesisches"，In：Wissenschaftliche Zeitschrift der Humboldt-Universität，Jg. 19（1970），S.248—258.

Beigel，Alfred，Erlebnis und Flucht im Werk Albert Ehrenstein，Frankfurt/M 1972.

Berg-Pan，Renata，Bertolt Brecht and China，Bonn 1979.

Berger，Willy Richard：China-Bild und China-Mode in Europa der Aufklärung，Köln 1990.

Biedermann，Woldemar Freiherr von，Goethe-Forschung，Frankfurt/M 1879.

ders. Goethe-Forschung，Leipzig 1886.

ders. Die chinesische Quelle von Goethes Elpenor，In：Zeitschrift für vergleichende Literaturwissenschaft und Renaissance-Literatur，NF Bd. 1，1887—1888，S.373—375.

Biedermann，Woldmar Freiherr von，Stoffwandlung in chinesischer Dichtung，In：Zeitschrift für vergleichende Literaturgeschichte，Bd. 1. 1887

Blackall，Eric A.，Goethe and the Chinese novel，in .The Discontinuous Tradition，Ed.by Peter Felix Ganz，Oxford 1971，S.29—53.

Boersehmann，Zur Frage der übersetzung chinesischer Gedichte，In：Ostasiatische Zeitschrift，Bd.18 (1938)，S.303—307.

Borowsky, Kay, Das Chinesische bei Hermann Kasack, In: Hermut John und Lonny Neumann (Hg.)，Hermann Kasack-Leben und Werk，Frankfurt/M 1994，S.153—163.

Bramkamp，Agathe，"Die eigene Musik erkennen"，The Tao in Gertrud Leuteneggers Novel Kontinent，In：Adrian Hsia (Hg.)，Tao Rezeption in East and West，Frankfuri/M 1994，S.245—260.

Cai，Hongjun，F.C. Weiskopf und China，In：Hongjun Cai (Hg.)，Neue Forschungen chinesischer Germanisten in Deutschland，Frankfurt/M 1997，S.34—50.

Chang，Peng，Modernisierung und Europäisierung der klassischen chinesischen Prosadichtung：Untersuchungen zum übersetzungswerk von Franz Kuhn (1884—1961)，Frankfurt/M 1991.

Chen Chuan：Die chinesische schöne Literatur im deutschen Schrifttum，Diss. Kiel 1933.

Chen，Zhuangying，Asiatisches Gedankengut im Werke Hermann Hesses，Frankfurt/M 1997.

Chi. Ursula，Die Weisheit Chinas und "Das Glasperlenspiel"，Frankfurt/M 1976.

Chung，Erich Ying-yen：Chinesisches Gedankengut in Goethes Werk，Diss. Mainz 1977.

Debon，Günther，China zu Gast in Weimar，Heidelberg 1994.

Debon，Günther，ders. Daoistische Denken in der deutschen Romantik，Heidelberg 1993.

Debon，Günther：Goethes Chinesisch-deutsche Jahres-und Tageszeiten in sinologischer Sicht，In：Euphorion，76 (1982) S.27—57.

Debon，Günther：Goethe und der ferne Osten. Ln：Günter Schnitzler und Gottfried Schramm(Hg.)，Ein unteilbares Ganzes-Goethes: Kunst und Wissenschaft，Rombach Verlag 1997，S.63—87.

Debon，Günther，O Ouen Ouang! Zu einer Tagebuch-Notiz Goethes，in Euphorion，78 (1984)，S.464—468.

Debon，Günther：Schiller und der chinesische Geist. Frankfurt/M 1983.

Debon，Günther，Die Schönheit der Schlangenlinie. Ein weiterer Beitrag zum Thema Schiller und der chinesische Geist，Neckargemünde 1984.

Debon，Günther: Thomas Mann und der chinesische Geist，In: Heinrich-Mann-Jahrbuch 8 (1990)，S.145—169.

Debon，Günther，So der Westen wie der Osten-Dichtung，Kunst und Philosophie in Deutschland und China，Verlag Brigitte Guderjahn，Heidelberg 1996

Denkler，Horst，Von chinesischen Pferden und deutschen Missionaren. China in der deutschen Literatur，deutsche Literatur für China，In: German Quarterly，60 (1987)，S.377—387.

Dong，Wenqiao，Goethe und der Kulturaustausch zwischen dem chinesischen und dem deutschen Volk，In: Goethe Jahrbuch，Bd. 106 (1989)，S.314-326.

Dscheng，Fang-hsiung，Alfred Döblins Roman "Die drei Sprunge des Wang-lun" als Spiegel des Interesses moderner deutscher Autoren an China，Frankfurt/M 1979.

Durrani，Osman，Shen Te，Shui Ta，and Die drei Sprünge des Wang-lun，In: Oxford German Studies，12，( 1981)，S.111—121.

Ellinger，Georg，über Goethes Elpenor，In: Goethe Jahrbuch，Bd, 6 (1885)，S.262—273,

Epkes，Gerwig，"Der Sohn hat die Mutter gefunden..." : die Wahrnehmung des Fremden in der Literatur des 20. Jahrhunderts am Beispiel Chinas，Würzburg 1992.

Ernst，Erhard，Hugo von Hofmannstahl und der Begriff Asien，In: Wirkendes Wort 16 (1966)，H.4，S.266—273.

Ertzdorff，Xenja von，Gedruckte Reiseberichte über China in Deutschland im 15. und 16. Jahrhundert，In : X.v.E. (Hg.): Reisen und Reiseliteratur im Mittelalter und in der frühen Neuzeit，Amsterdam 1992，S.417—437.

Fang，Weigui，Das Chinabild in der deutschen Literatur 1871—1933: ein Beitrag zur komparatistischen Imagologie，Frankfurt/M 1992.

Fee，Zheng，Alfred Döblins Roman "Die drei Sprünge des Wang-lung" : eine Untersuchung zu den Quellen und zum geistigen Gehalt，Frankfurt/M 1991.

Felbert，Ulrich von，China und Japan als Impuls und Exempel：Fernöstliche Ideen und Motive bei Alfred Döblin，Bertolt Brecht und Egon Erwin Kisch，Frankfort/M 1986.

Fischer，Hatto，Franz Kuhn-Abschied vom chinesischen Traum，In：hören 34（1989），S.94—100.

Franke，Otto：Leipniz und China. In：G.W.Leipniz-Vorträge der aus Anlass seines 300 Geburtstags in Humburg，Hg. von der Redaktion der Humburgischer Akademischer Rundschau，Humburg 1946.

Fukuda，Hüdeo，über Goethes letzten Gedichtzyklus "Chinesisch-deutsche Jahres-und Tageszeiten"，In：Doitsu Bungaku 22（1959），S.52—62.

Gao，Yunfei，China und Europa im deutschen Roman der 80er Jahre-Das Fremde，das Eigene in der Interaktion，Frankfurt/M 1997.

Gauβ，Karl-Markus，Von Barbaropa nach China-Albert Ehrenstein und die chinesische Literatur，In：Zeitschrift für Kulturaustausch，36（1986），S.395—398.

Gieselberg，Margarita，Spiegelungen süd-und ostasiatischer Kultur im erzählerischen Werk Max Dauthendeys，in Zeitschrift für Kulturaustausch，19（1969），3. 285—290.

Glasenapp，Helmuth von，Kant und die Religion des Ostens，Holzener-Verlag Kitzingen-Main 1954

Goebel，Rolf J.，Constructing Chinese History：Kafka's and Dittmar's Orientalist Discourse，in：Modem Language Association of America，108（1993），Nr.l，59—79.

Gordon，L.Tracy，Bertolt Brecht und die chinesische Philosophie，In：Universitas，30（1975），S.745—756.

Graul，Richard，Ostasiatische Kunst und ihr Einfluβ auf Europa，Leipzig 1906.

ders. Chinesische Motive beim jungen Heyse，In：Germanic Review，12（1937），S.165—176.

Griesebach，Eduard：Die Treulose Witwe. Eine chinesische Novelle und ihre Wandlung durch die Weltliteratur，3. Auflage，Stuttgart 1887.

Grüner，Fritz：Egon Erwin Kisch und China. In：Adrian Hsia und Sigfrid Hoefer（Hg.），Fernötliche Brückenschläge，Bern 1992，S.189—198.

Günther，Christiane C，Aufbruch nach Asien. Kulturelle Fremde in der deutschen Literatur um 1900，München 1988.

Guenther，Johannes von，“Der Kreidekreis”．Ein Spiel nach dem Altchinesisch，Leipzig 1941．

Hammitzsch，Horst，Ostasien und die deutsche Literatur，in：Wolfgang Stammler（Hg．），Deutsche Philologie im Aufriss，Bd.III，Bern 1962．

Han，Ruxin，Die China-Rezeption bei expressionistischen Autoren，Frankfurt/M 1993．

Hanuschek，Sven，Chinesische Sympathien．Konfuzius in“Die Schule der Atheisten”，In：Bargfelder Bote，Juni 1980，S.17—27．

Hart，Dietrich，China-mode imaginaire der europäischen Literatur，in D.H.（Hg．），Fiktion des Fremden．Erkundung kultureller Grenzen in Literatur und Publizistik，Frankfurt/M 1994，S.203—223．

Henning，Hans H.F.，Das China-Kapitel in Herders Ideen zur Philosophie der Geschichte der Menschheit（1787），In：Transaction of the Ninth International Congress on the Enlightenment III，Oxford 1996，S.1235—1238．

Heuser，Qixuan，Das China-Bild in der deutschsprachigen Literatur der achtziger Jahre-Die neuen Konzeptionsformen und Rezeptionshaltungen，Diss．Freiburg 1996．

Hirsch Klaus（Hrsg．），Richard Wilhelm-Botschafter zweier Welten-Sinologe und Missionar zwischen China und Europa，IKO-Verlag für Interkulturelle Kommunikation，Frankfurt am Main und London 2003．

Ho，John，Quellenuntersuchung zu Chinakenntnis bei Leipniz und Wolff，Diss．Zürich 1962．

Hoefert，Sigfrid，Annäherung an das Tao：Zu Peter Haffs Zungen im Herz，In：Tao Rezeption in East and West，S.261—269．

Höpker-Herberg，Elisabeth，“Merkwürdiges und Reizvolles”-Zwei Briefe von Thomas Mann，Schattentheater betreffend，In：Harald Weigel（Hg．），Festschrift für Horst Gronemeyer zum 60. Geburtstag，Herzberg 1993，S.513—523．

Hsia，Adrian，Bertolt Brechts Rezeption des Konfuzianismus，Taoismus und Mohismus im Spiegel seiner Werke，In：Zeitschrift für Kulturaustausch，36（1986），S.350—360．

ders．Chinesien．Zur Typologie des anderen China in der deutschen Literatur mit besonderer Berücksichtigung des 20. Jahrhunderts，In：arcadia，25（1990），S.44—65．

ders．Die ewige Fremde Klara Blum und ihr Nachlaβ-Roman aus China，In：Begegnung mit dem

Fremden，Akten des VIEL Internationalen Germanisten-Kongresses，Bd. 8，S.235—241.

ders. Franz Kuhn als Vermittler chinesischer Romane，In：horen，34 (1989)，S.89—93.

ders. Hermann Hesse und China，Frankfurt/M. 1974.

ders. Zum literarischen Bild Zhuang Zis und des Tao in Deutschland des 18. Jahrhunderts，In：Tao Reception in East and West，S.271—288.

ders. Tao Reception in East and West，Peter Lang

ders. Zwei Enden des Himmels：Das bewegte Leben der jüdisch-chinesischen Schriftstellerin Klara Blum，In：Die Zeit，5.1.1990，S.57.

Hummel，Siegbert，Goethe und die Chinoiserie，In：Goethe Jahrbuch，105 (1988)，S.366—369.

Hwang，Hae-in，Ostasiatische Anschauungen in der deutschen Literatur des 20. Jahrhunderts unter besonderer Berücksichtigung von Alfred Döblin und Hermann Kasack，Diss. Bonn 1979.

Immerwahr，Raymond，Das Traum-Leben-Motiv bei Grillparzer und seinen Vorläufern in Europa und Asien，In：arcadia，2 (1967)，S.277—287.

Immoos，Thomas，Das Chinabild der Romantik，In：Doitsu Bungaku，37 (1966)，S.49—58.

Iwabuchi，Tatsuji，Die Dramatisierung der "Wahren Geschichte des Ah Q" von Lu Xun in Deutschland und in Japan，In：Zeitschrift für Germanistik，Neue Folge V (1995)，S.391—395.

Jacob，Georg，Ostasiens Kultureinfluß auf das Abendland，In：Sinica，VI (1931)，S.146—164.

Jacobowski，Ludwig，China im Kolportage-Roman，in：Das literarische Echo，Jg.3.H.2. (1900)，S.145—146.

Jennings，Lane，Chinese Literature and Thought in the Poetry and Prose of Bertolt Brecht，Diss. Harvard University 1970.

Jian，Ming，Expressionistische Nachdichtungen chinesischer Lyrik，Frankfurt/M. 1990.

Kim，Krison，Stereotype Bilder über den Fernen Osten der Jahrhundertwende，In：Asien，Jg. 19 (1986)，S.44—62.

Kim，Krison，Theater und Fernen Osten. Untersuchungen zur deutschen Literatur im ersten Viertel des 20. Jahrhunderts，Frankfurt/M 1982.

Kim，Kwangsoo，Das Fremde-Die Spradche-Das Spiel. Eine komparatistische Studie zur Taoismusrezeption in Deutschland-Novalis，Hermann Hesse，Hugo Ball，Diss.Universität-Gesamthochschule Siegen 1999. Selbstverlag Seoul 1999.

Kim，Tschong Dae，Bertolt Brecht und die Geisteswelt des Fernen Osten，Diss.Heidelberg 1969.

Kim-Park，Younosoon，Die Beziehungen der Dichtung Hermann Hesses zu Ostasien，Diss. München 1977.

Kison，Kim，Stereotype Bilder über den Fernen Osten der Jahrhundertwende，In：Asien，1986，Jg.19.

Köhlmann，Erich，Chinoiserie，In：Ernst Gall und L.H. Heydenreich（Hg.），Reallexikon zur deutschen Kunstgeschichte，Bd. m，Stuttgart 1954，S.439—481.

Koppen：*Erwin，Karl May und China*. In：*Jahrbuch der Karl May Gesellschaft*，1986，S.69—88.

Kosciuszko，Bernhard：Illusion oder Information? China im Werk Karl Mays. in：Jahrbuch der Karl May Gesellschaft，1988，S.322—340，1989，S.146—177.

Kosenina，Alexander，"Buchstabenschmüffeleien" eines Sinologen. China-Motiv in Elias Canettis Gelehrtensatire Die Blendung，In：Orbis Litterarum，53（1998），S.231—251.

Kubin，Wolfgang（Hg.），Mein Bild in deinem Augen. Exotismus und Moderne：Deutschland-China im 20. Jahrhundert，Darmstadt 1995.

ders. Die Todesreise. Bemerkungen zur imaginativen Geographie in Schillers Stück "Turandot-Prinzessin von China"，In：Bochumer Jahrbuch zur Ostasienforschung 1986.

ders. Die fremde Frau，der fremde Mann. Zum Bild Chinas in der neueren deutschsprachlichen Literatur，In：Bernhard Mensen（Hg.），China，sein neues Gesicht，Nettetal 1987，S.9—26.

Lang-Tan，Goatkoei，Der Zerfall des Menschlichen und die Masse als Tier in Canettis Roman "Die Blendung"—Zu Canettis Rezeption von Menzius Auffassung von der Masse，in：Zeitschrift für Kulturaustausch，36（1986），S.361—362.

Lange，Thomas，China als Metapher-Versuch über das Chinabild des deutschen Romans im 20. Jahrhundert，In：Zeitschrift für Kulturaustausch，36（1986），S.341—349.

ders. Emigration nach China. Wie aus Klara Blum Dshu Bailan wurde，In：Exilforschung，3 (1985) S.339—348.

Lee，Inn-Ung，Hermann Hesse und die ostasiatische Philosophie，In：Colloquia Germanica，19(1975)，S.26—68.

Lee，Meredith，Goethes Chinesisch-Deutsche Jahres-und Tageszeiten，in Günther Debon und Adrian Hsia (Hg.)，Goethe und China- China und Goethe，Peter Lang，Benn 1985

Lee，Meredith，Chinesisch-deutsche Jahres-und Tageszeiten，In：Studien in Goethes Lyric Cycles，Chapel Hill 1978

Lemmel，Monica，Der Orient，China und klassische Poetologie in Goethes Spätwerk，In：Begegnung mit dem Fremden，Bd. 7，S.136—144.

Leutner，Mechthild，Yü-Dembski，Dagmar (Hg.)，Exotik und Wirklichkeit. China in Reisebeschreibungen vom 17. Jahrhundert bis zur Gegenwart，Berliner China-Studien 18，München 1990.

Li，Changke，Der China-Roman in der deutschen Literatur 1890—1930：Tendenzen und Aspekte，Regensburg 1992.

Liu，Yun-mu，Otto Julius Bierbaum und China，Diss. Bonn 1994.

Liu，Weijian，Die daoistische Philosophie im Werk von Hesse，Döblin und Brecht，Bochum 1991.

Loh-John，Ning-ning，Das Bild Chinas in der Literatur des wilhelmischen Deutschland，Diss. Pitzburg 1982.

Luo，Zhonghua，Alfred Döblins "Die drei Sprünge des Wang-lun"，ein chinesischer Roman？Frankfurt/M. 1991.

Lutz，Bieg，Der deutsch-chinesische Literaturaustausch im 20. Jahrhundert，In：Zeitschrift für Kulturaustausch，36 (1986)，S.333—337.

Ma，Jia，Döblin und China：Untersuchung zu Döblins Rezeption des chinesischen Denkens und seiner literarischen Darstellung Chinas in "Drei Sprünge des Wang-lun"，Frankfurt/M 1992.

Mayer，Hans，Anti-Aristoteles，In：Werner Hecht (Hg.)：Brechts Theorie des Theaters，Suhrkamp Verlag 1986

Meng, Weiyan, Kafka und China, München 1986. Mensen, Bernhard（Hg.）, China, sein neues Gesicht, Nettetal 1987.

Merkel R.F., Leipniz und China, In: Leipniz-Zu seinem 300. Geburtstag 1646—1946, Verlag Walter de Gruyter , Berlin 1952.

Mstry, Frency, Hofmannsthals response to China in his unpubl. "über chinesische Gedichte" , in: German Life and Letters, 26（1972—1973）, S.306—311

Motooka, Itsuo, "Eine Melodie ohne Töne, ein Bild ohne Form" . Robert Musil und Laotse , In: Eckehard Czucka（Hg.）, Die in dem alten Haus der Sprache wohnen. Beiträge zum Sprachdenken in der Literaturgeschichte. Helmut Arntzen zum 60. Geburtstag, Münster 1991, S.335—344.

Mungello, David E., Die Quelle für das Chinabild Leibnitzens, In: Studia Leibnitiana, 14（1982）, S.233—243.

Oh, Han Sin, Studien zu Schillers ästhetischen Schriften und ihrer verwandtschaftlichen Beziehungen zu ostasiatischem Gedankengut, Diss. Bonn 1966.

Olbricht, Peter, Chinesische Gedichte und ihre deutschen übersetzungen, In: Jahrbuch für Ästhetik und allgemeine Kunstwissenschaft, 9（1964）, S.82—103.

Ossär, Michael, Das Unbehagen in der Kultur: Switzerland and China in Adolf Muschg's Baiyun, in: Robert Acker und Marianne Burkhard（Hg.）, Blick auf die Schweiz. Zur Frage der Eigenständigkeit der Schweizer Literatur seit 1970, Amsterdam 1987, S.113—130.

Pan-Hsu, Kuei-Fen, Die Bedeutung der chinesischen Literatur in den Werken Klabunds: eine Untersuchung zur Entstehung der Nachdichtungen und deren Stellung im Gesamtwerk, Frankfurt/M 1990.

Plaehta, Bodo, Fremdenführerprosa-China als Reiseland bei Michael Krüger, Günter Grass und Adolf Muschg, In: Mein Bild in deinem Auge, S.165—186.

Preisendanz, Wolfgang, Goethes "Chinesisch-deutsche Jahres-und Tageszeiten" , In: Jahrbuch der deutschen Schillergesellschaft, 8(1964), S.137—152.

Rademacher, Gerhard, Verklärung versus Aufklärung oder Fernöstliches in den Gedichten "Laotses Abschiedsgesang" （1917）von Hermann Stehr und "Legende von der Entstehung des Buches Taoteking auf dem Weg des Laotse in die Emigration" (1938)von Bertolt Brecht. In: Von Einchendorff bis Bienek: Schlesien als offene literarische "Provinz", Studien zur Lyrik schlesischer Autoren des 19. und 20. Jahrhunderts, Wiesbaden: Harrassowitz Verlag 1993

Rainer, Ulrike, Effi Briest und das Motiv des Chinesen: Rolle und Darstellung in Fontanes Roman, In: Zeitschrift für deutsche Philologie, 101(1982), S.545—556.

Reichwein, Adolf, China und Europa. Geistige und künstlerische Beziehungen im 18. Jahrhundert, Berlin 1923.

Reif, Wolfgang, Zivilisationsflucht und literarische Wünschträume. Der exotische Roman im ersten Viertel des 20. Jahrhunderts, Stuttgart 1975.

Ribbat, Ernst, Ein globales Erzählwerk. Alfred Döblins Exotismus, in Begegnung mit dem Fremden, Bd. 7. S.426—433.

Richter, Albrecht, China und "Chinesisches" im Werk von Anna Seghers, Diss. Chemnitz-Zwickau 1994.

Ritter, Ellen, Die chinesische Quelle von Hofmannsthals Dramolett "Der weiße Fächer", In: arcadia, 3(1968), S.299—305.

Rose, Ernst, Blick nach Osten. Studien zum Spätwerk Goethes und zum Chinabild in der deutschen Literatur des neunzehnten Jahrhunderts, Bern 1981.

ders. Paul Ernst und China, In: Modern Language Quarterly 4(1943), S.313—328.

ders. Das Schicksal einer angeblich chinesischen Ballade, In: Journal of English and Germanic Philology XXXII, 1933

Rosner, Erhard, Europa in chinesischen Reiseberichten des 19. und 20. Jahrhunderts, In: Tilmann Nagel(Hg.), Asien blickt auf Europa-Begegnungen und Irritationen, Beirut 1990

Schmidt-Glintzer, Helwig, Mo Ti und Bertolt Brechts "Buch der Wendungen", in: S-G (Hg.), Mo Ti: Gegen den Krieg, Düsseldorf und Köln 1975, S.154—178.

Schuster, Ingrid, Alfred Döblins "Chinesischer Roman", In: Wirkendes Wort, 20(1970), S.339—340.

dies. *China und Japan in der deutschen Literatur 1890—1925*，Bern（u.a.）1977.

Schuster，Ingrid，Der neue Mensch in chinesischem Gewand，In：Neue Zürcher Zeitung，21.11.1971.

dies. Die chinesische Quelle des Weißen Fächers，In：Hofmannsthal-Blätter，H. 8/9（1972），S.168—172.

dies. Exotik als Chiffre：Zum Chinesen in Effi Briest，In：Wirkendes Wort，33（1983），S.115—125.

dies. Goethe und der chinesische Geschmack-Zum Landschaftsgarten als Abbild der Welt，In：arcadia 20（1985），S.311—314.

dies. Die Schlangenfrau：Variationen eines chinesischen Motivs bei Hermann Grimm und Gottfried Keller，In：*Seminar*，18（1982），S.44—62.

dies. Vorbilder und Zerrbilder：China und Japan im Spiegel der deutschen Literatur 1773—1890，Frankfurt/M 1988.

Schuster，Wolfgang，Max Webers Studi über Konfuzianismus und Taoismus-Interpretation und Kritik，Shurkamp Verlag，Frankfurter am Main 1983

Schwarz，Peter Paul，Lyrik und Zeitgeschichte Brecht：Gedichte über das Exil und späte Lyrik，Heidelberg 1978

Scimonello，Giovanni，Alfred Döblin und China. Zum Problem der Rezeption fernöstlicher Motive bzw. Taoistischer Philosophie in seinem "chinesischen" Roman "Die drei Sprünge des Wang-lun"，In：Begegnung mit dem Fremden，Bd. 10，S.23—30.

Selden，Elisabeth，China in German Poetra from 1773 to 1833，University of California Press 1942.

Shin，Woo-Kyun，Chinesisches in Kasacks Kunst? Zur Gestaltung ostasiatischen Gedankengutes im Werk Hermann Kasacks，besonders in seinem Roman "Die Stadt hinter dem Strom"，Diss. Düsseldorf 1986.

Song, Du Yul，Die Bedeutung der Asiatischen Welt bei Hegel，Marx und Max Weber，Diss. Frankfurt/M. 1972.

Song，Yun-Yeop，Bertolt Brecht und die chinesische Philosophie，Bonn 1978.

Sons，Antje，Das Chinabild in der deutschen Sprache，In：Muttersprache，2(1996)，S.97—116.

Stumpfeidt，Hans，Chinoiserie und China als Spiegel. Wirkungen Chinas auf die deutsche Dichtung，In：hören，Jg. 34(1984)，S.253—265.

Sun，Ying，Wandlungen des europäischen Chinabildes in illustrierten Reiseberichten des 17. und 18. Jahrhunderts，Frankfurt/M. 1996.

Tatlow，Antony，Brecht and Chinese painting. Mythopoesis and perception，In：Acta Germanica，17(1984)，S.163—179.

ders. Brechts chinesische Gedichte，Frankfurt/M. 1973.

ders.China oder Chima，In：Brecht Heute，1(1971)，S.27—47.

ders.The Mask of Evil，Bern (u.a.)1977.

Thum，Bernd，"Orient-Fremde" als kulturelles Erbe Europas im Medium der deutschen Literatur，In：Zeitschrift für Kulturaustausch，1 (1991)，S.35—41.

Tracy，Gordon，Brecht und die chinesische Philosophie，In：Universitas，30，Nr. 7，(1975)，S.745—756.

Tscharchalaschwilli，Surab，Der kaukasische Kreidekreis-Seine Geschichte und Verfremdungstheorie von Bertolt Brecht，In：Weimarer Beiträge，Sonderheft 1968，8.171—184.

Tscharner，Horst von，China in der deutschen Dichtung bis zur Klassik，München 1939.ders. Chinesische Gedichte in deutscher Sprache. Probleme der übersetzungskunst，In：Ostasiatische Zeitschrift，8(1932)，S.189—209.

Ders. Chinesische Schauspielkunst，In：Sinica，VII，1932

Utz，Peter，Effi Briest，der Chinese und der Imperialismus：Eine "Geschichte" im geschichtlichen Kontext，In：Zeitschrift für deutsche Philologie，10(1984)，S.212—225.

Wagner-Dittmar，Christine，Goethe und die chinesische Literatur，In：Erich Trunz (Hg.)，Studien zu Goethes Alterswerken，Frankfurt/M 1979，S.122—228.

Walf，Knut，Der Einfluβ taoistischer Ideen auf die heutige westeuropäische Gesellschaft，In：Tao Reception in East and West，S.35—46.

Walravens, Hartmut, Martin Buber und die chinesische Literatur, In: Hefte für ostasiatische Literatur, Nov. 1992, S.121—127.

Wei, Maoping, Günter Eich und China-Studien über die Beziehungen des Werkes von Günter Eich zur chinesischen Geisteswelt, Diss. Heidelberg 1989.

Wiethoff, Bodo, Das Chinabild Johann Gottfired Herders, in Lydia Brüll und Ulrich Kemper(Hg.), Asien-Tradition und Fortschritt, Wiesbaden 1971

Wilhelm, Wolfgang, Reichwein und der Ferne Osten, In: Wilfried Huber/Albert Krebs (Hg.), Adolf Reichwein 1898—1944, Paderborn 1981

Wohlleben, Joachim, über Goethes Gedichtzyklus "Chinesisch-deutsche Jahres-und Tageszeiten", In: Schiller Jahrbuch, 29(1985), S.266—300.

Wu, Ning, "China: eine Heimat". Einige abschlieβende Gedanken zu Elias Canettis Beschäftigung mit der chinesischen Kultur, In: Hongjun Cai (Hg.), Neue Forschungen chinesischer Germanisten in Deutschland, Frankfurt/M 1997, S.22—33.

Wu, Ning, Canetti und China: Quellen, Materialien, Darstellung und Interpretation, Stuttgart2000

Yamane, Keiko, Asiatische Einflüsse auf Günter Eich: Vom Chinesischen zum Japanischen, Frankfurt/M 1983.

Yang, En-Lin, Goethes "Chinesisch-deutsche Jahres-und Tageszeiten", In: Goethe Jahrbuch, 89(1972), S.154—188.

ders. Goethes "Elpenor" in seiner Beziehung zur chinesischen Literatur, In: Goethe Jahrbuch, 92(1975), S.233—255.

ders. Goethe in seiner Beziehung zur chinesischen Kunst in Goethe Jahrbuch, 101(1984)S.329—336.

Yü-Dembski, Dagmar, Die ferne Geliebte-China als Objekt männlichen Begehrens, in, Mein Bild in deinem Auge, S.103—118.

Zelinsky, Harmut, Kultur statt Macht, -China und Taoismus-Rezeption in der deutschen Literatur des 20.Jahrhunderts, In: Neue Zürcher Zeitung, 17.Mai.1991

Zhang, Zhenhuan, China als Wunsch und Vorstellung：eine Untersuchung der China-und Chinesenbilder in der deutschen Unterhaltungsliteratur 1890—1945，Regensburg 1993.

Zhou, Jianming, Zur Bedeutung von Literarischen Motiven im Kulturaustausch，In：Germanic Review，Volume 71—1996

Zhou, Jianming, Das China-Bild in der Liebeslyrik-Zum chinesischen Teil von Paul Seligers Anthologie "Der Völker Liebesgarten"，In：Euphorion Bd.90，1996

Zhu, Yanbing, Konfuzius in den Werken von Herder, Goethe und Schiller, In：Begegnung mit dem Fremden，Bd. 7，S.372—380.

Zingerle, Arnold, Max Weber und China-Herrschafts-und religionssoziologische Grundlagen zum Wandel der chinesischen Gesellschaft，Dunker&Humblot，Berlin 1972

II

Balke, Diethelm, Orient und orientalische Literaturen，in：Reallexikon der deutschen Literaturgeschichte，Bd. II，Berlin 1965

Bauer, Wolfgang, Antikulturelle Bewegungen in China, In：Sigrid Paul (Hg.)，Kultur, Begriff und Wort in China und Japan，Berlin 1984

Bertraum, Helga und Jürgen, Im Reich der roten Kaiser-Als Korrespondent in China，C. Bertelsmann Verlag München 1994

Debon, Günter, Ostasiatische Literaturen，Wiesbaden：Aula-Verlag 1984　Debon, Günther, Speiser, Werner, Chinesische Geisteswelt-Zeugnisse aus drei Jahrtausenden，Werner Dausien Verlag，Hanau 1987

Erdherg, E, Chinese Influence on European Garden Structures，Cambrige 1936.

Erkes, Eduard, China und Europa，Kontrast und Ausgleich zweier Weltkulturen，Leipzig 1947.

Esser, Alfons, Bibliographie zu den deutsch-chinesischen Beziehungen，1860—1945，München：Minerva-Publikation，1984

Fischer, Otto, China und Deutschland-Ein Versuch，Aschendorffsche Verlagsbuchhandlung，Münster 1927

Gerndt, Siegnar, Idealisierte Natur, J.B. Metzlersche Verlagsbuchhandlung, Stuttgart 1981

Glaubitz, Joachim, Die Volksrepublik China in den deutschen Geschichtslehrbüchern; Die gebremste Revolution-Zum gegenwärtigen Stand der Ereignisse in China, In: Europa-Archiv, 1967. Folge 19.

Grube, W. Geschichte der chinesischen Literatur, Leipzig 1903.

Grube, W. Geographische Charakterbilder , II China, Leipzig 1878

Gutheinz, Luis, China im Wandel-Das chinesische Denken im Umbruch seit dem 19. Jahrhundert, München 1985

Jung, C.G.. und Wilhelm, Richard, Das Geheimnis der goldenen Blüte-Ein chinesisches Lebensbuch, München 1929

Köhlmann, Erich, Chinoiserie, in Ernst Gall und L.H. Heydenreich (Hg.), Reallexikon zur Deutschen Kunstgeschichte, Bd.III, Stuttgart 1954.

Kuo, Heng-yu (Hg.), Von der Kolonialpolitik zur Kooperation. Studien zur Geschichte der deutschen chinesischen Beziehungen, München 1986.

Kuo, Heng-yu, Leutner, Mechthild (Hg.), Beiträge zu den deutsch-chinesischen Beziehungen, Berliner China-Studien 12, München 1986.

Kurzbock, Ruprecht (Hg.), China: Geschichte, Philosophie, Religion, Literatur, Technik. Berlin-Colloquium Verlag 1980

Leutner, Mechthild, Deutsche Vorstellungen über China und Chinesen und über die Rolle der Deutschen in China, 1890—1945, In: Kuo Heng-yü (Hg.), Von der Kolonialpolitik zur Kooperation-Studien zur Geschichte der deutsch-chinesischen Beziehungen, München 1986

Mackerras, Colin, Western Image of China, Oxford University Press 1989.

Mainusch, Herbert, Im Nichtstun liegt die Kraft, In: Die Zeit, 3.11.1990, S.17.

Mehnert, Klaus, China nach dem Sturm, Deutscher Taschenbuchverlag, Stuttgart 1972

Merkel, R.F. China und das Abendland im 17. und 18. Jahrhundert, In: Sinica VII Jahrgang 1932

Schmidt-Glintzer, Helwig, Europa in chinesischer Sicht, In: Bernhard Mensen(Hg.), China, sein neues Gesicht, Nettetal 1987

Seckel，Dietrich，Einführung in die Kunst Ostasiens-34 Interpretationen，München 1960

Sloterdijk，Peter，Eurotaoismus-Zur Kritik der politischen Kinetik，Surkamp Verlag，Frankfurter am Main 1989

Söderblom，Nathan，Das Werden des Gottglaubens-Untersuchungen über die Ängste der Religion，Leipzig 1926

Tischler，R. Anmerkungen zur chinesischen Naturbetrachtung，In：Günther Norer，Der chinesische Garten am Beispiel der chinesischen "Garten-Architektur"，Ariadne 1979

Wagner，Hans，So leben die Chinesen heute-Ein aktueller Bericht，Gustav Lübbe Verlag，1984

# 编后记

随师兄去府上拜访钱林森教授，满怀激动与期望，已是九年前的事了。那天讨论的出版项目，占去此后我编辑生涯的主要时光，筹划项目、联系作者、一次又一次的编写会，断断续续地收稿、改稿，九年就这样在焦急的等待、繁忙的工作中过去了，而九年，是一位寿者生命时光的十分之一，是我编辑生涯中最美好的日子……每每想到这里，心中总难免暗惊。人一生有多长，能做多少事，什么是值得投入一生最好时光的事业？付诸漫长时光与巨大努力的工作，一旦完成，最好的报偿是什么呢？这些问题困扰着我，只是到了最后这段日子，我才平静下来。或许这些困惑都是矫情，尽心尽力、无怨无悔地做完一件事，就足够了。不求有功，但求告慰自己。

《中外文学交流史》17 卷终于完成，钱老师、周老师和各卷作者们付出了巨大的努力，我心怀感激。在这九年里，有的作者不幸故去，有的作者中途退出，但更多的朋友加入进来。吕同六先生原来负责主持意大利卷，工作开始不久不幸去世。我们深深地怀念吕同六先生，他的故去不仅是中国学术界的巨大损失，也是我们这套丛书的损失。张西平先生慷慨地接替了吕先生的工作，意大利卷终于圆满完成。朝韩卷也颇多波折，起初是北大韩振乾先生承担此卷的著述，后来韩先生不幸故去，刘顺利先生加入我们。刘顺利先生按自己的学术思路，一切从头开始，多年的积累使他举重若轻，如期完成这本皇皇巨著。还有北欧卷，我们请来了瑞典的陈迈平（万之）先生，后来陈先生因为心脏手术等原因而无力承担此卷撰著。叶隽先生知难而上。期间种种，像叶隽所说，"使我们更加坚信道义的力量、人的情感和高山流水的声音"。李明滨、赵振江、郅溥浩、郁龙余、王晓平、梁丽芳、朱徽先生都是学养深厚的前辈，他们加入这个团队并完成自己的著作，为这套丛书奠定了坚实的学术基础，也提高了丛书的品位。卫茂平、丁超、宋炳辉、姚风、查晓燕、葛桂录、马佳、郭惠芬、贺昌盛先生正值盛年，且身当要职，还在百忙之中坚持写作，使这套丛书在研究的问题与方法上具备了最前沿的学术品质。齐宏伟、杜心源、周云龙都是风头正健的学界新秀，在他们的著述中，我们看到了中外文学关系史研究的美好前景。

这套书是个集体项目，具有一般集体项目的优势与劣势，成就固然令人欣喜，缺憾也引人羞愧。当然，最让人感到骄傲与欣慰的是，这套书自始至终得到比较文学界前辈的关心与指导，乐黛云教授、严绍璗教授、饶芃子教授在丛书启动时便致信编委会，提出中肯的指导意见，以后仍不断关心丛书的进展。2005 年丛书启动即被列入"十一五"国家重点图书出版规划项目，2012 年，本套丛书获得国家出版基金资助，这既为丛书的出版提供了保障，我们更认为这是对我们这个项目出版价值的高度肯定，是一种极高的荣誉，因此我们由衷地喜悦，并充满感激。

丛书是一个浩大的学术工程，也得到了我们历任领导的高度重视和大力支持。2005 年策划启动时，还没有现今各种文化资助的政策，出版这套丛书需要胆识和气魄。社领导参与了我们的数次编写会，他们的睿智敬业以及作为山东人的豪爽诚挚给我们的作者留下了深刻的印象。丛书编校任务繁琐而沉重，周红心、钱锋、于增强、孙金栋、王金洲、杜聪、刘丛、尹攀登、左娜诸位编辑同仁投入了巨大热情和精力，承担了部分卷次的编校工作，周红心协助我做了许多细致的工作，保证了丛书项目如期完成。

感谢书籍装帧设计师王承利老师，将他的书籍装帧理念倾注到这套丛书上。王老师精心打磨每一个细节，从封面到版式，从工艺到纸张，认真研究反复比较，最终将传统与现代、中国与世界、文学与学术和书籍之美完美地融合在一起。丛书设计独具匠心而又恰如其分。

《中外文学交流史》17 卷在历经艰辛与坎坷之后，终得圆满，为此钱老师、周老师付出了巨大的努力。钱老师作为项目的发起人、主持人，自然功德无量，仅他为此项目给各位老师作者发的电子邮件，连缀起来，就快成一本书了。2007 年在济南会议上，钱老师邀请周老师与他联袂主编，从此周老师分担了许多审稿、统稿的事务性工作。师兄葛桂录教授的贡献是独特而不可替代的，没有他的牵线，便没有我们与钱老师、周老师的合作，这套丛书便无缘发生。

大家都是有缘人，聚在一起做一件事，缘起而聚、缘尽而散，聚散之间，留下这套书，作为事业与友情的纪念，亦算作人生一大幸事。在中国比较文学学术史上，在中国出版史上，这套书可能无足轻重，但在我自己的职业生涯中，它至关重要。它寄托着我的职业理想，甚至让我怀念起 20 多年前我在山东大学的学业，那时候我对比较文学的憧憬仍是纯粹而美好的，甚至有些敬畏。能够从事自己志业的人是幸福的，我虽然没有从事比较文学研究，但有幸从事比较文学著作的出版，也算是自己的志业。此刻，我庆幸自己是个有福的人！

祝　丽

图书在版编目（CIP）数据

中外文学交流史. 中国 - 德国卷 / 卫茂平等著. --
济南 ： 山东教育出版社，2014
ISBN 978-7-5328-8489-6

Ⅰ. ①中… Ⅱ. ①卫… Ⅲ. ①文学—文化交流—文化
史—中国、德国 Ⅳ. ① I109

中国版本图书馆 CIP 数据核字 (2014) 第 152841 号

# 中外文学交流史　　中国 - 德国卷

钱林森　周　宁　主编
卫茂平　陈虹嫣等　著


总 策 划：祝　丽
责任编辑：杜　聪
装帧设计：王承利


主　管：山东出版传媒股份有限公司
出版者：山东教育出版社
　　　　（济南市纬一路 321 号　　邮编：250001）
电　话：(0531) 82092664　传真：(0531) 82092625
网　址：http://www.sjs.com.cn
发行者：山东教育出版社
印　刷：济南大邦印务有限公司
版　次：2015 年 12 月第 1 版第 1 次印刷
规　格：787mm×1092mm　16 开本
印　张：25.25 印张
字　数：459 千字
书　号：ISBN　978-7-5328-8489-6
定　价：72.00 元

# 心理咨询师国家职业资格考试热题库（二级）

# 《心理咨询师二级》模拟试卷（二）

## 卷册一：职业道德、理论知识

### 第一部分　职业道德
（第1～25题，共25题）

**一、职业道德基础理论与知识部分**

答题指导：该部分均为选择题，每题均有四个备选项，其中单项选择题只有一个选项是正确的，多项选择题有两个或两个以上选项是正确的。错选、少选、多选，则该题均不得分。

**（一）单项选择题**（第1～8题）

1. 古人所谓"慎独"的意思是（　　）。
　　A. 人是合群的社会性动物，要加强合作和谐，不能搞单打一
　　B. 人的心灵需要慰藉，要防止出现曲高和寡的状况
　　C. 人在独处时，要谨防发生违背道德要求的意念和行为
　　D. 要树立独立人格意识，防止发生侵犯独立人格的现象

2. 我国社会主义道德建设的基本原则是（　　）。
　　A. 集体主义　　　　B. 合理利己主义　　C. 社会主义　　　　D. 温和功利主义

3. 企业文化的自律功能是指（　　）。
　　A. 不断强化从业人员追求利益最大化的动机
　　B. 严格按照法律矫正员工的动机和行为
　　C. 加强制度建设，通过制度建设推动企业行为规范化
　　D. 开展职业纪律教育，增强从业人员的纪律意识

4. 企业员工与领导（　　）。
　　A. 由于地位不同，导致双方在人格上不尽平等
　　B. 由于权力不同，导致双方对企业的重视程度不尽相同
　　C. 由于工作性质不同，双方在道德规范和道德标准上存在一定差异
　　D. 由于追求不同，导致双方在利益目标上不尽统一

5. 下列说法中，不合乎语言规范要求的是（　　）。
　　A. "不知道"　　　　　　　　　　　B. "请稍候"
　　C. "你需要点什么"　　　　　　　　D. "请原谅"

6. 社会主义道德建设的基本原则是（　　）。

A. 人道主义　　　　B. 利己主义　　　　C. 集体主义　　　　D. 唯物主义

7. 关于团结互助，员工正确的做法是（　　　）。
   A. 只要员工工作上有困难，立即放下自己手头工作去帮助解决
   B. 任何时候都要大公无私，不不计报酬地支持别人的发展
   C. 工作时，要多为同事着想，多为同事提供便利条件
   D. 利人才能利己，为了自身利益，要积极鼓励团队互助

8. 对于客户的询问，员工符合职业用语规范要求的回答是（　　　）。
   A. "不知道"　　　　　　　　　　B. "这事不归我管"
   C. "我帮你打听一下"　　　　　　D. "问别人去吧"

（二）多项选择题（第 9～16 题）

9. 科学发展观的含义包括（　　　）。
   A. 做大做强　　　　　　　　　　B. 平稳、快速
   C. 以人为本　　　　　　　　　　D. 全面、协调、可持续

10. 关于节俭，正确的说法有（　　　）。
   A. 把生活标准降到最低限度
   B. 不该花的钱不花，该节省的资源要节省
   C. 节用有度，合理节制
   D. 节俭不是对所有人的统一要求

11. 关于职业纪律，正确的说法有（　　　）。
   A. 职业行为规范　　　　　　　　B. 具有一定强制性
   C. 企业领导意志的体现　　　　　D. 检验员工职业素养的重要尺度

12. 关于办事公道，正确的说法是（　　　）。
   A. 事情总是人办的，不能不搀杂个人因素，办事公道事实上是不存在的
   B. 办事公道是指坚持办事标准的一致性，而不要求办事结果的一致性
   B. 办事公道与折中主义异曲同工，都是为了加强企业管理，促进企业和谐
   D. 对服务对象不以貌取人，而是一视同仁符合办事公道的要求

13. 肖伯纳说过："倘若你有一个苹果，我有一个苹果，而我们彼此交换这些苹果，那么，我们依然各有一个苹果。但是，倘若你有一种思想，我有一种思想，而我们彼此交换这些思想，那么，我们每个人将有两种思想。"你对此的理解是（　　　）。
   A. 简单的苹果交换不产生增值效应　　B. 思想交换违背能量守恒定律
   B. 思想沟通，增进理解　　　　　　　D. 交流思想，开阔眼界

14. "才者，德之资也；德者，才之帅"。这句话要求从业人员要（　　　）。
   A. 勇于创新　　B. 德才兼备　　B. 以德为先　　D. 礼貌待人

15. 关于"承诺"，正确的做法有（　　　）。
   A. 发自内心，不自欺欺人　　　　B. 承诺的力度要量力而行
   C. 有"承"必践，有"约"必履　　D. 充分相信他人的承诺

16. 在我国传统道德中，"诚信"之"诚"的含义有（　　　）。
   A. 自然万物的客观实在性

B. 对"天道"的真实反映

C. 尊重事实和忠实本心的待人对物的态度

D. 从辞源上看，就是"把事情说成了"

## 二、职业道德个人表现部分（第17~25题）

答题指导：该部分均为选择题，每题均有四个备选项，您只能根据自己的实际状况选择其中一个选项作为您的答案。

17. 如果你的某个同事"十一"要结婚，给你发来了请柬，但这位同事与你平日里很少有交往，你会（　　）。

A. 不送任何礼物

B. 主动表示祝贺，并且送上自己的礼物

C. 说自己假日早就预定回家，发送手机短信向他祝贺

D. 仿照别人，送他一份礼物

18. 自己五音不全，一次，单位搞联欢，几个同事起哄拉你唱歌，你会（　　）。

A. 为了不使自己出丑，赶紧离开现场

B. 反复说明自己不会唱歌，劝大家不要使自己难堪

C. 横下心，反正唱不好，就尽情地唱吧

D. 事先说明情况，请要大家将就着听

19. 天气预报说"明天白天，晴，风力一、二级"。几位朋友邀你第二天合家外出游览，当大家正兴致勃勃地玩耍时，突然天降大雨。你会（　　）。

A. 谴责天气预报不准确　　　　　　B. 诅咒天公捉弄人

C. 责备自己决策错误　　　　　　　D. 觉得雨中游历别有情趣

20. 你的一位朋友表示要向你提出在他看来十分中肯的批评意见。你刚刚听他说了几句话，就知道他是把事情搞错了，你会（　　）。

A. 当即告诉这位朋友，批评人要讲事实依据

B. 警告这位朋友，下次再发生这样的事情，自己就不再把他当朋友

C. 打断他的话，并耐心告诉他事情的本来面目

D. 听他说完话，再把自己所了解的情况讲给他听

21. 某电视台播放了这样一则新闻：一家小饭馆用纸箱做包子馅料，赚取顾客钱财。后经有关部门查实，这则新闻纯属虚构。你的感受是（　　）。

A. 电视台根本靠不住，以后再也不相信电视新闻了

B. 电视台管理不严，发生这样的事情十分遗憾

C. 政府主管机构应严肃惩处制造虚假新闻的当事人

D. 小饭馆包子馅料存在问题，以后再也不吃包子

22. 如果你和同事为了一点小事闹矛盾，双方都感觉很别扭，你一般会（　　）。

A. 想办法与对方沟通　　　　　　　B. 等对方来找自己沟通

C. 让时间来慢慢化解矛盾　　　　　D. 这样的朋友不值得交往

23. 假如你和几位同事同室办公，每天早上，你到办公室经常做的第一件事儿是

（　　　）。

    A. 扫地打水　　　　　　　　　　　　B. 和同事讲新闻

    C. 上网浏览相关信息　　　　　　　　D. 读报

24. 假如你的同事爱抽烟，但你受不了烟味，和他们在一起时，你会（　　　）。

    A. 明确向他们提出不准吸烟的要求　　B. 劝他们少吸一些烟

    C. 坐得离他们远一些　　　　　　　　D. 不时做出被二手烟呛着的样子

25. 单位开招待会，会后剩余一些水果。会议的组织者提议，做服务工作的人员每人可以带一些回去。如果你是会议的服务人员，你会（　　　）。

    A. 水果平均之后，带走自己的那一份　　B. 带一些回办公室，给其他同事吃

    C. 选择一点自己爱吃的带回去　　　　　D. 认为是别人吃剩下的，不带

# 第二部分　理论知识

## （第 26～125 题，共 100 题）

一、**单项选择题**（第 26～85 题，每题 1 分，共 60 分。每小题只有一个最恰当的答案。）

26. 皮亚杰认为，适应的实质是（　　　）。

    A. 主体与环境的平衡　　　　　　　　B. 丰富原有的认知结构

    C. 形成新的认知结构　　　　　　　　D. 强化原有的认知结构

27. 婴儿客体我的自我意识大约出现在（　　　）前后。

    A. 六个月　　　B. 一周岁　　　C. 二周岁　　　D. 三周岁

28. 心理咨询师根据已有的知识对求助者做出心理正常或异常的判断，属于李心天教授提出的（　　　）。

    A. 医学　　　　B. 统计学标准　　C. 内省经验标准　D. 社会适应标准

29. 患者说闭上眼睛也能看到东西，不用耳朵用脑子也能听见声音，属于（　　　）。

    A. 真性幻觉　　B. 心因性幻觉　　C. 假性幻觉　　　D. 功能性幻觉

30. 患者觉得周围事物像布景、像水中月、镜中花，这种"非真实感"属于（　　　）。

    A. 感知综合障碍　　　　　　　　　　B. 思维形式障碍

    C. 思维内容障碍　　　　　　　　　　D. 知觉障碍

31. 典型的（　　　）对脑外伤性精神障碍的诊断有参考价值。

    A. 顺行性遗忘　B. 逆行性遗忘　　C. 双向性遗忘　　D. 心因性遗忘

32. 个体处于"一般适应征候群"的（　　　）会出现呼吸、心跳加速，汗腺加快分泌，血压、体温升高等表现。

    A. 警觉阶段　　B. 搏斗阶段　　　C. 康复阶段　　　D. 衰竭阶段

33. 生物调节系统作为压力的中介系统，其中最主要的组成部分是（　　　）。

    A. 血液循环系统　　　　　　　　　　B. 呼吸系统

    C. 神经内分泌系统　　　　　　　　　D. 免疫系统

34. 根据发展常模得出的儿童智力评定结果称为（　　　）。

A. 智商      B. 标准分      C. 智龄      D. 量表分

35. 处于某一百分比例的人对应的测验分数是（    ）。

     A. 百分等级      B. 百分位数      C. 四分位数      D. 十分位数

36. 标准九分的标准差是（    ）。

     A. 2      B. 10      C. 3      D. 1. 5

37. 两个复本相隔一段时间施测，可以得到（    ）。

     A. 重测信度      B. 同质性信度      C. 复本信度      D. 重测复本信度

38. 预测个体在某种情境下的行为表现的有效性程度，称为测验的（    ）。

     A. 内容效度      B. 构想效度      C. 效标效度      D. 表面效度

39. 以下说法中正确的是（    ）。

     A. 项目难度越高，区分度越低      B. 项目难度越高，区分度越高

     C. 项目难度越低，区分度越高      D. 项目难度增减，区分度不变

40. 弗洛伊德精神分析学说的核心是（    ）。

     A. 结构观点      B. 发展观点      C. 动力学观点      D. 适应观点

41. 求助者为了选择合适的职业而寻求专业的心理帮助，这种情况下的心理咨询属于（    ）。

     A. 发展心理咨询      B. 应急心理咨询      C. 健康心理咨询      D. 教育心理咨询

42. 儿童心理障碍多以（    ）为主要形式。

     A. 情绪障碍      B. 行为障碍      C. 思维障碍      D. 意志障碍

43. 以下各项中不属于保密例外的情况是（    ）。

     A. 司法机关要求心理咨询师提供保密信息

     B. 针对心理咨询师的伦理或法律诉讼

     C. 求助者既往心理咨询经历

     D. 求助者对他人造成即刻伤害威胁的

44. 针对健康人的职业选择、家庭关系问题等进行的会谈属于（    ）。

     A. 治疗性会谈      B. 鉴别性会谈      C. 咨询性会谈      D. 危机性会谈

45. 心理咨询师对临床资料进行解释的先决条件是其所收集资料的（    ）。

     A. 完整性      B. 可靠性      C. 多样性      D. 唯一性

46. "好孩子"取向，是柯尔伯格所说的道德发展第（    ）阶段的特点。

     A. 2      B. 3      C. 4      D. 5

47. "假想观众"，可以用来表征（    ）的自我中心性特点。

     A. 幼儿期      B. 少年期      C. 青年期      D. 中年期

48. 童年期思维的本质特征是（    ）。

     A. 辩证逻辑思维      B. 依赖具体内容的逻辑思维

     C. 形式逻辑思维      D. 依赖具体内容的形象思维

49. 心理异常最根本的表现是"存在焦虑"，这是（    ）的观点。

     A. 弗洛伊德      B. 马斯洛      C. 巴甫洛夫      D. 罗杰斯

50. 精神病患者说闭上眼睛能看到东西、人像，不用耳朵而是用脑子也能听到声音，这

属于（　　　）。

A. 感觉过敏　　　　B. 非真实感　　　　C. 真性幻觉　　　　D. 假性幻觉

51. 患者在意识障碍情况下出现"语词杂拌"，这种症状是（　　　）。

A. 思维松弛　　　　B. 思维不连贯　　　　C. 语词新作　　　　D. 破裂性思维

52. 自知力障碍是（　　　）被破坏的表现。

A. 主客观世界的统一性　　　　　　　B. 心理活动内在协调性

C. 知情意统一性　　　　　　　　　　D. 人格的相对稳定性

53. 遭受强大自然灾害后，个体出现焦虑、紧张、失眠、注意力下降等症状，这表明个体处于"灾难征候群"的（　　　）。

A. 警觉期　　　　B. 惊吓期　　　　C. 恢复期　　　　D. 康复期

54. 将目标总体按某种变量分类后再随机抽取样本的方法是（　　　）。

A. 随机抽样　　　　B. 系统抽样　　　　C. 分组抽样　　　　D. 分层抽祥

55. 用于比较和解释测验结果的参照分数标准是（　　　）。

A. 常模　　　　B. 标准分数　　　　C. 原始分　　　　D. 常模分数

56. 测验只有用于与测验目标一致的目的才会有效，是指效度的（　　　）。

A. 连续性　　　　B. 相对性　　　　C. 有效性　　　　D. 绝对性

57. 对于测验项目，要想获得较高的区分度，则 P 值应越接近（　　　）越好。

A. 0.30　　　　B. 0.50　　　　C. 0.70　　　　D. 0.75

58. 编制心理测验的过程中进行预测时应注意（　　　）。

A. 预测对象应随机抽取　　　　　　　B. 题意不清的项目可以忽略

C. 预测时限可稍微放宽　　　　　　　D. 施测过程可以灵活掌握

59. 在报告测验分数时应注意（　　　）。

A. 尽量使用专业术语　　　　　　　　B. 当事人不可参与测验分数的解释

C. 应告知测验分数的解释　　　　　　D. 当事人无需知道该测验的目的

60. 心理咨询师的工作要以有助于求助者的成长为最终目的，不能借机满足自己的欲望和好奇心，这是心理咨询工作限制性观点中规定的（　　　）。

A. 职责限制　　　　　　　　　　　　B. 关系上的限制

C. 感情限制　　　　　　　　　　　　D. 咨询目标限制

61. 弗洛伊德理论的"发展观点"是其（　　　）的延伸。

A. 分区观点　　　　B. 动力学观点　　　　C. 结构观点　　　　D. 适应观点

62. 咨询师对一位企图自杀的求助者进行干预的过程中，推断出该求助者的行为是一种"感性反应"，即对外部事物的情绪化应对。咨询师这种给临床资料赋予意义的方法是（　　　）。

A. 就事论事　　　　B. 分析迹象　　　　C. 相关分析　　　　D. 早期印象

63. 以下属于凯利所说的责备性问题的是（　　　）。

A. 你为什么要和你的丈夫吵架呢

B. 您只谈学生学习不好，可当今的教师水平和学校纪律又是个什么情况呢

C. 你不认为夫妻应当相敬如宾吗

D. 现在你后悔了，当初你干什么来着

64. 心理咨询师与精神病性障碍患者进行的会谈属于（　　　）。
　　A. 治疗性会谈　　　B. 咨询性会谈　　　C. 危机性会谈　　　D. 鉴别性会谈

65. 毫无根据地坚信自己患了某种严重躯体疾病，即使通过多次反复的医学检查都不能纠正其歪曲的信念，这是（　　　）的表现。
　　A. 内脏性幻觉　　　B. 疑病妄想　　　C. 疑病神经症　　　D. 抑郁神经症

66. 随波逐流易受暗示的人，其意志品质缺乏（　　　）。
　　A. 自觉性　　　B. 果断性　　　C. 坚韧性　　　D. 自制性

67. 对酸味最敏感的舌面部位是（　　　）。
　　A. 舌尖　　　B. 舌边后部　　　C. 舌根　　　D. 舌边前部

68. 弗洛伊德认为，神经症和精神病的重要起因是（　　　）。
　　A. 防御机制　　　B. 动机冲突　　　C. 性的冲突　　　D. 自我克制

69. 根据李心天教授提出来的判别正常与异常心理的统计学标准，心理异常是（　　　）。
　　A. 由个体心理特征偏离平均值的程度决定的
　　B. 事件不确定性的函数
　　C. 由个体主观上的不适体验程度决定的
　　D. 心理不稳定性的函数

70. 体内有性质明确、部位具体的异常知觉，属于（　　　）。
　　A. 内感性不适　　　B. 非真实感　　　C. 内脏性幻觉　　　D. 被洞悉感

71. 思维贫乏和思维迟缓的一个重要鉴别点是（　　　）。
　　A. 语速是否减慢　　　　　　　　B. 话语是否减少细节
　　C. 语言是否恰当　　　　　　　　D. 话语是否缺少联想

72. 按照弗洛伊德的观点，道德性焦虑来自于（　　　）。
　　A. 超我　　　B. 冲动　　　C. 自我　　　D. 现实

73. 情感反应与现实刺激的性质不相称，这种表现可出现于（　　　）。
　　A. 情绪淡漠　　　B. 意志增强　　　C. 情绪倒错　　　D. 意志减退

74. 好的测量单位应具备（　　　）。
　　A. 确定的大小　　　B. 相同的意义　　　C. 确定的意义　　　D. 明确的价值

75. 标准九分是以 5 为平均分、以（　　　）为标准差的量表分数。
　　A. 2　　　B. 3　　　C. 5　　　D. 7

76. 下列表示智力的指标中，依据测验分数常态分布来确定的是（　　　）。
　　A. 心理年龄　　　B. 智力年龄　　　C. 比率智商　　　D. 离差智商

77. 将原始分数与平均数的差距以标准差为单位表示的是（　　　）。
　　A. 标准分数　　　B. 百分点　　　C. 百分等级　　　D. 方差

78. 一般而言，若获得信度的取样团体较为异质的话，往往会（　　　）测验的信度。
　　A. 高估　　　B. 低估　　　C. 忽略　　　D. 平衡

79. 可能提高智力测验、成就测验和能力倾向测验成绩的是（　　　）情绪。
　　A. 适度焦虑　　　B. 轻度抑郁　　　C. 过度焦虑　　　D. 过度抑郁

80. 心理咨询师应帮助求助者解决心理问题，下列不属于心理问题的是（　　）。
    A. 行为问题　　　　B. 道德问题　　　　C. 人格问题　　　　D. 情绪问题

81. 弗洛伊德认为，防御机制是人的（　　）。
    A. 生物性防御本能　　　　　　　　B. 动机冲突
    C. 防止焦虑的能力　　　　　　　　D. 基本欲望

82. 关于心理咨询师的工作，正确的说法是（　　）。
    A. 对精神病患者无法提供任何帮助
    B. 可以对求助者作出各种有益其生活的承诺
    C. 对心理危机无法提供有效的干预
    D. 不能在心理咨询范围外向求助者提供帮助

83. 一般而言，团体心理咨询由（　　）名领导者主持。
    A. 1　　　　　　B. 1～2　　　　　　C. 2　　　　　　D. 2～3

84. 多种选择性问题是一种（　　）。
    A. 责备性问题　　B. 修饰性反问　　C. 开放式问题　　D. 封闭式问题

85. 共情对于咨询活动而言，最重要的意义在于（　　）。
    A. 有利于咨询师收集材料　　　　B. 可使求助者感到满足
    C. 有利于求助者自我表达　　　　D. 建立积极的咨询关系

二、多项选择题（第86～125题，每题1分，共40分。每题有两个或两个以上选项是正确的，错选、少选、多选，则该题均不得分。）

86. 关于自尊，正确的说法包括（　　）。
    A. 自尊是个体对齐社会角色进行自我评价的结果
    B. 自尊水平式个体对其每一角色进行单独评价的总和
    C. 自尊需要是一种缺失性需要
    D. 自尊是自我意识的一部分

87. 关于刻板印象，正确的说法包括（　　）。
    A. 可以使人的社会知觉过程简化　　B. 容易导致歧视
    C. 是在直接经验的基础上形成的　　D. 是一种以偏概全的现象

88. 下列说法中正确的包括（　　）。
    A. 目标的吸引力越大，个体的成就动机越强
    B. 目标价值较小，成就动机的激励作用也小
    C. 个体的机会越多，成就动机就越弱
    D. 文化水平越高，成就动机越强

89. 关于暗示，错误的说法包括（　　）。
    A. 被暗示者处于困难情境且缺乏社会支持时容易接受暗示
    B. 年龄越小的个体越容易接受暗示
    C. 认知能力强的人容易接受暗示
    D. 男性和女性在易受暗示程度上没有差异

90. 关于爱情, 错误的说法包括 ( )。
    A. 具有浪漫色彩　　　　　　　　　　B. 是一种高级情感
    C. 幼儿也有爱情　　　　　　　　　　D. 是一种最强烈的喜欢形式

91. 男女结成夫妻关系的行为, 其背后的动机主要包括 ( )。
    A. 爱情　　　　B. 经济　　　　C. 繁衍　　　　D. 教育

92. 原发性妄想的形式包括 ( )。
    A. 妄想感觉　　B. 妄想知觉　　C. 妄想心境　　D. 妄想焦虑

93. 不协调精神运动性兴奋的特点包括 ( )。
    A. 动作和行为无目的　　　　　　　　B. 行为杂乱无章难以理解
    C. 动作和行为可理解　　　　　　　　D. 行为的增加与环境一致

94. 创伤后应激障碍的典型症状包括 ( )。
    A. 选择性遗忘　　B. 幻觉　　　　C. 闯入性重现　　D. 妄想

95. 压力的中介系统包括 ( )。
    A. 认知系统　　　　　　　　　　　　B. 生物调节系统
    C. 社会支持系统　　　　　　　　　　D. 敏感器官系统

96. 贝克归纳的常见的认知曲解包括 ( )。
    A. 主观推断　　B. 选择性概括　　C. 去中心化　　D. 夸大和缩小

97. 自我接受程度的评估内容主要包括 ( )。
    A. 自知力的评估　　　　　　　　　　B. 性格方面的成熟情况
    C. 自我价值的评估　　　　　　　　　D. 自述症状与问题的减轻或消除程度

98. 认知行为矫正技术强调求助者必须 ( )。
    A. 打破行为的刻板定势　　　　　　　B. 注意到自己对别人的影响
    C. 巩固行为的固有顺序　　　　　　　D. 注意到自己是如何感受和行为的

99. 生物反馈疗法的适应症包括 ( )。
    A. 各种睡眠障碍者　　　　　　　　　B. 急性期精神疾病患者
    C. 伴有紧张、焦虑的求助者　　　　　D. 出现幻觉、妄想的求助者

100. SCL - 90 属于 ( )。
    A. 症状量表　　B. 自评量表　　C. 诊断量表　　D. 他评量表

101. 关于杨德森等编制的生活事件量表 (LES), 下列正确的描述包括 ( )。
    A. 该量表包括三个方面的问题
    B. 按常理去判断经历的事件是好事或是坏事
    C. 可以应用于病因学的研究
    D. 测验的记分由四个部分组成

102. 中国协作组在修订倍克 - 拉范森躁狂量表 (BRMS) 时, 增加的项目包括
    ( )。
    A. 饮食　　　　B. 睡眠　　　　C. 幻觉　　　　D. 妄想

103. 对韦氏成人智力量表 (WAIS - RC) 分量表的平衡性分析, 正确的说法包括
    ( )。

A. VIQ > PIQ，可能操作能力差　　　　B. VIQ > PIQ，可能操作能力好

C. PIQ > VIQ，可能无阅读障碍　　　　D. PIQ > VIQ，可能有阅读障碍

104. 对 MMPI 进行两点编码分析通常只考虑 8 个临床量表，其中包括（　　　）。

A. Hs 量表　　　　B. Si 量表　　　　C. Hy 量表　　　　D. Mf 量表

105. 关于汉密尔顿抑郁量表（HAMD），正确的施测方法包括（　　　）。

A. 由一名经过训练的评定员评定　　　B. 一般采用交谈和观察的方式

C. 先评定入组时或前一周的情况　　　D. 再次评定需要间隔一周进行

106. 心理测验具有的独特性质，包括（　　　）。

A. 相对性　　　　B. 间接性　　　　C. 外显性　　　　D. 客观性

107. 效标效度的主要评估方法包括（　　　）。

A. 命中率法　　　　B. 区分法　　　　C. 相关法　　　　D. 试误法

108. 选择心理测验时的注意事项，包括（　　　）。

A. 利用时机多做几种测验　　　　B. 考虑实施心理测量的目的

C. 符合心理测量学的要求　　　　D. 针对受测者的需求和特点

109. 为了使受测者更好地理解测验分数的意义，在报告分数时应注意（　　　）。

A. 尽量使用专业术语　　　　B. 让受测者知道如何运用他的分数

C. 考虑给受测者带来的心理影响　　　D. 让受测者参与测验分数的解释

110. 疑病神经症的主要特点包括（　　　）。

A. 对身体过分关注

B. 坚信自己患了某种严重的躯体疾病或不治之症

C. 感觉过敏

D. 迫切要求治疗

111. 在许又新教授的神经症分类方法中，典型的神经症包括（　　　）。

A. 抑郁神经症　　　B. 强迫神经症　　　C. 恐惧神经症　　　D. 神经衰弱

112. 引发心理问题的社会性因素包括（　　　）。

A. 生活事件　　　B. 家庭教养　　　C. 新旧观念冲突　　　D. 风俗、习惯

113. 以下关于职业倾向对理解临床资料的影响，描述正确的包括（　　　）。

A. 从医疗或病理学的角度看问题者倾向于求助者有病

B. 教育工作者倾向于从人的发展生长角度上看问题

C. 生物学取向的心理学工作者依据日常生活的概念，从自然的角度看问题

D. 持生态学观点的人觉得求助者的问题是与环境失去了平衡

114. 非言语行为在咨询中的作用包括（　　　）。

A. 可以传达共情态度　　　　B. 可以有独立的意义

C. 不能与言语相融合　　　　D. 可以对言语内容作出修正

115. 艾利斯认为合理情绪疗法可以帮助个体达到的目标包括（　　　）。

A. 自我关怀　　　B. 自我指导　　　C. 自我批判　　　D. 自我接受

116. 咨询阶段性小结主要包括（　　　）。

A. 咨询师的小结　　　　B. 咨询双方讨论的结果

C. 求助者的小结　　　　　　　　　D. 求助者家属的意见

117. 模仿法的适用对象包括（　　　）。
　　A. 年轻的求助者　　　　　　　　B. 模仿力强的求助者
　　C. 年老的求助者　　　　　　　　D. 批判力强的求助者

118. 认知行为疗法的主要特点包括（　　　）。
　　A. 求助者和咨询师是合作关系
　　B. 认为心理痛苦是认知过程发生机能障碍的结果
　　C. 认为行为改变可以导致认知改变
　　D. 认为求助者在治疗过程中承担主要角色

119. 贝克和雷米纠正表层错误观念的技术包括（　　　）。
　　A. 点评　　　　　B. 建议　　　　　C. 模仿　　　　　D. 演示

120. SCL - 90 因子包括（　　　）。
　　A. 精神衰弱　　　B. 精神病性　　　C. 强迫症状　　　D. 精神病态

121. 使用生活事件量表，需要注意（　　　）。
　　A. 只记最近一年内发生的生活事件　　B. 应关注每项做否定回答的事件
　　C. 一般应向受测者本人进行调查　　　D. 不采用从知情者那里获得资料

122. 在 MMPI - 2 中，新增的效度量表包括（　　　）。
　　A. PK　　　　　B. Fb　　　　　C. VRIN　　　　　D. TRIN

123. MMPI 中，一般不做编码分析的临床量表包括（　　　）。
　　A. Hs　　　　　B. Hy　　　　　C. Mf　　　　　D. Si

124. MMPI - 2 的内容量表的归类，包括（　　　）。
　　A. 内部症状类　　　　　　　　　B. 外显侵犯行为类
　　C. 积极自我认识类　　　　　　　D. 一般问题类

125. WISC - CR 的备用分测验包括（　　　）。
　　A. 背数　　　　　B. 译码　　　　　C. 迷津　　　　　D. 积木

# 卷册二：技能选择题、案例问答题

## 第一部分　技能选择题
### （第 1 ~ 100 题，共 100 题）

　　本部分由十一个案例组成。请分别根据案例回答第 1 ~ 100 题，共 100 道题。每题 1 分，满分 100 分。每小题有一个或多个答案正确，错选、少选、多选，则该题均不得分。

**案例一**

**一般资料：**求助者，女性，24 岁，本科学历，小学教师。

**案例介绍：**半年前求助者骑车途中遭遇车祸，伤势虽不严重但当时非常害怕。此后眼前总浮现出当时车祸的情景，不敢骑车，外出时只能乘公交或出租车，经济支出明显增加。求助者觉得自己年纪轻轻不能骑车实在是个大问题，有几次想强行骑车上街，但感到胸闷、心慌、全身发抖、四肢出冷汗，最终因极度害怕而放弃。无奈之下调换到了离家近但条件差的学校，新学校可以走路上班。生活中总有需要外出的时候，求助者明明知道骑车不一定就出事，没有什么可怕的，但就是无法摆脱对骑车的恐惧。求助者内心非常痛苦，无法安心工作，拒绝参加老乡、同事的各种活动，也没心思谈恋爱，情绪低落，甚至想轻生，但下不了决心。迫切要求解决问题，自己主动前来咨询。

多选：1. 对该求助者还需重点了解的资料包括（　　　　）。

  A. 当时伤情的具体情况　　　　　　　B. 以往负性生活事件

  C. 因害怕浪费多少时间　　　　　　　D. 对遭遇车祸的看法

单选：2. 该求助者产生心理问题的最主要原因是（　　　　）。

  A. 青年女性　　　B. 性格内向　　　C. 遭遇车祸　　　D. 存在冲突

单选：3. 引发该求助者心理问题的最主要冲突是（　　　　）。

  A. 是否调换工作单位　　　　　　　　B. 明明不可怕可控制不住

  C. 乘公交还是出租车　　　　　　　　D. 强行骑车但因害怕放弃

单选：4. 对该求助者的初步诊断可能是（　　　　）。

  A. 焦虑性神经症　　　　　　　　　　B. 抑郁性神经症

  C. 恐怖性神经症　　　　　　　　　　D. 强迫性神经症

多选：5. 表明该求助者社会功能损害的内容包括（　　　　）。

  A. 不能骑车　　　　　　　　　　　　B. 没心思谈恋爱

  C. 内心痛苦　　　　　　　　　　　　D. 有轻生的想法

单选：6. 对该求助者的恐惧问题，不适宜的心理咨询治疗方法是（　　　　）。

  A. 阳性强化法　　　B. 厌恶疗法　　　C. 系统脱敏法　　　D. 暴露疗法

多选：7. 咨询师与求助者商定使用系统脱敏法，该方法的原理包括（　　　　）。

  A. 反复呈现一种微弱的刺激　　　　　B. 用全身肌肉放松对抗紧张

  C. 反复呈现一种强烈的刺激　　　　　D. 用面部肌肉放松对抗紧张

单选：8. 在实施系统脱敏时，工作程序的第一步为（　　　　）。

  A. 学会肌肉放松　　　　　　　　　　B. 反复呈现刺激

  C. 评价焦虑等级　　　　　　　　　　D. 实施系统脱敏

单选：9. 在实施系统脱敏时，理想的焦虑等级之间级差应该是（　　　　）。

  A. 尽可能大　　　B. 尽量变化　　　C. 尽可能小　　　D. 尽量一致

单选：10. 对系统脱敏法的特点，正确的理解是（　　　　）。

  A. 疗程较短　　　　　　　　　　　　B. 可以快速达到咨询效果

  C. 操作简便　　　　　　　　　　　　D. 求助者感受的痛苦较小

## 案例二

**一般资料**：李某，女性，17岁，高二学生。

**案例介绍**：李某表情惊慌，由其父母带到心理咨询室。

下面是心理咨询师与李某的一段谈话：

心理咨询师：（介绍心理咨询后）你需要我帮你解决什么心理问题呢？

李某：我，我想上学，最……最近特别害怕。

心理咨询师：你能跟我说说因为什么你很害怕吗？

李某：我不敢说！

心理咨询师：别怕！你说的话我会为你保密的。

李某：我们班有几个男生喜欢我，别的女生就嫉妒，他们想害我，所以我很害怕！您千万别说是我说的。

心理咨询师：哦，你觉得班里的几个男生喜欢你，女生嫉妒你，所以她们想害你。你跟我说说，你怎么知道男生喜欢你，女生要害你呢？

李某：从这学期开学吧，我们班里有几个男生就经常问我一些问题，我知道，他们问问题是假，喜欢我是真。有一个男生跟我说多了，还脸红呢！班里无论男生、女生见了我都嘀嘀咕咕的，有一天我去早了，明明听到教室里有同学说话，可我一进去，她们马上就不说了，表情很尴尬，她们肯定是在说我坏话，商量怎么害我，怕我听见。

心理咨询师：如果她们在说别的事情，不想让你知道，实际上确实也与你无关呢？

李某：不可能，我上学时经常听到她们议论我。她们还排班监视我，有时 A 跟着，有时 B 跟着，我坐公交车她们也坐，我骑自行车她们也骑。我让我爸爸开车来接我，照样有同学也坐家长的车尾随我。现在我都无法上学了，就是在家里也经常听到我的同学在楼下说我"不要脸，勾搭男生"。

心理咨询师：我是心理咨询师，你的问题我可能解决不了，建议你去精神专科医院，好吗？

李某：我好好的！您干吗让我上精神病医院啊？

多选：11. 从咨询师"你说的话我会为你保密的"的话可以判定咨询师（　　）。

    A. 真诚承诺

    B. 通过承诺保密，促进求助者的深度表达

    C. 随意应对

    D. 通过咨询技巧，促进心理咨询顺利进行

单选：12. 咨询师"哦……所以她们想害你。"这句话使用的是（　　）。

    A. 重复技术　　　B. 参与性概述　　　C. 内容反应技术　　　D. 影响性概述

单选：13. 李某对男同学问问题的解释，很可能是（　　）。

    A. 客观存在的事实　　　　　　　　B. 出现了嫉妒妄想

    C. 目前无法判断性质　　　　　　　D. 出现了钟情妄想

多选：14. 李某"明明听到教室里有同学说话，可我一进去，她们马上就不说了，表情很尴尬，她们肯定是在说我坏话，商量怎么害我，怕我听见。"这段话很可能反映的是（　　）。

    A. 关系妄想　　　B. 被害妄想　　　C. 夸大妄想　　　D. 嫉妒妄想

多选：15. 李某"不可能……照样有同学也坐家长的车尾随我。"这段话可能反映其存在（　　）。

    A. 关系妄想　　　B. 特殊意义妄想　　　C. 被害妄想　　　　D. 物理影响妄想

单选：16. 李某在家中听到同学说"不要脸，勾搭男生"。可能反映的是（　　）。

    A. 真性幻听　　　　　　　　　　　B. 客观存在的事实

C. 假性幻听                 D. 目前无法做出判断

单选：17. "我是心理咨询师，你的问题我可能解决不了，"这句话反映了咨询师（     ）。

     A. 无力解决求助者的问题          B. 缺乏相关知识技能

     C. 对心理咨询的范畴模糊         D. 明确李某不属于心理咨询的范畴

单选：18. 对李某最可能的诊断是（     ）。

     A. 一般心理问题                  B. 神经症性问题

     C. 严重心理问题                  D. 精神病性障碍

多选：19. "我好好的！您干吗让我上精神病医院啊？"这句话表明李某（     ）。

     A. 无判断力      B. 无求治愿望      C. 无自知力      D. 不主动求医

多选：20. 咨询师事后劝李某的家长带其到精神专科医院治疗，这表明咨询师（     ）。

     A. 正确地进行了保密例外          B. 正确地进行转诊

     C. 错误地进行了保密例外         D. 错误地进行转诊

### 案例三

**一般资料**：求助者，女性，25岁，未婚，公司职员。

**求助者自述**：因感情问题痛苦，伴有失眠，一个多月。

**案例介绍**：求助者大学期间与一位男同学谈恋爱。毕业后求助者回到家乡工作，男友在异地读研究生，双方无法经常见面，甚感苦恼。半年前求助者认识了一个英俊潇洒的校友，很有好感。交往中该校友对求助者多有帮助，让她很感动，双方产生了感情并开始约会。一个多月前男友突然来了，提出不读研究生了，要在这里找工作并准备结婚。求助者很矛盾，两个男人自己都喜欢，放弃谁都觉得为难，不知该么办。有时也觉得内疚，觉得对不起他们。有时觉得自己不道德，为此很苦恼，烦躁不安。最近半个多月，经常失眠，不想吃饭，出现心慌、出汗、噩梦等症状。虽然还能坚持工作，但效率下降。幻想着自己要是能分身就不会再苦恼了，还曾经把两个人认错、把名字喊错。担心自己会得精神病，主动来寻求帮助。

**心理咨询师观察了解到的情况**：求助者出身普通工人家庭，家教严格，自幼懂事听话，工作上认真负责，人际关系良好。希望心理咨询师帮助她明确是否出现心理疾病，并为她做出选择。

单选：21. 该求助者目前的主要症状是（     ）。

     A. 强迫          B. 抑郁          C. 焦虑          D. 恐惧

多选：22. 在本案例中，求助者出现了（     ）。

     A. 幻觉          B. 知觉障碍症状      C. 错觉          D. 记忆障碍症状

单选：23. 对该求助者的初步诊断是（     ）。

     A. 神经症                    B. 一般心理问题

     C. 神经症性心理问题           D. 严重心理问题

单选：24. 引发该求助者心理问题的最根本的原因是（     ）。

     A. 男友催婚      B. 现实冲突      C. 父母压力      D. 道德规范

单选：25. 针对该求助者的心理问题，心理咨询师恰当的做法是帮助其（     ）。

     A. 选择哪个男友              B. 如何应对男友

C. 分析解决冲突　　　　　　　　D. 端正恋爱观念

多选：26. 对该求助者的交友行为，心理咨询师恰当的做法包括（　　　）。

A. 帮助其改变恋爱观　　　　　　B. 解决冲突

C. 帮助其消除内疚感　　　　　　D. 保护隐私

多选：27. 该求助者的咨询动机包括请求心理咨询师（　　　）。

A. 替她选择男友　　　　　　　　B. 给予恋爱指导

C. 帮助判断病情　　　　　　　　D. 协助自己成长

多选：28. 该求助者心理问题的特点包括（　　　）。

A. 存在动机冲突　　　　　　　　B. 一定有人格障碍

C. 病程相对较短　　　　　　　　D. 社会功能损害重

多选：29. 针对求助者的失眠问题，心理咨询师可以（　　　）。

A. 评估严重程度　　　　　　　　B. 指导放松练习

C. 对其进行催眠　　　　　　　　D. 给予药物治疗

多选：30. 在本案例中，应该关注求助者的积极方面包括（　　　）。

A. 主动来咨询　　B. 仍坚持工作　　C. 有自我觉察　　D. 具有道德感

## 案例四

**一般资料：**夫妻共同来咨询。两人是大学同学，均30岁，本科学历，企业员工。

**案例介绍：**婚后妻子不想马上要孩子，对性生活多有拒绝，决定要孩子后情况好了些。后来，妻子怀孕、生子，性生活明显减少。现在孩子2岁多，妻子主动时丈夫不为所动。妻子认可丈夫所说性生活的问题，认为恋爱时两人感情很好，后来丈夫虽有要求，但自己害怕怀孕，所以拒绝的多。生育后自己有明确的要求，但丈夫置之不理，她认为丈夫不主动是要报复自己当年的拒绝，所以后来自己也就不提要求了。夫妻双方都感到性生活问题是夫妻间的重大矛盾，为此双方都很苦恼，影响了夫妻关系，也对双方父母和孩子的教育都有影响。丈夫在妻子的要求下同来咨询。

**心理咨询师观察了解到的情况：**夫妻二人是大学同学，都是彼此的初恋。婚前感情很好，婚后性生活不和谐。丈夫认为是妻子的错，要求妻子改正。妻子表示如果自己有错误是可以改，但不知道自己哪里存在问题。双方工作、人际交往等都没有问题。双方身体都很健康。育有一子，发育正常。

单选：31. 对夫妻同来咨询的案例，较妥当的做法是（　　　）。

A. 不同意一起咨询

B. 根据具体情况决定是否可做家庭咨询

C. 建议分开做咨询

D. 根据是否符合保密原则来做家庭咨询

单选：32. 咨询中丈夫叙述时，咨询师合理的做法是（　　　）。

A. 适当控制谈话的内容　　　　　B. 及时给予充分的共情

C. 及时制止发泄的内容　　　　　D. 最大程度的进行倾听

单选：33. 本案例中对丈夫还需要重点收集了解的资料包括（　　　）。

A. 婚前性经历　　　　　　　　　B. 对夫妻间问题的看法

C. 婚后性经历          D. 如何解决性生活问题

单选：34. 本案例中为明确诊断，还需排除的问题包括（　　）。

     A. 是否有躯体疾病          B. 是否性行为障碍

     C. 是否性取向障碍          D. 是否性角色失调

单选：35. 本案例中对妻子还需要重点收集了解的资料是（　　）。

     A. 性生活感受          B. 对夫妻间问题的看法

     C. 性生活经历          D. 解决问题的行为模式

单选：36. 本案例中最需要核实的资料是（　　）。

     A. 夫妻感情是否已经完全破裂      B. 丈夫是否进行报复

     C. 夫妻双方是否存在生理障碍      D. 妻子是否愿意配合

多选：37. 若对本案例进行咨询，需要的条件包括（　　）。

     A. 具有性生理知识          B. 具有性问题咨询经历

     C. 具有性法律知识          D. 具有成功性生活经历

单选：38. 在本案例咨询中，妻子提出丈夫可能有婚外情，咨询师合理的做法是（　　）。

     A. 建议搞清问题          B. 没有必要评价

     C. 劝其难得糊涂          D. 适当表示共情

单选：39. 本案例中咨询师帮助求助者的重点是（　　）。

     A. 矫正双方性格缺陷       B. 双方共同探讨缺乏性生活的原因

     C. 改变双方错误认知       D. 双方共同采取实际行动解决问题

单选：40. 本案例咨询中，咨询师最需要注意的是（　　）。

     A. 不要进行诱导          B. 不要进行指责

     C. 不要给予指导          D. 不要进行督促

### 案例五

**一般资料**：求助者，女性，55 岁，高中文化，退休职工。

**案例介绍**：求助者儿子年近 30，还没有结婚，她为此非常着急，曾多次委托他人为儿子介绍女朋友，但都没有成功。三四个月前，儿子自己找了一个女友，但求助者嫌女方离过婚，还带着孩子，坚决不同意他们结婚。为此与儿子产生激烈冲突，但最终没能阻止儿子与该女子结婚。求助者非常气愤，认为儿子不争气，不懂事，一点都不体谅自己。求助者要求丈夫支持自己对儿子的要求，但丈夫不置可否。求助者恨自己嫁错了人，觉得自己是孤家寡人，很失败，命苦，非常不幸。曾因憋气、心慌等入院检查，治疗后缓解。现在没有胃口，吃不下饭，经常失眠。内心痛苦，不愿意和亲朋好友提儿子的事，借故不参加家人及朋友的聚会，懒得做家务，有时做饭不是菜没放盐，就是做糊了。在家人的劝说下前来咨询。

**心理咨询师观察了解到的情况**：求助者善良贤惠，以往做事认真。丈夫反映其认死理，爱较真。

多选：41. 该求助者出现的躯体症状包括（　　）。

     A. 食欲下降     B. 情绪低落     C. 心慌憋气     D. 苦恼痛苦

多选：42. 本案例中求助者出现的情绪症状包括（　　）。

     A. 紧张       B. 气愤       C. 痛苦       D. 命苦

多选：43. 引发该求助者心理问题的可能原因是求助者（　　　）。
　　　 A. 认为自己命苦不幸　　　　　　　 B. 为儿子的事很气愤
　　　 C. 不想被亲友看不起　　　　　　　 D. 做人做事都很较真

单选：44. 引发该求助者心理问题的最主要原因是求助者（　　　）。
　　　 A. 恨自己嫁错人　 B. 儿子不懂事　 C. 认为自己失败　 D. 反对儿子婚事

单选：45. 该求助者社会功能（　　　）。
　　　 A. 没有受损　　　 B. 轻度受损　　　 C. 中度受损　　　　 D. 重度受损

单选：46. 对该求助者最可能的诊断是（　　　）。
　　　 A. 一般心理问题　　　　　　　　　 B. 抑郁性神经症
　　　 C. 严重心理问题　　　　　　　　　 D. 神经症性心理问题

单选：47. 咨询师对求助者儿子的事，恰当的做法是（　　　）。
　　　 A. 对求助者充分同情　　　　　　　 B. 不帮助也不婉拒求助者
　　　 C. 劝求助者接纳现实　　　　　　　 D. 不赞成也不反对其做法

单选：48. 咨询中双方商定要解决情绪困扰，首先需要做的是帮助求助（　　　）。
　　　 A. 矫正人格特征　　　　　　　　　 B. 放弃对儿子的控制
　　　 C. 改变错误认知　　　　　　　　　 D. 解决与儿子的冲突

多选：49. 在本案例咨询中，对尊重的正确理解包括（　　　）。
　　　 A. 不劝说求助者　　　　　　　　　 B. 不评论求助者的情绪
　　　 C. 不启发求助者　　　　　　　　　 D. 不肯定求助者的做法

单选：50. 在咨询中面质技术的主要目的是（　　　）。
　　　 A. 鼓励求助者接纳现实　　　　　　 B. 帮助求助者心理成长
　　　 C. 促使求助者宣泄情绪　　　　　　 D. 促进求助者实现统一

### 案例六

**一般资料：**求助者，男性，15 岁，初三学生。

**案例介绍：**求助者自述上课小动作多，玩手机，影响了学习成绩。现在要中考了很着急，曾经努力去改正，没有明显效果。主动前来寻求帮助。

下面是心理咨询师与该求助者的一段咨询对话。

心理咨询师：你能主动来咨询，我很高兴。咱们先讨论咨询目标吧！你现在每天上课大约有多长时间在玩手机？

求助者：（沉默）大约有二、三十分钟吧。

心理咨询师：通过咨询你想变成什么样呢？

求助者：一分钟都不玩，我必须得改这个毛病了，不然中考就完蛋了。

心理咨询师：好吧，咱们就把上课不玩手机作为第一个目标，按照心理学的原理，改变行为有两种方法，一种是阳性强化法，一种是厌恶疗法，你准备用哪种方法？

求助者：我不懂啊！您替我选一个吧。

心理咨询师：好吧，我们就用厌恶疗法吧。行为主义理论认为，人和动物的行为都是被行为结果强化的，厌恶疗法就是我把你玩手机的行为和厌恶刺激结合，产生生理、心理上的痛苦，多次结合后产生条件反射，当你以后上课再玩手机时，就会恐惧，就不敢再玩了。具体步骤是：第一，明确目标行为，就是玩手机。第二，构建焦虑等级，明确你焦虑的程度。第三，选择并明确厌恶刺激的形式和刺激量。第四，把玩手机的行为和厌恶刺激结合起来。如果你这样做了，一定能改掉毛病。我在这方面有很多成功的案例，以前有很多学生有这个毛病，我都帮助他们解决了。

  求助者：我明白了，那您准备选用什么样的厌恶刺激呢？

  心理咨询师：有电刺激、药物刺激、想象刺激等，咱们选用电刺激吧。

  求助者：那好吧，不过不会对我有什么伤害吧？

  心理咨询师：不会的，我给你轻微的刺激。

多选：51. 心理咨询师在咨询开始的第一段话中使用了（　　）。

  A. 内容表达技术  B. 指导性技术  C. 情感表达技术  D. 具体化技术

多选：52. "咱们就把上课不玩手机作为第一个目标"，这个目标的特征包括（　　）。

  A. 双方商定的      B. 可能是无法实现的

  C. 可以评估的      D. 不属于心理学范畴

单选：53. 咨询师在选择具体咨询方法上出现的失误是（　　）。

  A. 方法选择错误     B. 咨询思路偏差

  C. 没有双方商定     D. 技术使用不当

单选：54. 通过对话可以判断，咨询师在厌恶疗法步骤上的失误出现在（　　）。

  A. 第一步   B. 第二步   C. 第三步   D. 第四步

单选：55. 咨询师对厌恶疗法的基本原理理解正确的是（　　）。

  A. 产生严重恐惧     B. 改变行为习惯

  C. 产生不良体验     D. 建立条件反射

多选56. 如果咨询师使用阳性强化法，其基本步骤包括（　　）。

  A. 追踪评估   B. 监控目标行为  C. 实施强化  D. 明确目标行为

多选：57. "如果你这样做了……我都帮助他们解决了"这段话中，咨询师出现的失误包括（　　）。

  A. 盲目承诺心理咨询的效果  B. 出现了多话

  C. 盲目帮助求助者建立自信  D. 讲了题外话

单选：58. 在各种厌恶刺激中，容易控制的是（　　）。

  A. 电刺激   B. 药物刺激   C. 想象刺激   D. 噪音刺激

单选：59. 实施厌恶刺激时，厌恶刺激的强度应该是（　　）。

  A. 双方商定出来的强度   B. 温和的

  C. 求助者能耐受的强度   D. 强烈的

单选60. 实施厌恶疗法帮助求助者改变行为的前提条件是具有（　　）。

  A. 咨询经验   B. 相关资质   C. 理论基础   D. 使用条件

## 案例七

  **一般资料**：求助者，女性，16 岁，高一学生，住校。因与老师发生激烈冲突，内心极其痛苦，在家长带领下来咨询。

  **案例介绍**：求助者以高分考入该校，学习刻苦。一个多月前开始不知什么原因上课经常犯困，老师发现后提醒了几次。一天，求助者上课时又睡着了，老师比较严厉地批评了她。求助者觉得老师和自己过不去，当时就和老师吵起来，哭着冲出教室，老师和同学都觉得她不可思议。事后求助者总觉得别人议论自己，在自己背后指指点点，心里很难受。近一周来不愿意上课，也不愿意呆在宿舍里。家长、老师和同学等对她进行了劝说，但无效。求助者坚持要求回家，回家后与家长购物时说别人都在看自己，感觉在大街上不安全。家长认为孩子可能有心理问题，遂来咨询。

**家长反映的情况：**父母均是知识分子，从小对她要求非常严格。求助者在父母眼中是一个完美的孩子。以往学习成绩良好，人际关系融洽。

单选：61. 关于求助者上课犯困的问题，咨询师应重点收集的资料是（    ）。

    A. 犯困的频率    B. 犯困的时间    C. 犯困的程度    D. 犯困的原因

多选：62. 对求助者"觉得老师和自己过不去"，咨询师（    ）。

    A. 需要与老师核实        B. 考虑是否关系妄想

    C. 需与求助者核实        D. 考虑求助者是否较敏感

单选：63. 对求助者与老师争吵的原因，可以认为是（    ）。

    A. 目前无法做出判断        B. 求助者受外界刺激后的反应

    C. 求助者较真的表现        D. 求助者以往人格特点的改变

单选：64. 对求助者哭着冲出教室，可以认为是（    ）。

    A. 情绪抑郁    B. 思维被控制    C. 行为冲动    D. 行为被控制

单选：65. 对求助者"觉得别人议论自己"，可以认为是（    ）。

    A. 对事实的反映        B. 不想上学的借口

    C. 需要进行核实        D. 出现了关系妄想

多选：66. 对求助者"不愿意上课，也不愿意呆在宿舍里，"可以认为是（    ）。

    A. 回避老师同学        B. 对同学议论的回应

    C. 社会功能受损        D. 对老师批评的反抗

多选：67. 对求助者不相信老师同学的劝说，可能是（    ）。

    A. 求助者人格偏执        B. 情绪反应结果

    C. 出现了妄想        D. 劝说方法欠妥

单选：68. 对求助者"与家长购物时说别人都在看自己"，可以认为是（    ）。

    A. 出现关系妄想    B. 被害妄想    C. 个性敏感多疑    D. 客观事实

多选：69. 在本案例中，咨询师还应重点收集的资料包括（    ）。

    A. 家族史    B. 自己的陈述    C. 以往人格特点    D. 老师的评价

单选：70. 针对本案例，咨询师目前最需要做的是（    ）。

    A. 尽快矫正错误认知        B. 请精神专科会诊

    C. 尽快疏导负性情绪        D. 请老师同学谅解

案例八

**一般资料：**求助者，女性，46岁，中学教师。

**案例介绍：**求助者因为母亲去世痛苦，主动前来寻求帮助。

下面是心理咨询师与该求助者的一段咨询对话。

心理咨询师：通过我刚才的介绍，您已经对心理咨询有了初步的了解，今天您来想得到什么心理帮助呢？或者想解决什么心理问题呢？

求助者：我妈妈去世后，我实在太痛苦了，很多次我都想随妈妈而去了。

心理咨询师：您的母亲去世了，这让您很痛苦。我的母亲去世时，我也曾经痛苦了很长时间，所以我很理解您现在的心情。您先说说您想通过咨询达到什么目标吧？

求助者：我就想通过咨询减轻妈妈去世造成的痛苦。

心理咨询师：如果没有痛苦的感觉是0，痛苦到极限是100，您现在大约有多痛苦呢？

求助者：应该是100，我从来没有这么痛苦过。

心理咨询师：您希望通过咨询，将自己的痛苦减轻到什么程度呢？

求助者：我希望减少到0，今后不再有痛苦。

心理咨询师：根据您目前情况，将痛苦减少到0恐怕难以做到吧？

求助者：也许吧，但我太痛苦了，我一定要尽快摆脱。

心理咨询师：好吧，咱们就把痛苦减轻到0作为咨询目标。您觉得是什么原因使痛苦呢？

求助者：当然是妈妈去世让我痛苦啦！我妈妈今年70岁，身体很好，我为她报了去国外的旅行团，费用也是我出的，我原想陪妈妈去，可工作上走不开。不想偏偏就在国外发生了车祸！我要是不给妈妈报名，我要是陪她去，怎么会有这种事！我特别后悔！特别自责！都是我害了我妈呀！

心理咨询师：我母亲也去世了，我很理解您失去母亲的痛苦，也能理解您的想法，要是不让母亲去国外旅行，就不会出事。可您的痛苦只是来自母亲去世吗？

求助者：当然是啦，如果妈妈没有去世，我怎么会痛苦呢？

心理咨询师：按您所说，是您给母亲报名、出钱到国外旅行，造成了母亲的去世。

求助者：对呀，我就是因为这个才内疚自责啊！

心理咨询师：按您所说，您给母亲报名、出钱造成她的去世，那您给哥哥姐姐、给同事，给任何一个人报名、出钱到国外旅行，都会造成他们的死亡。

求助者：那不可能呀，他们要是注意点怎么会出事呢！

心理咨询师：您说给母亲报名、出钱造成了母亲去世，可您又说给哥哥姐姐或其他人报名、出钱不会造成他们的死亡，您的话前后有些矛盾，您怎么解释呢？

求助者：嗯，是没法解释。（沉默）我要是给100个人报名、出钱，肯定不会造成这100个人都死。我有点明白了，您的意思是说其实我报名、出钱不会造成妈妈的死？

心理咨询师：对，不是母亲去世这件事造成了您的痛苦，而是您认为母亲去世是自己造成的才产生了痛苦，所以改变对母亲去世的想法就能减轻痛苦的情绪。

求助者：我明白了，我感觉好多了：谢谢您！

多选：71. 心理咨询师在开场白中使用的提问方式和技术包括（　　　）。

    A. 内容反应技术　　B. 封闭式提问　　　C. 内容表达技术　　D. 开放式提问

多选：72. "您的母亲去世了，……所以我很理解您现在的心情。"表明咨询师（　　　）。

    A. 理解求助者的内心痛苦　　　　　B. 使用了自我开放技术

    C. 表达了对求助者的同情　　　　　D. 使用了内容表达技术

单选：73. 咨询师提及自己母亲去世的目的是（    ）。

    A. 减少与求助者的距离         B. 充分与求助者共情

    C. 告诉求助者她不特殊         D. 表达对求助者同情

单选：74. 咨询师问"如果没有痛苦的感觉是 0⋯⋯您现在大约有多痛苦呢？"其目的是（    ）。

    A. 讨论目标的具体及量化         B. 评估是否可以咨询

    C. 对痛苦程度做具体评估         D. 考虑咨询的难易度

单选：75. 咨询师说"根据您目前情况⋯⋯"恐怕难以做到吧？"，表明咨询师（    ）。

    A. 担心咨询效果         B. 认为自己无力帮助求助者

    C. 考虑咨询时程         D. 考虑了咨询目标的可行性

单选：76. 当求助者与咨询师在咨询目标上意见不同时，最终应该（    ）。

    A. 以咨询师的意见为主         B. 考虑结束咨询

    C. 以求助者的意见为主         D. 双方充分讨论

单选：77. 根据合理情绪疗法的 ABC 理论，本案例中 A 是（    ）。

    A. 没有时间陪母亲         B. 母亲去世后内疚自责

    C. 母亲因车祸去世         D. 母亲去世是我造成的

单选：78. 根据合理情绪疗法的 ABC 理论，本案例中 B 是（    ）。

    A. 没有时间陪母亲         B. 母亲去世后内疚自责

    C. 母亲园车祸去世         D. 母亲去世是我造成的

单选：79. 根据合理情绪疗法的 ABC 理论，本案例中 C 是（    ）。

    A. 没有时间陪母亲         B. 母亲去世后内疚自责

    C. 母亲因车祸去世         D. 母亲去世是我造成的

单选：80. 咨询师说"我母亲也去世了⋯⋯也能理解您的想法"所使用的技术是（    ）。

    A. 内容反应     B. 内容表达     C. 情感反应     D. 情感表达

单选：81. 咨询师"按您所说"之后的话所表现的是（    ）。

    A. 消除痛苦情绪         B. 进行产婆式辩论

    C. 鼓励启发思考         D. 进行错误认知矫正

单选：82. 咨询师"您说给母亲报名⋯⋯您怎么解释呢？"所使用的技术是（    ）。

    A. 鼓励     B. 对质     C. 解释     D. 澄清

单选：83. 求助者在咨询中出现沉默的原因可能是（    ）。

    A. 出现了明显阻抗         B. 不知如何解释自己的话

    C. 思考咨询师的话         D. 思考如何解释自己的话

单选：84. 经过咨询，求助者感觉痛苦明显减轻，其原因最可能是（    ）。

    A. 接受了母亲去世的现实         B. 消除了负性情绪

    C. 明白了母亲去世的原因         D. 改变了不合理信念

多选：85. 在本案例中，咨询师还可使用的技术包括（    ）。

    A. 内隐致敏法         B. 合理情绪想象技术

    C. RET 自助表         D. 自我分析报告

## 案例九

下面是某求助者的 WAIS – RC 的测验结果：

| | 言语测验 | | | | | | | 操作测验 | | | | | | | 言语 | 操作 | 总分 |
|---|---|---|---|---|---|---|---|---|---|---|---|---|---|---|---|---|---|
| | 知识 | 领悟 | 算术 | 相似 | 数广 | 词汇 | 合计 | 数符 | 填图 | 积木 | 图排 | 拼图 | 合计 | | | | |
| 原始分 | 26 | 23 | 14 | 20 | 14 | 78 | | 50 | 14 | 32 | 25 | 24 | | 量表分 | 82 | 55 | 137 |
| 量表分 | 15 | 14 | 12 | 13 | 12 | 16 | 82 | 12 | 11 | 10 | 12 | 10 | 55 | 智商 | 123 | 113 | 120 |

多选：86. 该求助者的测验结果显示（        ）。

    A. 其听觉加工模式发展较视觉加工模式好

    B. 其 FIQ 的 85% ~90% 可信限水平的波动范围为 115 ~125

    C. 言语部分的代表性测验百分等级均不低于 84

    D. 总体智力等级为超常

单选：87. 该求助者的言语测验结果与其全量表相比其强项有（        ）。

    A. 1 个          B. 2 个          C. 3 个          D. 4 个

多选：88. 根据该求助者的测验结果，可以判断其（        ）能力很强。

    A. 言语理解      B. 知觉组织      C. 抽象思维      D. 辨认空间关系

## 案例十

下面是某求助者 MMPl – 2 的测验结果：

| 量表 | Q | L | F | K | Fb | TRIN | VRIN | ICH | Hs | D | Hy | Pd | Mf | Pa | Pt | Sc | Ma | Si |
|---|---|---|---|---|---|---|---|---|---|---|---|---|---|---|---|---|---|---|
| 原始分 | 1 | 5 | 28 | 12 | 16 | 11 | 6 | 2 | 19 | 45 | 32 | 18 | 26 | 16 | 28 | 29 | 16 | 44 |
| K 校正分 | | | | | | | | | | | | | | | | | | |
| T 分 | 43 | 47 | 70 | 47 | 65 | 64 | 59 | 40 | 71 | 87 | 68 | 47 | 46 | 58 | 62 | 55 | 45 | 63 |

多选：89. 从测验结果来看，该求助者可能存在（        ）。

    A. 自杀倾向                  B. 退缩、不善交际、屈服

    C. 对身体功能的不正常关心      D. 用转换反应来解决矛盾的倾向

多选：90. 关于该项测验，正确说法包括（        ）。

    A. 轻躁狂量表 K 校正分是 18

    B. 两点编码类型属于非突出编码

    C. 各量表一致性 T 分分布均呈正偏态

    D. 有 7 个量表可按照项目内容分为若干亚量表

单选：91. 该求助者剖面图模式属于（        ）神经症剖析图。

    A. A 类          B. B 类          C. C 类          D. D 类

多选：92. 该测验结果的多个高分点应逐个配对分析，可能符合的诊断包括（        ）。

    A. 疑病症                  B. 神经症性抑郁

    C. 焦虑症                  D. 精神病性抑郁

多选：93. 对于 BPRS，正确表述包括（        ）。

    A. 可归为 5 类因子         B. 没有工作用评分标准

    C. 划界值为≥29 分         D. 适用于精神分裂症患者

多选：94. 儿童行为量表（CBCL）第二部分社会能力的因子包括（　　　）。

    A. 一般情况　　　　B. 活动情况　　　　C. 社交情况　　　　D. 学习情况

多选：95. 以下说法正确的包括（　　　）。

    A. 16PF 不可用于人才选拔

    B. SSRS 能够测查受测者的主观感受

    C. SCL–90 可用于心理健康水平的测查

    D. 若 EPQ 得分显示为内向不稳定，其气质类型属于黏液质

## 案例十一

下面是某求助者 MMPI–2 的测验结果：

| 量表 | Q | L | F | K | Fb | TRIN | VRIN | ICH | Hs | D | Hy | Pd | Mf | Pa | Pt | Sc | Ma | Si |
|---|---|---|---|---|---|---|---|---|---|---|---|---|---|---|---|---|---|---|
| 原始分 | 2 | 4 | 31 | 14 | 16 | 11 | 6 | 4 | 15 | 28 | 18 | 30 | 31 | 25 | 26 | 42 | 23 | 46 |
| K校正分 | | | | | | | | | ? | | | ? | | | ? | ? | ? | |
| T分 | 44 | 43 | 75 | 52 | 65 | 64 | 59 | 50 | 53 | 53 | 42 | 58 | 58 | 81 | 60 | 68 | 58 | 66 |

多选：96. 关于该项测验，下列说法正确的包括（　　　）。

    A. 该求助者能够比较认真地回答问题　　　B. 两点编码类型属于非突出编码

    C. 该求助者有诈病倾向　　　D. 370 题以后回答有效

单选：97. 轻躁狂量表的 K 校正分数是（　　　）。

    A. 25　　　　B. 26　　　　C. 28　　　　D. 29

单选：98. 该求助者剖面图模式是（　　　）。

    A. 精神病性剖析图　　　　　　　B. 边缘性剖析图

    C. A 类神经症剖析图　　　　　　D. B 类神经症剖析图

多选：99. 根据该求助者的测验结果，两点编码的解释包括（　　　）。

    A. 可能诊断有被动攻击人格　　　B. 不成熟、自负、任性

    C. 可能诊断为偏执型精神分裂症　　　D. 多疑、敌意、易激惹

单选：100. 对于社会支持评定量表（SSRS），正确表述是（　　　）。

    A. 适用于 6 至 16 岁的受测者

    B. 可归为 5 类因子

    C. 其中一个维度与个体主观感受有关

    D. 选用的是 18 项的版本

# 第二部分　案例问答题

本部分采取专家阅卷，1~8 题，满分 100 分。

**一般资料：**求助者，男性，26 岁，硕士毕业，公务员，未婚。

**案例介绍：**求助者硕士毕业后顺利考入某国家机关。他觉得工作来之不易，应该好好努力，以图将来有好的发展。因工作勤奋，受到领导和同事的好评。但一年多来，总是觉得脖子僵硬，有时颈部肌肉抽搐，伴双上肢无力，持物不稳。为此到多家医院反复检查，甚至曾经专门住院检查，但均没有发现明显器质性病变，医生也觉得无法用医学解释他的症状。求

助者认为自己病得很严重，非常担心自己的身体，担心自己的工作，担心领导同事对他有看法。内心紧张，情绪低落，没有心情谈恋爱和工作。领导和同事们关心他，他担心别人可能是怀疑他装病。他担心因为身体的原因被调离，觉得那简直就是灭顶之灾！最近半年多来还出现了心慌、头痛、没有胃口、晚上入睡困难等症状，工作上也出现了较多的失误。求助者非常苦恼，不想上班，借故不参加同学、老乡的聚会。春节时以工作忙为借口，没有回老家看望父母。在朋友的极力劝说下，前来咨询。

**心理咨询师观察了解到的情况：**求助者家境一般，但家教严格，从小做事循规蹈矩，追求完美，几乎没有冒过险。考入国家机关的事曾在家乡引起轰动，父母对他更是寄予了厚望，他自感责任很重，压力很大。求助者为人忠厚，人际关系良好，从未谈过恋爱。自幼身体健康，自称没有疾病史、外伤史，也没有明显的经济压力。

**请依据以上案例，回答以下问题：**

1. 对该求助者可以考虑哪些诊断？（20分）

2. 在摄入性谈话阶段，确定会谈内容及范围所依据的参考点有哪些？（10分）

3. 请分析该求助者产生心理问题的主要原因。（10分）

4. 心理咨询师根据自己的常识判断求助者的心理出现了问题，但求助者根本不认可，在这种情况下，如何通过尊重构建良好的咨询关系？（15分）

5. 咨询师决定采用认知行为疗法帮助求助者，认知行为疗法的原理及特点是什么？（15分）

6. 咨询师如果采用求助者中心疗法，该方法对人性的看法是什么？（10分）

7. 咨询师使用生物反馈法帮助求助者进行放松训练，常见的生物反馈仪分为哪几类？

8. 根据本案例，简述在咨询中应如何选择咨询方法。

模拟试卷（二）参考答案及解析

# 卷册一：职业道德、理论知识

## 第一部分　职业道德

（第1～25题，共25题）

### 一、职业道德基础理论与知识部分

（一）单项选择题（第1～8题）

1.【答案】　C

【解析】"慎独"最早由庄子提出，后被儒家发展为一个重要的道德概念，是个人风格的最高境界，慎独讲究个人道德水平的修养，看重个人品行的操守。意为在独处无人注意时，自己的行为也要谨慎不苟。

2.【答案】　A

【解析】集体主义是社会主义道德建设的基本原则。社会主义道德建设的基本要求是"爱国守法、明礼诚信、团结友善、勤俭自强、敬业奉献"。

3.【答案】　D

【解析】企业文化的自律功能是指通过管理制度、道德风尚等来规范其成员的行为。对不利于企业发展的行为发挥一种约束限制的功能，促进企业的有序发展。

4.【答案】　D

【解析】企业的员工与领导虽处于企业的不同位置，但他们的人格是平等的，需要遵守同样的道德规范。道德具有普遍约束性，对企业的员工和领导的要求是一样的，两者之间不存在差异。

5.【答案】　A

【解析】职业用语要多用敬语，注意礼貌、得体。

6.【答案】　C

【解析】社会主义道德建设的基本内容是以为人民服务为核心，以集体主义为原则。

7.【答案】　D

【解析】团结互助是指人与人之间为了实现共同的利益和目标，互相帮助，团结协作，共同发展。员工的团结互助也要做好自己的本职工作，提倡在合作中积极公平的竞争，培养创优争先的意识。

8.【答案】　C

【解析】职业道德用语要客气、礼貌，委婉、不简单拒绝。

（二）多项选择题（第9～16题）

9.【答案】　CD

【解析】科学发展观的含义是坚持以人为本，全面、协调、可持续发展。

10.【答案】　BC

【解析】节俭是对所有人的统一要求，在合理的范围内支配资源，并不是降低生活标准。

11. 【答案】 ABD

【解析】职业纪律是职业道德的重要内容，是用人单位制定、劳动者必须遵守的，用以保证劳动者执行任务、完成工作的规章制度，其有明确的规定性和强制性，同时也是评价员工职业素养的重要手段。

12. 【答案】 BD

【解析】办事公道指我们在做事情时要站在公正的立场上，对当事双方保持合理公平，不偏不倚，按照一个标准办事。办事公道是企业正常运行的基本保证。

13. 【答案】 ACD

【解析】简单的交换苹果，彼此还是一个苹果，不产生增值效应，但是思想的交流和沟通却能增进我们的理解，开阔我们的眼界。

14. 【答案】 BC

【解析】这句话意思是说：才是德的支撑，德是才的统帅。

15. 【答案】 ABC

【解析】诚是信的基础。信用需要诚实的道德基础，承诺时要发自内心，不自欺欺人，要量力而行，一旦许下承诺就要努力兑现。

16. 【答案】 ABC

【解析】诚信是我国传统道德的重要范畴。"诚"有三层意义，一是指自然万物的客观实在性。二是指对"天道"的真实反映，三是指尊重事实和忠实本心的待人对物的态度。

## 二、职业道德个人表现部分（第 17 ~ 25 题）

17 ~ 25 题（略）

# 第二部分　理论知识
## （第 26 ~ 125 题，共 100 题）

### 一、单项选择题（第 26 ~ 85 题）

26. 【答案】 A

【解析】皮亚杰在其认知发展理论中提出了适应这个概念，他认为人类发展的本质是对环境的适应，这种适应是一个主动的过程。不是环境塑造了儿童，而是儿童主动寻求了解环境，在与环境的相互作用过程中，通过同化、顺应和平衡的过程，认知逐渐成熟起来。

27. 【答案】 C

【解析】婴儿客体我的自我意识大约出现在二周岁前后。

28. 【答案】 C

【解析】心理咨询师根据已有的知识对求助者做出心理正常或异常的判断，属于李心天教授提出的内省经验标准。

29. 【答案】 C

【解析】假性幻觉的患者的幻觉与相应的感觉器官相联系，形象模糊不生动，与客观事物不一样。"闭上眼睛能看到东西、人像,不用耳朵而是用脑子也能听到声音"叙述的幻觉不是通过相应的感觉器官感知的。

30.【答案】　A

【解析】感知综合障碍:患者感知客观事物的个别属性(如大小、长短、远近)时发生变形。有"视物显大症""视物显小症",它们统称为视物变形 症。有一种感知综合障碍称为"非真实感"。患者觉得周围事物像布景"水中月""镜中花",人物像是油画中的肖像,没有生机。非真实感可见于抑郁症、神经症和精神分裂症。还有一种"窥镜症",患者认为自己面孔或体形改变了形状,自己的模样发生了变化。

31.【答案】　B

【解析】典型的逆行性遗忘对脑外伤性精神障碍的诊断有参考价值。

32.【答案】　A

【解析】个体处于"一般适应征候群"的警觉阶段会出现呼吸、心跳加速,汗腺加快分泌,血压、体温升高等表现。

33.【答案】　D

【解析】中介系统包括认知系统、社会支持系统和生物调节系统。生物调节系统作为压力的中介系统,主要包括神经分泌系统和免疫系统,其中最主要的是免疫系统。

34.【答案】　C

【解析】根据发展常模得出的儿童智力评定结果称为智龄。

35.【答案】　B

【解析】处于某一百分比例的人对应的测验分数是百分位数。

36.【答案】　A

【解析】标准九分的标准差是2。

37.【答案】　D

【解析】两个复本相隔一段时间施测,可以得到重测复本信度。

38.【答案】　C

【解析】预测个体在某种情境下的行为表现的有效性程度,称为测验的效标效度。

39.【答案】　A

【解析】项目难度 P 值越接近于 0 或 1,越难以区分被试间能力的差异。P 值越接近0.5,区分度越高。

40.【答案】　C

【解析】弗洛伊德精神分析学说的核心是动力学观点。

41.【答案】　A

【解析】求助者为了选择合适的职业而寻求专业的心理帮助,这种情况下的心理咨询属于发展心理咨询。

42.【答案】　B

【解析】儿童心理障碍多以行为障碍为主要形式。

43.【答案】　C

【解析】保密例外情况:求助者同意将保密信息透露给他人;司法机关要求心理咨询师

提供保密信息；出现针对心理咨询师的伦理或法律诉讼；心理咨询中出现法律规定的保密问题限制，如报告虐待儿童、老人等；求助者可能对自身或他人造成即刻伤害或死亡威胁的；求助者患有危及生命的传染性疾病。当遇上以上保密例外情况时，心理咨询师应将泄密程度控制在最小范围内。

44.【答案】　　C

【解析】咨询性会谈是针对健康人的问题，如职业选择、人员的任用和解雇、家庭关系问题、婚姻恋爱中的问题、子女教育培养问题等而进行的会谈。

45.【答案】　　B

【解析】临床资料的可靠性是解释资料的先决条件。

46.【答案】　　B

【解析】科尔伯格的道德发展阶段论将人的道德发展分为三个水平，每个水平又有两种不同的阶段。（1）前习俗水平：服从和惩罚的道德定向阶段（第一阶段）；相对论者的快乐主义定向阶段（第二阶段）。（2）习俗水平：好孩子定向阶段（第三阶段）；维护权威和社会秩序的阶段（第四阶段）。（3）后习俗水平：社会契约定向阶段（第五阶段）；普遍道德原则的定向阶段（第六阶段）。

47.【答案】　　B

【解析】青春期阶段的孩子身体的快速发展会带来心理的巨大变化。自我中心倾向明显，对自我的关注度大大提高。认为自己是独特的，大家都在关注自己，把自己的自我欣赏或自感不足都投射到周围人身上，视周围人为自己的"观众"，认为大家都在关注和观察自己。

48.【答案】　　B

【解析】童年期的儿童处在皮亚杰认知发展阶段的第三阶段——具体运算阶段，这一阶段的儿童开始出现抽象逻辑思维，但此阶段儿童的思维在很大程度上还是要依赖事物的具体形象，形象思维仍占主导。

49.【答案】　　B

【解析】"存在焦虑"是人本主义心理学派的观点，其代表人物为马斯洛。人本主义心理学认为每个人都有自由的意志和自我实现的需要，他们有选择生存方式与道路的自由，但同时他们也背负一定的社会责任，这两者同时存在并且相互对立。这种"责任"与"存在"的对立造成的焦虑称为"存在焦虑"。

50.【答案】　　D

【解析】假性幻觉指不通过感觉器官获得的幻觉，形象模糊、不生动，通常与客观事物不同。真性幻觉指幻觉形象清晰、生动，与客观事物极像，会引发患者相应的情感和行为。感觉过敏指病理性或功能性障碍导致患者感觉阈限降低，对低强度的刺激产生了过强的反应。非真实感指患者感觉周围的事物和环境变得不真实。

51.【答案】　　B

【解析】"语词杂拌"指说话或书写的内容模糊、缺乏意义，逻辑混乱、不连贯。语词杂拌在意识清楚时出现属于严重的破裂性思维，在意识障碍的情况下出现属于思维不连贯。

52.【答案】　　A

【解析】自知力是对自我行为和状态的了解和认知，个体协调和把握主客观世界统一的一种能力。自知力不完整的个体常常在主观世界与客观世界之间产生错误的认知。在临床上也将自知力是否完整作为评判精神疾病的指标。

53.【答案】　C

【解析】"灾难症候群"的三个阶段分别为惊吓期、恢复期、康复期。惊吓期的受害者对创伤和经历的灾难失去知觉，事后经常不记得之前的经历。恢复期的受害者才会出现一些"后怕"的特点，表现出焦虑、失眠、紧张等特点。康复期的患者已经能正常生活，心理重新达到平衡。

54.【答案】　D

【解析】分层抽样是先将目标总体按某种变量分成若干层次，然后在每层里分别抽取被试组成样本。分组抽样是当总体数目较大无法进行编号时，将总体进行分组，在各组进行随机抽样。

55.【答案】　A

【解析】常模是由标准化样本计算而来，被试通过和常模的比较发现自己在整体水平中所处的位置，了解自己在整体中的水平。常模分数是被试的原始分数的导出分数，常模分数的分布即为常模。

56.【答案】　B

【解析】效度是指测验所要测量的心理特质的程度，即测验的准确性。（1）效度的相对性：施测的目的与测验目标一致时效度才有效，否则不能用统一效度来评价。（2）测验的连续性：测验的效度不用"全或无"的形式表示，每个测验都有一定的效度，它们只存在程度上的差异。

57.【答案】　B

【解析】P值表示测验的难度，难度太大或太小都不利于区分被试的水平，容易出现"天花板效应"或"地板效应"。中等难度水平区分能力最高，即P值越接近0.5区别力越高。

58.【答案】　C

【解析】预测实验中施测对象必须代表测验将来施测的群体。施测时间可以稍微放宽，尽量使每个被试都能将题目做完，利于收集数据。施测过程中要对被试的反应和测验题目的情况随时记录。预测实施过程与情境应力求与真实施测时相一致。

59.【答案】　C

【解析】报告测验分数时应避免使用专业术语，要使用被试能理解的语言。一般不报告测验的分数，而是给出分数的解释和建议。保证当事人知道测验的目的，让当事人参与分数的解释。

60.【答案】　C

【解析】情感限制指咨询师的工作要以有助于求助者的成长为目的，不能借机满足自己的好奇心和欲望，不与求助者建立除咨访关系以外的关系。关系限制指咨询结束，咨询关系终止。

61.【答案】　B

【解析】弗洛伊德把人的性心理的发展分为口欲期、肛欲期、生殖器期、潜伏期，生殖期五个阶段，根据力比多作用于人的身体的不同部位产生的冲动和满足的快感来划分，因此弗洛伊德的发展观点是动力学观点的延伸。

62.【答案】 B

【解析】"分析迹象"是通过事情的结果去寻找和分析原因。"寻找相关"通常带有较大的猜测性，事实依据较低。

63.【答案】 D

【解析】责备性问题是以反问的形式责备求助者，会让求助者产生很大的威胁感从而引起防卫。在咨询中应杜绝这种方式的沟通。

64.【答案】 D

【解析】治疗性会谈指针对心理问题和行为问题进行的会谈，是心理治疗的一种。咨询性会谈针对的对象一般是健康的人不是病人。危机会谈是在特殊的情况下使用的，当患者遭遇重大精神创伤的情况，心理咨询师通过会谈给予帮助。鉴别性会谈指通过交谈对患者的情况进行鉴别从而确定相应的治疗方法和测验形式。

65.【答案】 B

【解析】疑病妄想即指毫无根据的怀疑自己得了重大疾病或不治之症，到处求医，即使得到医学检查的结果也不能纠正其错误的认知。

66.【答案】 A

【解析】随波逐流易受暗示的人，其意志品质缺乏自觉性。

67.【答案】 B

【解析】对酸味最敏感的舌面部位是舌边后部。

68.【答案】 C

【解析】弗洛伊德认为，神经症和精神病的重要起因是性的冲突。

69.【答案】 A

【解析】根据李心天教授提出来的判别正常与异常心理的统计学标准，心理异常是由个体心理特征偏离平均值的程度决定的。

70.【答案】 C

【解析】体内有性质明确、部位具体的异常知觉，属于内脏性幻觉。

71.【答案】 A

【解析】思维贫乏和思维迟缓的一个重要鉴别点是语速是否减慢。

72.【答案】 A

【解析】按照弗洛伊德的观点，道德性焦虑来自于超我。

73.【答案】 C

【解析】情感反应与现实刺激的性质不相称，这种表现可出现于情绪倒错。

74.【答案】 C

【解析】好的测量单位应具备确定的意义。

75.【答案】 A

【解析】标准九分是以 5 为平均分、以 2 为标准差的量表分数。

76. 【答案】 D

【解析】离差智商是依据测验分数常态分布来确定。

77. 【答案】 A

【解析】标准分数是将原始分数与平均数的差距以标准差为单位表示。

78. 【答案】 A

【解析】任何相关系数都要受到团体中分数分布的范围所影响，而分数范围与样本团体的异质程度有关。一般而言，若获得信度的取样团体较为异质的话，往往会高估测验的信度，相反则会低估测验的信度。

79. 【答案】 A

【解析】可能提高智力测验、成就测验和能力倾向测验成绩的是适度焦虑情绪。

80. 【答案】 B

【解析】心理咨询师应帮助求助者解决心理问题，道德问题不属于心理问题。

81. 【答案】 C

【解析】弗洛伊德认为，防御机制是人的防止焦虑的能力。

82. 【答案】 D

【解析】心理咨询师不能在心理咨询范围外向求助者提供帮助。

83. 【答案】 B

【解析】一般而言，团体心理咨询由 1～2 名领导者主持。

84. 【答案】 D

【解析】多种选择性问题是一种封闭式问题。

85. 【答案】 D

【解析】共情对于咨询活动而言，最重要的意义在于建立积极的咨询关系。

## 二、多项选择题（第 86～125 题）

86. 【答案】 ABCD

【解析】自尊是个体对齐社会角色进行自我评价的结果，是自我意识的一部分。自尊需要是一种缺失性需要。自尊水平式个体对其每一角色进行单独评价的总和。

87. 【答案】 ACD

【解析】刻板印象不会导致歧视。

88. 【答案】 ABC

【解析】"文化水平越高，成就动机越强"说法不正确。

89. 【答案】 CD

【解析】被暗示者处于困难情境且缺乏社会支持时容易接受暗示，年龄越小的个体越容易接受暗示，认知能力强的人不容易接受暗示，女性比男性容易接受暗示。

90. 【答案】 CD

【解析】爱情是一种高级情感，具有浪漫色彩。

91. 【答案】 ABC

【解析】男女结成夫妻关系的行为，其背后的动机主要包括爱情、经济、繁衍。

92.【答案】　BC

【解析】按妄想的起源可将妄想分为：（1）原发性妄想：突然发生的，内容小可理解，与既往经历和当前处境无关的一种病态信念。具有突发性妄想、妄想知觉、妄想心境等表现形式。（2）继发性妄想：指以错觉、幻觉、情绪高涨或低落等精神异常为基础所产生的妄想。

93.【答案】　AB

【解析】不协调精神运动性兴奋的特点包括动作和行为无目的、行为杂乱无章难以理解。

94.【答案】　ABC

【解析】创伤后应激障碍主要表现为：（1）创伤性体验反复重现。闯入性重现（闪回）使患者处于意识分离状态，仿佛义完全身临创伤性事件发生时的情境，重新表现出事件发生时所伴发的各种情绪，这种状态持续时可从数秒到数天不等，频频出现的痛苦梦境，而临类似灾难境遇时感到痛。（2）对创伤性经历的选择性遗忘。（3）在麻木感和情绪迟钝的持续背景下，发生与他人疏远、对周围环境漠无反应、快感缺失、回避易联想起创伤经历的活动和情境。（4）常有植物神经过度兴奋，伴有过度警觉、失眠。（5）焦虑和抑郁与上述表现相伴随，可有自杀观念。

95.【答案】　ABC

【解析】压力作用于个体后，并不直接表现为临床症状，而是进入中介系统，经过中介系统的增益或消解，事件的相对强度和性质可以产生某些改变。中介系统的三个子系统，即认知系统、社会支持系统和生物调节系统。这三个系统，都有性质相反的两种功能：一是增益功能，使事件的强度相对增加；另一种是消解功能，使事件的相对强度减低。

96.【答案】　ABD

【解析】贝克归纳的常见的认知歪曲包括：（1）主观推断；（2）选择性概括；（3）过度概括；（4）夸大和缩小；（5）个性化；（6）贴标签和错贴标签；（7）极端思维。

97.【答案】　BD

【解析】远期疗效评估的工作程序包括社会接纳程度评估、自我接纳程度评估和随访调查。其中自我接纳评估的评估内容包括：（1）自述症状与问题的减轻或消除；（2）性格方面的成熟情况。

98.【答案】　ABD

【解析】认知行为矫正技术（CBM）的一个基本前提是求助者必须注意自己是如何想的、如何感受的和行动的以及自己对别人的影响，这是行为改变的一个先决条件。要发生改变，求助者就需要打破行为的刻板定势，这样才能在不同的情境中评价自己的行为。

99.【答案】　AC

【解析】生物反馈疗法的适应症主要有：（1）各种睡眠障碍；（2）各类伴紧张、焦虑、恐惧的神经症，心因性精神障碍；（3）某些心身疾病，如原发性高血压、支气管哮喘、经前期紧张症、紧张眭头痛、书写痉挛等；（4）儿童多动症、慢性精神分裂症（伴社会功能受损）。

100.【答案】　AB

【解析】90项症状清单（SCL-90）又名"症状自评量表"，有时也称为"Hopkin's症状清单"（HSCL）。

101.【答案】 AC

【解析】LES共含有48条我国较常见的生活事件，包括三方面问题：（1）家庭生活方面；（2）工作学习方面；（3）社交及其他方面。LES属自评量表是由填写者根据自身的实际感受，而不是按常理或伦理道德观念去判断那些经历过的事件对本人来说是好事还是坏事。LES总分越高反映个体承受的精神压力越大。负性生活事件的分值越高对身心健康的影响越大。测验的计分由四部分组成：某事件刺激量、正性事件刺激量、负性事件刺激量、生活事件总刺激量。该量表可以用于研究心理问题的原因。

102.【答案】 CD

【解析】考虑到躁狂症可以伴随有精神病性症状，我国量表协作组增加的两个项目为：（1）幻觉；（2）妄想。

103.【答案】 AD

【解析】言语智商（VIQ）>操作智商（PIQ），可能言语技能发展好或操作能力差；如果操作智商（PIQ）>言语智商（VIQ），可能操作智商好或有阅读障碍。

104.【答案】 AC

【解析】两点编码解释的编码类型通常只考虑Hs量表、D量表、Hy量表、Pd量表、Pa量表、Pt量表、SC量表及Ma量表，而Mf量表、Si量表一般不做编码分析。

105.【答案】 BC

【解析】评定方法：一般采用交谈和观察的方式，先评定入组时或前一周的情况。由经过训练的两名评定员对被评定者进行HAMD联合检查，待检查结束后，两名评定员独立评分。在评估心理或药物干预前后抑郁症状的改善情况时，首先在入组时评定当时或入组前一周的情况，然后在干预2~6周后再次评定来比较抑郁症状严重程度和症状谱的变化。

106.【答案】 ABD

【解析】由于心理现象比物理现象更加复杂，测量起来也更困难，因此心理测量具有独特的性质：间接性、相对性和客观性。

107.【答案】 ABC

【解析】所谓效标效度，就是考查测验分数与效标的关系，看测验对感兴趣的行为预测得如何。效标效度的主要评估方法有相关法、区分法和命中率法。

108.【答案】 BC

【解析】选择心理测量要注意：所选测验必须适合测量的目的，所选测验必须符合心理测量学的要求，还应该针对受测者的需求和特点有针对性地选择。

109.【答案】 BCD

【解析】报告分数时，应当报告测验分数的解释；应注意避免使用专业术语；要让当事人知道测验测量了什么；要使当事人知道他（她）是在和什么团体进行比较；使当事人知道如何运用他（她）的分数；考虑测验分数将给当事人带来什么心理影响；让受测者参与测验分数的解释。

110.【答案】 AC

【解析】疑病神经症的主要特征包括：对健康过虑；对身体过分注意；感觉过敏和疑病观念。B项"坚信"不正确，应当是"怀疑"。

111.【答案】　　BCD

【解析】许又新教授把神经症分为神经衰弱、焦虑神经症、恐惧神经症、强迫神经症、疑病神经症五种典型的神经症；还有抑郁神经症、人格解体神经症、其他类型和无法分型的神经症四种不典型的神经症。

112.【答案】　　ABD

【解析】引发心理问题的社会性因素包括：第一，生活事件、人际关系及所处的生存环境；第二，分析所获得的资料，确定求助者的临床表现与社会生活事件的关系；第三，确定社会文化（如道德、风俗、习惯等因素）与心理障碍发生的关系。

113.【答案】　　AD

【解析】从医疗的或病理学的角度看问题，他们倾向于求助者有病；从行为主义心理学或教育工作者的角度看问题，容易强调求助者是学习、行为或认知方面的障碍；生物学取向的心理学工作者，倾向于从人的发展生长角度上看问题，认为问题的关键是自我发展上受到了障碍；生态学家或持生态学观点的人，他们觉得求助者的问题是与环境失去了平衡。

114.【答案】　　ABD

【解析】咨询师的非言语行为是表达共情、积极关注、尊重等的有效方式之一。可以独立出现，代表独立的意义；可以对言语内容作补充修正；可以与言语相融合。

115.【答案】　　ABD

【解析】艾利斯等人认为合理情绪疗法可以帮助个体达到以下几个目标：一是自我关怀，二是自我指导，三是宽容，四是接受不确定性，五是变通性，六是参与，七是敢于尝试，八是自我接受。

116.【答案】　　ABC

【解析】阶段小结包括咨询师的小结、求助者的小结和来自双方共同的讨论。

117.【答案】　　AB

【解析】模仿法的适用对象包括年轻的求助者、模仿力强的求助者。选用模仿法要评估求助者的模仿能力，模仿力强的求助者才是合适的治疗对象。影响模仿能力的一个重要因素是年龄，一般来说，模仿法更加适用于年轻的求助者。

118.【答案】　　AB

【解析】认知行为疗法具有以下特点：（1）求助者和咨询师是合作关系；（2）假设心理痛苦在很大程度上是认知过程发生机能障碍的结果；（3）强调改变认知，从而产生情感与行为方面的改变；（4）通常是一种针对具体的和结构性的目标问题的短期和教育性的治疗。求助者在治疗过程之中和之外都承担主动的角色。

119.【答案】　　BCD

【解析】检验表层错误观念包括建议、演示和模仿三个技术。建议，即建议求助者进行某一项活动；演示，即鼓励求助者在情境中观察；模仿，即让求助者模仿某个活动。

120.【答案】　　BC

【解析】SCL－90因子包括躯体化、强迫症状、人际关系敏感、抑郁、焦虑、敌对、恐怖、偏执、精神病性和其他。

121. 【答案】 AC

【解析】使用生活事件量表只记最近一年内发生的生活事件，应关注每项做肯定回答的事件，一般应向受测者本人进行调查，如果从知情者那里获得资料，应该说明资料来源、知情者和受检者的关系。

122. 【答案】 BCD

【解析】MMPI－2新增的效度量表分别为Fb、VRIN及TRIN量表。Fb量表（称后F量表）由于组成该量表的项目大多出现于370题之后，对于MMPI－2中新增加的附加量表和内容量表的检查特别有用。VRIN（反向答题矛盾量表）及TRIN（同向答题矛盾量表）有些类似于MMPI中由16对矛盾题构成的"粗心"量表，提供了一种检查受测者回答项目一致或矛盾的指标。

123. 【答案】 CD

【解析】一般来说，量表5（Mf）和0（Si）不计入两点编码，但应与其他量表参照使用。

124. 【答案】 ABD

【解析】MMPI－2的内容量表分类：（1）内部症状类；（2）外显侵犯行为类；（3）消极自我认识类；（4）一般问题类。

125. 【答案】 AC

【解析】WISC－CR的言语备用分测验有背数和操作备用分测验迷津，分别在某一同类测验失效时使用。

# 卷册二：技能选择题、案例问答题

## 第一部分　技能选择题
### （第1～100题，共100题）

**案例一**

1. 【答案】 ABD

【解析】对该求助者还需重点了解的资料包括当时伤情的具体情况、以往负性生活事件和对遭遇车祸的看法。

2. 【答案】 C

【解析】求助者"骑车途中遭遇车祸，伤势虽不严重，但当时非常害怕，此后眼前总浮现出当时车祸的情景，不敢骑车"出现了一系列的心理问题，因此该求助者产生的心理问题最主要原因是遭遇车祸。

3. 【答案】 B

【解析】求助者"明明知道骑车不一定就出事，没有什么可怕的，但就是无法摆脱对骑车的恐惧，求助者内心非常痛苦"，因此引发该求助者心理问题的最主要冲突是明明不可怕可控制不住。

4. 【答案】 C

【解析】恐惧神经症的特点：（1）害怕与处境不相称。（2）病人感到很痛苦，往往伴有显著的植物性神经系统功能障碍。（3）对所怕处境的回避，直接造成社会功能受损害。因此对求助者初步诊断为恐惧神经症。

5.【答案】　AB

【解析】求助者因极度害怕而放弃骑车，"无奈之下调换到了离家近但条件差的学校""无法摆脱对骑车的恐惧""无法安心工作，拒绝参加老乡、同事的各种活动，也没有心思谈恋爱"属于社会功能损害。

6.【答案】　B

【解析】厌恶疗法主要适用于露阴症、窥阴症、恋物症等，对酒瘾和强迫症也有一定的疗效，也可以适用于儿童的攻击行为、暴怒发作、遗尿和神经性呕吐。厌恶疗法包括给予电击、催吐剂等。这种很有争议性、批评者认为缺乏人道的方法通常只有在特殊情况下才采用。因此本案例不适宜对求助者使用厌恶疗法。

7.【答案】　AB

【解析】系统脱敏法又称交互抑制法。当患者面前出现焦虑和恐惧刺激的同时，反复呈现一种微弱的刺激，用全身肌肉放松对抗紧张，从而使患者逐渐消除焦虑与恐惧，不再对有害的刺激发生敏感而产生病理性反应。

8.【答案】　A

【解析】系统脱敏法的操作过程为：放松训练、建立恐怖或焦虑的等级层次、系统脱敏。

9.【答案】　D

【解析】建构焦虑等级表，一般是让求助者给每个事件指定一个焦虑分数，最少焦虑是0，最大焦虑是100。理想的焦虑等级建构应当做到各等级之间级差要均匀，是一个循序渐进的系列层次。

10.【答案】　D

【解析】系统脱敏法是分阶段进行的，是循序渐进的过程，因此求助者感受的痛苦较小。

案例二

11.【答案】　ABD

【解析】保密原则是心理咨询中最重要的原则，是建立良好咨询关系的基础和促进咨询成功的前提。

12.【答案】　A

【解析】重复性技术是咨询中常用的方法，用来强化求助者叙述的内容，鼓励其继续表达。

13.【答案】　D

【解析】钟情妄想症是一种没有事实依据的，认为一个实际上不喜欢自己的人其实是非常钟情于自己的歪曲信念，常见于精神分裂症。材料中李某仅凭男同学问自己问题就觉得男同学钟情于自己，是没有事实依据的。可能出现了钟情妄想。

14.【答案】　AB

【解析】关系妄想是指患者把实际与自己无关的事情认为与自己有关。多见于精神分裂症患者。被害妄想指患者总觉得有人要害自己，威胁自己的安全。

15．【答案】　ABC

【解析】患者把实际上与自己无关的事情想成与自己有关，都是针对自己的，有特殊意义，他们想害自己。

16．【答案】　A

【解析】真性幻听指患者听见不存在的声音，并且感觉内容真实、准确，伴有现实性的行为反应。假性幻听指听到的内容模糊不准确，无相应的行为反应。由材料中知李某对听到的内容表述清楚、准确，并深信不疑，为真性幻听。

17．【答案】　D

【解析】心理咨询师通过简短咨询了解到李某存在严重的心理障碍，不属于心理咨询的范围，应告知能力有限，给出就诊建议。

18．【答案】　D

【解析】李某出现幻听与钟情妄想症状，无自知力，情感与认知混乱，考虑精神病性障碍。

19．【答案】　BC

【解析】患者对自己的精神状况无认知能力，表现出不愿求治。

20．【答案】　AB

【解析】当求助者的情况可能会对自己造成危害时，咨询师要执行保密例外将患者的情况告知其监护人，以便对求助者做出更妥善的安置。

### 案例三

21．【答案】　C

【解析】求助者最近半个月来经常失眠，不想吃饭，出现心慌、出汗、噩梦等症状。属于焦虑症状。

22．【答案】　BC

【解析】"曾把两个人认错、把名字喊错"可知求助者出现了错觉和知觉障碍。

23．【答案】　B

【解析】该求助者社会功能虽出现部分受损，但病情持续时间不长，未泛化，排除严重心理问题。求助者的心理冲突属于常型，排除神经症。可能的诊断为一般心理问题。

24．【答案】　B

【解析】求助者产生心理问题的原因是对两个男友的取舍问题，属于现实冲突。

25．【答案】　C

【解析】咨询师的职责是帮助求助者分析产生心理问题的原因，缓解心理冲突。咨询师在咨询中应保持价值中立原则，不将自己的价值观强加给求助者，也不应替求助者做决定。

26．【答案】　ACD

【解析】咨询中咨询师的职责是帮助求助者改变不良认知、缓解内心冲突，对于咨询内容遵循保密原则。

27．【答案】　AC

【解析】从材料中可直接得出求助者来咨询的目的是想明确是否出现心理疾病，并想让咨询师为她做出选择。

28.【答案】 AC

【解析】求助者时两个男友的取舍存在明确的动机冲突，心理问题持续一个多月，病程较短。

29.【答案】 AB

【解析】求助者的情况属于一般心理问题，不需要进行催眠和药物治疗。对失眠的程度进行评估之后进行适当的放松训练即可。

30.【答案】 ABCD

【解析】四项均属于求助者所表现出来的积极方面。

## 案例四

31.【答案】 D

【解析】保护个人隐私，严守咨询秘密是婚姻家庭咨询师职业道德中一项非常重要的内容。因此对夫妻同来咨询的案例，较妥当的做法是根据是否符合保密原则来做家庭咨询。

32.【答案】 D

【解析】咨询中丈夫叙述时，咨询师合理的做法是最大程度的进行倾听，不应该控制谈话的内容和制止发泄的内容，也不能给予共情。

33.【答案】 D

【解析】本案例中，丈夫对妻子的要求置之不理，平时性生活问题是夫妻间的重大矛盾，因此对丈夫需要重点收集了解的资料包括如何解决性生活问题。

34.【答案】 C

【解析】本案例中为明确诊断，还需排除的问题为夫妻二人性取向是否存在障碍。

35.【答案】 D

【解析】本案例中对妻子还需要重点收集了解的是解决问题的行为模式，这是引发夫妻问题的重要原因。

36.【答案】 C

【解析】本案例中最需要核实的资料是夫妻双方是否存在生理障碍，即排除器质性病变。

37.【答案】 ABCD

【解析】若对本案例进行咨询，需要的条件包括具有性生理知识、具有性问题咨询经历、具有性法律知识和具有成功性生活经历。

38.【答案】 A

【解析】在本案例咨询中，妻子提出丈夫可能有婚外情，最合理的做法是建议搞清问题。

39.【答案】 D

【解析】本案例中咨询师帮助求助者的重点是双方共同采取实际行动解决问题。矫正双方性格缺陷属于长期目标，可能无法实现。

40.【答案】 B

【解析】本案例咨询中，咨询师最需要注意的是不要进行指责，咨询师应该对求助者给予指导和进行督促。

**案例五**

41.【答案】　AC

【解析】求助者因憋气、心慌入院检查，治疗后缓解。现在没胃口，吃不下饭，经常失眠。

42.【答案】　BC

【解析】案例中给出求助者表现出气愤、痛苦的情绪。

43.【答案】　ACD

【解析】认为自己命苦、不想被亲友看不起属于引起心理问题的错误认知，做事认真负责属于求助者的性格特征。B项是产生的心理问题本身，不是原因。

44.【答案】　C

【解析】求助者的心理问题产生的原因主要是由"认为自己很失败"这一不合理信念产生的，ABD属于这一错误认知的表现。

45.【答案】　C

【解析】社会功能轻度受损指求助者可以正常工作、学习、社交，心理问题对求助者只有轻微妨碍。中度受损指求助者工作、学习效率下降，尽量避免某些社交场合。重度受损指求助者完全不能工作或学习，某些社交场合完全避免。

46.【答案】　C

【解析】求助者心理冲突属于常型，排除神经症性心理问题，病情持续三四个月，社会功能受损，已出现泛化，属于严重心理问题。

47.【答案】　D

【解析】心理咨询中咨询师需保持价值中立原则，不替求助者做挟定，也不将自己的价值观强加给求助者。因此对于求助者提出的问题，咨询师应保持不赞成也不反对的态度，让求助者自己做决定。

48.【答案】　C

【解析】咨询中首先要做的是帮求助者改变错误认知，解决心理冲突，缓解情绪困扰。

49.【答案】　ABD

【解析】尊重指对求助者的完全接纳，既接受好的一方面，也接受不好的一方面，咨询师要保持中立、非评判的态度。尊重不代表没有原则，在咨询关系已经建立起来时，适度的表明自己对求助者的看法，有利于咨询关系的促进。

50.【答案】　D

【解析】面质技术指咨询师指出求助者前后说话的矛盾，促使求助者反思自己，发现问题，帮助求助者实现统一。

**案例六**

51.【答案】　ACD

【解析】"咱们先讨论咨询目标吧！"属于内容表达，"你能主动来咨询，我很高兴。"属于情感表达，"你现在每天上课大约有多长时间在玩手机？"属于具体化技术。具体化技术是咨询师协助求助者清楚、准确的表达他们的观点、情感、概念及经历。指导技术指咨

· 39 ·

师直接的指示求助者做某件事、说某些话或者以某种方式行动，第一段未使用。

52.【答案】　AC

【解析】"上课不玩手机"这个目标是咨询师和求助者双方商定的，具体、可实施，可评估，也属于心理学范畴。

53.【答案】　C

【解析】选用咨询方法上咨询师应同求助者共同商定，案例中的咨询师直接帮求助者选择是不合适的。

54.【答案】　B

【解析】构建焦虑等级，明确焦虑程度属于系统脱敏的治疗步骤。

55.【答案】　D

【解析】厌恶疗法是通过将厌恶刺激与求助者的某一行为建立起联系，通过厌恶刺激的实施，降低该行为发生的频率，其原理是建立条件反射。

56.【答案】　ABCD

【解析】阳性强化法的基本步骤：确定目标行为、监控目标行为、设计干预方案、明确阳性强化物、实施强化、追踪评估。

57.【答案】　AC

【解析】在治疗前咨询师告诉求助者厌恶疗法对每个人都有效，一定会帮助求助者改掉毛病，属于盲目承诺咨询效果和盲目帮助求助者建立自信。

58.【答案】　A

【解析】在治疗过程中电刺激的强度大小、时间长度和过程较其他三个是最容易控制的。

59.【答案】　D

【解析】在厌恶疗法中，所选用的厌恶刺激必须是强烈的。

60.【答案】　D

【解析】厌恶疗法的使用需要具备一定的条件，在保证其强度的情况下要做到无害，不具备使用条件的咨询机构和个人是不能采用的。

## 案例七

61.【答案】　D

【解析】咨询师收集资料时应重点了解与求助者产生心理问题有关的表现，犯困的时间、频率、程度，属于行为表现，咨询师应重点了解求助者犯困的原因，挖掘产生心理问题的根源。

62.【答案】　CD

【解析】关系妄想指把现实中与自己无关的事情认为与自己有关，"求助者觉得老师和自己过不去"不属于关系妄想。求助者上课犯困老师提醒、批评，是合理的，但求助者觉得老师是和自己过不去，想法可能过于敏感，咨询师应进一步与求助者核实。

63.【答案】　B

【解析】求助者与老师发生争吵是由于老师在课堂上批评了求助者，老师的批评对求助者来说属于一种外界刺激，考虑行为原因是受外界刺激后的反应。

64. 【答案】 C

【解析】求助者哭着冲出教室，老师和同学都觉得不可思议，表明其行为存在冲动性。

65. 【答案】 C

【解析】关系妄想指患者把实际上与自己无关的事认为与自己有关，求助者认为别人在议论自己可能属于关系幻想，也可能是事实或不想上学的理由，需进一步核实。

66. 【答案】 AC

【解析】求助者不愿意上课，也不愿意待在宿舍里，可能是回避老师和同学，属于社会功能受损。

67. 【答案】 ABD

【解析】求助者不相信老师和同学的劝说原因可能是多方面的，求助者人格偏执，可能是情绪反应的结果，或老师和同学劝说的方法欠妥，都有可能。

68. 【答案】 C

【解析】求助者处于青春期，且心理问题由实际情况所引起，尚未到达心理异常的标准，先不考虑关系妄想。求助者觉得别人都在看自己，最主要的原因可能是个性敏感多疑。

69. 【答案】 ABD

【解析】求助者以往的人格特点案例中已给出，所以咨询师应该重点收集家族病史、自己的评价、老师的评价三个方面。

70. 【答案】 B

【解析】求助者"总觉得别人在议论自己，在自己背后指指点点"表现出疑似妄想的精神病症状，所以咨询师目前需要做的是请精神专科会诊，确定是否属于精神病性问题。

### 案例八

71. 【答案】 AD

【解析】内容反应是咨询师将求助者表达的内容加以整合、概括，用自己的方式再反馈给求助者，帮助求助者加强理解。内容表达指咨询师传递信息，提出忠告、建议和行为的解释等，来影响求助者，促使求助者加强认知。咨询师在开场中使用的属于内容反应技术和开放式提问。

72. 【答案】 ABD

【解析】"您母亲去世了……所以我很理解你现在的心情。"表明咨询师理解求助者的内心痛苦，前半部分咨询师在沟通中使用的是内容表达技术，后半部分使用的是自我开放技术。

73. 【答案】 B

【解析】咨询师通过表达自我开放的技术，表示对求助者的理解，来促进与求助者的共情。

74. 【答案】 C

【解析】通过求助者的自我表达对其痛苦程度做具体评估。

75. 【答案】 D

【解析】咨询师在此情况下应考虑咨询目标的可行性。

76. 【答案】 C

【解析】咨询目标由咨访双方通过协商共同确定，若协商不一致，最终应以求助者的要求为主。

77.【答案】 C

【解析】合理情绪疗法中 A 指产生心理问题的诱发事件，案例中为求助者的母亲去世。

78.【答案】 D

【解析】合理情绪疗法中 B 指人们对诱发事件的不合理认知，正是这种不合理认知导致了心理问题的产生。案例中 B 为求助者认为母亲的死是自己造成的。

79.【答案】 B

【解析】合理情绪疗法中 C 表示由不合理认知产生的心理问题，案例中求助者认为母亲的去世是自己造成的所以内疚自责。

80.【答案】 D

【解析】咨询师通过说自己的经历、情感来影响求助者，属于情感表达技术。

81.【答案】 B

【解析】咨询师以求助者的观点出发进行推论、辩论，让求助者发现自己观念中的不合理之处，进而加以改正。属于产婆术式辩论。

82.【答案】 B

【解析】对质又叫面质，咨询师通过直接指出求助者身上的矛盾之处，促进求助者思考进而发现问题的根源，来解决问题。

83.【答案】 C

【解析】案例中求助者的沉默发生在与咨询师的辩论之中，且沉默之后对咨询师所表达的内容有所领悟，所以属于思考性的沉默。

84.【答案】 D

【解析】求助者心理痛苦明显减轻，表明其改变了不合理信念，了解到母亲去世并不是自己造成的。

85.【答案】 BCD

【解析】ERT 自主表和自我分析报告表是合理情绪疗法中常用的方法，用于求助者在咨询结束后自己进行的与自己的不合理信念的继续辩论。合理情绪想象技术可以用来帮助求助者制止不合理信念。内隐致敏法属于厌恶疗法中的想象刺激，不适用于消除不合理信念。

### 案例九

86.【答案】 ABCD

【解析】言语智商显著高于操作智商，说明其听觉加工模式比视觉加工模式好。FIQ 的范围值通常用 IQ 值加减 5 的方法判断，该受测者的 FIQ 在可信水平的范围值为 $120 \pm 5$。言语部分的代表性测验：知识、领悟、词汇，分数均高于平均分一个标准差以上，所以百分等级不低于 84。该求助者的智商总分为 120，属于超常范围。

87.【答案】 B

【解析】分测验成绩高于平均分 3 分即为强项，测验中的知识和词汇属于强项。

88.【答案】 AC

【解析】受测者的言语理解和抽象思维均超出平均分 3 分，故为强项。

## 案例十

89. 【答案】 ABCD

【解析】 该求助者的 Hs、D、Hy、Pt、Si 量表的 T 分均高于常模标准分 60 分，会产生相应的病理性异常行为或心理偏离现象。ABcD 四项均有可能。

90. 【答案】 ABCD

【解析】 轻躁狂的校正分公式为 16 + 0.2K，经计算校正分为 18。在两点编码时，Mf 量表与 si 量表不计入编码。在不计入编码的量表中最高分为 68 分，计入编码的量表中最低分为 71，两者相差不超过 5 分，所以为非突出编码。各量表一致性 T 分分布均呈正偏态。量表 D、Hy、Pd、Pa、Sc、Ma、Si 可按项目内容分为若干亚量表。

91. 【答案】 C

【解析】 求助者的剖面图呈"左高右低"特点，2、1、3 量表呈依次下降倾向，属于 c 类神经症剖面图。

92. 【答案】 ABC

【解析】 根据该求助者的剖面图显示其属于神经症剖面图，排除 D 项。

93. 【答案】 ABD

【解析】 BPRS 量表的划界值为 35 分，C 项错误。

94. 【答案】 BCD

【解析】 儿童行为量表第二部分社会能力的因子包括：活动情况、社交情况、学习情况。

95. 【答案】 BC

【解析】 16PF 人格测验可用于人才选拔，黏液质的神经过程为强、平衡、不灵活，所以内向、稳定不属于黏液质的气质类型。

## 案例十一

96. 【答案】 BC

【解析】 求助者的编码类型为 68 编码，量表 Sc 没有比量表 Si 超过 5 分，属于非突出编码。F 量表为诈病量表，该求助者在 F 量表上的得分为 75 分，高于常模标准，有诈病倾向。Fh 量表提供检查受测者对 370 题以后项目答案的效度，受测者在该项目上的得分为 65 分，高于我国 60 分的标准，所以 370 题以后的回答无效。

97. 【答案】 B

【解析】 轻躁狂量表的校正分为 $23 + 0.2 \times 14 = 26$。

98. 【答案】 A

【解析】 求助者的 1、2、3 量表得分偏低，6、7、8、9 得分偏高，剖面图呈现左低右高型，属于精神病性剖面图。

99. 【答案】 CD

【解析】 求助者在量表 6、8 上得分高，表现为多疑、敌意、易激惹，伴有偏执妄想。在量表 F 上 T 分超过 70，表现为精神分裂偏执型剖面图。

100. 【答案】 C

【解析】 社会支持评定量表适用于 16 岁以上的成人，量表包括客观支持、主观支持、对社会支持的利用三个维度。社会支持分为客观可见的实际支持和主观体验的情感支持。

# 第二部分　案例问答题

1.【答案】　根据案例，对该求助者可以考虑的诊断有以下几个：

（1）疑病性神经症：求助者一年多来到多家医院反复检查，甚至曾经专门住院检查，但均没有发现明显器质性病变，医生也觉得无法用医学解释他的症状。求助者认为自己病得很严重，非常担心自己的身体，担心自己的工作。

（2）焦虑神经症：求助者莫名其妙担心，担心自己的身体、担心自己工作，担心领导同事看法等，还有心慌头痛食欲睡眠等症状。

（3）抑郁性神经症：内心紧张，情绪低落，没有心情谈恋爱和工作。

2.【答案】　在摄入性谈话阶段，确定会谈内容及范围所依据的参考点有以下几个：

（1）求助者主动提出的求助内容；

（2）心理咨询师在初诊接待中观察到的疑点；

（3）依据心理测评结果初步分析发现的问题；

（4）上级心理咨询师为进一步诊断下达的会谈目标；

（5）谈话目标中若有一个以上的内容，应分别处理。

3.【答案】　该求助者产生心理问题的主要原因可以以下三方面来分析：

（1）生理原因：该求助者男性，26岁，自幼身体健康，自称没有疾病史、外伤史。

（2）心理原因

1）认知偏差：求助者认为父母对他更是寄予了厚望，他应该好好好工作，努力发展，他担心因为身体的原因被调离就是灭顶之灾。有绝对化、糟糕之极等不合理认知。个人曾经的成功，带来的更大压力。

2）人格特证：求助者从小做事循规蹈矩，追求完美，几乎没有冒过险。

（3）社会原因：社会关系中的社会支持系统较差；社会交往中重大事件；考入国家机关引起的轰动，所来的巨大压力。

4.【答案】　尊重就是心理咨询师在价值、尊严、人格等方面与求助者平等，把求助者作为有思想感情，内心体验、生活追求和独特性与自主性的活生生的人去看待。尊重是建立良好咨询关系的基础，也是建立良好咨询关系的重要内容。

恰当地表达尊重，需要理解以下几点：

（1）尊重意味着无条件接纳（优点和缺点，价值观）；

（2）尊重意味着一视同仁；

（3）尊重意味着礼貌待人；

（4）尊重意味着信任对方；

（5）尊重意味着保护隐私（不强迫对方不愿讲的东西）；

（6）尊重意味着以真诚为基础；

（7）咨询师若难以接纳求助者，可以转介，这也是尊重。

5.【答案】　认知行为疗法的基本原理：通过改变思维和行为的方法来改变不良认知，达到清除不良情绪和行为的目的。认知行为疗法特点：

（1）求助者和咨询师是合作关系。

（2）假设心理痛苦是认知过程发生机能障碍的结果。

（3）强调改变认知，产生情感与行为方面的改变。

（4）通常是一种针对具体的和结构性的目标问题的短期和教育性的治疗。

6.【答案】 求助者中心疗法对人性的看法是积极乐观的。其基本观点是：

（1）人有自我实现的倾向；

（2）人拥有有机体的评价过程；

（3）人是可以信任的。

7.【答案】 生物反馈疗法是利用现代生理科学仪器，通过人体内生理或病理信息怕自身反馈，使患者经过特殊训练后，进行有意识的"意念"控制和心理训练，从而消除病理过程、恢复身心健康的新型心理治疗方法。常见的生物反馈仪有以下几种：

（1）肌电反馈；

（2）皮电反馈；

（3）皮温反馈；

（4）呼吸反馈；

（5）脑电反馈；

（6）心律以及其他心血管指标反馈。

8.【答案】 选择咨询方法的一般原则：

（1）不同的问题应该选择不同的方法，针对求助者的躯体症状、情绪困扰、社会功能受损状况等问题选择；

（2）不同的阶段可选择不同的方法，咨询分为诊断－咨询－巩固三个阶段，每个阶段都有不同的目标，因此可以选择不同的方法；

（3）根据不同对象选择不同的方法，根据求助者年龄、性别、个人能力和性格等因素来选择适合的方法；

（4）不同的专长和经验会影响方法的选择。

# 心理咨询师国家职业资格考试热题库（二级）

# 《心理咨询师二级》模拟试卷（二）

## 卷册一：职业道德、理论知识

### 第一部分 职业道德
（第 1~25 题，共 25 题）

**一、职业道德基础理论与知识部分**

答题指导：该部分均为选择题，每题均有四个备选项，其中单项选择题只有一个选项是正确的，多项选择题有两个或两个以上选项是正确的。错选、少选、多选，则该题均不得分。

**（一）单项选择题**（第 1~8 题）

1. 古人所谓"慎独"的意思是（　　）。
   A. 人是合群的社会性动物，要加强合作和谐，不能搞单打一
   B. 人的心灵需要慰藉，要防止出现曲高和寡的状况
   C. 人在独处时，要谨防发生违背道德要求的意念和行为
   D. 要树立独立人格意识，防止发生侵犯独立人格的现象

2. 我国社会主义道德建设的基本原则是（　　）。
   A. 集体主义　　　B. 合理利己主义　　C. 社会主义　　　　D. 温和功利主义

3. 企业文化的自律功能是指（　　）。
   A. 不断强化从业人员追求利益最大化的动机
   B. 严格按照法律矫正员工的动机和行为
   C. 加强制度建设，通过制度建设推动企业行为规范化
   D. 开展职业纪律教育，增强从业人员的纪律意识

4. 企业员工与领导（　　）。
   A. 由于地位不同，导致双方在人格上不尽平等
   B. 由于权力不同，导致双方对企业的重视程度不尽相同
   C. 由于工作性质不同，双方在道德规范和道德标准上存在一定差异
   D. 由于追求不同，导致双方在利益目标上不尽统一

5. 下列说法中，不合乎语言规范要求的是（　　）。
   A. "不知道"　　　　　　　　　　B. "请稍候"
   C. "你需要点什么"　　　　　　　D. "请原谅"

6. 社会主义道德建设的基本原则是（　　）。

A. 人道主义　　　　　B. 利己主义　　　　　C. 集体主义　　　　　D. 唯物主义

7. 关于团结互助，员工正确的做法是（　　　）。

A. 只要员工工作上有困难，立即放下自己手头工作去帮助解决

B. 任何时候都要大公无私，不不计报酬地支持别人的发展

C. 工作时，要多为同事着想，多为同事提供便利条件

D. 利人才能利己，为了自身利益，要积极鼓励团队互助

8. 对于客户的询问，员工符合职业用语规范要求的回答是（　　　）。

A. "不知道"　　　　　　　　　　　B. "这事不归我管"

C. "我帮你打听一下"　　　　　　　D. "问别人去吧"

**（二）多项选择题**（第9~16题）

9. 科学发展观的含义包括（　　　）。

A. 做大做强　　　　　　　　　　　B. 平稳、快速

C. 以人为本　　　　　　　　　　　D. 全面、协调、可持续

10. 关于节俭，正确的说法有（　　　）。

A. 把生活标准降到最低限度

B. 不该花的钱不花，该节省的资源要节省

C. 节用有度，合理节制

D. 节俭不是对所有人的统一要求

11. 关于职业纪律，正确的说法有（　　　）。

A. 职业行为规范　　　　　　　　　B. 具有一定强制性

C. 企业领导意志的体现　　　　　　D. 检验员工职业素养的重要尺度

12. 关于办事公道，正确的说法是（　　　）。

A. 事情总是人办的，不能不搀杂个人因素，办事公道事实上是不存在的

B. 办事公道是指坚持办事标准的一致性，而不要求办事结果的一致性

B. 办事公道与折中主义异曲同工，都是为了加强企业管理，促进企业和谐

D. 对服务对象不以貌取人，而是一视同仁符合办事公道的要求

13. 肖伯纳说过："倘若你有一个苹果，我有一个苹果，而我们彼此交换这些苹果，那么，我们依然各有一个苹果。但是，倘若你有一种思想，我有一种思想，而我们彼此交换这些思想，那么，我们每个人将有两种思想。"你对此的理解是（　　　）。

A. 简单的苹果交换不产生增值效应　　B. 思想交换违背能量守恒定律

B. 思想沟通，增进理解　　　　　　　D. 交流思想，开阔眼界

14. "才者，德之资也；德者，才之帅"。这句话要求从业人员要（　　　）。

A. 勇于创新　　　B. 德才兼备　　　B. 以德为先　　　D. 礼貌待人

15. 关于"承诺"，正确的做法有（　　　）。

A. 发自内心，不自欺欺人　　　　　B. 承诺的力度要量力而行

C. 有"承"必践，有"约"必履　　　D. 充分相信他人的承诺

16. 在我国传统道德中，"诚信"之"诚"的含义有（　　　）。

A. 自然万物的客观实在性

B. 对"天道"的真实反映

C. 尊重事实和忠实本心的待人对物的态度

D. 从辞源上看，就是"把事情说成了"

## 二、职业道德个人表现部分（第17～25题）

答题指导：该部分均为选择题，每题均有四个备选项，您只能根据自己的实际状况选择其中一个选项作为您的答案。

17. 如果你的某个同事"十一"要结婚，给你发来了请柬，但这位同事与你平日里很少有交往，你会（ ）。

    A. 不送任何礼物

    B. 主动表示祝贺，并且送上自己的礼物

    C. 说自己假日早就预定回家，发送手机短信向他祝贺

    D. 仿照别人，送他一份礼物

18. 自己五音不全，一次，单位搞联欢，几个同事起哄拉你唱歌，你会（ ）。

    A. 为了不使自己出丑，赶紧离开现场

    B. 反复说明自己不会唱歌，劝大家不要使自己难堪

    C. 横下心，反正唱不好，就尽情地唱吧

    D. 事先说明情况，请要大家将就着听

19. 天气预报说"明天白天，晴，风力一、二级"。几位朋友邀你第二天合家外出游览，当大家正兴致勃勃地玩耍时，突然天降大雨。你会（ ）。

    A. 谴责天气预报不准确　　　　　　B. 诅咒天公捉弄人

    C. 责备自己决策错误　　　　　　　D. 觉得雨中游历别有情趣

20. 你的一位朋友表示要向你提出在他看来十分中肯的批评意见。你刚刚听他说了几句话，就知道他是把事情搞错了，你会（ ）。

    A. 当即告诉这位朋友，批评人要讲事实依据

    B. 警告这位朋友，下次再发生这样的事情，自己就不再把他当朋友

    C. 打断他的话，并耐心告诉他事情的本来面目

    D. 听他说完话，再把自己所了解的情况讲给他听

21. 某电视台播放了这样一则新闻：一家小饭馆用纸箱做包子馅料，赚取顾客钱财。后经有关部门查实，这则新闻纯属虚构。你的感受是（ ）。

    A. 电视台根本靠不住，以后再也不相信电视新闻了

    B. 电视台管理不严，发生这样的事情十分遗憾

    C. 政府主管机构应严肃惩处制造虚假新闻的当事人

    D. 小饭馆包子馅料存在问题，以后再也不吃包子

22. 如果你和同事为了一点小事闹矛盾，双方都感觉很别扭，你一般会（ ）。

    A. 想办法与对方沟通　　　　　　　B. 等对方来找自己沟通

    C. 让时间来慢慢化解矛盾　　　　　D. 这样的朋友不值得交往

23. 假如你和几位同事同室办公，每天早上，你到办公室经常做的第一件事儿是

（    ）。

    A. 扫地打水                       B. 和同事讲新闻

    C. 上网浏览相关信息          D. 读报

24. 假如你的同事爱抽烟，但你受不了烟味，和他们在一起时，你会（    ）。

    A. 明确向他们提出不准吸烟的要求    B. 劝他们少吸一些烟

    C. 坐得离他们远一些           D. 不时做出被二手烟呛着的样子

25. 单位开招待会，会后剩余一些水果。会议的组织者提议，做服务工作的人员每人可以带一些回去。如果你是会议的服务人员，你会（    ）。

    A. 水果平均之后，带走自己的那一份    B. 带一些回办公室，给其他同事吃

    C. 选择一点自己爱吃的带回去       D. 认为是别人吃剩下的，不带

# 第二部分　理论知识

## （第 26～125 题，共 100 题）

**一、单项选择题**（第 26～85 题，每题 1 分，共 60 分。每小题只有一个最恰当的答案。）

26. 皮亚杰认为，适应的实质是（    ）。

    A. 主体与环境的平衡           B. 丰富原有的认知结构

    C. 形成新的认知结构           D. 强化原有的认知结构

27. 婴儿客体我的自我意识大约出现在（    ）前后。

    A. 六个月      B. 一周岁      C. 二周岁      D. 三周岁

28. 心理咨询师根据已有的知识对求助者做出心理正常或异常的判断，属于李心天教授提出的（    ）。

    A. 医学      B. 统计学标准     C. 内省经验标准    D. 社会适应标准

29. 患者说闭上眼睛也能看到东西，不用耳朵用脑子也能听见声音，属于（    ）。

    A. 真性幻觉     B. 心因性幻觉    C. 假性幻觉     D. 功能性幻觉

30. 患者觉得周围事物像布景、像水中月、镜中花，这种"非真实感"属于（    ）。

    A. 感知综合障碍           B. 思维形式障碍

    C. 思维内容障碍           D. 知觉障碍

31. 典型的（    ）对脑外伤性精神障碍的诊断有参考价值。

    A. 顺行性遗忘    B. 逆行性遗忘    C. 双向性遗忘    D. 心因性遗忘

32. 个体处于"一般适应征候群"的（    ）会出现呼吸、心跳加速，汗腺加快分泌，血压、体温升高等表现。

    A. 警觉阶段    B. 搏斗阶段    C. 康复阶段    D. 衰竭阶段

33. 生物调节系统作为压力的中介系统，其中最主要的组成部分是（    ）。

    A. 血液循环系统          B. 呼吸系统

    C. 神经内分泌系统        D. 免疫系统

34. 根据发展常模得出的儿童智力评定结果称为（    ）。

A. 智商　　　　　B. 标准分　　　　　C. 智龄　　　　　D. 量表分

35. 处于某一百分比例的人对应的测验分数是（　　　）。
　　　A. 百分等级　　　B. 百分位数　　　C. 四分位数　　　D. 十分位数

36. 标准九分的标准差是（　　　）。
　　　A. 2　　　　　　　B. 10　　　　　　　C. 3　　　　　　　D. 1.5

37. 两个复本相隔一段时间施测，可以得到（　　　）。
　　　A. 重测信度　　　B. 同质性信度　　　C. 复本信度　　　D. 重测复本信度

38. 预测个体在某种情境下的行为表现的有效性程度，称为测验的（　　　）。
　　　A. 内容效度　　　B. 构想效度　　　C. 效标效度　　　D. 表面效度

39. 以下说法中正确的是（　　　）。
　　　A. 项目难度越高，区分度越低　　　　B. 项目难度越高，区分度越高
　　　C. 项目难度越低，区分度越高　　　　D. 项目难度增减，区分度不变

40. 弗洛伊德精神分析学说的核心是（　　　）。
　　　A. 结构观点　　　B. 发展观点　　　C. 动力学观点　　　D. 适应观点

41. 求助者为了选择合适的职业而寻求专业的心理帮助，这种情况下的心理咨询属于（　　　）。
　　　A. 发展心理咨询　B. 应急心理咨询　C. 健康心理咨询　D. 教育心理咨询

42. 儿童心理障碍多以（　　　）为主要形式。
　　　A. 情绪障碍　　　B. 行为障碍　　　C. 思维障碍　　　D. 意志障碍

43. 以下各项中不属于保密例外的情况是（　　　）。
　　　A. 司法机关要求心理咨询师提供保密信息
　　　B. 针对心理咨询师的伦理或法律诉讼
　　　C. 求助者既往心理咨询经历
　　　D. 求助者对他人造成即刻伤害威胁的

44. 针对健康人的职业选择、家庭关系问题等进行的会谈属于（　　　）。
　　　A. 治疗性会谈　　B. 鉴别性会谈　　C. 咨询性会谈　　D. 危机性会谈

45. 心理咨询师对临床资料进行解释的先决条件是其所收集资料的（　　　）。
　　　A. 完整性　　　　B. 可靠性　　　　C. 多样性　　　　D. 唯一性

46. "好孩子"取向，是柯尔伯格所说的道德发展第（　　　）阶段的特点。
　　　A. 2　　　　　　　B. 3　　　　　　　C. 4　　　　　　　D. 5

47. "假想观众"，可以用来表征（　　　）的自我中心性特点。
　　　A. 幼儿期　　　　B. 少年期　　　　C. 青年期　　　　D. 中年期

48. 童年期思维的本质特征是（　　　）。
　　　A. 辩证逻辑思维　　　　　　　　　　B. 依赖具体内容的逻辑思维
　　　C. 形式逻辑思维　　　　　　　　　　D. 依赖具体内容的形象思维

49. 心理异常最根本的表现是"存在焦虑"，这是（　　　）的观点。
　　　A. 弗洛伊德　　　B. 马斯洛　　　　C. 巴甫洛夫　　　D. 罗杰斯

50. 精神病患者说闭上眼睛能看到东西、人像，不用耳朵而是用脑子也能听到声音，这

属于 （　　）。

    A. 感觉过敏        B. 非真实感        C. 真性幻觉        D. 假性幻觉

51. 患者在意识障碍情况下出现"语词杂拌"，这种症状是 （　　）。

    A. 思维松弛        B. 思维不连贯        C. 语词新作        D. 破裂性思维

52. 自知力障碍是 （　　） 被破坏的表现。

    A. 主客观世界的统一性            B. 心理活动内在协调性

    C. 知情意统一性                D. 人格的相对稳定性

53. 遭受强大自然灾害后，个体出现焦虑、紧张、失眠、注意力下降等症状，这表明个体处于"灾难征候群"的 （　　）。

    A. 警觉期        B. 惊吓期        C. 恢复期        D. 康复期

54. 将目标总体按某种变量分类后再随机抽取样本的方法是 （　　）。

    A. 随机抽样        B. 系统抽样        C. 分组抽样        D. 分层抽祥

55. 用于比较和解释测验结果的参照分数标准是 （　　）。

    A. 常模        B. 标准分数        C. 原始分        D. 常模分数

56. 测验只有用于与测验目标一致的目的才会有效，是指效度的 （　　）。

    A. 连续性        B. 相对性        C. 有效性        D. 绝对性

57. 对于测验项目，要想获得较高的区分度，则 P 值应越接近 （　　） 越好。

    A. 0.30        B. 0.50        C. 0.70        D. 0.75

58. 编制心理测验的过程中进行预测时应注意 （　　）。

    A. 预测对象应随机抽取           B. 题意不清的项目可以忽略

    C. 预测时限可稍微放宽           D. 施测过程可以灵活掌握

59. 在报告测验分数时应注意 （　　）。

    A. 尽量使用专业术语           B. 当事人不可参与测验分数的解释

    C. 应告知测验分数的解释        D. 当事人无需知道该测验的目的

60. 心理咨询师的工作要以有助于求助者的成长为最终目的，不能借机满足自己的欲望和好奇心，这是心理咨询工作限制性观点中规定的 （　　）。

    A. 职责限制               B. 关系上的限制

    C. 感情限制               D. 咨询目标限制

61. 弗洛伊德理论的"发展观点"是其 （　　） 的延伸。

    A. 分区观点        B. 动力学观点        C. 结构观点        D. 适应观点

62. 咨询师对一位企图自杀的求助者进行干预的过程中，推断出该求助者的行为是一种"感性反应"，即对外部事物的情绪化应对。咨询师这种给临床资料赋予意义的方法是 （　　）。

    A. 就事论事        B. 分析迹象        C. 相关分析        D. 早期印象

63. 以下属于凯利所说的责备性问题的是 （　　）。

    A. 你为什么要和你的丈夫吵架呢

    B. 您只谈学生学习不好，可当今的教师水平和学校纪律又是个什么情况呢

    C. 你不认为夫妻应当相敬如宾吗

D. 现在你后悔了，当初你干什么来着

64. 心理咨询师与精神病性障碍患者进行的会谈属于（　　　）。
    A. 治疗性会谈　　　B. 咨询性会谈　　　C. 危机性会谈　　　D. 鉴别性会谈

65. 毫无根据地坚信自己患了某种严重躯体疾病，即使通过多次反复的医学检查都不能纠正其歪曲的信念，这是（　　　）的表现。
    A. 内脏性幻觉　　　B. 疑病妄想　　　C. 疑病神经症　　　D. 抑郁神经症

66. 随波逐流易受暗示的人，其意志品质缺乏（　　　）。
    A. 自觉性　　　B. 果断性　　　C. 坚韧性　　　D. 自制性

67. 对酸味最敏感的舌面部位是（　　　）。
    A. 舌尖　　　B. 舌边后部　　　C. 舌根　　　D. 舌边前部

68. 弗洛伊德认为，神经症和精神病的重要起因是（　　　）。
    A. 防御机制　　　B. 动机冲突　　　C. 性的冲突　　　D. 自我克制

69. 根据李心天教授提出来的判别正常与异常心理的统计学标准，心理异常是（　　　）。
    A. 由个体心理特征偏离平均值的程度决定的
    B. 事件不确定性的函数
    C. 由个体主观上的不适体验程度决定的
    D. 心理不稳定性的函数

70. 体内有性质明确、部位具体的异常知觉，属于（　　　）。
    A. 内感性不适　　　B. 非真实感　　　C. 内脏性幻觉　　　D. 被洞悉感

71. 思维贫乏和思维迟缓的一个重要鉴别点是（　　　）。
    A. 语速是否减慢　　　　　　　　B. 话语是否减少细节
    C. 语言是否恰当　　　　　　　　D. 话语是否缺少联想

72. 按照弗洛伊德的观点，道德性焦虑来自于（　　　）。
    A. 超我　　　B. 冲动　　　C. 自我　　　D. 现实

73. 情感反应与现实刺激的性质不相称，这种表现可出现于（　　　）。
    A. 情绪淡漠　　　B. 意志增强　　　C. 情绪倒错　　　D. 意志减退

74. 好的测量单位应具备（　　　）。
    A. 确定的大小　　　B. 相同的意义　　　C. 确定的意义　　　D. 明确的价值

75. 标准九分是以 5 为平均分、以（　　　）为标准差的量表分数。
    A. 2　　　B. 3　　　C. 5　　　D. 7

76. 下列表示智力的指标中，依据测验分数常态分布来确定的是（　　　）。
    A. 心理年龄　　　B. 智力年龄　　　C. 比率智商　　　D. 离差智商

77. 将原始分数与平均数的差距以标准差为单位表示的是（　　　）。
    A. 标准分数　　　B. 百分点　　　C. 百分等级　　　D. 方差

78. 一般而言，若获得信度的取样团体较为异质的话，往往会（　　　）测验的信度。
    A. 高估　　　B. 低估　　　C. 忽略　　　D. 平衡

79. 可能提高智力测验、成就测验和能力倾向测验成绩的是（　　　）情绪。
    A. 适度焦虑　　　B. 轻度抑郁　　　C. 过度焦虑　　　D. 过度抑郁

80. 心理咨询师应帮助求助者解决心理问题，下列不属于心理问题的是（　　）。
　　A. 行为问题　　　B. 道德问题　　　C. 人格问题　　　D. 情绪问题

81. 弗洛伊德认为，防御机制是人的（　　）。
　　A. 生物性防御本能　　　　　　　B. 动机冲突
　　C. 防止焦虑的能力　　　　　　　D. 基本欲望

82. 关于心理咨询师的工作，正确的说法是（　　）。
　　A. 对精神病患者无法提供任何帮助
　　B. 可以对求助者作出各种有益其生活的承诺
　　C. 对心理危机无法提供有效的干预
　　D. 不能在心理咨询范围外向求助者提供帮助

83. 一般而言，团体心理咨询由（　　）名领导者主持。
　　A. 1　　　　　　B. 1～2　　　　　　C. 2　　　　　　D. 2～3

84. 多种选择性问题是一种（　　）。
　　A. 责备性问题　　B. 修饰性反问　　C. 开放式问题　　D. 封闭式问题

85. 共情对于咨询活动而言，最重要的意义在于（　　）。
　　A. 有利于咨询师收集材料　　　　B. 可使求助者感到满足
　　C. 有利于求助者自我表达　　　　D. 建立积极的咨询关系

**二、多项选择题**（第86～125题，每题1分，共40分。每题有两个或两个以上选项是正确的，错选、少选、多选，则该题均不得分。）

86. 关于自尊，正确的说法包括（　　）。
　　A. 自尊是个体对齐社会角色进行自我评价的结果
　　B. 自尊水平式个体对其每一角色进行单独评价的总和
　　C. 自尊需要是一种缺失性需要
　　D. 自尊是自我意识的一部分

87. 关于刻板印象，正确的说法包括（　　）。
　　A. 可以使人的社会知觉过程简化　　B. 容易导致歧视
　　C. 是在直接经验的基础上形成的　　D. 是一种以偏概全的现象

88. 下列说法中正确的包括（　　）。
　　A. 目标的吸引力越大，个体的成就动机越强
　　B. 目标价值较小，成就动机的激励作用也小
　　C. 个体的机会越多，成就动机就越弱
　　D. 文化水平越高，成就动机越强

89. 关于暗示，错误的说法包括（　　）。
　　A. 被暗示者处于困难情境且缺乏社会支持时容易接受暗示
　　B. 年龄越小的个体越容易接受暗示
　　C. 认知能力强的人容易接受暗示
　　D. 男性和女性在易受暗示程度上没有差异

90. 关于爱情，错误的说法包括（    ）。

    A. 具有浪漫色彩                   B. 是一种高级情感

    C. 幼儿也有爱情                   D. 是一种最强烈的喜欢形式

91. 男女结成夫妻关系的行为，其背后的动机主要包括（    ）。

    A. 爱情         B. 经济         C. 繁衍         D. 教育

92. 原发性妄想的形式包括（    ）。

    A. 妄想感觉         B. 妄想知觉         C. 妄想心境         D. 妄想焦虑

93. 不协调精神运动性兴奋的特点包括（    ）。

    A. 动作和行为无目的               B. 行为杂乱无章难以理解

    C. 动作和行为可理解               D. 行为的增加与环境一致

94. 创伤后应激障碍的典型症状包括（    ）。

    A. 选择性遗忘     B. 幻觉         C. 闯入性重现         D. 妄想

95. 压力的中介系统包括（    ）。

    A. 认知系统                   B. 生物调节系统

    C. 社会支持系统                 D. 敏感器官系统

96. 贝克归纳的常见的认知曲解包括（    ）。

    A. 主观推断         B. 选择性概括         C. 去中心化         D. 夸大和缩小

97. 自我接受程度的评估内容主要包括（    ）。

    A. 自知力的评估                   B. 性格方面的成熟情况

    C. 自我价值的评估               D. 自述症状与问题的减轻或消除程度

98. 认知行为矫正技术强调求助者必须（    ）。

    A. 打破行为的刻板定势            B. 注意到自己对别人的影响

    C. 巩固行为的固有顺序            D. 注意到自己是如何感受和行为的

99. 生物反馈疗法的适应症包括（    ）。

    A. 各种睡眠障碍者               B. 急性期精神疾病患者

    C. 伴有紧张、焦虑的求助者        D. 出现幻觉、妄想的求助者

100. SCL－90 属于（    ）。

    A. 症状量表         B. 自评量表         C. 诊断量表         D. 他评量表

101. 关于杨德森等编制的生活事件量表（LES），下列正确的描述包括（    ）。

    A. 该量表包括三个方面的问题

    B. 按常理去判断经历的事件是好事或是坏事

    C. 可以应用于病因学的研究

    D. 测验的记分由四个部分组成

102. 中国协作组在修订倍克－拉范森躁狂量表（BRMS）时，增加的项目包括（    ）。

    A. 饮食         B. 睡眠         C. 幻觉         D. 妄想

103. 对韦氏成人智力量表（WAIS－RC）分量表的平衡性分析，正确的说法包括（    ）。

A. VIQ＞PIQ，可能操作能力差　　　　　B. VIQ＞PIQ，可能操作能力好

C. PIQ＞VIQ，可能无阅读障碍　　　　　D. PIQ＞VIQ，可能有阅读障碍

104. 对 MMPI 进行两点编码分析通常只考虑 8 个临床量表，其中包括（　　　）。

A. Hs 量表　　　　B. Si 量表　　　　C. Hy 量表　　　　D. Mf 量表

105. 关于汉密尔顿抑郁量表（HAMD），正确的施测方法包括（　　　）。

A. 由一名经过训练的评定员评定　　　　B. 一般采用交谈和观察的方式

C. 先评定入组时或前一周的情况　　　　D. 再次评定需要间隔一周进行

106. 心理测验具有的独特性质，包括（　　　）。

A. 相对性　　　　B. 间接性　　　　C. 外显性　　　　D. 客观性

107. 效标效度的主要评估方法包括（　　　）。

A. 命中率法　　　　B. 区分法　　　　C. 相关法　　　　D. 试误法

108. 选择心理测验时的注意事项，包括（　　　）。

A. 利用时机多做几种测验　　　　　　　B. 考虑实施心理测量的目的

C. 符合心理测量学的要求　　　　　　　D. 针对受测者的需求和特点

109. 为了使受测者更好地理解测验分数的意义，在报告分数时应注意（　　　）。

A. 尽量使用专业术语　　　　　　　　　B. 让受测者知道如何运用他的分数

C. 考虑给受测者带来的心理影响　　　　D. 让受测者参与测验分数的解释

110. 疑病神经症的主要特点包括（　　　）。

A. 对身体过分关注

B. 坚信自己患了某种严重的躯体疾病或不治之症

C. 感觉过敏

D. 迫切要求治疗

111. 在许又新教授的神经症分类方法中，典型的神经症包括（　　　）。

A. 抑郁神经症　　　B. 强迫神经症　　　C. 恐惧神经症　　　D. 神经衰弱

112. 引发心理问题的社会性因素包括（　　　）。

A. 生活事件　　　　B. 家庭教养　　　　C. 新旧观念冲突　　　D. 风俗、习惯

113. 以下关于职业倾向对理解临床资料的影响，描述正确的包括（　　　）。

A. 从医疗或病理学的角度看问题者倾向于求助者有病

B. 教育工作者倾向于从人的发展生长角度上看问题

C. 生物学取向的心理学工作者依据日常生活的概念，从自然的角度看问题

D. 持生态学观点的人觉得求助者的问题是与环境失去了平衡

114. 非言语行为在咨询中的作用包括（　　　）。

A. 可以传达共情态度　　　　　　　　　B. 可以有独立的意义

C. 不能与言语相融合　　　　　　　　　D. 可以对言语内容作出修正

115. 艾利斯认为合理情绪疗法可以帮助个体达到的目标包括（　　　）。

A. 自我关怀　　　B. 自我指导　　　C. 自我批判　　　D. 自我接受

116. 咨询阶段性小结主要包括（　　　）。

A. 咨询师的小结　　　　　　　　　　　B. 咨询双方讨论的结果

C. 求助者的小结          D. 求助者家属的意见

117. 模仿法的适用对象包括（     ）。

    A. 年轻的求助者              B. 模仿力强的求助者

    C. 年老的求助者              D. 批判力强的求助者

118. 认知行为疗法的主要特点包括（     ）。

    A. 求助者和咨询师是合作关系

    B. 认为心理痛苦是认知过程发生机能障碍的结果

    C. 认为行为改变可以导致认知改变

    D. 认为求助者在治疗过程中承担主要角色

119. 贝克和雷米纠正表层错误观念的技术包括（     ）。

    A. 点评          B. 建议          C. 模仿          D. 演示

120. SCL – 90 因子包括（     ）。

    A. 精神衰弱         B. 精神病性         C. 强迫症状         D. 精神病态

121. 使用生活事件量表，需要注意（     ）。

    A. 只记最近一年内发生的生活事件      B. 应关注每项做否定回答的事件

    C. 一般应向受测者本人进行调查       D. 不采用从知情者那里获得资料

122. 在 MMPI – 2 中，新增的效度量表包括（     ）。

    A. PK           B. Fb           C. VRIN         D. TRIN

123. MMPI 中，一般不做编码分析的临床量表包括（     ）。

    A. Hs           B. Hy           C. Mf           D. Si

124. MMPI – 2 的内容量表的归类，包括（     ）。

    A. 内部症状类              B. 外显侵犯行为类

    C. 积极自我认识类            D. 一般问题类

125. WISC – CR 的备用分测验包括（     ）。

    A. 背数          B. 译码          C. 迷津          D. 积木

# 卷册二：技能选择题、案例问答题

## 第一部分　技能选择题

### （第 1 ~ 100 题，共 100 题）

本部分由十一个案例组成。请分别根据案例回答第 1 ~ 100 题，共 100 道题。每题 1 分，满分 100 分。每小题有一个或多个答案正确，错选、少选、多选，则该题均不得分。

### 案例一

**一般资料**：求助者，女性，24 岁，本科学历，小学教师。

**案例介绍**：半年前求助者骑车途中遭遇车祸，伤势虽不严重但当时非常害怕。此后眼前总浮现出当时车祸的情景，不敢骑车，外出时只能乘公交或出租车，经济支出明显增加。求助者觉得自己年纪轻轻不能骑车实在是个大问题，有几次想强行骑车上街，但感到胸闷、心慌、全身发抖、四肢出冷汗，最终因极度害怕而放弃。无奈之下调换到了离家近但条件差的学校，新学校可以走路上班。生活中总有需要外出的时候，求助者明明知道骑车不一定就出事，没有什么可怕的，但就是无法摆脱对骑车的恐惧。求助者内心非常痛苦，无法安心工作，拒绝参加老乡、同事的各种活动，也没心思谈恋爱，情绪低落，甚至想轻生，但下不了决心。迫切要求解决问题，自己主动前来咨询。

多选：1. 对该求助者还需重点了解的资料包括（　　　　）。
    A. 当时伤情的具体情况　　　　　　B. 以往负性生活事件
    C. 因害怕浪费多少时间　　　　　　D. 对遭遇车祸的看法

单选：2. 该求助者产生心理问题的最主要原因是（　　　　）。
    A. 青年女性　　　B. 性格内向　　　C. 遭遇车祸　　　D. 存在冲突

单选：3. 引发该求助者心理问题的最主要冲突是（　　　　）。
    A. 是否调换工作单位　　　　　　　B. 明明不可怕可控制不住
    C. 乘公交还是出租车　　　　　　　D. 强行骑车但因害怕放弃

单选：4. 对该求助者的初步诊断可能是（　　　　）。
    A. 焦虑性神经症　　　　　　　　　B. 抑郁性神经症
    C. 恐怖性神经症　　　　　　　　　D. 强迫性神经症

多选：5. 表明该求助者社会功能损害的内容包括（　　　　）。
    A. 不能骑车　　　　　　　　　　　B. 没心思谈恋爱
    C. 内心痛苦　　　　　　　　　　　D. 有轻生的想法

单选：6. 对该求助者的恐惧问题，不适宜的心理咨询治疗方法是（　　　　）。
    A. 阳性强化法　　　B. 厌恶疗法　　　C. 系统脱敏法　　　D. 暴露疗法

多选：7. 咨询师与求助者商定使用系统脱敏法，该方法的原理包括（　　　　）。
    A. 反复呈现一种微弱的刺激　　　　B. 用全身肌肉放松对抗紧张
    C. 反复呈现一种强烈的刺激　　　　D. 用面部肌肉放松对抗紧张

单选：8. 在实施系统脱敏时，工作程序的第一步为（　　　　）。
    A. 学会肌肉放松　　　　　　　　　B. 反复呈现刺激
    C. 评价焦虑等级　　　　　　　　　D. 实施系统脱敏

单选：9. 在实施系统脱敏时，理想的焦虑等级之间级差应该是（　　　　）。
    A. 尽可能大　　　B. 尽量变化　　　C. 尽可能小　　　D. 尽量一致

单选：10. 对系统脱敏法的特点，正确的理解是（　　　　）。
    A. 疗程较短　　　　　　　　　　　B. 可以快速达到咨询效果
    C. 操作简便　　　　　　　　　　　D. 求助者感受的痛苦较小

## 案例二

**一般资料：**李某，女性，17岁，高二学生。

**案例介绍：**李某表情惊慌，由其父母带到心理咨询室。

下面是心理咨询师与李某的一段谈话：

心理咨询师：（介绍心理咨询后）你需要我帮你解决什么心理问题呢？

李某：我，我想上学，最……最近特别害怕。

心理咨询师：你能跟我说说因为什么你很害怕吗？

李某：我不敢说！

心理咨询师：别怕！你说的话我会为你保密的。

李某：我们班有几个男生喜欢我，别的女生就嫉妒，他们想害我，所以我很害怕！您千万别说是我说的。

心理咨询师：哦，你觉得班里的几个男生喜欢你，女生嫉妒你，所以她们想害你。你跟我说说，你怎么知道男生喜欢你，女生要害你呢？

李某：从这学期开学吧，我们班里有几个男生就经常问我一些问题，我知道，他们问问题是假，喜欢我是真。有一个男生跟我说多了，还脸红呢！班里无论男生、女生见了我都嘀嘀咕咕的，有一天我去早了，明明听到教室里有同学说话，可我一进去，她们马上就不说了，表情很尴尬，她们肯定是在说我坏话，商量怎么害我，怕我听见。

心理咨询师：如果她们在说别的事情，不想让你知道，实际上确实也与你无关呢？

李某：不可能，我上学时经常听到她们议论我。她们还排班监视我，有时A跟着，有时B跟着，我坐公交车她们也坐，我骑自行车她们也骑。我让我爸爸开车来接我，照样有同学也坐家长的车尾随我。现在我都无法上学了，就是在家里也经常听到我的同学在楼下说我"不要脸，勾搭男生"。

心理咨询师：我是心理咨询师，你的问题我可能解决不了，建议你去精神专科医院，好吗？

李某：我好好的！您干吗让我上精神病医院啊？

多选：11. 从咨询师"你说的话我会为你保密的"的话可以判定咨询师（　　）。

    A. 真诚承诺

    B. 通过承诺保密，促进求助者的深度表达

    C. 随意应对

    D. 通过咨询技巧，促进心理咨询顺利进行

单选：12. 咨询师"哦……所以她们想害你。"这句话使用的是（　　）。

    A. 重复技术　　　　B. 参与性概述　　　　C. 内容反应技术　　　D. 影响性概述

单选：13. 李某对男同学问问题的解释，很可能是（　　）。

    A. 客观存在的事实　　　　　　　　　B. 出现了嫉妒妄想

    C. 目前无法判断性质　　　　　　　　D. 出现了钟情妄想

多选：14. 李某"明明听到教室里有同学说话，可我一进去，她们马上就不说了，表情很尴尬，她们肯定是在说我坏话，商量怎么害我，怕我听见。"这段话很可能反映的是（　　）。

    A. 关系妄想　　　　B. 被害妄想　　　　C. 夸大妄想　　　　D. 嫉妒妄想

多选：15. 李某"不可能……照样有同学也坐家长的车尾随我。"这段话可能反映其存在（　　）。

    A. 关系妄想　　　　B. 特殊意义妄想　　　C. 被害妄想　　　　D. 物理影响妄想

单选：16. 李某在家中听到同学说"不要脸，勾搭男生"。可能反映的是（　　）。

    A. 真性幻听　　　　　　　　　　　　B. 客观存在的事实

C. 假性幻听              D. 目前无法做出判断

单选：17. "我是心理咨询师，你的问题我可能解决不了，"这句话反映了咨询师（    ）。

     A. 无力解决求助者的问题            B. 缺乏相关知识技能

     C. 对心理咨询的范畴模糊            D. 明确李某不属于心理咨询的范畴

单选：18. 对李某最可能的诊断是（      ）。

     A. 一般心理问题                 B. 神经症性问题

     C. 严重心理问题                 D. 精神病性障碍

多选：19. "我好好的！您干吗让我上精神病医院啊？"这句话表明李某（    ）。

     A. 无判断力     B. 无求治愿望     C. 无自知力     D. 不主动求医

多选：20. 咨询师事后劝李某的家长带其到精神专科医院治疗，这表明咨询师（    ）。

     A. 正确地进行了保密例外            B. 正确地进行转诊

     C. 错误地进行了保密例外            D. 错误地进行转诊

### 案例三

**一般资料：** 求助者，女性，25 岁，未婚，公司职员。

**求助者自述：** 因感情问题痛苦，伴有失眠，一个多月。

**案例介绍：** 求助者大学期间与一位男同学谈恋爱。毕业后求助者回到家乡工作，男友在异地读研究生，双方无法经常见面，甚感苦恼。半年前求助者认识了一个英俊潇洒的校友，很有好感。交往中该校友对求助者多有帮助，让她很感动，双方产生了感情并开始约会。一个多月前男友突然来了，提出不读研究生了，要在这里找工作并准备结婚。求助者很矛盾，两个男人自己都喜欢，放弃谁都觉得为难，不知该怎么办。有时也觉得内疚，觉得对不起他们。有时觉得自己不道德，为此很苦恼，烦躁不安。最近半个多月，经常失眠，不想吃饭，出现心慌、出汗、噩梦等症状。虽然还能坚持工作，但效率下降。幻想着自己要是能分身就不会再苦恼了，还曾经把两个人认错、把名字喊错。担心自己会得精神病，主动来寻求帮助。

**心理咨询师观察了解到的情况：** 求助者出身普通工人家庭，家教严格，自幼懂事听话，工作上认真负责，人际关系良好。希望心理咨询师帮助她明确是否出现心理疾病，并为她做出选择。

单选：21. 该求助者目前的主要症状是（      ）。

     A. 强迫           B. 抑郁           C. 焦虑           D. 恐惧

多选：22. 在本案例中，求助者出现了（      ）。

     A. 幻觉           B. 知觉障碍症状      C. 错觉           D. 记忆障碍症状

单选：23. 对该求助者的初步诊断是（      ）。

     A. 神经症                    B. 一般心理问题

     C. 神经症性心理问题            D. 严重心理问题

单选：24. 引发该求助者心理问题的最根本的原因是（      ）。

     A. 男友催婚     B. 现实冲突     C. 父母压力     D. 道德规范

单选：25. 针对该求助者的心理问题，心理咨询师恰当的做法是帮助其（      ）。

     A. 选择哪个男友             B. 如何应对男友

C. 分析解决冲突　　　　　　　　　D. 端正恋爱观念

多选：26. 对该求助者的交友行为，心理咨询师恰当的做法包括（　　）。

A. 帮助其改变恋爱观　　　　　　B. 解决冲突

C. 帮助其消除内疚感　　　　　　D. 保护隐私

多选：27. 该求助者的咨询动机包括请求心理咨询师（　　）。

A. 替她选择男友　　　　　　　　B. 给予恋爱指导

C. 帮助判断病情　　　　　　　　D. 协助自己成长

多选：28. 该求助者心理问题的特点包括（　　）。

A. 存在动机冲突　　　　　　　　B. 一定有人格障碍

C. 病程相对较短　　　　　　　　D. 社会功能损害重

多选：29. 针对求助者的失眠问题，心理咨询师可以（　　）。

A. 评估严重程度　　　　　　　　B. 指导放松练习

C. 对其进行催眠　　　　　　　　D. 给予药物治疗

多选：30. 在本案例中，应该关注求助者的积极方面包括（　　）。

A. 主动来咨询　　B. 仍坚持工作　　C. 有自我觉察　　D. 具有道德感

## 案例四

**一般资料：** 夫妻共同来咨询。两人是大学同学，均30岁，本科学历，企业员工。

**案例介绍：** 婚后妻子不想马上要孩子，对性生活多有拒绝，决定要孩子后情况好了些。后来，妻子怀孕、生子，性生活明显减少。现在孩子2岁多，妻子主动时丈夫不为所动。妻子认可丈夫所说性生活的问题，认为恋爱时两人感情很好，后来丈夫虽有要求，但自己害怕怀孕，所以拒绝的多。生育后自己有明确的要求，但丈夫置之不理，她认为丈夫不主动是要报复自己当年的拒绝，所以后来自己也就不提要求了。夫妻双方都感到性生活问题是夫妻间的重大矛盾，为此双方都很苦恼，影响了夫妻关系，也对双方父母和孩子的教育都有影响。丈夫在妻子的要求下同来咨询。

**心理咨询师观察了解到的情况：** 夫妻二人是大学同学，都是彼此的初恋。婚前感情很好，婚后性生活不和谐。丈夫认为是妻子的错，要求妻子改正。妻子表示如果自己有错误是可以改，但不知道自己哪里存在问题。双方工作、人际交往等都没有问题。双方身体都很健康。育有一子，发育正常。

单选：31. 对夫妻同来咨询的案例，较妥当的做法是（　　）。

A. 不同意一起咨询

B. 根据具体情况决定是否可做家庭咨询

C. 建议分开做咨询

D. 根据是否符合保密原则来做家庭咨询

单选：32. 咨询中丈夫叙述时，咨询师合理的做法是（　　）。

A. 适当控制谈话的内容　　　　　B. 及时给予充分的共情

C. 及时制止发泄的内容　　　　　D. 最大程度的进行倾听

单选：33. 本案例中对丈夫还需要重点收集了解的资料包括（　　）。

A. 婚前性经历　　　　　　　　　B. 对夫妻间问题的看法

C. 婚后性经历      D. 如何解决性生活问题

单选：34. 本案例中为明确诊断，还需排除的问题包括（   ）。

     A. 是否有躯体疾病      B. 是否性行为障碍

     C. 是否性取向障碍      D. 是否性角色失调

单选：35. 本案例中对妻子还需要重点收集了解的资料是（   ）。

     A. 性生活感受      B. 对夫妻间问题的看法

     C. 性生活经历      D. 解决问题的行为模式

单选：36. 本案例中最需要核实的资料是（   ）。

     A. 夫妻感情是否已经完全破裂      B. 丈夫是否进行报复

     C. 夫妻双方是否存在生理障碍      D. 妻子是否愿意配合

多选：37. 若对本案例进行咨询，需要的条件包括（   ）。

     A. 具有性生理知识      B. 具有性问题咨询经历

     C. 具有性法律知识      D. 具有成功性生活经历

单选：38. 在本案例咨询中，妻子提出丈夫可能有婚外情，咨询师合理的做法是（   ）。

     A. 建议搞清问题      B. 没有必要评价

     C. 劝其难得糊涂      D. 适当表示共情

单选：39. 本案例中咨询师帮助求助者的重点是（   ）。

     A. 矫正双方性格缺陷      B. 双方共同探讨缺乏性生活的原因

     C. 改变双方错误认知      D. 双方共同采取实际行动解决问题

单选：40. 本案例咨询中，咨询师最需要注意的是（   ）。

     A. 不要进行诱导      B. 不要进行指责

     C. 不要给予指导      D. 不要进行督促

### 案例五

**一般资料：** 求助者，女性，55 岁，高中文化，退休职工。

**案例介绍：** 求助者儿子年近 30，还没有结婚，她为此非常着急，曾多次委托他人为儿子介绍女朋友，但都没有成功。三四个月前，儿子自己找了一个女友，但求助者嫌女方离过婚，还带着孩子，坚决不同意他们结婚。为此与儿子产生激烈冲突，但最终没能阻止儿子与该女子结婚。求助者非常气愤，认为儿子不争气，不懂事，一点都不体谅自己。求助者要求丈夫支持自己对儿子的要求，但丈夫不置可否。求助者恨自己嫁错了人，觉得自己是孤家寡人，很失败，命苦，非常不幸。曾因憋气、心慌等入院检查，治疗后缓解。现在没有胃口，吃不下饭，经常失眠。内心痛苦，不愿意和亲朋好友提儿子的事，借故不参加家人及朋友的聚会，懒得做家务，有时做饭不是菜没放盐，就是做糊了。在家人的劝说下前来咨询。

**心理咨询师观察了解到的情况：** 求助者善良贤惠，以往做事认真。丈夫反映其认死理，爱较真。

多选：41. 该求助者出现的躯体症状包括（   ）。

     A. 食欲下降     B. 情绪低落     C. 心慌憋气     D. 苦恼痛苦

多选：42. 本案例中求助者出现的情绪症状包括（   ）。

     A. 紧张     B. 气愤     C. 痛苦     D. 命苦

多选：43. 引发该求助者心理问题的可能原因是求助者（　　）。

A. 认为自己命苦不幸　　　　　　B. 为儿子的事很气愤

C. 不想被亲友看不起　　　　　　D. 做人做事都很较真

单选：44. 引发该求助者心理问题的最主要原因是求助者（　　）。

A. 恨自己嫁错人　B. 儿子不懂事　C. 认为自己失败　D. 反对儿子婚事

单选：45. 该求助者社会功能（　　）。

A. 没有受损　　　B. 轻度受损　　　C. 中度受损　　　D. 重度受损

单选：46. 对该求助者最可能的诊断是（　　）。

A. 一般心理问题　　　　　　　　B. 抑郁性神经症

C. 严重心理问题　　　　　　　　D. 神经症性心理问题

单选：47. 咨询师对求助者儿子的事，恰当的做法是（　　）。

A. 对求助者充分同情　　　　　　B. 不帮助也不婉拒求助者

C. 劝求助者接纳现实　　　　　　D. 不赞成也不反对其做法

单选：48. 咨询中双方商定要解决情绪困扰，首先需要做的是帮助求助（　　）。

A. 矫正人格特征　　　　　　　　B. 放弃对儿子的控制

C. 改变错误认知　　　　　　　　D. 解决与儿子的冲突

多选：49. 在本案例咨询中，对尊重的正确理解包括（　　）。

A. 不劝说求助者　　　　　　　　B. 不评论求助者的情绪

C. 不启发求助者　　　　　　　　D. 不肯定求助者的做法

单选：50. 在咨询中面质技术的主要目的是（　　）。

A. 鼓励求助者接纳现实　　　　　B. 帮助求助者心理成长

C. 促使求助者宣泄情绪　　　　　D. 促进求助者实现统一

### 案例六

**一般资料：**求助者，男性，15 岁，初三学生。

**案例介绍：**求助者自述上课小动作多，玩手机，影响了学习成绩。现在要中考了很着急，曾经努力去改正，没有明显效果。主动前来寻求帮助。

下面是心理咨询师与该求助者的一段咨询对话。

心理咨询师：你能主动来咨询，我很高兴。咱们先讨论咨询目标吧！你现在每天上课大约有多长时间在玩手机？

求助者：（沉默）大约有二、三十分钟吧。

心理咨询师：通过咨询你想变成什么样呢？

求助者：一分钟都不玩，我必须得改这个毛病了，不然中考就完蛋了。

心理咨询师：好吧，咱们就把上课不玩手机作为第一个目标，按照心理学的原理，改变行为有两种方法，一种是阳性强化法，一种是厌恶疗法，你准备用哪种方法？

求助者：我不懂啊！您替选我一个吧。

心理咨询师：好吧，我们就用厌恶疗法吧。行为主义理论认为，人和动物的行为都是被行为结果强化的，厌恶疗法就是我把你玩手机的行为和厌恶刺激结合，产生生理、心理上的痛苦，多次结合后产生条件反射，当你以后上课再玩手机时，就会恐惧，就不敢再玩了。具体步骤是：第一，明确目标行为，就是玩手机。第二，构建焦虑等级，明确你焦虑的程度。第三，选择并明确厌恶刺激的形式和刺激量。第四，把玩手机的行为和厌恶刺激结合起来。如果你这样做了，一定能改掉毛病。我在这方面有很多成功的案例，以前有很多学生有这个毛病，我都帮助他们解决了。

　　求助者：我明白了，那您准备选用什么样的厌恶刺激呢？

　　心理咨询师：有电刺激、药物刺激、想象刺激等，咱们选用电刺激吧。

　　求助者：那好吧，不过不会对我有什么伤害吧？

　　心理咨询师：不会的，我给你轻微的刺激。

多选：51. 心理咨询师在咨询开始的第一段话中使用了（　　　　）。
　　　　A. 内容表达技术　　B. 指导性技术　　　C. 情感表达技术　　D. 具体化技术

多选：52. "咱们就把上课不玩手机作为第一个目标"，这个目标的特征包括（　　　　）。
　　　　A. 双方商定的　　　　　　　　　　B. 可能是无法实现的
　　　　C. 可以评估的　　　　　　　　　　D. 不属于心理学范畴

单选：53. 咨询师在选择具体咨询方法上出现的失误是（　　　　）。
　　　　A. 方法选择错误　　　　　　　　　B. 咨询思路偏差
　　　　C. 没有双方商定　　　　　　　　　D. 技术使用不当

单选：54. 通过对话可以判断，咨询师在厌恶疗法步骤上的失误出现在（　　　　）。
　　　　A. 第一步　　　　B. 第二步　　　　C. 第三步　　　　D. 第四步

单选：55. 咨询师对厌恶疗法的基本原理理解正确的是（　　　　）。
　　　　A. 产生严重恐惧　　　　　　　　　B. 改变行为习惯
　　　　C. 产生不良体验　　　　　　　　　D. 建立条件反射

多选 56. 如果咨询师使用阳性强化法，其基本步骤包括（　　　　）。
　　　　A. 追踪评估　　　B. 监控目标行为　　　C. 实施强化　　　D. 明确目标行为

多选：57. "如果你这样做了……我都帮助他们解决了"这段话中，咨询师出现的失误包括（　　　　）。
　　　　A. 盲目承诺心理咨询的效果　　　　B. 出现了多话
　　　　C. 盲目帮助求助者建立自信　　　　D. 讲了题外话

单选：58. 在各种厌恶刺激中，容易控制的是（　　　　）。
　　　　A. 电刺激　　　　B. 药物刺激　　　C. 想象刺激　　　D. 噪音刺激

单选：59. 实施厌恶刺激时，厌恶刺激的强度应该是（　　　　）。
　　　　A. 双方商定出来的强度　　　　　　B. 温和的
　　　　C. 求助者能耐受的强度　　　　　　D. 强烈的

单选 60. 实施厌恶疗法帮助求助者改变行为的前提条件是具有（　　　　）。
　　　　A. 咨询经验　　　B. 相关资质　　　C. 理论基础　　　D. 使用条件

### 案例七

　　**一般资料**：求助者，女性，16 岁，高一学生，住校。因与老师发生激烈冲突，内心极其痛苦，在家长带领下来咨询。

　　**案例介绍**：求助者以高分考入该校，学习刻苦。一个多月前开始不知什么原因上课经常犯困，老师发现后提醒了几次。一天，求助者上课时又睡着了，老师比较严厉地批评了她。求助者觉得老师和自己过不去，当时就和老师吵起来，哭着冲出教室，老师和同学都觉得她不可思议。事后求助者总觉得别人议论自己，在自己背后指指点点，心里很难受。近一周来不愿意上课，也不愿意呆在宿舍里。家长、老师和同学等对她进行了劝说，但无效。求助者坚持要求回家，回家后与家长购物时说别人都在看自己，感觉在大街上不安全。家长认为孩子可能有心理问题，遂来咨询。

**家长反映的情况：** 父母均是知识分子，从小对她要求非常严格。求助者在父母眼中是一个完美的孩子。以往学习成绩良好，人际关系融洽。

单选：61. 关于求助者上课犯困的问题，咨询师应重点收集的资料是（　　）。

  A. 犯困的频率　　B. 犯困的时间　　C. 犯困的程度　　D. 犯困的原因

多选：62. 对求助者"觉得老师和自己过不去"，咨询师（　　）。

  A. 需要与老师核实　　　　　　　B. 考虑是否关系妄想

  C. 需与求助者核实　　　　　　　D. 考虑求助者是否较敏感

单选：63. 对求助者与老师争吵的原因，可以认为是（　　）。

  A. 目前无法做出判断　　　　　　B. 求助者受外界刺激后的反应

  C. 求助者较真的表现　　　　　　D. 求助者以往人格特点的改变

单选：64. 对求助者哭着冲出教室，可以认为是（　　）。

  A. 情绪抑郁　　B. 思维被控制　　C. 行为冲动　　D. 行为被控制

单选：65. 对求助者"觉得别人议论自己"，可以认为是（　　）。

  A. 对事实的反映　　　　　　　　B. 不想上学的借口

  C. 需要进行核实　　　　　　　　D. 出现了关系妄想

多选：66. 对求助者"不愿意上课，也不愿意呆在宿舍里，"可以认为是（　　）。

  A. 回避老师同学　　　　　　　　B. 对同学议论的回应

  C. 社会功能受损　　　　　　　　D. 对老师批评的反抗

多选：67. 对求助者不相信老师同学的劝说，可能是（　　）。

  A. 求助者人格偏执　　　　　　　B. 情绪反应结果

  C. 出现了妄想　　　　　　　　　D. 劝说方法欠妥

单选：68. 对求助者"与家长购物时说别人都在看自己"，可以认为是（　　）。

  A. 出现关系妄想　　B. 被害妄想　　C. 个性敏感多疑　　D. 客观事实

多选：69. 在本案例中，咨询师还应重点收集的资料包括（　　）。

  A. 家族史　　　　B. 自己的陈述　　C. 以往人格特点　　D. 老师的评价

单选：70. 针对本案例，咨询师目前最需要做的是（　　）。

  A. 尽快矫正错误认知　　　　　　B. 请精神专科会诊

  C. 尽快疏导负性情绪　　　　　　D. 请老师同学谅解

案例八

**一般资料：** 求助者，女性，46 岁；中学教师。

**案例介绍：** 求助者因为母亲去世痛苦，主动前来寻求帮助。

下面是心理咨询师与该求助者的一段咨询对话。

心理咨询师：通过我刚才的介绍，您已经对心理咨询有了初步的了解，今天您来想得到什么心理帮助呢？或者想解决什么心理问题呢？

求助者：我妈妈去世后，我实在太痛苦了，很多次我都想随妈妈而去了。

心理咨询师：您的母亲去世了，这让您很痛苦。我的母亲去世时，我也曾经痛苦了很长时间，所以我很理解您现在的心情。您先说说您想通过咨询达到什么目标吧？

求助者：我就想通过咨询减轻妈妈去世造成的痛苦。

心理咨询师：如果没有痛苦的感觉是0，痛苦到极限是100，您现在大约有多痛苦呢？

求助者：应该是100，我从来没有这么痛苦过。

心理咨询师：您希望通过咨询，将自己的痛苦减轻到什么程度呢？

求助者：我希望减少到0，今后不再有痛苦。

心理咨询师：根据您目前情况，将痛苦减少到0恐怕难以做到吧？

求助者：也许吧，但我太痛苦了，我一定要尽快摆脱。

心理咨询师：好吧，咱们就把痛苦减轻到0作为咨询目标。您觉得是什么原因使痛苦呢？

求助者：当然是妈妈去世让我痛苦啦！我妈妈今年70岁，身体很好，我为她报了去国外的旅行团，费用也是我出的，我原想陪妈妈去，可工作上走不开。不想偏偏就在国外发生了车祸！我要是不给妈妈报名，我要是陪她去，怎么会有这种事！我特别后悔！特别自责！都是我害了我妈呀！

心理咨询师：我母亲也去世了，我很理解您失去母亲的痛苦，也能理解您的想法，要是不让母亲去国外旅行，就不会出事。可您的痛苦只是来自母亲去世吗？

求助者：当然是啦，如果妈妈没有去世，我怎么会痛苦呢？

心理咨询师：按您所说，是您给母亲报名、出钱到国外旅行，造成了母亲的去世。

求助者：对呀，我就是因为这个才内疚自责啊！

心理咨询师：按您所说，您给母亲报名、出钱造成她的去世，那您给哥哥姐姐、给同事，给任何一个人报名、出钱到国外旅行，都会造成他们的死亡。

求助者：那不可能呀，他们要是注意点怎么会出事呢！

心理咨询师：您说给母亲报名、出钱造成了母亲去世，可您又说给哥哥姐姐或其他人报名、出钱不会造成他们的死亡，您的话前后有些矛盾，您怎么解释呢？

求助者：嗯，是没法解释。（沉默）我要是给100个人报名、出钱，肯定不会造成这100个人都死。我有点明白了，您的意思是说其实我报名、出钱不会造成妈妈的死？

心理咨询师：对，不是母亲去世这件事造成了您的痛苦，而是您认为母亲去世是自己造成的才产生了痛苦，所以改变对母亲去世的想法就能减轻痛苦的情绪。

求助者：我明白了，我感觉好多了：谢谢您！

多选：71. 心理咨询师在开场白中使用的提问方式和技术包括（    ）。

      A. 内容反应技术    B. 封闭式提问     C. 内容表达技术    D. 开放式提问

多选：72. "您的母亲去世了，……所以我很理解您现在的心情。"表明咨询师（    ）。

      A. 理解求助者的内心痛苦          B. 使用了自我开放技术

      C. 表达了对求助者的同情          D. 使用了内容表达技术

单选：73. 咨询师提及自己母亲去世的目的是（　　　　）。
　　　　A. 减少与求助者的距离　　　　　　B. 充分与求助者共情
　　　　C. 告诉求助者她不特殊　　　　　　D. 表达对求助者同情

单选：74. 咨询师问"如果没有痛苦的感觉是 0……您现在大约有多痛苦呢?"其目的是（　　　　）。
　　　　A. 讨论目标的具体及量化　　　　　B. 评估是否可以咨询
　　　　C. 对痛苦程度做具体评估　　　　　D. 考虑咨询的难易度

单选：75. 咨询师说"根据您目前情况……"恐怕难以做到吧?"，表明咨询师（　　　　）。
　　　　A. 担心咨询效果　　　　　　　　　B. 认为自己无力帮助求助者
　　　　C. 考虑咨询时程　　　　　　　　　D. 考虑了咨询目标的可行性

单选：76. 当求助者与咨询师在咨询目标上意见不同时，最终应该（　　　　）。
　　　　A. 以咨询师的意见为主　　　　　　B. 考虑结束咨询
　　　　C. 以求助者的意见为主　　　　　　D. 双方充分讨论

单选：77. 根据合理情绪疗法的 ABC 理论，本案例中 A 是（　　　　）。
　　　　A. 没有时间陪母亲　　　　　　　　B. 母亲去世后内疚自责
　　　　C. 母亲因车祸去世　　　　　　　　D. 母亲去世是我造成的

单选：78. 根据合理情绪疗法的 ABC 理论，本案例中 B 是（　　　　）。
　　　　A. 没有时间陪母亲　　　　　　　　B. 母亲去世后内疚自责
　　　　C. 母亲园车祸去世　　　　　　　　D. 母亲去世是我造成的

单选：79. 根据合理情绪疗法的 ABC 理论，本案例中 C 是（　　　　）。
　　　　A. 没有时间陪母亲　　　　　　　　B. 母亲去世后内疚自责
　　　　C. 母亲因车祸去世　　　　　　　　D. 母亲去世是我造成的

单选：80. 咨询师说"我母亲也去世了……也能理解您的想法"所使用的技术是（　　　　）。
　　　　A. 内容反应　　　　B. 内容表达　　　　C. 情感反应　　　　D. 情感表达

单选：81. 咨询师"按您所说"之后的话所表现的是（　　　　）。
　　　　A. 消除痛苦情绪　　　　　　　　　B. 进行产婆术式辩论
　　　　C. 鼓励启发思考　　　　　　　　　D. 进行错误认知矫正

单选：82. 咨询师"您说给母亲报名……您怎么解释呢?"所使用的技术是（　　　　）。
　　　　A. 鼓励　　　　　B. 对质　　　　　C. 解释　　　　　D. 澄清

单选：83. 求助者在咨询中出现沉默的原因可能是（　　　　）。
　　　　A. 出现了明显阻抗　　　　　　　　B. 不知如何解释自己的话
　　　　C. 思考咨询师的话　　　　　　　　D. 思考如何解释自己的话

单选：84. 经过咨询，求助者感觉痛苦明显减轻，其原因最可能是（　　　　）。
　　　　A. 接受了母亲去世的现实　　　　　B. 消除了负性情绪
　　　　C. 明白了母亲去世的原因　　　　　D. 改变了不合理信念

多选：85. 在本案例中，咨询师还可使用的技术包括（　　　　）。
　　　　A. 内隐致敏法　　　　　　　　　　B. 合理情绪想象技术
　　　　C. RET 自助表　　　　　　　　　　D. 自我分析报告

下面是某求助者的 WAIS - RC 的测验结果：

| | 言语测验 | | | | | | | 操作测验 | | | | | | | 言语 | 操作 | 总分 |
|---|---|---|---|---|---|---|---|---|---|---|---|---|---|---|---|---|---|
| | 知识 | 领悟 | 算术 | 相似 | 数广 | 词汇 | 合计 | 数符 | 填图 | 积木 | 图排 | 拼图 | 合计 | | | | |
| 原始分 | 26 | 23 | 14 | 20 | 14 | 78 | | 50 | 14 | 32 | 25 | 24 | | 量表分 | 82 | 55 | 137 |
| 量表分 | 15 | 14 | 12 | 13 | 12 | 16 | 82 | 12 | 11 | 10 | 12 | 10 | 55 | 智商 | 123 | 113 | 120 |

多选：86. 该求助者的测验结果显示（　　）。

　　A. 其听觉加工模式发展较视觉加工模式好

　　B. 其 FIQ 的 85% ~90% 可信限水平的波动范围为 115 ~125

　　C. 言语部分的代表性测验百分等级均不低于 84

　　D. 总体智力等级为超常

单选：87. 该求助者的言语测验结果与其全量表相比其强项有（　　）。

　　A. 1 个　　　　　　　B. 2 个　　　　　　　C. 3 个　　　　　　　D. 4 个

多选：88. 根据该求助者的测验结果，可以判断其（　　）能力很强。

　　A. 言语理解　　　　B. 知觉组织　　　　C. 抽象思维　　　　D. 辨认空间关系

下面是某求助者 MMPl – 2 的测验结果：

| 量表 | Q | L | F | K | Fb | TRIN | VRIN | ICH | Hs | D | Hy | Pd | Mf | Pa | Pt | Sc | Ma | Si |
|---|---|---|---|---|---|---|---|---|---|---|---|---|---|---|---|---|---|---|
| 原始分 | 1 | 5 | 28 | 12 | 16 | 11 | 6 | 2 | 19 | 45 | 32 | 18 | 26 | 16 | 28 | 29 | 16 | 44 |
| K 校正分 | | | | | | | | | | | | | | | | | | |
| T 分 | 43 | 47 | 70 | 47 | 65 | 64 | 59 | 40 | 71 | 87 | 68 | 47 | 46 | 58 | 62 | 55 | 45 | 63 |

多选：89. 从测验结果来看，该求助者可能存在（　　）。

　　A. 自杀倾向　　　　　　　　　　　　B. 退缩、不善交际、屈服

　　C. 对身体功能的不正常关心　　　　D. 用转换反应来解决矛盾的倾向

多选：90. 关于该项测验，正确说法包括（　　）。

　　A. 轻躁狂量表 K 校正分是 18

　　B. 两点编码类型属于非突出编码

　　C. 各量表一致性 T 分分布均呈正偏态

　　D. 有 7 个量表可按照项目内容分为若干亚量表

单选：91. 该求助者剖面图模式属于（　　）神经症剖析图。

　　A. A 类　　　　　　　B. B 类　　　　　　　C. C 类　　　　　　　D. D 类

多选：92. 该测验结果的多个高分点应逐个配对分析，可能符合的诊断包括（　　）。

　　A. 疑病症　　　　　　　　　　　B. 神经症性抑郁

　　C. 焦虑症　　　　　　　　　　　D. 精神病性抑郁

多选：93. 对于 BPRS，正确表述包括（　　）。

　　A. 可归为 5 类因子　　　　　　　B. 没有工作用评分标准

　　C. 划界值为≥29 分　　　　　　　D. 适用于精神分裂症患者

多选：94. 儿童行为量表（CBCL）第二部分社会能力的因子包括（　　　）。

    A. 一般情况　　　　B. 活动情况　　　　C. 社交情况　　　　D. 学习情况

多选：95. 以下说法正确的包括（　　　）。

    A. 16PF 不可用于人才选拔

    B. SSRS 能够测查受测者的主观感受

    C. SCL－90 可用于心理健康水平的测查

    D. 若 EPQ 得分显示为内向不稳定，其气质类型属于黏液质

### 案例十一

下面是某求助者 MMPI－2 的测验结果：

| 量表 | Q | L | F | K | Fb | TRIN | VRIN | ICH | Hs | D | Hy | Pd | Mf | Pa | Pt | Sc | Ma | Si |
|------|---|---|---|---|----|------|------|-----|----|----|----|----|----|----|----|----|----|----|
| 原始分 | 2 | 4 | 31 | 14 | 16 | 11 | 6 | 4 | 15 | 28 | 18 | 30 | 31 | 25 | 26 | 42 | 23 | 46 |
| K 校正分 | | | | | | | | | ? | | | ? | | | ? | ? | ? | |
| T 分 | 44 | 43 | 75 | 52 | 65 | 64 | 59 | 50 | 53 | 53 | 42 | 58 | 58 | 81 | 60 | 68 | 58 | 66 |

多选：96. 关于该项测验，下列说法正确的包括（　　　）。

    A. 该求助者能够比较认真地回答问题　　　B. 两点编码类型属于非突出编码

    C. 该求助者有诈病倾向　　　　D. 370 题以后回答有效

单选：97. 轻躁狂量表的 K 校正分数是（　　　）。

    A. 25　　　　　　　B. 26　　　　　　　C. 28　　　　　　　D. 29

单选：98. 该求助者剖面图模式是（　　　）。

    A. 精神病性剖析图　　　　　　　　B. 边缘性剖析图

    C. A 类神经症剖析图　　　　　　　D. B 类神经症剖析图

多选：99. 根据该求助者的测验结果，两点编码的解释包括（　　　）。

    A. 可能诊断有被动攻击人格　　　　B. 不成熟、自负、任性

    C. 可能诊断为偏执型精神分裂症　　　D. 多疑、敌意、易激惹

单选：100. 对于社会支持评定量表（SSRS），正确表述是（　　　）。

    A. 适用于 6 至 16 岁的受测者

    B. 可归为 5 类因子

    C. 其中一个维度与个体主观感受有关

    D. 选用的是 18 项的版本

# 第二部分　案例问答题

本部分采取专家阅卷，1～8 题，满分 100 分。

**一般资料：** 求助者，男性，26 岁，硕士毕业，公务员，未婚。

**案例介绍：** 求助者硕士毕业后顺利考入某国家机关。他觉得工作来之不易，应该好好努力，以图将来有好的发展。因工作勤奋，受到领导和同事的好评。但一年多来，总是觉得脖子僵硬，有时颈部肌肉抽搐，伴双上肢无力，持物不稳。为此到多家医院反复检查，甚至曾经专门住院检查，但均没有发现明显器质性病变，医生也觉得无法用医学解释他的症状。求

助者认为自己病得很严重，非常担心自己的身体，担心自己的工作，担心领导同事对他有看法。内心紧张．情绪低落，没有心情谈恋爱和工作。领导和同事们关心他，他担心别人可能是怀疑他装病。他担心因为身体的原因被调离，觉得那简直就是灭顶之灾！最近半年多来还出现了心慌、头痛、没有胃口、晚上入睡困难等症状，工作上也出现了较多的失误。求助者非常苦恼，不想上班，借故不参加同学、老乡的聚会。春节时以工作忙为借口，没有回老家看望父母。在朋友的极力劝说下，前来咨询。

**心理咨询师观察了解到的情况：**求助者家境一般，但家教严格，从小做事循规蹈矩，追求完美，几乎没有冒过险。考入国家机关的事曾在家乡引起轰动，父母对他更是寄予了厚望，他自感责任很重，压力很大。求助者为人忠厚，人际关系良好，从未谈过恋爱。自幼身体健康，自称没有疾病史、外伤史，也没有明显的经济压力。

**请依据以上案例，回答以下问题：**

1. 对该求助者可以考虑哪些诊断？（20分）

2. 在摄入性谈话阶段，确定会谈内容及范围所依据的参考点有哪些？（10分）

3. 请分析该求助者产生心理问题的主要原因。（10分）

4. 心理咨询师根据自己的常识判断求助者的心理出现了问题，但求助者根本不认可，在这种情况下，如何通过尊重构建良好的咨询关系？（15分）

5. 咨询师决定采用认知行为疗法帮助求助者．认知行为疗法的原理及特点是什么？（15分）

6. 咨询师如果采用求助者中心疗法．该方法对人性的看法是什么？（10分）

7. 咨询师使用生物反馈法帮助求助者进行放松训练，常见的生物反馈仪分为哪几类？

8. 根据本案例，简述在咨询中应如何选择咨询方法。

# 模拟试卷（二）参考答案及解析

# 卷册一：职业道德、理论知识

## 第一部分　职业道德
（第 1 ~ 25 题，共 25 题）

### 一、职业道德基础理论与知识部分

**（一）单项选择题**（第 1 ~ 8 题）

1.【答案】　C

【解析】"慎独"最早由庄子提出，后被儒家发展为一个重要的道德概念，是个人风格的最高境界，慎独讲究个人道德水平的修养，看重个人品行的操守。意为在独处无人注意时，自己的行为也要谨慎不苟。

2.【答案】　A

【解析】集体主义是社会主义道德建设的基本原则。社会主义道德建设的基本要求是"爱国守法、明礼诚信、团结友善、勤俭自强、敬业奉献"。

3.【答案】　D

【解析】企业文化的自律功能是指通过管理制度、道德风尚等来规范其成员的行为。对不利于企业发展的行为发挥一种约束限制的功能，促进企业的有序发展。

4.【答案】　D

【解析】企业的员工与领导虽处于企业的不同位置，但他们的人格是平等的，需要遵守同样的道德规范。道德具有普遍约束性，对企业的员工和领导的要求是一样的，两者之间不存在差异。

5.【答案】　A

【解析】职业用语要多用敬语，注意礼貌、得体。

6.【答案】　C

【解析】社会主义道德建设的基本内容是以为人民服务为核心，以集体主义为原则。

7.【答案】　D

【解析】团结互助是指人与人之间为了实现共同的利益和目标，互相帮助，团结协作，共同发展。员工的团结互助也要做好自己的本职工作，提倡在合作中积极公平的竞争，培养创优争先的意识。

8.【答案】　C

【解析】职业道德用语要客气、礼貌，委婉、不简单拒绝。

**（二）多项选择题**（第 9 ~ 16 题）

9.【答案】　CD

【解析】科学发展观的含义是坚持以人为本，全面、协调、可持续发展。

10.【答案】　BC

【解析】节俭是对所有人的统一要求，在合理的范围内支配资源，并不是降低生活标准。

11.【答案】　ABD

【解析】职业纪律是职业道德的重要内容，是用人单位制定、劳动者必须遵守的，用以保证劳动者执行任务、完成工作的规章制度，具有明确的规定性和强制性，同时也是评价员工职业素养的重要手段。

12.【答案】　BD

【解析】办事公道指我们在做事情时要站在公正的立场上，对当事双方保持合理公平，不偏不倚，按照一个标准办事。办事公道是企业正常运行的基本保证。

13.【答案】　ACD

【解析】简单的交换苹果，彼此还是一个苹果，不产生增值效应，但是思想的交流和沟通却能增进我们的理解，开阔我们的眼界。

14.【答案】　BC

【解析】这句话意思是说：才是德的支撑，德是才的统帅。

15.【答案】　ABC

【解析】诚是信的基础。信用需要诚实的道德基础，承诺时要发自内心，不自欺欺人，要量力而行，一旦许下承诺就要努力兑现。

16.【答案】　ABC

【解析】诚信是我国传统道德的重要范畴。"诚"有三层意义，一是指自然万物的客观实在性。二是指对"天道"的真实反映，三是指尊重事实和忠实本心的待人对物的态度。

## 二、职业道德个人表现部分（第17～25题）

17～25题（略）

# 第二部分　理论知识

## （第26～125题，共100题）

### 一、单项选择题（第26～85题）

26.【答案】　A

【解析】皮亚杰在其认知发展理论中提出了适应这个概念，他认为人类发展的本质是对环境的适应，这种适应是一个主动的过程。不是环境塑造了儿童，而是儿童主动寻求了解环境，在与环境的相互作用过程中，通过同化、顺应和平衡的过程，认知逐渐成熟起来。

27.【答案】　C

【解析】婴儿客体我的自我意识大约出现在二周岁前后。

28.【答案】　C

【解析】心理咨询师根据已有的知识对求助者做出心理正常或异常的判断，属于李心天教授提出的内省经验标准。

29.【答案】　C

【解析】假性幻觉的患者的幻觉与相应的感觉器官相联系，形象模糊不生动，与客观事物不一样。"闭上眼睛能看到东西、人像，不用耳朵而是用脑子也能听到声音"叙述的幻觉不是通过相应的感觉器官感知的。

30.【答案】 A

【解析】感知综合障碍：患者感知客观事物的个别属性（如大小、长短、远近）时发生变形。有"视物显大症""视物显小症"，它们统称为视物变形症。有一种感知综合障碍称为"非真实感"。患者觉得周围事物像布景"水中月""镜中花"，人物像是油画中的肖像，没有生机。非真实感可见于抑郁症、神经症和精神分裂症。还有一种"窥镜症"，患者认为自己面孔或体形改变了形状，自己的模样发生了变化。

31.【答案】 B

【解析】典型的逆行性遗忘对脑外伤性精神障碍的诊断有参考价值。

32.【答案】 A

【解析】个体处于"一般适应征候群"的警觉阶段会出现呼吸、心跳加速，汗腺加快分泌，血压、体温升高等表现。

33.【答案】 D

【解析】中介系统包括认知系统、社会支持系统和生物调节系统。生物调节系统作为压力的中介系统，主要包括神经分泌系统和免疫系统，其中最主要的是免疫系统。

34.【答案】 C

【解析】根据发展常模得出的儿童智力评定结果称为智龄。

35.【答案】 B

【解析】处于某一百分比例的人对应的测验分数是百分位数。

36.【答案】 A

【解析】标准九分的标准差是2。

37.【答案】 D

【解析】两个复本相隔一段时间施测，可以得到重测复本信度。

38.【答案】 C

【解析】预测个体在某种情境下的行为表现的有效性程度，称为测验的效标效度。

39.【答案】 A

【解析】项目难度P值越接近于0或1，越难以区分被试间能力的差异。P值越接近0.5，区分度越高。

40.【答案】 C

【解析】弗洛伊德精神分析学说的核心是动力学观点。

41.【答案】 A

【解析】求助者为了选择合适的职业而寻求专业的心理帮助，这种情况下的心理咨询属于发展心理咨询。

42.【答案】 B

【解析】儿童心理障碍多以行为障碍为主要形式。

43.【答案】 C

【解析】保密例外情况：求助者同意将保密信息透露给他人；司法机关要求心理咨询师

提供保密信息；出现针对心理咨询师的伦理或法律诉讼；心理咨询中出现法律规定的保密问题限制，如报告虐待儿童、老人等；求助者可能对自身或他人造成即刻伤害或死亡威胁的；求助者患有危及生命的传染性疾病。当遇上以上保密例外情况时，心理咨询师应将泄密程度控制在最小范围内。

44.【答案】 C

【解析】咨询性会谈是针对健康人的问题，如职业选择、人员的任用和解雇、家庭关系问题、婚姻恋爱中的问题、子女教育培养问题等而进行的会谈。

45.【答案】 B

【解析】临床资料的可靠性是解释资料的先决条件。

46.【答案】 B

【解析】科尔伯格的道德发展阶段论将人的道德发展分为三个水平，每个水平又有两种不同的阶段。（1）前习俗水平：服从和惩罚的道德定向阶段（第一阶段）；相对论者的快乐主义定向阶段（第二阶段）。（2）习俗水平：好孩子定向阶段（第三阶段）；维护权威和社会秩序的阶段（第四阶段）。（3）后习俗水平：社会契约定向阶段（第五阶段）；普遍道德原则的定向阶段（第六阶段）。

47.【答案】 B

【解析】青春期阶段的孩子身体的快速发展会带来心理的巨大变化。自我中心倾向明显，对自我的关注度大大提高。认为自己是独特的，大家都在关注自己，把自己的自我欣赏或自感不足都投射到周围人身上，视周围人为自己的"观众"，认为大家都在关注和观察自己。

48.【答案】 B

【解析】童年期的儿童处在皮亚杰认知发展阶段的第三阶段——具体运算阶段，这一阶段的儿童开始出现抽象逻辑思维，但此阶段儿童的思维在很大程度上还是要依赖事物的具体形象，形象思维仍占主导。

49.【答案】 B

【解析】"存在焦虑"是人本主义心理学派的观点，其代表人物为马斯洛。人本主义心理学认为每个人都有自由的意志和自我实现的需要，他们有选择生存方式与道路的自由，但同时他们也背负一定的社会责任，这两者同时存在并且相互对立。这种"责任"与"存在"的对立造成的焦虑称为"存在焦虑"。

50.【答案】 D

【解析】假性幻觉指不通过感觉器官获得的幻觉，形象模糊、不生动，通常与客观事物不同。真性幻觉指幻觉形象清晰、生动，与客观事物极像，会引发患者相应的情感和行为。感觉过敏指病理性或功能性障碍导致患者感觉阈限降低，对低强度的刺激产生了过强的反应。非真实感指患者感觉周围的事物和环境变得不真实。

51.【答案】 B

【解析】"语词杂拌"指说话或书写的内容模糊、缺乏意义，逻辑混乱、不连贯。语词杂拌在意识清楚时出现属于严重的破裂性思维，在意识障碍的情况下出现属于思维不连贯。

52.【答案】 A

【解析】自知力是对自我行为和状态的了解和认知，个体协调和把握主客观世界统一的一种能力。自知力不完整的个体常常在主观世界与客观世界之间产生错误的认知。在临床上也将自知力是否完整作为评判精神疾病的指标。

53.【答案】　　C

【解析】"灾难症候群"的三个阶段分别为惊吓期、恢复期、康复期。惊吓期的受害者对创伤和经历的灾难失去知觉，事后经常不记得之前的经历。恢复期的受害者才会出现一些"后怕"的特点，表现出焦虑、失眠、紧张等特点。康复期的患者已经能正常生活，心理重新达到平衡。

54.【答案】　　D

【解析】分层抽样是先将目标总体按某种变量分成若干层次，然后在每层里分别抽取被试组成样本。分组抽样是当总体数目较大无法进行编号时，将总体进行分组，在各组进行随机抽样。

55.【答案】　　A

【解析】常模是由标准化样本计算而来，被试通过和常模的比较发现自己在整体水平中所处的位置，了解自己在整体中的水平。常模分数是被试的原始分数的导出分数，常模分数的分布即为常模。

56.【答案】　　B

【解析】效度是指测验所要测量的心理特质的程度，即测验的准确性。（1）效度的相对性：施测的目的与测验目标一致时效度才有效，否则不能用统一效度来评价。（2）测验的连续性：测验的效度不用"全或无"的形式表示，每个测验都有一定的效度，它们只存在程度上的差异。

57.【答案】　　B

【解析】P值表示测验的难度，难度太大或太小都不利于区分被试的水平，容易出现"天花板效应"或"地板效应"。中等难度水平区分能力最高，即P值越接近0.5区别力越高。

58.【答案】　　C

【解析】预测实验中施测对象必须代表测验将来施测的群体。施测时间可以稍微放宽，尽量使每个被试都能将题目做完，利于收集数据。施测过程中要对被试的反应和测验题目的情况随时记录。预测实施过程与情境应力求与真实施测时相一致。

59.【答案】　　C

【解析】报告测验分数时应避免使用专业术语，要使用被试能理解的语言。一般不报告测验的分数，而是给出分数的解释和建议。保证当事人知道测验的目的，让当事人参与分数的解释。

60.【答案】　　C

【解析】情感限制指咨询师的工作要以有助于求助者的成长为目的，不能借机满足自己的好奇心和欲望，不与求助者建立除咨访关系以外的关系。关系限制指咨询结束，咨询关系终止。

61.【答案】　　B

【解析】弗洛伊德把人的性心理的发展分为口欲期、肛欲期、生殖器期、潜伏期、生殖期五个阶段，根据力比多作用于人的身体的不同部位产生的冲动和满足的快感来划分，因此弗洛伊德的发展观点是动力学观点的延伸。

62.【答案】 B

【解析】"分析迹象"是通过事情的结果去寻找和分析原因。"寻找相关"通常带有较大的猜测性，事实依据较低。

63.【答案】 D

【解析】责备性问题是以反问的形式责备求助者，会让求助者产生很大的威胁感从而引起防卫。在咨询中应杜绝这种方式的沟通。

64.【答案】 D

【解析】治疗性会谈指针对心理问题和行为问题进行的会谈，是心理治疗的一种。咨询性会谈针对的对象一般是健康的人不是病人。危机会谈是在特殊的情况下使用的，当患者遭遇重大精神创伤的情况，心理咨询师通过会谈给予帮助。鉴别性会谈指通过交谈对患者的情况进行鉴别从而确定相应的治疗方法和测验形式。

65.【答案】 B

【解析】疑病妄想即指毫无根据的怀疑自己得了重大疾病或不治之症，到处求医，即使得到医学检查的结果也不能纠正其错误的认知。

66.【答案】 A

【解析】随波逐流易受暗示的人，其意志品质缺乏自觉性。

67.【答案】 B

【解析】对酸味最敏感的舌面部位是舌边后部。

68.【答案】 C

【解析】弗洛伊德认为，神经症和精神病的重要起因是性的冲突。

69.【答案】 A

【解析】根据李心天教授提出来的判别正常与异常心理的统计学标准，心理异常是由个体心理特征偏离平均值的程度决定的。

70.【答案】 C

【解析】体内有性质明确、部位具体的异常知觉，属于内脏性幻觉。

71.【答案】 A

【解析】思维贫乏和思维迟缓的一个重要鉴别点是语速是否减慢。

72.【答案】 A

【解析】按照弗洛伊德的观点，道德性焦虑来自于超我。

73.【答案】 C

【解析】情感反应与现实刺激的性质不相称，这种表现可出现于情绪倒错。

74.【答案】 C

【解析】好的测量单位应具备确定的意义。

75.【答案】 A

【解析】标准九分是以 5 为平均分、以 2 为标准差的量表分数。

76. 【答案】　D

【解析】离差智商是依据测验分数常态分布来确定。

77. 【答案】　A

【解析】标准分数是将原始分数与平均数的差距以标准差为单位表示。

78. 【答案】　A

【解析】任何相关系数都要受到团体中分数分布的范围所影响，而分数范围与样本团体的异质程度有关。一般而言，若获得信度的取样团体较为异质的话，往往会高估测验的信度，相反则会低估测验的信度。

79. 【答案】　A

【解析】可能提高智力测验、成就测验和能力倾向测验成绩的是适度焦虑情绪。

80. 【答案】　B

【解析】心理咨询师应帮助求助者解决心理问题，道德问题不属于心理问题。

81. 【答案】　C

【解析】弗洛伊德认为，防御机制是人的防止焦虑的能力。

82. 【答案】　D

【解析】心理咨询师不能在心理咨询范围外向求助者提供帮助。

83. 【答案】　B

【解析】一般而言，团体心理咨询由 1 ~2 名领导者主持。

84. 【答案】　D

【解析】多种选择性问题是一种封闭式问题。

85. 【答案】　D

【解析】共情对于咨询活动而言，最重要的意义在于建立积极的咨询关系。

## 二、多项选择题（第 86 ~125 题）

86. 【答案】　ABCD

【解析】自尊是个体对齐社会角色进行自我评价的结果，是自我意识的一部分。自尊需要是一种缺失性需要。自尊水平式个体对其每一角色进行单独评价的总和。

87. 【答案】　ACD

【解析】刻板印象不会导致歧视。

88. 【答案】　ABC

【解析】"文化水平越高，成就动机越强"说法不正确。

89. 【答案】　CD

【解析】被暗示者处于困难情境且缺乏社会支持时容易接受暗示，年龄越小的个体越容易接受暗示，认知能力强的人不容易接受暗示，女性比男性容易接受暗示。

90. 【答案】　CD

【解析】爱情是一种高级情感，具有浪漫色彩。

91. 【答案】　ABC

【解析】男女结成夫妻关系的行为，其背后的动机主要包括爱情、经济、繁衍。

92.【答案】 BC

【解析】按妄想的起源可将妄想分为：（1）原发性妄想：突然发生的，内容小可理解，与既往经历和当前处境无关的一种病态信念。具有突发性妄想、妄想知觉、妄想心境等表现形式。（2）继发性妄想：指以错觉、幻觉、情绪高涨或低落等精神异常为基础所产生的妄想。

93.【答案】 AB

【解析】不协调精神运动性兴奋的特点包括动作和行为无目的、行为杂乱无章难以理解。

94.【答案】 ABC

【解析】创伤后应激障碍主要表现为：（1）创伤性体验反复重现。闯入性重现（闪回）使患者处于意识分离状态，仿佛义完全身临创伤性事件发生时的情境，重新表现出事件发生时所伴发的各种情绪，这种状态持续时间可从数秒到数天不等，频频出现的痛苦梦境，而临类似灾难境遇时感到痛。（2）对创伤性经历的选择性遗忘。（3）在麻木感和情绪迟钝的持续背景下，发生与他人疏远、对周围环境漠无反应、快感缺失、回避易联想起创伤经历的活动和情境。（4）常有植物神经过度兴奋，伴有过度警觉、失眠。（5）焦虑和抑郁与上述表现相伴随，可有自杀观念。

95.【答案】 ABC

【解析】压力作用于个体后，并不直接表现为临床症状，而是进入中介系统，经过中介系统的增益或消解，事件的相对强度和性质可以产生某些改变。中介系统的三个子系统，即认知系统、社会支持系统和生物调节系统。这三个系统，都有性质相反的两种功能：一是增益功能，使事件的强度相对增加；另一种是消解功能，使事件的相对强度减低。

96.【答案】 ABD

【解析】贝克归纳的常见的认知歪曲包括：（1）主观推断；（2）选择性概括；（3）过度概括；（4）夸大和缩小；（5）个性化；（6）贴标签和错贴标签；（7）极端思维。

97.【答案】 BD

【解析】远期疗效评估的工作程序包括社会接纳程度评估、自我接纳程度评估和随访调查。其中自我接纳评估的评估内容包括：（1）自述症状与问题的减轻或消除；（2）性格方面的成熟情况。

98.【答案】 ABD

【解析】认知行为矫正技术（CBM）的一个基本前提是求助者必须注意自己是如何想的、如何感受的和行动的以及自己对别人的影响，这是行为改变的一个先决条件。要发生改变，求助者就需要打破行为的刻板定势，这样才能在不同的情境中评价自己的行为。

99.【答案】 AC

【解析】生物反馈疗法的适应症主要有：（1）各种睡眠障碍；（2）各类伴紧张、焦虑、恐惧的神经症，心因性精神障碍；（3）某些心身疾病，如原发性高血压、支气管哮喘、经前期紧张症、紧张眭头痛、书写痉挛等；（4）儿童多动症、慢性精神分裂症（伴社会功能受损）。

100.【答案】 AB

【解析】90 项症状清单（SCL - 90）又名"症状自评量表"，有时也称为"Hopkin's 症状清单"（HSCL）。

101.【答案】　AC

【解析】LES 共含有 48 条我国较常见的生活事件，包括三方面问题：（1）家庭生活方面；（2）工作学习方面；（3）社交及其他方面。LES 属自评量表是由填写者根据自身的实际感受，而不是按常理或伦理道德观念去判断那些经历过的事件对本人来说是好事还是坏事。LES 总分越高反映个体承受的精神压力越大。负性生活事件的分值越高对身心健康的影响越大。测验的计分由四部分组成：某事件刺激量、正性事件刺激量、负性事件刺激量、生活事件总刺激量。该量表可以用于研究心理问题的原因。

102.【答案】　CD

【解析】考虑到躁狂症可以伴随有精神病性症状，我国量表协作组增加的两个项目为：（1）幻觉；（2）妄想。

103.【答案】　AD

【解析】言语智商（VIQ）＞操作智商（PIQ），可能言语技能发展好或操作能力差；如果操作智商（PIQ）＞言语智商（VIQ），可能操作智商好或有阅读障碍。

104.【答案】　AC

【解析】两点编码解释的编码类型通常只考虑 Hs 量表、D 量表、Hy 量表、Pd 量表、Pa 量表、Pt 量表、SC 量表及 Ma 量表，而 Mf 量表、Si 量表一般不做编码分析。

105.【答案】　BC

【解析】评定方法：一般采用交谈和观察的方式，先评定入组时或前一周的情况。由经过训练的两名评定员对被评定者进行 HAMD 联合检查，待检查结束后，两名评定员独立评分。在评估心理或药物干预前后抑郁症状的改善情况时，首先在入组时评定当时或入组前一周的情况，然后在干预 2～6 周后再次评定来比较抑郁症状严重程度和症状谱的变化。

106.【答案】　ABD

【解析】由于心理现象比物理现象更加复杂，测量起来也更困难，因此心理测量具有独特的性质：间接性、相对性和客观性。

107.【答案】　ABC

【解析】所谓效标效度，就是考查测验分数与效标的关系，看测验对感兴趣的行为预测得如何。效标效度的主要评估方法有相关法、区分法和命中率法。

108.【答案】　BC

【解析】选择心理测量要注意：所选测验必须适合测量的目的，所选测验必须符合心理测量学的要求，还应该针对受测者的需求和特点有针对性地选择。

109.【答案】　BCD

【解析】报告分数时，应当报告测验分数的解释；应注意避免使用专业术语；要让当事人知道测验测量了什么；要使当事人知道他（她）是在和什么团体进行比较；使当事人知道如何运用他（她）的分数；考虑测验分数将给当事人带来什么心理影响；让受测者参与测验分数的解释。

110.【答案】　AC

【解析】疑病神经症的主要特征包括：对健康过虑；对身体过分注意；感觉过敏和疑病观念。B项"坚信"不正确，应当是"怀疑"。

111.【答案】 BCD

【解析】许又新教授把神经症分为神经衰弱、焦虑神经症、恐惧神经症、强迫神经症、疑病神经症五种典型的神经症；还有抑郁神经症、人格解体神经症、其他类型和无法分型的神经症四种不典型的神经症。

112.【答案】 ABD

【解析】引发心理问题的社会性因素包括：第一，生活事件、人际关系及所处的生存环境；第二，分析所获得的资料，确定求助者的临床表现与社会生活事件的关系；第三，确定社会文化（如道德、风俗、习惯等因素）与心理障碍发生的关系。

113.【答案】 AD

【解析】从医疗的或病理学的角度看问题，他们倾向于求助者有病；从行为主义心理学或教育工作者的角度看问题，容易强调求助者是学习、行为或认知方面的障碍；生物学取向的心理学工作者，倾向于从人的发展生长角度上看问题，认为问题的关键是自我发展上受到了障碍；生态学家或持生态学观点的人，他们觉得求助者的问题是与环境失去了平衡。

114.【答案】 ABD

【解析】咨询师的非言语行为是表达共情、积极关注、尊重等的有效方式之一。可以独立出现，代表独立的意义；可以对言语内容作补充修正；可以与言语相融合。

115.【答案】 ABD

【解析】艾利斯等人认为合理情绪疗法可以帮助个体达到以下几个目标：一是自我关怀，二是自我指导，三是宽容，四是接受不确定性，五是变通性，六是参与，七是敢于尝试，八是自我接受。

116.【答案】 ABC

【解析】阶段小结包括咨询师的小结、求助者的小结和来自双方共同的讨论。

117.【答案】 AB

【解析】模仿法的适用对象包括年轻的求助者、模仿力强的求助者。选用模仿法要评估求助者的模仿能力，模仿力强的求助者才是合适的治疗对象。影响模仿能力的一个重要因素是年龄，一般来说，模仿法更加适用于年轻的求助者。

118.【答案】 AB

【解析】认知行为疗法具有以下特点：（1）求助者和咨询师是合作关系；（2）假设心理痛苦在很大程度上是认知过程发生机能障碍的结果；（3）强调改变认知，从而产生情感与行为方面的改变；（4）通常是一种针对具体的和结构性的目标问题的短期和教育性的治疗。求助者在治疗过程之中和之外都承担主动的角色。

119.【答案】 BCD

【解析】检验表层错误观念包括建议、演示和模仿三个技术。建议，即建议求助者进行某一项活动；演示，即鼓励求助者在情境中观察；模仿，即让求助者模仿某个活动。

120.【答案】 BC

【解析】SCL-90因子包括躯体化、强迫症状、人际关系敏感、抑郁、焦虑、敌对、恐怖、偏执、精神病性和其他。

121.【答案】 AC

【解析】使用生活事件量表只记最近一年内发生的生活事件，应关注每项做肯定回答的事件，一般应向受测者本人进行调查，如果从知情者那里获得资料，应该说明资料来源、知情者和受检者的关系。

122.【答案】 BCD

【解析】MMPI－2 新增的效度量表分别为 Fb、VRIN 及 TRIN 量表。Fb 量表（称后 F 量表）由于组成该量表的项目大多出现于 370 题之后，对于 MMPI－2 中新增加的附加量表和内容量表的检查特别有用。VRIN（反向答题矛盾量表）及 TRIN（同向答题矛盾量表）有些类似于 MMPI 中由 16 对矛盾题构成的"粗心"量表，提供了一种检查受测者回答项目一致或矛盾的指标。

123.【答案】 CD

【解析】一般来说，量表 5（Mf）和 0（Si）不计入两点编码，但应与其他量表参照使用。

124.【答案】 ABD

【解析】MMPI－2 的内容量表分类：（1）内部症状类；（2）外显侵犯行为类；（3）消极自我认识类；（4）一般问题类。

125.【答案】 AC

【解析】WISC－CR 的言语备用分测验有背数和操作备用分测验迷津，分别在某一同类测验失效时使用。

# 卷册二：技能选择题、案例问答题

## 第一部分　技能选择题
（第 1～100 题，共 100 题）

### 案例一

1.【答案】 ABD

【解析】对该求助者还需重点了解的资料包括当时伤情的具体情况、以往负性生活事件和对遭遇车祸的看法。

2.【答案】 C

【解析】求助者"骑车途中遭遇车祸，伤势虽不严重，但当时非常害怕，此后眼前总浮现出当时车祸的情景，不敢骑车"出现了一系列的心理问题，因此该求助者产生的心理问题最主要原因是遭遇车祸。

3.【答案】 B

【解析】求助者"明明知道骑车不一定就出事，没有什么可怕的，但就是无法摆脱对骑车的恐惧，求助者内心非常痛苦"，因此引发该求助者心理问题的最主要冲突是明明不可怕可控制不住。

4.【答案】 C

【解析】恐惧神经症的特点：（1）害怕与处境不相称。（2）病人感到很痛苦，往往伴有显著的植物性神经系统功能障碍。（3）对所怕处境的回避，直接造成社会功能受损害。因此对求助者初步诊断为恐惧神经症。

5.【答案】　AB

【解析】求助者因极度害怕而放弃骑车，"无奈之下调换到了离家近但条件差的学校""无法摆脱对骑车的恐惧""无法安心工作，拒绝参加老乡、同事的各种活动，也没有心思谈恋爱"属于社会功能损害。

6.【答案】　B

【解析】厌恶疗法主要适用于露阴症、窥阴症、恋物症等，对酒瘾和强迫症也有一定的疗效，也可以适用于儿童的攻击行为、暴怒发作、遗尿和神经性呕吐。厌恶疗法包括给予电击、催吐剂等。这种很有争议性、批评者认为缺乏人道的方法通常只有在特殊情况下才采用。因此本案例不适宜对求助者使用厌恶疗法。

7.【答案】　AB

【解析】系统脱敏法又称交互抑制法。当患者面前出现焦虑和恐惧刺激的同时，反复呈现一种微弱的刺激，用全身肌肉放松对抗紧张，从而使患者逐渐消除焦虑与恐惧，不再对有害的刺激发生敏感而产生病理性反应。

8.【答案】　A

【解析】系统脱敏法的操作过程为：放松训练、建立恐怖或焦虑的等级层次、系统脱敏。

9.【答案】　D

【解析】建构焦虑等级表，一般是让求助者给每个事件指定一个焦虑分数，最少焦虑是0，最大焦虑是100。理想的焦虑等级建构应当做到各等级之间级差要均匀，是一个循序渐进的系列层次。

10.【答案】　D

【解析】系统脱敏法是分阶段进行的，是循序渐进的过程，因此求助者感受的痛苦较小。

案例二

11.【答案】　ABD

【解析】保密原则是心理咨询中最重要的原则，是建立良好咨询关系的基础和促进咨询成功的前提。

12.【答案】　A

【解析】重复性技术是咨询中常用的方法，用来强化求助者叙述的内容，鼓励其继续表达。

13.【答案】　D

【解析】钟情妄想症是一种没有事实依据的，认为一个实际上不喜欢自己的人其实是非常钟情于自己的歪曲信念，常见于精神分裂症。材料中李某仅凭男同学问自己问题就觉得男同学钟情于自己，是没有事实依据的。可能出现了钟情妄想。

14.【答案】　AB

【解析】关系妄想是指患者把实际与自己无关的事情认为与自己有关。多见于精神分裂症患者。被害妄想指患者总觉得有人要害自己，威胁自己的安全。

15.【答案】 ABC

【解析】患者把实际上与自己无关的事情想成与自己有关，都是针对自己的，有特殊意义，他们想害自己。

16.【答案】 A

【解析】真性幻听指患者听见不存在的声音，并且感觉内容真实、准确，伴有现实性的行为反应。假性幻听指听到的内容模糊不准确，无相应的行为反应。由材料中知李某对听到的内容表述清楚、准确，并深信不疑，为真性幻听。

17.【答案】 D

【解析】心理咨询师通过简短咨询了解到李某存在严重的心理障碍，不属于心理咨询的范围，应告知能力有限，给出就诊建议。

18.【答案】 D

【解析】李某出现幻听与钟情妄想症状，无自知力，情感与认知混乱，考虑精神病性障碍。

19.【答案】 BC

【解析】患者对自己的精神状况无认知能力，表现出不愿求治。

20.【答案】 AB

【解析】当求助者的情况可能会对自己造成危害时，咨询师要执行保密例外将患者的情况告知其监护人，以便对求助者做出更妥善的安置。

### 案例三

21.【答案】 C

【解析】求助者最近半个月来经常失眠，不想吃饭，出现心慌、出汗、噩梦等症状。属于焦虑症状。

22.【答案】 BC

【解析】"曾把两个人认错、把名字喊错"可知求助者出现了错觉和知觉障碍。

23.【答案】 B

【解析】该求助者社会功能虽出现部分受损，但病情持续时间不长，未泛化，排除严重心理问题。求助者的心理冲突属于常型，排除神经症。可能的诊断为一般心理问题。

24.【答案】 B

【解析】求助者产生心理问题的原因是对两个男友的取舍问题，属于现实冲突。

25.【答案】 C

【解析】咨询师的职责是帮助求助者分析产生心理问题的原因，缓解心理冲突。咨询师在咨询中应保持价值中立原则，不将自己的价值观强加给求助者，也不应替求助者做决定。

26.【答案】 ACD

【解析】咨询中咨询师的职责是帮助求助者改变不良认知、缓解内心冲突，对于咨询内容遵循保密原则。

27.【答案】 AC

【解析】从材料中可直接得出求助者来咨询的目的是想明确是否出现心理疾病，并想让咨询师为她做出选择。

28.【答案】 AC

【解析】求助者时两个男友的取舍存在明确的动机冲突，心理问题持续一个多月，病程较短。

29.【答案】 AB

【解析】求助者的情况属于一般心理问题，不需要进行催眠和药物治疗。对失眠的程度进行评估之后进行适当的放松训练即可。

30.【答案】 ABCD

【解析】四项均属于求助者所表现出来的积极方面。

## 案例四

31.【答案】 D

【解析】保护个人隐私，严守咨询秘密是婚姻家庭咨询师职业道德中一项非常重要的内容。因此对夫妻同来咨询的案例，较妥当的做法是根据是否符合保密原则来做家庭咨询。

32.【答案】 D

【解析】咨询中丈夫叙述时，咨询师合理的做法是最大程度的进行倾听，不应该控制谈话的内容和制止发泄的内容，也不能给予共情。

33.【答案】 D

【解析】本案例中，丈夫对妻子的要求置之不理，平时性生活问题是夫妻间的重大矛盾，因此对丈夫需要重点收集了解的资料包括如何解决性生活问题。

34.【答案】 C

【解析】本案例中为明确诊断，还需排除的问题为夫妻二人性取向是否存在障碍。

35.【答案】 D

【解析】本案例中对妻子还需要重点收集了解的是解决问题的行为模式，这是引发夫妻问题的重要原因。

36.【答案】 C

【解析】本案例中最需要核实的资料是夫妻双方是否存在生理障碍，即排除器质性病变。

37.【答案】 ABCD

【解析】若对本案例进行咨询，需要的条件包括具有性生理知识、具有性问题咨询经历、具有性法律知识和具有成功性生活经历。

38.【答案】 A

【解析】在本案例咨询中，妻子提出丈夫可能有婚外情，最合理的做法是建议搞清问题。

39.【答案】 D

【解析】本案例中咨询师帮助求助者的重点是双方共同采取实际行动解决问题。矫正双方性格缺陷属于长期目标，可能无法实现。

40.【答案】 B

【解析】本案例咨询中，咨询师最需要注意的是不要进行指责，咨询师应该对求助者给予指导和进行督促。

案例五

41.【答案】　AC

【解析】求助者因憋气、心慌入院检查，治疗后缓解。现在没胃口，吃不下饭，经常失眠。

42.【答案】　BC

【解析】案例中给出求助者表现出气愤、痛苦的情绪。

43.【答案】　ACD

【解析】认为自己命苦、不想被亲友看不起属于引起心理问题的错误认知，做事认真负责属于求助者的性格特征。B项是产生的心理问题本身，不是原因。

44.【答案】　C

【解析】求助者的心理问题产生的原因主要是由"认为自己很失败"这一不合理信念产生的，ABD属于这一错误认知的表现。

45.【答案】　C

【解析】社会功能轻度受损指求助者可以正常工作、学习、社交，心理问题对求助者只有轻微妨碍。中度受损指求助者工作、学习效率下降，尽量避免某些社交场合。重度受损指求助者完全不能工作或学习，某些社交场合完全避免。

46.【答案】　C

【解析】求助者心理冲突属于常型，排除神经症性心理问题，病情持续三四个月，社会功能受损，已出现泛化，属于严重心理问题。

47.【答案】　D

【解析】心理咨询中咨询师需保持价值中立原则，不替求助者做挟定，也不将自己的价值观强加给求助者。因此对于求助者提出的问题，咨询师应保持不赞成也不反对的态度，让求助者自己做决定。

48.【答案】　C

【解析】咨询中首先要做的是帮求助者改变错误认知，解决心理冲突，缓解情绪困扰。

49.【答案】　ABD

【解析】尊重指对求助者的完全接纳，既接受好的一方面，也接受不好的一方面，咨询师要保持中立、非评判的态度。尊重不代表没有原则，在咨询关系已经建立起来时，适度的表明自己对求助者的看法，有利于咨询关系的促进。

50.【答案】　D

【解析】面质技术指咨询师指出求助者前后说话的矛盾，促使求助者反思自己，发现问题，帮助求助者实现统一。

案例六

51.【答案】　ACD

【解析】"咱们先讨论咨询目标吧！"属于内容表达，"你能主动来咨询，我很高兴。"属于情感表达，"你现在每天上课大约有多长时间在玩手机?"属于具体化技术。具体化技术是咨询师协助求助者清楚、准确的表达他们的观点、情感、概念及经历。指导技术指咨询师直接的指示求助者做某件事、说某些话或者以某种方式行动，第一段未使用。

52.【答案】 AC

【解析】"上课不玩手机"这个目标是咨询师和求助者双方商定的，具体、可实施，可评估，也属于心理学范畴。

53.【答案】 C

【解析】选用咨询方法上咨询师应同求助者共同商定，案例中的咨询师直接帮求助者选择是不合适的。

54.【答案】 B

【解析】构建焦虑等级，明确焦虑程度属于系统脱敏的治疗步骤。

55.【答案】 D

【解析】厌恶疗法是通过将厌恶刺激与求助者的某一行为建立起联系，通过厌恶刺激的实施，降低该行为发生的频率，其原理是建立条件反射。

56.【答案】 ABCD

【解析】阳性强化法的基本步骤：确定目标行为、监控目标行为、设计干预方案、明确阳性强化物、实施强化、追踪评估。

57.【答案】 AC

【解析】在治疗前咨询师告诉求助者厌恶疗法对每个人都有效，一定会帮助求助者改掉毛病，属于盲目承诺咨询效果和盲目帮助求助者建立自信。

58.【答案】 A

【解析】在治疗过程中电刺激的强度大小、时间长度和过程较其他三个是最容易控制的。

59.【答案】 D

【解析】在厌恶疗法中，所选用的厌恶刺激必须是强烈的。

60.【答案】 D

【解析】厌恶疗法的使用需要具备一定的条件，在保证其强度的情况下要做到无害，不具备使用条件的咨询机构和个人是不能采用的。

### 案例七

61.【答案】 D

【解析】咨询师收集资料时应重点了解与求助者产生心理问题有关的表现，犯困的时间、频率、程度，属于行为表现，咨询师应重点了解求助者犯困的原因，挖掘产生心理问题的根源。

62.【答案】 CD

【解析】关系妄想指把现实中与自己无关的事情认为与自己有关，"求助者觉得老师和自己过不去"不属于关系妄想。求助者上课犯困老师提醒、批评，是合理的，但求助者觉得老师是和自己过不去，想法可能过于敏感，咨询师应进一步与求助者核实。

63.【答案】 B

【解析】求助者与老师发生争吵是由于老师在课堂上批评了求助者，老师的批评对求助者来说属于一种外界刺激，考虑行为原因是受外界刺激后的反应。

64.【答案】 C

【解析】求助者哭着冲出教室，老师和同学都觉得不可思议，表明其行为存在冲动性。

65.【答案】 C

【解析】关系妄想指患者把实际上与自己无关的事认为与自己有关，求助者认为别人在议论自己可能属于关系幻想，也可能是事实或不想上学的理由，需进一步核实。

66.【答案】 AC

【解析】求助者不愿意上课，也不愿意待在宿舍里，可能是回避老师和同学，属于社会功能受损。

67.【答案】 ABD

【解析】求助者不相信老师和同学的劝说原因可能是多方面的，求助者人格偏执，可能是情绪反应的结果，或老师和同学劝说的方法欠妥，都有可能。

68.【答案】 C

【解析】求助者处于青春期，且心理问题由实际情况所引起，尚未到达心理异常的标准，先不考虑关系妄想。求助者觉得别人都在看自己，最主要的原因可能是个性敏感多疑。

69.【答案】 ABD

【解析】求助者以往的人格特点案例中已给出，所以咨询师应该重点收集家族病史、自己的评价、老师的评价三个方面。

70.【答案】 B

【解析】求助者"总觉得别人在议论自己，在自己背后指指点点"表现出疑似妄想的精神病症状，所以咨询师目前需要做的是请精神专科会诊，确定是否属于精神病性问题。

案例八

71.【答案】 AD

【解析】内容反应是咨询师将求助者表达的内容加以整合、概括，用自己的方式再反馈给求助者，帮助求助者加强理解。内容表达指咨询师传递信息，提出忠告、建议和行为的解释等，来影响求助者，促使求助者加强认知。咨询师在开场中使用的属于内容反应技术和开放式提问。

72.【答案】 ABD

【解析】"您母亲去世了……所以我很理解你现在的心情。"表明咨询师理解求助者的内心痛苦，前半部分咨询师在沟通中使用的是内容表达技术，后半部分使用的是自我开放技术。

73.【答案】 B

【解析】咨询师通过表达自我开放的技术，表示对求助者的理解，来促进与求助者的共情。

74.【答案】 C

【解析】通过求助者的自我表达对其痛苦程度做具体评估。

75.【答案】 D

【解析】咨询师在此情况下应考虑咨询目标的可行性。

76.【答案】 C

【解析】咨询目标由咨访双方通过协商共同确定，若协商不一致，最终应以求助者的要求为主。

77.【答案】 C

【解析】合理情绪疗法中 A 指产生心理问题的诱发事件，案例中为求助者的母亲去世。

78.【答案】 D

【解析】合理情绪疗法中 B 指人们对诱发事件的不合理认知，正是这种不合理认知导致了心理问题的产生。案例中 B 为求助者认为母亲的死是自己造成的。

79.【答案】 B

【解析】合理情绪疗法中 C 表示由不合理认知产生的心理问题，案例中求助者认为母亲的去世是自己造成的所以内疚自责。

80.【答案】 D

【解析】咨询师通过说自己的经历、情感来影响求助者，属于情感表达技术。

81.【答案】 B

【解析】咨询师以求助者的观点出发进行推论、辩论，让求助者发现自己观念中的不合理之处，进而加以改正。属于产婆术式辩论。

82.【答案】 B

【解析】对质又叫面质，咨询师通过直接指出求助者身上的矛盾之处，促进求助者思考进而发现问题的根源，来解决问题。

83.【答案】 C

【解析】案例中求助者的沉默发生在与咨询师的辩论之中，且沉默之后对咨询师所表达的内容有所领悟，所以属于思考性的沉默。

84.【答案】 D

【解析】求助者心理痛苦明显减轻，表明其改变了不合理信念，了解到母亲去世并不是自己造成的。

85.【答案】 BCD

【解析】ERT 自主表和自我分析报告表是合理情绪疗法中常用的方法，用于求助者在咨询结束后自己进行的与自己的不合理信念的继续辩论。合理情绪想象技术可以用来帮助求助者制止不合理信念。内隐致敏法属于厌恶疗法中的想象刺激，不适用于消除不合理信念。

## 案例九

86.【答案】 ABCD

【解析】言语智商显著高于操作智商，说明其听觉加工模式比视觉加工模式好。FIQ 的范围值通常用 IQ 值加减 5 的方法判断，该受测者的 FIQ 在可信水平的范围值为 $120 \pm 5$。言语部分的代表性测验：知识、领悟、词汇，分数均高于平均分一个标准差以上，所以百分等级不低于 84。该求助者的智商总分为 120，属于超常范围。

87.【答案】 B

【解析】分测验成绩高于平均分 3 分即为强项，测验中的知识和词汇属于强项。

88.【答案】 AC

【解析】受测者的言语理解和抽象思维均超出平均分 3 分，故为强项。

## 案例十

89. 【答案】 ABCD

【解析】该求助者的 Hs、D、Hy、Pt、Si 量表的 T 分均高于常模标准分 60 分，会产生相应的病理性异常行为或心理偏离现象。ABcD 四项均有可能。

90. 【答案】 ABCD

【解析】轻躁狂的校正分公式为 16 + 0.2K，经计算校正分为 18。在两点编码时，Mf 量表与 si 量表不计入编码。在不计入编码的量表中最高分为 68 分，计入编码的量表中最低分为 71，两者相差不超过 5 分，所以为非突出编码。各量表一致性 T 分分布均呈正偏态。量表 D、Hy、Pd、Pa、Sc、Ma、Si 可按项目内容分为若干亚量表。

91. 【答案】 C

【解析】求助者的剖面图呈"左高右低"特点，2、1、3 量表呈依次下降倾向，属于 c 类神经症剖面图。

92. 【答案】 ABC

【解析】根据该求助者的剖面图显示其属于神经症剖面图，排除 D 项。

93. 【答案】 ABD

【解析】BPRS 量表的划界值为 35 分，C 项错误。

94. 【答案】 BCD

【解析】儿童行为量表第二部分社会能力的因子包括：活动情况、社交情况、学习情况。

95. 【答案】 BC

【解析】16PF 人格测验可用于人才选拔，黏液质的神经过程为强、平衡、不灵活，所以内向、稳定不属于黏液质的气质类型。

## 案例十一

96. 【答案】 BC

【解析】求助者的编码类型为 68 编码，量表 Sc 没有比量表 Si 超过 5 分，属于非突出编码。F 量表为诈病量表，该求助者在 F 量表上的得分为 75 分，高于常模标准，有诈病倾向。Fh 量表提供检查受测者对 370 题以后项目答案的效度，受测者在该项目上的得分为 65 分，高于我国 60 分的标准，所以 370 题以后的回答无效。

97. 【答案】 B

【解析】轻躁狂量表的校正分为 23 + 0.2 × 14 = 26。

98. 【答案】 A

【解析】求助者的 1、2、3 量表得分偏低，6、7、8、9 得分偏高，剖面图呈现左低右高型，属于精神病性剖面图。

99. 【答案】 CD

【解析】求助者在量表 6、8 上得分高，表现为多疑、敌意、易激惹，伴有偏执妄想。在量表 F 上 T 分超过 70，表现为精神分裂偏执型剖面图。

100. 【答案】 C

【解析】社会支持评定量表适用于 16 岁以上的成人，量表包括客观支持、主观支持、对社会支持的利用三个维度。社会支持分为客观可见的实际支持和主观体验的情感支持。

# 第二部分　案例问答题

1.【答案】　根据案例，对该求助者可以考虑的诊断有以下几个：

（1）疑病性神经症：求助者一年多来到多家医院反复检查，甚至曾经专门住院检查，但均没有发现明显器质性病变，医生也觉得无法用医学解释他的症状。求助者认为自己病得很严重，非常担心自己的身体，担心自己的工作。

（2）焦虑神经症：求助者莫名其妙担心，担心自己的身体、担心自己工作，担心领导同事看法等，还有心慌头痛食欲睡眠等症状。

（3）抑郁性神经症：内心紧张，情绪低落，没有心情谈恋爱和工作。

2.【答案】　在摄入性谈话阶段，确定会谈内容及范围所依据的参考点有以下几个：

（1）求助者主动提出的求助内容；

（2）心理咨询师在初诊接待中观察到的疑点；

（3）依据心理测评结果初步分析发现的问题；

（4）上级心理咨询师为进一步诊断下达的会谈目标；

（5）谈话目标中若有一个以上的内容，应分别处理。

3.【答案】　该求助者产生心理问题的主要原因可以以下三方面来分析：

（1）生理原因：该求助者男性，26岁，自幼身体健康，自称没有疾病史、外伤史。

（2）心理原因

1）认知偏差：求助者认为父母对他更是寄予了厚望，他应该好好好工作，努力发展，他担心因为身体的原因被调离就是灭顶之灾。有绝对化、糟糕之极等不合理认知。个人曾经的成功，带来的更大压力。

2）人格特证：求助者从小做事循规蹈矩，追求完美，几乎没有冒过险。

（3）社会原因：社会关系中的社会支持系统较差；社会交往中重大事件；考入国家机关引起的轰动，所来的巨大压力。

4.【答案】　尊重就是心理咨询师在价值、尊严、人格等方面与求助者平等，把求助者作为有思想感情，内心体验、生活追求和独特性与自主性的活生生的人去看待。尊重是建立良好咨询关系的基础，也是建立良好咨询关系的重要内容。

恰当地表达尊重，需要理解以下几点：

（1）尊重意味着无条件接纳（优点和缺点，价值观）；

（2）尊重意味着一视同仁；

（3）尊重意味着礼貌待人；

（4）尊重意味着信任对方；

（5）尊重意味着保护隐私（不强迫对方不愿讲的东西）；

（6）尊重意味着以真诚为基础；

（7）咨询师若难以接纳求助者，可以转介，这也是尊重。

5.【答案】　认知行为疗法的基本原理：通过改变思维和行为的方法来改变不良认知，达到清除不良情绪和行为的目的。认知行为疗法特点：

（1）求助者和咨询师是合作关系。

（2）假设心理痛苦是认知过程发生机能障碍的结果。

（3）强调改变认知，产生情感与行为方面的改变。

（4）通常是一种针对具体的和结构性的目标问题的短期和教育性的治疗。

6.【答案】 求助者中心疗法对人性的看法是积极乐观的。其基本观点是：

（1）人有自我实现的倾向；

（2）人拥有有机体的评价过程；

（3）人是可以信任的。

7.【答案】 生物反馈疗法是利用现代生理科学仪器，通过人体内生理或病理信息怕自身反馈，使患者经过特殊训练后，进行有意识的"意念"控制和心理训练，从而消除病理过程、恢复身心健康的新型心理治疗方法。常见的生物反馈仪有以下几种：

（1）肌电反馈；

（2）皮电反馈；

（3）皮温反馈；

（4）呼吸反馈；

（5）脑电反馈；

（6）心律以及其他心血管指标反馈。

8.【答案】 选择咨询方法的一般原则：

（1）不同的问题应该选择不同的方法，针对求助者的躯体症状、情绪困扰、社会功能受损状况等问题选择；

（2）不同的阶段可选择不同的方法，咨询分为诊断－咨询－巩固三个阶段，每个阶段都有不同的目标，因此可以选择不同的方法；

（3）根据不同对象选择不同的方法，根据求助者年龄、性别、个人能力和性格等因素来选择适合的方法；

（4）不同的专长和经验会影响方法的选择。

# 心理咨询师国家职业资格考试热题库（二级）

# 《心理咨询师二级》模拟试卷（三）

## 卷册一：职业道德、理论知识

### 第一部分　职业道德
（第 1～25 题，共 25 题）

**一、职业道德基础理论与知识部分**

答题指导：该部分均为选择题，每题均有四个备选项，其中单项选择题只有一个选项是正确的，多项选择题有两个或两个以上选项是正确的。错选、少选、多选，则该题均不得分。

**（一）单项选择题**（第 1～8 题）

1. 某公司奉行"不惜一切为顾客服务"的理念，正确理解的是（　　）。
　　A. 要不计成本地满足顾客的要求　　B. 无条件地满足顾客提出的任何要求
　　C. 一切都是顾客说了算　　D. 顾客的满意程度决定企业的命运

2. 关于打造品牌，正确的说法是（　　）。
　　A. 只要掌握了高新技术，就能打造品牌
　　B. 打造品牌，核心任务是加强广告等媒体宣传工作的力度
　　C. 员工具有敬业精神和强烈的社会责任感是打造企业品牌的内在力量
　　D. 质优价高才能打造品牌

3. 在职业活动中，应该倡导的是（　　）。
　　A. 轻伤不下火线，带病坚持工作
　　B. 大公无私，不考虑个人利益
　　C. 绝不"跳槽"
　　D. 集体利益与个人利益兼顾，以集体利益为重

4. 关于企业形象，正确的说法是（　　）。
　　A. 企业形象的本质是企业信誉
　　B. 企业形象主要体现在厂容厂貌上
　　C. 树立企业形象的根本途径是加强媒体宣传
　　D. 社会公众的看法总有分歧，对企业形象的认识莫衷一是

5. 关于道德评价，正确的说法是（　　）。
　　A. 每个人都能对他人进行道德评价，但不能做自我道德评价
　　B. 道德评价是一种主观判断，没有客观依据和标准

C. 领导对员工的道德评价具有权威性

D. 道德评价的关键是看其行为是否符合社会道德规范

6. 关于"德"和"才"的关系，正确的说法是（    ）。

A. 在市场经济社会，"才"比"德"重要

B. "才"决定了一个人贡献的大小，所以，"才"比"德"重要

C. "德"者，"才"之帅也

D. 有"德"之人必然是有"才"之人，因而"德"终于"才"

7. 关于售后服务，正确的做法是（    ）。

A. 客户未对售出商品提出意见，表明商品不存在问题

B. 由于产品质量问题导致客户使用不便，要亲自登门致歉

C. 商品既已售出，概不更换

D. 维护自身形象，拒绝投诉者登门

8. 职业道德的特征是（    ）。

A. 内容上的持续变动性          B. 范围上的相对有限性

C. 形式上的普遍单调性          D. 执行中的权威强制性

**（二）多项选择题**（第 9 ~ 16 题）

9. 符合遵纪守法要求的有（    ）。

A. 法律面前一律平等          B. 享受权利，尽到义务

C. 只要不犯罪就是守法          D. 敢于用法维护自身权益

10. 关于团结互助，正确的说法有（    ）。

A. 互相学习是团结互助的具体体现

B. 为了实现共同目标而一致行动属于团结互助

C. 团结互助之中同样存在着合理竞争

D. 只有朋友之间才能实现真正的团结互助

11. （    ）的说法符合团结互助的要求。

A. 各人自扫门前雪，莫管他人瓦上霜     B. 种了别人的地，荒了自己的田

B. 三人行，必有我师傅          D. 众人拾柴火焰高

12. 符合诚实守信要求的是（    ）。

A. 一言既出，驷马难追          B. 人而无信，百事皆虚

B. 言行一致，表里如一          D. 许人一物，千金不移

13. 依据《公民道德建设实施纲要》，从业人员应共同遵循的职业道德要求包括
（    ）。

A. 爱国守法          B. 诚实守信          C. 自强创新          D. 奉献社会

14. 关于职业化，正确的说法有（    ）。

A. 职业化包含三个层次的内容，其中核心层是职业化素养

B. 职业化也称为"专业化"，它是一种自律性的工作态度

C. 职业化要求从业人员在工作和决策中尽量发挥主观性和个人兴趣

D. 职业化在行为标准方面的体现称为职业化行为规范

15. 从业人员讲求信用，主要包括（　　）。

A. 择业信用　　　　　B. 岗位责任信用　　C. 家庭信用　　　　　D. 离职信用

16. 关于敬业，其内涵包括（　　）。

A. 尊敬、尊崇自己的职业　　　　　　　B. 对待工作恭敬、虔诚

C. 享受工作的过程　　　　　　　　　　D. 精益求精，不断进步

## 二、职业道德个人表现部分（第 17～25 题）

答题指导：该部分均为选择题，每题均有四个备选项，您只能根据自己的实际状况选择其中一个选项作为您的答案。

17. 你刚刚来到某个新单位上班，听某同事讲，这个单位的一把手本事不大，但脾气不小，大家都不服他。你会（　　）。

A. 感到有点沮丧

B. 觉得这个同事挺关心自己，告诉了自己很重要的信息

C. 问问同事，为什么这位领导还不下台呢

D. 只听，但并不发表看法

18. 某同事爱搞恶作剧，虽然没有出格的事情，但也时常令人感到不自在。假如这样的事情 发生在你的身上，你一般会（　　）。

A. 不理睬对方　　　　　　　　　　　　B. 向对方发出警告

C. 一笑了之　　　　　　　　　　　　　D. 也拿对方搞点恶作剧

19. 秋天，虽然阳光依然充足，但爸爸种在院子里的花却有些枯黄了，只有在花茎上长得的 几粒果实在微风中瑟瑟抖动。爸爸凝视了许久，说："天凉了，冬天不远了。"你要对爸 爸说的是（　　）。

A. "是呀，爸爸，天凉了，冬天不远了"

B. "天凉了，爸爸，你要注意换衣服保暖，保重身体"

C. "季节变换，很正常，把那些枯萎的花拔掉了吧，爸爸"

D. "爸爸，你看，花茎上结了许多果实，明年可以多种一些"

20. 近几年，全国房价上涨过快，关于买房，你认为（　　）。

A. 这辈子无论如何也买不起房子了

B. 如果能贷款买房，那么，就通过贷款买房，先住上再说

C. 虽然买房困难很多，但总的想办法给自己安个家

D. 不再想买房这事了

21. 某公司因管理松散，不时发生员工迟到早退等现象，如果要你来当这家公司的经理，你将首要做的事情是（　　）。

A. 处罚违规违纪的员工　　　　　　　　B. 有赏有罚

C. 自己带头做出表率　　　　　　　　　D. 表扬奖励工作表现好的员工

22. 如果你经过深思熟虑想出了一项非常好的经营方案，但你提出了几次，这项方案也没有被管理层采纳，你会（　　）。

A. 以后再也不提这样的意见或建议了

B. 继续找机会与上司沟通，直到上司能够理解自己的想法为止

C. 认为上司听不进别人的意见、建议，会影响自己的前途

D. 想想可能自己曾经在什么地方得罪过上司

23. 业余时间里，某同事爱讲一些"荤段子"。你会（    ）。

A. 听听，一笑了之

B. 告诉同事，这些东西很低级、庸俗，劝他别讲了

C. 走开

D. 仔细认真听，记下来后再讲给别人听

24. 领导经常检查工作，但是，他所要求的许多事情大都被同事们认为是不值得一提的事情，你认为（    ）。

A. 领导这样检查工作是为了体现他的权威和价值

B. 领导很负责任

C. 领导是小题大做

D. 不管领导怎样检查，自己把工作做好就是

25. 单位来了客人，领导因为工作忙，决定由你单独负责招待用餐。你会（    ）。

A. 把菜单给客人，要客人来点菜

B. 询问客人的喜好，自己来点菜

C. 咨询让餐厅服务员，帮助点菜

D. 尽量点一些自己认为好吃的菜招待客人

# 第二部分　理论知识

## （第 26～125 题，共 100 题）

**一、单项选择题**（第 26～85 题，每题 1 分，共 60 分。每小题只有一个最恰当的答案。）

26. 轻度的精神发育迟滞通常在（    ）发现。

    A. 1 周岁前　　　　B. 3～5 岁　　　　C. 2 周岁前　　　　D. 学龄期

27. 以"高度的攻击性，缺乏羞惭感，不能从经历中取得经验教训，行为受偶然动机驱使，社会适应不良等"为主要表现的人格障碍是（    ）。

A. 偏执型人格障碍　　　　　　　　B. 反社会人格障碍

C. 冲动型人格障碍　　　　　　　　D. 分裂样人格障碍

28. 对抑郁神经症的诊断，病程应至少持续（    ）。

    A. 2 周　　　　　　B. 2 个月　　　　C. 1 年　　　　　D. 2 年

29. 开展心理咨询的前提条件是良好的（    ）。

A. 咨询关系　　　B. 合作态度　　　C. 咨询技术　　　D. 行为方式

30. 关于心理咨询的具体目标的含义，下列说法正确的是（    ）。

A. 完善求助者的人格　　　　　　　B. 提高求助者的生活幸福感

C. 提高求助者的心理健康水平　　　D. 缓解或消除求助者目前的情绪症状

31. 在咨询过程中，如果求助者不愿意自我探索和自我改变，而是反复向咨询师说"你就告诉我该怎么做吧"，这种情况说明求助者出现了（　　）现象。

    A. 多话　　　　　　B. 移情　　　　　　C. 依赖　　　　　　D. 重复

32. 系统脱敏疗法的创立者是（　　）。

    A. 沃尔普　　　　　B. 斯金纳　　　　　C. 班都拉　　　　　D. 桑代克

33. 咨询师使用冲击疗法时，应首先进行的工作是（　　）。

    A. 签订治疗协议　　B. 筛选治疗对象　　C. 确定刺激物　　　D. 实施冲击治疗

34. 模仿法的原理是（　　）。

    A. 消退性抑制　　　B. 观察学习　　　　C. 经典条件反射　　D. 交互抑制

35. 必须借助现代电子仪器实施的疗法是（　　）。

    A. 行为疗法　　　　　　　　　　　　B. 生物反馈疗法

    C. 求助者中心疗法　　　　　　　　　D. 认知行为疗法

36. 求助者中心疗法的理论基础是（　　）。

    A. 认知心理学　　　　　　　　　　　B. 人本主义心理学

    C. 人性心理学　　　　　　　　　　　D. 行为主义心理学

37. 在贝克和雷米的认知疗法里，建议、演示和模仿主要用于（　　）。

    A. 纠正核心错误观念　　　　　　　　B. 检验表层错误观念

    C. 明确问题　　　　　　　　　　　　D. 巩固新观念

38. 瑟斯顿的群因素论归纳的基本心理能力有（　　）。

    A. 5 种　　　　　　B. 6 种　　　　　　C. 7 种　　　　　　D. 8 种

39. 韦氏成人智力测验（WAIS – RC）中操作测验包含的分测验的数量是（　　）。

    A. 11 个　　　　　B. 6 个　　　　　　C. 12 个　　　　　D. 5 个

40. EPQ 问卷的答题方式是（　　）。

    A. "是"或"否"二选一　　　　　　　B. 分为 4 个等级

    C. "A、B、C"三选一　　　　　　　D. 分为 5 个等级

41. HAMD 的评分标准是（　　）。

    A. 各项目 0～4 分的 5 级评分法

    B. 各项目 1～5 分的 5 级评分法

    C. 各项目 1～7 分的 7 级评分法

    D. 大部分项目 0～4 分，少部分项目 0～2 分评分法

42. 使用他评量表应注意（　　）。

    A. 评定者要经系统培训　　　　　　　B. 评定者可单人施测

    C. 评定者无需专门培训　　　　　　　D. 评定者靠观察评分

43. 韦氏儿童智力测验（WISC – CR）结果为轻度智力缺陷的 IQ 范围是（　　）。

    A. 70～69　　　　　B. 50～69　　　　　C. 35～49　　　　　D. 20～34

44. 青春期大约十年左右的时间，个体自我意识的中心是（　　）。

    A. 心理自我　　　　B. 生理自我　　　　C. 社会自我　　　　D. 理想自我

45. 艾森克的人格理论，把人格结构分为（　　）个维度。

A. 二          B. 三          C. 四          D. 五

46. 神经元之间接触的部位叫 （     ）。
    A. 树突          B. 轴突          C. 细胞体          D. 突触

47. 网状结构是 （     ）。
    A. 呼吸与心跳的中枢              B. 调节睡眠与觉醒的中枢
    C. 调节运动平衡的中枢            D. 皮层下较高级的感觉中枢

48. 心理噪音是指 （     ）。
    A. 由不同频率的声波组成的无周期性的声音
    B. 人耳的非适宜刺激
    C. 比 1000Hz 低，比 4000Hz 高的声音
    D. 人们不愿听的声音

49. 在用双耳听觉来判断方位的时候，最容易判断的方位是 （     ）。
    A. 上下          B. 左右          C. 正前          D. 正后

50. 威尔尼克中枢受到损伤会造成 （     ）。
    A. 失写症                  B. 接受性失语症
    C. 失读症                  D. 表达性失语症

51. 从入睡到醒来的过程中，快速眼动睡眠阶段的时间 （     ）。
    A. 呈 U 型变化     B. 越来越长     C. 呈倒 U 型变化     D. 越来越短

52. 马斯洛认为，自我实现的境界是 （     ）。
    A. 每个人都能达到的            B. 大多数人都能达到的
    C. 少数人能够达到的            D. 没有人能够达到的

53. 胆汁质气质类型的高级神经过程的基本特性是 （     ）。
    A. 强、平衡、灵活            B. 强、不平衡
    C. 强、平衡、不灵活            D. 弱

54. "自我是社会的产物"，这是 （     ）的观点。
    A. 社会交换论     B. 精神分析论     C. 社会学习论     D. 符号互动论

55. 影响行为稳定性和一致性的关键是个体的 （     ）。
    A. 唤起水平     B. 自我概念     C. 自尊水平     D. 自我抱负

56. 根据马斯洛的需要层次论，自尊属于 （     ）。
    A. 归属需要     B. 安全需要     C. 低级需要     D. 高级需要

57. 关于刻板印象，正确的说法是 （     ）。
    A. 其作用是消极的            B. 在经验的基础上形成
    C. 其作用是积极的            D. 一种以偏概全的现象

58. 对可控性因素的归因，人们较可能对未来的行为做出 （     ）。
    A. 内归因     B. 准确的预测     C. 外归因     D. 变化的预测

59. 在态度的 ABC 模型中，B 指态度的 （     ）。
    A. 外显度     B. 行为倾向性     C. 向中度     D. 卷入水平

60. 关于态度转变，正确的说法是 （     ）。

A. 持自我服务立场的传递者说服力强

B. 信息唤起的畏惧情绪越强烈，说服效果越好

C. 自尊水平高的人不容易被说服

D. 沟通信息的重复频率和说服效果之间呈"U型"关系

61. 根据沙赫特的理论，决定情绪的关键因素是（　　　）。

　　A. 环境刺激　　　　B. 认知标签　　　　C. 生理唤起　　　　D. 动机水平

63. 关于爱情，正确的说法是（　　　）。

　　A. 幼儿也有爱情　　　　　　　　　B. 爱情的基本倾向是占有

　　C. 爱情有生理基础　　　　　　　　D. 异性之间喜欢到极致就是爱情

64. 关于老年人的工作记忆，可以肯定的说法是（　　　）。

　　A. 不随年龄而变化　　　　　　　　B. 随着年龄增长提高

　　C. 与营养关系密切　　　　　　　　D. 随着年龄增长下降

65. 中年期的完美人格是指（　　　）。

　　A. 女人更加"女性化"，男性更加"男性化"

　　B. 男性"女性化"，女性"男性化"

　　C. 男女性都"中性化"

　　D. 男女性不再有性别差异

66. 女性更年期年龄一般在（　　　）岁左右。

　　A. 45　　　　　　　B. 40　　　　　　　C. 55　　　　　　　D. 50

67. 关于不同咨询流派的咨询目标，正确的说法是（　　　）。

　　A. 理性情绪学派在于帮助求助者实现自我管理

　　B. 行为主义学派在于帮助求助者成为自主性的人

　　C. 精神分析学派在于帮助求助者将潜意识意识化

　　D. 行为主义学派在于激励求助者承担责任

68. 咨询师协助求助者准确表达自己的技术是（　　　）。

　　A. 指导　　　　　　B. 具体化　　　　　C. 释义　　　　　　D. 内容反应

69. 适用于儿童及智力落后成人的瑞文测验类型是（　　　）。

　　A. 儿童型　　　　　B. 彩色型　　　　　C. 标准型　　　　　D. 高级型

70. 在施测 MMPI 时，如果受测者的情况前后有所不同，应当（　　　）。

　　A. 以从前情况为准　　　　　　　　B. 根据不同项目来选择

　　C. 以现在情况为标准　　　　　　　D. 填写症状的严重情况

71. 16PF 的答题形式是（　　　）。

　　A. 数字等级式　　　B. 折中是非式　　　C. 文字等级式　　　D. 是非等级式

72. 使用许又新教授的神经症评定方法确诊神经症，对精神痛苦程度的评定在时间上至少要考虑最近（　　　）。

　　A. 三周以上　　　　B. 三个月以上　　　C. 两周以上　　　　D. 一个月以上

73. 以行为不符合社会规范，经常违法乱纪，对人冷酷无情为主要特点的人格障碍属于（　　　）。

A. 偏执性人格障碍                           B. 分裂样人格障碍

C. 反社会型人格障碍                         D. 冲动型人格障碍

74. 心理发育停滞是引发心理问题的（          ）。

A. 社会原因        B. 认知原因        C. 文化原因        D. 生物原因

75. 关于系统脱敏训练，描述正确的是（          ）。

A. 若引发焦虑的情境不止一种，可以一并处理

B. 可以综合多种情境，制定一个焦虑等级表

C. 若脱敏过程一开始焦虑分数超过 50 分，表明焦虑等级设计不合理

D. 对每种情境的想象和放松的次数应当限定

76. 现实冲击疗法最主要的特点是（          ）。

A. 让求助者置身于想象环境之中        B. 让求助者暴露在实际的恐惧刺激中

C. 允许求助者用不适应的行为应对      D. 求助者可以采取缓解焦虑的行为

77. 冲击疗法的原理是（          ）。

A. 交互性抑制      B. 经典条件反射    C. 消退性抑制      D. 操作条件反射

78. 最适合运用模仿法的咨询对象是（          ）。

A. 妇女            B. 儿童            C. 老人            D. 青年

79. 生物反馈疗法重点强调的是（          ）。

A. 简历经典条件反射                  B. 生理信号的检测

C. 咨询师主导控制                    D. 求助者主动参与

80. 在认知疗法中布置家庭作业是（          ）。

A. 行为矫正        B. 认知复习        C. 语义分析        D. 自我审查

81. 若大脑发生损伤，最有可能出现的情况是（          ）。

A. 优势半球有损伤，则 VIQ 明显低于 PIQ

B. 非优势半球有损伤，则 VIQ 明显低于 PIQ

C. 两半球弥漫性损伤，则 VIQ 明显低于 PIQ

D. 两半球弥漫性损伤，则 VIQ 明显低于 PIQ

82. MMPI－2 中国常模的区分点是 T 分为（          ）。

A. 70            B. 65            C. 60            D. 55

83. CBCL 社会能力部分的因子数是（          ）。

A. 2            B. 3            C. 4            D. 5

84. 在 WAIS－RC 智商分级标准中，辩解等级的 IQ 分布范围是（          ）。

A. 80～89        B. 70～79        C. 60～69        D. 69 以下

85. 韦氏儿童治力量表的填土测验时间显示是每图（          ）。

A. 50 秒        B. 40 秒        C. 30 秒        D. 20 秒

86. BPRS 将"对当前及未来情况的担心、恐惧或过分关注"定义为（          ）。

A. 紧张          B. 焦虑          C. 猜疑          D. 恐惧

二、多项选择题（第 86～125 题，每题 1 分，共 40 分。每题有两个或两个以上选项是正确的，错选、少选、多选，则该题均不得分。）

86. 常模团体的选择程序一般包括（　　）。
    A. 确定测验目标　　B. 确定一般总体　　C. 确定目标总体　　D. 确定常模样本

87. 实施心理测验时，如果两个复本的施测相隔一段时间，则其信度是（　　）。
    A. 重测信度　　　　B. 重测复本信度　　C. 复本信度　　　　D. 稳定与等值系数

88. 信度系数在解释个人分数时的作用包括（　　）。
    A. 估计误差分数的范围　　　　　　　　B. 估计真实分数的范围
    C. 了解实得分数再测时的变化　　　　　D. 了解误差分数的大小

89. 可以作为构想效度证据的包括（　　）。
    A. 受测者对题目的反应特点　　　　　　B. 测验的内部一致性指标
    C. 几个测验间的相互关系　　　　　　　D. 测验的内容效度

90. 在处理初期印象和新资料之间的矛盾时，心理咨询师应该（　　）。
    A. 固守旧印象　　　　　　　　　　　　B. 按标准程序重新收集资料
    C. 尊重新资料　　　　　　　　　　　　D. 随时准备渊整自己的看法

91. 引发求助者临床症状的关键点包括（　　）。
    A. 求助者最迫切希望解决的问题
    B. 求助者的多数临床症状的原因
    C. 让求助者觉得最痛苦的各种相关因素
    D. 与求助者多数临床症状有联系的因素

92. 使用而质技术对应该注意（　　）。
    A. 要做好充分的理论准备　　　　　　　B. 避免个人发泄
    C. 以良好咨询关系为基础　　　　　　　D. 避免无情攻击

93. 埃利斯认为合理情绪疗法可以帮助个体达到的目标包括（　　）。
    A. 自我关怀　　　　B. 自我知道　　　　C. 自我批评　　　　D. 自我接受

94. 在 WAIS－RC 中，属于知觉组织因素的分测验包括（　　）。
    A. 图片排列　　　　B. 图形拼凑　　　　C. 数字符号　　　　D. 数字广度

95. 关于 MMPI－2，正确的说法包括（　　）。
    A. 有 567 个自我报告形式的题目
    B. 采用了一致性 T 分
    C. 可分为基数量表、内容量表和附加量表
    D. 为了临床诊断可仅做前 399 题

96. 根据 ICD－10，广泛性焦虑障碍的诊断要点包括（　　）。
    A. 精神紧张　　　　　　　　　　　　　B. 植物神经系统兴奋
    C. 躯体紧张　　　　　　　　　　　　　D. 无法查明诱发事件

97. 神经衰弱的常见生理症状包括（　　）。
    A. 睡眠障碍且感到痛苦　　　　　　　　B. 睡眠障碍且精神充沛

C. 个别内脏功能重度障碍　　　　　D. 个别内脏功能轻度障碍

98. 贝克归纳的七种常见的认知曲解包括（　　　）。

A. 主观推断　　　B. 选择性概括　　　C. 去中心化　　　D. 夸大和缩小

99. 评估社会接纳程度时，主要评估求助者的（　　　）。

A. 行为表现　　　　　　　　　　　B. 自我评价

C. 临床表现　　　　　　　　　　　D. 与周围环境的适应情况

100. "自我想法"的特点包括（　　　）。

A. 在生活事件刺激下快速出现在头脑中

B. 与生活事件无关的自动化思维方式

C. 很可能是不现实的

D. 一定是功能协调的

101. 贝克和雷米检验表层错误观念可以采用的技术包括（　　　）。

A. 建议　　　　　B. 模仿　　　　　C. 演示　　　　　D. 面质

102. HAMA 与 HAMD 相比较，重复的项目包括（　　　）。

A. 躯体性焦虑　　　B. 抑郁心境　　　C. 胃肠道症状　　　D. 失眠

103. 关于 BRMS 评定时间的正确说法包括（　　　）。

A. 一次评定约需 20 分钟　　　　　B. 再次评定间隔一般为 2 到 6 周

C. 一次评定约需 50 分钟　　　　　D. 再次评定间隔一般为 2 到 4 周

104. MMPI－2 新增加的量表是（　　　）。

A. K　　　　　　　B. Fb　　　　　　C. VIRN　　　　　D. TRIN

105. 症状夸大模式量表中现对较低的量表是（　　　）。

A. Q 量表　　　　　B. F 量表　　　　C. L 量表　　　　D. K 量表

106. 下列说法中正确的包括（　　　）。

A. 认知是人认识外界事物的过程　　　B. 意志是需要克服困难和挫折的行为

C. 人格可以通过心理过程表现出来　　　D. 情感属于心理过程

107. 下列说法中正确的包括（　　　）。

A. 人耳对 1000 ~ 4000 赫兹的声波最敏感

B. 人耳对 16 ~ 20000 赫兹的声波最敏感

C. 老年人首先丧失的是对高频声波的听觉

D. 童年期个体的听觉感受性最高

108. 关于色盲，正确的说法包括（　　　）。

A. 色盲大多数是遗传的原因造成的　　　B. 年龄越小色盲越多

C. 色盲患者一般也能"辨认"颜色　　　D. 男性色盲比女性色盲多

109. 关于时间知觉，正确的说法包括（　　　）。

A. 视觉比触觉估计时间的准确度高　　　B. 听觉比触觉估计时间准确度高

C. 生物钟是估计时间的重要依据　　　D. 情绪状态会影响时间知觉

110. 遗忘的主要原因包括（　　　）。

A. 信息错构　　　B. 信息干扰　　　C. 自然衰退　　　D. 意识抑制

111. 关于概念，正确的说法包括（　　　）。

    A. 是以词来标示和记载的

    B. 是思维活动借以进行的单元

    C. 是人脑对客观事物本质属性的反映

    D. 是对客观事物的整体反映

112. 多拉德"挫折－侵犯学说"的要点包括（　　　）。

    A. 人在受挫折后，一定会产生侵犯行为

    B. 侵犯强度同目标受阻强度呈正比

    C. 抑制侵犯的力量与该侵犯可能受到的预期惩罚强度呈正比

    D. 如果挫折强度一定，预期惩罚越大，侵犯发生的可能性则越小

113. 影响成就动机的因素包括（　　　）。

    A. 抱负水平　　　　　　　　　　B. 成败的主观概率

    C. 出生顺序　　　　　　　　　　D. 个体施展才干的机会

114. 霍夫兰德（C. Hovland，1959）态度转变模型包含的要素有（　　　）。

    A. 信息　　　　B. 背景　　　　C. 反馈　　　　D. 通道

115. 在态度转变的 p－o－x 模型中，（　　　）则系统处于平衡状态。

    A. 如果三种关系都是否定的

    B. 如果三种关系都是肯定的

    C. 如果三种关系中两种是否定的，一种是肯定的

    D. 如果三种关系中两种是肯定的，一种是否定的

116. 下列属于现实沟通的情况包括（　　　）。

    A. 亲人通过电话交流　　　　　　B. 面对面谈判

    C. 同学通过微信聊天　　　　　　D. 不认识的网友通过 QQ 交流

117. 让人有吸引力的特点包括（　　　）。

    A. 俊俏或帅气的外貌　　　　　　B. 为人真诚、热情

    C. 有才但犯大错误　　　　　　　D. 有才但自视过高

118. 成人思维的特点包括（　　　）。

    A. 严格的逻辑思维　　　　　　　B. 辩证性提高

    C. 具有相对性和变通性　　　　　D. 实用性思维

119. 幼儿思维的特点包括（　　　）。

    A. 主要特征是具体形象性思维　　B. 从具体形象思维同抽象逻辑思维过渡

    C. 依赖具体内容的逻辑思维　　　D. 逻辑思维开始萌芽

120. 对幼儿的"自我中心"，正确的说法包括（　　　）。

    A. 儿童的道德水平较低　　　　　B. 认为所有人与自己都有相同的感受

    C. 不能从他人的角度看待问题　　D. 一个人比较自私

121. 处于他律道德判断阶段儿童的特征包括（　　　）。

    A. 进行道德判断时主要依据行为的后果

    B. 进行道德判断时不考虑行为者的主要动机

C. 道德判断受儿童自身以外的价值标准所支配

D. 已形成儿童自己的主观价值标准

122. 下列属于违反"心理活动内在协调性原则"的症状包括（　　　）。

    A. 情绪低落　　　　B. 情绪倒错　　　　C. 强迫动作　　　　D. 自罪妄想

123. 人在经历地震、海啸等自然灾害后可能会出现的问题包括（　　　）。

    A. 急性应激障碍　　　　　　　　　　B. 灾难征候群

    C. 严重心理问题　　　　　　　　　　D. 创伤后应激障碍

124. PTSD 的主要表现包括（　　　）。

    A. 创伤性体验反复出现　　　　　　　B. 植物神经过度兴奋

    C. 意识障碍、定向障碍　　　　　　　D. 对创伤经历的选择性遗忘

125. 神经症的主要特点包括（　　　）。

    A. 精神痛苦　　　B. 社会功能受损　　　C. 无自知力　　　D. 持续时间短

# 卷册二：技能选择题、案例问答题

## 第一部分　技能选择题
### （第 1~100 题，共 100 题）

本部分由十一个案例组成。请分别根据案例回答第 1~100 题，共 100 道题。每题 1 分，满分 100 分。每小题有一个或多个答案正确，错选、少选、多选，则该题均不得分。

**案例一**

**一般资料：**求助者，女性，27 岁，本科学历，公司职员。

**案例介绍：**求助者与丈夫结婚三个多月，由于没有自己独立的住房，与公婆共同居住。求助者内心不情愿，但也没有办法。几个月下来求助者觉得婆婆太强势，家里大事小情都要做主，自己是受气的小媳妇。求助者提出到外面租房子住，但丈夫以照顾母亲为由不同意。求助者很生气，内心苦恼但很无奈。最近经常头晕、失眠、身体不适，食欲也明显下降。曾到多家医院检查，未见明显异常。自己的母亲体弱多病，也应该多照顾，虽相距不远，但实际上很少回去看望，觉得有些内心不安。不愿意与亲戚们来往，借故不参加同学、朋友间的聚会。嫌丈夫说她懒，争强好胜，不干活还耍脾气，因此与丈夫产生了矛盾。自己主动前来咨询。

  **心理咨询师观察了解到的情况：**求助者是独生女，从小娇生惯养。个人能力强，在单位人际关系良好，平常身体健康，目前情绪较为低落。

单选：1. 该求助者评价"婆婆太强势，家里大事小情都要做主"可能是（　　　）。

    A. 符合客观实际　　　　　　　　　　B. 负性情绪下的反应

    C. 过分概括夸大　　　　　　　　　　D. 根据资料无法确定

多选：2. 该求助者遇到的负性生活事件包括（　　　）。

    A. 婆婆太强势　　　B. 婆媳关系不好　　　C. 丈夫不听话　　　D. 无法参加聚会

多选：3. 能反映求助者社会功能受损的内容包括（      ）。

    A. 出现失眠等症状          B. 借故不参加聚会

    C. 与婆婆产生矛盾          D. 不回家看望母亲

单选：4. 为明确求助者的心理问题，对该求助者最需要核实的资料是（      ）。

    A. 婆婆是否强势          B. 目前情绪是否低落

    C. 个性争强好胜          D. 鉴别是否躯体疾病

单选：5. 对该求助者，最需详细收集了解的资料是（      ）。

    A. 既往处理问题模式          B. 目前躯体症状

    C. 与婆婆的互动模式          D. 目前情绪症状

单选：6. 该求助者产生心理问题的最主要原因是（      ）。

    A. 婆婆过于强势          B. 童年的娇生惯养

    C. 个性争强好胜          D. 躯体症状的困扰

单选：7. 对该求助者的诊断是（      ）。

    A. 一般心理问题          B. 可疑神经症

    C. 严重心理问题          D. 神经症性心理问题

多选：8. 较适合该求助者的近期心理咨询目标包括（      ）。

    A. 改变对婆婆的认知          B. 减轻苦恼气愤情绪

    C. 改变与婆婆交往模式          D. 构建良好个性特征

单选：9. 咨询中咨询师帮助求助者改变认知，恰当的方式是（      ）。

    A. 进行启发引导          B. 让其自我探索

    C. 直接进行教育          D. 让其自我教育

单选：10. 在本案例中与该求助者的共情，最主要的应体现在（      ）。

    A. 理解求助者的感受          B. 坦诚指出其存在的问题

    C. 对其处境表示同情          D. 准确给予针对性的帮助

## 案例二

**一般资料：**求助者，男性，25 岁，在读博士研究生。

**案例介绍：**求助者和女友是本科同学，大学毕业后，求助者继续读硕士、博士，女友则回到家乡工作。求助者担心分处两地会影响感情，多次鼓励女友考研未果。求助者又提出早点结婚，被女友以年龄小为由拒绝了。求助者觉得女友要变心了，向父母提出退学到女友所在城市找工作，父母坚决不同意。又恳请女友辞去工作完婚，女友最终也没同意。求助者觉得女友不爱自己了，想尽各种方法企图挽回感情，女友不胜其烦，最终提出分手。求助者觉得父母不理解自己，女友不爱自己，内心很痛苦，情绪低落。每当想起过去的幸福时光，再看看现在，都觉得头痛，没有胃口，失眠；经常借故缺课，推掉了各种聚会。考试成绩也很不理想，还借口学习忙不联系家人。在老师同学的劝说下前来咨询。

**心理咨询师观察了解到的情况：**求助者从小懂事、听话，学习成绩优秀，人际关系良好，但个性懦弱。其父母是公务员，从小对他要求很严，在学习上期望很高。

多选：11. 本案例中求助者出现的躯体症状包括（      ）。

    A. 食欲下降      B. 心痛      C. 心慌胸闷      D. 头痛

多选：12. 本案例中求助者出现的心理症状包括（　　　　）。

    A. 内心痛苦　　　　B. 气愤　　　　C. 情绪低落　　　　D. 烦恼

多选：13. 本案例中表明求助者社会功能受损的现象包括（　　　　）。

    A. 考试成绩不理想　　　　　　　　B. 内心不踏实

    C. 不主动联系家人　　　　　　　　D. 感觉没胃口

单选：14. 对本案例中，求助者经历的现实刺激属于（　　　　）。

    A. 一般刺激　　　　B. 中等刺激　　　　C. 强烈刺激　　　　D. 微弱刺激

单选：15. 对该求助者最可能的初步诊断是（　　　　）。

    A. 一般心理问题　　　　　　　　　B. 严重心理问题

    C. 焦虑性神经症　　　　　　　　　D. 神经症性心理问题

多选：16. 在与该求助者商定咨询目标时，应着重考虑的咨询目标的特征包括（　　　　）。

    A. 简便的　　　　B. 心理学范畴的　　　　C. 易行的　　　　D. 可进行评估的

单选：17. 本案例中心理咨询师最需要帮助求助者解决的是（　　　　）。

    A. 个性懦弱　　　　B. 情绪困扰　　　　C. 恋爱技巧　　　　D. 头痛失眠

单选：18. 对求助者的心理问题，心理咨询师恰当的做法是（　　　　）。

    A. 与父母女友共同解决　　　　　　B. 给予恋爱指导

    C. 请女友前来心理咨询　　　　　　D. 帮助接纳现实

单选：19. 如果求助者请咨询师帮助说服自己的父母或女友，心理咨询师恰当的做法是（　　　　）。

    A. 接受请求，说服父母　　　　　　B. 拒绝请求，告之能力有限

    C. 接受请求，说服女友　　　　　　D. 拒绝请求，告之咨询范围

多选：20. 该求助者产生心理问题的原因包括（　　　　）。

    A. 与女友分手　　　　　　　　　　B. 从小懂事听话

    C. 个性胆小懦弱　　　　　　　　　D. 内心痛苦不已

## 案例三

**一般资料**：求助者，女性，48 岁，已婚，硕士学位，公司经理。

**案例介绍**：求助者的丈夫一年前曾做过心脏手术，术后恢复良好。半年多来求助者经常觉得自己心前区不舒服，担心自己也患上心脏病，为此很紧张。经常对丈夫说："我要是得了心脏病可怎么办啊！"晚上常常睡不着觉，或半夜突然醒来。感觉不到饿，吃什么都不香。曾多次到医院检查，服用"更年期"药物，但没有明显的效果。近来总是忧心忡忡，担心父母的身体，生怕丈夫的公司挣不到钱，为日益上涨的房价发愁，一天到晚提心吊胆，害怕发生什么可怕的事情。受这种情绪困扰，感觉注意力不集中、记忆力下降，没干什么体力活，却总是身心疲惫。求助者近来经常请病假，应酬都尽量推掉。有时也明明知道没有什么可担心害怕的，可就是控制不住。求助者认为这样下去会越来越糟，内心十分痛苦，主动前来寻求帮助。

    **心理咨询师观察了解到的情况**：求助者性格外向，工作勤奋努力，人际关系良好，对自己要求很严格，自尊心较强。

多选：21. 该求助者出现的最主要的情绪症状包括（　　　　）。

A. 紧张　　　　　B. 提心吊胆　　　　C. 抑郁　　　　D. 忧心忡忡

单选：22. 引发该求助者心理问题的最主要的心理原因是（　　　）。

A. 紧张焦虑情绪　　　　　　　　B. 更年期综合症

C. 存在内心冲突　　　　　　　　D. 内心烦恼痛苦

单选：23. 对该求助者的诊断最可能的是（　　　）。

A. 更年期综合症　　B. 恐怖神经症　　C. 焦虑性神经症　　D. 疑病神经症

单选：24. 在咨询方法的选择上，恰当的做法是（　　　）。

A. 以简单且易行的为主　　　　　B. 以求助者容易接受的为主

C. 以咨询师擅长的为主　　　　　D. 以双方经协商所定的为主

多选：25. 在本案例中咨询师使用了系统脱敏法，其正确的操作步骤包括（　　　）。

A. 学会肌肉放松　　　　　　　　B. 构建焦虑等级

C. 给予焦虑刺激　　　　　　　　D. 实施系统脱敏

单选：26. 在构建焦虑等级时，对级差理解正确的是（　　　）。

A. 避免等级一致　　B. 级差尽量小　　C. 等级尽量一致　　D. 级差尽量大

单选：27. 实施系统脱敏时，正确的脱敏顺序是（　　　）。

A. 从小到大　　　　B. 从任意级开始　　C. 从大到小　　　　D. 没有一定顺序

单选：28. 系统脱敏法能否取得成效的关键之一，是每级刺激引起的焦虑（　　　）。

A. 大到拮抗紧张　　　　　　　　B. 小到不被觉察到

C. 大到最大程度　　　　　　　　D. 小到被放松代替

单选：29. 关于系统脱敏法，错误的理解是（　　　）。

A. 属于行为治疗方法

B. 可以针对不同情境建立不同焦虑等级

C. 原理是用放松代替紧张

D. 所有的求助者都能用放松降低焦虑

单选：30. 在本案例咨询中，咨询师对求助者做到了积极关注，积极关注是（　　　）。

A. 集中注意力倾听

B. 解决心理、行为及情绪问题获得满意效果

C. 关注求助者表情

D. 促进求助者自我发现与潜能开发，达到心理健康

## 案例四

**一般资料：** 求助者，男性，24 岁，国外在读研究生。

**案例介绍：** 求助者大学毕业前夕与女友确定了恋爱关系，毕业后去国外留学，其女友回到家乡工作。求助者担心分处两地会影响感情，曾表示不读研究生了，想回国参加工作。父母和女友反复劝说，求助者很无奈地继续留学。开始俩人联系频繁，后来因为学习、工作等原因，双方感情有所"降温"，慢慢地女友不主动与他联系了。求助者很担心女友会变心，曾背着父母悄悄回国看望女友，并提出早点结婚，女友以年龄还小拒绝了。求助者觉得女友要变心了，更想回到女友身边，向父母提出回国，父母坚决不同意。又恳请女友辞去工作，出国来找自己，女友最终也没同意。求助者觉得女友不爱自己了．想尽各种方法企图挽回感

情，女友不胜其烦，最终提出分手。求助者觉得自己父母不理解自己，女友不爱自己，内心痛苦，情较为低落。每当想起过去的幸福时光，都觉得头痛，没有胃口，吃不下饭，失眠，没有心思上课，经常借故缺课，推掉了各种聚会。考试成绩很不理想，借口身体不好回国休息。在家人的建议下前来咨询。

**心理咨询师观察了解到的情况：**求助者的父母是高级知识分子，对他要求很严，在学习上期望很高。求助者从小懂事、听话，学习成绩优秀，人际关系良好，但性格懦弱。

多选：31. 本案例中求助者出现的躯体症状包括（　　　　）。

   A. 食欲下降  B. 心痛   C. 心慌胸闷   D. 头痛

多选：32. 本案例中求助者出现的心理症状包括（　　　　）。

   A. 内心痛苦  B. 气愤   C. 情绪较为低落  D. 内疚

多选：33. 本案例中袭明求助者社会功能改变的现象包括（　　　　）。

   A. 考试成绩不理想     B. 内心不踏实

   C. 经常借故缺课      D. 感觉没胃口

单选：34. 通过对本案例中求助者症状表现推测，其经历的现实刺激属于（　　　　）。

   A. 一般刺激  B. 中等刺激  C. 强烈刺激  D. 微弱刺激

单选：35. 对该求助者最可能的初步诊断是（　　　　）。

   A. 一般心理问题      B. 严重心理问题

   C. 焦虑性神经症      D. 神经症性心理问题

多选：36. 在与该求助者商定咨询目标时，应着重考虑的咨询目标的特征包括（　　　　）。

   A. 简便的  B. 心理学范畴的  C. 易行的   D. 可进行评估的

单选：37. 本案例中心理咨询师最需要帮助求助者解决的是（　　　　）。

   A. 性格懦弱  B. 情绪困扰  C. 恋爱技巧  D. 头痛失眠

单选：38. 对求助者的心理问题，心理咨询师恰当的做法是（　　　　）。

   A. 与父母女友共同解决    B. 给予恋爱指导

   C. 请女友前来心理咨询    D. 帮助接纳现实

单选：39. 如果求助者请咨询师帮助说服自己的父母或女友，心理咨询师恰当的做法是（　　　　）。

   A. 接受请求，说服父母    B. 拒绝请求，告之能力有限

   C. 接受请求，说服女友    D. 拒绝请求，告之咨询原则

多选；40. 在本案例咨询中，可能影响咨询效果的因素包括（　　　　）。

   A. 咨询师的理论知识    B. 求助者的性别

   C. 所采用的方法技术    D. 求助者的年龄

## 案例五

**一般资料：**求助者，女性，20岁，大学二年级学生。

**案例介绍：**今年元旦期间，求助者的外祖母突发心脏病去世，当时求助者在场，受到惊吓。事后出现入睡困难，时常被噩梦惊醒。春节时不小心头部受伤，流血较多，到医院缝合，还打了破伤风针。自此之后经常害怕，担心家人生病，担心自己也像外祖母一样因心脏病死去。经常查阅有关心脏病的资料，多次到医院进行相关检查。几个月来求助者经常出现

头痛、胸闷、心慌、四肢及手脚出冷汗等症状。现在不敢一个人独处，晚上要和妈妈睡在一起。求助者自己也知道不该这样，也试图改变，但都失败了。求助者恨自己胆小，担心今后的学业与生活，内心非常痛苦，学习受到很大影响，已经出现考试不及格的现象，为此情绪较低落。自己迫切要求摆脱痛苦，在家长、男友陪同下前来咨询。

**心理咨询师观察了解到的情况：**求助者谨小慎微，内向。从小在外祖母家长大，与外祖母的感情很深。以往学习勤奋，成绩良好。身体一直比较健康，近期多次到医院看病、检查。

多选：41. 为明确诊断，心理咨询师还需重点收集的资料包括（　　　）。

    A. 与情绪有关的内心体验　　　　　　B. 看病检查等行为表现

    C. 成长经历中的创伤事件　　　　　　D. 有关疾病的认知特点

多选：42. 引发该求助者心理问题的原因包括（　　　）。

    A. 外祖母去世受到惊吓　　　　　　　B. 缺乏社会支持系统的有效帮助

    C. 自己受伤担心生病　　　　　　　　D. 谨小慎微胆小怕事的人格特征

多选：43. 该求助者心理问题的突出特点包括（　　　）。

    A. 出现明显泛化　　　　　　　　　　B. 恐惧体验与现实不相符

    C. 社会功能损害　　　　　　　　　　D. 具有非常明显的情境性

单选：44. 对该求助者的初步诊断可能是（　　　）。

    A. 焦虑性神经症　　　　　　　　　　B. 抑郁性神经症

    C. 恐怖性神经症　　　　　　　　　　D. 强迫性神经症

多选：45. 在本案例诊断中，要进行的鉴别诊断包括（　　　）。

    A. 焦虑神经症　　　　B. 抑郁神经症　　　　C. 恐惧神经症　　　　D. 严重心理问题

多选：46. 心理咨询师对该求助者的积极关注可以包括（　　　）。

    A. 关注情绪反应　　　　　　　　　　B. 自己主动求助

    C. 内心体验准确　　　　　　　　　　D. 人格特征明显

多选：47. 心理咨询师在后续咨询中使用了生物反馈疗法，对其原理理解正确的包括（　　　）。

    A. 收集人体生理信号　　　　　　　　B. 进行有意识的放松

    C. 学会调节生理状态　　　　　　　　D. 使用仪器进行放松

多选：48. 在实施生物反馈疗法时，需要考虑的禁忌症包括（　　　）。

    A. 有自伤自杀观念　　　　　　　　　B. 出现轻微的躯体症状

    C. 兴奋冲动不合作　　　　　　　　　D. 年龄过大或学历偏低

单选：49. 对生物反馈疗法本质的理解，最正确的是（　　　）。

    A. 对每一个使用者都可以有效　　　　B. 是求助者被动参与的过程

    C. 反馈仪器本身没有治疗作用　　　　D. 是咨询师主动作为的过程

多选：50. 该求助者心理问题的特点包括（　　　）。

    A. 与现实因素密切相关　　　　　　　B. 无道德色彩

    C. 与现实因素无密切相关　　　　　　D. 无自知力

**案例六**

一般资料：求助者，女性，26岁，未婚，硕士学历，公司职员。

案例介绍：求助者的父母多年前离婚，求助者与母亲一起生活。为照顾求助者，母亲没有再婚。求助者认为母亲为自己操心，今后应该孝顺母亲。求助者读研时交了一位男同学，但母亲嫌男方家是外地农村的，软磨硬泡地让女儿分了手。母亲曾给求助者介绍了一个男孩，但她不满意，迫于母亲的要求，偶尔也与该男孩见见面，但内心并无交往的愿望，就这样拖了半年多，没有任何结果。两个多月前，求助者自己认识了一个男孩，双方互有好感，准备谈婚论嫁。男友家对求助者很满意，但求助者的母亲不同意，求助者曾与母亲多次沟通但无效。求助者很想坚决地与男友结婚，但看到母亲哭哭啼啼的样子又于心不忍，如果与男友分手自己又很委屈。求助者自己难以下定决心，不知该如何处理，很无助，内心很苦恼，情绪较为低落。最近经常失眠，食欲明显下降。主动前来咨询。

心理咨询师观察了解到的情况：求助者办事认真，懂事听话，孝顺，人际关系良好，身体健康。

多选：51. 该求助者出现的主要心理症状包括（　　　）。
    A. 哭哭啼啼　　B. 内心苦恼　　C. 情绪低落　　D. 烦躁不安

单选：52. 该求助者的心理冲突属于（　　　）。
    A. 双趋冲突　　B. 双避冲突　　C. 趋避冲突　　D. 双重趋避冲突

单选：53. 该求助者目前主要的心理问题是（　　　）。
    A. 情绪较为低落　　　　　　　　B. 婚事难以进行
    C. 内心感觉痛苦　　　　　　　　D. 内心难以抉择

单选：54. 引发该求助者心理问题的主要社会原因是（　　　）。
    A. 父母多年前离异　　　　　　　B. 母亲不认可男友
    C. 读书时恋爱失败　　　　　　　D. 求助者懂事听话

多选：55. 引发求助者心理问题的心理原因包括（　　　）。
    A. 认为应该孝顺母亲　　　　　　B. 情绪低落失眠少食
    C. 办事认真懂事听话　　　　　　D. 母亲干预女儿恋爱

单选：56. 该求助者社会功能受损程度是（　　　）。
    A. 无从判定　　B. 没有受损　　C. 部分受损　　D. 受损严重

单选：57. 针对该求助者还需重点了解及收集的资料是（　　　）。
    A. 认知特点　　B. 情绪症状　　C. 行为模式　　D. 生理症状

单选：58. 对该求助者的初步诊断是（　　　）。
    A. 一般心理问题　　　　　　　　B. 抑郁症
    C. 严重心理问题　　　　　　　　D. 神经症性心理问题

多选：59. 在本案例咨询中，恰当的近期咨询目标包括（　　　）。
    A. 改善母女关系　　　　　　　　B. 解决内心冲突
    C. 缓解情绪困扰　　　　　　　　D. 改变人格特征

单选：60. 面对求助者难以抉择的实际问题，咨询师恰当的做法是（　　　）。
    A. 给予指点　　　　　　　　　　B. 帮助其解决内心冲突

C. 代替选择             D. 劝导求助者孝顺母亲

## 案例七

**一般资料：**求助者，男性，60岁，博士学位，退休工程师。

**案例介绍：**求助者是某一领域的知名技术专家，退休了还每天去单位上班。半年多以前检查出癌症，随即做了手术。手术很成功，术后家人要求求助者不要再上班了。求助者觉得自己非常不幸，很多事情都没有做完，很着急。两个多月前，求助者身体不适，担心癌症复发，害怕再次手术。在家看书也看不进去；以前很容易完成的事，现在要拖很长时间。求助者觉得自己不行了，不想见过去的同事，也不愿意见亲戚朋友。内心很痛苦，情绪也较低落。近来没有胃口，失眠。多次到医院检查，未发现癌症转移。在家人陪伴下前来咨询。

**心理咨询师观察了解到的情况：**求助者妻子反映求助者过去追求完美，生病后像变了一个人，认死理，较真，经常为一些不必要的事情担心。

多选：61. 本案例中求助者出现的情绪症状包括（　　　）。

     A. 担心         B. 愤怒         C. 着急         D. 情绪低落

单选：62. 本案例中该求助者最主要的问题是（　　　）。

     A. 苦恼         B. 恐惧         C. 痛苦         D. 担心

单选：63. 本案例中表明求助者社会功能改变的是（　　　）。

     A. 曾经进行手术         B. 做事效率低下

     C. 现在不能上班         D. 认死理很较真

多选：64. 引发该求助者心理问题的认知原因包括（　　　）。

     A. 认为自己不幸         B. 认为别人看笑话

     C. 害怕再次手术         D. 认为自己不行了

多选：65. 引发该求助者心理问题的主要原因包括（　　　）。

     A. 曾患癌症         B. 做事效率下降

     C. 担心害怕         D. 做事追求完美

单选：66. 在本案例资料收集阶段，咨询师应重点了解的情况是（　　　）。

     A. 手术具体情况         B. 手术前后情绪变化

     C. 术后恢复情况         D. 手术前后人格变化

多选：67. 在本案例资料整理分析阶段，对收集到的资料进行验证的方法包括（　　　）。

     A. 进行补充提问         B. 不同咨询流派之间验证

     C. 使用心理测验         D. 资料不同来源之间验证

单选：68. 该求助者最可能的诊断是（　　　）。

     A. 一般心理问题         B. 焦虑神经症

     C. 严重心理问题         D. 神经症性心理问题

单选：69. 在本案例咨询过程中，咨询师与该求助者商定咨询目标时，最应该注意的是（　　　）。

     A. 尊重求助者妻子的意见         B. 参考以往成功案例

     C. 听从上级咨询师的建议         D. 注重与求助者讨论

多选：70. 在本案例咨询过程中，咨询师在倾听时，正确的做法包括（　　　）。

A. 以倾听表达尊重      B. 倾听时避免走神

C. 以倾听促进表达      D. 倾听时随意插话

### 案例八

**一般资料**：求助者，女性，14岁，初中二年级学生。

**案例介绍**：求助者是住校生。三个多月前睡觉时梦见一个黑衣女鬼缠着自己，当时被吓醒，非常害怕，一直哭到天亮。又听到有些同学也说梦见过鬼，说鬼魂会附体。求助者更加害怕，于是走读，回家睡觉。尽管在家有妈妈陪着，但一想到梦里的鬼，就觉得浑身不舒服，很害怕睡着了再梦见鬼，看着墙上的一些裂纹就仿佛看到魔鬼狰狞的脸，为此很恐惧。求助者明明知道世界上没有鬼，觉得不应该害怕，但就是难以控制。为睡觉的问题痛苦，为控制不住的想法而苦恼。由于睡眠差，上课无精打采，学习成绩明显下降，也无心思做其它事。心情烦躁，痛苦。父母老师都来开导她，但没什么效果，一个多月来无法上课，自己主动前来咨询。

**心理咨询师观察了解到的情况**：求助者为独生女，性格内向，胆小、敏感、依赖。由奶奶带大，小时候经常听奶奶讲鬼故事。人际关系较好。

单选：71. 该求助者最主要的情绪症状是（    ）。

     A. 恐惧      B. 焦虑      C. 抑郁      D. 担心

单选：72. 该求助者因害怕而走读，表明其出现了（    ）。

     A. 退缩行为      B. 社会功能缺失      C. 回避行为      D. 存在躯体障碍

单选：73. "看着墙上的一些裂纹就仿佛看到魔鬼狰狞的脸"，表明其出现了（    ）。

     A. 幻觉      B. 妄想      C. 错觉      D. 压抑

单选：74. "求助者明明知道世界上没有鬼……但就是难以控制"，表明求助者存在（    ）。

     A. 现实冲突      B. 常形冲突      C. 道德冲突      D. 变形冲突

单选：75. 根据许又新教授神经症的评定标准，该求助者的社会功能（    ）。

     A. 没有受损      B. 轻中度受损      C. 轻度受损      D. 中重度受损

单选：76. 对该求助者的初步判断最可能的是（    ）。

     A. 严重心理问题      B. 惊恐障碍      C. 恐怖神经症      D. 精神病性障碍

多选：77. 引发该求助者心理问题的原因包括（    ）。

     A. 缺乏独立性      B. 梦见鬼      C. 奶奶讲故事      D. 胆子小

多选：78. 对于该求助者，可以使用的疗法包括（    ）。

     A. 暴露疗法      B. 想象冲击疗法      C. 阳性强化法      D. 认知行为疗法

单选：79. 本案例恰当的远期咨询目标是帮助求助者（    ）。

     A. 克服恐惧      B. 增强独立性      C. 心理成长      D. 性格变外向

多选：80. 从本案例中可以判断求助者（    ）。

     A. 得到社会支持系统的帮助      B. 环境文化因素影响明显

     C. 得到了帮助但无明显效果      D. 性别躯体因素影响明显

### 案例九

**一般资料**：求助者，女性，48岁，大专文化程度，已婚，职员。

**案例介绍**：求助者父母家老房子拆迁，因房子与钱等问题与家人产生矛盾，非常气愤，也很痛苦，主动来进行心理咨询。

下面是心理咨询师与该求助者的一段对话。

心理咨询师：你能详细地说说你生气的原因吗？

求助者：我家里兄弟姐妹5个人，我是最小的。父亲多年前就去世了，我照顾了母亲很多年。去年赶上拆迁，我哥、我弟他们偷偷和我母亲商量好，背着我就把房和钱分了。我不干，找他们说理，他们以我是嫁出去的姑娘为由，就是不给我。我到法院告他们，结果法院偏向他们。我特别生气，凭什么我照顾母亲这么多年，就一点都不给我呢？

心理咨询师：我听明白了，你照顾母亲多年，你认为在拆迁中应该得到一些利益，但实际上却什么都没有，这让你很气愤，是这样吗？

求助者：是的，他们太自私了！如果公平地分配，我怎么会生气呢？

心理咨询师：按你所说，他们应该公平地分配房子和钱。

求助者：是的，都是兄弟姐妹！况且我是照顾母亲最多的！

心理咨询师：因此谁贡献大，谁就应该多分配。

求助者：对，咱们不是经常说按劳分配吗！

心理咨询师：因此，你们家请了保姆或护工，财产应该分给他们。

求助者：对，…不对，（沉默）他们不是我们家人，怎么能分我们家的财产呢？

心理咨询师：你刚讲过谁贡献大，谁就应该多分，可你又讲了保姆不能分财产，你前后所说的话似乎有些矛盾，你能解释一下吗？

求助者：（沉默）……是有矛盾，可保姆贡献再大，也不能分我们家的财产啊！你的意思是保姆贡献大，但她不能要求分我们家的财产？

心理咨询师：你照顾母亲这件事，别人也可能遇到，但别人不一定都像你现在这样子，你说这是怎么回事？

求助者：你是说我和他们不一样么？可我没觉得因为照顾了母亲而要求分财产有什么不合理的地方啊？

心理咨询师：你认为你生气是由于你的哥哥弟弟不给你财产造成的，其实照顾母亲只是一个事件，你认为照顾母亲就应该有权分财产是你的信念。你的信念有的是合理的，有的是不合理的，不同的信念会导致不同的情绪。如果你认识到自己现在的情绪是一些不合理的信念所造成的，通过改变它，你就能改变自己的情绪。

求助者：真会这样么？

心理咨询师：如果在农村，春天农民种地，秋后会是怎样的结果呢？

求助者：当然是有很多种可能，一种是丰收，一种是减产，还可能颗粒无收。

心理咨询师：农民种地肯定是想要有好收成，但能要求秋天必须是丰收吗？

求助者：不能，（沉默）……我好像明白了，你的意思是农民想丰收，才去种地，但不能要求必须是丰收？

心理咨询师：对！你要求分财产，这是一种绝对化的要求，一种不合理的信念。如果我们把"要求"变成"希望"，当我们不希望的事发生时，最多是一种失望，不会过分的怨恨别人，自己也就不会生气了。

求助者：你说的对，我明白了。

多选：81. 该求助者的心理问题属于（　　　）。

    A. 赡养问题　　　B. 认知问题　　　C. 财产问题　　　D. 情绪问题

多选：82. 心理咨询师说"我听明白了－…"是这样吗？"时，使用的技术和所表现的内容包括（　　　）。

    A. 内容反应技术　　B. 共情　　　C. 内容表达技术　　D. 真诚

单选：83. "因此谁贡献大，谁就应该多分配。"表明心理咨询师（　　　）。

    A. 实施对求助者的教育　　　　　　B. 启发求助者思考

    C. 按求助者的信念推理　　　　　　D. 改变求助者信念

单选：84. 按照埃利斯 ABC 理论，本案例中的 B 指的是（　　　）。

    A. 和哥哥弟弟发生矛盾　　　　　　B. 他们应该分给我财产

    C. 哥哥弟弟不照顾母亲　　　　　　D. 我照顾母亲辛苦疲劳

多选：85. "你前后所说的话似乎有些矛盾．你能解释一下吗？"采用的提问方式与技术是（　　　）。

    A. 责备式提问　　B. 指导性面质　　　C. 开放式提问　　D. 尝试性面质

多选：86. 心理咨询师"你认为你生气是……通过改变它．你就能改变自己的情绪"的话使用的技术包括（　　　）。

    A. 内容反应　　　B. 解释　　　C. 内容表达　　　D. 指导

单选：87. 本案例中，求助者多次出现沉默，可能的原因是（　　　）。

    A. 困惑　　　　　B. 思考　　　C. 阻抗　　　　　D. 情绪

多选：88. 在咨询过程中，心理咨询师以（　　　）角色对求助者提供帮助。

    A. 分析者　　　　B. 说服者　　　C. 监督者　　　D. 辩论者

多选：89. 在本案例咨询过程中，心理咨询师所做的工作是（　　　）。

    A. 鼓励情绪宣泄　　　　　　　　　B. 修正非理性信念

    C. 建立理性信念　　　　　　　　　D. 改变求助者处境

单选：90. 本案例中心理咨询师改变求助者信念的方法是（　　　）。

    A. 自我管理程序　　B. 语义分析　　C. 产婆术式辩论　　D. 认知重组

## 案例十

下面是某求助者的 WAIS－RC 的测验结果：

| | 言语测验 | | | | | | | 操作测验 | | | | | | | 言语 | 操作 | 总分 |
|---|---|---|---|---|---|---|---|---|---|---|---|---|---|---|---|---|---|
| | 知识 | 领悟 | 算术 | 相似 | 数广 | 词汇 | 合计 | 数符 | 填图 | 积木 | 图排 | 拼图 | 合计 | | | | |
| 原始分 | 24 | 22 | 16 | 26 | 14 | 78 | | 33 | 17 | 26 | 30 | 17 | | 量表分 | 94 | 50 | 144 |
| 量表分 | 14 | 13 | 14 | 16 | 12 | 16 | 94 | 8 | 13 | 8 | 14 | 7 | 50 | 智商 | 132 | 101 | 120 |

多选：91. 从测验结果看，该求助者可能（　　　）。

    A. 言语技能发展较操作技能好　　　B. 有阅读理解障碍

    C. 有听觉性概念形成技能缺陷　　　D. 听觉加工模式比视觉加工模式好

多选：92. 与一般人的成绩相比较，该求助者强项包括（　　　）。

A. 相似性      B. 词汇      C. 数字广度      D. 领悟

单选：93. 从测验结果看，该受测者的总的智力等级属于（    ）。

     A. 平常      B. 高于平常      C. 超常      D. 低于平常

多选：94. 儿童行为量表（CBCL）的特点包括（    ）。

     A. 属于自评量表      B. 量表内容分为三部分

     C. 被评对象年龄范围 4 ~ 16 岁      D. 用于诊断儿童心理障碍

**案例十一**

下面是某求助者 MMPI－2 的测验结果：

| 量表 | Q | L | F | K | Fb | TRIN | VRIN | ICH | Hs | D | Hy | Pd | Mf | Pa | Pt | Sc | Ma | Si |
|------|---|---|---|---|----|------|------|-----|----|----|----|----|----|----|----|----|----|----|
| 原始分 | 11 | 2 | 22 | 12 | 6 | 10 | 4 | 5 | ？ | 34 | 33 | 21 | 32 | 16 | 22 | 31 | 16 | 35 |
| K 校正分 | | | | | | | | | 29 | | | 26 | | | 34 | 41 | 18 | |
| T 分 | 50 | 35 | 63 | 47 | 52 | 63 | 47 | 52 | 78 | 65 | 71 | 56 | 60 | 57 | 59 | 58 | 43 | 50 |

单选：95. 关于该求助者的测验结果，正确的说法包括（    ）。

     A. 无症状夸大或诈病倾向      B. 370 题以后的回答无效

     C. 从 ICH 看该测试结果有效      D. 有 50 道题回答矛盾或无法回答

多选：96. 该求助者的临床量表结果提示（    ）。

     A. 编码类型属于突出编码      B. 可能诊断为疑病症

     C. 可能诊断为癔症      D. Hs 量表原始分为 24

单选：97. 临床量表面剖图模式属于（    ）。

     A. A 类神经症      B. B 类神经症      C. C 类神经症      D. D 类神经症

单选：98. 以下用于评价精神症状严重程度及其变化的测评工具是（    ）。

     A. BRMS      B. HAMD      C. BPRS      D. HAMA

单选：99. HAMA 量表的因子数量为（    ）。

     A. 2      B. 3      C. 5      D. 7

多选：100. 对于 MMPI－2 的正确说法包括（    ）。

     A. 附加量表具有很强的针对性

     B. 内容量表对测试结果的解释更为明确

     C. 有 8 个临床量表可以分为若干亚量表

     D. 内容量表容易受到受测者的态度影响

# 第二部分    案例问答题

本部分采取专家阅卷，1 ~ 8 题，满分 100 分。

**一般资料：** 求助者，男性，42 岁，汉族，未婚，研究生学历，公司职员。

**求助者自述：** 我的家庭非常传统，父母文化程度不高，但从小就对我们的教育抓得紧，我应该属于懂事听话的孩子，没干过让父母操心、生气的事。大学毕业后我到国外留学，在这期间喜欢上一个来自中国的同学并恋爱。可谈到婚嫁遇到了问题，她父母已经移居国外了，她不想在国内生活，我曾经尝试说服父母，与她结婚并在国外生活，我妈妈听说我要结婚不回国了，急得血压升高，犯了心脏病，住进了医院。我恐怕妈妈这出事，只好使用缓兵之计。但到底在哪里生活这个矛盾始终无法调和，弄得我们都非常痛苦。就这样拖了两三年，都毕业了也没个结果。我毕业后在国外找了工作，但偏偏父亲患了癌症，需要人照顾，最后不得不回到国内。我和女朋友都知道，我回国了这次恋爱也就结束了，而最后事实上也确是如此。我觉得上天对我不公，刚回来时没心情谈恋爱，期间别人给我介绍过，也见了一些女孩子。有的我看不上，不想委屈自己。有的看上了，但别人看不上我。一晃十几年过去了，至今还是单身。我感觉这些年总是高兴不起来，没有什么想干的，对什么都不感兴趣，记忆力下降，很容易忘事，有医生说我是"神经衰弱"。家人、朋友都很关心我，劝我想开些。可我为这些破事都快烦死了。不上班的时候我都不下楼，不愿与他人来往，同学间的聚会我也都推掉了，连以往坚持多年的锻炼也放弃了。常常不舒服，咳嗽，心慌、胸闷、耳鸣，才40多岁血压就高，晚上睡不着，有时就是睡着了也就才睡四五个小时，还经常作噩梦。面对这种情况我也非常着急，也觉得不该这样，我应该享受生活，而不应该苦恼地活着，但就是改变不了心情，为此更烦。请您一定要帮助我。

**心理咨询师观察了解到的情况：** 求助者家教比较严格，有两个姐姐，家中只有他一个男孩，生活上比较娇惯，求助者对自己要求很严格，做事认真。家人反映其遇事较真，爱抬杠。但工作努力、勤奋，人际关系良好，平常身体健康。曾有几次恋爱经历，但都没有成功。

**请依据以上案例，回答以下问题：**

1. 对该求助者需要考虑哪些诊断。（20分）
2. 请对该求助者产生心理问题的原因进行分析。（20分）
3. 请分析求助者内心冲突的类型。（10分）
4. 咨询中应通过何种途径与方法与求助者建立良好咨询关系。（10分）
5. 在与该求助者商定咨询目标时，应考虑哪些主要特征。（10分）
6. 在咨询中，心理咨询师使用了合理情绪疗法，请简述合理情绪疗法的原理。（10分）
7. 咨询中求助者出现了严重的阻抗，简述如何应对阻抗。（10分）
8. 通过咨询求助者的心理问题得以解决，请简述如何结束咨询关系。（10分）

# 模拟试卷（三）参考答案及解析

# 卷册一：职业道德、理论知识

## 第一部分　职业道德
（第 1～25 题，共 25 题）

### 一、职业道德基础理论与知识部分

（一）单项选择题（第 1～8 题）

1.【答案】　D

【解析】"不惜一切为顾客服务"体现的是以顾客的需求为核心的企业价值观，顾客的满意程度决定企业的命运也是企业服务的标准，但企业的根本目的仍是为了盈利。

2.【答案】　C

【解析】打造好的品牌首先要打造好的企业形象，员工的形象是企业形象的缩影，因此员工具有敬业精神和强烈的社会责任感有助于提高产品质量，树立健康的企业形象，这是打造企业品牌的内在力量。

3.【答案】　D

【解析】在职业活动中应坚持以集体利益为主，兼顾个人利益。二者统筹兼顾，也不能因为集体而否定个人利益。

4.【答案】　A

【解析】企业形象是人们通过企业的各种标志而建立起来的对企业的整体印象。是企业文化建设的核心。其本质是企业信誉。

5.【答案】　D

【解析】道德评价是人们依据一定社会的或阶级的道德标准对自己和他人的行为进行的善恶评论。其关键是看行为是否符合社会道德规范。其必须依靠一定的标准。

6.【答案】　C

【解析】"德者，才之帅也；才者，德之资也。"二者既有主次，又相辅相成。

7.【答案】　B

【解析】售后服务是售后最重要的环节，服务的好坏直接影响消费者的满意程度。所以对于产品质量问题导致的顾客使用不便，售后服务要尽量做到细致周全让顾客满意放心。

8.【答案】　B

【解析】职业道德特征：适用上的有限性；职业道德内容上的稳定性和连续性；职业道德形式上的多样性；职业道德强烈的纪律性。

（二）多项选择题（第 9～16 题）

9.【答案】　ABD

【解析】守法要求我们在享受法律权利的同时，也应遵守法律所规定的义务，犯罪指严重的违法。

10. 【答案】 ABC

【解析】团结互助是指人与人之间为了实现共同的利益和目标，互相帮助，团结协作，共同发展。团结互助也要做好自己的本职工作，提倡在合作中积极公平的竞争，培养创优争先的意识。

11. 【答案】 CD

【解析】A 项只顾自己不管他人，B 项指只顾别人却忽略了自己，不能体现平等尊重，都不符合团结互助的要求。

12. 【答案】 ABCD

【解析】诚实守信有两方面意思：（1）做人老实，说老实话、办老实事、不搞虚假。（2）保密守信，不为利益所诱惑。

13. 【答案】 BD

【解析】根据《公民道德建设实施纲要》的内容，从业人员应遵循的职业道德要求包括：爱岗敬业、诚实守信、办事公道、服务群众、奉献社会。

14. 【答案】 ABD

【解析】职业生活中的个人信用表现在择业、从业以至离业的全过程中，是个人信用道德品质在职业生涯中的体现。个人信用具体包括择业信用、岗位责任信用和离职信用。

15. 【答案】 ABD

【解析】职业化又称为"专业化"，是职业人或任何职业的从业人员在现代职场的基本素质和工作要求。其包含了三个层次的内容，其核心层次是"职业化素养"，包括职业道德和责任意识等，它要求在工作和决策中尽量克服主观性并去除个人的私心杂念。职业化在行为标准方面的体现为"职业化规范"，是最外在的一个层面。

16. 【答案】 ABCD

【解析】敬业的内涵包括：有巩固的专业思想，热爱本职工作，忠于职守，持之以恒；有强烈的事业心，尽职尽责，全心全意为人民服务；有勤勉的工作态度，脚踏实地，无怨无悔；有旺盛的进取意识，不断创新，精益求精；有无私奉献的精神，公而忘私，忘我工作。

## 二、职业道德个人表现部分（第 17~25 题）

17~25 题（略）

# 第二部分　理论知识
## （第 26~125 题，共 100 题）

### 一、单项选择题（第 26~85 题）

26. 【答案】 D

【解析】轻度的精神发育迟滞通常在学龄期发现。

27. 【答案】 B

【解析】以"高度的攻击性，缺乏羞惭感，不能从经历中取得经验教训，行为受偶然动机驱使，社会适应不良等"为主要表现的人格障碍是反社会人格障碍。

28. 【答案】 D

【解析】抑郁神经症表现为心情低落伴随着尖锐而持久的心理冲突，且大多呈慢性病程，病程至少持续两年，多年不愈。

29. 【答案】　A

【解析】开展心理咨询的前提条件是良好的咨询关系。

30. 【答案】　D

【解析】经咨询师和求助者双方讨论，使咨询目标清晰具体，并通过一个个具体的步骤来实施。具体目标是受终极目标指引的具体目标，而不是孤立的具体目标。

31. 【答案】　C

【解析】依赖是指当咨询师引导、帮助求助者探索、解决自身问题时，求助者却依赖咨询师，企图由咨询师代替自己解决问题。

32. 【答案】　A

【解析】系统脱敏疗法的创立者是沃尔普。

33. 【答案】　B

【解析】冲击疗法又称满灌疗法，因为其中一种较为剧烈的治疗方法，所以咨询师在使用冲击疗法时，首先应筛选确定治疗对象：须排除严重心血管病、中枢神经系统的疾病、严重的呼吸系统疾病、内分泌疾患、身体虚弱者及各种精神病性障碍。

34. 【答案】　B

【解析】模仿法是建立在班杜拉社会学习上的一种咨询治疗方法，基本原理是观察学习。

35. 【答案】　B

【解析】生物反馈疗法是通过现代电子仪器，将个体在通常情况下不能意识到的体内生理功能予以描记，并转换为数据、图形或声、光等反馈信号，让求助者根据反馈信号的变化在咨询师的指导下有意识地通过呼吸、冥想等方法了解并学习调节自己体内不随意的内脏机能及其他躯体机能，以达到防治疾病的目的。

36. 【答案】　B

【解析】求助者中心疗法的理论基础是人本主义心理学。

37. 【答案】　B

【解析】在贝克和雷米的认知疗法里，建议、演示和模仿主要用于检验表层错误观念。

38. 【答案】　C

【解析】瑟斯顿的群因素论归纳的基本心理能力有 7 种。

39. 【答案】　D

【解析】韦氏成人智力测验（WAIS－RC）中操作测验包含的分测验的数量是 5 个。

40. 【答案】　A

【解析】EPQ 问卷的答题方式是"是"或"否"二选一。

41. 【答案】　D

【解析】HAMD 的评分标准是大部分项目 0～4 分，少部分项目 0～2 分评分法。

43. 【答案】　A

【解析】他评量表要求评定者应是经过系统培训的专业人员，最好由两位或更多的评定者分别评定，其中一个作为检查者，其余为观察者。评定者靠工作用标准进行评分。

43.【答案】 B

【解析】韦氏儿童智力测验（WISC - CR）结果为轻度智力缺陷的 IQ 范围是 50～69。

44.【答案】 A

【解析】从青春期到成年大约十年时间里，个体的自我意识趋于成熟，并逐渐获得心理自我。

45.【答案】 B

【解析】艾森克的人格理论，把人格结构分为三个维度。

46.【答案】 D

【解析】一个神经元与另一个神经元之间通过突触连接。胞体、树突和轴突是神经元的三个组成部分。树突是细胞体接受其他细胞传入神经冲动的突起。轴突是指神经元传出神经冲动的突起。细胞体是神经元中的一部分，神经元包括细胞体和突起两个部分。细胞体主要集中在脑和脊髓的灰质中，构成神经中枢。

47.【答案】 B

【解析】脑干网状结构贯穿于脑干的大部分结构，由许多大小不等、类型不同的神经元构成。脑干网状结构调节脑的兴奋性水平，是睡眠与觉醒的神经结构。它使有机体在一定刺激作用下，保持一定的唤醒水平和清醒状态，维持注意并激活情绪。

48.【答案】 D

【解析】噪音是由不同频率的声波组成的无周期性的、不规则的声音。心理噪音是指人们不愿听到的，对人的工作、学习和情绪造成消极影响的声音。

49.【答案】 B

【解析】不同方位的声音到达两耳的时间和强度不同。来自左右的声音到达人耳的这种差异较其他方位更大，差异越大双耳判断也就越准确。

50.【答案】 B

【解析】威尔尼克区是言语的听觉中枢，这一区域受伤所发生的失语症称为接受性失语症。患者能听到声音，听觉器官还是正常的，但是却不能分辨语音，对字句也失去了理解的能力。这一区域是 1874 年德国学者威尔尼克发现的，所以叫做威尔尼克区。

51.【答案】 B

【解析】根据脑电波的变化，可以将睡眠分为 4 个阶段，这 4 个阶段大约为 90 分钟。这 4 个阶段结束后人体便进入快速眼动睡眠阶段，第一次的快速眼动睡眠时间持续 5～10 分钟。然后再次循环上述睡眠的过程，第二次出现快速眼动睡眠的时间会比第一次长。大多数的快速眼动睡眠发生于睡眠的后期，持续时间也越来越长。第一次快速眼动睡眠大约持续 10 分钟，而最后一次则长达一个小时。

52.【答案】 C

【解析】马斯洛把人的需要分为五个层次：生理需要、安全需要、归属与爱的需要、尊重的需要与自我实现的需要。当低一级的需要得到满足或部分满足的时候人们才会去追求高一级的需要。自我实现是最高级的需要，每个人都可以有自我实现的愿望，但真正能达到自我实现的人只有少数。

53. 【答案】 B

【解析】多血质的高级神经过程的特征是强、不平衡、灵活。胆汁质的高级神经过程的特征是强、不平衡。黏液质的高级神经过程的特征是强、平衡、不灵活。抑郁质的高级神经过程的特征是弱，且兴奋过程更弱。

54. 【答案】 D

【解析】符号互动论源于美国学者詹姆斯和米德，始于 20 世纪 30 年代。最早使用符号互动术语的是布鲁默。符号互动论的主要观点之一是"自我是社会的产物"，是主我和客我互动的结果。主我是主动行动者，客我是通过角色获得形成的在他人心目中的我，即社会我。行动由主我引起，受客我控制，前者是行为动力。后者是行为方向。

55. 【答案】 B

【解析】自我概念是个体对自己的认知，对自我概念的不同认知会导致个体面对事物时的不同看法和解释，影响个体的行为。不同个体对相同经验有不同的解释就是因为个体的自我概念不同。怀有不同自我概念的人在面对同一事物时也会产生不同的结果期待。

56. 【答案】 D

【解析】自尊是个体对其社会角色进行自我评价的结果。社会地位、物质财富、个人成就等都会影响个体的自尊水平。自尊的评价与个体自我实现的程度相关，是一种高级需要。

57. 【答案】 D

【解析】刻板印象是指个人受社会影响而对某些人或事持稳定不变的看法，既有积极作用也有消极作用。积极作用在于简化人的社会知觉过程；消极作用会使人对事物一概而论容易产生偏见。刻板印象可以是人在某种情况下一次性获得的，不是以直接经验为依据，也不是以具体的事实材料为基础，所以过于简单、片面。

58. 【答案】 D

【解析】行为原因分为可控原因与不可控原因。可控原因表明个体通过主观努力可以改变行为和结果。个体努力了结果就好，不努力结果就不好，因此对于可控因素个体常做出变化性的预测。对于不可控的如智力因素、工作难度等个体努力也无法克服的因素，常做出准确的预测。

59. 【答案】 B

【解析】态度的 ABC 模型指的是态度的三个成分，分别为认知成分 C（cognition）、情感成分 A（affection）、行为倾向成分 B（behavior）三个部分。B 指的就是行为倾向成分。

60. 【答案】 C

【解析】自尊水平高的人自我评价和自我认可的水平都比较高，他们有自己稳定的价值评判标准。没有绝对的说服力和影响力他们的态度一般不容易改变。持自我服务立场的人们会怀疑其说话的动机，他们的语言说服力并不强。信息唤起的畏惧情绪超过一定程度时会引起被说服者的防御心理，降低说服的效果。信息的重复频率与沟通效果之间成"倒 U"型关系。

62. 【答案】 B

【解析】沙赫特的情绪二因素理论提出，人们对情绪的不同体验并不是由生理反应决定的，而是人们对行为的不同认知导致情绪的不同变化。如兴奋和恐惧都会引起人的心跳加速，但是人们对行为是有利和有害的认知会导致人们产生不同的情绪反应。

63. 【答案】 C

【解析】爱情是个体身心发展到相对成熟阶段时产生的情感体验，爱情的产生需要一定的生理基础，所以幼儿没有爱情的体验。爱情是身心成熟的异性之间的高级情感，是人际吸引最强烈的形式，爱情的基本倾向是奉献。

64. 【答案】 D

【解析】老年人的记忆会随着生理功能的衰退呈下降趋势，下降的速度随记忆的过程和个体的差异而不同。

65. 【答案】 B

【解析】中年的"完美人格"是指在步入中年后男性和女性在原先人格的基础上逐渐形成对方性格的优势，趋向性别角色的整合。如男性表现出温柔、体贴的特点，女性表现出沉稳、果断。

66. 【答案】 D

【解析】更年期是指个体由中年向老年过渡的过程中生理和心理明显改变的时期。女性更年期指妇女性腺功能开始衰退到完全消失的时期，即绝经前后的时期。一般发生在 45～55 岁之间，持续 8～12 年。

67. 【答案】 C

【解析】精神分析学派在于帮助求助者将潜意识意识化。

68. 【答案】 B

【解析】咨询师协助求助者准确表达自己的技术是具体化。

69. 【答案】 B

【解析】彩色型是适用于儿童及智力落后成人的瑞文测验类型。

70. 【答案】 C

【解析】在施测 MMPI 时，如果受测者的情况前后有所不同，应当以现在情况为标准。

71. 【答案】 B

【解析】16PF 的答题形式是折中是非式。

72. 【答案】 B

【解析】使用许又新教授的神经症评定方法确诊神经症，对精神痛苦程度的评定在时间上至少要考虑最近三个月以上。

73. 【答案】 B

【解析】以行为不符合社会规范，经常违法乱纪，对人冷酷无情为主要特点的人格障碍属于分裂样人格障碍。

74. 【答案】 B

【解析】心理发育停滞是引发心理问题的认知原因。

75. 【答案】 C

【解析】若脱敏过程一开始焦虑分数超过 50 分，表明焦虑等级设计不合理。

76. 【答案】 B

【解析】现实冲击疗法最主要的特点是让求助者暴露在实际的恐惧刺激中。

77. 【答案】 A

【解析】冲击疗法的原理是交互性抑制。

78. 【答案】 D

【解析】最适合运用模仿法的咨询对象是青年。

79. 【答案】 D

【解析】生物反馈疗法重点强调的是求助者主动参与。

80. 【答案】 B

【解析】认知复习是在认知疗法中布置家庭作业。

81. 【答案】 A

【解析】若大脑发生损伤，最有可能出现优势半球有损伤，则 VIQ 明显低于 PIQ。

82. 【答案】 C

【解析】MMPI - 2 中国常模的区分点是 T 分为 60。

83. 【答案】 B

【解析】CBCL 社会能力部分的因子数是 3。

84. 【答案】 B

【解析】在 WAIS - RC 智商分级标准中，辩解等级的 IQ 分布范围是 70 ~ 79。

85. 【答案】 D

【解析】韦氏儿童治力量表的填土测验时间显示是每图 20 秒。

86. 【答案】 B

【解析】BPRS 将"对当前及未来情况的担心、恐惧或过分关注"定义为焦虑。

## 二、多项选择题（第 86 ~ 125 题）

86. 【答案】 BCD

【解析】常模团体是由具有某种共同特征的人所组成的一个群体，或者是该群体的一个样本。它用一个标准的、规范的分数表示出来，以提供比较的基础。对测验编制者而言，常模的选择主要是基于对测验将要施测的总体的认识，常模团体必须能够代表该总体。在确定常模团体时，先确定一般总体、再确定目标总体、最后确定样本。

87. 【答案】 BD

【解析】如果两个复本的施测相隔一段时间，则称重测复本信度或稳定与等值系数。稳定与等值系数既考虑了测验在时间上的稳定性，又考虑了不同题目样本反应的一致性，因而是更为严格的信度考察方法，也是应用较为广泛的方法。

88. 【答案】 BC

【解析】信度在解释个人分数上的意义，是通过应用测量标准误差这个概念去体现的。主要体现在如下两个方而：一是估计真实分数的范围；二是了解实得分数再测时可能的变化情形。

89. 【答案】 ABCD

【解析】构想效度的估计方法：（1）对测验本身的分析，这类方法是通过研究测验内部结构来界定理论构想，从而为构思效度提供证据；（2）测验间的相互比较，通过分析几个测验间的相互关系，找出其共同之处，进而推断这些测验测量的特质是什么，也可以确定这些测验构思效度如何，相容效度、区分效度、因素分析法都是建立构思效度的常用方法；（3）效标效度的研究证明，一个测验若效标效度理想，那么该测验所预测的效标的性质和种类就可以作为分析测验构思效度的指标；（4）实验法和观察法证实。

90.【答案】　BCD

【解析】心理咨询师对求助者的早期印象可能影响最终诊断和咨询决策。可是，如果一个人收集资料，另一个人去做决策，又往往发生对资料的理解错误。如果更符合客观实际的新资料与早期印象冲突时，心理咨询师必须尊重资料，不可固守自己的印象。心理咨询师应随时准备依据事实资料修正和调整自己的看法。心理咨询机构应该完善收集资料者和治疗决策者的分工协调。会诊和小组讨论也是心理咨询师克服早期印象影响的有效措施。

91.【答案】　BD

【解析】确定造成求助者心理与行为问题的关键点的工作程序之一是找到引起心理问题的关键点。引发临床表现的关键点，其内涵有两个：（1）该因素是多数临床表现的原因或者与多数临床表现有内在联系；（2）该因素在个体发展中持久地存在着并随着生活环境的变化改变自身的形式，但无论形式如何改变其本身性质不变。

92.【答案】　BCD

【解析】使用而质技术应该注意：（1）以事实根据为前提；（2）避免个人发泄；（3）避免无隋攻击；（4）要以良好咨询关系为基础；（5）可用尝试性而质。

93.【答案】　ABD

【解析】埃利斯认为合理情绪疗法可以帮助个体达到的目标包括自我关怀、自我知道、自我接受。

94.【答案】　AB

【解析】在 WAIS－RC 中，图片排列、图形拼凑属于知觉组织因素的分测验。

95.【答案】　ABCD

【解析】选项 A、B、C、D 均正确。

96.【答案】　AD

【解析】根据 ICD－10，广泛性焦虑障碍的诊断要点是，存在多种焦虑或紧张性症状，如精神紧张（担心，感到紧张或不安，注意力不集中）、躯体紧张（坐立不安、头痛、震颤，不能放松）、植物性神经兴奋（头晕、出汗、心跳加快或剧跳、口干、胃痛）。

97.【答案】　AD

【解析】神经衰弱的常见生理症状包括睡眠障碍且感到痛苦、个别内脏功能轻度障碍。

98.【答案】　ABD

【解析】贝克归纳的七种常见的认知曲解包括主观推断、选择性概括、夸大和缩小。

99.【答案】　AD

【解析】评估社会接纳程度时，主要评估求助者的行为表现、与周围环境的适应情况。

100.【答案】　AC

【解析】"自我想法"的特点包括在生活事件刺激下快速出现在头脑中、很可能是不现实的。

101. 【答案】 ABC

【解析】贝克和雷米检验表层错误观念可以采用的技术包括建议、模仿、演示。

102. 【答案】 ABCD

【解析】HAMA 与 HAMD 相比较，重复的项目包括躯体性焦虑、抑郁心境、胃肠道症状、失眠。

103. 【答案】 AB

【解析】一次 BRMS 评定约需 20 分钟，再次评定间隔一般为 2 到 6 周。

104. 【答案】 BCD

【解析】MMPI－2 新增加的量表是 Fb、VIRN、TRIN。

105. 【答案】 CD

【解析】症状夸大模式量表中现对较低的量表是 L 量表、K 量表。

106. 【答案】 ACD

【解析】认知也叫认识，是指人认识外界事物的过程，或者说是对作用于人的感觉器官的外界事物进行信息加工的过程。意志是有意识地调节和支配行动，并通过克服困难和挫折，实现预定目的的心理过程。认识、情绪和情感是心理过程，每个人都通过这些心理活动认识着外界事物，个人在进行这些心理活动的时候，都表现出了与他人不同的特点。

107. 【答案】 AC

【解析】16～20000 赫兹的空气振动是听觉的适宜刺激，这个范围内的空气振动叫声波，人们在听阈范围内对 1000～4000 赫兹的声音最敏感。人类的听觉感受性和年龄有关，20 岁以前随年龄的增长感受性逐渐提高；60 岁以后随年龄的增长感受性逐渐降低。老年人首先丧失的范围是对高频声音的听觉，随着年龄的增长，听觉丧失的范围从高频逐渐向中低频方向发展，当扩展到中频的范围时，就影响到了言语的听觉。

108. 【答案】 ACD

【解析】色觉异常绝大多数是遗传的原因造成的。色盲中女性色盲的人数仅仅是男性色盲人数的 1/10。平时，色觉有缺陷的人是靠明度的差别来"辨认"颜色的，如果是明度相同而色调不同的颜色，他就分辨不出来了。

109. 【答案】 BCD

【解析】时间知觉是对物质现象的延续性和顺序性的反映。如果分别用视觉、触觉和听觉来估计时间，在估计的准确度上听觉最高，视觉最低，触觉居中。活动内容、对事件所持的态度以及它所引起的情绪影响对时间的估计。机体生理变化是有节律的，这种节律往往会引起人的行为也表现出一定的节律，这种节律叫生物节律。这种节律像一座钟，它给人提供着判断时间的信息，这叫生物钟。

110. 【答案】 BC

【解析】遗忘或因自然的衰退造成，或因干扰造成。前者说明，时间是决定记忆保存的一个原因，识记之后，随着时间的推移，记忆的痕迹越来越淡薄，最终导致了遗忘。后者是说新进入记忆系统的信息和已经进入记忆系统的信息相互干扰，使其强度减弱，因而导致遗忘。

111. 【答案】 ABC

【解析】概念是人脑对客观事物本质特性的反映，这种反映是以词来标示和记载的。概念是思维活动的结果和产物，同时又是思维活动借以进行的单元。知觉是直接作用于感觉器官的客观物体的整体在人脑中的反映。

112.【答案】 ABCD

【解析】挫折—侵犯学说的要点如下：（1）侵犯强度同目标受阻强度呈正比。（2）抑制侵犯的力量与该侵犯可能受到的预期惩罚强度呈正比。（3）如果挫折强度一定，预期惩罚越大，侵犯发生的可能性越小；如果预期惩罚一定，则挫折越大，侵犯越可能发生。

113.【答案】 BD

【解析】影响成就动机的因素如下：（1）目标的吸引力；（2）风险与成败的主观概率；（3）个体施展才干的机会。

114.【答案】 AB

【解析】美国学者霍夫兰德（C. Hovland，1959）等人曾提出过一个态度转变的模型，包含的要素有：（1）传递者；（2）沟通信息；（3）目标（接受者）；（4）情境。

115.【答案】 BC

【解析】海德（F. Heider，1958）的平衡理论重视人与人之间的相互影响在态度转变中的作用。他用 P－O－X 模型来说明他的观点，P 代表个体，O 代表他人，X 代表另一个对象（可能是一个人或者一个事物）。三角形的三边表示 P、O、X 三者的关系，它有两种形式，即肯定形式和否定形式。如果三种关系从各方面看都是肯定的，或者两种是否定的，一种是肯定的，则存在平衡状态。

116.【答案】 ABC

【解析】现实沟通是沟通双方对对方的身份和角色都有比较清楚把握的沟通，面对面的沟通是最普遍的现实沟通形式。有时候，双方通过媒体，比如电话来沟通，但好像对方站在面前一样，这也是现实沟通。虚拟沟通中，沟通双方对对方的身份和角色往往是不清楚的，沟通的进程主要受自己的主观感受和想象所左右和引导。

117.【答案】 AB

【解析】影响喜欢的因素如下：（1）熟悉或邻近。（2）相似或互补。（3）外貌：好的外貌容易给人良好的第一印象，人们往往会以貌取人。（4）才能：才能一般会增加个体的吸引力，但如果这种才能对别人构成社会比较的压力，让人感觉到自己的无能和失败，那么这种才能就不会对吸引力有帮助。研究表明，有才能的人如果能犯一些"小错误"，反而会增加他们的魅力。（5）人格品质：受喜欢程度最高的六个人格品质有真诚、诚实、理解、忠诚、真实、可信。

118.【答案】 BCD

【解析】中年期（35～60 岁）思维发展的一般特点：（1）中年期思维的现实性、灵活性和智慧性。（2）中年期辩证逻辑思维的进一步发展。形式逻辑思维具有严格的规律性，而辩证逻辑思维具有非常的复杂性和深刻性。

119.【答案】 AD

【解析】幼儿的思维具有两大特点：（1）具体形象思维是幼儿思维的主要特征；（2）逻辑思维初步发展。童年期思维的基本特征：（1）童年期是认知发展的具体运算阶段，其思维的本质特征是依赖具体内容的逻辑思维；（2）从具体形象思维向抽象逻辑思维过渡；（3）思维类型变化的转折年龄在 10 岁左右。

120.【答案】　BC

【解析】皮亚杰认为，幼儿在进行判断时是以自我为中心的，他们缺乏观点采择能力，不能从他人的立场出发考虑对方的观点，而以自己的感受和想法取代他人的感受和想法，这被称为自我中心现象。

121.【答案】　ABC

【解析】他律是指道德判断的标准受儿童自身以外的价值标准支配。这个阶段的特点主要有：（1）儿童认为规则、规范是由权威人物制定的，不能改变，必须严格遵守；（2）对行为好坏的评定，只根据后果，而不是根据行为者的动机。

122.【答案】　BC

【解析】情绪低落，是一种协调的情绪症状。情绪倒错，如遇到高兴事反而不开心，这是认知和情绪的不协调，强迫动作则是认知和行动出现不一致，两者都违背了"心理活动内在协调性原则"。自罪妄想违背了"主客观世界统一性原则"。

123.【答案】　ABD

【解析】急性应激障碍的患者在遭受急剧、严重的精神打击后，在数分钟或数小时内发病，病程为数小时至数天。灾难症候群是指强大的自然灾害后的心理反应。创伤后应激障碍又称延迟性心因性反应，是指在遭受强烈的或灾难性精神创伤事件后，延迟出现、长期持续的精神障碍。引发"严重心理问题"的原因是较为强烈的、对个体威胁较大的现实刺激。

124.【答案】　ABD

【解析】创伤后应激障碍（PTSD）的患者主要表现为：（1）创伤性体验反复重现；（2）对创伤性经历的选择性遗忘；（3）在麻木感和情绪迟钝的持续背景下，发生与他人疏远、对周围环境冷漠无反应、快感缺失、回避易联想起创伤经历的活动和情境；（4）常有植物神经过度兴奋，伴有过度警觉、失眠；（5）焦虑和抑郁与上述表现相伴随，可有自杀观念。

125.【答案】　AB

【解析】神经症具有如下五个特点：（1）意识的心理冲突；（2）精神痛苦；（3）持久性；（4）神经症妨碍着病人的心理功能或社会功能；（5）没有任何器质性病变作为基础。

# 卷册二：技能选择题、案例问答题

## 第一部分　技能选择题

### （第 1～100 题，共 100 题）

#### 案例一

1.【答案】　C

【解析】求助者是独生女，从小娇生惯养，认为"几个月下来求助者觉得婆婆太强势，家里大事小事都是她做主，自己是受气的小媳妇"，这可能是过分概况夸大。

2.【答案】　BC

【解析】婆媳关系不好与丈夫不听话属于负性生活事件，选项 D 属于社会功能受损，选项 A 婆婆太强势属于不确定的内容。

3. 【答案】　　BD

【解析】能反应求助者社会功能受损的内容包括借故不参加聚会和不回家看望母亲，出现失眠等症状属于躯体症状，与婆婆产生矛盾属于引发求助者心理问题的原因。

4. 【答案】　　A

【解析】为明确求助者的心理问题，对该求助者最需要核实的资料是婆婆是否强势。如果婆婆并不强势，则说明求助者认知存在问题。

5. 【答案】　　A

【解析】对该求助者，最需详细收集了解的资料是既往处理问题模式。

6. 【答案】　　B

【解析】该求助者产生心理问题的最主要原因是家庭教养方式，即童年的娇生惯养。

7. 【答案】　　A

【解析】求助者的情绪困扰与现实相关，情绪与现实情境相符合，自知力完整，人格稳定，心理状态正常，排除神经病性问题。求助者内心冲突与现实情境相符，属于常形冲突，排除神经病性问题。情绪没有出现泛化，排除严重心理问题。求助者的情绪反应在正常范围内，持续时同两个月，没有影响社会功能。故诊断为一般心理问题。

8. 【答案】　　ABC

【解析】本案例的近期目标应该为改变对婆婆的认知、减轻痛苦气氛情绪和改变与婆婆交往模式，构建良好个性特征属于长期目标。

9. 【答案】　　B

【解析】咨询师的任务是调动求助者的积极性，通过启发、支持、鼓励和领导的方式促使求助者进行自我探索和实践，促进求助者的发展成长，最终实现咨询目标，因此咨询中咨询师帮助求助者改变认知，恰当的方式是让其自我探索。

10. 【答案】　　A

【解析】在本案例中与该求助者的共情，最主要应体现在理解求助者的感受。

### 案例二

11. 【答案】　　AD

【解析】由材料可直接得出。

12. 【答案】　　AC

【解析】求助者内心痛苦、情绪低落，未表现出气愤和烦恼的症状。

13. 【答案】　　AC

【解析】社会功能包括学习、生活和人际关系三方面的情况。材料中显示求助者考试成绩不理想，不主动联系家人，说明社会功能受到一定的影响。

14. 【答案】　　C

【解析】婚恋问题属于强烈现实刺激。

15. 【答案】　　B

【解析】该求助者社会功能受损，表明其心理问题已经泛化，属于严重心理问题。冲突性质为常形，排除神经症。

16. 【答案】 BD

【解析】有效咨询目标的七大特征：属于心理学范畴、积极的、具体或量化的、可行的、可以评估、双方可接受、多层次统一。

17. 【答案】 B

【解析】咨询目标一般为帮助求助者解决情绪困扰，缓解心理冲突。

18. 【答案】 D

【解析】心理咨询就是心理咨询师运用心理学原理帮助求助者发现自身问题的根源，接受现实，改变错误的认知方式，提高对生活和环境的适应度。

19. 【答案】 D

【解析】咨询师只能帮助求助者解决心理或行为问题，对于求助者提出的其他要求，要说明咨询的范围，委婉拒绝。

20. 【答案】 ABC

【解析】求助者产生心理问题的原因有社会方面的，也有其自身性格方面的。D 项是其产生心理问题的表现。

## 案例三

21. 【答案】 ABD

【解析】由材料中可直接找出。

22. 【答案】 C

【解析】求助者知道没什么好担心的却又控制不住，表明了其内心的冲突。紧张情绪和心里烦恼是心理问题的表现，更年期综合征不属于心理问题。

23. 【答案】 C

【解析】焦虑性神经症是一种反复出现并持续的伴有焦虑、恐惧、担忧、不安等症状和植物性神经混乱的精神症障碍。

24. 【答案】 D

【解析】咨询方法要经咨询师和求助者双方商量协定后，选择双方容易接受和擅长的。

25. 【答案】 ABD

【解析】系统脱敏包括三个步骤：（1）放松训练，帮助咨询者进行肌肉放松最终达到心理放松。（2）建立焦虑事件等级：将使求助者感到焦虑的事件从小到大按等级顺序罗列出来。（3）开始实施系统脱敏，进行想象脱敏或现实训练。

26. 【答案】 C

【解析】构建焦虑等级时应尽量保证等级的均匀一致。

27. 【答案】 A

【解析】建立了焦虑事件等级后应按从小到大的顺序依次进行脱敏。

28. 【答案】 D

【解析】系统脱敏的方法就是通过放松求助者的身心来循序渐进的降低求助者对之前焦虑事件的焦虑，其关键就是每一个焦虑的等级设置要小到可以被求助者的放松状态所接受和抵消的程度，不能急于求成跨度设置太大。

29. 【答案】 D

【解析】ABC 均正确，但系统脱敏法不是万能的，并不是对所有的患者都适用。

30．【答案】　D

【解析】积极关注指咨询师对求助者在咨询中表现出来的积极面给予关注，促进求助者的自我发现与潜能开发。调动求助者的积极性，促进治疗有效完成。

## 案例四

31．【答案】　AD

【解析】由材料可知求助者出现了食欲下降、头痛的症状。

32．【答案】　AC

【解析】"求助者觉得父母不理解自己，女友不爱自己，内心痛苦，情绪低落"。

33．【答案】　AC

【解析】社会功能指求助者的生活、工作、学习、人际交往方面的功能。求助者无故缺课、考试成绩不理想说明其社会功能改变。

34．【答案】　C

【解析】婚恋问题属于强烈现实刺激。

35．【答案】　B

【解析】求助者心理问题由强烈的现实刺激引起，持续时间长，社会功能严重受损，可判断为严重心理问题。

36．【答案】　BD

【解析】心理咨询目标的七个特征：属于心理学性质、积极的、具体或量化的、可行的、可以评估的、双方可接受的、多层次统一的。

37．【答案】　B

【解析】咨询中咨询师首先需要帮助求助者解决其情绪困扰、缓解心理冲突。个性的培养属于长远治疗目标。

38．【答案】　D

【解析】心理咨询是运用心理学原理和方法帮助求助者发现问题产生的根源，改变不合理的认知结构，缓解心理和行为冲突。所以首先心理咨询师应帮助求助者接纳现实，从实际问题出发。

39．【答案】　D

【解析】对于求助者不合理的请求咨询师应予以拒绝。告知咨询原则。

40．【答案】　AC

【解析】咨询效果的好坏来自三方面的影响：咨询师、求助者、咨询方法。在本案例中求助者的年龄和性别不是主要的影响因素。

## 案例五

41．【答案】　ACD

【解析】看病检查的行为表现在案例已给出，不需要再进行收集。

42．【答案】　ABCD

【解析】引发心理问题的原因可以是生理方面的、心理方面的、社会方面的，四个选项都属于引发求助者心理问题的原因。

43. 【答案】　　BC

【解析】　求助者的恐惧和担心与实际情况不符，但未泛化，学习成绩下降，社会功能受到影响。

44. 【答案】　　A

【解析】　求助者心理冲突属于变形，伴有持续的明显的焦虑行为，夸大潜在的危险，经常害怕，担心生病，内心痛苦，属于典型的焦虑神经症的表现。

45. 【答案】　　BCD

【解析】　该求助者焦虑神经症症状表现明显，但要进一步确诊，还需与恐惧神经症、抑郁神经症、严重心理问题进行鉴别诊断。

46. 【答案】　　BC

【解析】　积极关注是咨询师对求助者言语及行为的好的方面给予关注，从而使求助者拥有积极的价值观。求助者主动求助、内心体验准确有助于帮助问题的解决，可以进行积极关注。

47. 【答案】　　ABC

【解析】　生物反馈技术是借助现代电子设备，对求助者不易观察到的生理状况进行观察和记录，并通过数据或图像等方式反馈给求助者，然后求助者在心理咨询师的帮助下通过呼吸、冥想等方法，进行有意识的生理的调试，来达到调节治疗的目的。

48. 【答案】　　AC

【解析】　在实施生物反馈技术疗法时应考虑的禁忌症包括：各类急性期精神病患者，有自伤、自杀、破坏倾向的求助者，训练过程中出现头痛、头晕、血压升高、失眠、幻觉、妄想等症状的求助者。

49. 【答案】　　C

【解析】　生物反馈疗法不是对每一个患者都适用，是求助者在咨询师的言语指导下进行自我主动调控的治疗，设备本身不具有治疗作用，只是收集生理机能数据的方式。

50. 【答案】　　BC

【解析】　求助者的心理冲突属于变形的，与现实因素无关，且无道德色彩。

案例六

51. 【答案】　　BC

【解析】　由材料中可知求助者的心理症状主要为内心苦恼、情绪低落。

52. 【答案】　　C

【解析】　趋避冲突指同一件事引起的对个体的强烈的吸引力，但同时又有一定的个体极力想回避的地方，既想接近又害怕接近。案例中求助者想和男友结婚，可是又不想看到母亲哭哭啼啼。

53. 【答案】　　D

【解析】　求助者目前主要的心理问题是对婚事难以抉择引起的心理冲突。

54. 【答案】　　B

【解析】　本案例中引发求助者心理问题的主要社会原因是母亲不认可男朋友，使求助者陷入心理冲突。

55. 【答案】　AC

【解析】产生心理问题的心理原因包括性格原因和认知原因，B项属于情绪表现，D项属于社会原因，两者都不属于心理原因。

56. 【答案】　A

【解析】案例中没有给出求助者社会功能方面的表述。

57. 【答案】　C

【解析】案例中求助者的认知特点、情绪症状、生理症状都有提到。

58. 【答案】　A

【解析】求助者心理冲突由生活实际情况引起属于常型冲突，排除神经症。身体健康无器质性病变，病程持续时间短，未泛化，自知力完整，所以属于一般心理问题。

59. 【答案】　ABC

【解析】咨询的近期目标主要是为求助者解决心理冲突，缓解情绪困扰。改变人格特征属于长期咨询目标。

60. 【答案】　B

【解析】咨询师的职责是帮助求助者解决心理冲突，不代替求助者解决实际问题，也不应该将自己的价值观强加给求助者，应保持价值中立原则。

### 案例七

61. 【答案】　ACD

【解析】案例中给出了求助者的情绪状况表现为担心、着急、情绪低落。未出现愤怒的情绪。

62. 【答案】　D

【解析】两个多月前求助者身体不适，担心癌症复发，害怕再次手术。表现了求助者出现的主要问题为担心，这种对身体状况的担心，导致其生理和心理的问题。

63. 【答案】　B

【解析】求助者在家看书看不进去，以前很容易完成的事情，现在要拖很长时间，做事效率降低，社会功能受损。

64. 【答案】　AD

【解析】案例中直接给出求助者觉得自己非常的不幸，很多事情都没有做完，很着急。求助者觉得自己快不行了，不想见过去的同事，也不愿意见亲戚朋友。这都是求助者不合理的认知。害怕再次手术属于求助者的情绪原因。

65. 【答案】　AD

【解析】引发心理问题的原因通常有三个方面：生理原因、心理原因、社会原因，曾患癌症属于生理原因，做事追求完美属于性格原因。

66. 【答案】　BD

【解析】咨询师应重点关注与求助者情绪变化有关的情况，如情绪变化、性格变化、生理变化、社会功能变化等等。生理变化方面，案例中提到求助者手术非常成功。

67. 【答案】　ACD

【解析】对收集的资料进行校验的方法主要有：（1）进行补充提问；（2）使用心理测

验；（3）在资料不同来源之间进行校验。

68. 【答案】　　D

【解析】求助者的心理冲突不是由实际情况引发，而是凭自己的主观猜测，属于变形的冲突，求助者情绪低落，没有胃口，失眠，社会功能受损，伴有焦虑症状，但病情持续时间不满 3 个月，排除神经症，对求助者可能的诊断为神经症性心理问题。

69. 【答案】　　D

【解析】咨询目标的确定应由咨访双方共同协商后确定。

70. 【答案】　　ABC

【解析】倾听时随意插话显然不利于咨询有效的进展，D 项错。

案例八

71. 【答案】　　A

【解析】由材料可知求助者心理问题产生的原因主要是对梦见鬼的恐惧。

72. 【答案】　　C

【解析】回避行为主要针对的是恐惧的产生，回避产生恐惧的事物与情境。退缩行为主要指在人际交往中不愿与他人接触，不愿到陌生的环境。求助者因害怕而走读属于回避行为。

73. 【答案】　　C

【解析】错觉指人们在观察物体时由于外界条件的影响，产生了与事物形象不相符的错误的知觉。幻觉是在没有现实刺激的作用下患者借由想象产生的知觉体验。该求助者的恐惧由墙上的裂纹引起，属于现实刺激导致的。

74. 【答案】　　D

【解析】该求助者的心理冲突不是由现实情境所引起，不带有道德色彩，属于变形冲突。

75. 【答案】　　D

【解析】求助者上课无精打采，学习成绩明显下降，无心做其他事情，一个月来已无法上课。社会功能属于中重度受损。

76. 【答案】　　C

【解析】求助者主要的症状表现为恐惧，并且属于变形的心理冲突，所以考虑恐怖神经症。

77. 【答案】　　ABCD

【解析】产生心理问题的原因有：（1）生物原因；（2）心理原因：性格内向，胆小，敏感，缺乏独立性；（3）社会原因：奶奶讲鬼故事。四项均符合。

78. 【答案】　　BCD

【解析】暴露疗法属于冲击疗法中的现实冲击疗法，鬼不是客观存在的所以此方法无可实施性。

79. 【答案】　　C

【解析】心理咨询的近期目标是缓解求助者当下的心理冲突，远期目标是促进求助者的心理健康和发展，实现自身潜能，达到心理成长和人格完善。

80. 【答案】　　ABC

【解析】求助者的父母都来开导她说明得到了社会支持系统，但是效果不明显。从小听奶奶讲鬼故事是环境文化对其造成的影响，ABC 三项正确。

## 案例九

81.【答案】　　BD

【解析】求助者是由于不合理的认知产生的不合理的情绪，认为照顾母亲就必须分财产，这是不合理的认知。AC 属于生活现实问题，不是心理问题。

82.【答案】　　AC

【解析】内容反应是咨询师将求助者表达的内容加以整合、概括，用自己的方式再反馈给求助者，帮助求助者加强理解。内容表达指咨询师传递信息，提出忠告、建议和行为的解释等，来影响求助者，促使求助者加强认知。"我听明白了……"既有咨询师对求助者叙述内容的反馈，又有咨询师从自身的角度出发传达对问题的理解。

83.【答案】　　C

【解析】咨询师是从求助者的观念出发推出互相矛盾的地方，让求助者来发现错误。

84.【答案】　　B

【解析】在 ABc 理论中，B 指个体对产生问题的事件的错误的认知和理解。案例中为求助者认为他们应该分财产给她。

85.【答案】　　CD

【解析】咨询师指出求助者前后说话中的矛盾并让其解释，为咨询中的面质技术，目的是促使求助者对其不合理认知的思考。案例中咨询师话语委婉属于尝试性的面质。开放式的提问指提问的答案没有限制，求助者可随意回答，可降低求助者的心理防御有利于信息的收集。

86.【答案】　　ABD

【解析】前面的部分是咨询师对求助者所说内容的反应，后面部分是咨询师运用心理学原理对求助者行为的解释和指导。

87.【答案】　　B

【解析】案例中求助者的沉默发生在与咨询师的辩论之中，且沉默之后对咨询师所表达的内容有所领悟，所以属于思考性的沉默。

88.【答案】　　ABD

【解析】咨询师通过帮助求助者分析产生心理问题的原因，与其不合理的认知进行辩论，说服求助者并帮助求助者建立合理的信念。在整个咨询过程中未表现监督者角色。

89.【答案】　　BC

【解析】案例中咨询师使用的方法为合理情绪疗法，主要是改正求助者的不合理认知，帮助其建立新的合理的信念。

90.【答案】　　C

【解析】案例中咨询师主要在围绕求助者的不合理信念与其进行辩论，属于产婆术式辩论。

## 案例十

91.【答案】　　AD

【解析】由表中数据可知言语技能得分高于操作技能得分，AD 两项均正确。

92.【答案】　　AB

【解析】在韦氏智力量表中，各分测验成绩高于平均分3分，可认为该项为强项。低于平均分3分，表示为弱项。

93.【答案】　C

【解析】受测者的总分为120分，120～129属于智力的超常水平。

94.【答案】　BC

【解析】测验中儿童量表的适用年龄为4～16岁，量表内容分为：一般情况、社会能力、行为问题三个部分。该量表为家长使用，主要用于评定儿童的社会能力和行为问题。

案例十一

95.【答案】　C

【解析】ICH原始分为5分，小于10，说明结果有效。

96.【答案】　ABC

【解析】Hs的校正分为$29 = Hs + 0.5 \times 12$，即原始分为23分，D项错。

97.【答案】　A

【解析】量表Hs、D、Hy的分数均高于60分，且Hs和Hy分别为最高分和次高分，比量表D高出至少5个T分，为A类神经症性剖面图。

95.【答案】　C

【解析】BPRS常用于评价精神病症状的严重程度及其变化。

99.【答案】　A

【解析】该量表的因子有两个：躯体性焦虑因子与精神性焦虑。

100.【答案】　ABD

【解析】在MMPI－2中只有7个临床量表有亚量表。ABD三项均正确，通常构建附加量表是针对某一目的，其针对性很强。

# 第二部分　案例问答题

1.【答案】　焦虑神经症、抑郁神经症、人格障碍。

2.【答案】　该求助者的心理问题产生原因可从以下三个方面进行分析：

（1）生理原因：包括自己的生长情况与年龄因素。求助者家教比较严格，有两个姐姐，家中只有他一个男孩，生活上比较娇惯。年龄42岁，产生血压高、记忆力下降、身体不舒服、咳嗽、心慌等生理问题。这些躯体症状对求助者的心理问题也产生了不同程度的影响。

（2）社会原因

1）人际关系中的社会支持：恋爱与家里的矛盾无法调和；父亲患病；家中有两个姐姐。

2）社会交往中的重大事件：因为自己与女友的事情，妈妈生病住院；父亲患癌症；回国之后与女友分手；曾有几次恋爱经历，但是都没有成功。

（3）心理原因

1）认知特点：求助者在回国期间经历一系列变故，认为上天待他不公。没有心情恋爱，对于生活提不起兴趣，这些都是认知产生了偏离。

2）负性情绪：该求助者存在长时期的负性情绪困扰，高兴不起来，没有什么想干的，兴趣淡漠。

3）人格特征：从案例中可以看出该求助者对待自己严格，遇事爱较真，抵抗压力挫折的能力较弱，易产生心理问题。

3.【答案】 求助者决定应该享受生活，而不应该苦恼地活着，但就是改变不了心情，心理冲突的内容多，时间长、起初虽是由于现实因素引发，但逐步泛化而无明确对象，不带有明确道德色彩，属于变形心理冲突。

四、咨询中应通过何种途径与方法与求助者建立良好咨询关系。

4.【答案】 咨询关系是指心理咨询师与求助者之间相互作用的关系，在咨询中具有非常重要的意义。咨询师可通过以下方法与求助者建立良好的咨询关系：

（1）尊重；

（2）热情；

（3）真诚；

（4）共情；

（5）积极关注。

5.【答案】 应考虑的主要特征如下：

（1）属于心理学范畴；

（2）积极的；

（3）具体或量化的；

（4）可行的；

（5）可以评估的；

（6）双方接受的；

（7）多层次统一的。

6.【答案】 合理情绪疗法由美国心理学家埃利斯创立，其理论认为引起人们情绪困扰的并不是外界发生的事件，而是人们对事件的态度、看法、评价等认知内容，因此要改变情绪困扰不是致力于改变外界事件，而是应该改变认知，通过改变认知，进而改变情绪。他认为外界事件为 A，人们的认知为 B，情绪和行为反应为 C，因此其核心理论又称 ABC 理论。

7.【答案】 阻抗是抵抗咨询的力量，咨询师在处理阻抗时应注意以下几点：

（1）通过建立良好的咨询关系解除求助者的戒备心理；

（2）正确的进行心理诊断和分析；

（3）以诚恳的态度帮助求助者正确的对待阻抗；

（4）使用咨询技巧突破阻抗。

8.【答案】 咨询进行一段实际那，基本实现咨询目标以后，便可考虑进入结束阶段。咨询关系结束的工作程序如下：

（1）确定咨询结束的时间；

（2）全面回顾和总结；

（3）帮助求助者运用所学的方法和经验；

（4）让求助者接受离别。